10
18

12, AVENUE D'ITALIE. PARIS XIIIe

Sur l'auteur

Née à Istanbul en 1940, Oya Baydar a publié son premier roman à 17 ans, avant de passer dans les rangs du marxisme et de s'engager dans une carrière politique. Arrêtée en 1971 à la suite du coup d'État, elle a été emprisonnée pendant deux ans, avant de s'exiler à Francfort de 1980 à 1991, date à laquelle elle regagne la Turquie et renoue avec la scène littéraire. Elle est l'auteur de six romans très remarqués, dont *Parole perdue*, *Et ne reste que des cendres* et *Dialogue sous les remparts* (Phébus, 2018).

OYA BAYDAR

ET NE RESTE QUE DES CENDRES

Traduit du turc
par Valérie Gay-Aksoy

10/18

PHÉBUS

Cet ouvrage a été publié
avec le soutien du ministère de la Culture
et du Tourisme de la Turquie,
dans le cadre du programme TEDA

Titre original :
Sıcak külleri kaldı

ISBN 978-2-264-06891-0
Dépôt légal : janvier 2018

1

Crime non élucidé à Paris et leçon de grammaire

Ce « mort »… je l'avais déjà vu. Était-ce il y a cinq ans, était-ce il y a vingt-cinq ans ? Je ne me rappelle pas. Les morts ne vieillissent pas, dit-on, mais il a vieilli. Beaucoup… beaucoup vieilli.

Si elle dit cela, ils vont croire qu'elle a perdu la tête ou qu'elle joue la comédie. Le mieux, c'est de se taire, de répondre aux questions qu'on lui pose, et de se taire…

— L'avez-vous identifié[1] ?

Elle fait un petit signe affirmatif de la tête.

Ils lui avaient déjà posé la même question à l'époque, sur le même ton, avec la même indifférence : « Avez-vous identifié le cadavre ? »

Cette fois, ils n'ont pas prononcé le mot « cadavre ». Le *l* apostrophe en tient lieu. Une particularité du français.

« Les articles ne sont pas des mots superflus, mademoiselle Öztürk, ce ne sont pas des appendices insignifiants posés devant les noms communs. Parfois, vous pouvez désigner le monde avec ces deux, trois lettres. »

1. En français dans le texte. (*Toutes les notes sont de la traductrice.*)

Cours : grammaire. Lieu : une sombre salle de classe donnant sur une cour morne pavée de gris. Avec sa déprimante tenue bleu marine, son foulard bleu marine noué à l'arrière pour camoufler ses cheveux – ou sa tête rasée –, la religieuse au mince visage blond, qui se promenait entre les rangs avec ses airs de gardienne de la morale catholique et de la langue française, met en garde sa brillante mais rebelle élève.

Assise sur un banc proche de la fenêtre, elle regarde dehors. Saison : ce doit être l'automne. Les grands marronniers qui ombragent la cour ont jauni et perdent leurs feuilles. La petite fille, qui paraît pâle et chétive dans son uniforme bleu marine sans attrait, est seule dans la froide salle de classe, elle écrit sa punition du samedi : « Les pronoms : les pronoms sont des mots employés dans une phrase à la place des noms… » Comme elle avait obstinément refusé de faire ses devoirs à la maison durant toute cette semaine ennuyeuse et oppressante au cours de laquelle on avait traité des pronoms français en cours de grammaire, elle a été collée le samedi. Elle-même ignore pourquoi elle n'a pas fait ses devoirs de grammaire – ils n'avaient en réalité rien de difficile – ni pour quelle raison elle s'entête ainsi de façon absurde. Une réaction, une révolte silencieuse, une manière à elle de dire « je me fiche de vous, je n'en fais qu'à ma tête ».

À sa mère qui s'inquiétait de la situation et de la faiblesse de ses notes, la mère supérieure avait répondu dans son mauvais turc, en repoussant de la pointe de l'index son nez vers le haut : « Mlle Öztürk est une jeune fille un peu imbue d'elle-même. »

« Comment aurais-je pu faire profil bas, comment aurais-je pu être calme, douce et docile comme ils le souhaitaient ? J'étais une enfant et j'étais écrasée. »

Dans cette école, où elle se retrouvait avec les filles de la bonne société minoritaire d'Istanbul, avec les filles des familles riches aux prétentions aristocratiques qui préféraient envoyer leurs enfants au lycée français plutôt qu'au Robert College – parce qu'ils jugeaient qu'opter pour la culture américaine faisait trop parvenus –, elle était la seule boursière de sa classe… celle qui apportait sa gamelle pour le déjeuner parce qu'elle n'avait pas les moyens de se payer la cantine, qui mangeait toute seule dans une petite pièce près de la cuisine, et non dans le réfectoire avec les autres, parce que dès qu'elle ouvrait sa gamelle les odeurs de boulettes de viande et d'œufs durs qui s'en échappaient indisposaient ses camarades, qui avait tellement honte qu'elle préférait la plupart du temps ne pas prendre de déjeuner, qui passait la pause de midi à lire, assise dans un coin de la cour ou d'un obscur corridor… Pour ne pas être méprisée, écrasée, isolée, elle était contrainte, elle était condamnée à être la plus intelligente, la plus bûcheuse et la plus brillante. Pour préserver sa fierté d'enfant, surmonter le sentiment d'infériorité que lui procuraient son uniforme – fait maison et non pas acheté chez *Lyon*, l'onéreux magasin de Beyoğlu, mal ajusté à son corps et d'un bleu marine dont la teinte différait de celle des autres –, ses gamelles qui répandaient des odeurs de popote quand bien même elle les refermait avec soin, les thés qu'elle ne pouvait prendre au *Hilton* à 5 heures parce qu'elle manquait d'argent de poche et n'était pas assez bien habillée, les fêtes auxquelles elle n'était de toute façon jamais invitée, il lui fallait être imbue d'elle-même, revêtir la cuirasse de première de la classe sans rivale.

Dans la question qu'ils lui posent, le *l* apostrophe renvoie à quel mot ? Au pronom personnel de la troisième personne du singulier ou au cadavre ?

Cette question, elle la répète tout haut en français aux policiers qui l'encadrent. « À la personne tuée », répondent-ils sans se laisser troubler par l'absurdité de la question. Autrement dit à lui.

Lui. Mon aimé, mes vingt ans, mon premier homme, ma trahison silencieuse, mon cri de révolte, mon attente de vingt-cinq ans, ma nostalgie, mon errance, mon dernier refuge, mon dernier espoir et ma dernière désillusion. Lui, mon fils, mon unique enfant, ma faute, mon châtiment, mon crime…

— Il a vieilli, il a beaucoup vieilli, marmonne-t-elle.

— Certains paraissent vieux en mourant.

Ils avaient à l'évidence vu beaucoup de morts, ils s'étaient endurcis.

À sa mort des années plus tôt – quand on l'avait assassiné –, il était tout jeunot, presque un enfant. Son visage ne portait pas de trace de sang. Son beau visage calme, et immensément triste. Elle avait tendu la main et caressé sa joue. Puis, ces deux couteaux qui s'étaient plantés d'un seul coup dans sa tête et sa poitrine. Ensuite, le vide et l'obscurité.

Elle regarde le mort couché sur l'étrange table métallique devant elle. Le sang à la commissure de ses lèvres donne à ses traits une expression dure et douloureuse. C'est peut-être cela qui le fait paraître si vieux ; elle pourrait le toucher, mais elle n'en a pas envie.

Dans sa longue tenue bleu marine, aussi plate qu'une planche à pain et les cheveux dissimulés sous un foulard bleu marine, la religieuse qui surveille la fillette en train de faire ses deux heures de colle du samedi matin sonne joyeusement la cloche annonçant la fin de la punition. « Alors, les pronoms et les mots auxquels ils renvoient ont-ils fini par vous rentrer dans la tête, Ülkü Oztürk ? – Oui, ma sœur, mais mon nom c'est Öztürk, pas Oztürk. » La religieuse lui adresse un sourire affectueux : « Vous avez raison Ülkü, moi aussi je dois apprendre à prononcer Ö à la place de O. »

Bientôt, quand on procédera à l'identification ou que l'on prendra sa déposition – c'est encore l'incertitude quant au cours que prendront les événements –, elle devra de nouveau apporter des précisions sur l'initiale de son nom de famille.

Des années après, toujours le même sujet, la langue parlée, mais le lieu n'est pas le même.

Elle sent soudain le froid humide et l'odeur. Cette horrible odeur faite d'un mélange d'humidité, de béton, de mimosa pourri, d'urine et d'éther ; l'odeur de l'impuissance, de la peur, de la mort…

Des instruments de torture pendaient au mur et ils l'avaient allongée sur une table du même genre.

Pieds et mains attachés à la table, couchée sur le dos comme un animal à disséquer. Quand le courant électrique passa, son corps se fragmenta en mille morceaux. Ensuite l'obscurité, ensuite cette odeur : circulant dans son corps, fendant son cerveau, l'odeur de la mort mêlée à celle du sang qui commençait à couler entre ses jambes. Des visages qu'elle distinguait vaguement. Étaient-ils masqués ? Combien étaient-ils ? Deux, trois ? Une voix qui lui résonne dans la tête quand elle revient à elle : « Ça s'appelle Öztürk, en plus. Qu'est-ce que t'as de turc, sale pute ! »

À nouveau cette odeur… l'odeur qu'elle avait sentie à la morgue en contemplant le visage pâlot et triste de l'enfant, d'une si grande beauté, d'une si grande jeunesse. L'odeur bien connue des salles de torture et des morgues, partout dans le monde.

Le souvenir d'une odeur s'échappant des profondeurs les plus reculées de sa mémoire : un ancien konak à Erenköy. Dans le jardin, il y avait des glycines, des néfliers du Japon, des magnolias et un puits avec un treuil. Dans quelle chambre tante Şahver est-elle morte ? « À l'étage du haut, dans la dernière chambre au fond du couloir, côté pergola », dit son père. Elle doit avoir dans les cinq ans, elle ne va pas encore à l'école. « Ne t'aventure surtout pas dans cette chambre, tu prendrais peur. »

Au beau milieu de l'été. L'odeur des jasmins et des roses pompon se diffuse dans l'air. Le jardin du vieux konak est un paradis végétal mal entretenu où se mêlent toutes sortes d'herbes et de fleurs. Il fait chaud, très chaud. La levée du corps de Saraylı Şahver Hala[1] a eu lieu tout juste hier. Sur la table en bois au milieu de la pergola où s'entremêlent jasmin et chèvrefeuille se trouve une carafe de jus de griotte glacé. Son père, sa mère, les tantes et les oncles sont plongés dans une discussion sur le devenir du konak. « Les terrains ici ont commencé à prendre de la valeur, on vendra le konak à un entrepreneur. » Elle se faufile dans la maison en tâchant de ne pas faire bruisser les volants de sa robe en taffetas rose. Elle gravit les marches, la tête rentrée dans les épaules. « La dernière chambre côté pergola », avait dit son père. Elle examine une à une les portes de chaque pièce. Toutes sont fermées à clef. Le cœur battant, elle tourne la poignée de la dernière chambre. Une porte en bois ouvragé qui s'ouvre en grinçant. Les lourds rideaux de velours sont soigneusement fermés. Une mince rai de lumière filtre par la fenêtre, par l'interstice entre les deux pans de rideaux. Tandis que ses yeux s'accoutument à l'obscurité, elle distingue vaguement le lit, le couvre-lit en satin bleu, les

1. En turc, « Tante Şahver issue du Sérail ».

coussins en velours entassés dans un coin. Puis elle sent l'odeur : l'odeur de la mort…

Le froid terrible de la morgue lui glace les sangs. Dans son dos, des frissons. L'odeur. Cette épouvantable odeur, cette odeur à vous rendre dingue devient de plus en plus intense. « Cette odeur, je l'ai déjà sentie auparavant. Ce mort, je l'ai déjà vu aussi. Ce cadavre, je l'ai déjà identifié autrefois. »

Elle frémit en prenant conscience qu'elle a dit cela à voix haute.

— C'était un de vos proches ? demande l'un des employés d'un ton indifférent.

— Non. Je le connaissais uniquement par nécessité professionnelle. Puis-je sortir à présent ? L'odeur… Je ne supporte pas cette odeur.

— C'est l'odeur du désinfectant, madame. Calmez-vous, s'il vous plaît.

***

À la conférence de rédaction du matin, tout le monde s'était étonné quand elle avait déclaré qu'elle ne couvrirait pas la communication semi-officielle ayant pour thème « La Turquie dans le processus de démocratisation » organisée à Paris par le gouvernement turc qui œuvrait alors pour l'adhésion à l'Union européenne, et qu'il faudrait dépêcher quelqu'un d'autre si cela était si important. L'ensemble de ses collègues savait pourtant combien elle était attentive à tout ce qui concernait la Turquie, comment elle guettait l'incident le plus anodin et se battait pour que l'information soit relayée par le journal.

À peine avait-elle annoncé qu'elle n'irait pas à cette réunion qu'elle se mit, par peur d'être percée à jour, à aligner un à un les prétextes qu'elle avait précipitamment trouvés : il se tenait à la même heure un rassemblement des associations turques et kurdes d'Irak du Nord, et c'était quelque chose d'essentiel ; de toute façon, ce n'était pas la peine de trop espérer de ce genre de conférence ; vu que le gouvernement n'irait pas au-delà du discours officiel, le communiqué de presse serait largement suffisant pour couvrir l'info…

Pour montrer qu'il suivait la Turquie de près et maîtrisait le sujet, le rédacteur en chef chargé de l'international avec qui elle ne s'était jamais entendue demanda :

— Malgré l'intéressante personnalité politique de M. Murat censé s'exprimer dans cette réunion ?

Il prononçait ce nom à la française, « Mura », et non « Mourate ».

— Oui, malgré la personnalité de M. Murat que vous qualifiez d'intéressante, répondit-elle en appuyant la prononciation turque de ce nom.

Ils ne s'aimaient pas et tous deux manifestaient ouvertement leur mutuelle inimitié. L'homme n'appréciait pas qu'une femme d'origine turque travaille à la rédaction d'un journal respecté, qui plus est à un poste important. Les Turcs maintenant, comme si les Algériens et les Marocains ne suffisaient pas ! Réfugiée politique, et communiste par-dessus le marché…

De telles pensées flottaient dans l'air, même dans ce journal pourtant plutôt réputé à gauche. Parfois dans le regard d'un collègue, parfois dans un silence éloquent, parfois encore elles s'exprimaient sans fard, avec impudence, elles blessaient. Être ici, parmi eux, c'était vous faire accepter, sur un fil oscillant entre faveur et tolérance, et même si tel n'était pas le cas, vous pouviez le ressentir ainsi du fait de votre susceptibilité exacerbée d'étrangère, d'exilée, d'Orientale. À plus forte raison si vous laissiez sans réponse la question suivante : « Je me suis toujours demandé comment les musulmanes étaient au lit. »

— Comme vous voudrez, madame Öztürk. Je veux que vous me rédigiez un article de fond pour ces deux infos. J'espère que vous saurez rester neutre. Vous connaissez M. Murat personnellement ? Au ton de votre voix, j'en déduis que vous ne l'appréciez guère.

— C'est quelqu'un dont j'ai suivi le parcours pour les besoins de mon travail. Je ne le connais pas de près. Son ascension au sein de l'État, sa réussite et sa nomination à des postes importants ont eu lieu à une époque où j'avais déjà quitté la Turquie. Je n'ai aucun préjugé contre lui. Je pense que c'est un bon bureaucrate, qu'il maîtrise bien son sujet. Si personne d'autre ne couvre la conférence de M. Murat, je me procurerai le communiqué de presse et je rédigerai un article, ne vous inquiétez pas.

Est-ce que je le connais personnellement ? Est-ce que je connais son visage empreint des traits de l'aristocratie balkanique héritée de ses aïeux ; ses mains, ses yeux, sa voix, la chaleur de son corps mince et puissant, les poils blonds sur sa poitrine ; sa confiance en lui qui masque sa solitude ou l'y condamne ; son parler, sa voix au ton et à l'inflexion calculés et néanmoins naturels et sincères ; son obstination qu'il tient pour de la cohérence, ses marchandages qu'il prend pour de la haute politique, ses refus glacials, son inflexibilité, ses soudaines flambées d'enthousiasme qu'il parvient aussitôt à brider et, contredisant tout cela, sa façon furieuse et passionnée de faire l'amour ?

Non, personnellement, je ne connais pas Arın Murat ; je le connais avec mon corps, mon cœur et mon cerveau. Je le connais à travers l'Istanbul de mes dix-huit ans, de mes vingt ans ; à travers les arbres de Judée du Bosphore, les mimosas des îles des Princes, les pleines lunes de la baie de Bebek, par les lits incrustés de nacre des anciens yalı blancs ; par les vapeurs de nuit qui filaient sur le Bosphore, avec leurs rangées de fenêtres allumées rappelant les antiques bordures festonnées que nous cousions au bord des tissus sur lesquels on s'entraînait aux travaux d'aiguille dans les cours de travaux manuels à l'école primaire ; à travers les vers de poèmes d'amour comme « *Je te suis obligé* ». Je le connais à travers la jeunesse, la révolte, la magie, les espoirs et les tristesses du Paris d'il y a vingt-cinq ans, à travers cette vieille ville insensée que nous croyions nôtre et que nous enviions aux touristes, aux étrangers en oubliant notre propre statut d'étranger et d'exilé.

C'est surtout par sa voix que je le connais. Une voix au téléphone qui résonne par-delà les années – de très longues années. Une voix fantomatique qui surgit au téléphone juste au moment où je pense avoir commencé à l'oublier, précisément le jour où je crois avoir réussi à l'enfouir tout au fond du panier si chargé de souvenirs que même à moi il semble lourd.

Elle retourne trente ans plus tôt. « Il s'est exactement écoulé trente ans, c'est incroyable ! »

Elle a dix-neuf ans. Dans le petit salon de leur minuscule demeure qui ne permet aucune intimité, elle attend, assise par terre, près du guéridon où est posé le téléphone. Elle essaie de se concentrer sur le livre qu'elle tient sur ses genoux, en vain. Elle ne voit que des petits signes noirs. Elle ne cesse de compter les trous dans les pieds vermoulus du guéridon et les nœuds dans le revêtement en noyer. « Je vais compter jusqu'à mille. Si d'ici là le téléphone ne sonne pas, j'arrêterai d'attendre. » Son cœur bat à tout rompre. Elle observe du coin de l'œil sa mère et sa sœur occupées dans la cuisine. Pourvu qu'elles n'entrent pas dans la pièce au moment où le téléphone sonnera ! Quatre cents, quatre cent dix, sept cent quatre-vingt-sept, neuf cent quatre-vingt-dix-neuf… Le téléphone ne sonne pas. Son cœur s'agite, elle le sent qui tombe comme une pierre dans sa poitrine, au niveau de l'estomac. Elle a la nausée. « Il ne faut pas que j'appelle, il faut que j'attende que ce soit lui qui appelle. » Elle sait qu'elle ne tiendra pas et qu'elle appellera. Elle recommence à compter : douze, quatre-vingt-neuf, trois cent six, six cent soixante-quinze, neuf cents, neuf cent quatre-vingt-dix-huit, mille ! Le téléphone ne sonne pas. Sa sœur est depuis longtemps entrée dans le salon, sa mère a terminé de laver la vaisselle et s'apprête à s'asseoir dans le fauteuil sous le lampadaire. Elle n'a que quelques secondes. Elle compose précipitamment le numéro. « Si quelqu'un d'autre répond, je raccrocherai. » On décroche immédiatement. « Il était donc devant le téléphone. Peut-être allait-il justement m'appeler. Si seulement je n'avais pas appelé… » Mais trop tard.

— Allô, dit-elle doucement. Allô, c'est moi.

Une hésitation à l'autre bout du fil.

— Ah, c'est toi !

Sa voix est ennuyée et lointaine. Elle fait comme si de rien n'était.

— J'ai attendu ton appel. Et puis… Et puis, je me suis dit que tu n'avais peut-être pas réussi à me joindre. Notre ligne est tout le temps occupée…

Leur ligne n'était jamais occupée. Dans cette maison où la première préoccupation était d'arriver à joindre les deux bouts chaque fin de mois, le téléphone était un luxe dont il ne fallait pas abuser. Tous deux le savaient. Le jeune homme n'éprouve même pas le besoin d'inventer un mensonge pour faire plaisir à sa bien-aimée. Il ne ment jamais d'ailleurs. Il n'a aucun besoin de mentir.

— Je n'ai pas pu téléphoner, dit-il. J'ai beaucoup de choses à faire. Il faut que je travaille.

— On ne se voit pas demain ? demande-t-elle avec un dernier espoir.

— Je ne sais pas. En fin de journée peut-être. Je t'appellerai.

Tâchant de réprimer le sanglot qui l'étreint, la jeune fille murmure :

— Si tu savais comme tu me manques.

Elle entend la voix de sa mère :

— Avec qui parles-tu encore à voix basse comme ça ? On voit que ce n'est pas toi qui règles les factures de téléphone en début de mois…

Les soucis quotidiens des familles de fonctionnaires aux maigres revenus. Le fil ténu entre parcimonie et pingrerie, entre classe pauvre et classe moyenne. Loyer, factures de téléphone, transports en commun, argent de poche qui sont tout le temps un problème. Le budget familial qui était passé de deux salaires de professeur à un seul à la mort subite du père. Les travaux de couture auxquels la mère s'attelait une fois rentrée du travail jusqu'à minuit, après avoir aidé ses filles à faire leurs devoirs ; les motifs de canard et de lapin cousus au revers des manteaux d'enfants ; la toile à patron ou les revers faufilés sur le devant des vestes, au col ou dans la doublure ; les fleurs cousues sur les jupes…

Elle retirait les pièces dans un vieux han en ruine situé dans les petites rues de Cağaloğlu et les rapportait à leur domicile, à Levent. Pour éviter des frais, elle ne prenait pas de taxi. Elle traînait jusqu'à l'arrêt de bus les deux gros sacs qu'elle devait poser par terre à chaque coin de rue pour reprendre son souffle ; elle se calait avec ses sacs dans un coin de la plate-forme arrière du bus Cağaloğlu-Levent qui passait une fois par heure. L'autobus se remplissait tout le long du trajet, ses portes lâchaient des flots de voyageurs, les gens éreintés et hagards qui peinaient à tenir debout grommelaient à la vue des sacs presque aussi grands que la jeune fille, ils se fâchaient de la voir occuper la place de trois personnes avec un seul billet. Elle avait envie de disparaître sous terre, le sang lui montait aux joues, ses paumes étaient moites, elle gardait le silence.

Un soir, un beau soir d'été, elle décida d'envoyer paître bougrans, motifs de lapin, de canard, et bobines de fils colorés, les vêtements d'enfants multicolores, les effrayantes salles du han de Cağaloğlu et les sombres bureaux de confection qui s'engraissaient sur le travail payé au lance-pierre, ainsi que la honte qu'elle éprouvait tandis que, les bras chargés de coupons et de bobines de fils, elle était pressurée sur les plateformes arrière des bus municipaux. Elle avait dix-huit ans.

Il faisait chaud. La porte de la véranda et toutes les fenêtres à l'arrière de la petite maison sur un seul niveau étaient ouvertes en grand. Le parfum enivrant des lys et du chèvrefeuille s'engouffrait à l'intérieur en même temps que les moustiques attirés par la lumière et le sang frais. Sous le lampadaire, la tête penchée sur son ouvrage, sa mère travaillait, coupée du monde. Ce soir-là, elle remarqua pour la première fois que les cheveux de sa mère avaient commencé à blanchir, que ses épaules s'étaient affaissées, qu'elle avait vieilli. « Pourtant, elle a quarante-cinq ans à peine. Depuis combien de temps n'ai-je pas fait attention à elle ? Je suis toujours passée devant elle comme devant un vieil objet oublié. » Cela lui fit mal. Elle pensa à la distance, au manque de communication qu'il y avait entre elle, sa mère et sa sœur.

Devinant sans le voir le regard posé sur elle, sa mère releva la tête et la considéra d'un air éteint.

— Tu voulais quelque chose ?

— Arrêtons là, maman, murmura-t-elle en enlevant les bouts de fil collés sur sa jupe. Arrêtons ce travail maintenant. Je n'irai plus jamais chercher des pièces à coudre. Et je ne toucherai plus à un fil et une aiguille.

Elle sortit rapidement dans le jardin par la porte ouverte. La lune était pleine et sous sa clarté les lys paraissaient encore plus blancs qu'en plein jour. Elle s'assit sur les marches de la véranda. Elle inspira profondément l'air chargé d'effluves de fleurs. Du jardin d'à côté provenaient les cris joyeux des enfants qui jouaient à cache-cache. « Trois ou cinq ans plus tôt, nous aussi nous courions partout ainsi. » Des maisons voisines lui parvenaient les odeurs de barbecue, les rires et les conversations. Sa famille et elle vivaient depuis longtemps dans ce quartier, dans cette petite maison, au point qu'elle était capable de reconnaître chaque personne à son rire, à sa voix, à l'odeur du plat qu'elle préparait. Elle aimait cet endroit. Elle se sentait en sécurité parmi ses pairs. « Ici, c'est toute mon enfance, ma jeunesse, mon univers ; mes amis, mes confidentes, mes amours d'enfance, mes rêves… Qu'est-ce qui me manque alors ? Quelle est donc cette insatisfaction en moi, ce vide, ce froid ? »

Elle comprit que, désormais, cette tranquille petite maison, ce quartier aux rues embaumant le jasmin et le tilleul l'emprisonnaient dans une paix et une sécurité étouffantes ; que la chemise d'innocence dont on revêtait ses dix-huit ans était devenue trop étroite pour son corps empli de désir.

Elle rentra sans rien dire. Sa mère poursuivait son ouvrage comme si de rien n'était à la lumière du lampadaire. Remarquant sa présence, elle leva la tête.

— Tu as raison, ces derniers mois ont été très éprouvants pour toi. Entre tes examens de fin d'année et ces travaux… Va faire un tour chez les voisins si tu t'ennuies. Il ne reste que quelques pièces, de toute façon. Terminons-les cette nuit, tu les rapporteras demain. S'ils nous paient immédiatement, la semaine prochaine, nous irons au camp de vacances pour les professeurs à Silivri. J'ai réservé.

— Maman, allez-y toutes les deux avec Ülker. Demain, je rendrai le travail et récupérerai l'argent. Mais c'est la dernière fois. Ne compte plus sur moi pour ça. Si vous y tenez vraiment, continuez à coudre des motifs de Mickey, toi et ma princesse de sœur. Elle n'a qu'à se fader ces saletés de sacs de Cağaloğlu jusqu'à Levent – elle poursuivit en imitant la voix de sa mère : Ülker est une princesse, elle est délicate, elle est douce comme la soie. Mais il serait temps de lui mettre un peu de plomb dans la cervelle.

Elle s'étonna de la véhémence de sa colère contre sa sœur, de cette animosité qu'elle-même était incapable de s'expliquer. L'expression de peur mêlée de tristesse qui se peignit sur le visage fatigué de sa mère lui provoqua un pincement au cœur. Afin de la rassurer, non par amour, mais par habitude et sens des responsabilités, elle se demanda comment réparer au plus vite ce qu'elle avait dit.

— Je suis prête à donner des cours à des gosses de riches stupides et dissipés. Les cours de sciences en français, ça rapporte pas mal, surtout à domicile. J'ai entendu dire que les diplômés de notre école étaient très recherchés. Ne t'inquiète pas, maman, j'assumerai la part qui me revient.

« J'ai toujours assumé ma part, et même davantage. À l'école, chaque matin, nous prêtions serment d'allégeance, à tue-tête, sans réfléchir à ce que cela signifiait : “Je me dois de protéger les plus petits et de respecter mes aînés, d’aimer mon pays et ma nation plus que moi-même.” À l’école française, en colle, on nous donnait comme devoir quelque chose à recopier des centaines de fois. À la maison, on nous enseignait que les devoirs envers la famille étaient aussi sacrés que ceux envers la patrie, la nation et l’État. Mon père aimait ces vers qui disaient : “Le droit n’existe pas, il n’y a que le devoir[1].” Il nous faisait apprendre par cœur cet autre poème : “*Il y a un village là-bas au loin... / Que nous y allions, que nous le voyions ou pas, ce village est le nôtre*[2].” Ma vie n’était que devoir. D’abord envers ma famille, ma mère, ma sœur, l’école, mes professeurs, la nation, la patrie ; ensuite envers le peuple, la classe ouvrière, la révolution, le parti, le monde. À croire que j’avais une dette de naissance envers tout et tout le monde. »

Elle avait assumé sa part – sans même se demander pour quelle raison ce devait être son lot. Dorénavant, elle allait donner des cours dans trois domiciles différents. Même si elle avait parfois envie de hurler d’ennui ou de donner une bonne raclée à ces gosses crétins et paresseux, elle arborait un sourire tenant du rictus et, avec une patience hypocrite, elle essayait d’enseigner quelque chose.

***

À la sortie de la morgue, elle fut soulagée en remarquant qu’elle n’était plus flanquée des deux agents, qui marchaient à présent d’un pas indolent derrière

1. Vers célèbre de l’écrivain et sociologue Ziya Gökalp (1876-1924), promoteur du « pantouranisme ».
2. Le plus connu des poèmes d’Ahmet Kutsi Tecer (1901-1967).

elle. La porte principale une fois franchie, la fraîcheur vespérale de septembre lui fouetta le visage. Elle prit une profonde inspiration. L'automne. Une saison qu'elle pensait être capable de reconnaître simplement à la texture de l'air, à sa douce luminosité, même si elle restait enfermée mille ans dans un obscur cachot et perdait toute notion du temps, des saisons et des climats.

L'automne à Paris : *Les Feuilles mortes*, Yves Montand, Brassens, *La dernière fois que j'ai vu Paris*, Sartre, *Ne me quitte pas*, *Bonjour tristesse*, l'amour vécu au grand galop, la révolution qui se répandait des cœurs et s'épanchait dans la rue, les affiches du *Chat noir* de Toulouse-Lautrec, la soupe à l'oignon dans les anciennes Halles, huîtres et vin blanc, les slogans « Il est interdit d'interdire » et « La rue est belle » sur les murs, Marcuse, *L'Homme unidimensionnel*, Marx, Althusser… Les berges de la Seine jonchées de feuilles mortes rouge et jaune comme dans la chanson, les boulevards, les parcs… Comme si cette ville immense se réduisait simplement à une feuille morte. La pluie qui se met subitement à tomber, les fameux cafés du Boul'Mich' et de Saint-Germain où l'on se réfugie en courant. Quand nous étions argentés, nous allions surtout au *Café de Flore* ; on guettait Sartre, et il venait… Septembre à Paris : dans les Halles, les effluves mêlés de poisson, de fruits de mer, de soupe à l'oignon, de fleurs, d'aromates et de charcuterie. Les chrysanthèmes, les asters, les œillets, les souris blanches, les lapins, les oiseaux du marché aux fleurs, les bateaux-mouches promenant les touristes sur la Seine, les bouquinistes de la rive gauche ; sous les ponts, les clochards au fil du temps moins nombreux, devenant presque une attraction touristique.

« Sur les étals des bouquinistes alignés de part et d'autre de la Seine telle la fidèle reproduction d'une affiche de Paris, nous farfouillions parmi les livres, les papiers, les gravures et les cartes postales ; quand nous tombions sur un livre que nous cherchions depuis longtemps, nous poussions des petits cris de joie. Le restaurant de sept tables à peine de Madame Sophie, une Arménienne émigrée à Paris, était situé dans une des rues adjacentes au boulevard Saint-Germain. Quand elle posait le plat devant vous, elle disait "*Yiyin, yiyin, bon'dur, bon'dur*[1]", en mélangeant des mots français au turc qu'elle avait commencé à complètement oublier à mesure que les années passaient ; les bougies fichées dans des bouteilles de vin couvertes de stalactites de cire multicolores. Le matin, le beurre qu'on étalait sur des baguettes de pain frais et croustillant, les croissants tout chauds achetés à la boulangerie d'en face… tout ce qui faisait que Paris était Paris, tout ce qui préservait encore sa magie malgré son aspect banal et éculé, tout ce qui résistait à notre arrogance de prétendus intellectuels, tout ce que nous aimions malgré nous… »

Un jour pluvieux de septembre, elle passe par Saint-Michel. Revêtue d'un mince et vieux pardessus. La pluie mouille ses cheveux, son visage, ses mains. Elle n'accélère nullement le pas pour se réfugier dans le café estudiantin où ses amis et elle ont coutume de se retrouver. Elle se moque de la pluie. Elle espère au contraire que les gouttelettes s'infiltrent jusque sous sa peau, jusqu'à son cœur pour refroidir la révolte et la tristesse qui l'habitent. Dans quelques jours, elle quittera cette ville. Est-ce simplement l'idée de partir qui lui vrille ainsi l'intérieur ? « J'avais vingt-trois ans,

1. « Mangez, mangez, c'est bon, c'est bon. »

j'étais amoureuse ; j'avais espoir en la vie, j'étais désespérée en amour et j'avais naturellement du chagrin. »

Automne à Paris : tout cela, notre jeunesse et tant d'autres choses encore. Et puis, ce sentiment impossible à nommer et à définir ; non, pas de l'amour ; une obsession qui faisait souffrir. Une aspiration non partagée à être dans une relation où toute idée de couple avait depuis longtemps été évacuée ou n'avait même peut-être jamais existé, une sombre et brûlante nostalgie qu'elle portait et nourrissait en elle. Quelque chose comme de l'autoérotisme, comme l'écho de sa propre voix au fond d'une grotte.

À l'entrée de la morgue, elle aspire l'air froid. En elle, une effrayante impassibilité, une profonde solitude. Une feuille jaunie – ce doit être une feuille de platane – effleure les marches et tombe à ses pieds. Elle se penche et la saisit. Paroles inoubliables d'une chanson inoubliable : « *Les feuilles mortes se ramassent à la pelle ; les souvenirs et les regrets aussi. Et le vent du nord les emporte dans la nuit froide de l'oubli.* »

Pénombre. La nuit froide du deuil et de l'oubli se profile. Nuit sombre et vide où ni les souvenirs ni les regrets ne ramèneront personne ni quoi que ce soit. « Et moi, je suis toute seule sur le seuil de cette nuit qui approche. » L'émotion qui l'étreint prend d'abord les couleurs de la peine avant de se muer en peur. « Je suis seule au monde, toute seule. Alors que nous étions si nombreux, nous étions une telle foule… »

Debout sur les grandes marches en marbre de l'Institut médico-légal, une feuille sèche de platane à la main, elle reste là, hésitante. Un homme en civil s'approche d'elle. Il lui montre sa carte d'agent de la sécurité et lui enjoint poliment de l'accompagner jusqu'au centre pour signer le procès-verbal d'identification, et peut-être aussi répondre à quelques questions. Ils se dirigent vers la voiture noire à l'immatriculation officielle garée devant le trottoir.

Pourquoi ces véhicules officiels sont-ils toujours noirs ? Le noir est-il la couleur attitrée de la force, du pouvoir, de l'État et de la mort ? « Je divague, pense-t-elle. Je divague, et dans la situation où je me trouve, il n'y a rien d'autre à faire. »

***

On s'imagine souvent que ces automobiles sont noires, mais ce n'est pas toujours le cas. Celle qui était arrivée un jour de juin de l'année 1971 dans la cour intérieure de la prison militaire de Yıldırım Bölge[1] – quelques baraques montées à la va-vite au centre de la caserne – ne l'était pas ; c'était une Chevrolet 1958 aux garde-boue bordeaux et à la carrosserie beige.

Le centre de détention était un bâtiment jaune, avec de lourdes portes métalliques, tout en longueur et sur un seul niveau. Comme il était censé n'être que provisoire, on n'avait même pas mis de grilles aux fenêtres. Seize jeunes filles de dix-huit à vingt ans, pour la plupart élèves ou professeurs toutes fraîches émoulues des écoles des maîtres d'Anatolie centrale ; trois entraîneuses incarcérées pour avoir exigé des sous-officiers venus au bar qu'ils règlent le prix de leurs consommations, et puis elle ; vingt femmes alignées autour de la longue table en bois au milieu du dortoir, plongeant leur cuiller dans leur écuelle en cuivre piquée de vert-de-gris de la soupe du matin à l'aspect d'eau de vaisselle.

1. Yıldırım Bölge (la section Éclair) : prison militaire construite à Ankara dans le quartier de Kazikiçi Bostanları après l'intervention militaire du 12 mars 1971.

Voilà deux jours qu'on l'avait amenée ici. Les filles tout juste sorties de l'enfance qui se connaissaient de l'école pour la plupart, qui chantaient sans cesse des marches révolutionnaires, des airs enjoués, des chansons populaires turques, et qui ne semblaient guère souffrir de leur situation, étaient bien plus expérimentées. Avec les habitudes acquises au pensionnat, elles se perchaient sur leurs couchettes superposées et, usant de mille et un stratagèmes pour amadouer les mehmetçik et les gardiens chargés de les surveiller, elles se faisaient rapporter du thé, du chocolat, des chewing-gums et du cola du réfectoire des officiers.

Le dortoir était plein, il ne restait pas un seul lit disponible. En guise de cadeau de bienvenue, les filles avaient libéré la couchette inférieure d'un des lits superposés pour la donner à Ülkü, et les deux jeunes aspirantes institutrices qui l'occupaient avaient alors commencé à partager le même matelas. Ça sentait la sueur et la crasse. Dès l'instant où Ülkü posait la tête sur l'oreiller, l'odeur devenait si forte qu'elle l'amenait au bord de la nausée. Pour ne pas vexer les filles pétries de bonnes intentions et du sens du sacrifice, elle avait expliqué à Serap que, toute la nuit, elle était restée assise sur le lit et, à celles qui lui demandaient pourquoi, qu'elle avait eu une insomnie.

Le bruit de moteur qui supplanta le brouhaha des conversations et le tintement métallique des cuillers plongeant et ressortant des écuelles de soupe provoqua une vague d'agitation autour de la table. Les filles grimpèrent sur les couchettes superposées devant les hautes fenêtres pour mieux voir ce qui se passait.

— Cette Chevrolet est déjà venue la semaine dernière. Plusieurs détenus du dortoir des hommes y avaient été embarqués.

— C’est peut-être avec cette voiture qu’on procède aux libérations.

— Ce qui veut dire qu’on les amène ici dans une mauvaise jeep et qu’on les reconduit à la sortie dans une voiture de luxe.

— Qu’ils crèvent, les fascistes et leur luxe, que leurs voitures se désintègrent !

Ces filles toutes jeunettes qui résumaient les raisons de leur détention en un slogan : « À cause de ces sales fascistes, des valets de l’impérialisme ! », qui vainquaient la peur avec leur innocence et leur témérité enfantines, qui jouaient les héroïnes dévouées à la classe laborieuse comme elles l’avaient lu dans les romans révolutionnaires.

L’aube n’avait pas encore point quand ils étaient venus la « cueillir » deux jours plus tôt. Tandis qu’ils tambourinaient à la porte comme s’ils voulaient la défoncer, elle essayait dans son rêve de faire front face aux vagues d’une mer tempétueuse.

Ils étaient si nombreux, si brutaux, si effrayants. Quand elle leur ouvrit la porte dans sa chemise de nuit à motifs de Mickey, elle ne s’inquiéta même pas des armes à canon long braquées sur sa poitrine. Parce que tout était complètement surréaliste, voire comique. Les cheveux en bataille, ensommeillée, enfantine, ridicule, elle était seule et sans défense face à ce groupe d’hommes armés et en uniforme.

Ils parurent avoir un moment d’hésitation. Ils pensèrent peut-être qu’ils s’étaient trompés d’adresse. La jeune femme qui se tenait devant eux ne correspondait en rien au modèle type du militant communiste tel qu’ils se l’imaginaient. Les soldats portaient tous l’uniforme de commando kaki taché de vert et de marron qu’on voit dans les films américains. L’un des officiers avait le grade de lieutenant, l’autre de commandant. Ils ne jugeaient pas nécessaire de cacher leurs galons ; ils croyaient qu'ils faisaient leur devoir, qu'ils s'employaient à libérer la patrie des communistes séparatistes. Ils avaient pourtant l'air un peu gênés, hésitants. Ils semblaient se demander ce qu'ils faisaient là avant l'aube, ce qu'ils cherchaient dans cette maison, quel pouvait bien être le délit reproché à cette toute jeune femme encore somnolente.

La voix du commandant de l'équipe passait constamment de la douceur à la dureté, du vouvoiement au tutoiement. Tandis que ses hommes éventraient et retournaient les lits, les tapis, les étagères de la bibliothèque, de la cuisine, les fauteuils et même la poubelle, à la recherche de documents secrets, il lui hurlait dessus, avec la rage de ne pas réussir à mettre la main sur ce qu'il cherchait : « À cause de vous, communistes traîtres à la patrie, nous n'avons plus ni paix ni repos ! » Tel un commandant victorieux, il brandissait les livres qu'il trouvait et lui agitait sous le nez, incapable de juger s'ils étaient nuisibles ou pas – *Que Faire ?* de Lénine, le livre I du *Capital* de Marx, *Derniers poèmes* de Nâzım Hikmet, numéros de la revue *Aydınlık*, programme du TIP[1], revue *Emek*, *La Mère* de Gorki, notes de cours de l'université, *Lire le Capital* d'Althusser, des affiches… Lui-même mal à l'aise dans ce qu'il était en train de faire, il marmonnait : « Je sais bien qui vous êtes. Vous dites : “Ces ignares ont déboulé à la maison et ont même embarqué le *Larousse* en croyant que c'était du russe”, voilà ce que vous racontez. Tout ça, c'est de la propagande communiste et sioniste internationale. »

Pendant que le commandant s'occupait des livres, le lieutenant s'était attaqué aux photos et aux petits

1. *Türkiye İşçi Partisi* (Parti des ouvriers de Turquie).

objets décoratifs sur les murs. Il descendait les photos une à une, regardait leur dos et s'agaçait de ne rien trouver. Tout à coup, son regard s'arrêta sur les vers inscrits à même le mur au feutre bleu : « *Toi je t'aime comme je mange le pain avec du sel / Comme me réveillant dans la nuit brûlant de fièvre / Pour boire de l'eau j'appuie ma bouche au robinet* [...] / *Quand doucement la nuit tombe sur Istanbul / Toi je t'aime comme on dit "grâce au ciel, nous vivons*[1]". »

— C'est quoi, ça ? demanda-t-il, énervé.

— Un poème.

— Un poème de qui ? Qu'est-ce qu'il fout là, ce poème ?

« Il a dû grimper au mur », faillit-elle répondre, mais voyant que l'affaire ne prêtait pas à la plaisanterie, elle s'en abstint.

— Je ne sais pas, ce doit être de Yahya Kemal.

Le lieutenant avait envie de retirer ces vers du mur, de les réduire en charpie comme il l'avait fait des photos, des décorations et des affiches, mais ne sachant comment s'y prendre, il fulminait.

— Efface ces inscriptions ! ordonna-t-il abruptement à l'un des soldats. Si jamais c'était un code ou un mot de passe !

« C'est bizarre ! Exactement comme les camarades de l'association », pensa Ülkü. Chaque fois qu'ils venaient dans cette maison, eux aussi me disaient d'effacer ces inscriptions. Protester que ces vers étaient de Nâzım Hikmet ne servait à rien.

Ces vers, elle les avait écrits au mur parce qu'elle en avait besoin ; pour clamer de toutes ses forces

1. Traduit du turc par Münevver Andaç et Guzine Dino. « Toi je t'aime », dans *Il neige dans la nuit et autres poèmes*, de Nâzım Hikmet, Paris, Gallimard, 1999.

les émotions qui la submergeaient, le chagrin qu'elle s'évertuait à noyer dans ce tohu-bohu portant le nom d'activité révolutionnaire, sa passion désespérée, son désir et sa nostalgie inextinguibles. Elle avait besoin de chansons, de poèmes, d'alcool… de quelque chose qui dépasse la banalité du quotidien. Elle avait résisté pour ne pas effacer les vers écrits sur le mur, surtout ce magnifique « *Toi je t'aime comme je mange le pain avec du sel* » ; elle avait vécu la pression du milieu révolutionnaire sur sa vie privée comme un viol de son intimité ; elle avait été envahie par la colère et l'angoisse.

Le seul capable de mettre un terme aux discussions, ce fut lui, Ömer Ulaş, celui que les jeunes appelaient Ömer Ağabey ou Maître ; « Les maisons sont le domaine intime des gens, nous sommes dans leur sphère privée. Laissez tomber ces attitudes de révolutionnaires bruts de décoffrage », avait-il dit avec son air autoritaire et respectable. Et par la suite, pour raison de sécurité, il avait interdit qu'on se réunisse de nouveau dans cette maison.

Un jour où il passait récupérer les traductions d'Ülkü pour les rapporter à la revue, il avait demandé s'il y avait quelque chose à boire, un alcool fort – chose qui n'était absolument pas dans ses habitudes. Il y avait dans sa voix le ton coupable de l'enfant qui commet une bêtise en cachette de sa mère.

— Je me sens si fatigué parfois… lâche-t-il. Comme dit le poète : « *L'homme un soir se fatigue soudain de vivre sur une lame de rasoir*[1]. »

Dans ce poème, le vers précédent n'était-il pas : « *Aimer est parfois honteusement effrayant* » ? Comme

1. Extrait du poème *Ben Sana Mecburum* (non traduit en français « *Je te suis obligé* »), d'Attila Ilhan (1925-2005).

c'est bien ! Un homme qui lit de la poésie… Cela lui avait réchauffé le cœur, mais elle avait gardé le silence.

Ce jour-là, sans emphase poétique, mais d'une voix éloquente et profondément touchante, Ömer Ulaş avait déclamé l'intégralité du poème de Nâzım dont seuls quelques vers étaient écrits sur le mur.

— Ne fais pas attention aux idées reçues, avait-il dit. Les plus beaux poèmes de Nâzım, ce sont ses poèmes d'amour. Surtout ceux-ci : « Cheveux de paille blonde et cils bleus ». Tu les as lus ? Ils ont été réunis dans un recueil intitulé *Derniers Poèmes*. Je te l'apporterai la prochaine fois. Ce sont des poèmes qu'il a écrits à Vera. À ce moment-là, Nâzım était malade, impuissant peut-être. Vera le trompe. Nâzım le sait. Et il a beau être communiste, Nâzım reste un homme féodal, un homme turc. Son cœur saigne. Ses derniers poèmes d'amour sont des poèmes de crise intérieure. Ne t'inquiète pas de ce que disent nos jeunes. Ils sont encore très immatures, ils n'ont encore rien vécu. Contrairement à notre génération, ce n'est pas par la littérature ou la philosophie qu'ils sont venus au socialisme. Ils se sont retrouvés tout à coup embarqués là-dedans avec en main des répliques d'armes en plastique, de mauvaises traductions truffées d'erreurs de Staline, de Lénine et de Mao. Pour descendre aux sources du marxisme, ils n'ont ni les connaissances ni le temps nécessaire. Nous en pâtirons à l'avenir. Mais ce sont tous des gosses qui ont la conviction, la loyauté et l'héroïsme chevillés au corps. Il faut les éduquer. Si nous en avons encore le temps, naturellement.

Quand il revint la fois suivante, il lui avait rapporté le recueil de poèmes comme promis et un roman, *Le Cortège des vainqueurs*[1].

1. Premier roman de Max Gallo, publié en 1972.

Elle aperçut ce dernier parmi les livres qui s'amoncelaient par terre pour être fourrés dans un sac et emportés. Elle se demanda par quel instinct et en vertu de quoi le commandant avait ajouté ce roman aux « nuisibles ». Est-ce parce que le pouvoir est toujours dangereux ?

Tandis qu'elle signait le procès-verbal sur lequel figurait la liste des objets saisis, elle se reprocha de ne pas avoir effacé les mots inscrits sur le mur, d'avoir permis à ces types de faire brutalement irruption dans sa vie ; de ne pas avoir brûlé ses livres comme tout le monde. En réalité, il aurait fallu ne pas rester dans cette maison. On la jugeait sûre. À l'époque où ils recherchaient Deniz Gezmiş avant la proclamation de la loi martiale, ils étaient venus à plusieurs reprises dans cet appartement, ils avaient jeté un rapide coup d'œil et étaient repartis en s'excusant. Se fiant à cela, elle n'avait même pas pensé qu'ils pourraient la surveiller. « C'était un sentiment de confiance stupide et illusoire. Non, une naïveté crasse. Bon, je suis naïve et inexpérimentée, admettons, mais Ömer ? Pourquoi ne m'a-t-il pas avertie ? Nous voulons le pouvoir, nous croyons lutter pour l'obtenir et nous nous conduisons comme des gosses qui jouent aux cow-boys. »

Qu'ils lui fassent signer un procès-verbal officiel était malgré tout rassurant. Ça donnait l'impression que ce n'était que temporaire, qu'ils lui rendraient ce qu'ils avaient pris, que tout redeviendrait comme avant…

Elle écrivait son prénom et son nom au bas du procès-verbal quand le commandant, qui lisait pardessus son épaule, se mit de nouveau à fulminer.

— Öztürk, hein ? Est-ce que je dois cracher sur le Öz ou sur le Türk ?

— Crachez donc sur les deux si le cœur vous en dit, je n'y vois aucun inconvénient, répliqua-t-elle.

Tout à coup, elle se retrouva par terre. Sa tête heurta le coin du fauteuil ; elle crut s'évanouir de douleur, mais elle ne perdit pas connaissance. Les soldats la saisirent par les bras et l'obligèrent à se relever. Elle chancela.

Après ce premier acte de violence, le commandant avait retrouvé la forme et sa confiance en lui.

— Ne te fie pas à leur mine innocente. Ces traîtres à la patrie sont tous les mêmes. Ata l'a bien dit : partout où tu vois poindre la tête du serpent communiste, écrase-la.

— Ces paroles ne sont pas d'Atatürk, c'est prouvé depuis longtemps.

— Voyez ça, elle ergote encore. Allez, habille-toi ! Et ferme-la. Parce que si tu ne te tiens pas tranquille, non seulement je te taperai dessus, mais je te couperai aussi la langue. Vous vous prenez pour qui. Vous avez mis la main sur les universités, vous vous êtes infiltrés partout, mais vous ne connaissez rien à rien. Qu'elle s'habille et embarquez-la.

Quand elle entra dans le cabinet de toilette, ils lui ordonnèrent de laisser la porte entrouverte. Elle se lava la figure, les dents, elle fit ses besoins sans se soucier de la porte entrebâillée. Son regard se posa sur la petite poubelle près de la cuvette des W.-C. Ils avaient fouiné à l'intérieur, éparpillé un peu partout cotons et papier-toilette souillés. Un petit tas de tampons hygiéniques maculés de sang trônait sur le couvercle de la poubelle, comme pour signer leur victoire. Elle cacha quelques tampons et une boîte d'aspirine au fond de la poche du vieux pantalon qu'elle avait enfilé à la hâte.

— Prends ta carte d'identité et tout ce que tu as comme papiers. Prends aussi de l'argent.

Ils refermèrent soigneusement la porte et posèrent les scellés. Ils l'entraînèrent dans l'escalier au milieu d'un groupe de soldats lourdement armés et la poussèrent sans ménagement dans le véhicule militaire garé devant la porte. Dans l'immeuble, aucune lumière ne s'alluma, personne ne pointa le bout de son nez – pas même le voisin d'en face, employé de la chaîne TRT et lecteur de la revue *Devrim*. Pourtant, elle savait pertinemment que les habitants de l'immeuble étaient tous derrière leur porte, l'œil rivé au judas ou au trou de la serrure pour essayer de voir ce qui se passait et qu'ils se disaient : « C'était une fille sage et intelligente, elle n'avait pas l'air d'une communiste. Comment pouvions-nous deviner que c'était une cellule communiste ? »

« Comme je suis seule, pensa-t-elle. Comme nous sommes seuls… »

Devant sa gamelle de soupe, elle était plongée dans le souvenir de la nuit de son arrestation quand le lourd verrou de la porte blindée du dortoir des femmes disposé telle une chambrée de soldats s'ouvrit avec fracas.

— Öztürk ! brama la femme policier d'une voix rauque, éraillée et pleine d'aversion qui jurait avec la beauté de ses traits. Ülkü Öztürk !

Les jeunes aspirantes institutrices s'étaient agglutinées à la fenêtre du dortoir et essayaient de déceler de bons présages dans ce qu'elles voyaient.

— La même voiture est revenue. Espérons qu'on vient t'annoncer ta libération. D'ailleurs, on ne t'a pas fait passer d'interrogatoire, c'est donc qu'ils ne vont pas t'incarcérer.

Elle posa sa cuiller sur la table, se leva et se dirigea vers la porte.

— Allez, on y va, dit la policière.

Elle lui tenait fermement le bras droit.

— Comme ça ? Tout de suite ? Je n'ai pas besoin de prendre mes affaires ?

— Tu n'as pas grand-chose à prendre de toute façon ! Allez, abrège. Tu prendras tes affaires après.

La cour de la caserne était baignée de soleil. Après la pénombre de la chambrée, l'éclat de la lumière l'éblouit. Ce n'est qu'au bout de quelques secondes qu'elle parvint à distinguer la Chevrolet beige aux garde-boue bordeaux. Au même instant, deux hommes en civil l'encadrèrent. D'un mouvement aussi rapide que brutal, ils la poussèrent sur la banquette arrière. Ils s'assirent de chaque côté en lui tordant les bras dans le dos. Elle sentit qu'on lui nouait fermement un bandeau sur les yeux. Tout devint sombre, s'emplit de peur. La voiture démarra.

Encadrée par les deux malabars qui lui tenaient les bras pliés dans le dos, les yeux bandés… Combien de temps roulèrent-ils ainsi ?

La route fut longue, très longue… Peut-être était-ce juste une impression, peut-être qu'ils tournaient en rond et faisaient du surplace. Voilà qu'ils la font descendre et remonter sans ménagement dans un autre véhicule. Odeur forte d'essence et de gaz d'échappement, bruits de moteur… Avec son odorat si développé qu'elle dit avoir le flair d'un chien, elle comprend qu'ils se trouvent dans un garage. Ils ne parlent pas, ni à elle ni entre eux. Mais elle sait qu'ils sont nombreux, qu'ils communiquent par signes et agissent de concert. À présent, il y a juste un homme à sa droite et, bien qu'elle ne voie rien, aux vibrations de l'air, au bruit du moteur et à la façon dont ses jambes heurtent quelque part dès qu'elle les tend, elle comprend qu'elle se trouve dans un véhicule bien plus étroit que le précédent, une jeep probablement.

Ils roulent encore un moment. Le véhicule s'arrête. En même temps qu'on lui ordonne de descendre, elle sent qu'on la pousse dans le dos. Elle tombe face contre terre. Quelqu'un l'attrape par le bras et la relève. Ricanements, éclats de rire, clameurs : « Armée-jeunesse main dans la main, armée-jeunesse main dans la main[1] ! »

« Ils poussent la hardiesse jusqu'à ne même pas juger nécessaire de masquer leur identité, pense-t-elle – le désespoir l'envahit. Ma situation ressemble vraiment à une mauvaise blague. "Armée-jeunesse main dans la main" ! Je n'ai jamais adhéré à ce slogan, moi. Notre slogan, c'était "ouvrier-jeunesse main dans la main". C'est ce slogan qu'on scandait, c'est ce qu'on écrivait sur les pancartes quand on participait aux grèves et aux actions ouvrières. En réalité, je n'ai jamais crié. Dans les meetings, dans les défilés, je n'étais pas de ceux qui s'époumonent. J'avais beau lever le poing droit en l'air pour faire comme les autres et ne pas me faire remarquer, je n'étais pas très douée. J'avais l'air empruntée. Quant à l'avant-gardisme révolutionnaire des cadres de la bureaucratie civile et militaire, je n'y ai jamais cru, je n'ai jamais dévié de l'avant-garde ouvrière. »

Ömer Ulaş disait que, à gauche, il y avait très peu de personnes et de groupes qui analysaient correctement le mémorandum du 12 mars[2]. « Ce n'est pas le 8 mars[3] qu'attendaient les révolutionnaires, la junte militaire, les gauchistes ; mais un coup d'État fascisant pur jus au sein de la chaîne de commandement. D'ailleurs,

1. Slogan souvent utilisé par les nationalistes de gauche avant le coup d'État du 12 mars 1971 pour mettre l'armée de leur côté.

2. Sous prétexte d'enrayer les mouvements étudiants et ouvriers qui, depuis 1968, prennent un tour de plus en plus idéologique et politique jusqu'à se transformer en terrorisme sanglant, l'état-major remet au gouvernement le mémorandum du 12 mars 1971, forçant le gouvernement de Süleyman Demirel à la démission.

3. Tentative de coup d'État ratée.

même si ç'avait été le 8 mars, le résultat aurait été le même du point de vue de la classe ouvrière. »

À quoi bon l'expliquer à cette meute de bourreaux partis faire la chasse aux sorcières. Le simple fait de dire « non, je ne suis pas des leurs » n'est-il pas déjà abdiquer et trahir ?

Menottes aux poignets, cliquetis de chaînes… « On croit toujours que les mauvaises choses n'arrivent qu'aux autres ou dans les films ; et puis un jour, tu te retrouves subitement plongé dans un film d'horreur, pense-t-elle. Le côté bizarre, c'est que tout devient normal quand on le vit ; le sentiment d'effroi cède la place au combat pour se préserver de la douleur et de la mort. »

Ils sont foule maintenant. On les enchaîne les uns aux autres avec des menottes. De nouveau, l'ordre de monter. On les pousse dans un grand et large véhicule où ils s'entassent comme des sardines, en tirant mutuellement sur leurs chaînes et s'emmêlant les jambes dans celles des autres. Son dos, ses genoux, ses coudes, et parfois sa poitrine touchent d'autres corps ; en cette chaude journée de juin à Ankara, entre la chaleur des corps, les odeurs de transpiration, d'haleine et de crasse, l'air devient complètement irrespirable. Elle sent que quelqu'un qu'elle ne connaît pas, qu'elle ne voit pas, tire doucement sur ses menottes et la tire sur la droite. Puis elle entend un chuchotis à hauteur de son oreille droite. Celui qui s'adresse ainsi à elle s'efforce de parler sans bouger les lèvres : « Je m'appelle Mustafa Sarı, dis vite ton nom ; fais pareil avec la personne d'à côté. » Elle comprend ce qu'il veut : laisser un indice, une dernière information à ceux qui s'en sortiront vivants si jamais ils devaient « disparaître », ne plus revenir. Dégageant le plus possible ses poignets menottés à droite, elle tire sur la chaîne de la personne à sa gauche et lui parle de la même façon entre ses dents : « Je m'appelle Ülkü Öztürk. Dis-moi vite ton nom… » Elle ne sait s'il s'agit d'une matraque, d'une crosse ou d'un brodequin… mais la douleur et l'étourdissement qui suivent le coup qui s'abat sur sa tête l'empêchent d'entendre la voix et le nom de la personne sur sa gauche. Puis tout retrouve sa lourde et oppressante impassibilité d'avant. Air suffocant, mauvaises odeurs, chaleur de corps humains en sueur… Le véhicule démarre – probablement une camionnette militaire bâchée – et roule, entre bruits de moteur et gaz d'échappement, sur une route goudronnée d'abord, puis en terre battue.

Lorsqu'ils les font descendre sans retirer les chaînes de leurs menottes, les rires moqueurs et les sarcasmes du « comité d'accueil » qui les attend à leur sortie du véhicule – « Les paysans et les ouvriers n'ont qu'à venir vous libérer », « Courez-y à votre guerre populaire ! », « Sales communistes, salauds, traîtres à la patrie », « Armée-jeunesse main dans la main, tout droit en taule » – la blessent encore plus que le coup qu'elle a pris tout à l'heure sur la tête. Est-ce par nécessité qu'ils agissent ainsi ou leur hostilité est-elle vraiment exacerbée à ce point ? Sommes-nous dans une guerre civile qui ne dit pas son nom ? Tout à coup, au milieu des ricanements, deux grosses pattes lui glissent le long du dos pour se plaquer sous ses aisselles et elle sent le sol se dérober sous ses pieds. Elle se débat et lance un coup de pied en arrière. « On essayait de t'aider pour pas que tu tombes du marchepied, sale pute ! s'écrie l'homme. C'est inutile d'être gentil avec ces mécréants. » Elle aimerait pouvoir dire : « Excusez-moi, je n'avais pas compris que vous vouliez m'aider. » Non par crainte ou par servilité, mais parce qu'elle éprouve réellement de la reconnaissance et qu'elle s'est peut-être montrée injuste envers cet homme… Mais elle se ressaisit rapidement et se tait. Les règles de civilité de la vie quotidienne ne sont pas de mise ici. Ici, c'est un autre monde, régi par d'autres règles. Des règles qui se nourrissent de la mort ; des règles qu'elle va bientôt expérimenter et se rappeler pour le restant de ses jours…

Après les marches qu'on lui a fait descendre d'une façon qui rappelait le jeu « vole l'oiseau vole » de son enfance où quelqu'un était porté et lancé dans les airs par plusieurs camarades au milieu de joyeuses exclamations, ils longèrent à marche forcée un corridor interminable qui semblait relier une extrémité du monde à l'autre et qui résonnait de cris, d'insultes, de vociférations couverts par un air de danse anatolien. Le décor immuable de la préparation psychologique à la torture raconté par les vétérans. On a beau l'entendre, on a beau le lire dans les livres, dans les romans, on a beau s'y préparer, c'est une chose qu'on ne peut connaître sans la vivre. En elle, juste au milieu de la poitrine, quelque part entre les deux seins, non pas la peur ou l'effroi, mais la palpitation d'une émotion qui ressemble presque à une excitation sexuelle, qui lui monte le long du gosier, prête à bondir par la bouche. Elle se rend compte qu'elle veut vivre ce moment, cette expérience, qu'elle veut s'éprouver ; que si elle passe l'épreuve avec succès, elle fera la paix avec elle-même, qu'elle s'enrichira et sera plus forte.

Une lourde porte s'ouvre en grinçant. On les fait entrer dans un endroit tellement froid qu'ils en ont la chair de poule. On dénoue le bandeau de leurs yeux. C'est vaste, pas la cellule en pierre qu'elle s'était imaginée au premier abord. Les yeux bandés depuis on ne sait combien de temps une fois accoutumés à la lumière pâlotte, elle aperçoit les drôles d'instruments pendus aux murs – piques, étaux, des sortes de pinces rappelant des instruments chirurgicaux –, la table en bois supportant une vieille machine à écrire Remington juste à côté de la porte, la chaise en bois au milieu et, dans un coin, la table en métal ressemblant à la table d'examen d'un cabinet médical ou à un haut sommier.

Un homme en civil de grande taille et la tête couverte d'une cagoule laissant apparaître son nez la libère de ses menottes.

— En t'appliquant un peu, tu pouvais te défaire de tes menottes, tu as des mains aussi fines que des pattes d'oiseau.

Sa voix est douce, voire affectueuse ; il suscite en elle d'étranges associations d'idées.

« Tes mains sont comme de petites colombes blanches », disait Arın. L'une des petites phrases d'amour qu'il utilisait très rarement, très avaricieusement. « Pourquoi penser à ça maintenant, qu'est-ce que tout cela a à voir avec Arın ? » Elle essaie de remuer ses doigts engourdis. « Il faut que je réfléchisse à ce que je vais faire, à la façon dont je vais me comporter. »

Quand Ömer parlait avec les jeunes et que ce sujet était abordé, il disait : « Sous la torture, la règle c'est de ne rien lâcher d'autre que ton nom, si tu tiens naturellement, ou de balancer des détails insignifiants sur l'organisation en emportant les plus importants dans la mort. De donner des informations justes et détaillées concernant des personnes en fuite, introuvables ou n'ayant aucun rapport avec l'organisation et le mouvement. »

« Je n'ai jamais été une fervente militante, pense-t-elle. Bien que j'aie parfois eu envie de l'être, bien que je sache qu'une croyance aveugle facilite les choses, j'ai toujours posé des questions. Je n'ai pu être une camarade révolutionnaire ascète et imperturbable ; même dans les romans, je n'aimais pas ce genre de personnages féminins. Je ne suis pas de l'étoffe dont on fait les héros. Peut-être parce que je tiens trop à la vie. Qui avait dit que j'avais un instinct de survie étonnamment développé ? »

Elle pense qu'elle ne parviendra pas à garder complètement le silence. Le mieux est de faire comme si elle parlait en ne livrant aucune information.

À peine a-t-elle décidé de la conduite à tenir qu'elle se sent quelque peu soulagée, libérée. Les minutes, les heures, les jours suivants, quand elle s'évanouissait de douleur et de fatigue et retrouvait ses esprits avec l'eau qu'on lui balançait sur la figure, quand elle entendait vaguement le soi-disant médecin écouter son cœur et dire « elle vit, mais faites un peu gaffe », quand son beau corps sain tremblait sous les chocs électriques ; quand elle se sentait comme une braise et qu'on ne lui donnait pas une gorgée d'eau – non seulement pour la tourmenter, mais parce qu'elle était chargée d'électricité –, quand elle était couchée toute nue par terre, avec du sang qui coulait entre ses jambes, elle ne parlait pas, elle criait seulement de douleur.

Les moments où elle reprend conscience, elle essaie de penser à de belles choses. Des arbres en fleurs, arbres de Judée, mimosas, branches roses d'amandiers, fleurs blanches de pommiers, rosiers jaunes grimpants, la mer léchant doucement les galets brillants, les couchers de soleil à Istanbul, les cieux d'un bleu limpide, les toits enneigés ; tout ce qu'elle connaît et a vécu de beau…

Elle ne comprend pas pourquoi ils lui infligent tant de souffrances. Il faut qu'ils sachent qu'elle n'est pas quelqu'un d'important. Qu'aurait-elle donc à dire, à raconter, à lâcher ? Textes, débats, réflexions, livres, espoirs, enthousiasmes… Et une poignée de gens, jeunes pour la plupart, qui croient pouvoir prendre la Turquie puis le monde par la main pour les conduire à la libération, et pensent que cette cause vaut la peine qu'on souffre et qu'on meure pour elle. Voilà, c'est tout.

***

Devant le bâtiment de l'Institut médico-légal, une feuille de platane à la main, elle se tient face à Paris. Est-ce pour prendre sa déposition, son témoignage ou pour lui faire signer le rapport d'identification ? Elle ne sait pas encore où on va l'emmener ni dans quel but. Elle ne s'en inquiète pas non plus. « Nous irons jusqu'au centre », a dit l'agent. D'après son expérience de journaliste dans ce pays, elle se dit que l'endroit qu'il appelait le « centre » devait être dans les locaux de la préfecture de police.

Le véhicule garé contre le trottoir était cette fois tel qu'il se doit : noir mais pas effrayant. « À moins que plus rien ne m'effraie désormais. » Était-ce dû au fait de vieillir, de s'encroûter, de n'avoir plus rien à perdre ? Peut-être à la confiance en soi qu'elle avait acquise au fil du temps et à tout ce qu'elle avait vécu.

Ils stationnent devant l'une des entrées secondaires à l'arrière d'un grand et ancien bâtiment. L'agent assis à côté du chauffeur lui ouvre la portière et l'aide à descendre.

La pièce dans laquelle on l'invite à entrer d'un ton froid et distant – comment pourrait-il en être autrement ? – est aménagée simplement mais avec goût. Claire et spacieuse. Semblable à n'importe quel bureau. L'homme en costume sombre doit être l'inspecteur de police judiciaire. Il montre le fauteuil devant la table.

— Asseyez-vous, madame Oztürk, je vous en prie.

Par un réflexe quasiment devenu une manie, elle corrige : « Öztürk, pas Oztürk », et une fois installée, elle sort ses cigarettes de son sac.

— Vous permettez ?

— Mais oui, je fume aussi.

La voyant fouiller dans son sac, l'homme lui tend sans se lever le briquet posé sur la table.

C'est un bureaucrate ordinaire, dans les trente-cinq, quarante ans, sans rien de particulier. Il fait penser à ces fonctionnaires blasés tels qu'on les voit dans les vieux films français : en chemise blanche amidonnée avec des coudières, la tête penchée sur un bureau couvert d'un monceau de papiers, se dépêchant en fin de journée d'expédier un travail ennuyeux pour rentrer au plus vite chez eux.

— J'aimerais bien savoir à quel titre je me trouve ici, dit-elle sans attendre qu'il prenne la parole.

— Tout d'abord pour signer le procès-verbal d'identification concernant la personne que vous avez vue un peu plus tôt.

Depuis qu'on l'a conduite à la morgue, c'est la première fois qu'on parle de lui comme d'un individu, comme d'une personne, et non comme d'une chose vague et indéfinie. Entendre qu'on le désigne par le terme de « personne », et non par un simple pronom personnel, suscite en elle de la gêne. La promenade dans le doux monde des souvenirs, trouble et surréel, touche à sa fin ; elle retombe dans l'insupportable dureté du monde, dans son horreur frisant l'absurde.

Comme une poupée mécanique sortant toujours les mêmes sons, elle répète :

— Je l'ai identifié, je l'ai identifié.

— D'où connaissiez-vous M. Mura, madame Öztürk ?

— M. Murat est un diplomate aussi connu en Turquie qu'en Europe et un bureaucrate de haut rang. C'est quelqu'un qui s'est employé à améliorer l'image de la Turquie dans le monde, surtout après le coup d'État militaire de 1980. Dans mon métier, la plupart des gens le connaissent.

— Je voulais dire personnellement, est-ce que vous le connaissiez de près ?

— Je l'ai rencontré pour raisons professionnelles. Lors des conférences de presse que j'ai suivies hors de Turquie surtout, en Europe. Mais je peux dire que je connais pas mal de choses sur lui.

— N'interprétez pas mal, si vous êtes là, c'est juste en tant que personne à consulter pour nous aider à approfondir l'enquête. Vous n'êtes même pas témoin. Malgré tout, pardonnez ma curiosité, mais pour quelle raison vous intéressiez-vous autant à lui ?

— C'est vous qui dites que je m'intéressais beaucoup à lui. Je m'y intéressais pour les besoins de mon métier. Par ailleurs, n'oubliez pas que j'ai fui à l'étranger à l'époque de la junte militaire, que je suis une réfugiée politique et que je suis de près tout ce qui concerne la Turquie. Arın Murat est une personnalité connue et importante.

— Je comprends. Voyez-vous une raison pour qu'on fomente un attentat contre lui à Paris ? J'imagine que vous allez faire un papier sur l'événement pour votre journal ; comment allez-vous expliquer cet attentat ?

— Tout est si horrible, si soudain, que je n'ai pas encore eu l'occasion de faire des recherches ni même d'y réfléchir. Vous lirez comment j'interprète la chose demain, dans le journal. Pour être juste, il nous faut des renseignements sur les meurtriers, ou du moins obtenir quelques indices. Puisque je suis là, je vais vous demander quelques informations pour pouvoir rédiger mon papier. Personne n'a encore été arrêté, je crois.

Elle se demande comment elle a pu rester si calme à la morgue alors qu'Arın gisait sur un étrange lit métallique – non, dans une boîte – comme dans les films d'horreur, et elle commence à prendre peur. Les moments où elle est chargée d'une douleur insupportable, c'est comme si elle anesthésiait toutes ses émotions, se glaçait, devenait mécanique. C'est seulement après que la désolation de la mort se mue en un cri fou et désespéré, et fait craquer son cœur. C'est ce qui s'était passé à la mort de son fils. Ils lui avaient dit que l'identification du cadavre était une formalité nécessaire, mais qu'elle pouvait s'en abstenir si jamais cela s'avérait pour elle au-delà du supportable. Mais elle avait tenu à le voir. Elle avait peut-être espéré pouvoir dire « non, ce n'est pas lui ». L'enfant gisait sur une table métallique, exactement comme Arın. Pas de douleur sur son visage. Il semblait avoir grandi, mûri. « Or, cela faisait seulement deux ans que je ne voyais pas mon fils. Les jeunes grandissent beaucoup en deux ans. » En caressant les joues froides et inertes du mort, elle eut un frisson. Comme il est loin, comme il est étranger, avait-elle pensé avec tristesse. La douleur brûlante et folle était venue après. Sous la forme d'un long cri sauvage qui effraya ceux qui l'entendirent, comme un hurlement à la mort ; et puis…

Elle essaie de comprendre ce que lui dit l'homme en face d'elle – inspecteur de police judiciaire, procureur ou autre magistrat, peu importe…

— Nous ne détenons pas encore d'indices sérieux, mais cela ne devrait pas tarder, j'espère. Vous savez probablement que les services du renseignement turc mènent parallèlement leur enquête. Comme vous avez obtenu la nationalité française, ils ne peuvent pas vous interroger sans que vous-même en fassiez la demande, mais il se peut qu'ils cherchent à sonder ce que vous savez. Ou bien peut-être est-ce vous qui souhaitez nous livrer des informations détaillées, à nous ou à eux.

Elle sent peu à peu qu'elle se fatigue de ce jeu.

— Il y a quelque chose que j'aimerais apprendre moi aussi. J'aimerais bien savoir quel genre de rapport on s'imagine que je pourrais avoir avec le meurtre d'Arın Murat en pleine rue à Paris. Et en premier lieu, pourquoi on se sert de moi pour l'identification du cadavre – elle avait prononcé ce mot en martelant chacune de ses syllabes… Surtout quand l'identité de ce cadavre est parfaitement connue et que je ne suis pas la seule personne d'origine turque à Paris.

— Tout cela n'est qu'une procédure légale, je vous assure. Et à n'en pas douter, vous n'êtes pas la seule à procéder à l'identification. L'ambassadeur en personne a été convoqué avant vous. L'épouse et la fille de la victime sont en route pour Paris, mais nous n'avons pas voulu les affliger à ce stade.

Après le terme de « cadavre », voilà maintenant d'autres mots tout aussi froids et abrupts, « l'épouse et la fille de la victime ». Comme tout droit sortis de lisses textes juridiques, prononcés sur un ton presque badin, un moule creux même pas dramatique. Une épouse que, pour des raisons humanistes, on ne veut pas affliger « à ce stade ». Mais moi, on peut m'affliger ; concernant Arın Murat, on peut m'affliger à tous les niveaux.

« L'épouse de la victime… La femme avec laquelle Arın est marié : sa femme. »

Les faire-part de mariage que leur famille avait publiés en hiver 1973 dans les grands journaux et les rubriques mondaines, elle les avait vus alors qu'elle habitait chez sa mère à Istanbul, avec Ömer et leur enfant. « Arın Murat, le fils aîné des Murat, grande famille de commerçants, a épousé Ipek, la jolie et gracieuse fille d'un ancien ambassadeur à Ankara au cours de noces splendides ; le tailleur qu'elle portait pour les fiançailles était de chez Chanel, la robe de mariage au bustier entièrement brodé de perles et au voile parsemé de fleurs en perles avait été confectionnée chez Dior ; dans cette robe, la mariée paraissait tout droit sortie d'un conte de fées ; en contraste avec la sobre élégance de la mère de la mariée, la mère du marié était éblouissante avec ses bijoux de valeur et sa toilette en velours violet », était-il écrit.

Elle observa un long moment la photo du journal. La mariée au visage de madone était vraiment belle. Un genre de beauté pure, diaphane… Elle n'éprouva ni douleur ni jalousie. Elle se fit seulement la remarque qu'Arın et elle venaient d'un monde extrêmement différent et que leurs chemins étaient on ne peut plus divergents.

Sa mère occupée à courir derrière son petit-fils, qui avait commencé à se mettre debout et à marcher en se tenant aux vieux fauteuils, avait dit d'un ton plaintif et réprobateur : « Ton Arın Murat s'est marié. » La colère qu'elle éprouvait contre sa fille, à qui elle en voulait de ne pas avoir fait un bon mariage, d'avoir gâché leurs efforts et d'avoir eu un fils avec ce communiste dont on ne savait pas vraiment ce qu'il faisait ni quel était son métier, affleurait dans sa voix. Elle voulait épancher sa rancœur en remuant le couteau dans la plaie.

— Oui, maman, moi aussi je l'ai lu dans le journal, que Dieu lui apporte le bonheur.

Afin de paraître détachée et d'éluder le sujet, elle se mit à jouer avec son fils.

— Si tu n'en avais pas tout le temps fait qu'à ta tête, si tu n'étais pas tombée sur ces communistes à Ankara et si tu ne t'étais pas fourrée dans ces histoires, maintenant, ce serait toi la mariée sur cette photo.

— Non, maman. Ce que tu n'as jamais compris ni accepté, c'est qu'Arın n'aurait pas pu m'épouser. C'est toi qui as imaginé un tel mariage, c'est toi qui en as rêvé.

— Mais regarde, il a même attendu que tu te maries pour lui-même se marier. S'il n'y avait pas eu cet enfant… Il y avait encore de l'espoir, mais avec le gosse…

Quand elle était désemparée et n'atteignait pas le but qu'elle s'était fixé, sa mère attaquait en dessous de la ceinture et blessait la personne en face. C'était son arme, sa fille le savait. Et elle détestait ce travers chez sa mère. « Si elle veut faire mal, d'accord ! Chiche, allons-y ! Déchirons-nous mutuellement », pensa-t-elle. Autrefois, lorsqu'elle était jeune fille, elle aurait crié, hurlé et voulu avoir le dessus. Mais depuis qu'elle était obligée de partager avec son mari et son fils le petit appartement de sa mère, elle ne parlait plus aussi haut qu'avant, et la plupart du temps, pour préserver l'équilibre et la sérénité du foyer – ne serait-ce qu'en apparence –, elle gardait le silence.

— La famille d'Arın n'a pas voulu que leur fils se marie avec moi, maman. Ils pensaient que notre famille n'était pas du même monde que le leur, que je n'étais pas une belle-fille digne de leur rang, qu'ils ne pourraient pas te présenter comme parent par alliance dans leur milieu par exemple…

Elle avait lancé le coup mortel d'un bloc, sans traîner ni perdre de temps, et elle prenait un grand plaisir à le faire.

— Tu inventes tout ça maintenant pour te donner raison. Je n'en crois pas un mot. Quand Arın t'appelait, c'est moi qui répondais parfois. Il était si poli, si gentleman…

— Je n'invente rien, au contraire, il y a des tas de choses que je ne te raconte pas pour ne pas te faire de peine. C'est la mère d'Arın elle-même qui me l'a dit des années plus tôt. Elle m'avait dit qu'Arın devait faire un bon mariage pour avancer dans sa carrière et m'avait demandé de ne pas lui faire obstacle. Vous voyez bien, chère mère, que, contrairement à ce que vous croyez, les filles de simples maîtres d'école ne sont pas admises dans ces rangs-là de la société.

— Ils ont un fier toupet… Nous… nous, ton père et moi, avons lutté je ne sais combien d'années pour faire étudier les enfants de ce pays sans rechigner à nous rendre dans les villages ou les bourgades de province. Ton père s'est sacrifié pour vivre avec honneur, pour payer sa dette au pays. Il est mort avant d'atteindre l'âge de quarante-cinq ans. Toi aussi tu ne manques pas de toupet. Qu'est-ce que ça veut dire « de simples maîtres d'école » ? Les enseignants sont la prunelle de cette nation, l'armée du savoir et de l'éducation. Les professeurs sont la pierre angulaire de la République fondée par Atatürk. Vous avez tous un sacré toupet.

Elle s'était mise à pleurer tout haut, en reniflant bruyamment.

Au moins, elle n'abordera plus jamais ce sujet, cette conversation s'arrêtera là, se réjouit Ülkü. Cela lui avait fait du bien de voir sa mère pleurer à cause d'elle. Elle sentait qu'elle essayait de se venger de l'univers étriqué que cette femme avait dans la tête, de ces valeurs figées dont jamais elle ne discuterait le bien-fondé, du mépris qu'elle nourrissait pour les ouvriers et les paysans avec ses airs d'institutrice sans jamais se demander « et moi, qui suis-je, d'où suis-je issue », de son sentiment d'infériorité et d'admiration face à la richesse, au pouvoir, à la puissance, de toutes ces choses qu'elle avait perçues depuis son enfance chez sa mère et qu'elle détestait. Et elle savourait sa victoire.

Sa mère grommelait toujours en reniflant :

— D'ailleurs, cette famille Murat était du Parti démocrate, n'est-ce pas ? Son oncle a été envoyé à Yassıada[1] à ce qu'il paraît. Je ne cesse de te le dire : on marche sur la tête. Ils n'aiment pas les filles de prof, ces trous du cul ! Avec l'éducation que tu as eue, en plus ! On t'a mise dans les meilleures écoles, on a tout fait pour que tu ne manques de rien. Je me suis saignée aux quatre veines pour vous. Regarde ta sœur. Il faut un peu garder les pieds sur terre… Elle n'a pas repoussé comme toi un bon mariage en faisant la fine bouche. Elle vit dans l'opulence, elle a une maison spacieuse, elle a une bonne et une voiture. À force de ne trouver personne à ton goût, vois un peu sur qui tu es tombée. Membre du corps enseignant à ce qu'il paraît, très instruit… au final, un communiste quoi ! Et avec une tête ainsi faite, si ce n'avait pas été Ömer, tu nous aurais ramené un Mehmet, un ouvrier. Cherche la faute non pas chez tes profs de parents, mais en toi-même !

Elle eut pitié de sa mère qui crachait sa colère à travers ses larmes. « Je reste tout de même sa fille, je suis aussi dure qu'elle, je suis vraiment la dernière

1. Yassıada : l'une des plus petites îles de l'archipel des îles des Princes. C'est là qu'eurent lieu les procès des membres du Parti démocrate après le coup d'État militaire du 27 mai 1960. Plusieurs des accusés furent condamnés à mort, dont le Premier ministre, Adnan Menderes, premier dirigeant démocratiquement élu de la république de Turquie, ainsi que deux ministres de son cabinet.

des sauvages », pensa-t-elle. Elle l'avait suffisamment blessée. Elle fut envahie de honte et de remords. Elle tâcha d'apaiser un peu sa mère en pleurs.

— Laisse tomber, ne te vexe pas. Regarde quel beau petit-fils tu as. Cela ne va pas si mal en plus. Je crois que nous pourrons bientôt respirer. Ömer n'aura plus besoin de vivre dans la clandestinité. Il semble que des élections pourront se tenir et que tout rentrera dans l'ordre. Oublie Arın Murat, sors-le de ta tête. Dès le début, c'était évident que ça ne marcherait pas.

Elle prit affectueusement dans ses bras son fils qui se traînait par terre.

— Umut, ce bébé d'espoir, verra des jours meilleurs. Ce n'est pas pour rien qu'on l'a appelé Umut. Si nous parvenons à construire ce monde, bébé Umut vivra dans un monde éclairé, pacifiste, où personne ne fera de distinction de classes entre les gens, où personne ne demandera si l'on est fils d'ouvrier, d'enseignant ou de député, où tous seront égaux.

***

Elle était perdue dans ses pensées. Quand la porte s'ouvre, elle revient à elle en sursautant. En lisant le procès-verbal apporté par un officier de police en uniforme, elle murmure doucement :

— Mais pourquoi moi ?

— Vous, madame Öztürk. Vous, parce que M. Murat vous a appelée hier matin au journal avant la conférence de l'après-midi, et il vous a parlé.

Surprise, elle se fige un instant. Savent-ils d'autres choses encore ? Sont-ils au courant pour la soirée ? Faut-il en parler ? Elle se ressaisit aussitôt.

— Et cela démontre quoi ? Je suis la seule rédactrice d'origine turque dans la rubrique « International » d'un grand quotidien. N'est-il pas naturel qu'il veuille faire appel à moi pour que sa conférence trouve un écho dans l'opinion publique française ?

Elle essaie de décrypter l'expression sur le visage de l'homme. Soupçonneux, ironique, indifférent ? Elle n'arrive pas à savoir. « Faut-il que je dise que nous avons dîné ensemble le soir ? S'il ne me le demande pas, non. Et s'ils le savent et qu'il me pose la question ? Je dirai que c'était un repas de travail. »

— Le crime a été perpétré après minuit. À l'angle de la rue des Écoles, juste en face de la Sorbonne ; on lui a tiré une seule balle, par-derrière. Cela ne ressemble en rien à un crime passionnel, c'est un travail de professionnel. D'après vous, que faisait-il dans le coin à cette heure ?

La rue des Écoles donne sur le boulevard Saint-Michel. Dès qu'on évoquait la vie d'étudiant à Paris, la première chose qui venait à l'esprit à l'époque c'était un petit studio sous les toits dans un vieil immeuble parisien. Les traces de Mai 68 étaient vivaces. La vague ne s'était pas encore retirée, l'enthousiasme et l'espoir n'avaient pas encore cédé la place à la désillusion et à l'âpre tristesse de la défaite.

Elle se rappelle jusqu'aux moindres détails sa première venue dans le studio de la rue des Écoles, des années plus tôt. « Des odeurs aux couleurs, des mots aux regards, de l'ameublement à la lumière, je me souviens de tout. Moi qui avais une trop mauvaise mémoire pour me rappeler les événements, les gens, les noms et, de ce fait, qui n'ai rien dit et rien lâché même sous la torture – et qui passe du coup pour une héroïne –, je me rappelle tout concernant cette journée, tout le concernant… »

Elle s'engage dans la rue des Écoles en arrivant de Saint-Michel. Au coin à droite, cette petite et sombre épicerie de quartier. L'acariâtre épicière dont elle n'oublierait jamais comment elle s'était moquée d'elle la première fois qu'elle était entrée y faire une course ; quand, de son français le plus appliqué, elle avait demandé : « Pourriez-vous me donner un paquet de thé, s'il vous plaît ? », elle s'était entendu répondre d'une voix torve et ironique : « C'est très littéraire comme français, mais quelle sorte de thé, madame ? »

À cette époque-là en Turquie, nous ne connaissions qu'une sorte de thé : quand on prononçait le mot « thé », c'est celui de Rize dans des boîtes peu attrayantes qui nous venait aussitôt à l'esprit. Enfant du pays pauvre qu'était la Turquie et qui essayait toujours de paraître digne et fière, comme j'avais eu honte !

À côté de l'épicerie, la *Brasserie des Écoles*, dont jamais, même dans les hôtels les plus célèbres, elle ne retrouverait la fraîcheur des baguettes et la saveur des croissants, juste à côté, ce petit hôtel : un refuge démodé aux allures de pension dans ce quartier autour de la Sorbonne, où les étudiants étrangers se partageaient les chambres.

Le studio doit être juste en face de l'hôtel. Elle lit le numéro posé au-dessus de la porte d'entrée sur le panneau en faïence bleue entouré de fins motifs de fleurs blancs : « 28 »… La porte est entrouverte. Elle la pousse doucement et se faufile à l'intérieur. À la lueur jaune pâle d'une ampoule nue pendant du haut plafond, elle voit l'escalier en bois sur sa gauche ; puis elle sent cette forte odeur : huile rance, pisse de chat, pourriture végétale et talc…

— Vous désirez ?

Un homme au teint olivâtre, malingre et légèrement voûté sort de derrière l'escalier, par une porte qu'elle n'a pas vue tout de suite, et se plante devant elle.

— Je cherchais M. Murat.

Elle prononce ce nom à la française.

— En haut de l'escalier, dernier étage, répond l'homme – puis sachant parfaitement qu'il n'entendrait pas, il crie : Monsieur Murat ! Visite !

La jeune fille pose à côté de l'escalier sa valise lourde et bas de gamme.

— Vous venez du pays de M. Murat, de Turquie ?

— Oui.

— Vous êtes sa sœur ?

— Non, son amie.

— Il vous attend ?

— Oui, je crois.

— Vous parlez pas mal français.

— J'ai étudié à l'école française.

— Bien. Vous voulez que je monte votre valise ?

— Non, je… Je ne sais pas encore si je resterai ici ou pas.

À peine ces paroles ont-elles franchi ses lèvres qu'elle panique en entendant sa voix. Arın lui avait dit au téléphone qu'il avait un entretien très important avec son directeur de thèse et ne pourrait pas arriver à temps à l'aéroport, mais qu'il serait ensuite à la maison. « Saute dans un taxi et viens », lui avait-il dit. Elle n'avait pas pu prendre de taxi. Elle n'était pas très argentée. Le temps que sa bourse soit versée sur son compte bancaire, elle devait surveiller ses dépenses. Le plan de Paris dans les mains, elle avait pris un bus, puis le métro, marché quelques centaines de mètres en traînant sa lourde valise et avait trouvé l'adresse sans difficulté.

Comment était la voix d'Arın au téléphone lorsqu'elle l'avait informé de l'heure d'arrivée de son avion à Paris ? Émue, joyeuse, bondissante de joie ? Non, rien de cela ; la même voix que d'habitude : calme, résolue, amicale.

« Si c'est moi qui l'avais attendu, j'aurais été incapable de me concentrer sur mes cours et mes examens. J'aurais couru bien avant l'heure à l'aéroport, j'aurais poussé des cris de joie au téléphone. » Le doute et le malaise qui l'étreignent augmentent. « Et si je faisais tout de suite demi-tour avant qu'il ne soit trop tard, si je pouvais avoir ce courage avant d'arriver au point de non-retour. » Si au moins elle pouvait laisser sa valise ailleurs, à l'hôtel d'en face par exemple, si elle s'installait dans un autre endroit, si elle attendait qu'il lui dise : « Viens, reste avec moi »… Elle s'arrête un instant sur la première marche. Un de ces moments décisifs qui engagent le reste de votre vie.

— Allez, courage, mademoiselle, montez !

L'homme appuie sur la plus haute des sonnettes qui se trouvent près de la porte d'entrée.

Les gardiens de ces vieux immeubles qui ont tout vu, tout vécu sont autant d'écrivains fantômes de romans jamais publiés qui taillent des vies, des amours et des aventures aux gens. Elle l'apprendrait les années suivantes en errant de pays en pays, de ville en ville, de logement en logement.

Trop tard maintenant. Une porte s'ouvre en grinçant. Le gardien s'écrie de nouveau : « Monsieur Murat, visite ! », et un instant plus tard, elle se retrouve dans les bras d'Arın.

Il a dit que le meurtre avait été commis après minuit à l'angle de la rue des Écoles ? Cet homme sait forcément quelque chose. Il en sait peut-être même beaucoup.

— Je suis désolée de ne pouvoir vous aider. Il m'est impossible de savoir ce que M. Murat cherchait là-bas à cette heure.

« Il y est donc retourné ! Je suis la seule à savoir ce qu'il cherchait là-bas. Je le sais, mais jamais je ne pourrais vous le dire. Il est allé chercher quelque chose qu'il avait perdu de longues années auparavant, sur les traces de notre jeunesse, rattraper le temps perdu. Mais si je vous dis cela, vous ne me croirez pas. En plus, ce ne sont pas des indices, ce n'est d'aucune utilité pour résoudre le crime. »

2

Depuis combien d'années n'ai-je entendu ta voix ?

Le matin, quand on l'appela sur son poste au journal et qu'on l'informa qu'il s'agissait des services de l'ambassade, elle s'apprêtait à se rendre à la conférence de rédaction de 11 heures. Elle crut d'abord à une erreur. En effet, l'ambassade se garderait bien d'entrer en contact direct avec quelqu'un ayant longtemps porté l'étiquette de réfugiée politique et séjourné dans les pays de l'Est, en Union soviétique, en RDA ou autres – communiste et suspecte à leurs yeux.

— Vous appelez probablement pour la conférence de presse d'aujourd'hui, répondit-elle en français à l'employée de l'ambassade à l'autre bout du fil. Je vous transfère au chef de service.

— Non, madame Öztürk. Son Excellence M. Arın Murat vous a nommément appelée. Un moment, s'il vous plaît, je vous mets en ligne.

Le fameux oiseau caché juste sous son cœur se mit de nouveau à battre des ailes. Comme trente ans plus tôt, lorsqu'elle guettait son appel, plantée près du téléphone dans leur petite maison, en comptant jusqu'à cent, jusqu'à cinq cents, jusqu'à mille, pétrie d'espoir, de peur et d'excitation…

Depuis combien d'années ne s'étaient-ils vus, depuis combien d'années n'avait-elle entendu sa voix ?

***

Alors qu'il attendait d'être mis en relation avec le numéro qu'il avait demandé à la secrétaire d'âge moyen et aux cheveux teints – qui grâce à ses longues années d'expérience avait senti qu'Arın Murat était un hôte particulier, bien différent de ceux qui allaient et venaient habituellement –, il calcula qu'il n'avait pas revu Ülkü depuis exactement quatre ans et que vingt-cinq ans étaient passés depuis qu'ils avaient fait l'amour pour la dernière fois.

Il s'étonna d'être poursuivi jusqu'ici par l'émotion suffocante qui l'assaillait chaque fois qu'il se remémorait l'automne 1992. L'idée de dire « ne vous dérangez pas, nous téléphonerons une autre fois, annulez l'appel » lui avait un instant effleuré l'esprit, mais, honteux de sa lâcheté et de son indécision, il n'y avait pas cédé. Conscient de l'absurdité de tout ça, il se surprit à en vouloir à Ülkü.

Il savait pertinemment que c'est lui qui appelait Ülkü, qu'elle n'avait pas manifesté le moindre désir de le voir ou de s'entretenir avec lui, et que si lui ne l'appelait pas, jamais elle ne forcerait une telle entrevue, et ne viendrait même pas à la conférence de presse de l'après-midi en tant que journaliste. N'empêche qu'il était fâché contre elle. Parce qu'elle était une ombre étrange dans le portrait d'un Arın Murat lisse et impeccable, homme de principes et de décisions, sans équivoque et sans concession. Une couleur stridente dans le portrait qu'il avait soigneusement tracé depuis son adolescence. Une couleur erronée, en soi magnifique et pleine d'attrait, mais qui n'avait rien à faire là : un mauve-fuchsia, ou un rouge carmin…

Arın Murat aimait penser avec les couleurs. À seize ans, sous l'impulsion d'une fantaisie inattendue de sa part, il avait caressé le rêve de devenir peintre. Si cela n'avait tenu qu'à lui, son père n'aurait vu aucun inconvénient à ce qu'il parte après le lycée prendre des cours de peinture à Paris. Dans la lignée paternelle, où l'on se targuait d'être commerçants depuis au moins cinq générations, où l'on se plaisait à enraciner le passé commercial de la famille dans la fonction de responsable de l'achat des fruits pour le Palais ottoman, où l'on se flattait d'avoir fondé les premières minoteries privées et les premières industries agroalimentaires de l'ère républicaine, il existait sinon des dispositions, du moins des aspirations artistiques, notamment chez son oncle et son père. Sans la crainte des esclandres et des scènes de ménage que n'aurait pas manqué de faire sa femme, ce dernier aurait pu investir une partie de son argent non pas dans l'immobilier ou des antiquités, mais dans des tableaux, des sculptures et des œuvres d'art. Et ce dès les années 1950-1960, à une époque où la collection de peintures n'était pas encore à la mode dans la bourgeoisie stambouliote.

Lorsque Arın Murat s'était ouvert à sa mère de son projet d'apprendre la peinture à Paris, la nouvelle avait d'abord été accueillie comme une plaisanterie, puis comme une catastrophe capable de la clouer au lit deux jours durant avec des calmants, et il n'en fut plus jamais question ensuite. Seul un fils qui se hisse jusqu'aux plus hautes sphères de la politique et de l'État, aux Affaires étrangères du moins, pourrait pallier sa frustration d'être mariée à un homme qui, par la classe sociale, n'était finalement qu'un simple commerçant, quand bien même il avait étudié les sciences politiques à Paris – une formation qui avait duré seulement deux ans et qui se résumait, au fond, à une escapade parisienne –, quand bien même il leur permettait de vivre dans l'opulence.

Quand il essayait de s'imaginer la couleur de sa mère, il voyait une teinte entre le vieux rose et le beige, entre le beige et le gris clair, une teinte aristocratique mais indéfinie et impersonnelle. Un jour qu'il était en colère, son oncle, ce bel homme aux aspirations bohèmes qui n'aimait pas du tout sa mère et se moquait de son ascendance de pachas, avait dit : « Ta mère a la couleur d'un pet. La couleur de son lignage, c'est la couleur de l'État. Quant à savoir quelle est la couleur de l'État… peu leur importe. Cela peut être aussi bien le vert ottoman, que le rouge du Parti républicain du peuple[1] ou le kaki de l'armée ! »

Son oncle était un fervent démocrate – son père aussi d'ailleurs, mais à cause de sa femme, dont toute la famille était traditionnellement attachée au Parti républicain du peuple, il s'abstenait de le revendiquer –, un oncle assez fervent démocrate pour être expédié à Yassıada. Si on lui avait demandé de quelle couleur était son oncle, il aurait répondu « un joyeux bariolage sur fond blanc ». Quant à son père, il n'avait pas de couleur.

« Et moi, de quelle couleur me peindrais-je dans un tableau où chacun serait représenté dans une teinte différente ? »

Pour Arın Murat, la réponse était « un gris noble ». Un gris qu'Ülkü n'aimait pas du tout, il le savait, un gris qu'elle repeindrait volontiers en violet, en orange si elle le pouvait, ou du moins en ce bleu nuit lumineux des ciels éclairés par un clair de lune.

1. Également appelé CHP (*Cumhuriyet Halk Partisi*).

— Si vous réussissez à joindre Mme Öztürk, passez-la-moi dans le bureau du fond, s'il vous plaît. Si vous ne l'avez pas directement, laissez un message pour qu'elle me rappelle avant la conférence de presse de cet après-midi, dit-il à la secrétaire qui composait le numéro du journal où travaillait Ülkü.

Il était bizarre aujourd'hui. Il avait du mal à se reconnaître. Même s'il avait sorti Ülkü de sa vie – « l'y ai-je vraiment fait entrer ? » –, il savait qu'il ne l'avait pas complètement déracinée de son cœur et de son corps. Et même si nul ne le remarquait, Ülkü était la lumière invisible qui permettait au gris qu'il associait à sa propre personne d'être une couleur profonde et rayonnante, et non pas terne et pesante. Une émotion qui lui permettait de se dire « j'ai vécu cela, j'ai vécu quelque chose de beau » dans les périodes de crise que ne trahissait jamais le tracé lisse et rectiligne de sa vie toujours orientée vers le haut, dans les moments où son être lui pesait à mourir ; un secret jalousement gardé qui lui permettait de s'aimer. Une complicité coupable peut-être. Mais au cours des vingt-cinq ans qui venaient de s'écouler, jamais il n'avait pensé transformer ce sentiment en une réalité concrète à partager. Vu où ils se trouvaient, leurs positions respectives, les lieux divers où ces dernières vingt-cinq années avaient disséminé les gens, c'était quelque chose qui ne lui avait jamais effleuré l'esprit. Mais à présent, l'envie de revoir la femme qu'il avait quittée vingt-cinq ans plus tôt s'était muée en une obsession qui l'effrayait lui-même. Comme si, en retrouvant Ülkü, il allait passer un seuil, franchir un mur derrière lequel il ignorait ce qu'il y avait, se libérer.

Il était fatigué. Sa tête était emplie de questions dont il ne comprenait pas vraiment la teneur, qu'il n'arrivait pas à ordonner ni à exprimer de façon intelligible, qui généraient en lui un sentiment de malaise, voire de culpabilité. Il avait l'impression que seule Ülkü viendrait à bout de cet écheveau, comme à l'époque où elle lui tricotait des chandails et qu'elle s'employait avec patience à dénouer les pelotes de laine entortillées en gardant l'extrémité d'un fil entre ses doigts.

La suite qui lui avait été réservée dans l'ambassade se trouvait dans une autre partie que les bureaux dédiés aux affaires courantes, dans une aile peu usitée de cette ancienne et majestueuse bâtisse au cœur de Paris. L'ameublement était de style classique, mais sans apprêt. On lui avait expliqué qu'il était possible, si besoin, d'accéder à cette aile sans passer par l'entrée principale, mais par une petite porte latérale, suffisamment sécurisée elle aussi. Et l'on avait bien souligné que cette partie du bâtiment lui avait été assignée afin qu'il puisse être à son aise et travailler en paix.

Par réflexe professionnel, il pensa à inspecter les objets, les meubles, les murs, l'arrière des tableaux… Il s'empara au hasard de quelques livres dans l'un des rayons de la bibliothèque installée entre deux grandes fenêtres et regarda. Que pensait-il trouver à part du bois massif, et un mur derrière ! Il rit de lui-même. Appareils d'écoute et caméras cachées ne se cherchent pas avec un tel amateurisme, il le savait. D'ailleurs, il n'était même pas sûr de ce qu'il cherchait.

Ne sachant quel sens donner au malaise qui ne faisait que croître en lui, il s'installa au bureau Louis XV et sortit ses notes de conférence : « Vers une solution des problèmes démocratiques en Turquie. »

« À l'époque où je croyais encore en l'existence d'une telle solution, je l'expliquais bien, j'arrivais même à en convaincre les autres. Mais aujourd'hui, je ne trouve rien à dire au-delà de quelques phrases creuses. »

Il se demanda pourquoi ils continuaient à lui confier ce type de missions ; pourquoi ils le maintenaient à ce titre, dans cette fonction, dans cette position. Pour préserver le jeu des équilibres au sein de l'État, pour s'en servir comme d'un atout dans la bataille entre les faucons et les colombes du pouvoir, parce qu'il savait beaucoup de choses ?

Arın Murat avait appris que savoir beaucoup de choses exigeait une foi et une fidélité absolue ; sinon, c'était dangereux.

À mesure que les questions se démultipliaient, la raison de son malaise, de même que la raison qui sous-tendait son désir de parler à Ülkü, de la voir à tout prix, émergeait lentement des brumes de sa conscience. Depuis quelque temps, il avait perdu confiance dans l'échelle qu'il gravissait depuis vingt-cinq ans avec assurance, sans douter un seul instant de sa solidité, surmontant un à un tous les obstacles qui surgissaient devant lui – Ülkü aussi était un de ces obstacles –, abandonnant sans réfléchir derrière lui tout ce qui pouvait être un fardeau – Ülkü aussi en était un.

Le doute n'avait pas surgi d'un seul coup, il s'était immiscé tout doucement, goutte à goutte. Il était loin le temps où, hormis quelques petits défauts tenant aux faiblesses des uns et des autres, il vouait une entière confiance au bon fonctionnement des rouages administratifs, au mécanisme du pouvoir et à l'appareil d'État – ou il évitait de s'interroger à ce sujet, plus exactement. Ces derniers temps, il pensait souvent à la naïveté qui avait été la sienne quand, gravissant les échelons aux Affaires étrangères, il se préparait à accéder aux postes les plus importants, à se hisser aux sommets du pouvoir.

Cem, son ami d'enfance – son seul ami peut-être –, lui avait dit un jour : « Quand je pense que tu es de la génération 68, j'ai vraiment du mal à le concevoir. Tu étais quasiment le seul des jeunes de notre époque à ne pas être engagé à gauche. Les gamins pauvres d'Anatolie adhéraient aux faisceaux idéalistes et à la mouvance fasciste. Les jeunes des classes moyennes, ceux d'origine ouvrière, même lointaine, se tournaient vers les partis socialistes, les syndicats, et plus tard vers la guérilla et les actions armées, tandis que les gosses de riches penchaient vers les maoïstes, ou l'Aydınlık Çevresi[1]. Vu notre complexe d'être des gosses de bonne famille, il n'était pas rare que certains d'entre nous se laissent happer par le socialisme rural le plus primaire. Les Pol Pot n'ont pas manqué dans notre génération ! Tu te rappelles, moi aussi je m'étais impliqué là-dedans à un moment, même si ce n'était que du bout des orteils… Quant à toi, ça t'est passé complètement au-dessus de la tête. Pas seulement la Turquie, même la France de 68 n'a pas réussi à te faire bouger d'un iota. Tu restais à l'extérieur, comme un arbitre au bord du terrain et tu nous jugeais. Ç'avait même provoqué un froid entre nous, rappelle-toi. Mais rendons à César ce qui est à César… Les événements semblent t'avoir donné raison. »

« Raison en quoi ? Qu'est-ce que j'ai défendu, quelles propositions ai-je faites, quel combat ai-je mené pour avoir raison ? Fuir le champ de bataille en piétinant les cadavres, fuir l'inondation qui menace en grimpant sur les décombres, est-ce cela avoir raison ? Si tu es au pouvoir et que tu es puissant, tu as raison ; tu te crois légitimé. Si tu doutes de ton bon droit, tu perds ta force et ton pouvoir. C'est aussi simple que cela. »

1. Aydınlık Çevresi : fraction maoïste dirigée par Doğu Perinçek dans les années 1960-1980.

Raison/tort, vrai/faux, bien/mal, moral/immoral… Il avait appris que de tels dilemmes n'ont pas leur place dans le jeu du pouvoir, que le pouvoir trouve sa propre définition, sa propre éthique dans la possession même du pouvoir ; que la fin justifie les moyens, un principe qu'il avait fait sien. « Il y a parfois certaines affaires qui te rebutent, qui te donnent la nausée et te troublent l'esprit. Mais si c'est nécessaire pour atteindre ton objectif, tu obtempères. Cela n'a rien d'un grossier machiavélisme. Parfois, ce que tu fais entre tellement en contradiction avec tes propres valeurs morales que tu ne peux fermer les yeux ni le digérer. Alors tu penses à la noblesse du but, à son caractère sacré, à sa nécessité du moins ; tu mets ton poing dans ta poche et tu continues ton chemin. »

Arın Murat se rappelait ces moments de prise de décisions, décisions auxquelles il avait acquiescé après avoir lutté avec lui-même, qu'il avait ensuite intégrées, validées, signées puis appliquées. Si le pas franchi l'avait rapproché du but et mené au succès, il n'avait éprouvé aucun remords. Au contraire, sa confiance en lui s'était accrue, il était fier d'avoir pu dépasser ses limites morales individuelles, d'avoir su agir sans hésitation, sacrifiant les détails au tout. Jusqu'à ce que…

La première fois qu'il avait entendu l'expression « raison d'État » dans sa jeunesse, c'était dans la bouche de son oncle. Plus tard, à l'époque où il préparait son doctorat à Paris, dans un séminaire toujours animé de vives discussions, ils avaient traité de la validité de la raison d'État du point de vue de l'éthique politique. Au cours de ce débat, alors qu'il soutenait que gouverner nécessitait une éthique différente de son acception quotidienne, il avait lancé : « L'État a des raisons que le cœur ne connaît pas », en référence à cette citation célèbre jouant sur divers sens du mot « raison » en français : « Le cœur a ses raisons que la raison ne connaît pas. » Il se rappelait ce qu'avait rétorqué le professeur tandis que s'élevaient les récriminations des étudiants dans cette ambiance universitaire révolutionnaire du Paris post-68 : « Un jeu de mots astucieux. Une réalité, hélas, mais une vision dangereuse. »

C'était là une résultante naturelle du mélange qui s'était opéré entre, d'un côté, la distinction et les aspirations aristocratiques de sa mère, l'aura de Müşir Ahmed Sabit Pacha qui vous toisait d'un regard sévère depuis les toiles accrochées aux murs et dont l'âme se cachait dans le yalı de Yeniköy et, de l'autre, la lignée paternelle, porteuse de tous les instincts politiques de la « bourgeoisie nationale » qui s'était développée dans le giron de l'État et qui avait essaimé bien avant la République, et cet oncle qu'il aimait beaucoup, libéral démocrate et bon vivant.

Les années suivantes, alors qu'il gravissait un à un les échelons de la carrière qu'il s'était taillée – une formule qu'affectionnait beaucoup sa mère –, il avait intuitivement compris que préserver les intérêts de l'État et les assimiler aux siens faciliterait son accession au sommet. Il avait toujours trouvé primaire tout le discours sur les « ennemis de l'État », il n'avait jamais accordé crédit à ces notions creuses et relevant du slogan, mais dès le début, il avait choisi son camp. Il avait cru qu'il était possible de servir l'État sans se salir et qu'ainsi l'État pourrait se purifier au besoin. Jusqu'à ce que…

Quelques années plus tôt, un jour où il était venu d'Ankara à Istanbul pour affaire et avait passé la soirée chez Cem, dans sa villa sur les hauteurs de Kandilli, ils sirotaient tranquillement leur verre sur la terrasse face au Bosphore quand la discussion s'était de nouveau portée sur la politique.

— Politique ou financier, le pouvoir salit, mon cher ami, avait dit Cem. C'est la seule vérité qui me reste de ma période gauchiste, au temps de ma jeunesse. Il ment celui qui prétend ne pas s'être sali. Tiens, moi par exemple : oui, ma famille jouissait d'une bonne situation, elle était connue, respectée, mais ils ne vivaient pas dans l'opulence où je nage aujourd'hui. Et comment ai-je accédé à cette fortune ? En me serrant la ceinture ? Allons, soyons sérieux… Attention, ne va pas t'imaginer que je trempe dans des affaires de sociétés-écrans, de trafic de drogue, ou en lien avec la mafia. Beaucoup font cela, mais très peu pour moi. Cela dit, si tu fouilles un peu dans les appels d'offres, les crédits ou autres, tu trouveras justifié ce que je disais avant. Dans ton cas, être capable d'accéder au rang auquel tu es parvenu au sein de l'État exige des complicités. N'interprète pas mes propos de travers, surtout ne le prends pas mal. Mais si tu penses à la période du 12 septembre, à tout ce qui s'est passé après les années 1980, à ce que nous vivons depuis ces deux dernières années, à la question orientale, à la question arménienne, aux morts, aux survivants, aux disparus, etc., tu comprendras ce que je veux dire.

Évidemment, il avait compris ce que Cem voulait dire. Il n'était pas entré dans le débat, il s'était tu. Les jours d'après, en se rappelant cette conversation, en se livrant à un examen de détail concernant certains faits auxquels il refusait de réfléchir, il fut saisi par une étrange sensation de malaise. Pour la première fois de sa vie professionnelle, il avait tenté de se rappeler au bas de quelles décisions il avait apposé sa signature, puis il avait ri de lui-même. Pour les sujets dont Cem parlait, il n'y avait pas de documents, de textes, de signatures. C'étaient des choses qui se gravaient dans la mémoire et le cœur des gens, des sociétés, et, même si on le voulait, impossibles à détruire. Heureusement que les registres conservés dans les cœurs et les mémoires ne présentaient pas de danger.

Quand avait-il senti pour la première fois la présence de cette créature informe, indéfinissable et sans visage remuer quelque part dans les tréfonds ? Il ne cessait d'y penser depuis quelque temps. Était-ce en 1977, le 1er mai sur la place Taksim, ou plus tard, quand de célèbres journalistes, intellectuels, scientifiques, juges et autres personnages moins attendus étaient abattus les uns après les autres, et qu'on laissait leurs assassins courir dans la nature alors qu'il eût été si simple de les arrêter, et que ceux qui l'étaient n'avaient qu'à secouer les bras et les mains pour s'échapper, même dans les zones où la loi martiale était en vigueur ? Vu de l'extérieur, militants de droite et de gauche, révolutionnaires et ultranationalistes s'affrontaient et s'entre-tuaient. « Vous ne me ferez pas dire que les militants de droite commettent des assassinats », déclarait le Premier ministre de l'époque, qui en parlait comme de forces alliées du gouvernement. Quand les crimes commis en pleine rue se déplacèrent dans les foyers, dans les magasins, les écoles, les cafés de quartier des bidonvilles et tournèrent au carnage, il remarqua que, droite ou gauche, quelle que soit l'organisation à qui le crime était attribué, les méthodes étaient identiques. C'est peut-être à ce moment-là que les questions avaient surgi pour la première fois. Il était encore aux Affaires étrangères à cette époque. Quand il partit à l'étranger, il avait poussé un soupir de soulagement et réussi à oublier quelque temps les questions, les doutes qui le taraudaient. C'est à l'étranger qu'avait eu lieu le premier contact avec eux, leur première rencontre indirecte. Ils venaient par le canal de son oncle, membre du MIT. Quant à ce qu'ils espéraient, c'était très simple : ils voulaient juste se faire connaître, l'informer de leur existence… Leur identité n'avait aucune importance. Ils pouvaient en changer et disparaître à tout instant. Il serait mensonger de dire que ses supérieurs ne comprenaient pas à l'époque le sens de ces relations lâches et informelles qu'ils encourageaient – par des voies détournées et dans lesquelles ils n'étaient jamais impliqués. Quelqu'un connaissant les rouages aurait aisément deviné par où passait ce réseau de relations, quels en étaient les tenants et les aboutissants. On attendait de lui qu'il s'acquitte de grandes missions, on le soumettait aux premiers tests. Ce qu'il avait alors interprété comme une marque de confiance méritée, sans trop se soucier de la nature de la pieuvre qui remuait ses tentacules dans les profondeurs de l'État.

« Inutile d'être malhonnête et hypocrite, pensa-t-il. Je le pressentais déjà. Pressentir n'est même pas le mot : je le savais. Ma tâche consistait non pas à affaiblir, mais à renforcer le réflexe d'autoprotection de l'État. »

En 1982, quand on le convoqua au centre pour lui confier une mission spéciale, même s'il détestait comme la plupart de ses congénères les régimes militaires, il avait retroussé ses manches pour œuvrer au retour à un régime civil et à la démocratie. « Sois franc au moins avec toi-même, Arın Murat. Est-ce vraiment cela que tu voulais, ou tenais-tu plutôt à être du côté du pouvoir, au plus haut de la hiérarchie ? » Il s'était une nouvelle fois persuadé qu'assainir la société exigeait de nettoyer les routes, que nettoyer les routes passait forcément par l'exécution de sales besognes, et que la fin justifiait les moyens. Comment faire autrement pour éradiquer le terrorisme arménien, essentiellement dirigé contre les diplomates – il avait perdu pas mal de collègues tombés sous leurs balles –, les organisations terroristes de gauche et les soutiens logistiques du PKK ?

Pourquoi la secrétaire mettait-elle autant de temps à lui passer la communication ?

« C'était une erreur d'appeler », pensa-t-il. Il se sentit aussi mal qu'un petit garçon s'apprêtant à commettre un secret méfait. Ülkü n'était peut-être pas à son bureau. Il eut un instant l'espoir que tout reste à sa place, que les eaux ne sortent pas de leur lit et suivent tranquillement leur cours habituel. Puis il eut honte de cet état d'âme indécis et soupçonneux. Quoi de plus naturel que de vouloir s'entretenir avec une journaliste turque travaillant au service international d'un célèbre quotidien français à propos de la conférence d'aujourd'hui !

« Un soupçonneux tortille du cul », disait son oncle au langage peu châtié. Il repensa à l'expression « le chat à la queue trempée de merde » qu'il avait pour la première fois entendue dans la bouche de son oncle, encore lui. Cette expression, « le chat à la queue trempée de merde », lui fit penser à Ülkü et il eut honte. N'empêche que cette femme avait été torturée, emprisonnée durant la période du 12 mars et qu'elle avait sa photo sur les affiches des personnes recherchées pendant celle du 12 septembre. Une femme qui figurait dans les archives gouvernementales qu'il connaissait très bien avec des notes du genre « militante communiste », épouse d'Ömer Ulaş, nom de code Kâzım Amasyalı ; avec des photos de condamnée, de face et de profil, sur lesquelles on ne la reconnaissait pas. Une femme qui s'était enfuie à l'étranger après le coup d'État de 1980, qui avait circulé en Europe, en Allemagne de l'Est, en Union soviétique ; qui avait activement travaillé en Europe dans la propagande de gauche menée contre le régime du 12 septembre ; qui était revenue en Turquie un an après la loi d'amnistie, ou « la grande transformation » d'Özal de 1991, pour récupérer le cadavre de son fils tué lors d'un affrontement avec la police dans une maison servant de cellule politique.

Voilà en résumé ce que contenait l'épais dossier d'Ülkü rangé sur les rayonnages poussiéreux des archives… « Or, elle était la passion de ma jeunesse, mon amour, ma femme… » Que peut-on connaître d'Ülkü à travers les notes, les photos, les données des archives du MIT ? Quel rapport entre elle et ce qui est écrit là-bas ? Parmi les données et les documents de son dossier, qu'y a-t-il de vrai, de réel hormis cette belle, courte et sincère autobiographie qu'elle avait rédigée de sa propre main quand elle était en garde à vue, et le fait que son fils a été tué à l'automne 1992 ?

Le crime avait eu lieu à l'automne 1992.

Lors d'une descente de police contre une cellule politique.

L'un de ces actes que les organisations de gauche, une partie de la presse, les ennemis de l'État, les associations des droits de l'homme, les milieux démocratiques qualifient d'« exécution arbitraire ».

Le gouvernement de coalition formé après les élections avait fait naître l'envie d'en finir une fois pour toutes avec le régime du 12 septembre, de passer à un ordre démocratique. Même l'éternel Demirel expédié à Zincirbozan[1] par les généraux putschistes

1. Base militaire située à Lapseki, dans la région des Dardanelles. Seize hommes politiques, dont Süleyman Demirel et Deniz Baykal, y furent assignés à résidence durant cent vingt et un jours

après le 12 septembre 1980 avait parlé de transparence, de démocratie et des droits de l'homme – à croire que cette expérience lui avait donné à réfléchir. Le rideau de fer s'était effondré, les vents de la glasnost et de la perestroïka que soufflait un Gorbatchev porté aux nues par l'Occident capitaliste étaient arrivés jusqu'en Turquie. À l'est du pays, si tactique et éphémère soit-il, un cessez-le-feu avait été instauré avec le PKK. Divers soucis de politique étrangère étaient en passe de trouver une solution. Pour assurer le succès du processus démocratique et de stabilisation, il fallait éradiquer les organisations terroristes de gauche qui florissaient dans les banlieues qui s'étaient constituées autour des grandes villes, et plus particulièrement d'Istanbul, après les vagues successives d'immigration en provenance d'Anatolie centrale, orientale et du Sud-Est. Plusieurs organisations armées étaient à prendre au sérieux et il fallait les empêcher d'entrer en contact avec le mouvement séparatiste à l'Est. Pour les intérêts à long terme de l'État et du pays, il était indispensable d'anéantir les cadres dirigeants de ces organisations, sans faire de détail.

« C'est une résolution. De même qu'une déclaration de guerre. Certains planifient et proposent des stratégies, d'autres décident de leur ratification et de leur application, d'autres encore se chargent de leur mise en œuvre. »

Arın Murat s'était le plus souvent trouvé dans les rangs de ceux qui projettent et proposent. À cette place-là, même si ton cœur se noircit, tes mains restent propres. Tu lances la proposition : « Il faut neutraliser

---

sur décision du Conseil de sécurité en 1983, à une période où les partis politiques commençaient à se reformer après le coup d'État du 12 septembre 1980.

les leaders. » Et tu appuies ta proposition en disant : « Il faut les neutraliser à tout prix. » Les vulgaires criminels achetés trois francs six sous, les bourreaux primaires, les tortionnaires sanguinaires te font horreur. Quand il te vient à l'esprit que ceux qui exécutent les plans n'auraient pas à le faire sans ceux qui les proposent et les concoctent, tu ne dis pas : « Je suis le dernier des salauds », tu penses que tu as encore fait un sacrifice pour la raison d'État. Quelques âmes pour empêcher la mort de centaines d'autres… Une décision courageuse et qui t'honore. Tu as gardé les mains propres, crois-tu ?

« Ai-je vraiment les mains propres ? »

Le plan était simple dans l'essentiel : à l'Ouest, dans toutes les grandes villes, à commencer par Istanbul, il fallait neutraliser les cadres dirigeants des groupuscules armés de la gauche radicale et des organisations terroristes ; au Sud-Est, il fallait couper les soutiens logistiques du mouvement kurde dont le front militaire avait été attribué et confié à la responsabilité de l'armée et aux forces paramilitaires sous son contrôle.

« Je n'ai jamais employé des mots comme "détruire" ou "exterminer", car je tenais à faire les choses avec élégance. Je préférais des termes tels que "neutraliser", "mettre sous contrôle", "couper de leurs liens". Parce que moi… moi – il avait besoin de s'apitoyer sur son sort, d'être aussi cruel que possible envers lui-même, de se purifier en se faisant mal –, parce que moi j'étais un fils à maman trouillard et planqué. »

Lorsqu'on l'informait que les opérations contre les cellules révolutionnaires à Istanbul s'étaient soldées par un complet succès et que l'organisation était tombée, il se demandait de quelle façon seraient accueillies les réactions en provenance de l'intérieur et de l'étranger. De nouveau, de partout on crierait à l'exécution sommaire. C'est encore à lui qu'incomberait la mission d'apaiser l'opinion publique européenne en particulier.

En lisant le rapport « top secret » d'une opération, le nom d'un des morts attira son attention : Umut Murat Ulaş... Un nom qui ne lui était nullement étranger. Il se creusa les méninges. Soudain, il bondit sur son siège. « Peut-être que je me trompe ! Pourvu que je me trompe. » Essayant de maîtriser le tremblement de ses mains, il composa le numéro du département des archives secrètes. Il demanda en toute urgence le dossier d'Ülkü Öztürk Ulaş ainsi que les autres dossiers liés à ce nom.

Il se rappela avoir déjà consulté le dossier d'Ülkü antérieurement. Tout de suite après le coup d'État du 12 septembre, il s'était arrêté net devant un mauvais cliché d'elle ne lui ressemblant absolument pas sur les affiches des personnes recherchées placardées dans les rues d'Ankara. Sous sa photo, il était écrit Ülkü Öztürk Ulaş. La première chose qui lui vint fut un élan enfantin : il avait envie d'arracher l'affiche, de la jeter, de la déchirer pour empêcher que les autres ne la voient... À cette période-là, il était encore aux Affaires étrangères et, en temps normal, il n'avait pas la possibilité d'accéder aux dossiers des archives du MIT. Faire une demande spéciale eût été malvenu. Quelque temps plus tard cependant, quand pister les gauchistes réfugiés dans divers pays étrangers devint d'actualité, il trouva les dossiers empilés devant lui. C'est dans l'un d'eux qu'il avait appris qu'Ülkü était mariée avec Ömer Ulaş, employé au centre de Leipzig, et qu'ils avaient un fils du nom d'Umut Murat Ulaş. De même qu'il avait voulu déchirer l'affiche dans la rue, il avait été traversé par l'envie de détruire ce dossier.

« Pourtant, quand on l'a arrêtée le 12 mars, je n'ai pas levé le petit doigt pour l'aider. »

Ce souvenir s'accompagna d'un vif sentiment de culpabilité.

Au printemps 1971, la chaleur s'était fait sentir et ils avaient rapidement déménagé dans le yali. Quand il en avait assez des repas, des réceptions à l'heure du thé et de la ribambelle de protocoles organisés par sa mère afin de présenter des personnes importantes à son fils fraîchement revenu en Turquie après son doctorat à la Sorbonne et s'apprêtant à intégrer les Affaires étrangères, il préférait fuir à Teşvikiye et y rester pour se reposer. Il était habité par un vide étrange. Jamais il n'aurait imaginé qu'il en serait ainsi, mais Ülkü lui manquait. Pas seulement son corps ferme, sa sexualité épanouie, leurs ébats passionnés ; mais aussi sa chaleur, son naturel, sa proximité…

C'était le 27 avril au matin. À son réveil, il n'avait pas été surpris quand le vieux gardien de la maison de Büyükada lui avait appris que la demoiselle était partie par le bateau de 9 h 30, qu'une affaire urgente l'appelait et qu'elle lui téléphonerait plus tard. Tous deux savaient pertinemment que cette nuit était leur dernière ensemble et qu'ils jouaient d'ailleurs les prolongations. Ce qui l'étonnait, c'était que sa première impression de soulagement et de libération cède jour après jour la place au remords, à un vide indéfinissable et à la nostalgie. Quand le vieux Salih Efendi l'avait informé du départ de la jeune dame, il avait dit : « La loi martiale a été instaurée, jeune monsieur. Que Dieu veille sur nous. En 1960, ils avaient aussi instauré la loi martiale au moment de la révolution, et votre défunt oncle était resté des mois à Yassıada. »

L'atmosphère qui s'était fait jour avec le mémorandum du 12 mars 1971 – de plus en plus « kaki et rangers » selon les termes de son père – avait commencé à devenir vraiment pesante après l'instauration du couvre-feu. De plus, les événements survenus après l'enlèvement et l'assassinat du consul général d'Israël Ephraim Elrom à la mi-mai, les arrestations à grande échelle, les listes des gens recherchés égrenées à la télévision et la radio, les appels à la dénonciation, la chasse à l'homme, les tribunaux militaires tournant à plein régime, les patrouilles de soldats armés de baïonnettes, l'interdiction de circuler après une certaine heure… tout cela rendait l'air irrespirable, même pour ceux qui n'avaient pas le moindre rapport avec ces événements. Le chaos politique qui régnait juste au moment où allait avoir lieu sa nomination était une malchance, mais pas au point de n'être surmontée par les relations de la famille Murat dont le réseau s'étendait du gouvernement du 12 mars à l'état-major. Le seul point noir caché dans un recoin secret du cœur d'Arın Murat, c'était l'éventualité que ne soit révélée sa liaison avec Ülkü lors d'une enquête approfondie. Ülkü n'était pas une militante enragée et armée, certes, mais il était indéniable que, à la faculté, elle fréquentait les étudiants marqués à gauche ; elle avait de la sympathie pour leurs idées et ne s'en cachait pas.

Son oncle, qui était lié au MIT et occupait même une position importante dans l'organisation, chose qui n'était un secret pour personne dans la famille, l'avait déjà mis en garde avant le 12 mars à propos de son frère cadet :

— Faites attention à Erim, il voit souvent ton ami Cem. On sait que Cem a des liens avec les maoïstes. Il va s'attirer des ennuis.

— Cem est mon ami depuis l'école primaire, répondit Arın. Erim connaît Cem depuis qu'il est né. Quoi de plus naturel qu'ils se voient ? Moi aussi je vois Cem.

— Ce n'est pas la même chose. La différence d'âge entre eux est trop grande pour qu'ils soient amis. Et si tu veux mon avis, ce serait bien que toi non plus tu ne voies pas trop Cem en ce moment.

— Et mon dossier, comment est-il, mon oncle ?

Arın avait posé cette question en riant, pour plaisanter.

— Propre, avait répondu son oncle d'un ton froid et grave. Pour l'instant du moins. Tu prends les choses à la rigolade, mais on sait tout sur tout le monde, jusqu'à la façon de respirer. L'organisation ne cesse de se perfectionner.

Ensuite il avait longuement parlé de son incompréhension de voir non seulement les fils de pauvres, les ouvriers et autres déshérités, mais aussi les gosses de riches et de bonne famille se tourner vers le communisme. D'après son oncle, le gauchisme de Cem, d'Erim et consorts était un engouement de jeunesse par réaction contre leur famille, mais un engouement qui risquait de ruiner leur vie entière, d'entacher leur avenir…

C'était au milieu du mois juin. Il faisait chaud. Il revenait tout juste d'Ankara où il était allé s'occuper de sa nomination et était rentré directement dans leur appartement de Teşvikiye. Erim était à la maison. Cet été-là, il allait peu – et seulement sur l'insistance de sa mère – au yali où il se précipitait pourtant chaque année en courant, où il passait ses soirées à s'amuser jusqu'au milieu de la nuit en compagnie de jeunes collégiennes, où il filait sur la mer avec le hors-bord blanc qu'on lui avait offert pour son baccalauréat. Prétextant ses examens d'entrée à l'université, Erim séjournait davantage à Teşvikiye. Son oncle n'avait peut-être pas tort, il fallait un peu surveiller le petit frère. Il se demanda si les propos de ce dernier sur Cem étaient justifiés : alors comme ça Cem serait devenu maoïste ! Ils s'étaient passablement éloignés l'un de l'autre ces dernières années. Arın était en

France de toute façon. Cem pour sa part était parti en Amérique, mais il en était rapidement revenu. Cela faisait plusieurs années qu'ils ne se voyaient plus. Cem s'était toujours intéressé à la politique. Son père avait même été député du CHP un temps. Mais Arın ne l'imaginait pas du tout se lancer dans cette voie. Il se dit que le mieux ce serait d'appeler Cem et d'en parler ouvertement avec lui.

Il sentait la fatigue du voyage, et s'étant levé très tôt ce matin-là, il avait sommeil. Son corps était en proie à une douce torpeur. Quand le téléphone sonna, il fut incapable de bouger de sa place. Erim était là, il allait décrocher.

— Une dame te demande, lui lança son frère.

Il eut du mal à reconnaître la voix timide et affolée à l'autre bout du fil.

— Je suis la maman d'Ülkü, Arın Bey. Excusez-moi de vous déranger.

— Oui madame, je vous écoute.

Tandis qu'il répondait, il s'étonna de l'émotion qui l'étreignait.

— Ülkü a été arrêtée. Je ne sais pas si vous êtes au courant. D'abord, nous sommes restés un long moment sans nouvelles. Ensuite, l'avocat saisi par ses amis nous a informés qu'elle était à la prison militaire d'Ankara. C'était votre amie, Arın Bey, s'il vous plaît, s'il vous plaît…

Au tremblement de sa voix, aux petits hoquets presque étranglés qui entrecoupaient ses mots, il comprit qu'elle pleurait.

— Ne vous inquiétez pas, dit-il. Savez-vous quand et pour quels motifs on l'a arrêtée, savez-vous où elle se trouve précisément ?

— D'après ce qu'a dit l'avocat, ils l'ont arrêtée le 1er juin à son domicile. Ensuite, personne ne sait où elle est passée… Ils l'ont… Ils l'ont sûrement torturée. Il y a un endroit du nom de Yıldırım Bölge, c'est là qu'elle serait en ce moment. Je ne voulais pas vous déranger. Mais vous avez des moyens. S'il vous plaît, je vous en prie, les relations de votre mère… S'il vous plaît, Arın Bey…

Il garda le silence quelques instants, ne sachant que répondre ni même que penser.

— Demandez à votre mère, à votre père, Arın Bey. Ülkü a donné des cours à votre frère. Si des gens puissants interviennent, elle pourrait être libérée. Moi, je ne connais personne d'influent à Ankara, nous ne connaissons personne de toute façon, vous le savez bien. Ah, cette fille m'en fait voir de toutes les couleurs !

Le ton implorant de la femme autant que ses récriminations contre sa fille lui tapaient sur les nerfs, et il se retenait tant bien que mal pour ne pas lui raccrocher au nez.

— Je comprends, madame. Ne vous inquiétez pas, je ferai tout mon possible. Donnez-moi le numéro de son avocat, je vais d'abord me renseigner.

Entre les remerciements excessifs qui lui mettaient également les nerfs en pelote, les sanglots et les jérémiades contre cette fille qui n'en faisait qu'à sa tête, qui s'était fourrée dans de beaux draps à cause de son indocilité, il nota le numéro de téléphone de l'avocat et raccrocha.

Il s'étonna de voir qu'Erim était resté à côté pour écouter la conversation, chose qui n'était pas du tout dans ses habitudes.

— C'était la mère d'Ülkü, expliqua-t-il. Tu sais, la fille qui te donnait des cours à un moment.

Le jeune homme rit dans sa barbe.

— Ülkü Abla, bien sûr que je ne l'ai pas oubliée. Elle me donnait des cours, et elle était aussi ta petite amie.

Arın sentit une pointe de moquerie et de reproche dans sa voix.

— Ülkü a été arrêtée, dit-il.

— Arrêtée ? Qu'est-ce qu'on lui reproche ? Elle était juste un peu à gauche, c'est tout. Si elle avait été membre d'une faction révolutionnaire, on aurait entendu son nom.

Il devint tout rouge d'un seul coup. Il se tut, paniqué de se rendre compte qu'il s'était trahi.

— Ce que je voulais dire, c'est que son nom serait apparu dans les journaux, sur les listes des personnes recherchées.

— C'est vrai que Cem s'est engagé à gauche, qu'il est devenu maoïste ? demanda Arın de but en blanc.

« C'est le moment de charger, pendant que le gamin est en panique », pensa-t-il. Parallèlement, il essayait de gagner du temps, de remettre à plus tard l'affaire Ülkü qui occupait son esprit.

— Qui te l'a dit ? demanda Erim. Cem est ton ami, si tu veux savoir quelque chose, tu n'as qu'à le lui demander.

« Inutile de jouer les détectives. Le mieux est d'aller lui parler directement. »

Il avait l'impression qu'une pierre lui pesait sur le cœur, d'avoir la poitrine oppressée. Ils avaient emmené Ülkü, ils l'avaient torturée. Peut-être une allégation de l'avocat. Ces gauchistes se plaignent sans cesse d'avoir été torturés. Il crut voir Ülkü dans une cellule sombre, par terre, nue, dans une mare de sang. Non, bien sûr que c'est un mensonge, du bourrage de crâne gauchiste.

— D'après sa mère, Ülkü aurait été torturée. C'est ce qu'a dit l'avocat. À mon avis, le problème est un peu exagéré, pour qu'on s'y intéresse.

— Non, ce n'est pas exagéré. Tu donnes vraiment l'impression de ne pas vivre dans ce pays. Peut-être parce que tu étais à l'étranger ces dernières années. Mais tout cela a bien lieu, crois-moi. Même si nous, entre Teşvikiye et Yeniköy, on ne se rend pas compte de ce qui se passe, même si notre mère et toute sa famille tressent toute la journée des lauriers à l'armée qui met au pas les anarchistes, les voyous et les ennemis de la propriété, tout cela existe bel et bien. Tu t'interrogeais sur Cem tout à l'heure. Oui, il est dans les rangs révolutionnaires. Est-ce qu'il est maoïste, staliniste ou léniniste, je n'en sais rien. Tout ce que je sais, c'est qu'il pense que l'ordre actuel doit changer. Tu vas intervenir pour Ülkü ? Maman, papa, et notre oncle surtout, pourraient tout de suite la faire sortir s'ils voulaient. Ils pourraient au moins faire en sorte qu'elle soit incarcérée dans de meilleures conditions, qu'elle ne soit pas torturée.

— J'hésite. Je me demande si cela servira à quelque chose. Je vais réfléchir. D'ailleurs, je ne suis pas sûr que maman veuille s'en occuper.

La réponse évasive qu'il venait de faire le mit mal à l'aise. Il eut honte devant son frère.

— Viens, il faut qu'on parle, Erim. Peu importe d'où je le tiens. De notre oncle, disons. Ils savent que tu vois souvent Cem et ils t'avertissent de ne pas te mettre dans le pétrin. Cem est mon ami. Je ne pense rien de mal de lui. Mais s'il s'est embarqué dans cette voie, ce n'est pas une bonne idée. Toute autre considération mise à part, le marxisme, le communisme, c'est l'idéologie de la classe ouvrière. Pas seulement une idéologie d'ailleurs, un mode de vie. L'engagement révolutionnaire, communiste ou maoïste de Cem n'est qu'une pose, une afféterie, ça n'ira pas au-delà. Réfléchis un peu ! Ce qu'il veut renverser, c'est son propre système, sa propre classe ! Pour ce qui est du réformisme, bon, je n'ai rien contre. Ce système a évidemment besoin d'être amélioré, il a besoin d'évoluer. Quant aux réformes, c'est seulement de l'intérieur du système qu'elles peuvent s'effectuer.

— C'est pour cela que tu essaies de t'insinuer dans le gouvernement ?

La voix de son frère était teintée de mépris et d'ironie.

— Il n'y a pas de quoi se moquer, mon petit. Oui, en partie pour cela, peut-être. En partie aussi parce que je trouve stupide le principe de « désintégration des rouages de l'État » prôné par la théorie révolutionnaire du léninisme. En réalité, rien ne se détruit ou ne se désintègre. C'est juste ceux qui font tourner ces rouages qui changent, voilà tout… Enfin, peu importe, je voulais te mettre en garde. Tu es très jeune encore. Il serait dommage que tu t'embarques dans une mauvaise voie sur la foi de simples ouï-dire, sous l'effet d'un enthousiasme de jeunesse et en partie par opposition à ta famille. Ne te repose pas trop non plus sur la puissance de la famille Murat. Le 27 mai, quand l'oncle paternel s'est fait cueillir et embarquer à Yassıada, la famille connaissait peut-être la période de son histoire où elle avait le plus d'influence, mais cela n'a servi à rien. Ici, c'est la Turquie. Quand tu te heurtes contre l'État, c'est toujours toi qui te brises les cornes.

— J'ai compris le message, mon frère. Ne t'inquiète pas, je ne commets rien de répréhensible. Merci de m'avoir averti. Ce qui veut dire que j'étais suivi moi aussi. Putain !

— Avertis Cem également. Dis-lui que je tiens l'information de source sûre, qu'il fasse gaffe.

— Dommage que tu ne puisses lui dire toi-même. Mais ce ne serait pas bien venu pour toi d'être fiché juste au moment où tu vas prendre tes fonctions, c'est sûr, je comprends. Et je parie que tu ne feras rien pour Ülkü.

Soudain, la colère l'assaillit. Ce gamin se permet de me donner des leçons de morale ou quoi ! À le croire, lui, c'est un révolutionnaire, et moi le dernier des dégonflés, perfide et opportuniste.

— Ce que je ferai ne regarde que moi, répondit-il froidement.

En lui, le mécontentement et la honte sournoise de savoir que ce gamin avait raison, qu'il ne verrait pas Cem et ne demanderait rien à personne pour Ülkü.

Il entendit Erim sortir en tirant doucement la porte et descendre par l'escalier, sans attendre l'ascenseur. Il va informer Cem, pensa-t-il. Il laissa passer quelques secondes et se dirigea vers la chambre de son frère.

La porte était fermée à clef. Il essaya de se remémorer si autrefois son frère la verrouillait ou non. Il n'en avait aucun souvenir, ce qui voulait dire qu'il ne s'en était jamais préoccupé. Il se rappela que Sultan Hanım possédait un double des clefs. Elle était partie avec le reste de la famille dans le yalı. Heureusement, la boîte à clefs était dans sa chambre.

La chambre de Sultan était une petite pièce sombre avec une fenêtre donnant sur la cour intérieure de l'immeuble, juste à côté des toilettes, au fond du superbe appartement dont, enfant, il arpentait les couloirs sur son tricycle, dont les salons en enfilade communiquaient les uns avec les autres par des portes en acajou, et dont chaque chambre disposait de sa propre salle de bains. Il remarqua qu'il n'avait pas remis les pieds dans cette chambre depuis des années et que deux univers distincts cohabitaient dans la même maison. Sous la fenêtre, contre le mur, se trouvait un canapé soigneusement couvert d'un tissu, et dans un angle, une table en bois. Sur celle-ci, un napperon blanc en dentelle de Bruxelles abîmé par endroits et sans doute donné par sa mère. Trônant sur un coin de la table, une photo de son fils – mort des années auparavant d'une pneumonie pendant son service militaire – prise devant la mosquée Nouvelle avec un ami en souvenir de l'armée.

Alors qu'il retirait le trousseau de clefs de la boîte en bois posée sur la table, son cœur se serra davantage. « La pièce manque d'air, il fait très chaud, c'est pour ça », pensa-t-il.

Après avoir essayé plusieurs clefs, il ouvrit la porte de la chambre d'Erim. Elle était comme toujours dans un désordre complet. Arın jeta un coup d'œil aux papiers empilés sur le bureau : notes de cours, photos d'amis, quelques romans policiers, journaux, revues… De nombreux livres s'entassaient sur les rayons de la bibliothèque, si vide autrefois qu'il s'en moquait en disant : « Je vais t'acheter des livres reliés au mètre pour que tu n'aies pas l'air d'un illettré. » Les œuvres choisies de Marx et Engels en trois volumes, ainsi qu'un livre à la couverture trouée d'impacts de balles, en trompe-l'œil s'entend, *La Guérilla urbaine*, attirèrent son attention. Eh bien ! Voyez donc un peu les lectures du petit. Qui aurait cru que ce vaurien se passionnerait pour ce genre de choses !

Sur l'étagère du dessus se trouvaient deux gros volumes indiquant en lettres dorées sur la tranche qu'il s'agissait de la collection complète des revues pour enfants *Çocuk Mecmuası* et *Doğan Kardeş*. Est-ce qu'il avait déniché cela chez les bouquinistes ? Alors qu'il les descendait de leur étagère, il se rendit compte que ces lourds volumes étaient en réalité des boîtes, ce qui ne laissa pas de l'étonner. Dans l'une des deux, un Smith & Wesson, et dans l'autre, dans une enveloppe, des centaines de communiqués signés THKP-C[1]. Sur ces communiqués auxquels il avait jeté un bref coup d'œil avant de refermer précipitamment les deux boîtes et de les reposer à leur place, on soutenait que le kidnapping de l'ambassadeur d'Israël avait servi à montrer le vrai visage du régime, qu'il avait donné naissance à un fascisme prématuré, durci les positions, donné un coup d'accélérateur au combat révolutionnaire et que cette action était indiscutablement justifiée.

« Un flingue ! Un Smith & Wesson en plus… le genre d'arme qui ne se trouve pas dans de minables petites organisations gauchistes. Ce qui veut dire que l'argent du paternel, il l'investit dans des armes ! »

Quand il referma à clef la porte de la chambre, ses mains tremblaient de peur et de panique. L'idée de détruire l'arme et les communiqués l'effleura l'espace d'un instant – par exemple, les emporter sur-le-champ au yali pour les jeter à la mer, ou les brûler –, mais il y renonça. Il fallait attendre Erim, parler calmement avec lui et, ensuite, prendre une décision. Les choses en étaient donc arrivées à ce stade. Où se situait Cem dans cette affaire ? Son oncle maternel l'avait qualifié de maoïste, mais eux ne faisaient pas ce genre de distinctions, il le savait, et même s'ils la faisaient, ils n'en laissaient rien paraître à l'extérieur.

Il se laissa tomber dans l'un des petits fauteuils du salon. Il se sentait comme une bête traquée. Erim, Cem, Ülkü… tous semblaient lui avoir tendu un piège et l'encerclaient. « Ton dossier est propre », lui avait

1. THKP-C (*Türkiye Halk Kurtuluş Partisi-Cephesi*), le Parti-Front de libération du peuple de Turquie.

dit son oncle. Est-ce possible avec toute la saloperie ambiante ! Il décida qu'il parlerait à sa mère et ferait tout pour la convaincre d'envoyer Erim à l'étranger. Si jamais elle lui opposait qu'Erim était encore très jeune, que s'il partait à cet âge, avant même d'avoir commencé l'université, il risquait de partir en vrille, alors, il balancerait la vérité.

« Ni Ülkü ni Cem ne me concernent, songea-t-il. Ce sont des adultes qui savent ce qu'ils font, mais il m'est difficile de me dégager des affaires dans lesquelles Erim est allé fourrer son nez. Cela pourrait rejaillir sur moi, du moins nourrir les soupçons. »

Il décida de ne contacter personne au sujet d'Ülkü. « À quoi bon de toute façon. Si elle n'est pas coupable, ils la relâcheront ; si elle trempe dans des affaires d'organisations armées et de meurtres, il n'y aura rien à faire dans ce cas. »

Un remords irrépressible s'abattit sur lui. « Si je ne m'étais pas éloigné d'elle pas à pas, si je n'avais pas donné l'impression que notre relation n'avait pas d'avenir, si j'avais pris le risque de l'épouser, d'en faire ma femme, sans me soucier de ma mère et de ma famille, sans faire de calculs ni penser à mes intérêts, tout aurait été différent… »

Il essaya de chasser ces pensées désagréables de son esprit. « Ülkü n'en fait qu'à sa tête. Ma mère a raison, même si nous nous étions mariés, cela n'aurait rien changé. Elle n'aurait eu aucun souci de ma carrière, de ma position ; elle aurait essayé de m'entraîner dans son propre monde. Inutile de ruminer et de se morfondre. Qui tombe par sa faute ne pleure pas.

« À cette époque, j'étais plus ambitieux, plus inflexible et, n'ayons pas peur de nous l'avouer, plus égoïste et plus sournois. Troubles du caractère ?

Mais non ! Peut-être que je ne me sentais pas assez fort, que je manquais encore de confiance en moi. »

Lorsqu'on posa devant lui les dossiers en disant : « Les informations que vous avez demandées sont là », il ouvrit tout d'abord celui d'Umut Murat Ulaş. Un mince dossier à couverture noire. Juste quelques pages contenant toute la vie – et la mort – d'une toute jeune personne, d'un adolescent… Alors qu'il les feuilletait, il sursauta soudain : les pages étaient mouillées, collantes, comme maculées de sang. C'est alors qu'il remarqua qu'il avait renversé sa tasse de café. La tête lui tourna. L'odeur du café lui donna l'impression d'être celle du sang séché. Il eut un haut-le-cœur. Depuis sa plus tendre enfance, il ne supportait pas la vue du sang. Le sang – non, la tache de café – se répandit sur Umut Murat Ulaş. Il eut du mal à déchiffrer ce qui était écrit sur la première page – Mère : Ülkü. Père : Ömer. Date et lieu de naissance : février 1972, Ankara. Adresse administrative : Istanbul, Levent…

« Je connais cette adresse, je connais cette maison… »

La tache de sang s'étirait de plus en plus. Étudiant à l'ITÜ, dans le département électronique. Militant actif. Actions auxquelles il a participé…

De la main, il repoussa les papiers.

— Réservez-moi une place dans le premier avion pour Istanbul, s'il vous plaît. Je pars immédiatement, informez-en le chauffeur. J'espère que les dossiers que vous m'avez apportés étaient une sortie d'ordinateur. J'ai renversé du café dessus. Faites une nouvelle impression si nécessaire.

Sa voix était caverneuse, éraillée. Il avait la tête vide. Lorsqu'il fut seul dans son bureau, il composa le numéro de la petite maison, un numéro qu'il n'avait pas oublié.

Quand il lui demandait : « Qu'est-ce que tu fais ? », Ülkü répondait : « Je t'attends, assise près du téléphone. »

Le téléphone sonnait constamment occupé. « Qu'est-ce que je suis bête ! Il faut que je fasse le 2 avant, les numéros d'Istanbul sont à six chiffres maintenant. »

La voix au téléphone ressemblait à celle d'Ülkü. Autrefois aussi il les confondait. « Mère et fille ont des voix qui se ressemblent », disait Ülkü. Il fut tenté de raccrocher sans prononcer un mot.

— Allô, répéta la femme.

Trop tard désormais.

— C'est Arın Murat, madame. J'aimerais vous rendre visite, aujourd'hui en fin d'après-midi ou bien demain matin.

Le silence s'étira à l'autre bout du fil.

— Arın Bey ? Quelle surprise ! Oui, bien sûr, je suis à la maison. Je ne sors plus beaucoup maintenant.

***

Il ne se rappelait pas exactement quand avait commencé le problème de confiance. La règle d'or était la suivante : Si vous commencez à éprouver de la méfiance, c'est que quelqu'un ne vous fait plus confiance.

« Quand ai-je eu pour la première fois l'impression d'être suivi et observé ? Même si je savais qu'on me cachait des choses, quand l'ai-je remarqué pour la première fois ? Quand ai-je perdu la confiance et l'ouverture que j'avais autrefois envers mes collègues ? »

Pensées imprécises et impressions vagues, ou plutôt instantanés épars et volatils, mots flottants dans l'air, échanges de rires incompréhensibles, phrases laissées en suspens, petits regards à la dérobée…

Sa mémoire restait obstinément fixée sur l'automne 1992. Après une série d'opérations qui avaient amené la presse et les milieux de gauche à crier à l'« exécution sommaire » et dans lesquelles le fils d'Ülkü avait été tué avec d'autres, on l'avait retiré du poste critique qu'il occupait – apparemment sur sa propre demande – et placé à la tête d'une nouvelle équipe destinée à développer les relations avec l'Union européenne. Malgré son titre et le concert de louanges dont il faisait l'objet, tout le monde – et lui le premier – savait très bien que c'était un poste sans influence et que pour la première fois dans sa vie professionnelle Arın Murat était sinon placardisé, du moins mis sur la touche.

Les jours qui avaient suivi la mort d'Umut Ulaş, une série d'opérations similaires avaient été menées. Il avait alors commencé à se demander si toutes étaient vraiment nécessaires, si les personnes dans les logements où s'effectuaient les raids étaient les bonnes cibles ou non, si l'idée répandue par les explications officielles selon laquelle les personnes serrées dans les cellules révolutionnaires répondaient par des coups de feu à l'injonction de se rendre reflétait la réalité ou pas, et, plus important, à douter du bien-fondé de la méthode. Difficile de prétendre que les assassinats successifs de riches d'origine kurde soupçonnés d'aider le PKK, d'intellectuels kurdes qui s'étaient acquis la confiance du peuple à Diyarbakır, Tunceli ou Batman étaient des événements uniques et isolés. Ils étaient sortis du cadre dont il avait connaissance. Un autre centre de pouvoir, une autre volonté s'en était mêlée. Surtout, on ne l'avait pas informé d'une telle évolution. Quand, pour s'en assurer, il avait souhaité revoir certains dossiers, il avait constaté avec dépit que d'importants documents secrets avaient disparu.

Ce n'était plus le jeune employé de la veille. La subtilisation, la modification de documents, l'anonymisation des responsabilités… c'étaient des choses qu'il connaissait de près. Il savait parfaitement ce que cela signifiait quand ces méthodes commençaient à être appliquées à un responsable de haut rang. Au fil des jours, il était envahi par l'impression qu'une toile se tissait autour de lui. Il avait accueilli avec joie sa mutation dans un secteur rattaché aux Affaires étrangères, et surtout à la direction d'une unité travaillant à la candidature d'adhésion à l'Union européenne qu'il souhaitait de tout cœur. Mais plus rien n'était comme avant. « J'ai vieilli et je suis fatigué, avait-il pensé. Autrefois, je me serais battu. Mais pour quoi, au nom de quoi, je me battais ? » La question était restée sans réponse. Au nom de quoi, franchement ? Du pays, de l'État ? La question même relevait d'une littérature héroïque, creuse et absurde. Quelque chose s'était brisé, la magie s'était dissipée, ne laissant que les doutes, les questions et, il rechignait à le dire… les peurs.

La sonnerie du téléphone le fit sursauter.

— Je vous mets tout de suite en relation avec Mme Ülkü Öztürk, l'informait la voix au bout du fil.

***

« Depuis combien d'années ne nous sommes-nous pas vus, depuis combien d'années n'ai-je entendu ta voix ? » pensa Ülkü en attendant qu'on les mette en relation téléphonique.

C'était après la mort de son enfant. Une époque où se confondaient le jour et la nuit, la réalité et le cauchemar ; où la frontière entre la vie et la mort se réduisait à un fil… Pendant toute la durée du trajet jusqu'à Istanbul où elle était venue par le premier avion dès l'annonce de la nouvelle, la mort d'Umut était un silence effrayant pour ceux qui en étaient témoins. Mais une fois Ülkü arrivée à la morgue, devant la dépouille de son fils, ce silence s'était mué en un cri perçant, effroyable, qui déchira les murs, l'air et la ville. Quand le cri cessa soudain, comme si elle avait pris une drogue dure, du type héroïne ou cocaïne, elle avait commencé à percevoir tout ce qui l'entourait – le monde, la vie, les gens, les voix, les couleurs – sur un plan différent, jamais connu jusque-là. En parlant avec une vieille connaissance, elle oubliait tout à coup qui était la personne qui se trouvait devant elle ; au milieu des éloquents silences de ses amis, de leur désarroi plein d'affection et de leurs gesticulations désespérées, elle se mettait à parler de villes, de gens, de routes et de ruines comme si elle racontait un film ou déclamait un poème. Les climats, les pays, les villes, les fleuves, les mers, les murailles, les forteresses, les places, les sanctuaires qu'elle avait visités depuis des années, telle une voyageuse solitaire, où elle n'avait pu s'implanter ni prendre racine. À Moscou, la tristesse qui vous prend aux tripes en ces jours de juin où les pollens de peuplier s'abattent comme d'épais et tièdes flocons de neige ; les tilleuls de Berlin restée sous les décombres du mur, toujours blessée, toujours divisée, toujours coupée en deux malgré les efforts d'unification ; le temps figé qui oublie de couler à Leipzig, brumeuse et noire de suie. Les constantes marées sur les côtes atlantiques, les étendues de sable mouillé étincelant comme un miroir d'argent s'étirant à l'infini ; Paris vécu comme un conte avec ses couleurs, ses odeurs, ses voix, ses souvenirs ; la Volga, les méandres du Danube, le Rhin, l'Elbe, la Seine, la Loire ; murailles, châteaux, forêts, tunnels… La terrible fin d'année 1989 : Tchécoslovaquie, Hongrie, Pologne, mur de Berlin, Allemagne de l'Est s'effondraient comme des dominos. Ensuite, le plus sanglant et le plus douloureux était arrivé : la Roumanie. Ouvriers, paysans, jeunes et intellectuels du pouvoir populaire, de l'État prolétaire, s'étaient révoltés et dévastaient tout. Ils avaient troué les drapeaux, ils en avaient retiré les faucilles, les marteaux et les étoiles rouges, emboîtant le pas aux prêtres qui attendaient ce jour depuis un demi-siècle ; ils brisaient les statues de Lénine en leur passant des cordes huilées autour du cou et les réduisaient en pièces. Convictions, histoire, personnes, leur propre identité… ils mettaient tout à bas. L'histoire s'effondrait, les croyances s'effondraient. « Nous nous effondrions et nous pensions être libérés. »

Tous les sentiments qu'elle éprouvait depuis tant d'années dans le cours naturel et ennuyeux du quotidien, mais sans être capable de les faire remonter à la surface, de les exprimer ou de les coucher sur le papier, cela lui faisait du bien de les vivre à un autre niveau – au deuxième étage de son cœur et de sa tête selon sa propre expression –, d'en parler avec la liberté d'une folle, de les déverser et de les partager. La mort de son fils avait été l'étincelle qui avait fait resurgir toutes les pertes, les décès, les effondrements, les décombres et les désespoirs qu'elle avait vécus comme quelque chose de normal et qu'elle avait tus. Maintenant, elle était libre de devenir dingue. Lorsque cette liberté lui remonta à la conscience, elle avait cessé de parler, elle s'était tue et s'était retranchée dans le silence du premier instant.

Le cercueil d'Umut fut emmené lors d'une cérémonie émaillée de heurts entre la police et des tas de gens venus de quartiers pauvres et insurrectionnels dont elle n'avait jamais entendu le nom avant et dont elle ignorait l'existence, des banlieues entourant la ville. Elle n'alla pas à l'enterrement. Elle ne voulut même pas savoir ce qui s'était passé. Elle refusa également de voir les journalistes dont elle ne comprenait pas comment ils avaient trouvé l'hôtel où elle était descendue – ce n'est que bien plus tard qu'elle comprendrait qu'elle avait été suivie dès sa sortie de l'aéroport. Elle n'avait rien à dire à personne. Parler des pays, des villes, des amours, des gens, c'est facile, mais comment parler des fils morts ? Comment parler des jeunes cadavres allongés sur le sol, des morts au beau visage gisant à la morgue ?

Elle se rappelait la Pietà de Rome, où elle était allée plusieurs fois uniquement pour voir cette sculpture : Marie tenant la dépouille de son Fils dans ses bras, penchée au-dessus de son corps portant les marques sanglantes des clous… « La douleur de la perte d'un fils sacrifié à de faux dieux peut être exprimée seulement ainsi, en taillant la pierre », pensait-elle sans cesse.

Quand la réception de l'hôtel l'informa que Mehmet Iliç voulait la voir, elle se préparait à un long sommeil ininterrompu, en buvant quelques verres de cognac après les somnifères. Ces deux derniers jours, elle avait fait savoir à la réception qu'elle ne répondrait à personne et demandé qu'on ne lui passe aucune communication.

— Je vous avais dit de ne me passer aucun appel, dit-elle d'un ton glacial.

— Oui, madame, mais en donnant son nom, le monsieur ici présent a dit qu'il fallait absolument que vous le receviez et que sinon, il ferait un problème.

Mehmet Iliç… « Quand nous sommes-nous vus pour la dernière fois ? À l'époque où nous croyions marcher vers le pouvoir ou la mort. Juillet 1980, pour l'enterrement de Kemal Türkler[1]. Ou était-ce celui de quelqu'un d'autre. Comment avons-nous fait tenir tant de morts, tant d'enterrements dans une vie ! »

— Bon, laissez-le, qu'il vienne.

Mehmet Iliç… Les couloirs de la fac, les boycotts étudiants, les occupations d'usine, les grèves, les 1er Mai, le bidonville de Zeytinburnu : « Ma mère te fera du thé, elle te fera aussi du kete. » Le cabinet du docteur, les premiers cours de socialisme, les jours de clandestinité, les routes qui se séparent : « Je ne l'ai jamais traité d'ennemi. » Une Turquie qui ne reviendra jamais plus, la terre consacrée, où l'espoir jaillissait même de nos morts, où nous croyions les enterrements porteurs de lendemains. Mehmet Iliç : notre jeunesse dont le souvenir même nous paraît étranger, comme si nous ne l'avions jamais vécue…

On frappe.

— Entrez !

L'homme entrouvre doucement la porte et passe la tête à l'intérieur d'un geste circonspect.

— J'espère que je ne te dérange pas, ma sœur.

« Comme cela m'énervait quand il m'appelait "ma sœur". Mais je ne me fâche plus. Cela n'a plus d'importance désormais. »

— Entre, assieds-toi, Mehmet. C'est bien que tu sois venu.

— Je ne sais pas ce que tu leur as dit en bas, mais pour un peu, ils me viraient à coups de bâton.

Il essaie de se comporter de la façon la plus naturelle possible, comme un vieil ami rentré après des années

1. Kemal Türkler (1926-22 juillet 1980) : fondateur et premier secrétaire général de la DISK (*Devrimci İşçi Sendikaları Konfederasyonu* – Confédération des syndicats des ouvriers révolutionnaires), créée le 12 février 1967.

au pays et venu rendre visite. Elle s'étonne de voir combien il a vieilli. « Est-ce que je parais si vieille moi aussi ? »

— Je n'étais pas en état de voir qui que ce soit. Surtout aujourd'hui.

En prononçant ces derniers mots, sa voix devient rauque. Une douce somnolence l'envahit. Des vagues tièdes se diffusent de son front vers ses paupières.

— Sers-toi du cognac. Regarde, il y a même du chocolat. Pas de thé. Je sais que tu aimes le thé. Ta mère prépare-t-elle toujours du thé « sang de lapin » ? Je n'ai pas oublié le goût des kete au fromage.

— Ma mère est morte, Ülkü. Il y a sept ans.

Dans sa tête, sur le bout de sa langue, se promènent les vers d'un poème oublié : « Allons, allons-y, ma mère vous fera du thé… Je ne sais pas, je l'ignore, peut-être n'ai-je pas de mère. Peut-être qu'elle est si blanche qu'elle s'est habituée à être invisible[1]. »

C'était « blanche », le vrai mot ? Elle ne s'en souvient pas.

— Tout meurt, tout le monde meurt, murmure-t-elle.

C'est alors que, pour la première fois, ils s'enlacent avec une affection amicale et désespérée. En silence. En posant sa tête sur l'épaule de l'homme au visage fatigué, elle mesure à quel point elle est seule. « Les joies se partagent, la douleur se vit seul », disait Ömer. La souffrance est un sentiment qui s'amplifie à mesure qu'on tente de le partager, elle le sait d'expérience.

Alors qu'elle se sert un nouveau cognac, elle insiste pour que Mehmet en prenne aussi.

1. *Umutsuzlar Parkı* (« Le parc des désespérés »), d'Edip Cansever.

Espérant trouver un sujet commun, elle dit :

— Ömer n'est pas au courant de la mort du petit. Nous sommes séparés depuis des années. Je me suis installée à Paris. Ömer est resté à l'Est.

Pire que des sanglots, elle rit de façon extrêmement amère et ironique.

— Enfin, l'Est, façon de parler. Il n'y a plus d'Est ni d'Ouest maintenant. Dernièrement, il était à Leipzig. Je ne sais pas s'il y est encore.

— J'aimais bien Ömer Hodja. Même si nos chemins se séparent, même si le parti nous taxe de traîtres, Ömer Hodja est un homme qui a vraiment cru en la classe ouvrière.

« Désormais, il ne croit plus en rien. » Des mots qu'elle renonce à dire au moment où elle allait les prononcer. Comme si elle annonçait quelque chose de nouveau qui surprendra son interlocuteur, elle dit :

— Umut est mort. Ils l'ont tué. Je suis allé l'identifier à la morgue. Tu te souviens du rédacteur en chef de la revue que nous avions sortie en 1978 ? Comment s'appelait-il ? Ils l'avaient torturé à mort. Nous étions allés ensemble à la morgue, toi et moi, pour identifier le corps. Je n'avais pas pu regarder le cadavre. Mais j'ai l'habitude maintenant. J'ai regardé mon fils. Il était jeune et beau.

— Les assassins de ce camarade avaient été retrouvés, mais ils avaient été relâchés. Si je m'en souviens… Les types étaient des figures de proue des faisceaux nationalistes d'Istanbul. À présent, ils sont tous à des postes importants de l'État ou se sont enrichis dans des activités mafieuses. Tout ce que notre époque compte de fascistes et de criminels travaille directement ou indirectement pour l'État. Ils se servent au passage, naturellement.

Ils étaient comme deux vieux amis se retrouvant après plusieurs années et s'épanchant sur l'état du pays. Comme si l'enfant d'Ülkü était toujours de ce monde, et que le monde ne s'était pas effondré.

— Cet appartement hébergeait vraiment une cellule révolutionnaire, d'après toi ?

Elle sait que la réponse qu'elle obtiendra n'a aucune importance.

— Il est fort probable que non. J'ai essayé de me renseigner. Je crois effectivement que, même s'il n'était pas membre actif d'une organisation, Umut était un sympathisant. Mais je ne suis pas certain qu'on ait fait feu de l'intérieur. Tu n'as peut-être pas pu suivre ça de près depuis l'étranger, ce sont leurs dernières tactiques. Ils ont en main un plan d'éradication qu'ils s'appliquent à réaliser dans les plus brefs délais. Ils projettent de liquider par ce biais les leaders d'organisations. Le 12 septembre 1980 est passé comme un bulldozer sur la société. Après ça, l'effondrement du bloc socialiste… « Dans un village sans chien, on circule sans bâton », comme dit le proverbe. Ni réaction de masse, ni mouvement ouvrier, ni spectre communiste. Hormis les associations des droits de l'homme, quelques structures marginales et une poignée de probes intellectuels, personne ne moufte. Ce pays a connu tant de morts et de souffrances qu'il semble s'y être accoutumé. Tout s'oublie si vite. Peut-être que les gens veulent oublier, oublier et se débarrasser.

Tandis qu'il parle, elle sent sa tête s'alourdir, son corps doucement s'engourdir.

— Moi aussi j'oublierai, dit-elle. C'est d'ailleurs cela le plus effrayant, le plus insupportable. J'aurais beau lutter pour ne pas oublier, j'oublierai. Pas seulement Umut, mais tout ce que j'ai vu et vécu. De même que j'oublie des amis, des hommes, des amours que je pensais ne jamais quitter, ne jamais oublier.

À travers la brume qui remplit son cerveau, elle a envie de hurler : « Mensonges, je n'ai rien oublié, tous me font souffrir. La seule chose que je veux oublier, c'est la souffrance qui me ronge ! »

Sa langue s'alourdit de plus en plus.

— Je vais dormir maintenant. J'ai pris des somnifères et j'ai bu de l'alcool. Pas au point d'en mourir, ne t'inquiète pas, juste pour oublier. Pars, Mehmet. Laisse ton numéro de téléphone, une adresse où je peux te trouver… Peut-être qu'on se reverra.

L'homme est désemparé, indécis.

— Tu veux que je reste jusqu'à ton réveil ?

— Inutile, ça ne sert à rien.

Sa tête retombe sur le dossier du fauteuil. Respirant de façon régulière, elle sombre dans un profond, très profond sommeil.

***

À son réveil, elle est dans une chambre d'hôpital. Une forte odeur de médicament et de désinfectant lui saute aux narines. Elle a mal à la tête. Elle remarque qu'elle a une perfusion au bras. Elle distingue d'abord le docteur en blouse blanche, puis Mehmet Iliç.

Elle entend le médecin dire : « Elle se réveille. »

Elle ouvre à nouveau les yeux. Le visage du médecin lui semble familier. Elle voudrait demander : « J'ai beaucoup dormi ? », mais elle n'y parvient pas, sa langue pèse dans sa bouche.

— Elle se réveille, dit Mehmet Iliç.

En entendant sa voix, elle se souvient : « Nous étions dans la chambre d'hôtel, j'avais pris des somnifères, et probablement de l'alcool par-dessus. » Un sentiment de gêne et de honte l'envahit : « Ils vont penser que j'ai fait une tentative de suicide, alors que je voulais juste dormir un peu. »

Elle essaie de sourire, de montrer qu'elle va bien. Elle se désole. « J'attire des problèmes à Mehmet. »

— Merci, dit-elle entre ses lèvres.

Une douce chaleur l'envahit quand elle voit le bonheur, la joie se peindre sur le visage de son ami. Elle se réjouit de ne pas être toute seule à son réveil. Remarquant que le médecin partage la même joie, elle s'étonne. Elle examine attentivement ses traits. « Je connais ces yeux, ce visage... »

— Prompt rétablissement, dit le docteur. Nous sommes d'anciens amis. Dès que le président m'a appris la nouvelle, je me suis souvenu de vous.

Ce devait être Mehmet qu'il appelait « président ». Il avait dû entendre quelque part qu'il faisait du syndicalisme. L'habitude d'appeler « président » les dirigeants de syndicats perdurait donc encore.

— Je faisais partie des jeunes qui venaient donner un coup de main à la revue à la fin des années 1970, avant le 12 septembre. Une fois, j'étais venu avec le président pour voir Ömer Hodja chez vous.

Soudain, elle se souvient avec une parfaite clarté. Les brouillards dans sa tête se dissipent. Ses tempes ne lui font plus aussi mal qu'avant, ou elle ne les sent pas. C'était juste avant qu'Ömer ne soit appelé au centre, à la fin de l'année 1979. Mehmet était venu accompagné de deux jeunes ; ils s'étaient enfermés dans la chambre du fond et avaient parlé longuement. L'un d'eux était cet homme aux yeux noirs et au regard intelligent. Pendant toute la discussion, Umut n'avait pas voulu sortir de la pièce. Ömer ne l'y avait pas contraint. Lorsque tout le monde fut parti et qu'ils se retrouvèrent seuls, Umut avait dit : « Y en a un qui veut être médecin, moi aussi je serai docteur quand je serai grand. » Omer paraissait préoccupé. « Le parti n'est même pas encore correctement structuré que l'opposition commence déjà. Que le siège central du parti soit à l'étranger accentue évidemment la coupure. Je sais que ce n'est pas facile de comprendre la Turquie en la regardant de l'extérieur. Mais si nous n'emboîtons pas le pas au mouvement qui se développe ici, si nous restons à la traîne derrière les masses, l'opposition en sortira justifiée », avait-il grommelé.

— Je m'en souviens. Umut était tout petit. Après votre départ, il avait dit : « Y en a un qui veut être médecin. »

Le prénom dont elle s'était souvenu et qu'elle avait prononcé comme si de rien n'était tomba dans la chambre d'hôpital comme un explosif puissant.

— Je me rappelle, dit doucement le médecin.

Ils étaient venus parler avec Ömer Ulaş connu à cette époque comme l'un des hommes les plus influents du parti en Turquie. Le contexte était tendu. Ils s'étaient présentés comme les porte-parole de l'opposition qui s'élevait, notamment parmi la frange la plus jeune, contre la ligne du parti central, qualifiée de pacifiste et droitière. Ömer Hodja les avait écoutés, il n'avait manifesté aucune réaction, mais il leur avait clairement fait sentir que la ligne du parti était déterminée quelque part au plus haut niveau, sous l'égide du parti d'Union soviétique et du mouvement communiste international. « Il faut bien comprendre l'internationalisme, avait-il dit. L'internationalisme, c'est quelque chose qui va au-delà du romantisme révolutionnaire ; ce n'est pas un vain mot, une formule creuse. L'internationalisme, c'est savoir qu'il faut être capable de renoncer aux intérêts nationaux étroits, aux politiques locales, pour la révolution mondiale, pour une libération globale de l'humanité. Le petit pas apparemment insignifiant que tu vas faire ici aujourd'hui en vue d'un résultat qui n'excédera pas la journée en Turquie peut, demain, entraver non seulement les forces révolutionnaires de Turquie, mais aussi la classe ouvrière de je ne sais quel pays. Nous ne pouvons pas réaliser tout seuls et de nous-mêmes un plan universel d'une telle ampleur. »

« Les purges du parti avant la Seconde Guerre mondiale, les grandes politiques étatiques staliniennes faisaient-elles aussi partie de l'internationalisme, d'après vous ? » avait tenté d'opposer, d'un air quelque peu insolent, le jeune aujourd'hui devenu médecin. Toujours sur le même ton calme mais glacial, Ömer Ulaş avait répondu : « Il y a peut-être eu des erreurs. Mais si nous n'avons pas confiance dans le fait que le mouvement mondial de la classe ouvrière, que les mécanismes de décision commune des partis frères commettront moins d'erreurs que nous en agissant seuls, c'est que nous ne pouvons pas mener cette tâche à bien. » Pour détendre l'atmosphère de plus en plus pesante et tendue, le futur médecin avait essayé de parler avec le petit garçon qui jouait tranquillement avec un train dans un coin de la pièce, il lui avait demandé son nom. « Je m'appelle Umut Murat », avait répondu l'enfant. Il était entré à l'école cette année-là ; ses yeux brillaient en disant qu'il commençait déjà à déchiffrer les mots avant même la cérémonie du festival de lecture. « Sa grand-mère est institutrice, elle s'en est un peu occupée », avait dit Ömer Ulaş.

— Ici, à l'hôpital, il y a un autre médecin qui vous connaît, dit-il pour rompre le pénible et long silence. Pas aujourd'hui, mais quand vous vous serez reposée, si vous l'y autorisez, il viendra vous souhaiter un bon rétablissement.

Elle pose sur lui des yeux interrogateurs.

— Je ne sais pas si vous vous rappellerez son nom. Il a été votre élève il y a des années. Vous l'aidiez pour ses devoirs. Erim Murat. C'est un très bon ami. Très jeune, à l'époque du 12 mars, il s'était plus ou moins impliqué dans le mouvement de Mahir[1] ou le THKO[2], enfin, quelque chose du genre. Il vous connaît très bien.

Ses paupières se font lourdes de nouveau, elle se sent nauséeuse. Elle se tourne légèrement sur le côté et ferme les yeux.

— Veuillez m'excuser, dit le médecin. L'évocation des souvenirs m'a fait oublier mon devoir médical, je vous ai fatiguée. Reposez-vous, s'il vous plaît. Une infirmière en qui j'ai entière confiance veillera sur vous, et je passerai souvent.

Le lendemain, elle se sentait si bien qu'elle fut attristée à l'idée de devoir quitter l'hôpital. Dans cette chambre, hors du monde, hors du temps, entre veille et sommeil, au bord de l'absence, revenue de l'autre côté du seuil, elle était paisible et heureuse. Se rétablir au point d'être en état de sortir de l'hôpital signifiait retrouver ce monde brutal et fatigant. Prendre des décisions, trouver en soi la force de les appliquer, voir les gens et parler avec eux, revenir à la réalité. Elle n'en avait ni la force ni l'envie. Tout ce qu'elle désirait, c'était prolonger les jours dans cette chambre individuelle d'hôpital, laide et rudimentaire, prolonger

1. Mahir Çayan (15 mars 1946-30 mars 1972), leader du THKP-C jusqu'à sa mort.

2. THKO (*Türkiye Halk Kurtulş Ordusu*) : Armée de libération du peuple de Turquie. Groupe armé d'extrême gauche fondé le 4 mars 1971 et qui mit fin à ses actions en 1972, à la suite de la mort de leurs principaux leaders, notamment Deniz Gezmiş et Cihan Alptekin.

indéfiniment cette attente dont elle ne savait ce qu'elle escomptait.

Quand Erim Murat entra dans la chambre dans sa tenue blanche et un bouquet de roses jaunes à la main, elle ne comprit pas tout de suite qui il était, elle le prit pour son médecin. « Je me fais dorloter, pensa-t-elle. Et ça tombe bien, les roses jaunes sont mes préférées.

« J'aimais les roses jaunes. Arın m'en achetait. "C'est la couleur qui te va le mieux", disait-il. Mes longs cheveux châtains avec des reflets roux… Après l'amour, quand j'essayais de cacher ma nudité, de couvrir ma peau blonde comme les blés avec mes cheveux défaits, il glissait des boutons de fleurs dans les mèches. "Si j'avais été peintre, c'est ainsi que je t'aurais représentée, j'aurais dessiné des fleurs jaunes dans tes cheveux." Les ai-je coupés parce qu'il était difficile d'en prendre soin en prison ou parce que je pensais qu'ils étaient le talisman de ma relation avec Arın ? »

Un petit garçon rond et dissipé parvenu à la quarantaine entre dans la pièce, revêtu d'une blouse blanche de médecin avec un bouquet de roses jaunes à la main. On dirait qu'ils jouent la scène finale d'une mauvaise pièce, plate et emphatique.

— Je ne dérange pas, j'espère, dit Erim.

C'est seulement alors qu'elle reconnaît le visiteur, à sa voix. Pourtant, il était tout juste adolescent à l'époque. Chez les garçons, c'est surtout la voix qui change quand ils grandissent.

Pas d'endroit où fuir, pas d'espoir de s'évaporer et devenir invisible. Elle ne peut pas lui dire « va-t'en ». Comment peut-on dire « va-t'en » à son passé, ses souvenirs, à ce qu'on a vécu.

— Bonjour, Erim, dit-elle d'une voix dépourvue de toute émotion.

— Comment allez-vous Ülkü Abla ? En entendant les collègues parler entre eux, ça ne m'est pas venu à l'esprit que c'était vous. Je n'ai compris qu'après coup.

Il cherche un vase où poser les fleurs.

— Vous aimiez les roses jaunes. Vous voyez, je n'ai pas oublié. Comment c'était ce poème que vous essayiez de me faire apprendre par cœur en français ? « Les feuilles jaunes, les roses jaunes, la race jaune… »

Il s'approche du lit et lui prend le pouls.

— Qu'ils retirent ce sérum maintenant. Votre pouls est beaucoup mieux. Vous vous en êtes remise.

— Merci, je vais bien, Erim. Comme c'est bizarre de te croiser ici après toutes ces années.

— C'est aussi ce que je me suis dit. Depuis le moment où vous avez commencé à me faire travailler jusqu'à maintenant, il s'est passé vingt-sept ans. C'est à peine croyable. J'étais quasiment en culottes courtes à cette époque.

— Tu as raison, ce devait être à l'automne 1965. Vingt-sept ans se sont écoulés. Le temps passe vite.

Le temps passe vite ? Quelle phrase banale, creuse et mensongère. Le genre de mots qu'on marmonne quand on ne sait plus quoi dire. Peuvent-elles être brèves, peuvent-elles passer vite, toutes les années où l'on a vécu… ou plutôt consommé, consumé, gaspillé tant d'espoir, de joie, d'amour, de passion ; connu tant de gens, d'amis, d'ennemis, d'amoureux, de camarades ; tant de souffrances, de morts, de destructions ; de pays, de villes, de mers, de climats… toutes ces années consumées, dilapidées ?

— Quand on se retourne et qu'on regarde en arrière, oui, ça semble être passé vite, mais était-ce ainsi en le vivant ?

Comme il n'a pas répondu tout banalement : « Ah oui, vous avez raison, le temps passe vraiment vite en effet », elle ressent de l'intérêt pour l'homme qui est en face d'elle.

— Tu as raison. C'est vraiment une phrase stupide, Erim. Je n'ai jamais vécu le temps dans sa brièveté, moi.

La tristesse qui affleure dans sa voix emplit la pièce.

— Les années suivantes, je vous ai suivie de temps en temps, Ülkü Abla. Le jour où vous avez stoppé les cours, j'ai d'abord été content en rentrant de l'école quand j'ai vu que vous n'étiez pas là. J'étais un élève paresseux, vous le savez. Et il n'était pas question de paresser quand vous étiez là. Mais par la suite, j'ai souvent pensé à vous. Vous connaissez chez nous ma mère, etc. En grandissant, j'ai commencé à comprendre certaines choses. Vous connaissez Cem, l'ami de mon frère. C'est par lui que je suis entré dans les milieux gauchistes avant le 12 mars. À un moment, j'ai même été impliqué dans des opérations armées. Naturellement, ma famille m'a illico presto envoyé à l'étranger. À cette période-là, et même plus tard, je ne vous ai pas oubliée.

Tous deux savent très bien que le nom d'Arın ne sera pas prononcé et que l'assassinat de son fils ne sera pas évoqué.

— Je n'aurais jamais pensé que tu deviendrais docteur, Erim. Ne sois pas injuste envers toi ; tu étais sans doute un peu dissipé, mais tu étais intelligent, tu apprenais vite. Malgré tout, j'aurais plutôt pensé que tu deviendrais ingénieur par exemple, gestionnaire ou homme d'affaires. Et je n'aurais jamais imaginé qu'il sorte un gauchiste de votre foyer. Surtout quand on pense à ta mère. Pauvre femme.

Ils se mettent à rire, avec le plaisir malicieux de prendre une revanche, même tardive.

Vingt-sept ans donc…

Elle se rappelle le jour où elle était venue pour la première fois dans l'immeuble de Teşvikiye.

Quand, après s'être juré qu'elle ne ferait plus jamais de couture ni de travaux de confection, elle cherchait des cours à donner à domicile, elle était arrivée ici, recommandée par la mère d'une élève.

Dans le vaste salon rempli d'antiquités où l'avait introduite la vieille domestique, alors que, mal à l'aise et se demandant ce qu'elle faisait là, elle attendait la maîtresse de maison, un jeune homme était entré.

— Bienvenue. Notre paresseux vous donnera beaucoup de fil à retordre. Si vous lui plaisez, pas de problème, il fera alors des efforts. Mais ne baissez pas les bras malgré tout, avait-il dit.

Un jeune homme ni complètement occidental ni complètement oriental ; au regard doux et amical propre aux hommes des Balkans et de Macédoine, mais aux traits nets, aux cheveux châtains, grand, mince, bien fait ; tout juste la vingtaine, bel homme, sûr de lui…

Il ressemblait à la femme bien habillée et soignée de sa personne, aux traits tendus, qui entra dans le salon, sa mère.

— Reste un peu avec nous, Arın. Toi aussi tu peux donner à la jeune femme des informations sur la situation scolaire de ton frère.

Les jours suivants, elle se rappellerait souvent le ton impérieux affleurant sous le masque de la politesse, l'intonation froide et autoritaire qui pointait derrière les accents affectueux et l'irritante suffisance de la voix de sa mère.

— Votre nom, s'il vous plaît ? demanda-t-elle en servant de sa propre main le thé dans les fines tasses en porcelaine que la domestique avait apportées et déposées sur la table basse. Peris Hanım me l'a dit, mais j'ai oublié. Elle n'en finissait pas de vanter vos mérites. Il paraît que les notes en français de sa fille ont beaucoup remonté en quelques mois. Voyons si le miracle se produira chez nous aussi.

— Je m'appelle Ülkü, madame. Je ne pense pas qu'il s'agisse de miracles. La fille de votre amie est une enfant intelligente. Nous faisons ses devoirs ensemble, on discute un peu. Elle a une très bonne oreille, elle saisit tout de suite la prononciation.

— Ah oui, la prononciation… La prononciation est très importante. Le français de votre école a toujours été bon. Il y a de vraies religieuses françaises. Vous n'êtes pas obligée d'apprendre la langue de dames juives ou arméniennes. Ces minorités esquintent tellement la langue. Bref. Commençons pour l'instant avec trois jours par semaine. Je vous présenterai votre jeune élève tout à l'heure. Pour le tarif des cours…

La jeune fille avait rougi jusqu'aux oreilles. Si seulement elle n'abordait pas ce sujet maintenant. Qu'elle propose ce qu'elle veut ou qu'elle ne donne rien du tout, à sa guise ; du moment qu'elle ne parle pas de cela en présence du jeune homme.

— Vous pourrez en parler quand je serai parti, maman. J'ai un rendez-vous, je dois sortir. Je vais d'abord informer Ülkü Hanım des soucis de mon cadet, si vous le permettez.

Elle avait éprouvé un grand soulagement et s'était mise à remuer son thé.

— Ce garçon a toujours des rendez-vous. Mais à la vérité, Arın ne nous a jamais causé le moindre souci durant sa scolarité. Nous n'avons pas pris de professeur particulier, il n'a eu l'aide de personne. Il a toujours su ce qu'il voulait. Dès trois ans…

Le jeune homme avait poliment interrompu sa mère.

— Oui, Ülkü Hanım, le principal problème de notre cadet, d'Erim, c'est son caractère dissipé, son refus de faire ses devoirs, son côté irresponsable, et peut-être capricieux aussi. Nous avons neuf ans de différence. Tout le monde dans la famille lui cède, moi compris. Il en est conscient. J'avais essayé de le faire travailler à un moment, mais je n'ai pas eu le temps et il ne me prenait guère au sérieux. Comme vous êtes quelqu'un d'extérieur, je crois qu'il se sentira obligé de se mettre au travail.

Les paroles du grand frère de vingt ou vingt-deux ans tout au plus avaient quelque chose d'un peu pédant et affecté.

Elle réprima son envie de prendre un des appétissants gâteaux secs disposés dans une assiette en cristal. Par orgueil. Cet orgueil qu'elle avait développé pour cacher la timidité, la crainte d'être méprisée, l'accablement d'une enfant de pauvre qu'elle ressentait aux portes des hôtels de luxe, des restaurants onéreux, des bâtiments officiels imposants.

— Laissez-moi voir votre frère, que je fasse un peu connaissance avec ce garçon. Cela devrait se régler, je pense, dit-elle d'une voix qu'elle s'efforçait de rendre aussi neutre et sèche que possible.

Et voilà que le « garçon » se tient devant elle. En blouse blanche, la quarantaine, avec sa silhouette un peu enrobée et ressemblant fort peu à celle de son frère, le visage fin et lumineux, et le regard amical, assis sur le bord du tabouret en face du lit. Avec des roses jaunes ramenant les années d'avant dans la chambre.

Être en compagnie d'Erim, sentir sa voix, sa présence, sa proximité, c'est un peu comme se rapprocher d'Arın. C'était pareil autrefois. Le petit garçon était comme un corps conducteur entre elle et son amant. La présence ou non de ce dernier à la maison aux heures où elle venait donner ses cours, le fait qu'il entre ou non dans la pièce où son petit frère et elle travaillaient, étaient autant d'indices lui permettant de mesurer l'intérêt d'Arın à son égard. Quelques minutes avant la fin du cours, sous prétexte de savoir comment cela se passait avec son frère, il venait et ils bavardaient un moment. Le puissant sentiment de curiosité et d'intérêt qui était né entre eux, la secrète attirance dont ils avaient peur de prendre conscience, le désir charnel qui se faisait de plus en plus fort et qu'ils masquaient en échangeant des propos insignifiants autour des cours d'Erim… tout cela s'amplifia, se développa sourdement jusqu'à éclater soudain le jour où, tel un enfant taquin, Arın, assis juste en face d'elle, lui enleva la grosse barrette en forme de peigne avec laquelle elle relevait ses cheveux pendant les cours.

Libérée de son lien, sa longue et épaisse chevelure se répand comme des gerbes de blé. La chaleur qui lui brûle le visage se diffuse dans tout son corps. Le jeune homme promène ses longs doigts fins entre ses mèches. Elle sent son souffle sur son visage. Tout se déroule comme dans un film au ralenti, doucement, calmement, silencieusement. « On perd pied, on s'envole », disait-on. C'est donc cela qu'on ressent. Jamais personne ne l'avait caressée comme cela, jamais elle n'avait senti le souffle chaud d'un homme sur son visage, jamais personne n'avait ainsi cherché ses lèvres. Elle entrouvre maladroitement la bouche, les langues se trouvent. Une chaude étincelle se diffuse comme un courant électrique de sa langue à tout son corps et disparaît à un endroit entre son ventre et son pubis. Son premier homme, sa première expérience…

« Où, comment s'est fait mon apprentissage de la sexualité ? N'avions-nous pas découvert que le corps pouvait être un instrument de plaisir en jouant au docteur avec les grandes sœurs et les camarades précoces dont les relations avec le sexe opposé, à l'instar de toute leur vie et de leur liberté, étaient placées sous hypothèque, ne serait-ce que par la peur du qu'en-dira-t-on ? N'avions-nous pas pris l'habitude d'avoir honte de nos corps sous les regards suspicieux de nos mères qui considéraient la sexualité comme quelque chose de sale, comme un tabou honteux ? Nous étions issus d'une génération qui lisait en cachette les numéros des Annales de la sexologie soustraits à la vue des enfants ; qui retenait même nos révoltes prisonnières de ce cercle domestique. "Que l'homme le meilleur crève sur son pot de chambre", bougonnait ma grand-mère. Ce qui ne l'empêchait pas de blâmer les femmes qui divorçaient, de mépriser celles qui vivaient seules, de considérer l'amour comme une perversion et les relations hors mariage comme de la prostitution. Combien de temps, combien d'erreurs nous a-t-il fallu pour apprendre que l'amour et la sexualité étaient autre chose que les grossièretés graffitées sur les murs des rues et des toilettes scolaires ; autre chose que les répugnants sermons de la morale familiale hypocrite qui voit le plaisir comme sale et l'acte sexuel comme un devoir ; autre chose que brutalité, tyrannie masculine et haine des hommes.

« J'avais dix-huit ans. J'avais du désir et de l'appréhension. C'était la première fois que j'embrassais, qu'un homme me touchait, c'était mon premier homme. »

— Vous avez la tête ailleurs, dit Erim. Je vous ai fatiguée ?

— Non, au contraire. Je suis contente que vous soyez venu. Très contente même.

Il y a un court silence. Sans savoir elle-même pour quelle raison elle éprouve le besoin de se justifier, elle dit :

— Ce n'était pas une tentative de suicide, Erim. Je n'ai même pas encore eu le temps d'y penser. Je voulais juste dormir, dormir profondément, me reposer. Je ne sais comment on t'a rapporté la chose, mais ce n'était absolument pas un suicide. Je voulais faire une pause. J'avais besoin de temps pour prendre une décision.

— Je comprends. Que pensez-vous faire maintenant, vous allez rentrer ?

— Je n'en sais rien. Une fois un peu remise, j'aurais besoin de voir ma mère et ma sœur. Je n'en ai pas encore le courage. Umut vivait avec ma mère. Oui, il s'appelait Umut, Umut Murat.

Elle se rend compte du malaise d'Erim. Elle voit qu'il ne sait quoi dire et cherche à rompre ce silence pesant et embarrassant.

— Voilà, le mot interdit a été prononcé. Il s'appelait Umut. Umut, c'est le nom que porte la plupart des garçons nés pendant la période du 12 mars ; c'était ça ou bien Deniz.

— J'ai une fille. De onze ans. Une enfant du 12 septembre, mais elle s'appelle quand même Deniz.

— Les noms de nos enfants… Je connaissais un ouvrier. Le nom de sa première fille, c'était Fadime. Son fils aîné s'appelait Yusuf. Il s'est ensuite forgé une conscience politique ; et, en se ralliant à tel parti ou telle organisation de gauche, les noms de ses enfants sont devenus Deniz, Devrim et le dernier, Yoldaş, tu y crois, Yoldaş[1] ? Après le 12 septembre 1980, j'ai entendu que Devrim avait changé son nom en Sevgim et Yoldaş, en Erol, ce qui n'a aucun rapport. Les noms de nos enfants sont le reflet de notre histoire politique. Dans les années 1970, même emprisonnés, même torturés, même conduits à la potence, nous

1. *Yoldaş* signifie « camarade » en turc.

avions l'espoir. Nous ne savions pas que vingt ans plus tard nos enfants auxquels nous avions donné le nom d'Umut[1] seraient abattus dans la rue, traqués et tués comme des bêtes, nous ne savions pas que tout s'effondrerait de la sorte dans un indescriptible chaos. Tout à l'heure, tu m'as demandé ce que je pensais faire. J'ai quarante-cinq ans, Erim. Toi, tu approches de la quarantaine. Ce que j'ai vu et vécu pèse lourd sur mes quarante-cinq ans. J'avais réussi à maintenir un équilibre très fragile et menaçant de vaciller à tout moment. Vivre de façon indépendante à l'étranger, surtout à Paris, avec un travail agréable et relativement bien payé m'a en partie aidée à le préserver. Ça roulait, quoi. Mais, je ne sais pas ce que je vais faire à présent. L'équilibre s'est rompu, je suis dans le vide.

— Y a-t-il quelque chose que je puisse faire ? Je ne demande pas cela par politesse, mais du fond du cœur, Ülkü Abla.

— Oui, tu peux faire quelque chose. Je pense qu'on va me faire sortir demain. Mais comme je te le disais tout à l'heure, je n'ai pas encore la force de me confronter à l'extérieur. Débrouille-toi pour que je puisse rester encore un peu.

— Ce n'est pas un problème. Je vous transférerai dans mon service. Je vais le faire tout de suite d'ailleurs, aujourd'hui même. Je parlerai avec votre médecin, c'est un ami que vous connaissez également. À moi aussi cela me fera du bien de vous voir et vous parler encore quelques jours, je vous assure.

Il se tait un moment. Et il ajoute :

— Bien sûr, ça n'a pas été aussi dur que pour vous, mais ces dernières années n'ont été faciles pour personne.

1. *Umut* signifie « espoir » en turc.

***

Sous l'effet des longues discussions qu'Erim entretenait avec elle, moins comme psychiatre que comme un vieil ami, des émotions et des souvenirs partagés, des médicaments dont il disait que la prise n'était pas souhaitable, mais parfois indispensable, sa période d'hospitalisation de plus de deux semaines l'avait aidée à se remettre, à trouver la force de se mêler de nouveau à ses semblables. Et le moment le plus difficile était arrivé. Elle allait retourner dans la maison de sa mère, où elle avait passé son enfance et son adolescence, vécu sa passion pour Arın comme une folie, partagé avec Ömer les problèmes du quotidien, mais aussi une conviction de plus en plus profonde, un espoir grandissant, un but commun, une bataille obligée, dans cette maison où elle avait élevé et perdu son fils. Elle le désirait non seulement par devoir envers sa mère et son entourage, mais aussi pour décider si elle continuerait à vivre ou pas. La petite maison était devenue le symbole et le sanctuaire des saisons révolues, perdues, du temps qui passe, des gens qui s'en vont, de sentiments dont même le souvenir lui semblait désormais étranger.

Tandis qu'elle remercie le docteur Erim du fond du cœur, en le serrant dans ses bras, elle dit :

— Je dois aller dans la petite maison voir ma mère. Cette expérience aussi, je dois la vivre, pour ensuite la laisser derrière moi. Erim, peut-être nous reverrons-nous un jour, qui sait ?

Elle remarque la tristesse qui point dans les yeux de l'homme en blouse blanche. Dans l'immeuble de Teşvikiye, dans le bureau rempli de livres reliés que personne ne bougeait jamais de leur place hormis Sultan Hanım pour faire la poussière, un petit garçon la regarde avec les mêmes yeux tristes : « Je m'en suis bien tiré en français, mais j'aurai une mauvaise note en biologie. – Ce n'est pas dramatique, Erim, parce que la biologie repose seulement sur le travail et le par cœur. Nous réviserons ensemble. » La tristesse dans les yeux du garçon cède la place à une joie enfantine. « J'y vais, je vais chercher les gâteaux que Sultan Hanım a faits. Ma mère n'en mange guère par peur de grossir. Vous me servirez de prétexte. Elle dit qu'Arın peut manger autant qu'il veut, qu'il tient de notre père. » Il se lève du bureau et court à la cuisine pour s'emparer des gâteaux qui viennent de sortir du four. « Arın a beau manger, il ne grossit pas. D'ailleurs, s'il savait que cela le ferait grossir, il ne mangerait pas. Arın calcule tout », pense Ülkü.

— Oui, Ülkü Abla. Peut-être qu'on se reverra, dans un meilleur endroit, à un meilleur moment.

Chacun d'eux est assailli par un vide énorme et triste.

— Vous auriez aimé que je vienne avec vous ? Cela risque de ne pas être facile de vous retrouver face à votre mère.

— Pas seulement ma mère, la maison aussi. Je le sais. N'empêche que je dois y aller seule. Au revoir, Erim.

La maison est toujours à sa place – à la même adresse. Elle lit le nom des rues sur les plaques : ces rues qui s'entrecoupent portent toujours les mêmes noms de fleurs et d'oiseaux. Était-ce bien ici ?

« À l'époque, il y avait de vrais oiseaux et de vraies fleurs dans les rues et les jardins. Il y avait notre chaleureuse amitié, nos jupes plissées de l'usine textile Sümerbank, les jeux aux neuf pierres, les marelles, les parties de ballon prisonnier et de un, deux, trois soleil auxquels nous jouions au milieu de la rue bordée de jeunes acacias… Ici, nous remontions à l'odeur la piste des maisons où l'on cuisait des gâteaux ; nous nous fâchions à mort avec nos camarades qui avaient répété à d'autres nos petits secrets confiés sous les rosiers, au creux des arbres, aux coins des barrières en bois, et nous faisions ensuite des pieds et des mains pour nous réconcilier ; tels de mignons personnages de dessins animés, nous descendions en file indienne à travers les champs de fraises vers les rives du Bosphore, et nous nous baignions dans la mer à Arnavutköy, à Bebek… Était-ce bien ici, vraiment ? »

Parmi les hauts immeubles bien entretenus des alentours, la maison ressemble à une bicoque de bidonville. Le bois des clôtures du jardin laissé à l'abandon a pourri, les barrières sont renversées, le buis qui s'élevait à l'époque comme un mur de verdure a perdu ses feuilles et s'est raréfié. La vigne vierge qui enserre la pergola au-dessus de la porte d'entrée – la seule belle chose restant du passé – constitue un dense auvent vert ; les moineaux et les étourneaux, certains qu'on ne les dérangera pas, picorent les grappes sèches et chétives de raisins noirs. Les volets verts en bois aux découpes en forme de cœur sont fermés. Or, à la mi-septembre, il fait bon, voire chaud.

Elle frappe doucement à la porte où un écriteau indique : « Maison individuelle à vendre. » « J'ai téléphoné pour dire que j'arrivais, mais peut-être qu'elle dort. » En attendant qu'on vienne lui ouvrir, elle contemple avec étonnement la maison jumelle d'à côté : deux étages ont été ajoutés et elle a maintenant des aspects de luxueuse villa. « Nous avons tant partagé dans ces maisons, ces jardins, ces rues… Nos petites maisons de plain-pied, de la taille d'une cabane ; les pousses d'arbres fruitiers qui bourgeonnaient et grandissaient avec amour dans la main des amateurs, qui donnaient des fleurs prometteuses au printemps, les glycines, les chèvrefeuilles, les vignes vierges qui couvraient le dessus des vérandas ; les fleurs de toutes les couleurs cultivées avec soin et peut-être même avec un tendre sentiment de compétition selon les saisons : primevères, pensées, narcisses, iris, giroflées, chrysanthèmes, dahlias, sans oublier les géraniums rouges en pots aux rebords des fenêtres, les œillets odorants… Des bandes d'enfants, filles et garçons mêlés, se promenaient sur les routes bordées d'arbres de chaque côté, jouaient dans les rues et les jardins, s'entassaient et bavardaient dans les maisons. Les longues années passées dans notre quartier qui évoquait un village replié sur lui-même avaient créé des liens allant au-delà des relations de bon voisinage, des amitiés pour la vie. Or, à présent, les maisons comme les gens lui sont étrangers. Les anciens habitants du quartier ont dû vendre leurs vieilles habitations qui commençaient à prendre de la valeur pour déménager dans de luxueux et confortables appartements en ville. Réparées, retapées, agrémentées de nouveaux étages, repeintes sans goût telles des cocottes trop fardées, les bâtisses de notre rue sont devenues des magasins de voitures, des restaurants de kebab fréquentés par la bonne société, des agences de publicité, des boîtes de nuit. Seule notre maison résiste. Comme la vieille femme qui y vit. »

Elle serre dans ses bras sa mère qui lui ouvre la porte. Elle remarque qu'elle a vieilli, maigri, rapetissé. La porte de la véranda donnant sur le jardin du fond est ouverte. Une surprenante luminosité et une douce atmosphère de septembre embaumant le chrysanthème emplissent la petite maison.

— Le côté rue est trop bruyant, dit la vieille femme. Je ferme bien les volets et je me replie de l'autre côté. Notre jardin est beau encore.

Sa voix paraît trembler quand elle dit « notre jardin ».

Elles sortent ensemble sous la véranda. Les arbres fruitiers ont grandi, leurs branches s'entremêlent. Les coings ont déjà commencé à jaunir.

— Voilà, je passe mes journées ici, face à ce jardin. Prends-toi une chaise. Ici, c'est ma zone « libérée ». Tu sais, vous aussi vous aviez votre zone « libérée » à une époque.

La voix de la vieille femme ne laisse percer aucune ironie, ni plainte, ni tristesse. C'est une voix mécanique, logique et bien réglée. Ülkü a du mal à reconnaître sa mère. Comme elle a changé. Nous avons tous changé. Le temps change les gens.

Elle se sent assaillie par le même chagrin que si elle avait aussi perdu sa mère. Si seulement elle pouvait pleurer, crier, se mettre en colère, gronder, demander des comptes et se lamenter comme autrefois !

— Ta zone « libérée » a gardé toute sa beauté, maman. Tu t'es repliée sur ce jardin à l'arrière, mais il te reste quand même un bout de terrain. Toutes nos citadelles se sont effondrées, nous n'avons pas pu en protéger une seule.

« Peut-être que ces terres, que ces zones que nous pensions libérées n'étaient de toute façon pas à nous », pense-t-elle.

— Tu as dû voir le panneau « à vendre » sur la porte. Moi aussi j'abdique et je pars d'ici. C'est plus que je ne peux en supporter… Il y a trop de choses dans cette maison.

« Elle veut dire "trop de souvenirs", pense-t-elle. Oui, ce que nous avons vécu est plus que nous ne pouvons supporter, endurer. Cette maison en a été en grande partie témoin. En plus, nous n'avons désormais plus personne dans notre entourage avec qui partager ce douloureux fardeau, ni maison voisine, ni vieil ami, il n'y a même plus d'anciennes rues, d'anciens arbres ou d'anciens oiseaux. »

— Le mois prochain, je vais m'installer à la maison de retraite des enseignants sur la rive d'en face. Je suis allée jeter un coup d'œil : un vrai hôtel. Le plus important, c'est qu'il y a des tas de gens avec qui je pourrai parler et m'entendre, des professeurs pour la plupart. Toutes les démarches ont été effectuées. J'ai plus de soixante-dix ans, il m'est de plus en plus difficile de me débrouiller toute seule. Rien que d'aller acheter du pain est un problème pour moi.

Son cœur se serre, elle éprouve une légère mais cuisante douleur. « Je connais ma mère. Autrefois aussi, quand elle voyait rouge, elle menaçait à tout bout de champ de partir en maison de retraite. Elle brandissait cette menace pour faire du chantage à ses enfants dont elle pensait qu'ils ne s'occupaient pas assez d'elle. Elle savait que face à un tel cas de conscience nous baisserions pavillon. En réalité, cette perspective, c'était ce qui lui faisait le plus peur. »

— D'où ça sort, cette histoire de maison de retraite, maman ? Tu es propriétaire de ton logement, même si elle est modeste, tu as ta pension de retraite, je peux aussi t'envoyer un peu d'argent. Et puis, Ülker est là, du moins dans la même ville. Tu es en bonne santé…

— Ta sœur a son propre foyer, ses enfants, sa famille, son travail… Dieu merci, elle vient me voir, mais elle ne peut s'occuper de moi toute la journée. Tu as dû t'en apercevoir en arrivant, l'endroit a beaucoup changé. Tous les voisins, les anciens amis ont vendu leur maison et déménagé ailleurs… Je suis très seule. Quand Umut habitait là… Quand Umut… Avant qu'Umut ne soit…

Elle se met à pleurer, apparemment moins de tristesse que de peur d'être obligée de prononcer un mot interdit. En silence d'abord, puis à gros sanglots.

— Oui, maman, avant qu'Umut ne soit tué, tout était très différent pour nous tous.

Une odeur de grillades et d'huile de friture parvient de l'immeuble d'à côté, dont le rez-de-chaussée a été transformé en restaurant de kebab. On entend brailler une chanson, d'une radio ou d'une cassette.

Elle essaie de se distraire un moment en prêtant l'oreille aux paroles. Elle a l'impression qu'elle va mourir sur place si elle ne s'évade pas du cauchemar intérieur qu'elle vit, de cette vieille femme en pleurs, de ces odeurs de viande, des douloureuses jérémiades de ce chanteur, des ruines de ces trente ou quarante dernières années…

— On ne te laisse même pas vivre ta douleur, dit la vieille femme, la voix étouffée de sanglots. C'est un enfer ici. Tu es maman ; toi aussi tu souffres pour ton fils, mais rends grâce de ne pas vivre ici. Est-ce ainsi que devait devenir mon pays ? Est-ce ainsi que les pieds devaient devenir la tête ? Pendant des années, sans regimber, nous avons enseigné aux enfants en Anatolie, dans des bourgades de province, des villages perdus à la campagne, coincés sous la neige, à nous chauffer à la bouse de vache. Ton père et moi avons travaillé des années pour tout juste réussir à nous acheter cette bicoque. Avec un crédit sur vingt ans. Regarde ça. Tout ces voleurs, ces nuisibles qui se sont enrichis en un tour de main, qui ont fait du fric, comme on dit maintenant. Ce n'est pas pour que ce pays tourne ainsi qu'Atatürk l'a libéré. Ce n'est pas pour voir cette sombre période que notre génération a travaillé et s'est battue. Vous aussi, vous aussi vous êtes gravement fautifs. Vous avez jeté notre beau pays dans un bain de sang. Les ouvriers, les paysans ou je ne sais quoi… Qu'est-ce que l'armée aurait pu faire d'autre que la révolution ? L'erreur de l'armée, c'est d'avoir de nouveau laissé le pouvoir à ces voleurs.

« Pauvre maman », pense-t-elle. Elle nage comme d'habitude en pleine confusion. Moins elle trouve de réponses à ses questions, moins elle arrive à faire face, plus sa colère grandit. Au lieu de s'en prendre à ceux qu'elle taxe de voleurs, l'État dans lequel elle place sa confiance tue son petit-fils. Quand son armée libératrice montre les muscles pour défendre la patrie, elle jette sa fille en prison, elle l'accuse d'être une traître à la nation et la contraint à l'exil.

— N'y en a-t-il pas de bons ? Si. Ton Arın Murat Bey, par exemple. Pour Umut, quand… il est venu jusqu'à la maison pour dire qu'Umut était… Il a fait en sorte que ta sœur t'appelle. Mon Dieu, ma fille, quel homme important il est devenu ! Il a des fonctionnaires à sa disposition, des gardes du corps, des voitures noires officielles. Ils sont entrés dans cette rue et tous les vendeurs automobiles, les patrons de boîtes de nuit du coin en sont restés bouche bée. Mais mon enfant, quel gentleman ! D'une modestie, d'une délicatesse ; comme il a eu du mal à m'annoncer la nouvelle…

La tête lui tourne ; il ne faut pas qu'elle s'abandonne, il ne faut pas qu'elle s'évanouisse…

— Arın est venu ici, dans cette maison, maman ?

— Oui, il est venu en personne. Si ç'avait été quelqu'un d'autre, il aurait dit « qu'est-ce que ça peut bien me faire » ou il se serait contenté de passer un coup de fil. Ah Ülkü, ta plus grande erreur, c'est d'avoir refusé de te marier avec Arın. C'était une occasion à ne pas manquer. Si tu t'étais mariée avec lui, nous n'en serions pas là à présent.

Le sentiment d'empathie teinté de pitié qu'elle éprouve pour sa mère vole en éclats. Comme si elles n'en avaient jamais parlé auparavant, comme si elle n'avait jamais expliqué que ce mariage ne pourrait avoir lieu… Pour ne pas attraper sa mère par les épaules et la secouer comme un prunier, pour ne pas la faire taire d'une gifle, elle se lève, traverse la véranda et descend dans le jardin.

Elle s'en veut presque d'avoir éprouvé du désarroi, du chagrin et un tardif regain d'affection au moment où sa mère lui annonçait qu'elle partait en maison de retraite. « Non ! répond-elle tout haut à la question qu'elle rechignait à se poser à elle-même en venant ici et qui se cachait dans un profond recoin de sa conscience. Non, si je décide de vivre, je ne reviendrai pas ici, dans cette maison, dans cette ville, avec ma mère. Je ne la reverrai plus jamais. »

Maintenant qu'elle a vomi ce qu'elle avait en elle, sa mère est soulagée. Elle commence à pleurer tout doucement, en silence, sur le ton qui convient à la situation. Ülkü entend ses gémissements étouffés en provenance de la véranda.

— Arın Bey était très triste. Il a laissé un numéro de téléphone. Il a dit : « Si elle veut me joindre, qu'elle m'appelle à ce numéro en arrivant. » Je l'ai noté, là-bas, sur la première page du répertoire téléphonique. Je ne lui ai pas demandé quel était son travail. De toute façon, je n'avais plus ma tête. Mais il est clair qu'il est devenu un homme d'État très, très important. On ne le voit pas beaucoup à la télévision ni ailleurs, mais il est très influent. Je sais, tu m'en veux pour ce que je t'ai dit tout à l'heure. C'est sorti tout seul, je n'ai pas pu m'en empêcher. J'ai toujours voulu votre bien. J'ai toujours voulu que vous fassiez de bonnes études et un bon mariage. Surtout après la mort de votre père, je me suis saignée aux quatre veines pour vous.

Les deux phrases qu'elle déteste le plus dans la vie : « se saigner aux quatre veines » et « faire un bon mariage »… Elle s'appuie contre le tronc du cognassier dont les branches ploient sous le poids des fruits encore verts. « C'était un arbrisseau. Mon père l'avait pris dans le jardin de la vieille maison en bois de sa tante. Il s'en occupait et y tenait comme à la prunelle de ses yeux. » Elle cueille un des fruits pas encore mûrs et mord dedans. Une acidité rêche et astringente se répand dans sa bouche.

Elle entre à l'intérieur et, dans le répertoire posé près du guéridon où se trouve le téléphone, elle prend note du numéro qu'Arın a laissé. C'est un numéro avec l'indicatif d'Ankara. Elle lance un furtif coup d'œil à la chambre où elle a passé son enfance et son adolescence. Les volets en bois sont fermés, un mince filet de lumière s'immisce par les ouvertures en forme de cœur. Il règne une fraîche pénombre à l'intérieur. Comme dans un caveau. Le téléphone est toujours sur son ancien guéridon. La housse du coussin de sol qui se trouve à côté est toujours la même, on ne l'a pas changée depuis toutes ces années. « Je restais assise ici, près du téléphone, le cœur battant en attendant qu'il appelle. » Un puits noir commence à s'ouvrir en elle ; il devient de plus en plus profond, de plus en plus sombre, comme s'il occupait tout l'espace de son corps. Le puits dans lequel elle tombait durant l'horrible cauchemar des nuits où elle se couchait assommée par une forte fièvre, les lèvres sèches et gercées, délirante et à moitié dans les vapes : une spirale s'étendant à l'infini vers le passé et le futur ;

un trou noir sans début ni fin dans le temps et dans l'espace.

« Umut aussi a séjourné dans ces pièces, a lu des livres, travaillé, réfléchi. Dans cette petite chambre, il a caressé des rêves, s'est réjoui, attristé. Peut-être a-t-il pleuré en secret en pensant à ses parents qui étaient loin. Qui sait, peut-être que les nuits où il était trop seul, recroquevillé en boule sur le lit dans la chambre où je dormais avec ma sœur à une époque, il a maudit la femme et l'homme partis en le laissant. Mon fils aussi a grandi dans cette maison, il y est revenu et il est mort alors qu'il habitait ici. »

Le sombre puits sans fond se fait de plus en plus profond. En elle, le sentiment d'avoir commis un crime irréparable, un remords et un désespoir à devenir dingue.

Elle sort de la chambre. Sa mère a cessé de pleurer. Autrefois aussi, c'était la même chose. Elle commençait par grommeler, se fâcher, crier, elle lançait des paroles blessantes et après elle se mettait à pleurer. « Elle s'est libérée de ses toxines », disait sa sœur d'une voix indifférente. Elle s'en fichait, elle pouvait s'en aller quand elle voulait. « Mais moi, je ne pouvais pas partir. Je restais près d'elle, en jurant intérieurement. Étais-je plus responsable ou plus hypocrite ? Peut-être que j'avais un côté masochiste. Mais cette fois, non, je ne resterai pas, je ne serai hypocrite ni envers elle ni envers moi-même. »

— Il faut que j'y aille, maman, dit-elle. Quand Ülker reviendra de ses vacances à Marmaris et si je suis encore dans les parages, je passerai la voir également. S'il y a quelque chose que je peux faire, je le ferai. J'ai réfléchi et tu as raison : je crois que la maison de retraite n'est pas une mauvaise idée. Au moins, tu ne resteras pas seule. Si tu ne veux pas vendre la maison, laisse-la. Je n'ai aucune revendication financière. Parles-en avec Ülker, faites comme vous l'entendrez.

— Je m'étais dit que tu resterais, dit la vieille femme dans un dernier espoir.

— Je ne peux pas rester. Je ne sais pas encore ce que je vais faire, mais je sais que je ne peux pas rester ici. L'enfant qui a été assassiné était mon fils, maman. Et, contrairement à ce que tu crois, je l'ai beaucoup aimé – elle poursuit, comme si elle se parlait à elle-même : Peut-être que je ne l'ai pas assez montré ; je ne me suis pas suffisamment occupée de mon fils selon tes critères. Je l'ai laissé et je suis partie, c'est vrai ; pendant longtemps, malgré tous mes efforts, je n'ai pas pu le faire venir vivre avec moi ; quand enfin il est venu en France, j'exultais de bonheur. Beaucoup de temps s'était alors écoulé ; ce n'était plus un enfant. Son monde était ici, en Turquie. Tu le sais, Umut était un enfant taciturne ; il n'a rien dit, il ne s'est pas plaint, mais il était distant avec moi, peut-être qu'il m'en voulait. Quand il a voulu rentrer, je ne m'y suis pas opposée, je n'ai pas tenté de le retenir. Je voulais qu'il vive là où il serait le plus heureux, où il pourrait avoir ses racines. Je n'ai jamais conçu l'amour comme une limitation de la liberté de l'être aimé. Amour, attention, attachement… Rendre les gens dépendants de moi, les coller, ce n'est pas pour moi, tu le sais.

— Et comment ! Tu es comme ça depuis toute petite. Il m'arrivait parfois de penser « cette fille n'a pas de cœur ». Regarde, ta sœur est frivole, indécise et tout ; mais elle est douce comme la soie.

Comme dans son enfance, son cœur se serre : un sentiment d'injustice… Une voix dans son oreille ; celle de sa mère. Elle parle à une amie : « Ülkü est intelligente, elle est rusée comme un diable, elle sait ce qu'elle veut ; mais elle est dure, butée, elle ne montre pas ses émotions. »

Elle se retient de dire : « Où est donc ma sœur douce comme la soie ces jours-ci ? » Elle sait que sa sœur rechigne à la voir. Pourquoi se donnerait-elle la peine de renouer avec une sœur aînée « communiste, anarchiste, aventurière, partie depuis tant d'années faire on ne sait quoi on ne sait où » – Ülkü avait appris un jour, par sa mère peut-être, que ces propos étaient tenus par le mari de sa sœur –, une sœur qui a disparu de la circulation et s'est fait oublier depuis tant d'années. Elle s'ausculte intérieurement. Et moi, ai-je envie de la voir ? Elle s'étonne de ne plus trouver en elle le moindre sentiment ni le moindre intérêt pour sa sœur. « Ma mère aurait-elle raison ? Suis-je vraiment une sans-cœur ? »

— Cela n'a plus d'importance, maman. Je ne changerai plus maintenant. Tu devrais rendre grâce pour la présence de ma sœur douce comme la soie à tes côtés. Elle viendra te rendre visite à la maison de retraite, elle t'emmènera de temps en temps faire un tour en voiture. Quant à moi, je ne sais pas encore comment ni où installer ma vie, je ne sais même pas si je peux encore la porter. C'est peut-être sans importance, mais je vais le dire malgré tout pour ne pas le garder sur le cœur : ce n'est pas nous qui avons tout badigeonné de sang. Au contraire : nous avons combattu pour que cessent les effusions de sang, les conflits, l'oppression et la guerre. Pas seulement nous, nos enfants aussi… Mais nous n'avons pas réussi, nous avons été vaincus. La victoire donne la légitimité ; si tu perds, tu es celui qui a tort.

— N'est-ce pas ce que je t'ai toujours dit ? Ce n'est pas possible, ce que vous dites n'est pas possible. Cinq doigts en font-ils un, tous les gens peuvent-ils être égaux ? Je te l'ai toujours dit, non ? Réponse en face ? Société sans classe ou monde sans guerre, sans exploitation ! Nous, nous chantions des marches qui disaient : « Nous sommes une masse unie, sans privilèges, sans classe. » Et nous l'étions vraiment. Vous vous êtes révoltés contre tout ce qu'il y avait de sacré, et que s'est-il passé ? Regarde, ton enfant est mort. Prends ça si tu veux et lis, j'ai gardé tous les journaux. Arme à la main, Umut s'est battu comme les autres pendant des heures contre la police. Tu ne reconnaîtras ni armée, ni police, ni État ! Et voilà le résultat ? Mais qui a poussé Umut dans cette voie ?

Elle se remet à pleurer bruyamment.

En elle, le puits est devenu si profond et si vaste qu'Ülkü en éprouve une réelle douleur qui supplante sa colère. « Peut-être qu'elle a raison au fond, peut-être est-ce nous qui avons tué Umut. Peut-être que je l'ai tué dès sa venue au monde, voire avant encore, dès qu'il a été conçu dans mon ventre. »

Sans un mot, sans serrer la vieille femme dans ses bras, sans un regard en arrière, elle se précipite hors de la maison. Elle saute dans le premier taxi disponible et demande au chauffeur qu'il la conduise à la gare routière de la rive asiatique. Elle monte dans un vieil autobus à l'aspect minable censé partir dans une demi-heure.

***

À l'approche d'Ankara, la nuit tombait.

« Cette ville est belle la nuit. Surtout au printemps, tout au début de l'été, les odeurs de chalef, la fraîcheur vespérale chassant la chaleur du jour, les gens qui marchent d'un pas heureux et nonchalant de Kavaklıdere à Kızılay à la sortie du travail, les jardins où les pétales des fleurs de prunus tombent dans votre assiette ou votre verre, les cours, la citadelle luisant au clair de lune, les rues illuminées qui s'étirent devant vous quand vous les regardez depuis Çankaya… À l'endroit où s'arrêtent les lumières, j'imaginais que la mer commençait. Je sentais mon cœur s'ouvrir et s'élargir, j'étais heureuse. »

Les lumières de la ville se distinguaient à des kilomètres et se rapprochaient peu à peu. Presque dix ans s'étaient écoulés depuis qu'elle avait vu Ankara pour la dernière fois. Elle ne comprit pas par quel chemin ils entrèrent dans la ville. Une nouvelle route avait dû être construite. Elle but les dernières gorgées de cognac de la flasque qui était dans son sac. Sa sensation d'engourdissement et de brouillard mental s'accentua.

Elle n'avait jamais vu la nouvelle gare routière. Elle ne savait même pas dans quel coin, dans quel quartier de la ville elle se trouvait. Le regard et la tête vides, elle observa la valise en tissu bleu marine qu'elle traînait depuis des jours en train d'être sortie de la soute. Elle n'avait ni endroit où aller ni affaire à régler. « Je suis libre comme je ne l'ai jamais été », pensa-t-elle. Le froid trou noir auquel elle croyait avoir échappé durant tout le trajet, ce puits sans fond qui générait en elle souffrance et frayeur commença de nouveau à se creuser.

Elle héla un taxi et donna au chauffeur le nom d'un hôtel qui lui était pour quelque raison resté en mémoire. C'était une période où Ankara était déserte. L'Assemblée nationale n'avait pas rouvert, la rentrée scolaire n'avait pas encore eu lieu, les fonctionnaires n'étaient pas revenus de congés, la capitale ne s'était toujours pas départie de son air de vacances. Les hôtels n'avaient pas encore été pris d'assaut par ceux qui viennent conclure des affaires dans les ministères, suivre des adjudications et voir des notables influents. Lorsqu'on lui demanda si elle avait réservé, elle servit le premier mensonge qui lui vint à l'esprit. Elle déclara qu'elle était journaliste et que le consulat français avait dû effectuer la réservation. Alors que la jeune réceptionniste à la mine maussade feuilletait son registre, elle se rendit compte de l'absurdité des efforts déployés par cette fille et de sa propre attente. « Pourquoi ne pas lui avoir directement demandé une chambre d'une personne ? Pourquoi faut-il toujours que je louvoie, que je mente et que je cache tout dans ma vie ? » La mine toujours inexpressive et figée, la jeune réceptionniste l'informa qu'aucune réservation n'avait été prise à son nom. Peut-être s'agissait-il d'une erreur, mais ce n'était pas un problème, des chambres individuelles étaient disponibles. Elle dit qu'elle préférerait une chambre qui ne donne pas sur la rue, qu'elle avait besoin de silence pour dormir.

Emboîtant le pas du garçon qui portait sa valise et se dirigeait vers l'ascenseur, elle se souvint : « Fin 1971, au mois de décembre, je crois. C'était un hiver très froid. Toute la ville, toutes les rues étaient verglacées. La première fois qu'Ömer et moi nous étions revus après ma libération, c'était dans cet hôtel. »

Ce n'était pas un hasard si le premier établissement dont le nom lui était revenu à l'esprit en sautant dans un taxi au sortir de la gare routière était celui-ci, c'était un tour que lui jouaient conjointement son cœur et sa mémoire, un soupirail dans ce trou noir qu'on appelle l'inconscient.

« Vingt ans plus tard, me voilà de nouveau à Ankara, dans le même hôtel. »

Les premiers temps, elle n'avait pas du tout aimé cette ville où elle s'était réfugiée à un moment dans l'espoir de couper avec son passé, de tout recommencer ; elle l'avait toujours perçue comme une simple halte. Avec ses bâtiments symbolisant la puissance de l'État, à l'aspect majestueux mais aussi maussade et menaçant, ses froides statues exemptes de chaleur humaine, ses places imposantes et contraignantes, ses gens revêtus de pied en cap des couleurs du pouvoir, cette ville était à ce moment le lieu d'exil auquel elle s'était condamnée.

« Quand ai-je découvert la lumière secrète de la ville ? Quand ai-je commencé à aimer Ankara ? »

Peut-être à Yıldırım Bölge, depuis le dortoir où étaient incarcérées les femmes au centre de la caserne, quand, perchée sur sa couchette, elle regardait à travers les barreaux de la fenêtre la citadelle au loin, les grands jardins ombragés d'arbres dans les proches alentours, les potagers, les hauteurs de Çankaya. Coincée dans ce dortoir plein à craquer avec son corps contusionné, son impression d'avoir été violée et ses douloureuses pensées, elle avait eu besoin de belles choses. « Peut-être que c'est moi qui ai créé dans ma tête ces beautés secrètes de la ville. »

Dans l'ascenseur, elle se détendit un peu quand le garçon d'hôtel pressa le bouton du quatrième étage. Heureusement, ce n'était pas la même chambre. Celle où Ömer et elle avaient séjourné était au premier. C'était une pièce tout au bout du couloir, dans laquelle on entrait par une porte intermédiaire qu'on ne repérait pas au premier regard, comme si elle avait été ajoutée a posteriori.

— Tu peux te mettre à ton aise, avait dit Ömer. Nous sommes en sécurité ici. De la cuisine au service en chambre, nous avons des amis à chaque endroit de l'hôtel. Et dire que les nôtres refusaient de faire du secteur des services un lieu d'organisation. Ils me critiquaient en disant : « Alors que tout reste à faire avec les travailleurs du secteur de l'industrie, tu veux organiser les commis et les serveurs. » Regarde, nous récoltons à présent les fruits de nos efforts.

Il souriait d'un air tendre et adorable, avec ce sourire de lapin qui le rendait sympathique, mais empêchait de dire qu'il était beau.

C'était au début du mois de décembre. Comme les radiateurs étaient restés fermés, il faisait froid dans la chambre.

— Ça va se réchauffer maintenant, j'ai ouvert tous les radiateurs. Prends la couverture sur toi pour ne pas avoir froid.

Même dans les moments où ils étaient le plus proches et que leur cœur menaçait d'exploser d'amour, Arın ne parlait jamais avec une telle douceur et une telle tendresse dans la voix. Mais toujours d'un ton assuré, courtois et maître de soi, avec une attitude supérieure jamais grossière ni factice, qui enjoignait sans hausser la voix, qui priait, mais toujours sur un mode impérieux.

Enlevant son manteau, elle a honte de son ventre qu'elle ne peut plus cacher malgré tous ses efforts. Elle est envahie par une désagréable impression. Elle se sent comme la soubrette séduite et engrossée par le jeune homme de la maison. Elle sait qu'elle ne pourra la chasser que si elle passe à l'attaque, s'exhibe, oblige l'homme à affronter la vérité toute nue.

— Je t'avais envoyé un message par le biais de l'avocat. Tu sais, quelques phrases écrites avec du lait au verso de la lettre que j'envoyais soi-disant à ma mère. L'avocat m'a dit que tu l'avais reçu, dit-elle.

— Oui, je l'ai effectivement reçu, bien que très tardivement. Si lors de cette dernière audience ils ne t'avaient pas relâchée, tout aurait été très difficile.

— Comme tu le vois, je suis enceinte de sept mois. Et tu ne vas pas le croire, mais il n'y a que toi qui sois au courant. Je sais que je devrais m'excuser, je te cause d'affreux problèmes en cette période difficile, je t'impose une charge énorme. Mais je n'avais personne d'autre.

Il reste en face d'elle, tendu et indécis, sans savoir quoi faire, avec l'envie de serrer la jeune femme dans ses bras, mais sans oser le faire.

— Tu n'as à t'excuser de rien. C'est surtout moi qui devrais te remercier. De me considérer comme un proche, de me faire confiance. De la valeur que tu m'accordes.

Ils sont assis côte à côte sur le lit, recouverts par la couverture à motif écossais bleu et vert.

— Je t'avais expliqué, tu vas t'en souvenir. J'étais avec quelqu'un que j'aimais beaucoup. Nous nous sommes séparés le jour de l'instauration de la loi martiale. Tu sais, j'étais revenue d'Istanbul avec des mimosas. Et toi, tu avais engagé la guerre des marguerites contre les mimosas.

Comment aurait-il pu oublier ? Bien sûr qu'il s'en souvenait. La façon de parler de la jeune femme qui semblait délirer en rêve ou être sous l'empire de la drogue ; ses yeux qui brillaient comme si elle était au seuil de la folie, les fins traits de son cou, l'humidité de ses paupières, son corps brûlant de fièvre, sa façon de dire « couche avec moi » comme si elle se vengeait d'elle-même et de toute sa vie, les mimosas, l'amour qui gonflait son cœur, son instinct de protection, son désir qu'elle soit sa femme, comment l'oublier ?

— Dans ce chaos, jamais il ne m'était venu à l'esprit que je pouvais être enceinte. Près d'un mois plus tard, j'ai été emprisonnée, tu sais. J'ai eu des hémorragies importantes pendant et après les séances de torture. C'est pourquoi je ne m'en suis pas rendu compte, je ne m'en suis pas doutée. Après, quand j'ai compris la situation, j'ai cru que j'allais mourir de honte, d'impuissance et de peur. Je ne savais pas si je serais libérée ou non. Je n'avais pas parlé sous la torture, il n'y avait pas non plus d'accusation notable me concernant. D'ailleurs, même si j'avais parlé, qu'aurais-je bien pu dire ? Je crois qu'ils m'ont suspectée parce que j'arrivais de l'étranger et que j'ai tout de suite commencé à travailler dans la revue. Je l'ai appris quand j'étais en prison : ils m'ont arrêtée sur dénonciation du doyen de la faculté. Tu sais, dans un des communiqués de la loi martiale, on s'adressait aux gens en disant : « Cher citoyen dénonciateur », et on invitait tout le monde à dénoncer les suspects de son entourage, eh bien, notre cher doyen m'a dénoncée. Mais comme il n'avait en sa possession ni déposition ni d'autre preuve que la revue pour laquelle je faisais des traductions, ils n'ont pu me rattacher à aucune organisation. Pour que tout ce bazar, ces tortures et ces interrogatoires ne soient pas vains, ils ont trouvé une organisation de jeunesse à la noix, et sous prétexte qu'un ou deux de mes élèves y étaient adhérents, ils m'ont collé ce procès. J'ai été soulagée, naturellement, j'ai compris que je pourrais être relaxée. Mais il fallait que je sorte avant mon accouchement. Au moment où je t'ai envoyé le message, je savais que tu ne pourrais pas faire grand-chose si je restais en prison, mais j'avais besoin de le partager avec quelqu'un.

Ömer prend les petites mains de la jeune femme aux doigts un peu gonflés et rougis par le froid, et les réchauffe entre ses paumes.

— Tout rentrera dans l'ordre, dit-il. Il faut que nous fassions un peu plus attention pendant deux mois, jusqu'à l'accouchement. Ne te montre pas trop à l'extérieur. Tu resteras là un moment, à l'hôtel, ensuite on trouvera un endroit. J'ai des amis médecins. Il y a même une sage-femme. Je lui parlerai ce soir. Demain ou après-demain, je prendrai un rendez-vous au plus tôt. Ne t'inquiète pas ; tu verras, tout s'arrangera – puis baissant les yeux d'un air gêné, il murmure : Ne le prends pas mal, s'il te plaît. C'est seulement pour faciliter les choses que nous dirons que tu es ma femme et que ton enfant est aussi le mien. Plus tard, tu décideras toi-même ce que tu feras.

— Décider ? Tu crois que je vais appeler le père biologique de l'enfant et lui dire : « J'ai un enfant de toi, reconnais-le » ?

— Ce que je voulais dire, c'est juste que tu es libre et que tu n'as aucune dette envers moi. Si tu veux vraiment savoir ce que je pense et quelle est ma proposition, je vais te le dire : même si je suis en cavale, j'aimerais me marier avec toi. Ce qui réglerait à la racine tous les problèmes qui pourraient survenir.

— Comment pouvons-nous nous marier alors que tu circules sous une fausse identité ?

Elle regrette aussitôt ce qu'elle vient de dire. Comme si elle avait d'emblée accepté la proposition – la solution plus exactement – du mariage et discutait des détails. Elle se sent très mal. « Je me sens vraiment comme la servante engrossée par le jeune maître. Et j'essaie maintenant de me caser avec le jardinier. »

Essayant de ne pas la blesser, Ömer la serre contre sa poitrine.

— Je t'aime, dit-il. Je ne sais pas si j'ai déjà eu l'occasion de le dire auparavant, mais c'est la première fois que j'aime une femme comme je t'aime. Sois ma femme, élevons ensemble notre enfant. C'est ton enfant. C'est aussi le mien. Jamais dans ma vie je n'ai désiré quelque chose aussi fort.

Puis, il a peur que les paroles qui se répandent dans la froide chambre d'hôtel ne paraissent artificielles et repoussantes à Ülkü – des paroles inhabituelles, impuissantes à exprimer ses véritables sentiments et semblant tout droit sorties de la bouche d'un personnage de théâtre. Il se trouble.

— Ne te soucie pas des détails, dit-il. Avec la loi martiale, avant que les bureaux d'état civil fassent le lien et comprennent que je suis recherché, notre enfant sera en âge de se marier. En plus, on ne sait pas avec certitude si je suis recherché ou non. Pour que le travail ne subisse pas de coup d'arrêt, pour que l'Opposition ouvrière ne se délite pas, pour qu'il soit facile de rebondir une fois passée cette période de transition, il fallait que je sois dans une position où je ne puisse pas en faire à ma tête, autrement dit, que je fasse un peu plus attention. Par précaution, j'ai commencé à vivre sous une autre identité ; voilà tout. Si tu veux, on contracte au plus vite un mariage éclair. Il suffit que tu le veuilles vraiment.

Tenant la main de l'homme aux doigts épais et noueux qui tremble légèrement, elle la pose sur son ventre.

— Écoute, tu entends ? Il donne des coups de pied.

— Oui, je crois.

Il remarque qu'il est aussi ému qu'un vrai candidat à la paternité et s'en étonne.

— S'il naît, s'il n'y a pas de problème je veux dire, je l'appellerai Umut. Umut Murat si c'est un garçon, Umut Sevinç si c'est une fille.

— Umut Murat Ulaş, répète Ömer. Quel beau nom.

Peu après le jour de l'An 1972, dans la salle des mariages d'une des mairies de seconde zone d'Ankara, ils s'étaient mariés de façon éclair. Leurs témoins étaient un ami qu'Ömer connaissait de l'université et sa femme. Dans l'atmosphère trouble et pleine de peur de l'époque, le fait qu'ils aient accepté d'être leurs témoins les avait touchés et rendus heureux. Il faisait très froid. Les routes étaient verglacées. Son grand manteau couleur tabac ne couvrait pas complètement son ventre. Une jeune femme aux traits tirés qui amenait son bébé dans son trousseau et arrivait juste à temps à la noce avant de se rendre à la maternité ; un époux endimanché et tremblant dans son fin costume sombre ; des témoins à l'allure élégante et riche qui semblaient s'être trompés de mariage ; un officier de l'état civil grognon qui se dépêchait d'en arriver à l'étape des signatures, et pour compléter le décor un bouquet de roses jaunes… Ils ressemblaient à des acteurs tout droit échappés d'un film de Buñuel ou de Pasolini. On eût dit que bientôt les murs de la salle des mariages allaient s'écrouler et que tous s'envoleraient en emportant le carnet de mariage avec eux.

***

L'ascenseur s'arrêta au quatrième étage. Le garçon qui portait sa valise ouvrit la porte de la chambre, mit la climatisation en marche, entrouvrit les rideaux, demanda si elle avait besoin de quelque chose et, la remerciant pour le pourboire qu'elle lui tendait, il sortit.

Elle s'approcha de la fenêtre et ouvrit les rideaux en grand. La lune était apparue. Une lune d'Ankara un peu pâle, un peu chagrine de ne trouver de mer où se refléter. Une belle et tiède soirée d'automne se profilait. Les lumières de la ville s'étaient allumées, la citadelle et le drapeau qui y flottait étaient éclairés. Tout à coup, elle remarqua que les rues qui grimpaient jusqu'à la citadelle, que les maisons aux façades jaunes ou bleu indigo qui les bordaient lui manquaient.

« Je me promenais dans les rues poussiéreuses qui montent vers la citadelle à travers les bidonvilles. Je ramassais les graines noires des belles-de-nuit jaunes et rouges qui poussaient dans les recoins de cours respirant la pauvreté ; je demandais une bouture d'un des pieds de fuchsias roses qui fleurissaient à la fenêtre de la cabane ; je chipais une tige dans les pots d'œillets odorants auxquels étaient accrochées des coquilles d'œuf[1]. La nostalgie que je nourrissais en moi prenait parfois la forme d'une douce tristesse, parfois d'une tendre douleur, parfois d'une souffrance insupportable ou d'une maladie incurable. Je me lançais sur les collines de la ville, dans ses rues, dans ses quartiers éloignés. La tête qui me tournait avec l'alcool, dans un état à mi-chemin entre la sobriété et l'ivresse, je montais à Çankaya contempler les lumières de la ville.

« En quête d'une nouvelle, d'un télégramme d'Arın, je cherchais de l'espoir sur le visage endormi et patibulaire des postiers de nuit. Il ne venait rien. Laissant en plan travail, amis, cours, organisation, je courais à la gare routière en inventant rapidement n'importe quel prétexte et montais dans le premier bus de nuit en partance pour Istanbul. »

Son arrestation avait été une sorte de délivrance. Le point final qu'elle n'avait pas réussi à mettre, d'autres s'en étaient chargés à sa place. Ils avaient fouillé son domicile et l'avaient embarquée, ils l'avaient traînée au milieu des protestations. Ils la torturaient, ils lui faisaient peur, ils lui faisaient mal, ils l'humiliaient

1. Pratique populaire notamment dans la région du sud-est de la Turquie pour protéger les plantes contre le mauvais œil.

et, comme tout ça la détournait de son obsession pour Arın – chose incroyable –, cela lui faisait du bien.

« Vingt ans après, me voilà de nouveau à Ankara, dans ce même hôtel. »

Dans ce lieu où l'enfant cessa d'être associé à un sentiment de remords, de peur, voire d'effroi, pour marquer le début d'une aventure riche d'émotions et de partage avec Ömer. Des années plus tard, elle était revenue là même où elle s'était accoutumée à l'idée de la naissance de son fils, à concevoir son existence, mais pour vivre sa perte cette fois ; et Ömer n'était pas là, nul n'était là. Pas d'espoirs, pas de convictions, pas de camarades anonymes attendant en silence quelque part de venir à votre aide… Elle était complètement seule.

À cause de la fatigue, de la charge des émotions, de l'alcool, la tête lui tournait. « Comme dans mon ancienne période ankariote. »

Elle chercha son répertoire téléphonique dans son sac. Elle trouva le numéro qu'Arın avait laissé à sa mère. Elle le composa, attendit – comme ces attentes étaient longues ! – et entendit la voix d'Arın, au timbre las et poli. L'espace d'un instant, elle fut tentée de raccrocher puis, d'une voix la plus neutre et naturelle possible, elle dit :

— Je suis Ülkü Öztürk, cher monsieur Murat. Est-il possible d'avoir un entretien avec vous pour mon journal ?

***

Se rendant à l'adresse qu'Arın Murat lui avait indiquée, elle crut que le chauffeur de taxi en costume-cravate et aux bonnes manières s'était perdu.

— Ce devrait être du côté des ministères. Ne faisons-nous pas fausse route, monsieur le chauffeur ?

— Non, n'ayez crainte. Nous sommes sur le boulevard Ismet-Inönü. L'adresse que vous m'avez donnée se trouve sûrement quelque part derrière le bâtiment du ministère des Affaires étrangères.

Ils traversaient une vaste avenue bordée de chaque côté par des bâtiments administratifs flambant neufs, de hauts murs et des édifices militaires cachés derrière de denses espaces verts, et toujours en travaux. Le mausolée d'Atatürk se trouvait sur la droite, assez loin. À gauche, il y avait une base militaire. « La ville s'est tellement développée ! Avec ses ambitieuses et imposantes bâtisses, ses grands parcs, ses espaces verts et ses larges avenues, elle commence vraiment à ressembler à une capitale », pensa-t-elle.

— Cela fait des années que je ne suis pas venue à Ankara. C'est fou ce que ça a changé. Je ne saurais même plus dire dans quel quartier nous sommes.

— Je vis ici depuis sept ans. Je ne sais pas comment c'était avant. On roule en direction de Balgat. Mais le déménagement ici de l'État, enfin des ministères, est tout récent. D'ailleurs, les travaux ne sont pas encore complètement terminés. Dans quatre, cinq ans, Ankara deviendra vraiment grandiose.

« Le typique chauffeur ankariote », pensa-t-elle. Poli, respectueux, cravaté, du genre de ceux dont les Ankariotes font l'éloge en disant : « Nos chauffeurs de taxi ressemblent à des députés. »

Au bout d'un moment, à un carrefour, la voiture prit un virage en U. Ils s'engagèrent dans une rue étroite parallèle au boulevard, derrière de majestueux immeubles. Après avoir roulé quelque temps, ils tournèrent à droite et dépassèrent un vaste terrain vague. Le taxi s'arrêta devant un grand bâtiment de construction récente et pas totalement achevé, dans un environnement toujours en chantier.

— Ce doit être ici. Je vais aller demander au policier en faction à l'entrée.

— Inutile d'aller demander, c'est sûrement là. Merci.

Elle paya sa course et descendit de voiture.

Elle présenta sa carte de presse française au poste de sécurité dans le jardin à l'entrée du bâtiment.

— J'ai rendez-vous avec M. Arın Murat.

Elle avait dit cela dans un turc maladroit donnant à penser qu'elle était étrangère.

En attendant qu'ils préviennent par téléphone de son arrivée, elle chercha des yeux un panneau, une inscription sur la porte susceptible de lui indiquer où elle se trouvait. Il n'y en avait pas. Le sérieux et la rigueur des mesures de sécurité retinrent son attention. Tandis qu'elle emboîtait le pas à un garde civil et gravissait les marches en marbre du vaste perron, elle se demanda si elle avait bien fait de venir.

« J'ai vu tellement de bâtiments de ce genre. Sur leur façade, il n'y a pas un panneau ni le moindre nom d'institution, mais vous sentez d'emblée que les gens qui l'occupent ne vivent pas, qu'ils se meuvent uniquement pour la machine dont ils sont un rouage. »

Tandis qu'elle s'engage dans l'escalier sur les talons du garde civil, son cœur se serre. L'homme en costume à la mine sérieuse et inexpressive en faction devant une large porte capitonnée en cuir lui dit :

— Entrez madame, M. Arın Murat vous attend.

En elle, de nouveau ce sentiment de vide froid et obscur qui lui retourne l'estomac : comme dans son enfance, quand elle était alitée, malade et fiévreuse.

Ses genoux tremblent, elle a envie de faire demi-tour, de fuir. Elle ne sait pas pourquoi elle fait tout cela, pourquoi elle est là, ce qu'elle veut, ce qu'elle espère. Elle a le visage en feu, les tempes douloureuses. Devant elle, elle voit Arın qui avance la main tendue dans sa direction.

— Soyez la bienvenue, entrez, dit-il en français.

Sans lâcher sa main, il ouvre la seconde porte de la pièce et la fait entrer.

Pourquoi le français ? Sans doute à l'intention de l'homme qui l'a conduite jusqu'à ce bureau. Qui protège-t-il ? Elle ou lui-même ?

L'homme au visage sinistre – son secrétaire ou son chef de cabinet – est toujours là.

— Merci, Ali Bey. Je voudrais vous demander certains documents. Allez examiner les dossiers d'informations. Si vous pouviez me préparer les données statistiques et les brochures informatives que nous fournissons aux journalistes étrangers pendant la durée de mon rendez-vous, je vous en saurais gré. Je vous appellerai si jamais j'ai besoin d'autre chose.

— Je croyais que tu étais aux Affaires étrangères, dit Ülkü en essayant de rassembler ses esprits.

— Oui, c'était le cas au début, mais par la suite, j'ai changé plusieurs fois de fonction. Actuellement, et de façon temporaire, je suis à un poste spécial. Je vais me concentrer quelque temps sur les relations avec l'Europe. Après le 12 septembre, l'image de la Turquie s'est sérieusement dégradée. C'est un doux rêve d'imaginer que nous puissions entrer ainsi dans l'Union européenne. Aussi bien à l'intérieur qu'à l'extérieur, certains ajustements sont nécessaires. L'État a ses habitudes. Il doit en modifier certaines. Ce ne sera pas facile.

Quand elle avait joint Arın par téléphone, elle avait dit qu'elle souhaitait rédiger un article pour le journal français qui l'employait : un reportage sur les problèmes du retour à la démocratie en Turquie après le régime du 12 septembre. Mais tous deux savent bien quelle est la raison de sa venue et combien sa présence en ces lieux est absurde à présent. Pourtant, ils essaient de faire comme si de rien n'était.

Arın Murat répond aux questions d'une journaliste étrangère et cela semble faire partie de son quotidien. Une routine résumée en une phrase lorsqu'il rentre chez lui le soir et raconte à sa femme comment s'est passée sa journée : « Une journaliste étrangère est venue, elle a posé les questions habituelles et je lui ai fait les réponses habituelles. »

La journaliste demande l'autorisation d'enregistrer. Elle vérifie le bon fonctionnement de l'appareil. « On commence », dit-elle et, tandis qu'elle pose la première question, elle s'extrait un instant de la scène et écoute avec plaisir et un peu d'admiration cet homme élégant d'âge moyen avec des airs distingués de diplomate occidental répondre à ses questions dans un français impeccable. Arın Murat qui, vingt ans plus tôt, n'avait aucun intérêt pour la politique, qui n'avait que mépris pour les idéologies et qui ne s'était jamais identifié à la génération de 68 est maintenant un homme politique et un homme d'État. Il a appris à parler avec intelligence, d'une façon convaincante, qui inspire confiance, d'une façon qui paraît dévoiler beaucoup de choses, mais n'en dit pas plus que ce qu'il a décidé. Il parle avec la conscience d'appartenir à un grand tout ; même dans les moments où il arbore une attitude critique pour paraître plus crédible, il fait sentir que la critique ne peut se faire que de l'intérieur, par les parties prenantes de ce grand tout. Il est difficile de distinguer dans quelle mesure Arın Murat croit à ce qu'il dit, dans quelle mesure le discours officiel et ses propres idées sont imbriqués. « Cela fait si longtemps que je ne l'ai pas vu ! On a beau suivre quelqu'un de loin, on ne peut pas connaître la vérité, on ne peut pas saisir l'histoire personnelle d'un individu. »

En éteignant son magnétophone, comme si elle se trouvait face à n'importe quel représentant officiel d'un quelconque pays, elle se surprend à penser : « C'est un bon bureaucrate. Il maîtrise son sujet, il est bien informé, mesuré, intelligent, et dangereux donc. »

— J'espère que cela vous aura été utile au moins. Nous pouvons encore un peu étoffer si vous le souhaitez, dit-il de nouveau en français – puis, il ouvre la petite radio qui est sur son bureau et continue en turc : Pour le dire en off, certaines structures au sein de l'État représentent le plus gros obstacle au passage à la démocratie de la Turquie. Peut-on les dépasser ? Je ne sais pas. Il s'agit au final d'une longue tradition étatique, d'une pratique du pouvoir qui remonte à plusieurs siècles. Mon travail, c'est de réussir à tirer profit de l'Europe pour dissoudre ces structures. Tout le problème consiste à faire le ménage dans l'appareil de l'État tout en le protégeant et en lui évitant les fissures. En ce moment, nous bénéficions d'une bonne conjoncture en Turquie. Il faut en profiter. Comme je le disais, je ne parle de cela qu'à toi pour que tu puisses t'en servir dans tes analyses. Je suis attentivement tout ce qui se dit et s'écrit au sujet de la Turquie. Je ne souscris pas à la plupart des propos, mais ces commentaires sont importants dans la mesure où ils sont le reflet d'une certaine frange de l'opinion – en souriant, il ajoute : Si seulement tu voulais bien mettre tes obsessions marxistes de côté.

— Je te remercie de ta confiance. Bien sûr, je ne divulguerai pas mes sources. Je ne sais pas si j'ai encore des obsessions marxistes, mais si je perdais le peu qu'il m'en reste, mes papiers ne vaudraient plus grand-chose. Même toi tu ne les aimerais pas.

Elle se tait un instant. Ce petit jeu a assez duré maintenant, non ? Le journal, le reportage… qu'ils aillent au diable ! Pour l'heure, elle se fiche éperdument de son métier de journaliste, de l'interview qu'elle est en train de faire, des grandes idées d'Arın Murat, de l'avenir de la démocratie en Turquie, tous deux le savent pertinemment.

— Je suppose que c'est toi qui as fait en sorte de faciliter mon entrée en Turquie. J'ai vu ma mère. Il paraît que tu es venu jusque chez nous. Donner la nouvelle pour Umut…

S'installe un long silence qu'ils ne savent comment remplir, qui les effraie tous les deux et qui leur met le cœur au bord des lèvres.

— J'ai juste aidé à surmonter certains obstacles administratifs.

Ils prennent conscience de l'étrangeté de la situation ; ils mesurent que cette étrangeté est assez profonde et douloureuse pour être réduite à des rengaines éculées du genre : « C'est la vie, on n'imagine pas tout ce qui peut se passer, jusqu'où les gens peuvent être amenés. »

On frappe à la porte. Arın Murat éteint la radio. Le secrétaire expérimenté apportant les documents requis – un tas de papiers inutiles – pour les remettre à la journaliste semble avoir senti l'atmosphère pesante qui règne dans la pièce. D'un œil soupçonneux, il les regarde tour à tour et, d'un ton respectueux mais insistant, il demande s'ils ont besoin d'autre chose.

— Non, je n'ai pas d'autre requête. Je vous demanderai simplement de ne pas me passer d'appel et de garder cette porte fermée pendant quelque temps. J'ai besoin d'être au calme pour me concentrer sur cette importante interview.

Il se lève du lourd fauteuil en maroquin de son imposant bureau et, avant de s'asseoir en face d'elle, il rallume la radio. On entend des réclames ; une voix de femme résonne sur les notes d'une musique enjouée : « *Omo, Omo, Omo.* » Puis un bruit de voiture et un crissement : « Vos pneus Pirelli… » Les réclames s'enchaînent au milieu des musiques et des chansons.

En s'installant dans le fauteuil en face d'elle, il lui demande si elle a autre chose à dire et, ce faisant, il lui prend la main.

Il faut répondre « non » ou se taire. Il faut demander un café, ou dire « j'ai enregistré tes réponses officielles, maintenant dis-moi ce que tu penses vraiment », ou se comporter comme une rusée journaliste tâchant de mettre à profit son ancienne relation pour l'exercice de son métier.

Elle ne retire pas sa main qui disparaît dans celle de l'homme aux doigts fins. « Tes mains sont comme de blanches petites colombes. » Elle pense à ses mains toujours aussi minces, presque transparentes, mais désormais un peu ridées. « Mes mains ont vite vieilli. » Elle remarque la bague de mariage en platine qu'il porte au doigt, la petite cicatrice sur sa main qu'elle prenait plaisir à embrasser quand ils faisaient l'amour. Comme si elle posait une dernière question pour son reportage, d'un ton parfaitement naturel, neutre et sans aucune intention, elle dit :

— Mon fils est mort.

— Je sais.

— Ils l'ont tué.

— Je sais.

— Il s'appelait Umut Murat.

— Je sais.

— Il avait dix-huit ans.

— Ce n'était pas dix-neuf ?

Elle frissonne. Cela signifie qu'il a porté un intérêt particulier à l'âge de l'enfant. Sait-il d'autre chose encore ? Comment quelqu'un d'aussi calculateur que lui pourrait-il ne pas s'être demandé de qui était cet enfant ?

Elle se hâte de répondre :

— Non, il avait dix-huit ans. Ömer et moi nous sommes mariés aussitôt après ma libération, en 1972. L'enfant est né en février 1973. Que ce soit dix-huit ou dix-neuf ans, peu importe, cela n'a plus d'importance, ni pour moi ni pour vous. Vous ne pouvez pas envoyer les enfants morts au service militaire, vous ne pouvez pas les pendre non plus.

— Je suis vraiment désolé. J'ai mené ma propre enquête, j'ai demandé les détails. C'était un assaut contre une maison abritant une cellule révolutionnaire. D'après les informations qu'on m'a communiquées, on ne savait pas exactement qui se trouvait à l'intérieur, la police a agi sur dénonciation. Les heurts ont éclaté quand des tirs d'armes lourdes sont partis de l'intérieur de la maison. Dans l'affrontement, le gosse…

Elle ne veut pas savoir, elle se dépêche de lui couper la parole.

— Ne me raconte pas comment c'était. Je ne veux pas entendre, de toute façon je n'y crois pas. Il n'était pas mort quand on l'a sorti de la maison, on pouvait encore le sauver. Cela, j'en suis certaine. Je ne suis pas venue te faire subir un interrogatoire, récupérer des informations ou lancer des accusations. Nous savons tous deux quelle est notre place. Et il est trop tard maintenant pour changer de camp. Trop tard aussi pour nous deux. Même si nous remettions en cause les situations qui sont les nôtres…

Ils sont assis face à face dans les deux fauteuils en maroquin qui se trouvent devant le bureau, aussi laid que majestueux. À la radio, les réclames ont cédé la place à une chanson pop braillarde et sans intérêt. Arın Murat se penche légèrement en avant et caresse le menton, les joues, les cheveux courts de la femme au visage pâle et las, dépourvu de toute expression, où l'on ne décèle ni tristesse ni fatigue.

— Tes cheveux, dit-il, tu les as coupés.

Tous deux se souviennent. Son épaisse chevelure châtaine se déployait dès qu'elle enlevait sa barrette. « Je commence à me dévêtir par les cheveux », disait-elle.

— Ça fait vingt ans que je me suis coupé les cheveux. En prison, c'était difficile d'en prendre soin. Et j'avais perdu ma barrette magique de toute façon.

« C'est moi qui l'ai. Je l'ai retrouvée le jour où tu t'es sauvée de bon matin, tu sais, la dernière fois que nous nous sommes vus à Büyükada, et je l'ai gardée. » C'est ce qu'il allait dire, mais il se tait. Il pense que désormais elle n'en a plus besoin. Il promène ses longs doigts fins sur ses lèvres. Comme s'il l'embrassait avec ses doigts.

Est-ce un moment de faiblesse ; le souvenir douloureux d'un amour auquel on a mis un point final sans prononcer le mot « séparation », qui s'est terminé sans qu'on se dise pourquoi ; est-ce la nostalgie qu'on éprouve pour une adolescence désormais révolue… ou bien un geste dicté par le scénario, un comportement établi d'avance ? Peu importe de quoi cela relève. L'essentiel, ce sont ces doigts caressant ses lèvres et le souvenir d'une barrette à cheveux oubliée… Ülkü sent qu'elle est moins nerveuse, qu'elle commence à se détendre.

— L'interview n'était qu'un prétexte, dit-elle. Depuis combien de jours l'enfant a-t-il été enterré ? Quinze jours, vingt jours ou davantage encore, je ne sais pas. Je ne suis même pas au courant de ce qu'il s'est passé entre-temps. Imagine que je me promène ; j'arrive à la mer, à la lisière d'une forêt, dans une ville antique ou un village. Et puis voilà que j'ai l'impression de suffoquer. Alors je repars ailleurs sans but, sans objectif. Si tu te demandes pourquoi je suis venue, sache que moi-même je ne le sais pas vraiment. Je voulais te voir, c'est tout. Ne va rien imaginer. Je n'ai pas besoin d'aide ou de quoi que ce soit. Je suis venue, j'ai identifié le cadavre de mon fils, on me l'a rendu, je l'ai enterré. Je n'ai plus rien à faire ici à présent. Je ne crois pas que je reviendrai.

Elle prend conscience qu'elle a dit tout cela en français. Pour bien jouer son rôle, pour ne pas éveiller les soupçons de l'homme à l'extérieur de la pièce, ou parce qu'en s'exprimant dans une langue autre que la sienne ce qu'elle raconte perd de sa réalité, lui fait moins mal ?

Il y a tant de choses restées non dites, non expliquées et non abordées entre eux. Ce « vous » et ce « nous » en face desquels on fait comme s'ils n'avaient jamais été dits ni entendus… Son incapacité à savoir si c'est à lui ou à elle-même qu'elle voulait faire mal quand elle disait : « Vous ne pouvez pas pendre les enfants morts »…

— Voilà, c'est comme ça. Je suis venue, j'ai vu, j'ai inhumé. Tu connais le latin, comment on dit déjà ? *Veni, vidi*... et après ?

— Ce doit être *Veni, vidi, humavi.*

— Oui. *Veni, vidi, humavi*… Aussi simple que ça. Mais c'était mon fils.

« C'était mon fils. Mon petit garçon, mon joli garçon sans défense qui provoquait toujours en moi un effroyable sentiment de culpabilité, qui m'écrasait et me vrillait l'intérieur chaque fois que je pensais à lui, que je lui jetais un coup d'œil de loin, et ce depuis sa plus tendre enfance. C'était mon fils. Mon petit garçon qui ne pleurait jamais, qui se réjouissait de la moindre chose – un galet, une petite tortue, un livre d'images, un camion en plastique de rien du tout, un chaton – et qui disait, les yeux brillants : "Umut est content." »

Elle se rappelle le jour où elle était partie en laissant Umut dans la petite maison avec sa grand-mère.

Quand, un matin de bonne heure, elle avait entendu à la radio l'annonce du coup d'État militaire et les communiqués successifs concernant l'instauration de la loi martiale – un coup d'État auquel tout le monde s'attendait, mais qui n'avait amené personne, ni le gouvernement, ni les partis politiques, ni les syndicats, ni les organisations de gauche, à reculer d'un pas ni à prendre la moindre mesure –, elle n'avait absolument pas été surprise.

Des dizaines de milliers d'ouvriers étaient en grève. De nombreuses entreprises étaient occupées. Dans les villes et les bourgades d'Anatolie, les affrontements tournaient au massacre. Les quartiers ouvriers d'Istanbul, les secteurs libérés des bidonvilles étaient couverts de barricades depuis des mois. Nationalistes et révolutionnaires passaient leur temps à se tirer dessus.

Sa mère préparait le petit déjeuner.

— Enfin ! s'était-elle réjouie. Enfin l'armée a pris le pouvoir. Au moins, cette effusion de sang s'arrêtera. Ils en ont mis du temps. Voilà des années qu'on en a marre de cette anarchie, de ce terrorisme – après avoir marqué une pause, elle avait demandé, soupçonneuse : Ça va t'attirer des ennuis ?

À ce moment-là, Ülkü n'avait d'autre pensée en tête que de bondir hors de la maison et de s'en aller. La directive du parti dans ce genre de situations consistait en ceci : « On remontera jusqu'à toi, camarade. » En écoutant les consignes de la loi martiale, elle rit amèrement à part soi. « Où pourrais-je aller de toute façon ! On a instauré le couvre-feu. » La seule chose qu'elle pouvait faire, c'était traverser le jardin pour aller chez les voisins. Ce qui était assurément une solution de dernier recours.

« Je ne pense pas qu'il m'arrivera quoi que ce soit, avait-elle dit à sa mère pour la rassurer. Je ne trempe dans aucune affaire louche ni action armée. » Par la suite, elle avait ajouté : « N'empêche qu'avec eux on ne sait jamais. Mieux vaut faire attention pendant un moment. Aide-moi, maman, je t'en prie. Dès la levée du couvre-feu, il faudra que je quitte la maison et que je loge ailleurs quelque temps. Je ne peux pas emmener Umut avec moi. La rentrée scolaire aura lieu dans quelques jours de toute façon. Si jamais ils viennent poser des questions à mon sujet, dis que je suis à l'étranger avec mon mari. Fais ça, maman, je t'en supplie. »

C'était la première fois dans sa vie qu'elle implorait sa mère.

Cette dernière s'était mise à pleurer.

— Vous n'avez pas eu pitié de vous-mêmes, si au moins vous en aviez eu pour votre enfant. Est-ce qu'on se mêle de ce genre d'affaires quand on est parents ! Regarde, celui qui devrait être ton mari vous a posés là et il est parti. Bon, admettons qu'il soit communiste. Mais qu'est-ce que ça peut te faire ! Es-tu une prolétaire ? Je vais être la risée de tout le monde dans le quartier.

C'est alors qu'elle avait aperçu son fils qui venait de se lever et se tenait sur le seuil de la chambre, dans son pyjama à motifs de chien et de chat. Il posait alternativement sur sa mère et sa grand-mère un regard triste, inquiet et interrogateur. Il était petit, sans défense, tout seul dans ce monde barbare, dans ce pays à feu et à sang.

Elle se rappelle la souffrance, le désarroi et l'amour qu'elle avait éprouvés à ce moment-là. Elle avait couru vers son fils, s'était penchée vers lui et l'avait serré contre sa poitrine.

— Mon fiston chéri s'est réveillé. Sa grand-mère lui a préparé son petit déjeuner. Il va manger une bonne tartine beurrée à la confiture, il va boire son lait, et après sa maman jouera toute la journée avec lui.

En entendant les mots que l'enfant marmonna comme s'il n'avait rien entendu de ce qu'elle venait de dire, son sang se glaça dans ses veines.

— Toi aussi maman tu vas fuir comme papa ? Tu vas partir et nous laisser ?

Ignorant les sanglots de sa mère qui s'apparentaient davantage aux signes avant-coureurs d'une crise d'hystérie qu'à du chagrin, elle avait serré son fils plus fort puis lancé un rire joyeux parfaitement simulé.

— Ah, quelle drôle d'idée ! Je ne te laisserai jamais. D'où tiens-tu que ton papa a fui ? Qui te raconte des choses pareilles. Il va bientôt rentrer, ou alors nous irons le retrouver toi et moi. Comment pourrais-je laisser mon petit garçon ? Je ne le laisserai pas, évidemment.

« Je lui ai menti. Je suis partie et je l'ai laissé… »

Les premiers temps, après s'être renseignée par téléphone auprès des voisins pour savoir si des flics étaient postés dans la maison ou si quelqu'un la surveillait, elle passait souvent voir Umut et sa mère. Cette dernière semblait avoir vaincu sa colère et ses peurs initiales. Elle était heureuse de vivre avec son petit-fils. En digne institutrice, elle lui faisait faire ses devoirs ; elle l'emmenait se promener ; la nuit, elle le prenait contre elle, elle se comportait avec lui avec la même bienveillance et la même affection qu'elle avait témoignées à ses filles.

Chaque fois qu'elle venait voir son fils avec de petits cadeaux susceptibles de lui plaire – des crayons de couleur à l'effigie de Mickey, des craies multicolores, un robot à pile, des livres pour enfants et même une fois un chaton, malgré toutes les objections de sa mère –, Umut posait la même question :

— Maman, quand est-ce que nous irons voir papa ?

Un jour, alors qu'elle était sortie avec lui dans la rue pour lui apprendre à monter sur son premier vélo à deux roues, elle avait profité de ce qu'ils étaient seuls pour lui demander s'il était heureux avec sa grand-mère.

— Grand-mère m'aime beaucoup, avait dit Umut. Elle me donne même la permission de prendre le chat dans mes bras. Elle dit qu'elle ne vous a jamais autorisées à en amener un dans la maison, tata et toi. Mais elle n'aime pas mon père. Grand-mère dit qu'il nous a laissés et s'est enfui. Un enfant aussi a dit la même chose à l'école. Je l'ai frappé. Le professeur ne m'a pas disputé ; il m'a dit de ne pas m'inquiéter. Que les papas s'en vont parfois un moment au loin pour le bien de leurs enfants.

— Bien sûr, ne t'inquiète pas Umut. Ton père ne nous a pas laissés. Mais tu as grandi maintenant, tu peux comprendre. Les hommes qui sont après nous en ce moment ne nous aiment vraiment pas. S'ils avaient attrapé ton père, ils l'auraient mis en prison. Tu ne veux pas qu'il aille en prison, n'est-ce pas ?

— Évidemment que non. Sinon, les enfants se moqueraient de moi en disant : « Ton père est en prison. » Est-ce qu'ils sont très forts les méchants hommes qui nous poursuivent, maman ? Est-ce qu'ils peuvent te jeter en prison toi aussi ? Atatürk ne peut pas les vaincre ?

— N'aie pas peur, ils ne pourront rien faire. Ils ne sont pas si forts qu'ils croient. Mais il faut faire attention. C'est d'ailleurs pour cela que je ne reste pas à la maison. Tout rentrera bientôt dans l'ordre. Ta grand-mère parle comme ça parce qu'elle est inquiète ; en réalité, elle sait bien que ton papa, moi et nos camarades avons raison, que nous voulons de belles choses.

— Moi aussi je le sais, maman. Vous voulez que les enfants mangent à leur faim, qu'ils aient tous des jouets, qu'on ne tue pas leur papa, qu'on ne les mette pas en prison. Regarde, maman, comme je monte bien à vélo. T'as vu, j'ai tout de suite appris.

Il apprenait tout sur-le-champ, sans rien dire ni fanfaronner. Il avait huit ans et pas beaucoup d'amis. Il approchait les autres enfants le cœur grand ouvert, avec affection et espoir. Mais au bout d'un moment, il se voyait repoussé, exclu des jeux, et il restait seul dans son coin.

— Pourquoi ne m'aiment-ils pas, maman ? avait-il demandé une fois. Aujourd'hui, Ebru a embrassé tout le monde dans la classe, sauf moi. Kerem n'a pas voulu que je joue avec les garçons. Pourquoi, maman ? Un enfant a dit que, papa et toi, vous étiez machin truc. Je ne sais pas quoi, mais quelque chose de pas bien.

Il était au bord des larmes. Son petit cœur était blessé. Ce jour-là, elle avait éprouvé une immense culpabilité à l'égard de son fils, elle s'était retenue avec peine de pleurer.

— Bien sûr que tout le monde t'aime, Umut. Peut-être que les enfants sont un peu en colère. Je crois qu'ils sont un peu jaloux de toi. Parce que tu es très intelligent, tu es le meilleur élève de la classe et c'est toi que le maître préfère. Ne te préoccupe pas trop des enfants, ils sont encore très petits. Qu'ils aient le même âge ou qu'ils soient un peu plus grands, ils sont quand même plus petits que toi. Quant à savoir si ton père et moi sommes mauvais, à toi de juger. Sommes-nous mauvais ?

— Bien sûr que non. Je vous aime.

Elle avait pressé son fils contre sa poitrine, caressé longuement la jolie tête châtaine qui lui rappelait Arın.

Les arrestations des premières semaines qui avaient suivi le coup d'État du 12 septembre, les jugements bâclés, les peines capitales prononcées à la hâte sans aucun souci de l'âge de la victime, les exécutions sommaires commises en pleine rue et justifiées par la formule « abattu alors qu'il prenait la fuite » semblaient s'être un peu ralentis les mois suivants. Du moins ne voyait-on se profiler aucune menace proche et directement dirigée contre le milieu partisan. Les grèves avaient été brisées, le syndicat DISK défait, le mouvement ouvrier réprimé. Le parti avait décidé de cesser les activités au sein des masses, de dissoudre les organisations parallèles légales, de distendre le réseau. L'idée qu'ils se servaient du mouvement gauchiste pour faucher le mouvement nationaliste et qu'ils ne nous toucheraient pas se répandait du Comité central vers la base. Penser que la junte militaire était fasciste passait pour une opposition à la ligne du parti, cela vous condamnait, ceux qui étaient d'un autre avis étaient quasiment considérés comme des traîtres. Quand lors d'une réunion organisationnelle – réunions qui s'étaient beaucoup raréfiées et avaient pris l'aspect de rencontres fortuites avec un seul agent de liaison du fait de la dissolution des cellules –, elle avait dit qu'elle n'adhérait pas à l'appréciation concernant le caractère de la junte et que si ce qui se passait n'était pas du fascisme, elle se demandait bien ce que c'était, le membre du parti chargé des relations et dont elle ignorait le nom lui avait rétorqué :

— Nous suivons la politique des camarades soviétiques. C'est l'instruction qui nous vient du Comité central. Je constate que tu as l'esprit un peu confus, camarade. S'il entendait ce que tu dis, s'il savait que tu penses ainsi, le camarade Amasyalı ne serait pas content.

Kâzım Amasyalı était le nom de code d'Ömer. « Non seulement ce type me balance que j'ai l'esprit confus, mais il me menace, mon mari et moi », avait-elle pensé, et sans même chercher à réprimer sa colère, elle lui avait répliqué sèchement.

— S'il le juge nécessaire, le camarade Amasyalı me fera lui-même connaître ses idées. Vous verrez dans quelque temps combien j'ai l'esprit clair. Ce n'est pas en vous faisant bien voir de la junte que vous sauverez le parti. Le fascisme ne fait aucune distinction. Rapportez mes paroles à qui vous voudrez. Et ne négligez pas d'en avertir mon mari.

Un soupçon s'était quand même immiscé en elle. « Ömer est-il un des architectes de cette politique ? Possible. Lui, il croit que les soviets sont d'une justesse et d'une rectitude absolues, il croit que les décisions politiques des grands frères sont emplies d'une sagesse incompréhensible pour nous, simples mortels. L'internationalisme implique une telle croyance d'après Ömer. »

Les arrestations à grande échelle qui avaient commencé en mai 1981 avaient tiré de sa torpeur le parti jusque-là persuadé qu'on ne le toucherait pas, que l'Union soviétique ne le permettrait pas, mais la ligne politique était malgré tout restée inchangée. Elle sentait le piège se resserrer autour d'elle.

Chaque pas qu'elle ferait pour voir son enfant pourrait causer son arrestation, la conduire à sa perte, elle, mais d'autres personnes également. Elle se contentait d'appeler Umut depuis diverses cabines téléphoniques ; après chaque conversation, elle était dans tous ses états, elle s'enfermait dans une chambre de la maison où elle s'était réfugiée et buvait jusqu'à en perdre conscience.

Quand elle reçut l'instruction de partir à l'étranger ainsi que les papiers nécessaires – faux passeport, carte d'identité, un document du registre de la chambre du commerce montrant son affiliation comme employeur en confection –, au mépris de tous les dangers et bafouant la discipline du parti, elle était allée voir une dernière fois son enfant. C'était au début de l'été. Les écoles venaient de fermer pour les grandes vacances. Les yeux brillants, Umut avait rapporté son carnet de notes et clamé la bonne nouvelle :

— Regarde, je n'ai que des très bien. Grand-mère va m'emmener au bord de la mer pour me récompenser. Elle m'a déjà acheté un énorme ballon de plage, je vais aussi apprendre à nager.

Elle avait regardé son petit garçon avec un sentiment de pitié et de culpabilité qui supplantait l'affection, avec un désarroi qui lui lacérait le cœur, déchirée par l'impuissance et le désespoir. Il se tenait devant elle, le corps mince, voire un peu malingre, le visage radieux, d'une pureté infinie, joyeux et ouvert sur le monde.

Soudain, un voile étrange se leva dans sa tête : elle vit son fils totalement seul dans un monde effrayant, livré aux bêtes sauvages, aux tempêtes et aux vagues. Comme dans un rêve éveillé, elle courait vers lui, mais n'arrivait absolument pas à le rejoindre, à le prendre dans ses bras pour l'emmener loin de là.

Les années suivantes, chaque fois qu'elle pensait à Umut, qu'elle rêvait ou parlait de lui, l'image qui lui revenait était toujours celle du petit garçon seul et sans défense qui se tenait devant elle ce jour-là. Même quand il fut plus grand.

— C'était mon fils, Arın.

Elle le dit à voix basse, mais Arın a l'impression qu'elle l'a hurlé à tue-tête.

— J'ai beaucoup pensé à toi, dit-il. Depuis qu'on m'a informé de l'événement, je me suis demandé comment tu tiendrais, comment tu pourrais supporter une chose pareille. J'ai une fille moi aussi, tu sais ? Quand les gens ont des enfants, il y a des choses qu'ils comprennent mieux.

— Il y a des années de cela, quand ils ont pendu Deniz et les autres, j'ai rencontré leurs pères. Moi aussi, exactement comme toi, je m'étais dit que si quelque chose de tel m'arrivait je ne le supporterais pas. Maintenant, j'ai appris qu'on pouvait le supporter. Bien que tu t'y refuses, bien que tu te détestes d'y arriver, tu supportes ; tu crois supporter. Peut-être est-il encore trop tôt pour se demander : « Vais-je pouvoir tenir ? » La blessure est encore toute fraîche. Je n'ai pas éprouvé de douleur quand je l'ai vu à la morgue, avec les impacts de balles sur son corps, le visage dénué de toute expression – même pas de souffrance –, ses lèvres d'où le sang avait reflué, inerte… J'ai seulement crié, crié comme un animal blessé, et après je me suis évanouie. Au moins durant ce laps de temps, tu fuis l'insupportable. Ensuite, tu passes aux médicaments. Nouvelle fuite. Et après, quand un jour plus rien ne marche… Pourquoi est-ce que je te raconte tout ça !

— Je ne sais pas. Mais je veux que tu le racontes, je veux le partager…

— Peut-on le partager ? Comme la mort, la douleur ne se partage pas. De même que tout le monde doit affronter sa propre mort, de même tout le monde doit porter seul sa propre douleur. Ces dernières années en Turquie, dans ma vie, dans notre vie, il s'est passé des choses terribles face auxquelles nous sommes impuissants. Quand je dis « nous », je ne parle pas de toi. Toi, tu es du côté des gagnants. Quant à nous, nous sommes les perdants. Et tout cela, ce sont mes « off » à moi. Entends et oublie.

L'homme ne sait quoi répondre. Il sent que tout ce qu'il pourrait dire serait vide, insignifiant, artificiel. Il se ressaisit.

— Je veillerai à ce que tu ne te heurtes à aucune difficulté en sortant. Tu as utilisé ton passeport français pour entrer, n'est-ce pas ?

— De toute façon, je n'ai plus qu'un seul passeport désormais.

— Ce soir…

Elle pense un instant qu'Arın pourrait lui dire quelque chose comme « ce soir retrouvons-nous ». Elle a peur. Elle pourrait accepter ; et ce serait le déni de vingt ans de séparation ; la fin de toutes les valeurs, de toutes les justifications dont elle s'était convaincue, auxquelles elle reconnaissait un caractère important et indéniable.

— Ce soir, j'ai une réunion très importante. Il faut absolument que j'y sois. Sinon, peut-être que…

Elle éprouve un soulagement. « Tu n'as pas changé Arın. Tes réunions, ton travail, tes fonctions, ton ambition, ta foi inébranlable dans la source où tu puises ta force, dans le pouvoir. Si seulement j'avais pu moi aussi conserver le même attachement à mon camp, à mes idées, à mes convictions. Si seulement j'avais pu être convaincue de notre bon droit, y croire assez pour ne pas hésiter à sacrifier les gens s'il le fallait… »

Elle essaie de chasser de son esprit ces bribes de pensées chaotiques, troubles et douloureuses. Si elle pouvait crier : « Ils ont tué ton fils, et toi tu es dans les rangs des assassins, tu es l'un d'entre eux, ou celui qui a donné l'ordre peut-être », cela la soulagerait. Mais elle se tait. Nouvelle victoire de cette habitude néfaste acquise tout au long de la vie et passant pour une vertu : l'habitude de transmuter le cri en silence. « À la maison, sur les bancs de l'école, en amour, dans le mariage, sous la torture, ne me suis-je pas toujours efforcée d'y parvenir ? Quand j'avais envie de crier, de hurler, n'ai-je pas chaque fois étouffé ma voix, ne l'ai-je pas renfoncée dans ma gorge, n'ai-je pas gardé le silence pour pouvoir lancer le dernier cri de victoire ? Le seul vrai cri dans ma vie, c'est celui que j'ai lancé devant le cadavre de mon fils. »

— Même si tu n'avais pas eu de réunion, nous n'aurions pas pu nous voir, dit-elle. Ce soir, je rentre à Istanbul. De là, je prendrai un avion, j'ai réservé un billet pour demain. Je veux rentrer au plus tôt.

Dans ce bureau perdu dans un bâtiment officiel à l'aspect vide, antipathique et pas encore totalement aménagé, Arın Murat fait quelque chose d'inattendu et qui ne lui ressemble pas. Il attire à lui la femme qui s'est levée et s'apprête à partir et l'embrasse fougueusement sur la bouche.

Elle se laisse faire, mais sans répondre à son baiser. « Dans les films d'amour qui se terminent bien, on ne rate jamais cette scène finale. Les amoureux empêchés depuis des années de se rejoindre à cause d'un tas d'obstacles se réunissent pour ne plus jamais se séparer, même s'ils ont vieilli et pris un coup dans l'aile. Or, dans ce film-là, il y a quelque chose qui ne va pas. Un scénario mal ficelé, aussi bizarre qu'effrayant. Qui l'a écrite, cette histoire ? Toi, moi ou quelqu'un d'autre ? »

Entre eux, le cadavre criblé de balles d'un enfant à la morgue.

« Cet enfant était mon fils. Cet enfant était aussi ton… »

Elle a envie de hurler. À l'instar de l'héroïne du film *Cabaret* qui crie à s'en déchirer la poitrine sous un pont au moment où passe un train. Mais elle se tait. Ce sont non seulement ses lèvres, sa gorge et sa voix qui font silence, mais aussi son cerveau, sa mémoire et son cœur. Elle sort de la pièce à la hâte.

***

Tandis qu'il se dirigeait vers la porte qu'Ülkü avait laissée entrouverte en sortant, Arın Murat entendit que le secrétaire, en communication sur la ligne interne, disait tout bas : « Elle vient de sortir, monsieur. » Probablement afin d'en informer le personnel à l'entrée. C'est une bonne chose de veiller continuellement et attentivement à sa protection. Ces derniers jours, il recevait des appels douteux chez lui. De telles choses étaient extrêmement ordinaires pour quelqu'un de sa position. Si sa femme n'avait pas peur, il n'aurait jamais demandé qu'on augmente les mesures de protection. « Mais Ipek a peur. Elle perd complètement son équilibre. Heureusement que nous avons envoyé notre fille étudier en Suisse. »

En se rappelant sa femme, un sentiment d'oppression, de sournoise culpabilité pointa en lui. « Toute la journée elle reste enfermée à la maison et elle boit. Je n'ai pas le temps de m'occuper d'elle. Et pour que personne ne le remarque et ne l'utilise contre moi, je ferme les yeux sur la situation. »

Il s'arrêta soudain sur les mots que le secrétaire avait prononcés au téléphone : « Elle vient de sortir, monsieur. » Ce « monsieur » n'était-il pas un peu trop poli et officiel pour s'adresser à la sécurité ? Peut-être qu'il parlait non pas avec les policiers en faction à l'entrée, mais avec leur chef.

— Je vous remercie de votre attention et de votre intérêt, dit-il.

— C'est notre devoir, monsieur. Si vous mettez votre vie au service de l'État, il est aussi de la responsabilité de ce dernier de vous protéger.

Il n'éprouvait depuis le début aucune sympathie pour cet homme qui travaillait depuis seulement deux semaines avec lui. Il ne savait comment ni par quel intermédiaire il avait atterri à ce poste de secrétaire particulier. Avec ses nouvelles fonctions, Arın avait également hérité de cet homme antipathique. Son style était aussi désagréable que sa voix. Il parlait avec des phrases toutes faites apprises par cœur on ne sait où…

— N'exagérez pas. Je n'ai aucune raison d'être la cible d'un attentat. Mais à n'en pas douter, il nous faut être prudents. C'est quelque chose que je n'ai jamais réussi à faire… Même vérifier la voiture, ce n'est qu'après avoir tourné la clef de contact que j'y pense.

Tous deux savaient que ce n'était pas vrai, que le véhicule officiel et sa Mercedes personnelle étaient contrôlés avant qu'il y monte. « Comme c'est pénible de devoir constamment avancer masqué, de tenir un rôle, de devancer le coup d'après, d'essayer de déstabiliser la personne en face. »

— La journaliste française que j'ai reçue tout à l'heure est quelqu'un d'important pour la Turquie. Veillez à ce qu'elle ne rencontre aucune déconvenue, s'il vous plaît. Elle retourne à Istanbul ce soir et son avion décolle demain. Vous savez comment sont nos fonctionnaires, ils font parfois un peu de zèle. S'il y avait un problème au contrôle des passeports ou ailleurs, ce serait dommageable pour la Turquie.

— À vos ordres, monsieur. Mais pardonnez ma curiosité, sur la pièce d'identité de la journaliste figure un nom turc.

— Oui. Elle est mariée à un Turc installé en France depuis des années, je crois, ou c'est son père qui est turc. Quoi qu'il en soit, c'était une interview importante. J'espère qu'elle sera publiée avant d'être falsifiée, que cela ne nous donne pas trop de travail. Vous pouvez tout de suite faire venir les personnes qui patientent. Nous avions de toute façon reculé le rendez-vous de quinze minutes – ensuite, comme s'il se rappelait subitement quelque chose, il ajouta : Ah, pourriez-vous également me faire apporter le dossier d'Umut Murat Ulaş mort il y a quinze ou vingt jours lors d'une descente dans une maison abritant une cellule, s'il vous plaît ? Ce genre d'incidents nous met toujours en porte-à-faux avec l'Europe. Il faut qu'on leur explique notre bon droit, il faut nous montrer convaincants. Du point de vue de certains contacts, j'aimerais de nouveau regarder cela en détail.

Il pensa que, si l'homme était professionnel lui aussi, entrer autant dans les détails ne servait à rien d'autre qu'à créer la suspicion. Il se sentit accablé par une grande angoisse. Si seulement il pouvait annuler tous ses rendez-vous, sortir de ce bureau, de ces couloirs, échapper à la surveillance de cet homme… « Je suis fatigué, je suis à cran. Qu'ai-je eu à soupçonner jusqu'à présent pour que je me mette à prendre ce malheureux bonhomme pour un agent. Il cherche juste à me protéger, c'est son boulot. Pourquoi lui ai-je menti à propos d'Ülkü ? Quel mensonge stupide en plus. J'ai besoin de me reposer. Je pourrais partir quelques jours à la montagne. Il n'y a pas de neige mais la contrée est belle en cette saison. Cela ferait plaisir à Ipek aussi. Peut-être que nous pourrions amorcer un nouveau départ, qui sait ? »

« Un nouveau départ », c'était une expression propre à Ipek : une expression de femme… Ils avaient tenté à plusieurs reprises, mais sans succès. Ils échouaient à lancer un nouveau départ, ils ne parvenaient pas à faire perdurer l'ancien, mais ils savaient le mot « fin » impossible. La fin de leur mariage revenait à mettre un terme à un partenariat, et mettre un terme à celui-ci signifiait la ruine pour tous deux.

Il pensa qu'il n'avait fait l'amour avec aucune femme depuis des mois et qu'il vivait en deçà de la sexualité. Les premières années de leur mariage, la silencieuse soumission de sa femme, sa façon de s'offrir docilement dans ce qu'elle semblait considérer comme un devoir, sa passivité pendant qu'ils faisaient l'amour lui plaisaient, l'excitaient même. Il pensait qu'il tenait dans ses bras la petite servante séduite par le maître de maison, et ce fantasme sexuel de domination lui procurait un plaisir étrange dont il avait honte. Faire l'amour avec Ipek lui permettait de vraiment sentir ce que signifiait posséder quelqu'un. C'était une émotion qu'il n'avait jamais connue avec Ülkü… Pendant les cinq années où ils avaient vécu leur sexualité à plein, hormis les quelques fois du début, ce fut toujours Ülkü qui possédait, qui vivait le plaisir jusqu'au bout, qui orientait les jeux, et il croyait y avoir pris plaisir. Elle baisait comme une prostituée. Elle pensait qu'il n'y avait rien de honteux dans la sexualité, elle réalisait ses désirs les plus incongrus, et au moment où le plaisir les emportait, tel un commandant mettant son adversaire à genoux, elle s'écriait : « N'oublie jamais ça… »

« Les années de passion avec Ülkü… la jeunesse que nous avons vécue ensemble ! »

Il éprouva un grand remords. « Je n'aurais pas dû la laisser repartir ce soir. Nous aurions pu nous retrouver après la réunion ; comme d'habitude, nous aurions repris notre relation sans parler, sans explication ni calcul, sans culpabilité, ouvrir une parenthèse dans une phrase sans début ni fin. Je lui disais "ma pute" et ça lui plaisait. Je retrouvais un plaisir oublié. Je lui disais que dans ma vie elle n'était ni compagne, ni mère, ni épouse, ni maîtresse, ni rien de cela, mais que, en tant que femme, elle était la seule de ma vie. Elle comprenait ce que je voulais dire, elle me croyait.

« J'ai envie de coucher avec une femme, pensa-t-il avec une étrange honte. Un homme sain de quarante-huit ans a besoin d'une femme. » Il songea à son épouse. « Il faut que je m'approche d'elle. Que je l'enlace. Cela fait combien de temps que nous ne nous sommes pas touchés. Le contact réveille le désir sexuel. Pourvu qu'elle ne soit pas de nouveau imbibée de bonne heure. » Ce n'est pas à son âge qu'il allait appeler une call-girl ou entreprendre les prostituées de la haute société. Même s'il l'avait voulu, il n'aurait pas pu. Dans sa vie privée, il n'y avait pas de place pour la moindre faille ni même pour la plus innocente faiblesse. C'était impossible. Cela aurait aussitôt été utilisé. Il frémit au souvenir de plusieurs opérations dans lesquelles il n'était pas lui-même directement impliqué. Ce malheureux ministre, alors au faîte de sa carrière, qui pensait faire la fête avec une actrice célèbre, sans se douter qu'il était filmé au moment même de leurs ébats sexuels. Le pauvre en avait été complètement dévasté. Arın savait qu'il y avait de telles « preuves » concernant chaque personne dite utile. Il en avait vu quelques-unes, pour les besoins de son métier, il s'était senti très mal. « Nous sommes horribles en réalité. Tout cela est parfaitement abject, immoral. De quel droit regardons-nous la vie privée des gens ? Mais c'est le travail qui veut ça. Pour nettoyer, tu saliras. Pour préserver l'ordre, pour nettoyer la société, il faut que certains fassent le sale boulot. »

« Est-ce vraiment nécessaire ? » marmonna-t-il tout haut sans s'en rendre compte. Il se sentit très fatigué, très las. « C'était folie d'enlacer Ülkü et de l'embrasser ici, dans ce bureau ! Comment puis-je être certain qu'il n'y a pas une caméra planquée quelque part dans la pièce ? » Par la suite, il se rendit compte qu'il n'était pas pris de panique à l'idée de ce qu'il avait fait, qu'il ne s'en souciait guère. « J'ai quelque chose de bizarre, c'est sûr. Je ne suis pas dans mon état normal aujourd'hui. Comment pourrais-je l'être d'ailleurs ? »

Lui-même s'étonnait de son envie d'embrasser Ülkü, d'éprouver le même désir après tant d'années, la même attirance physique. Les lèvres d'Ülkü n'étaient pas chaudes. Elle ne s'était pas dérobée à son baiser, mais elle était restée de glace. « Qu'est-ce que j'attendais ? Comment aurait-il pu en être autrement après tant d'événements, après tant d'années, alors que la douleur de la perte d'un fils enterré il n'y a même pas un mois est encore à vif ? Dans sa voix, il y avait autre chose que du chagrin quand elle disait : “C'était mon fils.” Une accusation masquée, un cri réprimé, une colère qui ne s'était pas encore muée en haine. »

On frappa légèrement à la porte du bureau qui s'ouvrit de façon respectueuse.

— Vos hôtes sont arrivés, monsieur.

Il massa ses tempes qui commençaient à lui faire mal. On eût dit que sa perception de la réalité avait disparu, que l'espace et le temps s'étaient transformés, il se sentait comme un acteur ayant oublié son rôle en plein milieu d'une pièce. Il jeta un coup d'œil à son agenda. C'était un de ces rendez-vous où seule l'heure était notée, sans aucun nom, mais indiqués « top secret ». Il releva la tête et aperçut deux hommes qui attendaient qu'il les invite à entrer. « C'était donc ces types », pensa-t-il. Il essaya de rassembler ses esprits. Il se leva de son siège et, arborant un masque poli et respectueux, il tendit la main. Par l'entrebâillement de la porte, il crut voir le secrétaire qui épiait les personnes arrivées.

— Je vous préviendrai si j'ai besoin de quelque chose. Ne me passez aucune communication pendant une demi-heure. Gardez ce bureau fermé jusqu'à ce que je vous le dise.

Tandis qu'il indiquait aux hommes les fauteuils, il ouvrit la petite radio manuelle posée sur son bureau.

3

Quelque part entre Seine et arbres de Judée

Combien d'années s'est-il écoulé depuis que je n'ai entendu ta voix ?

— Je suis à Paris, dit la voix au téléphone.

Comme des années plus tôt, elle a de nouveau le cœur au bord des lèvres.

— Oui, je savais que tu viendrais.

— C'est toi qui couvriras la conférence ?

— Non.

Alors qu'elle répond par la négative, elle se rend compte que la rencontre qu'il souhaite ne se cantonne pas à cette conférence et qu'il essaie de forcer un rendez-vous.

— Et ce soir, on peut se retrouver ?

— Bien sûr. À quelle heure, où ?

***

« Où ? Où nous retrouvions-nous ?

« C'était fin avril. Nous étions sur un vapeur du Bosphore. Il faisait doux et il tombait une pluie fine. Cette année-là – cette inoubliable année 1971 –, les arbres de Judée avaient fleuri tôt. Des hauteurs d'Istinye, d'Emirgân jusqu'à Ortaköy ; des flancs d'Anadolu

Hisarı sur la rive asiatique jusqu'à Üsküdar… tout s'était empourpré de rose, même la mer.

« Il était midi. Il n'y avait que nous deux sur le pont du vieux bateau décrépit, sous la pluie tiède qui tombait en fines gouttelettes. »

Ils restent là, enlacés sous la bruine, le visage teinté par le rose vif des arbres de Judée. Ils ne parlent pas ; ils n'en ont pas besoin. De toute façon, ils n'ont rien à se dire ; rien d'autre que la beauté des arbres de Judée et des collines verdoyantes sous la lumière gris pâle, la beauté des eaux d'un gris-bleu opaque…

Le moindre mot, l'expression du moindre sentiment, de la moindre pensée séparera au lieu d'unir. Tous deux le savent. Ils se taisent et tâchent de prolonger cet instant. Alors qu'ils passent devant le yali de Yeniköy, ils font comme s'ils ne l'avaient pas vu. Comme s'ils n'avaient jamais contemplé ensemble le Bosphore depuis ses fenêtres ; comme si, chaque fois qu'elle aidait le petit frère dissipé à travailler son français et ses maths, Arın ne surgissait pas à l'improviste en disant « buvez un thé, vous partirez après », pour la retenir juste au moment où elle s'apprêtait à prendre congé ; comme s'ils n'avaient pas passé des heures à discuter devant la grande fenêtre donnant sur la mer…

Le yali était l'endroit où ils se retrouvaient en cachette durant les mois d'hiver, une fois que la famille avait déménagé à Teşvikiye. C'est ici que, grâce à la complicité du petit frère qui menaçait parfois de tourner au chantage, ils avaient passé leurs plus belles heures en tête à tête : à parler, à faire l'amour, avec le désir brûlant et débridé qui débordait de leurs jeunes corps, avec passion, avec rage.

« Je me demande ce que dirait ma grand-mère maternelle si elle savait que nous couchons ensemble dans son lit de jeune mariée », disait Arın en riant. Le yalı de Yeniköy était un héritage maternel. C'est là qu'Esma Hanımefendi, petite-fille unique du maréchal Ahmed Sabit Pacha, avait vécu sa nuit de noces et donné naissance à sa fille et à son seul fils. Arın racontait que ce n'est qu'après coup que ce titre de maréchal avait été attribué à Ahmed Sabit Pacha par sa famille. Peut-être parce qu'il se sentait moins d'affinités avec la lignée maternelle proche du Palais ottoman qu'avec son arrière-grand-père unioniste partisan de l'« économie nationale », son grand-père qui s'était enrichi sous la République et son père rentré au pays après avoir laissé en plan ses études de sciences politiques en Europe ; peut-être aussi parce qu'il voulait montrer à sa petite amie, fille de fonctionnaire de la classe moyenne et un peu gauchiste sur les bords, qu'il ne se souciait pas de sa noblesse et se fichait des titres honorifiques…

Le lit incrusté de nacre et la console à miroir dans la chambre d'ami au premier étage du yalı devaient provenir du trousseau d'Esma Hanımefendi. Jamais ils ne montaient à l'étage quand Ülkü venait donner des cours au petit garçon ; s'il n'y avait pas d'invités, ils travaillaient dans le salon donnant sur la mer, et s'il y en avait, dans la chambre du garçon à l'arrière de la maison. Le jour où Arın lui avait pris la main en disant « montons », elle avait senti la fièvre s'emparer de tout son corps, sa gorge s'assécher, la tête lui tourner, elle était au bord de l'évanouissement.

C'était une journée d'hiver humide et froide. Quand la famille était partie à la fin de l'été regagner ses pénates à Teşvikiye, les meubles avaient été recouverts de draps, les rideaux soigneusement tirés, la maison abandonnée à la berceuse des vagues léchant le quai et à un long sommeil hivernal jusqu'au printemps.

« C'est moi qui avais voulu venir ici, faire l'amour, coucher avec lui, offrir mon corps. Avec une insolence, une indécence peut-être, qui l'avait surpris et interloqué, je m'étais exclamée que je n'obéissais plus à ma tête, que mes désirs débordaient, que je n'en pouvais plus d'avoir honteusement à me satisfaire toute seule en pensant à lui tandis que je me tournais et me retournais en nage dans mon lit. »

Ils étaient dans l'immeuble de Teşvikiye, dans l'ascenseur avec miroir et grille en fer forgé. Les émotions qui enflammaient son corps et son cœur avaient atteint ses yeux, elle avait éclaté en sanglots. Serrant la jeune fille contre sa poitrine, il lui avait murmuré : « Tu es tellement intrépide, tellement irrésistible, tellement belle. Puisque tu le veux, d'accord. »

En cette froide et humide journée d'hiver, alors qu'elle gravit les marches en bois légèrement grinçantes du vieux yali, le corps en feu, la main dans celle d'Arın, elle se rappelle le jour où ils se sont rencontrés pour la première fois. Elle comprend alors qu'elle l'aime au point de ne plus penser à se protéger ni de se dire qu'« elle est une jeune fille arrogante », au point d'abandonner toutes ses timidités, toutes ses peurs, tous ses complexes, au point de s'accepter telle qu'elle est.

Le lourd édredon en satin vieux rose brodé d'or qui couvre le lit incrusté de nacre ; la douce lumière filtrant à travers les rideaux en velours vieux rose ; le soin avec lequel Arın replie l'édredon en satin et le pose sur le canapé près du lit ; la froide humidité des draps en lin blanc ; le frisson qui la parcourt des orteils à la racine des cheveux quand elle retire son gros pull en laine tricoté main ; la pointe rose de ses seins blancs qui vire au rose pourpre des arbres de Judée ; les rais de lumière vieux rose qui tombent sur son corps dénudé, totalement, et tout en bas de son ventre le duvet bouclé tel un chrysanthème orange entre ses jambes ; le corps chaud et musclé qui se penche sur elle avec une volupté et une brutalité inattendues…

Ses mains, ses lèvres se promènent sur tout son corps. Il embrasse, caresse, saisit, serre, pétrit. Avec le naturel sans retenue d'une bête fauve qui examine avec appétence, avec voracité, avec volupté, la proie qui lui est généreusement livrée, qui se prépare à la dévorer. Il sait faire l'amour. Elle n'est pas sa « première femme ». L'aigreur et la joie qui découlent de ce sentiment. La honte d'être novice, la meurtrissure qu'il découvre que pour elle c'est la première fois.

Derrière le voile brumeux de ses intenses émotions, elle perçoit l'organe dur et humide qui pénètre entre ses jambes ; ses mouvements délicats à présent, infiniment tendres, doux et affectueux, ses mots d'amour apaisants. C'est comme si son corps s'était dissocié de sa tête. Au milieu d'un gémissement de douleur mêlé de plaisir, elle comprend qu'il est en elle, qu'ils sont unis, qu'elle est femme. Non, ça ne ressemble pas du tout aux choses « honteuses » que les filles très savantes prennent un malin plaisir à se raconter. Cela n'a rien à voir avec les sèches données des livres d'éducation sexuelle comme les Annales de la sexologie ou *Notre vie génitale* que nos mères conservaient avec soin. C'est autre chose, l'essence de la vie donnant naissance à d'autres vies ; le point où l'affection se mue en passion, et la relation en amour.

Lorsque longtemps après leurs corps se séparent, elle sent l'humidité collante sur son ventre. Tandis qu'il essuie le ventre de la jeune fille avec une serviette, Arın explique : « J'ai fait attention, je n'ai pas joui à l'intérieur. Tu ne m'as pas dit que c'était la première fois. Comme tu es pure, comme tu es innocente, tu es comme le printemps. » Ses paroles rappellent les dialogues pleins de clichés de mauvais films. Ces paroles que prononce l'homme après avoir volé sa vertu à une jeune fille amadouée avec une promesse de mariage…

Elle a honte de la culotte en flanelle, des collants en laine, de son pull tricoté disséminés par terre, de la serviette humide et collante, de la tache rose au milieu du drap blanc. Elle enfouit son visage dans la poitrine du jeune homme.

« J'avais dix-neuf ans. C'était mon premier rapport sexuel, c'était mon premier homme. »

La morale de la triade famille-école-quartier se résumait aux éloges et aphorismes suivants : « Tu peux lâcher Ülkü au milieu d'un régiment, même là, elle saurait préserver son honneur » ; « Sa main n'a jamais frôlé celle d'un homme » ; « La dot la plus précieuse à offrir à un mari, c'est la virginité ». La sexualité était le devoir conjugal de la femme. Pour sa mère, on ne connaissait qu'un seul homme ; on se mariait une fois, on ne divorçait pas – « Dieu nous en garde » – et on serrait les dents. Un jour, elle avait dit à sa mère : « Si tu n'as pas connu d'autre homme, comment peux-tu savoir que tu aimes ton mari ? Tu n'as aucun moyen de comparer ; c'est un peu comme manger le même plat toute sa vie et décréter que c'est son préféré. » La réponse, elle ne l'avait jamais oubliée : « Quelles idées perverses ! » Or, depuis le jour où, jeune institutrice, elle avait été nommée à Suşehri, dans un district de la province de Sivas, sa mère avait toujours été de ces républicaines défendant avec ardeur et sans concession que la première condition pour « parvenir à la civilisation contemporaine », c'était que la femme prenne sa place au côté de l'homme dans la société, qu'elle se libère du voile et du tcharchaf, qu'elle s'instruise et s'implique dans la société.

Lorsqu'elle avait appris sa relation avec Arın, elle avait trompé toutes les craintes et les inquiétudes d'Ülkü. Alors que cette dernière s'attendait à des réprimandes comme pour n'importe quel sujet touchant de près ou de loin à la sexualité, à des leçons de morale et même à pire, sa mère l'avait serrée dans ses bras et, tâchant d'essuyer discrètement ses larmes, elle avait dit : « Je suis très contente. À l'âge où tu es arrivée, c'est le moment. » Quant aux phrases qui avaient suivi, elles lui avaient glacé le sang : « Si c'est le fils de la famille Murat chez qui tu vas donner des cours, j'appelle ça faire un bon mariage. C'est une famille riche et bien établie. Les sacrifices que nous avons consentis depuis des années pour que tu étudies dans cette école n'auront pas été vains. Tu feras une parfaite maîtresse de salon. Peut-être même une femme de diplomate, qui sait ? »

Sur les vastes étendues d'eau bleue entourées de collines couvertes d'arbres de Judée, le vapeur glisse vers la silhouette bien connue d'Istanbul qui apparaît en face, derrière un brouillard gris. La pluie qui tombait en bruine s'est arrêtée. Un soleil mauve perce les nuages. La pointe de Yeniköy une fois dépassée, ils discutent de la pluie et du beau temps, pour essayer d'effacer les souvenirs, comme si le yali n'était pas là, comme s'il n'avait jamais existé, comme s'ils ne s'y étaient jamais retrouvés et ne s'y étaient jamais aimés. « Je me sens de nouveau aussi seule qu'au moment où je me suis rhabillée après que nous avons fait l'amour la première fois. »

— Quelle belle ville, dit-elle pour rompre le silence.

— Istanbul est vraiment belle, mais Paris aussi. Tu aimais beaucoup Paris.

— Paris est magnifique, c'est une ville fière de sa magnificence, qui vous écrase. Istanbul, pour sa part, semble inconsciente de sa beauté. Si tu avais vécu à Ankara, toi aussi tu porterais un autre regard sur Istanbul.

— Istanbul ville ouvrière, ville de la révolution, et même capitale de la Turquie socialiste, n'est-ce pas ?

Elle perçoit aussitôt la glaciale ironie, la distance, la désaffection voire l'animosité qui affleurent dans sa voix.

— Et Paris est la ville de 68, mon amour. La ville des barricades, des révoltes, des soulèvements, de la Commune et des révolutions. C'est peut-être justement pour cela qu'elle est belle.

Tous deux savent qu'ils commencent à s'aventurer sur un terrain glissant, mais aucun d'eux n'a l'intention de battre en retraite. Et comme s'il n'y avait rien d'autre à faire sur ce vapeur filant vers l'Istanbul millénaire des palais, des mosquées, des contes, traçant son sillon à travers un champ d'azur bordé de collines couvertes d'arbres de Judée, ils jouent la rivalité entre les villes.

— Je ne veux renoncer ni à Istanbul ni à Paris. Comme dit Nâzım : « Où aimerais-je mourir ? D'abord à Istanbul, ensuite à Moscou, ensuite à Paris… »

— Tu n'es jamais allée à Moscou. À moins que tu y sois allée en secret. Les vôtres sont doués pour ce genre de choses.

— Oui, c'est vrai. J'y suis allée pour prendre des ordres et livrer des secrets d'État. J'ai appris le mot de passe. Tu demandes : « Combien y a-t-il de lundis dans un jeudi ? » et on t'ouvre aussitôt les portes du Kremlin.

— Ce n'est absolument pas drôle. Toi aussi dans quelque temps tu comprendras que ce n'est pas drôle, que ça n'a rien d'une plaisanterie.

C'était toujours ainsi. Elle accourait vers lui avec le cœur si débordant d'amour, le corps si enflammé, qu'elle croyait chaque fois que, dorénavant, tout changerait entre eux, qu'ils se retrouveraient et qu'Arın partagerait les mêmes sentiments. Et puis il suffisait d'un mot, d'une allusion, d'un silence pour que la magie se dissipe, que chacun retourne dans son coin et se renferme dans sa coquille. Le mur de verre qui était entre eux devenait un peu plus infranchissable.

— C'est uniquement pour te voir que je suis venue d'Ankara. Ne nous disputons pas, je t'en prie. Peut-être que c'est une erreur, peut-être que je n'aurais pas dû venir. Mais comme d'habitude, je n'ai pas pu résister, voilà. Je sais que ça ne servira à rien, mais je le dis quand même : je t'aime, Arın. D'accord, tu peux dire que ce n'est pas de l'amour, si tu veux, mais de la maladie, de l'obsession, de la passion charnelle. Appelle ça comme tu voudras, mais je t'aime. Non, je ne suis pas allée à Moscou. Je n'ai aucun lien avec une quelconque organisation secrète. Je veux simplement que ce monde change. Que l'oppression, que la faim, que la guerre disparaissent ; que personne n'écrase, n'exploite qui que ce soit ; que tout le monde ait les mêmes droits que toi ou moi. C'est tout. Je ne comprends vraiment pas en quoi tout cela peut nous séparer.

Sa voix trahit fatigue, tristesse et un immense désarroi. Elle sent que ce qui s'immisce entre eux – distance, froideur, vide ? – se cache plus profondément encore.

— Je t'aime, Arın. Je n'ai pas honte de te le dire, ça ne me fait pas peur, je ne me sens pas diminuée ou froissée dans ma fierté. Mais regarde, mon amour ne suffit pas pour que nous soyons ensemble. Je ne sais pas ce qui manque. Toute seule, je suis perdue, cela m'est insurmontable.

C'est ce même sentiment qui afflige le jeune homme et lui vrille le cœur. Leur commun désarroi. Il sait qu'il ne faut pas compliquer la tâche en faisant durer les choses, mais il ne peut s'opposer au désir qui monte en lui.

« Notre relation ressemblait à une phrase incapable de trouver son point final, qui continuait, s'étirait et devenait incompréhensible à force de s'allonger ; une phrase qui ne progressait pas, sans cesse reprise, se perdant dans ses méandres, impossible à raturer, à barrer. Qu'on croyait réduite en poussière après chaque séparation et qui chaque fois renaissait de ses cendres… »

Les nuages commencent à se dissiper. À l'horizon, un pâle arc-en-ciel. Bientôt le soleil ravivera le rose pourpre des arbres de Judée. Alors que le vieux vapeur du Bosphore passe sous le pont encore en cours de construction, ils s'embrassent à la dérobée. Voilà longtemps que la pluie s'est arrêtée, les eaux bleuissent.

***

« C'est vrai, où nous retrouvions-nous donc ? »

Arın Murat essaye de réfléchir à un endroit où ils pourraient discrètement se retrouver dans Paris.

Il aimait cette ville où il était venu pour la première fois à la fin des années 1960 pour faire son doctorat, où il était ensuite revenu pour de brefs ou longs séjours, et qu'il connaissait presque davantage qu'Istanbul. Il pensait que c'était à Paris qu'il était le mieux à même de saisir le temps qui passe, sa propre histoire. Contrairement à Istanbul qui devenait autre et perdait son identité à mesure qu'elle changeait, Paris se transformait constamment et restait miraculeusement le même. Quand des années après vous reveniez dans cette ville et dans le sillage de votre passé, vous constatiez que le temps avait suspendu son cours et vous attendait.

« Le soir de sa première venue ici, je l'avais prise par la main et emmenée au bord de la Seine. Les clochards dont Ülkü avait toujours entendu parler, dont la légende émaillait les histoires et les romans français, s'étaient postés sous les arbres et les ponts le long des quais, comme pour former une haie d'honneur à son intention. Les feuilles mortes, qui avaient commencé à tomber tôt cette année-là, craquaient sous nos pas à mesure que nous marchions. Ses lèvres vers lesquelles je m'approchais après une longue nostalgie n'avaient, semble-t-il, jamais été si humides, si chaudes et gonflées de désir. C'était comme dans un rêve, elle était fascinée. Pour prolonger cet instant, cette nuit, nous avions marché en silence, sans même échanger un mot tout le long du fleuve jusqu'au Trocadéro, qui se dressait tel un décor de film historique en face de la tour Eiffel, et jusqu'au palais de Chaillot. Étaient-ce nos émotions, d'une intensité telle qu'elles frisaient la folie, qui avaient ainsi embelli la ville, ou bien était-ce la ville qui exaltait nos émotions et les amenait à s'épancher, je l'ignore. »

« Sous le pont Mirabeau coulent la Seine et nos amours… » Ülkü adorait répéter ces vers. À présent, en réfléchissant à l'endroit où ils pourraient se retrouver des années plus tard à Paris, il se rend compte peut-être pour la première fois que la ville est associée à Ülkü dans son inconscient. « Nous ne sommes pourtant restés qu'un an ensemble ici. »

Il se rappelle le studio sous les toits, rue des Écoles. « Nous travaillions et nous faisions l'amour. Nous n'avions aucun plan d'avenir ; d'où venions-nous, où allions-nous, nous n'y pensions pas, nous n'en parlions pas. Nous ne savions pas combien de temps ça durerait, à quel moment ça s'arrêterait, et ça ne nous intéressait pas. Dans notre relation, nous étions tels deux observateurs impartiaux. Peut-être que nous avions peur. Nous sentions peut-être que cet endroit ne serait qu'une simple halte, que ce que nous vivions dans cette ville mirage seulement visible pour nos yeux ne durerait pas dans l'espace-temps réel, que la magie serait rompue.

« Où nous retrouvions-nous à Paris ? Dans les jardins, dans les rues, dans les cafés, dans les cafétérias étudiantes, le long du fleuve, dans les musées, dans les appartements, partout… »

— Il y avait un endroit que nous aimions sur l'île Saint-Louis. Tu te rappelles, un petit restaurant chic. Il existe toujours ?

Comment l'aurait-elle oublié ? Combien de fois était-elle passée par là quand, de retour de Turquie après la mort d'Umut, elle errait dans les rues avec un effroyable chagrin et des idées de suicide auxquelles elle avait peut-être simplement renoncé parce qu'elle les trouvait banales, ordinaires, voire ridicules.

« Il a dit "que nous aimions", pense-t-elle. Arın et moi : nous… Voilà vingt-cinq ans que nous n'avons pas été un "nous", d'où sort ce pronom de la première personne du pluriel maintenant ? Est-ce une invitation, un remords, un appel ? » En martelant bien le « nous », elle répond :

— Le petit restaurant où nous allions n'existe plus, mais là-bas, il y a encore un endroit sympa. Ça s'appelle *L'Île*.

— S'il n'y a pas trop de monde et que tu penses que c'est bien, retrouvons-nous là-bas. Peux-tu réserver, s'il te plaît ? Désormais, c'est toi la Parisienne.

— Oui, je m'en occupe. 20 heures, c'est bien ?

— Disons 20 h 30 plutôt, que je ne te fasse pas attendre. Après la conférence, j'ai une entrevue officielle ; ça peut durer longtemps.

En raccrochant, la tête lui tourne. Comme trente ans plus tôt, comme vingt-cinq ans, comme cinq ans plus tôt : chaque fois qu'elle avait de ses nouvelles, chaque fois qu'elle entendait sa voix, à chaque coup de fil, à chaque rencontre, le même vertige, les mêmes battements de cœur, le même émoi… À force de vivre ainsi en proie à cette étrange émotion, elle a l'impression de ne pas vieillir, de vaincre le temps. C'est peut-être pour cela qu'elle alimente et entretient depuis tant d'années cette passion maladive, sans espoir, sans lendemain, ni heureuse ni malheureuse et n'envisageant pas de fin. Permettant d'oublier la tristesse d'une vie qu'on ne pourra recommencer, des pans d'existence inspirant culpabilité et remords, le chagrin de constater qu'il est désormais trop tard… Le fantasme d'une vie intime parallèle, une vie d'ombres…

***

Cette vie morcelée, coupée en deux, « loup la nuit, homme le jour », cette vie double où une partie de lui trahissait constamment l'autre, avait commencé un an après leur rencontre ; d'abord de façon subreptice, puis de plus en plus appuyée, douloureuse et nocive au fil du temps.

Après le jour où ils avaient fait l'amour pour la première fois dans le lit de mariée incrusté de nacre d'Esma Hanımefendi, au premier étage du froid et humide yalı abandonné à son sommeil hivernal, plus rien ne fut comme avant. L'extraordinaire harmonie sexuelle jamais retrouvée avec quiconque toute leur vie, un désir furieux, impudique et sans limites ; l'état de complète satisfaction, de plénitude qui couronnait leurs ébats amoureux où plaisir et douleur se mêlaient jusqu'à se confondre, où la sensualité l'emportait sur l'amour et l'affection… leurs corps comme leurs esprits en étaient devenus captifs.

« Voyez-moi cette excitée de fille éduquée chez les bonnes sœurs », disait Arın, et il s'entendait répondre : « Voyez-moi cet excité de fils de bonne famille descendant de pachas. » Dès que leurs corps se touchaient, que leurs mains se trouvaient, que leurs regards se croisaient, ils s'enflammaient. Ils n'avaient besoin de rien d'autre que d'eux-mêmes et du corps de l'autre. Ils étaient dans une cellule constituée de deux corps, sans porte, sans verrou, et ils ne voulaient pas en sortir.

Jusqu'à ce que des gosses brandissant des pancartes, les poings dressés, le cœur sur la main, pleins d'espoir et de ferveur, viennent appuyer sur les murs de cette cellule et tentent de la démolir avec leurs livres, leurs chansons, leurs marches, leurs discours implacables, leur ardent espoir et leur courage téméraire, insolent, primaire.

Arın avait terminé ses études à l'université et, comme l'exigeait sa vie tracée d'avance – depuis sa naissance peut-être –, il était parti faire son service militaire. Pachas amis de la famille et hommes d'affaires influents étaient intervenus pour lui permettre de faire ses classes comme officier de réserve dans un lieu proche d'Istanbul. La jeune fille continuait à dispenser des cours au petit frère. Chaque fois qu'elle se rendait chez eux à Teşvikiye, tomber sur des traces de lui, humer son odeur en entrant dans sa chambre sous prétexte d'y chercher un livre ou entendre parler d'Arın lui procurait un plaisir quasi érotique. Ils se retrouvaient les week-ends ou lors de ses escapades en semaine – escapades sur lesquelles on fermait les yeux parce que c'était Arın Murat – et ils reprenaient là où ils en étaient restés.

Un jour où elle était venue donner son cours, Erim n'était pas encore rentré de l'école. Comme d'habitude, elle attendait dans le salon en feuilletant les journaux et les revues posés sur la table basse. Tout d'abord, elle crut que la personne qui entrait était Sultan Hanım apportant le thé. Elle vit Madame – c'est ainsi que la domestique appelait la mère des deux frères – au moment où elle levait la tête pour remercier Sultan Hanım. Ülkü et elle ne se croisaient que très rarement. Depuis le premier jour où elle était venue ici – cela remontait presque à deux ans –, elles avaient dû en tout et pour tout se voir quatre ou cinq fois, elles avaient discuté d'Erim, de ses progrès, et s'en étaient tenues à quelques amabilités réciproques.

— Ça tombe bien. Depuis le temps que je voulais vous voir, mais je n'arrivais pas à trouver l'occasion.

— Oui, madame, voilà bien longtemps que nous ne nous sommes vues. Comme tout se passe bien, qu'il n'y a pas de problème, je n'avais pas de raison particulière de vous déranger. Arın garde un œil sur la situation de toute façon.

À peine avait-elle prononcé le nom d'Arın qu'elle se sentit rougir jusqu'aux oreilles.

— C'est justement de cela que je voulais parler avec vous.

Elle se tourna vers la domestique qui apportait le thé.

— Dès que vous aurez terminé de servir, merci de nous laisser un peu seules, Sultan Hanım.

La femme avait la même voix douce et sûre d'elle qu'à l'accoutumée. Mais quelque chose de pénible se profilait.

— Ne vous méprenez pas, nous sommes très contents de vous, Ülkü Hanım. Erim s'est amélioré en classe, il vous aime beaucoup. D'ailleurs, tout le monde vous aime dans cette maison. C'est bien là le problème. Je vais être claire, nette et précise. Je n'ignore pas que vous avez une relation avec Arın et, avant qu'elle atteigne un point de non-retour, je veux que vous y mettiez un terme. Pour votre bien à tous les deux.

Tout à coup, elle prit conscience avec stupéfaction que, jusque-là, elle n'avait jamais relié Arın à cette maison ; qu'elle avait totalement occulté l'existence de l'entourage et de la famille de son amant ; qu'ils s'étaient comportés comme s'ils étaient seuls dans cet immense univers ; qu'ils avaient soustrait leur relation au monde, à leur environnement, aux autres. Peut-être était-ce pour cette raison d'ailleurs, parce qu'elle était coupée de leurs familles, de leurs amis, de la société, que cette relation était si dense, si intériorisée, charnelle et passionnée.

— Que voulez-vous dire par « notre bien à tous deux » et par « point de non-retour » ? demanda-t-elle d'une voix qu'elle s'efforça de rendre naturelle.

— Simplement qu'Arın et vous ne pourrez pas avoir d'avenir commun ; qu'un mariage n'est pas envisageable.

« Il ne faut pas que je pleure, il ne faut pas que ma voix tremble. Que disait mère Magdalena ? "Mlle Oztürk est une fille un peu imbue d'elle-même !" C'est le moment où jamais de prendre mes grands airs. »

— Je n'ai jamais pensé me marier avec Arın, je ne crois pas qu'il y ait pensé non plus. Nous n'avons jamais eu de discussion en ce sens, madame. Quant à savoir si notre relation doit se poursuivre ou non, votre fils a sûrement son mot à dire sur la question, il me semble.

— Je ne voulais pas vous blesser. Mais il arrive parfois que, dans leur jeunesse, les gens commettent des faux pas qui engagent tout leur avenir sans qu'ils puissent rectifier le tir. Nous avons essayé de préparer un brillant avenir à Arın. Il a tous les atouts pour réussir, vous en conviendrez. Et il lui en faudra encore davantage.

— Qu'y a-t-il dans notre relation qui puisse ternir ce brillant avenir et y faire obstacle d'après vous ?

— Vous êtes une fille intelligente et bien élevée. Je crois que vous le comprendrez. La famille, la position sociale, le milieu dans lequel on évolue, et plus particulièrement le mariage que l'on fait, sont d'une remarquable importance dans la carrière d'un homme jeune. Arın a encore sa thèse devant lui. Il va la faire à l'étranger, à la Sorbonne. C'est de tradition dans notre famille. Ensuite, on veut qu'il intègre les Affaires étrangères. Les Affaires étrangères, c'est très spécifique. Pour s'élever dans la hiérarchie, il se peut qu'il ait besoin de l'appui de l'entourage de sa femme. Or, pour le dire ouvertement, le milieu dans lequel vous avez grandi…

« Le milieu dans lequel j'ai grandi : notre petite maison de trois pièces chauffée par un poêle à bois ; dans notre jardin, les radis, les pieds de persil, d'oignon vert, les primevères et le chèvrefeuille ; les gamelles que j'apportais à l'école, les sacs plus grands que moi que je traînais dans les autobus de la ligne Cağaloğu-Levent ; les robes d'enfants à empiècements en nid-d'abeilles que nous cousions toute la nuit, ma mère et moi, sous la lumière du lampadaire, le bougran que nous faufilions sur les cols et le devant des vêtements ; vers la fin du mois, les pâtes que nous mangions au moins une fois par jour avec beaucoup de sauce tomate, mais sans fromage ; la gêne que j'éprouvais en passant devant la porte des hôtels de luxe et des restaurants onéreux ; mes habits que ma mère retaillait dans ses vieilles robes, mais qu'elle s'appliquait à recoudre à la dernière mode… »

Sans écouter la fin de la phrase de la femme, elle se leva doucement de son siège en tâchant de paraître calme.

— Vous avez peut-être raison, mais vous devez en parler avec Arın. Je ne peux rien lui dire à ce sujet. Cela me fait honte. Honte pour vous. Pour ce qui est des cours à votre fils cadet, je crois que vous feriez mieux de trouver quelqu'un d'une position sociale plus élevée, ça vous éviterait de vous exposer une nouvelle fois au même danger.

Elle gagna rapidement l'entrée. Pour ne pas croiser les yeux inquiets et emplis de questions de Sultan Hanım, elle prit sa veste pendue dans le vestiaire sans la regarder.

— Au revoir, Sultan Hanım.

— Au revoir, efendi. Y a-t-il un problème ?

— Non, aucun.

Sans attendre l'arrivée de l'ascenseur, elle descendit les marches en courant.

Lors de leurs rendez-vous suivants, elle ne dit rien à Arın de cette discussion. De son côté, il ne lui demanda même pas pourquoi elle ne venait plus donner de cours. Dans un silence complice, ils firent comme si rien ne s'était passé. Tous deux savaient que se taire était l'unique condition pour que leur relation puisse perdurer. Et que se taire, comme une tumeur cancéreuse grossissant en secret, conduisait à la mort…

***

Elle n'y avait jamais pensé jusque-là. Elle les avait vus à l'université, occupés à distribuer des tracts, vendre des revues, débattre ou collecter des fonds pour leurs organisations. Leur mobilisation spontanée pour manifester contre quelque chose, les innocents slogans inscrits sur des cartons blancs qu'ils brandissaient, leur façon de défiler en criant d'une seule voix, en vociférant à s'en détruire les cordes vocales, et de chanter des marches les poings levés… sur le campus, dans les couloirs de la faculté… elle y avait assisté de loin, en spectatrice.

Une fois, en passant par Taksim, elle s'était retrouvée prise dans un meeting. Ce devait être début octobre 1965. Elle sortait d'une maison où elle avait commencé à donner des cours à Gümüşsuyu et elle marchait vers Taksim. La place était noire de monde comme jamais elle ne l'avait vue auparavant. De là où elle était, elle pouvait distinguer l'homme qui parlait à la tribune installée en haut du perron du parc Gezi de Taksim. Au vu des pancartes brandies par la foule qui remplissait la place, des drapeaux suspendus autour de la tribune, des tracts qui jonchaient le sol, elle comprit qu'il s'agissait d'un meeting de campagne de ce parti turbulent.

Elle se rappela l'enthousiasme avec lequel en parlait une ancienne amie institutrice de sa mère venue en visite dernièrement. Elle lui demandait de voter pour eux aux élections.

— C'est un tout nouveau parti : le Parti des ouvriers de Turquie. Écoute un peu leurs discours de campagne à la radio. Qu'est-ce que les autres partis nous ont apporté jusqu'à présent ?

Sur les instances de la visiteuse, elles avaient allumé la radio et écouté les discours électoraux. « Travailleurs, paysans, ouvriers, agriculteurs, petits employés… », clamait une voix pleine. Effectivement, il y avait quelque chose de différent dans ce qui était dit. Quelque chose qui vous prenait aux tripes, qui vous galvanisait. Il était question d'oppression, d'exploitation, de chaînes. « Lève-toi, sois maître de ton destin, change », disait la voix.

De cet air froid, distant et très savant de maîtresse d'école qu'elle ne lui connaissait que trop bien, sa mère avait répondu :

— Notre famille a toujours été pour le Parti républicain du peuple. Jusqu'à aujourd'hui, nous ne nous sommes jamais écartés du parti d'Atatürk. Rappelle-toi les démocrates. Ils étaient nombreux à l'époque à venir nous dire comme toi aujourd'hui de voter pour le nouveau parti, à nous seriner qu'ils apporteraient la liberté. Résultat ? Les pieds sont devenus la tête. Le 27 mai[1], si les militaires n'étaient pas venus leur rappeler leurs limites, qui sait dans quel état nous serions en ce moment. Vous n'aimez pas Inönü, mais il n'a pas embarqué le pays dans la Seconde Guerre mondiale au moins. Et qui a amené la démocratie en Turquie ? Encore Inönü, non ?

Après le départ de son amie, elle avait continué à bougonner dans son coin :

— Comme si j'allais voter pour le Parti des travailleurs ! Qu'est-ce que j'en ai à faire des ouvriers, des manœuvres, des agriculteurs. De toute façon, le mari de Nermin est un pur produit des instituts de village. Du coup, ils ont été contaminés par le communisme.

Le discours de l'homme à la tribune ressemblait à ce qu'elle avait entendu à la radio. Pas seulement par le vocabulaire utilisé : « ouvriers, paysans », mais

1. Coup d'État militaire organisé le 27 mai 1960 par un groupe d'officiers de l'armée turque contre le Parti démocrate élu à la tête du gouvernement.

par l'enthousiasme et la conviction qu'il y avait dans sa voix… Oui, la conviction des gens qui croient du fond du cœur que tout ce qu'ils disent adviendra. La voix du cœur.

Elle demanda au jeune moustachu près d'elle qui était l'orateur.

— Tu ne le connais pas ? Çetin Altan, tu sais, ce célèbre écrivain.

Puis il se mit à applaudir de toutes ses forces.

— Il écrit où ?

Le jeune moustachu regarda avec un peu de dédain cette fille au courant de rien.

— Avant, il était au *Milliyet*, maintenant à l'*Akşam*. Il écrit très bien, lisez.

Elle acheta l'*Akşam* dans un kiosque à journaux près des arrêts d'autobus, elle le plia et le fourra dans son sac.

— Pourquoi est-ce qu'on n'achète pas l'*Akşam*, maman ? demanda-t-elle en arrivant à la maison.

— L'*Akşam* ! C'est quoi encore cette lubie ? Depuis toujours on achète soit *Cumhuriyet*, soit *Hürriyet*. Et dans *Hürriyet*, il y a des feuilletons que je suis.

***

Elle se précipita dans la rue et, tandis qu'elle remontait de Teşvikiye vers Nişantaşı, un vent rigoureux se leva. Les feuilles mortes entassées dans les caniveaux s'éparpillèrent de tous côtés. Malgré le froid humide qui vous transperçait jusqu'à la moelle des os, elle bouillonnait de chaleur : « position sociale », « milieu familial », « le mariage que l'on fait »…

« Lutte des classes », disait Mehmet pendant les inépuisables discussions qui avaient lieu dans les couloirs de la faculté.

« Les premiers temps je ne me mêlais pas beaucoup à eux, les sujets dont ils parlaient ne m'intéressaient pas. De leur côté, ils ne me prenaient pas au sérieux : pour eux, j'étais une fille sans intérêt, maquillée et bien habillée, qui n'avait d'yeux que pour son bourgeois de petit ami. »

Renonçant à remonter vers Nişantaşı, elle revint sur ses pas et tourna dans une rue adjacente. Elle marcha en direction de Maçka, vers l'hôtel *Taşlık*. C'était un automne stambouliote. Le temps était froid et humide. De la tour de Léandre à Sainte-Sophie, à Sultanahmet et plus loin jusqu'aux îles, Istanbul s'étirait dans une lumière gris-bleu. Elle se dirigea vers le parc en éparpillant les feuilles sèches avec ses pieds. Les mêmes vers tournaient sans arrêt dans sa tête comme le refrain d'un disque rayé : « *Chaque fois que je passais par Maçka, il y avait toujours des bateaux au port / Les arbres riaient comme les oiseaux / Toi tu partais le voir*[1]… » « Chaque fois que je passe par Maçka je me rappelle ces vers, pensa-t-elle. Quelle chose étrange que la poésie, elle entre en vous et devient partie intégrante… »

Dans la rue qui descend de Gümüşsuyu en direction de Dolmabahçe, elle aperçut un attroupement. Certains couraient vers le bas, les policiers – que les étudiants appelaient « Fruko » à cause de leurs casques blancs qui ressemblaient au bouchon de bouteille de soda de cette marque –, poursuivaient les fuyards.

« De nouveaux incidents ont dû éclater à l'ITÜ[2], pensa-t-elle. Il ne se passe pas un jour sans que les étudiants se rentrent dedans ! Qui a raison, qui a tort ?

1. « Poème à la tierce personne », d'Attila İlhan.

2. ITÜ (*Istambul Teknik Üniversitesi*) : Université technique d'Istanbul.

C'est toujours ceux que Mehmet appelle "les nôtres" qui se font taper dessus. »

Elle se rappela que les cours étaient boycottés à l'ITÜ, à l'École des hautes études techniques aussi, et ailleurs encore. Dans les couloirs de la faculté, alors qu'elle tuait le temps entre deux cours, elle avait demandé à Mehmet pourquoi ils étaient encore boycottés. Prenant un peu de haut cette jeune fille ignorante qui semblait vraiment tomber de la lune, il avait répondu : « Pour protester contre l'enseignement payant. Des écoles d'enseignement supérieur privées ont commencé à ouvrir partout. Ils essaient de détruire les derniers reliquats d'égalité des chances dans l'enseignement. »

Avec un étrange malaise au fond d'elle, elle repensa à la réaction d'Arın à propos de ces mouvements.

— Ces gens n'ont rien à voir avec la question étudiante. C'est une bande de vauriens – non, il n'avait pas dit vauriens –, une bande de désœuvrés. Si l'économie du pays se renforçait, si l'industrie arrivait à se développer, si le chômage diminuait, ils seraient ouvriers en usine. Mais maintenant, après le lycée, tout le monde entre à l'université. On voudrait fondre dans un même moule des gens comme toi, moi et le type d'Hakkâri ayant réussi par miracle à aller jusqu'au lycée où il n'a pas appris grand-chose. On appelle ça, l'égalité des chances. C'est nous qui perdons en réalité. Eux, ils n'ont rien à perdre de toute façon !

— Mais tout le monde a le droit d'étudier. Toi aussi, moi aussi, nous aurions pu naître à Hakkâri, personne ne choisit sa famille.

— Dans ce cas, au lieu de passer leurs journées à défiler, à organiser des meetings et des boycotts, ils feraient mieux de profiter de la possibilité de faire des études que leur offre le gouvernement. D'ailleurs, ce n'est pas à eux qu'il faut jeter la pierre, mais à ceux qui leur montent la tête. Regarde, ils sont même entrés à l'Assemblée nationale avec quinze députés. Depuis, l'Assemblée et le pays ont perdu leur tranquillité.

En digne fils de Mümtaz Şevki Murat, un célèbre homme d'affaires qui passait pour un tenant du Parti républicain du peuple à cause de la famille de sa femme, mais qui côtoyait intimement les démocrates alors au pouvoir, Ahmed Arın Murat ne se rendait même pas compte combien ses propos la glaçaient, alors qu'il reprenait ceux entendus dans la bouche de son oncle, un démocrate pur jus incarcéré quelque temps sur Yassiada à l'époque du 27 mai puis relâché après l'exécution de Menderes.

Les jeunes qui dévalaient la pente en direction de Dolmabahçe et leurs poursuivants disparurent derrière le stade Inönü. Elle se souvint que ce jour-là se tenait une manifestation pour la « nationalisation des écoles privées ». Devant l'université, on distribuait des tracts pour appeler à défiler. C'est sans doute pour cela que des troubles avaient de nouveau éclaté.

« Pourquoi suis-je là, et non pas là-bas, avec eux ? Quand Mehmet distribuait des tracts à la sortie de la faculté et qu'il me regardait au fond des yeux, pourquoi suis-je restée indifférente et n'ai-je pas montré d'intérêt ? »

Soudain, elle s'étonna de ne pas avoir réussi jusqu'à ce jour à relier les morceaux.

« Mes uniformes cousus main, au tissu différent, à la coupe différente, qui bâillaient sur moi ; mes gamelles qui laissaient toujours échapper de mauvaises odeurs de *köfte* ; mon cœur d'enfant meurtri par la menace qu'on supprime ma bourse si jamais je me comportais mal, et ce même si j'avais de très bonnes notes ; les endroits chers et luxueux où j'avais peur de commettre des impairs, et d'être méprisée dès que j'en franchissais le seuil… L'argent qu'on me remettait dans une enveloppe avec une gentillesse factice en règlement des cours que je donnais ; la fille d'origine modeste ayant étudié dans les bonnes écoles… "Qui se ressemble s'assemble, n'est-ce pas, trésor ?", "Je veux que vous mettiez un terme à votre relation avec Arın avant qu'elle atteigne un point de non-retour", "Il faut qu'il fasse un bon mariage pour progresser dans sa carrière"… Position sociale et différence de classes ; le milieu dans lequel j'ai grandi, une modeste famille d'instituteurs… Manifestation pour la nationalisation des écoles privées ; les mots d'ordre écrits en lettres irrégulières sur des cartons blancs : "Non à l'exploitation", "Justice sociale", "Non à l'OTAN", "Turquie indépendante"… Les cafés étudiants, les amphis, les couloirs de la fac où je ne pouvais passer sans entendre les slogans qui y résonnaient à pleine voix… "Le firman appartient au padişah, les montagnes sont à nous[1]"… Les "salauds qui volent la sueur du front de l'ouvrier" ou les "Il a aiguisé sa hache[2]" beuglés comme un juron d'impuissance, un cri de révolte… Et autres "Bâtards bourgeois", "Fils communistes", "Mort à l'impérialisme américain", "Non à l'OTAN" et "Communistes, à Moscou"…

« J'étais comme un poisson dans un océan dont il ignore tout. Comme les trois singes qui se couvrent les yeux, la bouche et les oreilles. »

1. Célèbre chanson de Dadaloğlu, *ozan* (« barde populaire ») turc connu pour sa lutte contre la politique de sédentarisation des tribus turkmènes d'Anatolie par le gouvernement ottoman à la fin du XVIIIe siècle. Chanson souvent reprise comme un chant de résistance et de liberté.

2. Titre d'une chanson d'Aşık İhsani.

La police avait fermé l'entrée de la rue qui descendait de Gümüşsuyu à Dolmabahçe, la circulation était bouchée. Deux hommes en civil emmenaient un jeune en lui tenant les bras. Quelque part au loin, d'un endroit qu'elle n'arrivait pas à déterminer, s'élevait un chant triste. Les étudiants avaient dû se rassembler dans la cour de l'université technique. Peut-être qu'ils chantaient pour tromper leur peur.

Un étrange malaise doublé d'un sentiment de culpabilité l'assaillit. À un moment, elle désira être là-bas, avec eux, se joindre à leur chant, rester à l'entrée avec Mehmet, main dans la main avec les autres, faire bouclier pour les camarades que les policiers venaient chercher.

C'était l'automne 1967. Elle avait vingt ans. Elle était perdue. Au milieu d'une eau bouillonnante d'écume, elle essayait de rassembler ses esprits, les fragments d'elle-même épars et de trouver sa place.

***

« Filles de philologie, stars d'Hollywood ! »

Assis sur les marches devant l'entrée du couloir de la fac de sociologie et de philosophie, ils regardaient descendre les filles à la mise soignée. Pour les garçons des « étages du dessous », ces jeunes filles, pour la plupart issues d'écoles privées ou étrangères, sûres d'elles, jolies, bien habillées et portant des minijupes, étaient des objets à la fois de désir et de mépris.

Certains travaillaient la nuit, d'autres la journée et suivaient les cours du soir instaurés cette année-là à l'université, d'autres poursuivaient des études grâce aux mille sacrifices consentis par leur famille, mais n'ayant pas réussi à obtenir de place dans un département qui leur permettrait d'exercer un bon métier, ils s'étaient inscrits au hasard dans un autre, histoire de faire quelque chose. Après les cours, les manifestations, les associations, ces jeunes gens passaient le temps qui leur restait à traîner dans les couloirs de la faculté et à tenter de draguer les filles à la cantine.

Mehmet Iliç regarda à la dérobée les jambes bien faites que laissait voir la minijupe d'Ülkü alors qu'elle descendait à la hâte l'escalier. « Elle doit encore courir vers ce pantin présomptueux », pensa-t-il.

— Tu as toujours les yeux braqués là-haut, dit Yusuf.

— Je n'ai les yeux braqués nulle part. Mais la fille qui descend m'intrigue depuis longtemps. On ne la voit pas tellement à l'université. Dès que les cours sont terminés, elle file à toute vitesse. Il y a un gars. Tout trahit en lui le bâtard de bourgeois. Je l'ai vue plusieurs fois avec lui. Elle a tout le temps l'air d'être tombée au mauvais endroit.

— Bravo, tu as bien analysé.

— Un révolutionnaire se doit de bien connaître son environnement, n'est-ce pas, maître ?

Ils rirent.

— Laisse tomber ! Les étages du dessus, ce n'est pas pour nous. Regardons plutôt de ce côté. L'étage central n'est pas mal non plus. Réussir à lever une fille là-bas, c'est une bonne action. On la gagne à la révolution, on la convertit à la cause.

Les gauchistes de philosophie-sociologie, les militants de droite des départements de turcologie et d'histoire de l'étage central se désintéressaient des étudiants en philologie du dernier étage, qu'ils définissaient par cette sentence : « Je ne suis ni de droite ni de gauche, je suis footballeur. »

— Ce n'est pas ce que tu crois. C'est pour d'autres raisons que je m'intéresse à la fille de tout à l'heure.

D'accord, la guerre que nous menons n'est pas celle de sa classe. Mais n'oublie pas qu'au moment de la révolution russe il y avait aussi des intellectuels nantis dans les premiers rangs. Il faut nous ouvrir à ces milieux, sans perdre notre identité, sans nous dissoudre en eux. Tu imagines les moyens qu'ils pourraient nous apporter ? Même au complet, nous ne pouvons pas louer de local pour l'association. La fédération départementale du parti va bientôt être expulsée à cause des impayés de loyer.

La rencontre de Mehmet Iliç avec Ülkü avait eu lieu plus facilement qu'il ne l'aurait imaginé. Et quand plus tard il y repenserait, il comprendrait que, même si la première fois qu'ils s'étaient adressé directement la parole avait relevé de la pure coïncidence, c'était en réalité Ülkü qui avait créé l'occasion. Un jour où il était venu à la faculté avec une pile de revues *Ant* et *Sosyal Adalet*[1] sous le bras, il s'était télescopé avec la jeune fille qui descendait comme toujours l'escalier en courant, et toutes les revues s'étaient répandues par terre. Ülkü s'était platement excusée, en expliquant que dans sa hâte elle ne regardait pas devant elle, et elle l'avait aidé à rassembler les numéros épars.

— Maintenant que votre pile de revues s'est ouverte, je vais tout de suite vous en prendre un exemplaire de chaque, avait-elle lancé en fouillant dans son sac pour y chercher de l'argent, et cette fois, dans la panique, c'est elle qui avait fait tomber ses affaires. Livres, feuilles de notes, porte-monnaie, rouge à lèvres s'étaient éparpillés sur les marches.

— Ce n'est pas mon jour !

1. Les revues *Ant*, « Le Serment » (parue entre 1967 et 1971), et *Sosyal Adalet*, « Justice sociale ».

L'expression de culpabilité enfantine qui s'était peinte alors sur son visage tandis qu'elle prononçait ces mots avait touché Mehmet droit au cœur.

— Inutile de les payer, il suffit que vous les lisiez. Et si vous aimez, je vous y abonnerai.

Ce disant, Mehmet se rendit compte qu'il désirait vraiment qu'elle les lise et que ça lui plaise.

Le lendemain, Ülkü attendit que le groupe de Mehmet et ses amis sortent de cours. Lorsqu'ils se rencontrèrent à la porte de l'amphi, à l'entrée du couloir, elle lui dit :

— J'ai lu quasiment tous les articles des revues.

— Et tu as trouvé comment ? On se tutoie, n'est-ce pas ? Nous n'avons pas trop l'habitude du formalisme.

— Moi non plus. Ne te fie pas aux apparences. Qu'est-ce que vous croyez, toi et tes amis ? Que je suis une mièvre petite-bourgeoise, n'est-ce pas ?

Mehmet s'efforça de sourire et baissa les yeux. Il était un peu gêné, mais il n'avait nullement l'intention d'en rabattre.

— Ce n'est pas ce que tu es ?

— Même si je l'étais, il n'y aurait rien de honteux à cela, mais ce n'est pas le cas. Je suis une fille d'instituteurs. Et mon argent de poche, je le gagne en donnant des cours.

— Tu aimerais discuter des articles ? Ne va pas t'imaginer autre chose. Ne va pas croire que je te fais lire deux textes et que j'essaie tout de suite de te faire adhérer à quoi que ce soit. Enfin, si ces textes t'ont intéressée, je veux dire…

— Parlons-en, naturellement. Les problèmes de société m'ont toujours intéressée.

— Allons nous installer en face, au *Beyazsaray* si tu veux. Ah non, impossible. Ça grouille de fascistes maintenant. Ils pourraient faire du grabuge. Ils font de la provocation verbale. L'autre jour, ils ont même sorti des armes. Le mieux, c'est d'aller au *Çınaraltı*. Ce sont surtout les nôtres qui sont là-bas.

Ils sortirent et marchèrent en direction de Beyazıt.

— Regarde dans quel état est cette place, dit Mehmet. Criblée de trous, en charpie. Ce n'était pas comme ça avant. Il y avait une vaste esplanade. Ce sont les démocrates qui l'ont mise dans cet état, sous Menderes, avant le 27 mai, pour empêcher le peuple de s'y réunir.

— Oui, en effet. J'étais petite, mais je m'en souviens. Quand ma mère et moi venions à Mahmutpaşa pour acheter des chaussures chez le soldeur Karataş, nous sortions du Grand Bazar par la porte de Beyazıt et nous prenions le dolmuş ici. C'était vraiment une très grande et très belle place à l'époque. Mais ce que tu as dit ne m'était jamais venu à l'esprit.

— Tu es d'Istanbul ?

— On peut dire ça. Mon père est stambouliote. Comme mes parents sont instituteurs tous les deux, dans mon enfance, nous avons vécu dans plusieurs endroits en province et à la campagne. Mais à partir de mes dix ans, j'ai toujours habité à Istanbul. Et toi, tu es d'où ?

— Ma famille vient de l'Est, ils ont émigré d'Erzincan. J'avais un oncle qui faisait partie de ceux qui ont construit les premiers bidonvilles de Zeytinburnu dans les années 1940. Nous sommes venus le rejoindre dans les années 1950, je crois. Ensuite, nous avons aussi construit une maison et nous nous sommes installés dans ce coin. Je n'ai qu'un vague souvenir de ce premier bidonville.

Ülkü se dit qu'elle n'avait pas remarqué jusque-là le léger accent oriental qui affleurait à peine dans l'élocution du jeune homme.

Ils s'installèrent à une table sous les platanes. Cette année-là, le printemps tardait et l'air était frais. Malgré son manteau long, elle avait froid aux jambes sous sa minijupe.

— Brrr, il fait vraiment froid. Un thé fera du bien.

— Oui, il ne fait pas chaud. Ta jupe est un peu courte, c'est pour ça aussi que tu gèles.

La jeune fille sourit intérieurement. « Gauchiste et tout ce qu'on veut, mais dès qu'il est question d'honneur, son côté oriental se réveille. » Elle en eut soudain assez. Elle se demanda ce qu'elle faisait là, avec ce révolutionnaire aux airs de gros dur mal dégrossi. Peut-être avait-elle voulu lui montrer, et à ceux d'en bas, que la petite-bourgeoise gâtée et capricieuse qu'ils s'imaginaient qu'elle était ne les méprisait pas ; peut-être qu'elle avait eu de la curiosité pour ces jeunes gens qui distribuaient des tracts, qui manifestaient, qui allaient dans les usines organiser les ouvriers, qui débattaient sans arrêt, qui parlaient avec des phrases tirées de livres mal traduits de Marx et de Lénine. Mais à présent, alors qu'elle était assise dans le froid et buvait son thé en tremblant, elle s'ennuyait, voilà.

— Pourquoi as-tu choisi la sociologie ? demanda-t-elle, histoire de dire quelque chose.

— Je n'avais pas le choix. Il fallait que je mène de front mes études et mon travail à l'usine. Je travaillais de jour à ce moment-là. Dès que des cours du soir ont ouvert en sociologie, je m'y suis inscrit. Après, j'ai cessé de travailler et j'ai suivi les cours la journée. Mais je ne regrette pas. La sociologie, ce n'est pas mal quand on se destine à devenir révolutionnaire et à combattre pour le socialisme.

— La révolution, ce n'est pas un métier.

— Pas au sens où tu l'entends, mais pour moi, si. La lutte des classes aussi est un métier. Pense aux professionnels qui ont fait la révolution bolchevique.

— En dehors de ce que j'ai lu dans les journaux, je n'ai pas vraiment d'avis sur la question. Quant aux revues que tu m'as données, certains des textes que j'ai lus m'ont plu. Mais d'après ce que j'ai compris, il y a un impitoyable débat entre vous. Je n'ai pas trop saisi l'objet de vos divisions.

— Tu ne peux pas comprendre d'emblée. Le problème, c'est la différence de points de vue entre les vétérans et certains dirigeants du Parti qui revendiquent le pouvoir de décision. Peu importe. À mon avis, tu dois d'abord lire les textes didactiques, les principes fondamentaux du marxisme-léninisme et autres classiques. La classe ouvrière, les paysans, les prolétaires peuvent comprendre instinctivement beaucoup de choses sans lire les textes, ils peuvent participer à la lutte révolutionnaire comme un problème de classe, mais les petits-bourgeois ou les intellectuels sont obligés de se forger cette conscience. Parce qu'ils ont bien plus à perdre que leurs chaînes.

Il donnait l'impression de lire les chapitres d'un livre posé devant lui. Phrases et concepts appris par cœur… Ce qui suscitait l'intérêt d'Ülkü, c'était qu'il parlait de cela avec une conviction et un enthousiasme réels.

— Tu te considères comme quelqu'un de la classe ouvrière, Mehmet ? demanda-t-elle.

— Oui, bien sûr. Je suis un ouvrier de la deuxième génération. Mon père était fondeur, ma mère travaillait dans la confection ; elle est tombée malade et a dû arrêter de travailler. Ma sœur aussi travaille depuis l'âge de quatorze ans dans le textile. Si tu veux bien descendre chez nous, un jour, ma mère te fera du thé.

« C'est "condescendre", qu'il voulait dire », pensa-t-elle. Mais elle ne fit aucune remarque. Un poème qu'elle aimait beaucoup lui vint à l'esprit : « *Allez, montons, ma mère nous préparera du thé...* »

— Qu'est-ce que tu dis ? demanda Mehmet.

— Rien, rien du tout... Un vers m'est revenu en mémoire.

Les jours suivants, elle commença à fréquenter davantage l'étage du milieu, à suivre le groupe de Mehmet à Çınaraltı, à Yenikapı, au bord de la mer, à Kumkapı. Elle ne sortait plus en courant de la faculté dès la fin des cours. Quand elle ne rejoignait pas Arın, elle aimait participer aux discussions, aux débats des amis de Mehmet.

Une fois, Mehmet posa une question sur Arın.

— Il y avait un garçon avec qui tu sortais. Un gars brillant, dit-il.

— Oui, il fait son service militaire en ce moment.

— C'est ton fiancé ?

— Pas officiellement, mais quelque chose comme ça.

— Il est de la bourgeoisie ?

Ülkü se mit à rire.

— Tu poses des questions tellement bizarres ! Comme au sujet d'une espèce animale... Oui, c'est un fils de bourgeois. Et du genre *comprador*, comme vous dites. Son père est un grand commerçant d'import-export.

— Ne le prends pas mal, sœur. Je n'ai pas l'intention de me mêler de la vie de qui que ce soit. Mais comment dire, il m'a paru un peu étranger. En te connaissant un peu mieux, je me dis qu'il t'est étranger à toi aussi. Ne te fâche pas.

— Je ne me fâche pas. Mais arrête de m'appeler « sœur », par pitié. Ce mot de « sœur », ça me rend malade. On dirait que vous pensez « cette fille, je vais me la faire, mais je vais l'appeler "sœur" pour que personne ne s'imagine quoi que ce soit ».

En entendant « je vais me la faire », Mehmet rougit jusqu'aux oreilles. « Quelle fille malpolie ! »

— Tu vois, tu t'es fâchée. Bien, je ne te dirai plus « sœur », et je ne me mêlerai plus de tes affaires. Mais garde les paroles de ton frère Mehmet dans un coin de ton esprit.

***

Qu'avait dit Mehmet ? Quelque chose comme « on dirait qu'il t'est étranger à toi aussi »…

À Maçka, tandis que le vent soufflait tous azimuts et de plus en plus fort en dispersant les feuilles mortes, elle se rappela le vague sentiment de distance qu'elle éprouvait lorsque Arın et elle étaient le plus proches. Cette désagréable impression qu'elle voulait à tout prix oublier, qu'elle s'efforçait constamment d'ignorer et d'empêcher de remonter à sa conscience : ce sentiment qu'il lui était étranger…

C'est justement cela que cherchait à lui dire la femme de cette maison étrangère d'où elle s'était sauvée en courant, une maison aux pièces en enfilade avec des portes en acajou à double battant et de hauts plafonds sculptés, remplie de meubles anciens et d'antiquités, de toiles encadrées de dorures, de portraits du grand-père pacha arborant fez et décorations.

« La mère d'Arın et Mehmet ont raison tous les deux, pensa-t-elle. Il n'y a que nos corps qui se connaissent et soient amis. Au-delà de ça, je suis étrangère à l'homme que j'aime, nous sommes étrangers l'un à l'autre. »

Le ciel était couvert, le temps maussade. Üsküdar se déployait devant elle ; la tour de Léandre, le port, Topkapı, Sainte-Sophie et la masse somptueuse de Sultanahmet ; et plus loin, à l'horizon, la mer grise jouxtant un ciel liquide. Dans sa tête et sur ses lèvres, les vers qu'elle répétait peut-être pour la millième fois : « Chaque fois que je passais par Maçka, il y avait toujours des navires au port. »

Les troubles du côté de Gümüşsuyu-Dolmabahçe semblaient dissipés. La circulation avait repris. Les policiers emmenaient quelques personnes en les traînant. Allez savoir où ! On n'entendait plus ni marches ni chansons. Tout le monde s'en fichait de toute façon. Une femme élégante qui promenait son chien passa à côté d'elle. Un couple enlacé descendait l'escalier vers le parc de Taşlık. Les élèves du lycée de jeunes filles à proximité s'égaillaient en babillant.

« Je suis seule, pensa-t-elle. Seule et étrangère. Aussi étrangère à Arın qu'à Mehmet, aussi étrangère à l'immeuble de Teşvikiye qu'à la bicoque de bidonville de Zeytinburnu. »

À la colère et au désarroi qui l'avaient assaillie après les vérités que la mère d'Arın lui avait jetées à la figure s'ajoutait maintenant un curieux sentiment de culpabilité. « À quelques centaines de mètres d'ici, des jeunes gens qui revendiquent des choses justes se font embarquer manu militari, et moi, je reste là. À les regarder, aussi indifférente que la femme qui promène son chien. » Elle pensa à Mehmet, à Yusuf, à Meral… À tous ces jeunes qui s'activaient et couraient de l'association au parti, de l'imprimerie aux séances de distribution de tracts, du forum étudiant aux manifestations et aux meetings. Elle se rappela ce qu'avait dit Arın : « Ils feraient mieux de bosser leurs cours et de se dépêcher d'obtenir leur diplôme au lieu de jouer les vauriens. En plus, ils empêchent d'étudier ceux qui le veulent. Ce ne sont ni des socialistes ni quoi que ce soit d'autre, mais des anarchistes »… Le désagréable sentiment qui l'habitait ne fit que croître.

Le lendemain, lorsqu'elle croisa Mehmet à la faculté, elle s'en réjouit grandement.

— Ça me fait plaisir de te voir. Hier, pendant les actions à l'université technique, j'ai vu un jeune être embarqué par la police et j'ai cru que c'était toi.

— Hier, je n'étais pas du tout là-bas. On essayait d'entraîner la faculté de littérature à boycotter les cours. On n'y est pas arrivé, mais c'est un autre problème. Et toi, qu'est-ce que tu faisais dans le coin ?

— Je sortais de chez un élève à qui je donne des cours à Teşvikiye. J'ai vu ça de loin, en passant par Maçka.

« Tu aurais pu regarder de plus près », eut envie de dire Mehmet, mais il se tut.

— Ils les ont vraiment embarqués sans ménagement. Pas seulement les flics. Il y avait aussi des civils qui molestaient et poursuivaient les gens.

— Ce sont les jeunes taureaux de l'Association de lutte contre le communisme. Hier soir, ils ont tiré sur nos camarades à Çemberlitaş.

L'expression d'inquiétude et de tristesse qui se peignit sur le beau visage amical de la jeune fille ne lui échappa pas. « Cette fille est digne, elle est d'une grande probité. Au fond, elle est des nôtres. »

— Tu devrais un peu descendre par ici de Teşvikiye et de Nişantaşı, Ülkü, dit-il d'un ton amical.

— C'est où, par ici ?

— Tu sais bien. Ici, c'est-à-dire Zeytinburnu, Gültepe, Haliç, les bidonvilles, les usines, les champs, et même ce couloir, les foyers étudiants, l'association, le parti…

— Je ne peux pas passer toute ma vie à faire le pied de grue entre Teşvikiye et Zeytinburnu, n'est-ce pas ?

— Tu ne peux pas. Et tu ne peux pas rester neutre. Dans un combat qui oppose un jeune lutteur de vingt ans à une mamie de quatre-vingts ans, il ne peut pas y avoir d'arbitre impartial.

— Qu'est-ce que j'y peux ! Même si je prenais parti, qu'est-ce que ça changerait !

— Tu te rappelles l'histoire de la fourmi qui passa la première de l'autre côté du fossé ? La file de fourmis arrive au bord du précipice et elles commencent à tomber une par une dans le trou. Des millions, des milliards de fourmis y tombent si bien que le précipice se remplit, et un beau jour, une fourmi traverse le trou comblé par les autres et atteint l'autre bord, avec toutes les autres fourmis qui la suivent…

— C'est une belle mais triste histoire. À quoi cela sert-il de traverser au prix de la vie de milliards de fourmis ?

— C'est là toute la question. Si le but est de passer de l'autre côté, il faut que certaines fourmis se sacrifient pour qu'on puisse l'atteindre. Être révolutionnaire pose finalement la question de savoir si on est prêt à cela ou pas.

Ülkü se rappellerait souvent les années suivantes les paroles du jeune homme et l'image des fourmis.

— Ta mère me préparerait-elle du thé, Mehmet ? demanda-t-elle d'un ton affectueux.

— Bien sûr, ma sœur… euh… Ülkü. Elle en préparera, bien sûr. Avec des gâteaux au fromage et au pekmez aussi. Il suffit que tu viennes. Je te présenterai à notre fameux docteur Selim. Il est resté longtemps en prison dans les années 1950. C'était un ami de Nâzım Hikmet. Il travaille comme médecin du côté de Zeytinburnu. Il dit toujours qu'un socialiste se doit de vivre dans un quartier ouvrier. Il ne fait pas payer les pauvres et les ouvriers. Il faut que tu le rencontres. Si tu parles avec lui, tu tourneras le dos à Teşvikiye et tu passeras de notre côté.

La jeune fille rit de plaisir.

— Que ta mère me prépare du thé d'abord, et on verra.

« Elle viendra, pensa Mehmet. Il ne faut pas lui forcer la main. Elle a assez de dignité pour ne pas rester de l'autre côté. Une fois surmontées leurs réticences de petits-bourgeois, ces filles deviennent de ferventes révolutionnaires. »

***

« Où nous retrouvions-nous ?

« Avec Mehmet et consorts, dans le bidonville de Zeytinburnu et, quand nous étions argentés, au restaurant *Kör Agop* à Kumkapı ; à Yenikapı, dans un drôle de café constitué de deux ou trois malheureuses tables posées à même le sable, où l'on se mouillait les pieds dès que la mer devenait agitée, où l'on buvait du vin en cachette dans les verres à thé, et qui passait pour la énième fois *La Petite Tuberculeuse*, une chanson au style arabesque alors en plein essor ; chez *Refik* à Asmalımescit, dans les locaux de la fédération départementale à Aksaray, dans les manifestations étudiantes, dans les amphis où se prenaient les décisions de boycott… Avec Arın, dans le yalı de Yeniköy, dans l'appartement de Teşvikiye, dans la maison sur les îles, au *Markiz*, au *Divan*, au *Park Otel*. D'un côté ou de l'autre des deux Istanbul, des deux Turquie des années 1960. J'étais prise entre les deux, indécise, incapable de choisir. Dans l'un des plateaux de la balance, j'avais mis l'amour, dans l'autre… qu'avais-je mis dans l'autre ? Était-ce la conviction, la révolte, la quête d'identité, la conscience ou encore l'espoir ? Dans l'autre, j'avais mis quelque chose que je ne savais pas vraiment définir, mais de poids équivalent. Le fragile équilibre qui naissait entre les deux était annonciateur de la rupture à venir. »

Mehmet avait eu du mal à croire qu'Ülkü viendrait au bidonville de Zeytinburnu. Plus exactement, il y avait cru avec sa tête, mais pas avec son cœur. C'est la raison pour laquelle il n'en avait pas informé les jeunes de la section départementale. C'est davantage Ülkü que lui-même qu'il avait voulu protéger contre les remarques du genre « ta bourgeoise de sœur n'a pas apprécié la maison du pauvre » ou « elle a fait sa mijaurée ».

Ils devaient se retrouver à l'entrée de la faculté. Il était arrivé en avance. Il s'assit dans un coin des marches du perron et se mit à attendre. Le temps était froid et pluvieux. « Cette pluie va tourner à la neige. L'hiver sera rigoureux cette année. » Ce sont les mots qu'il entendait chaque début d'hiver depuis son enfance. Un hiver rigoureux signifiait des tas de soucis. Bûches, charbon, poêle qui fume, routes boueuses, chaussures qui prennent l'eau et s'abîment vite, les jours qui raccourcissent, la bataille pour réussir à monter dans les minibus et les autobus où les gens fatigués après le travail s'accrochent en grappes.

Il frissonna. Il releva le col de sa veste et rentra la tête dans les épaules pour essayer de se protéger du froid. « Impossible avec cette veste devenue une passoire. Il me faut un manteau neuf. »

Sans les activités du parti et de l'association, il aurait pu trouver un travail. « Peut-être que le mieux serait d'abandonner l'université et d'aller travailler dans une usine. Comme ça, je pourrais à la fois être parmi les ouvriers et gagner trois sous. »

En voyant Ülkü arriver dans son épais manteau marron à capuche et marcher rapidement vers la porte d'entrée, il se réjouit et se réchauffa d'un seul coup.

— Salut, dit Mehmet. Heureusement, tu es venue tôt. Il fait très froid, je grelottais sur les marches.

— Tu n'es pas assez couvert. Avec une veste aussi légère, tu dois geler, c'est sûr.

— J'ai un gros pull en dessous… – il marqua une pause. Et sans savoir pourquoi, il éprouva le besoin de dire un mensonge : J'ai laissé mon manteau à la maison. Je le mettrai demain.

— On va comment là-bas, chez vous ?

Il y avait pensé à l'avance et avait pris assez d'argent de poche pour leur payer le trajet à tous deux.

— On ira en bus jusqu'à Aksaray, et là-bas nous prendrons un minibus jusqu'à Zeytinburnu. Et après, nous marcherons un peu. Tu as bien fait de mettre des bottes. Il a plu et nos routes sont un peu boueuses.

Les routes étaient vraiment boueuses en effet. Même aux endroits où elles étaient goudronnées, il y avait de profondes cavités. Ils descendirent du minibus et prirent par les petites rues. Ils marchèrent entre les immeubles misérables de trois ou quatre étages pour la plupart, entre les bicoques résiduelles de bidonville. La maison de Mehmet et de sa famille était proche de la voie ferrée. L'idée de prendre le train au retour lui traversa l'esprit. Au moins, je n'aurais pas à traverser cette gadoue une fois la nuit tombée.

On entrait dans la maison par une cour pavée. Les fenêtres étaient basses et protégées des intrusions par d'affreuses grilles métalliques. En quittant ses chaussures devant la porte, Mehmet regarda Ülkü à la dérobée pour voir si elle enlevait ses bottes ou pas.

Il fut content en voyant qu'elle aussi s'employait à les retirer. Sa mère n'aimait pas qu'on entre avec ses chaussures, elle se fâchait.

La porte était pourvue non pas d'une sonnette, mais d'un ancien marteau en laiton. Alors qu'il en frappait légèrement la porte, il appela sa mère :

— Tu as fait infuser le thé, maman ? Ülkü est venue le boire et manger des gâteaux.

Il s'efforçait de rendre sa voix naturelle, mais sans succès. Il se demanda pour quelle raison il se troublait ainsi, pourquoi son cœur se serrait. Il commençait à regretter d'avoir invité Ülkü à venir chez lui. « Elle ne va pas aimer la maison. Elle va mépriser ma mère, les pâtisseries. Dans les couloirs de la faculté, nous nous drapions dans la posture du révolutionnaire. Mais ici, qu'est-ce qu'on va faire ? »

En voyant la jeune fille embrasser sa mère sur la joue, il se rasséréna. « Je ne lui ai pas dit qu'on allait dans un palais. Mais dans les bas-fonds d'un bidonville. Elle qui se demandait à quoi ressemble la bicoque d'une famille d'ouvriers à Zeytinburnu, eh bien, voilà. »

Remarquant que sa chaussette était trouée au niveau du gros orteil, il eut honte de nouveau. « Ce n'est pas dû à la pauvreté ou à la condition ouvrière, ça ! Ce n'est rien d'autre que du laisser-aller. Or, l'un des impératifs d'un socialiste révolutionnaire est d'être d'une propreté irréprochable, le docteur nous l'a assez répété. C'est comme un des cinq piliers de l'islam. Lui-même est toujours impeccable. Pas seulement propre, mais aussi classe qu'un nanti ou un directeur de banque. »

Il décida qu'il irait voir le docteur avec Ülkü. « Ce n'est pas pour manger des pâtisseries que je l'ai emmenée ici en plein hiver, mais pour qu'elle se rapproche du mouvement, qu'elle en devienne du moins sympathisante. »

Il se mit à observer la jeune fille assise au bord du grand coussin de sol couvert d'une couverture artisanale de Siirt. Pour la première fois, il prit conscience qu'elle était belle et charmante. « À l'université, elle se fondait dans la masse des jolies fleurs, mais ici elle resplendit. »

En présentant à Ülkü ses frères et sœurs qui déboulaient un par un dans la pièce, il fut de nouveau envahi par un sentiment de malaise.

— Ma sœur Emine, je t'ai dit qu'elle travaille dans la confection, elle rentre tard du boulot. Ça, c'est Serkan, notre cadet. Ce jeune homme, c'est Ali. Méfie-toi, Ali est encore plus révolutionnaire que moi. Il n'aime pas notre parti. Si un jour il prenait le maquis, ça ne m'étonnerait pas. Elles sont terribles les montagnes là-bas, chez nous. Idéales pour la guérilla…

— C'est où là-bas, chez vous ? À l'Est, j'imagine.

— Au nord-ouest de Tunceli. Entre Eğin et Kemah. Cela fait longtemps que nous en sommes partis. Je devais avoir deux ou trois ans. Quand je suis allé à Tunceli pour les besoins du parti, je suis repassé dans notre village. C'est la première fois que je le voyais. Un coin paumé, à flanc de montagne, juste à côté d'une rivière écumante. Mais d'une beauté…

Les enfants s'approchèrent timidement et baisèrent la main d'Ülkü. Prenant pour compliment ce qu'avait dit son frère à son sujet, Ali souriait, tout content.

La mère avait entendu une partie de la discussion. Alors qu'elle entrait les mains chargées d'un plateau à thé, elle déclara :

— Ils sont tous rouge sang, mademoiselle. Je ne sais pas d'où ils sortent comme ça. J'ai été ouvrière pendant des années et je n'ai jamais été engagée, même dans les syndicats. Mon mari si, il s'est syndiqué. Il a été obligé. C'est l'État qui l'y a contraint. Voilà des années qu'il s'est embarqué là-dedans. Pour quel avantage, je ne sais pas.

— Maman, toi aussi tu as voté pour notre parti aux dernières élections, l'as-tu oublié ? L'ouvrier doit savoir qu'il est ouvrier et ne pas engraisser les partis des patrons.

— Bien, bien, mais on ne vous portera jamais au pouvoir dans ce pays. L'ordre des choses continuera comme ça.

— Non, maman, les choses vont changer. Nous les ferons changer. Mais il faut que les ouvriers, que les paysans se réveillent, qu'ils prennent conscience de leurs propres forces.

— Toi aussi tu es des leurs, mademoiselle ?

Tout en servant le thé et en distribuant les pâtisseries, elle taquinait son fils.

Ülkü ne sut que répondre.

— Pas encore, mais bientôt, dit Mehmet en riant.

Il rajouta quelques bûches dans le poêle à l'angle de la pièce.

Depuis longtemps libérée de la nervosité des premiers instants, Ülkü avait pris ses aises sur le coussin de sol et mangeait les pâtisseries avec appétit.

« Il y a quelque chose chez cette fille. Elle est du même bois que nous. »

Il ne savait pas si ses pensées étaient justes, mais il désirait qu'elles le soient.

— Maintenant que tu es venue jusque-là, allons voir notre fameux docteur, si tu veux. Je lui ai parlé de toi. Tu sais ce qu'il a dit ? Je te le répète à condition que tu ne te fâches pas : « Les meilleurs socialistes, ce sont les bourgeois qui renient leur classe. »

— En quels termes lui as-tu parlé de moi ! En quoi suis-je une bourgeoise ? Je te l'ai déjà dit, je suis une fille d'instituteurs. Une « petite-bourgeoise », à vous croire.

Chaque fois qu'il penserait à Ülkü les années suivantes, Mehmet Iliç se rappellerait comment elle était ce jour-là dans le cabinet du docteur.

Comme s'ils se connaissaient depuis des années, le docteur et la jeune fille n'avaient eu aucun mal à accrocher. Ils avaient discuté de livres français, de littérature, de l'enseignement universitaire, et tandis qu'il les écoutait, assis tout seul dans son coin, Mehmet s'était senti quelque peu exclu de la conversation.

— Georges Politzer est trop simple pour vous, à mon avis. Le marxisme n'est pas une pensée aussi superficielle, aussi mécanique, avait dit le docteur.

— Mais nous utilisons bien Politzer, nous, dans l'instruction qu'on donne à l'association et au département, était intervenu Mehmet.

— Ne va pas fâcher les chefs, mon enfant, mais c'est justement à cause de cela que ça ne fonctionne pas. Si les choses étaient aussi simples, il y a belle lurette que la révolution mondiale se serait réalisée.

Il avait donné deux livres en français à Ülkü.

— Tenez, Ülkü, lisez cela si vous voulez. C'est un grand avantage que ce soit votre langue étrangère. La traduction des sources fondamentales en turc est tellement aléatoire. Les jeunes apprennent par cœur tout ce qui leur passe entre les mains, la plupart du temps sans comprendre. Je voudrais dire juste une chose : le marxisme n'est pas un jargon, un moule figé. La dialectique, c'est la modalité même du développement, du changement, de la vie. Enfin, vous déciderez vous-même au fil de vos lectures. Si vous souhaitez apprendre, naturellement.

— C'est un puits de science, avait dit Ülkü lorsqu'ils étaient sortis du cabinet du docteur. Il vit ici, dans ce quartier, c'est bizarre ! – remarquant la pointe de dédain et d'irrespect qui affleurait dans ses paroles, honteuse, elle avait aussitôt ajouté : N'interprète pas mal mes propos. Ce que je veux dire, c'est que s'il avait ouvert un cabinet ailleurs ou, que sais-je, s'il avait écrit des bouquins, il aurait pu obtenir argent, notoriété, tout… Mais c'est cela qu'il a choisi.

En apprenant que, après cette première rencontre, Ülkü avait revu plusieurs fois le docteur sans passer par son intermédiaire ni l'en informer, Mehmet l'avait d'abord très mal pris, puis il avait eu honte de son sentimentalisme. « Elle n'est pas ma propriété et le docteur est le mieux placé pour faire mordre des filles comme elle au mouvement. Ils parlent la même langue. Les intellectuels sont nécessaires au parti. Il faut les gagner. »

Ce qu'il avait du mal à s'avouer, c'était l'étrange sentiment qu'il cachait dans un recoin très, très secret de son cœur : une attirance mêlée de curiosité et de désir pour une beauté considérée comme inaccessible ; une secrète admiration qui ne trouverait jamais en lui la témérité de se transformer en amour…

Mehmet Iliç avait vingt-deux ans. Hormis les jeunettes serrées dans les arrière-cours des maisons ou dans les poulaillers pour essayer de les embrasser et de les tripoter dans ses années d'adolescence, il n'avait jamais eu d'amoureuse. Il pensait que les révolutionnaires devaient être sérieux question filles. « Un homme doit surveiller sa main, ses reins et sa langue », disait son père. Les héros des romans révolutionnaires qu'il lisait faisaient l'amour librement, mais, dans le parti, il avait remarqué que ce n'était pas vu d'un très bon œil. « Les gens ont le droit, mais trop s'adonner à la chose les ramollit, les disperse et se répercute négativement sur leur travail. » Il caressait le rêve de se marier avec une révolutionnaire le moment venu. Avec quelqu'un d'impliqué dans le combat, issu de sa classe…

***

« Où nous retrouvions-nous ? Où nous sommes-nous retrouvés avec Arın la dernière fois ? »

C'était sur le pont d'un vapeur du Bosphore. La petite pluie fine qui tombait lentement s'était arrêtée. Le soleil qui s'apprêtait à se coucher derrière l'entrelacs de minarets et de dômes de Sainte-Sophie et de Sultanahmet empourprait l'horizon.

Ils se taisaient : parce qu'ils avaient peur de parler, parce qu'ils savaient que parler les replongerait dans la réalité… alors ils se taisaient. Le silence n'avait rien de bon, il était insupportable, c'était une fuite désespérée. Cette chose qui leur faisait peur, qu'il leur fallait juguler à tout prix, ce désir qui se ferait irrépressible une fois exprimé… tous deux le sentaient, et tous deux se taisaient.

— Le soleil était rouge au coucher. Le ciel sera dégagé demain, avait-il dit pour rompre le silence en parlant de la pluie et du beau temps.

— Oui, demain il fera beau.

Était-ce la douce beauté d'un soir d'avril sur Istanbul, étaient-ce les sanctuaires millénaires frappant de dérision tout ce qui est temporel et le mot « fin », était-ce la force irrépressible de la passion ? Tout à la fois, peut-être ; peut-être aussi l'espoir de réussir à mettre cet inéluctable point final.

— Ne pars pas, passons la nuit ensemble.

Elle n'en revient pas. Elle est stupéfaite. Elle n'arrive pas à croire qu'Arın ait pu prononcer ces mots.

La même impression que lorsque vous émergez en nage d'un cauchemar, vous avez du mal à croire que tout ce que vous avez vu n'était qu'un rêve et que tout va bien en réalité. Ou quelque chose dans ce style.

Elle le regarde avec des yeux interrogateurs. « Allons-nous encore jouer les prolongations ? »

Le vapeur accoste près du pont de Galata, côté Eminönü.

— Dépêchons-nous, dit Arın.

Il l'entraîne en lui tenant la main. Ils arrivent en courant à l'embarcadère pour les îles. Ils sautent sans même prendre de billet dans un vapeur. Elle ne demande pas où ils vont. Elle sait qu'ils vont rester ensemble, s'enlacer, s'aimer ; et que ce sera sans doute la dernière fois.

Ils mettent pied à terre alors que l'obscurité tombe sur Büyükada. Les passagers ne sont guère nombreux, les estivants ne sont pas encore arrivés, peu de gens descendent du bateau. Ils dépassent l'embarcadère et marchent main dans la main. Les odeurs de jacinthe et de mimosa se mêlent aux effluves de fumier et de foin moisi. Elle a besoin d'alcool, mais elle ne le dit pas et garde le silence. Accompagnés par le lodos qui commence doucement à souffler, ils gravissent une côte pavée. Les odeurs de mimosa deviennent plus prégnantes, plus proches.

Ils pénètrent dans l'enceinte d'une ancienne demeure par le jardin. La porte d'entrée est flanquée de colonnes et d'un escalier en marbre comme dans les maisons grecques et le heurtoir en laiton représente une tête de lion. Arın frappe. Ils attendent. Un aboiement amical leur parvient du côté du jardin. Un chien au poil blanc moucheté de noir arrive en courant et, se dressant sur ses pattes arrière, s'appuie joyeusement contre Arın. Ensuite, un vieil homme ayant tout l'air de s'être habillé à la hâte – le gardien de la maison – ouvre la porte. Ses traits expriment tout d'abord la surprise puis un bonheur qui n'a rien de feint.

— C'est vraiment mon jour de chance aujourd'hui, mon petit monsieur ! Quel bon vent vous amène ? Entrez vite, le lodos s'est levé. S'il vous plaît, mademoiselle.

Il s'empresse de leur ouvrir le chemin.

— Vous n'êtes jamais passé depuis la mort de votre oncle. Je sais, votre mère n'aimait pas beaucoup Büyükada. Elle y venait parce que Monsieur la forçait. Ah, je n'ai pas oublié quand vous étiez petit, comme vous courriez de tous côtés par ici.

— Tu as raison, cela fait longtemps que je ne suis pas venu, Salih Efendi. Tu sais, je n'étais pas en Turquie de toute façon. Ce matin, en parlant avec ma mère, nous nous sommes rappelés cette maison et du coup j'ai emmené mon amie. Allez, fais-nous vite un bon feu. Les nuits sont fraîches.

Ülkü a l'impression que le vieux gardien l'observe d'un air qui semble dire : « Il y en a eu d'autres qui sont venues là avant toi, voyons un peu à quoi tu ressembles. » Elle se force à sourire.

— La demoiselle est bien jolie, mes compliments. Je vais tout de suite chercher du bois. Vous avez de la chance, ma femme avait dû le sentir, elle a fait des puf böreği[1]. Vous adoriez ça quand vous étiez petit.

Arın murmure en essayant de ne pas se faire entendre du vieil homme : « Je ne me souviens pas avoir mangé de puf böreği ici. »

Comme tout respire le bonheur, comme tout semble naturel. La scène de film où le jeune homme de bonne famille arrive avec sa fiancée, son amoureuse ou son

1. Sorte de beignet fourré au fromage.

épouse, dans la demeure qu'il n'avait pas fréquentée depuis longtemps…

Ils passent dans la pièce d'hiver où se trouve la cheminée.

— Rien n'a changé, dit Arın. Voilà presque quatre ans que je ne suis pas venu. Tout est resté comme du temps de mon oncle. Même Salih Efendi.

Le chien, qui avait profité de l'occasion pour entrer dans la maison, s'agite et lui fait fête. Arın sort une bouteille de l'élégant buffet anglais dans le coin de la pièce.

— Mon oncle était un amateur de spiritueux, de bon vin surtout. Il n'aimait pas beaucoup le raki. Il n'avait guère d'affinités avec la culture de la taverne. Il se fâchait contre mon père parce qu'il en buvait. Goûtons voir ce vieux vin français ! S'il n'a pas viré au vinaigre, nous le boirons.

— Tu ne m'avais jamais parlé de cette maison de Büyükada.

À peine a-t-elle prononcé ces mots qu'elle les regrette. Elle a le même sentiment que si elle avait demandé des comptes sur des propriétés. Elle rougit et se tait.

— Je ne sais pas. Sûrement parce que c'est un endroit où je ne viens pas souvent. Quand j'étais petit, mon oncle passait ses étés ici. Nous venions aussi, nous logions au *Club Anatolie*. Il y avait de la place pour tout le monde dans la maison, mais ma mère préférait le *Club*, elle disait que l'ambiance était différente. L'île était très belle à cette époque.

De retour avec des börek et des assiettes dans les mains, Salih Efendi installe sur la petite table le couvert pour deux personnes.

— Ah, mon petit monsieur, Büyükada n'est plus ce qu'elle était, déplore-t-il. Le *Club* n'est plus comme autrefois, les Grecs délaissent l'endroit un à un. Les belles tavernes grecques ont cédé la place à des marchands de lahmacun. Même les passagers des vapeurs ont changé. Les jardins sont laissés à l'abandon. Demain, tu regarderas les environs à la lumière du jour. Où sont les roses pompon qui embaumaient tant, les arbres à soie, les jacinthes d'antan ? Ils arrachent même les mimosas pour dégager des terrains à bâtir. Un jour, tu te diras : « Tiens, Salih Efendi l'avait prédit », tu verras qu'il ne restera pas une seule maison, il n'y aura que des immeubles. Regarde un peu les cochers. Où sont les gentilshommes d'autrefois ! Les types d'aujourd'hui sont tous des maraudeurs, des types aux origines douteuses. Je vous assomme, chère demoiselle, mais si vous aviez vu Büyükada il y a vingt ans. Il y a dix ans même, ça allait encore. Si vous me demandez…

— Tu en as déjà tellement raconté sans qu'on te prie, alors si nous te demandions, on serait cuits… dit Arın en riant.

— Je vous ai cassé la tête, mon petit monsieur, pardonnez-moi. Mais lorsqu'on se rappelle le bon vieux temps, ça fait mal au cœur. Allez, je vous laisse. Vous n'avez qu'à sonner en cas de besoin. Les chambres du haut sont prêtes. Nous les gardons toujours ainsi à disposition. À nouveau, si jamais il vous manquait quelque chose…

— Merci, je vous appellerai si j'ai besoin de quoi que ce soit.

Le vin est vraiment bon, les börek aussi. Les bûches crépitent dans la cheminée. Détendu, le chien dort en face du feu. Au tremblement intermittent de ses oreilles, on comprend qu'il rêve.

— Il faut aussi une musique de fond, dit le jeune homme. Il doit y avoir un vieux gramophone Dual dans le coin. Mon oncle avait de bons disques. C'était un amateur. Moi aussi, j'en ai quelques-uns ici.

« Oui, il nous faut une musique de fond pour compléter le décor. Une musique qui éclate subitement comme dans les films de Yeşilçam, quand l'homme met un disque et que la musique s'impose et prend le dessus. »

— Ah, regarde. Il y a du Jacques Brel. Tu aimes. Qui a apporté ça ?

« Pas besoin de musique », allait-elle crier, mais la voix de Brel emplit déjà la pièce : « Ne me quitte pas… Ne me quitte pas… On a vu souvent rejaillir le feu de l'ancien volcan qu'on croyait trop vieux… Ne me quitte pas. »

L'espace d'un instant, elle pense qu'il l'a fait exprès, pour la faire souffrir. « Mais non, il n'a jamais été félon. Il sait que j'aime Brel, il veut me faire plaisir, voilà tout. »

Elle s'approche du jeune homme resté près du gramophone, pose les bras sur ses épaules, et ils se mettent à danser sur la voix triste de Brel.

« Qui suppliait qui, lequel de nous implorait “ne me quitte pas” ? Nous deux ensemble peut-être, qui sait ? »

Le lendemain, à son réveil, elle voit les mimosas qui entourent les arbres tel un voile de tulle. Par la fenêtre de la chambre dans laquelle ils ont dormi, on aperçoit la mer écumante à travers les mimosas en fleur. Ils s'étaient couchés côte à côte, le lourd édredon qui les couvrait avait glissé. Nus, jeunes et beaux. « Plus nous faisions l'amour, plus nous embellissions. »

Arın n'est pas encore éveillé. Elle se lève et s'habille rapidement. S'efforçant de ne pas faire grincer les marches du vieil escalier en bois, elle descend dans le jardin. Le fidèle gardien a fait un bouquet de mimosas.

— Ce lodos apporte la pluie, les mimosas perdent toute leur vigueur dès qu'ils prennent une ondée.

Emportez-les, ils se conservent pendant des jours dans un vase.

Le vent souffle et fait trembler les branches ; les odeurs de jacinthe et de mimosa embaument alentour.

« Avec mes mimosas plein les bras sur le seuil d'une ancienne demeure grecque, je ressemblais à une vieille photo jaunie. J'étais morte, j'étais un rêve, une apparence. »

— Et si nous réveillions le jeune monsieur ? Cela n'a rien à voir avec lui, je sais, mais depuis qu'ils ont emmené mon maître à Yassiada après la révolution du 27 mai, dès que j'entends parler de loi martiale, ça me donne des boutons. Ce qui est arrivé à mon maître, c'est là-bas que cela s'est passé. Il ne s'en est jamais remis, il a été emporté encore jeune par une crise cardiaque.

Un frisson lui parcourt le corps.

— La loi martiale ?

Quel rapport y a-t-il entre les mimosas, Arın, le lodos, ce calme matin sur Büyükada et la loi martiale ?

— Je viens d'écouter la radio. La loi martiale a été déclarée. C'est qu'ils ont dépassé les bornes ces derniers temps. Plus personne ne faisait son boulot, ni les ouvriers ni les étudiants. Les communistes mènent le bal. Évidemment, il y en a qui sont là pour dire stop. N'empêche que je n'aime pas ça. Ils avaient investi la maison avant l'aube et emmené mon maître, l'oncle du jeune monsieur. Il y a exactement onze ans.

Elle laisse tomber les mimosas qu'elle a dans les bras.

— Ne réveille pas le jeune monsieur, Salih Efendi. Le passé est passé. Quel rapport y a-t-il entre lui et la loi martiale ! Mais j'ai beaucoup tardé, dis-moi à quelle heure est le premier bateau.

— Il y en a un à 9 h 30. Vous l'attraperez à temps. Mais j'ai peur que le jeune monsieur se fâche ensuite contre moi.

— Ne t'inquiète pas, il sait où me trouver. De toute façon, je l'appellerai très vite.

Elle entre dans la pièce avec la cheminée et prend son sac sur le fauteuil où elle était assise la veille au soir. Le feu s'est éteint, le fond de vin dans les verres posés sur la petite table s'est asséché, le chien a grignoté les börek.

Alors qu'elle enfile son manteau devant le miroir de l'entrée en marbre, le vieux gardien marmonne, encore hésitant :

— Qu'est-ce que je réponds au jeune monsieur s'il me demande où vous êtes passée ?

— Tu diras que j'étais en retard au travail et que je suis partie en toute hâte. Merci pour les mimosas.

Elle presse contre sa poitrine les fleurs restées telle une nature morte sur les marches en marbre et elle part en courant pour attraper le vapeur de 9 h 30.

***

Arın fut éveillé par les petits bruits provenant du rez-de-chaussée. Il entendit le « merci pour les mimosas » d'Ülkü. « Elle se promène à présent dans le jardin en caressant les arbres et les fleurs ; et pour mieux sentir leurs parfums, éprouver leur fraîcheur, elle ne se contente pas de les toucher, elle les mordille aussi », pensa-t-il. Un jour de printemps, dans la baie de Bebek, il avait été stupéfié en voyant son amoureuse mordre avec plaisir dans les pétales des violettes qu'elle avait trouvées au milieu des buissons.

— Je ne broute pas, avait dit Ülkü. Elles sont tellement belles que j'en perds la boussole. J'ai envie de les prendre en moi, de m'y incorporer. C'est pareil avec les arbres de Judée… C'est cela d'ailleurs, le cannibalisme. En faisant de l'étranger une partie de lui-même, en se l'appropriant, le cannibale cherche à se libérer de sa peur. Moi aussi je m'incorpore à ce que j'aime.

— Moi aussi ?

— Oui, toi aussi bien sûr. Et au sens propre du terme.

Ensuite, elle avait raconté que dans son enfance, dans un des villages où ses parents avaient été nommés instituteurs, les champs de blé s'étendaient à perte de vue devant leur maison et que, au printemps, ils ondulaient comme un océan de verdure sous la brise qui soufflait constamment.

— Ces champs ondoyants étaient tellement beaux que j'avais envie de me fondre dans les épis de blé, de me couler dans cette houle. Je pleurais à gros sanglots d'émotion et de désarroi. Un jour, j'ai couru vers les champs. J'étais petite, j'ai disparu parmi les épis de blé. Tout à coup, je me suis mise à manger les tendres tiges de blé. J'avais beau en manger, je n'étais pas rassasiée. Des heures plus tard, ma mère m'a trouvée là. Ensuite, j'ai été malade évidemment, j'ai eu mal au ventre des jours durant.

Il se retourna dans son lit. Il avait froid, tout son corps frissonnait. Il se rendit compte qu'il était nu. Il se rappela la nuit : « Cette fille fait l'amour de la même façon qu'elle se jette dans les champs de blé ondulant sous le vent, de la même façon qu'elle mâche les violettes et qu'elle mange les fleurs des arbres de Judée ; elle essaie de s'approprier ce qu'elle aime, comme un cannibale. »

Le plaisir, la satisfaction, la chaleur de cette nuit d'amour se propagea en lui. Puis, tout à coup, il éprouva un malaise : la peur d'être attrapé par un cannibale, d'être ingéré, anéanti, la peur de la fusion…

Une porte se referma en bas. Il se leva et s'habilla, mais il eut quand même froid. « Il fait frisquet le matin. Ils auraient pu allumer un feu dans la cheminée. »

La barrette à cheveux d'Ülkü était tombée par terre, il se baissa pour la ramasser. Elle torsadait son épaisse chevelure par-derrière et la retenait ensuite au sommet du crâne avec cette barrette. Lorsqu'ils faisaient l'amour, c'est d'abord par les cheveux qu'elle commençait à se déshabiller. Elle retirait la barrette en corne jaune qu'elle n'avait jamais changée ni perdue depuis des années ; libérés de leur lien, ses cheveux châtain foncé se répandaient comme des herbes fraîches. Sa barrette était son porte-bonheur, son talisman ; la clef de sa sexualité jaillissante, le vêtement qui couvrait sa nudité.

Il se rappela ce que sa mère disait en relevant légèrement le coin gauche de ses lèvres fines : « Cette fille est bien, elle est charmante, mais elle devrait soigner un peu sa mise. Elle a étudié dans de bonnes écoles, fréquenté de bons milieux. Mais voilà… les bonnes manières, ça ne s'apprend pas. On les possède dès le départ, ou pas. » Ülkü ne lui plaisait pas du tout et elle n'éprouvait même pas le besoin de s'en cacher. Un jour, alors qu'elle parlait avec une amie qui cherchait un professeur particulier pour son enfant, il l'avait entendue dire : « Ma chère, je peux te recommander la fille qui vient chez nous. À dire vrai, elle fait bien son travail, mais elle a une façon de s'attifer qui me dérange. Comment dire… Elle fait trop "populo" à mon goût. Mais qu'est-ce que ça peut faire, ce n'est pas une bru que tu cherches ! » Des propos auxquels Arın avait réagi : « Tu n'as pas honte, maman ? »

Lorsque, même tardivement, sa mère avait appris qu'Ülkü se trouvait aussi à Paris, elle n'avait pas perdu de temps. Elle avait téléphoné à son fils : « J'ai une surprise pour toi. J'arrive par avion demain. Viens me chercher à 18 h 30 à l'aéroport », avait-elle dit sans donner davantage de détails.

— Ma mère a téléphoné, elle arrive demain à Paris, avait-il déclaré d'un ton embarrassé.

— Je dois donc prendre mes cliques et mes claques, avait répondu Ülkü.

Il se rappela la tristesse qui pointait dans la voix de la jeune femme, ainsi qu'une résignation qui ne lui ressemblait guère.

— Ta mère a découvert que nous étions ensemble. Je parie que ce qui motive sa visite, c'est l'envie de te prendre sur le fait et de te tirer les oreilles.

— Pas du tout. Tu t'es toujours fait de fausses idées sur ma mère. Elle aime Paris en hiver. Elle a des tas d'amis ici. Et à cette époque, il y a beaucoup de défilés.

— Tu rêves, chéri. Inutile de nous bercer d'illusions. Inutile par ailleurs de te justifier parce que ta mère ne m'aime pas. C'est avec toi que je couche au final, pas avec ta mère.

Il y avait dans sa voix une colère et un reproche qu'il n'avait jamais sentis auparavant.

— Ne parle pas ainsi, je t'en prie. Ma mère a des valeurs différentes. Parfois, j'ai l'impression qu'elle a même un peu de mépris pour mon père. Nous en avons déjà parlé ; elle est d'une lignée qui remonte au Palais ottoman et, encore avant, à l'aristocratie balkanique. Ce sont peut-être des valeurs vieillottes, mais c'est ainsi qu'elle a été éduquée. Du côté de mon père, ils descendent de la famille des Tüccarzade. Au moment de la promulgation de la loi sur les noms de famille après la fondation de la République, des titres comme zâde, bey ou paşa avaient été interdits, et le patronyme Murat ne posant aucune difficulté, il avait aussitôt été adopté. Ma mère a longtemps insisté pour écrire notre nom de famille avec un *d*, et non un *t*... En mémoire de son attachement au Palais et à la tradition. Elle est comme ça, tu dois le comprendre.

— Garde ces intéressantes informations pour ta thèse de doctorat, chéri. Cela ne me concerne en rien et je trouve cela stupide. Et pour être tout à fait franche, sache que ta mère m'avait mise en garde il y a quelques années. Tu faisais ton service militaire à ce moment-là, je donnais des cours à ton frère. Elle m'avait demandé de te laisser tranquille. Je me rappelle toujours sa phrase : « Le mariage que l'on contracte est très important pour la carrière d'un jeune promis à un brillant avenir. » Je lui avais répondu qu'il n'était pas question de cela entre nous, et que ce n'était pas à moi, mais à toi qu'elle devait en parler. Je ne sais pas si elle t'avait rapporté cette conversation. Mais elle avait dû le faire vu qu'après ce jour-là tu ne m'as jamais demandé pourquoi je ne venais plus donner de cours et ne passais plus chez vous. Ignorer le sujet nous a tous arrangés.

Elle avait rassemblé quelques affaires et ses livres de cours.

— Je déménage chez Françoise, dans sa chambre au foyer étudiant, avait-elle dit. De toute façon, nous devions travailler nos cours ensemble.

Le lendemain, il avait eu toutes les peines du monde à arriver à l'heure à l'aéroport. Il vit sa mère alors qu'elle sortait du contrôle des passeports. Elle était belle et élégante. Avec sa valise chic et valant son prix, son tailleur Chanel et son trench-coat Burberry sur le bras, elle n'avait rien à envier aux femmes distinguées du XVIe arrondissement, elle avait tout d'une élégante Parisienne faisant son shopping dans les boutiques des Champs-Élysées. Il éprouva un agréable sentiment. La discussion de la veille lui revint à l'esprit. S'il y avait une seule chose de vraie dans les thèses marxistes dont Ülkü était passablement adepte, c'était sûrement le concept de classe sociale et de lutte des classes, pensa-t-il. Avec le secret plaisir d'appartenir à l'élite, il serra affectueusement sa mère dans ses bras.

À leur arrivée au studio rue des Écoles, le concierge d'origine algérienne et qui s'y connaissait en relations humaines bondit pour porter les valises et grappiller un pourboire.

— C'est votre sœur ou votre mère ? Madame, de toutes les femmes qui sont venues rendre visite à M. Murat jusqu'à ce jour, vous êtes la plus belle, dit-il en prononçant Murat à la française.

— Ah, vous les Français… Vous savez tourner les compliments. Ce qui veut dire que mon fils n'est pas très chanceux question femmes. Vu que je suis la plus belle…

Le gardien fit un clin d'œil complice à Arın.

— Votre fils mène une vie d'étudiant très ordinaire, madame.

Comme il était parti à toute vitesse, il n'avait pas eu le temps de bien ranger la maison. La barrette d'Ülkü était restée sur la table. L'espace d'un instant, il se dit « elle l'a fait exprès, c'est sciemment qu'elle l'a oubliée », puis il eut honte de ses suspicions. Tandis que sa mère se laissait tomber dans le vieux fauteuil près de la table en disant qu'elle était fatiguée, son regard se posa sur la barrette et, la saisissant entre deux doigts comme s'il s'agissait d'un objet dégoûtant, elle la leva en l'air vers la lumière.

— Tiens, voilà un objet qui nous est familier ! dit-elle. Ce qui veut dire que même Paris ne vaut rien à certains. Je pense qu'il serait bien que nous discutions dès maintenant de ce sujet désagréable et que nous y mettions un terme. En réalité, c'est à cause de ça que je suis venue. J'ai appris que vous étiez ensemble, Ülkü et toi. Je lui avais déjà demandé de s'éloigner de toi. Ensuite, on ne l'a plus vue dans les parages. J'ai cru que cette affaire était terminée – elle eut un petit rire affecté : J'ai en main la preuve du délit. Elle a raison naturellement. Pourquoi renoncerait-elle à toi ? Comment vivrait-elle à Paris par ses propres moyens ? Le logement, l'argent, un bel amoureux… il y a tout…

— Tu es injuste, maman. Ülkü étudie ici avec une bourse du gouvernement français. Par ailleurs, elle loge au foyer étudiant. Elle vient de temps en temps, bien sûr. Elle a dû oublier sa barrette, que tu appelles la preuve du délit.

— Peu importe. Je n'ai franchement aucune envie de m'éterniser sur le sujet. Je te comprends. Tu es jeune, tu as droit à des tas de choses. Et les femmes en font partie. Mais lorsqu'on en vient aux relations de longue durée et plus particulièrement au mariage, la raison doit prendre le relais des sentiments. Depuis tout petit, tu possèdes une personnalité qui ne cède pas aux émotions, qui met la raison avant. En plus, quand ce que tu appelles l'amour est passé, il reste seulement ce que la raison a commandé.

« Est-ce que j'appelle cela de l'amour ? – tandis que sa mère parlait, il réfléchissait. Si l'amour est passion, attirance sexuelle, enthousiasme, un beau et doux sentiment qui s'écoule avec chaleur en vous, le manque, alors oui, c'est de l'amour. Si c'est un but qu'on met au centre de son existence, en fonction de quoi l'on se détermine à chaque pas et auquel on s'identifie, si c'est une relation dont on croit qu'elle durera toute la vie, alors non, ce n'est pas de l'amour. »

— Ne pense pas que je suis dure, Arın, essaie de me comprendre. Tu es quelqu'un d'un autre milieu. Je te donne un exemple : demain, je suis invitée à l'ambassade pour prendre le thé avec la femme de l'ambassadeur. Ah, je te le dis pendant que j'y pense, toi aussi tu es invité. Tu feras la connaissance de leur fille, Ipek. Ils ont dit qu'ils en seraient heureux. Oui, où en étais-je ? Par exemple, puis-je me rendre à la résidence de l'ambassade en emmenant Ülkü avec moi ?

Il allait rétorquer « pourquoi pas ? », mais y renonça.

— Je ne pourrais pas. Avec ces barrettes à cheveux, avec sa façon de s'habiller, sa façon de se tenir, je ne dirais pas malpolie, mais dégingandée, avec le risque qu'elle prenne la parole au moment où elle devrait se taire, qu'elle mette en avant ses idées anarchistes dans des milieux qui les verraient d'un mauvais œil, ce n'est pas envisageable.

Il attendit patiemment qu'elle ait terminé de parler.

— Il n'y a aucune raison que tu te fasses du souci, maman. À un moment, quand j'étais en Turquie, tu avais eu peur que je me mêle aux mouvements étudiants et que je m'engage à gauche. Tu disais : « Tous les enfants des familles riches de ma connaissance deviennent gauchistes. C'est la nouvelle lubie. » Mais tu vois bien, je ne cède pas facilement aux effets de mode. Ülkü me plaît, je pense que tu es injuste envers elle. C'est une fille très fine et très bien éduquée. En effet, elle est étrangère aux gens dont tu parles, c'est une réalité, mais il n'y a pas que ces milieux-là dans le monde, et ces milieux élitistes font un peu vieux jeu de nos jours. Entre Ülkü et moi, il y a une rare harmonie – il allait dire « harmonie sexuelle », mais s'abstint. Mais dans mon projet de vie à long terme, je n'ai jamais pensé à une relation pouvant aller jusqu'au mariage avec elle. Elle non plus n'y pense pas, je crois. Du moins, ce que je peux dire, c'est que nous n'avons jamais abordé ce sujet. Allez, repose-toi tranquillement à présent, nous irons dîner dans un bon endroit, entre mère et fils. Chez *Maxim's*, ce serait un peu exagéré avec un cavalier de mon âge. Tu iras là-bas avec papa. Mais je connais un endroit chic et cher du même standing que chez *Maxim's*. Je peux t'y inviter, sur tes deniers.

Quand sa mère passa dans la salle de bains pour remettre un peu d'ordre dans sa tenue, il éprouva un soulagement dont il ne s'expliqua pas la raison. Un sentiment de clarté et de sérénité provenant du fait d'avoir mis un nom sur quelque chose.

***

Il ramassa par terre l'éternelle barrette d'Ülkü qui ne savait ni se casser ni disparaître et la posa sur l'oreiller. Il s'était donc écoulé plus d'un an depuis que sa mère avait saisi cette malheureuse petite chose entre ses doigts comme s'il s'agissait d'une grenouille et l'avait brandie en l'air comme la preuve du délit. En regardant la barrette, son regard s'arrêta sur l'oreiller en coton blanc. La taie était froissée, sale ; il y avait quelques cheveux longs. Il pensa de nouveau à cette nuit, il eut le corps parcouru par un agréable fourmillement et sentit qu'il avait froid. Les poils autour de son sexe et de ses jambes étaient tout collants. « L'eau va être glaciale, pensa-t-il avec mécontentement. Je ne peux tout de même pas demander à Salih Efendi de me chauffer de l'eau ! Ça la fout mal ! » Puis il se demanda si Ülkü s'était protégée. Ils faisaient toujours attention, ils essayaient de prendre des précautions. Ülkü allait tout de suite se rincer et, avec son intrépidité sans limites concernant la sexualité, elle disait : « La meilleure méthode de contraception, c'est la pression de l'eau. À la fois ça te donne du plaisir, et tu n'as pas à te compliquer la vie. » Une fois, elle avait dû se faire avorter à Paris. « C'était horrible, avait-elle dit lorsqu'elle était rentrée, pâle comme un linge et les lèvres décolorées. En réalité, tout pourrait être plus humain, mais comme s'ils prenaient un malin plaisir à avilir les femmes, ils rendent la chose encore plus horrible. Même le boucher qui procède à l'avortement paraît t'en vouloir de mettre à mal le concept sacré de famille. »

« Hier soir, nous nous sommes laissé emporter. Je n'ai pris aucune précaution. Espérons qu'Ülkü s'était protégée. »

Il rassembla les draps humides et tachés, les apporta dans la salle de bains et les fourra dans la machine à laver. Il ne voulait pas que Salih Efendi les voie.

La voix du vieux et fidèle serviteur lui parvint du bas de l'escalier.

— La jeune demoiselle est partie. Elle va prendre le vapeur de neuf et demie. Je lui ai dit qu'il fallait vous en informer, sinon vous alliez vous fâcher contre moi, mais elle n'a pas écouté. Elle a dit qu'elle avait du travail et qu'elle vous appellerait plus tard.

— Le vapeur est-il parti, Salih Efendi ?

— Regardez par la fenêtre, vous le verrez. Tenez, il passe devant nous. Le lodos a commencé à pas mal souffler ! La demoiselle va être bien remuée. La loi martiale a été promulguée, Monsieur. Vous le saviez ?

— Je n'ai pas compris. Que s'est-il passé ? demanda Arın en descendant à l'étage du dessous.

— La loi martiale, Monsieur. Vous savez, depuis le fameux 6 ou 7 septembre où ils ont emmené feu votre oncle à Yassiada, j'ai une peur bleue de cette loi martiale.

Il sortit dans le jardin. Le vapeur de 9 h 30 filait vers Istanbul entre les vagues d'une mer houleuse. Les acacias, les roses, les palmiers du jardin d'à côté s'agitaient sous le vent qui gagnait de plus en plus de vigueur et rabattait les branches vers le sol. Quant aux mimosas dans un recoin du jardin de devant, ils continuaient tel un nuage de tulle jaune à exhaler leur doux et entêtant parfum.

Il se rappela combien sa petite amie était triste la veille alors qu'ils étaient enlacés sur le pont d'un vapeur du Bosphore, sous la pluie qui tombait en fines gouttelettes, et qu'ils contemplaient les collines couvertes d'arbres de Judée. « Ne nous disputons pas, avait-elle dit. Si je suis venue à Istanbul en ces jours si troublés, si agités, c'est uniquement pour te voir. Je n'appartiens à aucune organisation secrète, ne t'inquiète pas », avait-elle probablement dû ajouter, mais il n'en avait pas de clair souvenir.

— J'ai cueilli un gros bouquet pour la demoiselle. Les mimosas lui allaient à ravir.

Pour la première fois, il regarda attentivement Salih Efendi. « Les mimosas lui allaient à ravir » semblaient des mots tout droit sortis d'un poème. Ils paraissaient bizarres dans la bouche du vieil homme. Puis il se souvint qu'il s'occupait depuis des années du jardin et des fleurs. « La nature suscite d'incroyables émotions esthétiques, même chez l'être de la part duquel on s'y attendrait le moins », disait Ülkü. Il pensa que la couleur des mimosas devait en effet très bien aller avec ses cheveux châtain foncé, son teint clair, et les teintes orangées, café et tabac qu'elle aimait porter.

Il l'imagina avec ses mimosas dans les bras, assise toute seule sur un banc, recroquevillée dans un coin, sur un vapeur des îles pris dans le lodos. Et tout à coup, il comprit qu'Ülkü était partie, que la nuit d'hier était la dernière. Un serpent de charbons ardents se mut en lui. Une douleur aiguë se ficha tel un coup de couteau dans son bas-ventre et de là remonta jusqu'à sa poitrine. Il avait fini par se poser la question qu'il n'avait jamais formulée, à laquelle il ne réfléchissait jamais et qu'il avait repoussée dans son inconscient : « L'aimais-je de ce sentiment qu'on appelle le vrai amour, au-delà de la sexualité, l'aimais-je réellement d'amour ? », et la réponse qu'il y apporta le brûla.

Il se rappela ce qu'avait dit Ülkü quand sa mère était venue à Paris pour lui dire de mettre un terme à cette relation. Cette dernière une fois rassurée et repartie en Turquie, il avait appelé sa petite amie qui logeait dans la chambre d'une copine au foyer étudiant et lui avait dit, avec cette expression humoristique qu'il employait parfois en parlant de sa mère : « Tu peux rentrer, les forces du mal sont parties. » Mais elle n'était pas revenue tout de suite, prétextant qu'elle travaillait ses cours avec Françoise et qu'elle viendrait après les examens. Il affleurait dans sa voix une sécheresse, un secret reproche, qu'il n'avait jamais remarqués auparavant.

— Ne me raconte rien, avait-elle dit en revenant. Je sais ce qui s'est passé. Et je n'ai nullement l'intention de compliquer les choses ni de te quitter tant que tu ne le désires pas. Ce que ta mère n'a pas compris et ne comprendra jamais, c'est que notre relation ne se mesure pas à l'aune du temps, qu'elle ne correspondra jamais à des visées officielles ni à des scénarios de films hollywoodiens. C'est une relation qui m'apparaît sans fin et sans dénouement, et à laquelle on ne peut pas renoncer, justement à cause de cela. Ne m'en veux pas, mon chéri, mais je ne suis pas vraiment sûre que tu l'aies compris. Pendant que toi tu construis ton avenir, tu vis cette relation le plus naturellement du monde. Quant à moi, je n'ai aucun projet. Mon futur est fait de cet amour, de ce sentiment extraordinaire. Si nous l'assujettissions à des engagements officiels, à des règles, au mariage, à la famille, au cercle domestique, je sais que nous le perdrions. En résumé, ta mère peut dormir tranquille.

Au bout d'un bref instant, le serpent de feu sortit de lui et partit. Cédant la place à un sentiment de soulagement. Il se sentit incroyablement libre. Il tâta la barrette qu'il avait fourrée à la hâte dans sa poche de pantalon. « Il faut absolument que je la lui fasse parvenir, elle la considérait comme son porte-bonheur », pensa-t-il.

— Tu as raison, Salih Efendi, les mimosas lui vont bien, dit-il. Prépare-moi un petit déjeuner à présent. Je ne voudrais pas trop tarder. Je prendrai le bateau de 11 h 30 pour Istanbul. En espérant qu'ils n'auront pas décrété de couvre-feu.

— D'après la radio, il y en a un après minuit.

— Bien, je ne vais donc pas trop traîner moi non plus. Remets de l'ordre en haut. Je reviendrai si Dieu le veut. Büyükada me manque.

C'est en ces circonstances que leur relation avait pris fin, sans qu'un mot d'adieu soit prononcé. Ils ne s'étaient pas étendus, ils n'avaient pas étiré indéfiniment le moment comme un chewing-gum collé sous la chaussure, ce qu'ils craignaient ne s'était pas produit. Même les mots dont le poids et la honte auraient toute sa vie accablé celui qui les eût prononcés, ils les avaient fait chanter par Brel : « Ne me quitte pas. »

***

« Ce soir, à 20 h 30, à l'*Ada* », répéta Arın Murat au moment de raccrocher. Il n'avait pas dit « *L'Île* ». Il avait employé le mot turc. Peut-être parce que les mimosas, les arbres de Judée, les anciennes et blanches demeures, les vagues écumantes gonflées par le lodos lui avaient inconsciemment traversé l'esprit.

Il se dit que désormais le sort en était jeté. Quelles qu'en soient les conséquences, lui et la femme qu'il avait aimée autrefois se croiseraient de nouveau à l'endroit où ils se retrouvaient vingt-cinq ans plus tôt. C'est lui qui l'avait voulu, en en assumant tous les risques de surcroît. Pourquoi désirait-il cette rencontre ? Ce qui en découlerait… il l'ignorait. Il fallait absolument qu'il voie Ülkü, qu'il lui parle. Il avait le sentiment que s'il ne parvenait pas à le faire il ne pourrait plus avancer d'un pas.

Au point de blocage où il était arrivé, il sentait que c'était cette femme qui dénouerait le nœud et que tant que ce nœud ne serait pas défait il ne pourrait pas faire un pas de plus.

Son mal de tête reprenait. Il demanda de l'aspirine et un verre d'eau à la secrétaire très impliquée dans son travail qu'on avait placée quelques jours sous ses ordres, notamment pour gérer ses appels téléphoniques. Il fallait qu'il prépare son texte pour la conférence de presse. Il devait prononcer un discours marquant et convaincant, qui corresponde à l'image qu'il cherchait instinctivement à préserver.

Quand la secrétaire entra avec de l'aspirine et une carafe d'eau, il lui demanda dans quelle partie du bâtiment se trouvait la résidence de l'ambassadeur. Craignant que sa question ne soit mal interprétée, il s'employa aussitôt à justifier ce qui la motivait.

— Ce devait être en 1969, je crois. Comme le temps passe, n'est-ce pas ? La première fois que j'étais venu dans cet endroit, c'était avec ma mère, pour prendre le thé. L'ambassadrice de l'époque et elle étaient des amies d'enfance.

Il aurait pu poursuivre en disant : « Ensuite, j'ai épousé Ipek, la fille de madame l'ambassadrice », mais il s'abstint. Il se fit la réflexion que ce bâtiment témoin d'un long passé occupait une place particulière dans sa vie. C'était une sorte de ligne de vie. Une croyance du même ordre que celle qu'on accorde à la divination dans le marc de café. On dit ne pas y croire, mais si l'on tombe sur quelqu'un qui y lit notre avenir, on l'écoute avec attention…

Tandis que la secrétaire lui répondait que la résidence n'était pas très loin et tâchait de lui décrire où elle était située, il se rappela le jour où il avait vu Ipek pour la première fois.

La femme de l'ambassadeur, une femme d'âge moyen, tout en long et au teint pâle, avait accueilli son amie et son fils sur le seuil avec cordialité. En traversant le vaste salon où trônaient des meubles imposants, couverts de dorures et tapissés de satin vieux rose, elle avait dit : « Il y a une petite pièce plus intime au fond. C'est notre endroit à Ipek et à moi. Pas besoin de protocole, nous vous recevrons là-bas. » « Ma mère aurait préféré être reçue dans le salon bleu. Il se peut même qu'elle ait mal interprété la délicate attention de l'ambassadrice et pris cela pour du mépris », avait pensé le jeune homme.

La pièce était petite, meublée sobrement mais avec goût. Elle donnait l'impression d'être la salle de séjour d'une femme trouvant la beauté et la distinction dans la simplicité. « Ma belle-mère était un être bon et délicat. Quelque peu renfermée, sans prétention, mais c'était une vraie dame. »

Ipek était arrivée plus tard dans la pièce. Elle avait autorisé la mère d'Arın à l'embrasser, tout en gardant ses distances, et elle s'était contentée de serrer la main du jeune homme. On se serait cru dans une comédie de Molière à la Comédie-Française, tout ressemblait à la scène où les marieuses font se rencontrer le jeune homme et la jeune fille. Et le plus étrange, c'est que chacune des parties en avait parfaitement conscience.

Ipek était une jeune fille mince comme sa mère, sa tante plus exactement – sa mère étant morte très jeune, elle avait été adoptée par sa tante et son oncle qui n'avaient pas d'enfant –, elle avait un corps mince, mais un peu masculin, qui se mouvait avec une lenteur dont il était difficile de dire si elle relevait de la distinction, d'un manque de confiance en soi ou de la torpeur. La seule différence notable avec sa mère, ou sa tante plutôt, c'était que ses lignes étaient parfaitement régulières et harmonieuses. On eût dit qu'elle était non pas faite de chair, de sang et d'os, mais tout droit sortie du pinceau d'un peintre réalisant des effigies de la Vierge : aussi figée et placide que ces pieuses images...

Qu'il le veuille ou non il avait pensé à Ülkü : il s'était rappelé les traits et le corps de sa petite amie, d'une beauté quelque peu tapageuse, dans l'excès, un brin *alla turca*, mais bouillonnante de vie, de féminité et de sensualité. Le désir intempestif qui se planta dans son bas-ventre forçait son organe. Il s'était senti rougir comme un jeune adolescent, et surtout très mal à l'aise à l'idée que cette fille puisse s'imaginer être l'objet de son désir.

Après de pesants silences, des phrases creuses et des sujets bateau, la conversation s'était amorcée, alors qu'on servait le thé, à propos des biscuits secs et du pain tout fin appelé « ficelle » – choses dont tous deux avaient convenu que c'était ce qu'ils préféraient à Paris –, puis elle avait peu à peu pris davantage de consistance. Émaillée de longues pauses de la part des mères qui tâchaient de ne pas perdre un mot de ce que disaient les jeunes, de toussotements éloquents, de flottements où l'on passait du coq à l'âne, la discussion s'était poursuivie en abordant des sujets aussi divers que l'enseignement paralysé par les mouvements étudiants, le dernier concert à l'Olympia d'Yves Montand, les nouveaux films sortis au cinéma, la beauté du phénomène de la marée sur les plages de Normandie jusqu'au département qu'il serait bon de choisir pour Ipek qui entrait cette année à l'université.

S'ils n'avaient eu conscience du rôle de marieuse qu'endossaient les deux mères, sans en parler entre elles, sans même y faire la moindre allusion, les deux jeunes auraient peut-être sympathisé plus rapidement. Au moment de prendre congé, avec une mine d'une placidité telle qu'on aurait presque pu la qualifier d'inexpressive, la jeune fille lui avait dit :

— Appelez-moi, Arın. J'aimerais que nous allions ensemble à l'université, pour voir les programmes et écouter certains cours. Cela me ferait très plaisir que vous m'aidiez.

L'expression de contentement de sa mère, qui posait un baiser d'au revoir sur les joues de l'ambassadrice, ne lui avait pas échappé et, se rappelant ce qu'elle lui disait encore la veille à propos d'Ülkü, sa bonne humeur s'était envolée.

Lorsqu'ils s'étaient rencontrés, Ipek avait dix-neuf ans. Elle avait été élevée sur le même modèle que toutes les jeunes filles issues de milieux semblables : « Un peu de piano, beaucoup de langues, un peu d'art, ce qu'il faut de savoir-vivre, de silence, une pincée de mystère, un mari aux Affaires étrangères. » Bien qu'elle n'ait aucun souvenir de son père et de sa vraie mère, et qu'elle sache depuis ses douze ans qu'elle avait été adoptée par sa tante à la mort de sa mère alors qu'elle n'était encore qu'un bébé, elle n'y accordait aucune importance. Elle ne disposait pas de fortune léguée par sa famille. Les origines de l'ambassadeur qui était depuis des années au service de l'État remontaient non pas à une lignée de beys ou de pachas, mais à une famille de classe moyenne d'Izmir. Quant à sa femme, sa famille était originaire de Jannina et faisait partie de ceux qui avaient été déplacés lors de l'échange des populations turques et grecques. On racontait qu'ils n'avaient pu faire reconnaître qu'une faible part de leurs propriétés et de leur fortune colossale en Crète au moment de l'échange des populations, mais une autre rumeur prétendait que tout le bien de la famille avait été dilapidé dans une vie de fête et de débauche, dans l'alcool et le jeu. Dans certains cercles, il se murmurait que la mère d'Ipek était alcoolique et morte jeune d'une cirrhose. Le fils des Murat, issus de la riche et respectée famille des Tüccarzade et que l'on voyait déjà avec certitude s'inscrire dans le monde des Affaires étrangères, alors qu'il n'avait même pas encore commencé sa carrière, était à tous points de vue un mari idéal pour Ipek.

Sur le chemin du retour, sa mère lui avait demandé ce qu'il pensait d'Ipek. Arın appréciait chez elle ce trait de caractère qui la rendait capable de se battre jusqu'au bout sans jamais lâcher le morceau pour atteindre le but qu'elle s'était fixé et réaliser ce qu'elle avait en tête. Ce machiavélisme ordinaire qui faisait partie du quotidien de la famille donnait parfois à sa mère un côté brutal et déplaisant, il en était conscient, mais s'il lui avait fallu choisir entre l'attitude de son père, partisan du moindre effort dès qu'il était question d'autre chose que de gagner de l'argent, et le machiavélisme de sa mère, il savait qu'il aurait choisi sa mère.

— Allez, maman, parle franchement, avait-il dit en riant. Tu trouves qu'Ipek ferait une belle-fille convenable, n'est-ce pas ?

— Je ne crois pas le cacher. Elle me paraît très bien, très agréable, très raffinée, et je pense qu'elle tiendrait parfaitement son rôle d'épouse.

— Comment cela, maman ? Je n'ai même pas terminé mon doctorat. Si c'est au ministère des Affaires étrangères que tu fais allusion, il n'y a encore rien de sûr.

— D'accord, mais pour que les choses se déterminent justement, Ipek peut être utile. Les Affaires étrangères, c'est un milieu très particulier. Le cœur de l'État, si tu veux mon avis. Aucune autre institution, aucun autre ministère au sein du gouvernement n'est si indépendant ni replié sur soi. Les Affaires étrangères ont leurs propres traditions, leur propre style et leurs propres familles.

— Bien maman, en admettant que tu m'aies convaincu d'épouser Ipek, la fille sera-t-elle d'accord ?

— Naturellement. Tu n'as pas remarqué comme sa mère te couvait du regard ni les œillades qu'elle lançait à sa fille ? Pour trouver quelqu'un de plus beau et de plus brillant que mon fils, elles peuvent toujours chercher, et d'un. De deux, tu as derrière toi la fortune non méprisable des Tüccarzade. Ipek est de toute évidence une fille intelligente. Elle saura très bien mettre tout cela à profit.

— Tu fais peur, maman, vraiment tu fais peur.

Pour un jeune homme qui aimait une autre femme, tout cela était répugnant au dernier degré, il le savait. Malgré tout, il avait serré sa mère dans ses bras et lancé avec une tendre ironie :

— Pauvre de moi, pauvre Ipek.

Dire « pauvre Ülkü » ne lui avait pas traversé l'esprit. Peut-être trouvait-il que cet adjectif ne correspondait pas à sa petite amie.

Ipek et lui s'étaient mariés à la fin de l'année 1973, après son entrée au ministère des Affaires étrangères, à son retour en Turquie. « Des noces splendides », comme il était écrit dans les rubriques mondaines des journaux.

S'extrayant de ses souvenirs, il regarda sa montre. Il était midi. Il essaya de travailler encore un peu. Son mal de tête n'était pas passé. Il n'arrivait pas à se concentrer. Il renonça à se forcer. Il rassembla soigneusement les papiers qui étaient sur son bureau. Il fourra dans sa serviette le texte de son discours, les notes d'informations et les statistiques qui avaient été préparées pour la conférence de presse. En proie à un sentiment de culpabilité dont il ne parvenait pas à se défaire, il appela son épouse à Ankara.

Avec la voix de doublage qu'elle adoptait dans ce genre de situation, Mecbure Hanım, qu'Ipek disait avoir apportée dans son trousseau, dont elle ne se séparait même pas à l'étranger, qui lui servait à la fois de nounou, de confidente et de domestique, lui répondit :

— Ipek Hanım n'est pas encore levée. Hier soir, elle ne se sentait pas très bien, elle a pris un médicament et est allée se coucher. Monsieur ne doit pas s'inquiéter, elle va d'ailleurs bientôt se réveiller.

— Merci, Mecbure Hanım, entendu, dit-il. Veillez à ce qu'elle ne se sente pas mal ce soir.

Tous deux savaient très bien de quoi ils parlaient et ils se comprenaient à mi-mot.

— N'ayez pas d'inquiétude, monsieur. Je lui dis que vous rentrez quand ?

Il aurait aimé répondre « jamais ».

— Demain, j'ai une réunion. Ensuite, je pense aller voir Derin en Suisse, ou alors rester un jour de plus si c'est elle qui peut venir à Paris, mais je serai rentré samedi au plus tard.

— Excusez-moi, Ipek Hanım se sent complètement seule quand vous n'êtes pas là, c'est pour cela que j'ai posé cette question. Hier, elle était invitée pour le thé à l'association, elle devait en plus en assurer la réception. J'ai eu beau insister, elle n'y est pas allée.

— Merci de ces informations, Mecbure Hanım. Je rentre samedi sans faute. Je téléphonerai demain. Je suis joignable à l'ambassade si elle veut.

L'angoisse qui le tenaillait s'était décuplée. Ce qui n'était au départ qu'un vague sentiment de malaise frisait à présent la suffocation. « Elle a recommencé à boire. Elle ne va pas tarder à tomber en dépression. »

Il se rendit compte qu'il pensait à sa femme à la façon d'un médecin s'inquiétant pour un de ses anciens patients. Ce n'était pas sans affection, il ne la détestait pas, il se sentait concerné, responsable. Mais c'était tout. Il avait éprouvé les mêmes sentiments dix ans plus tôt, alors qu'il tâchait de camoufler la liaison qu'elle entretenait avec ce jeune et beau secrétaire général du consulat, de préserver sa respectabilité en continuant avec elle comme si de rien n'était, en allant même jusqu'à jouer le rôle du mari amoureux ; alors qu'on jetait un voile d'une hypocrisie consommée sur les secrets de la sainte famille que Mecbure Hanım était la seule à connaître.

Il savait que sa valeur n'avait fait que croître aux yeux de ses beaux-parents après cet événement même si la « trahison impardonnable » de leur fille avait hâté leur mort et que dans son entourage, c'était l'image non pas du mari cocu, mais celle de l'homme d'État sage et respectable qui s'était renforcée. « La société a peur de la franchise, mais elle raffole des secrets d'alcôve. Les bassesses, les points faibles et les secrets des autres sont la force de ceux d'en face ; vient un jour où ils l'utilisent. »

En raccrochant, il se demanda pour la première fois à haute voix : « Est-ce que j'ai jamais aimé ma femme ? » Il pensa que jusque-là il refoulait de toutes ses forces ce genre d'interrogations dans son inconscient. De même que la question : « Est-ce que j'ai aimé Ülkü ? » Ce genre de questionnements n'avait aucune place dans sa vie, cela ne lui était d'aucun profit. Parce que les réponses se vivaient plus qu'elles ne s'analysaient.

Ipek était le parfait opposé d'Ülkü. Rien à voir avec une quelconque « dialectique des contraires » ; elles étaient aux antipodes l'une de l'autre. « J'ai vécu avec ces deux femmes ; à la différence de tant d'aventures d'une nuit ou de plusieurs mois, j'ai divisé ma vie entre elles deux. Je les ai rangées chacune à sa place. Toutes deux ont fait partie de mon existence, mais quand ces parts venaient à disparaître, même si je sentais leur absence, je n'ai jamais eu l'impression qu'il me manquait quelque chose. Pour conclure, je ne sais pas ce qu'est l'amour sans limites, sans calcul, indispensable, non pas une part des gens, mais leur vie même, je ne l'ai jamais connu. »

Est-ce un manque ? Jusqu'à présent, il n'avait jamais pensé que cela pouvait l'être. Maintenant qu'il essayait de surmonter le profond malaise qui l'habitait, il se disait que c'était peut-être un manque.

Malgré tout, il avait été un « bon mari ». Si Ipek et lui s'asseyaient maintenant l'un en face de l'autre pour abattre leurs cartes sur la table, il était certain qu'elle ne trouverait pas grand-chose à lui reprocher.

Il était passionné par son travail, il ne consacrait pas énormément de temps à son foyer, à son épouse et son enfant, effectivement. Mais qui d'autre de sa position en consacrait davantage ? Personne ne l'avait vu se montrer ouvertement irrespectueux ou dénué d'affection envers son épouse. De plus, il avait réagi avec beaucoup de maturité à l'aventure amoureuse de cette dernière – qui aurait pu pour un autre constituer un motif absolu de divorce – et il avait pardonné. Il n'oubliait pas les jours importants, il essayait de réaliser les désirs de sa femme, par exemple cette passion intarissable pour les voyages, même s'il n'y participait pas. Dans les réceptions, les invitations où ils se rendaient ensemble, ils offraient l'image d'un couple dont on pouvait dire « quel couple heureux et harmonieux ». Quant à la raison pour laquelle ils apparaissaient de moins en moins ensemble, c'était qu'Ipek « se sentait mal » très souvent depuis quelque temps. L'entourage proche et les mauvaises langues avaient beau penser que la jeune femme s'adonnait à la boisson, que c'était une alcoolique, grâce à la distance et au mur de respectabilité qu'Arın Murat avait élevé autour de lui et de sa famille, ils n'osaient pas le dire tout haut. Nul mieux que lui n'aurait pu protéger Ipek.

Cependant, même à cet instant, Arın Murat savait qu'il essayait de se tromper lui-même et de tromper les autres. Il n'avait absolument pas tenu compte de la profondeur émotionnelle de sa femme, qui n'exprimait guère ses sentiments, qui jamais ne se lâchait, qui jamais ne cédait à une joie débridée ou n'éclatait en sanglots, qui écarquillait les yeux, mais restait silencieuse même dans ses rares moments d'orgasme, et dont les réactions étaient toujours parfaitement modérées.

Il avait fait mine de ne pas voir que chaque colère réprimée, chaque reproche passé sous silence, chaque cri non proféré risquait de la faire glisser vers une nouvelle quête amoureuse, vers les verres d'alcool, les somnifères, les pilules du bonheur et, au-delà, vers l'alcoolisme et la dépression. De plus, il avait préféré oublier que la vraie mère de sa femme avait passé les dernières années de sa brève existence dans une clinique psychiatrique.

Or, avec cette aptitude propre aux femmes et aux chats à flairer l'attention et l'affection véritables, elle avait senti dès les premières années de leur mariage qu'il manquait dans leur relation quelque chose sur quoi elle n'aurait su mettre un nom.

Ipek était la seule à connaître la vraie raison pour laquelle Arın n'avait pas fait grand cas de cette insignifiante escapade amoureuse, pourquoi il avait réagi avec maturité et décidé, après une brève discussion, de passer l'éponge : son mari était suffisamment indifférent pour ne pas être jaloux. Arın n'accordait aucune importance aux relations conjugales, il n'avait pas peur de perdre sa femme… Il n'avait rien fait pour la détromper de ces intuitions. De même qu'il n'avait rien fait pour retenir Ülkü, la seule femme qu'il ait vraiment aimée.

Son mal de tête s'était un peu atténué, il s'en réjouit. Au moins, il n'avait plus les tempes prises dans un étau. Il pensa un moment à ce médicament miracle et encore mal connu qu'est l'aspirine. Il ferma sa serviette et, se regardant dans le miroir, remit de l'ordre dans ses cheveux et rectifia son nœud de cravate. Malgré quelques signes de fatigue, le visage qu'il voyait en reflet n'était ni hâve ni effondré. Ses cheveux étaient légèrement grisonnants. Il ne prenait pas particulièrement soin de son corps, mais il n'avait pas pris de ventre ni engraissé. Personne ne lui aurait donné cinquante-deux ans.

Il était satisfait de son image dans le miroir. Il était prêt. Prêt pour une réunion difficile où il savait qu'on lui poserait des questions visant à le pousser dans ses retranchements, prêt pour une soirée avec Ülkü qu'il sentait glisser et perdre pied, si peu sûre de ses sentiments.

Il prit sa serviette et sortit.

4

Tu n'as rien vu à Hiroshima...

La salle de conférences avait été préparée avec soin et elle était bondée. Arın Murat se demanda combien d'auditeurs réellement intéressés et utiles, combien de « forces montées » comptait ce parterre d'auditeurs constitué de représentants de la presse, d'employés de missions étrangères et d'organisations de la société civile.

Grâce à ses longues années d'expérience, il repéra aussitôt, disséminés dans la foule, des agents de sécurité turcs, des défenseurs des droits de l'homme, des militants kurdes dont les questions viseraient à coup sûr à le pousser dans ses retranchements, des sympathisants aussi qui s'empresseraient de lui apporter leur soutien au moment où il tenterait de répondre, en posant des questions biaisées s'il le fallait, en créant l'incident au besoin. Il tenta d'évaluer à vue d'œil quelle était la proportion de Turcs et de Français. Il se réjouit en constatant qu'il y avait une majorité d'étrangers. « Nos équipes ont bien bossé cette fois », pensa-t-il. En une période où l'on débattait fiévreusement d'un sujet aussi sensible que celui de la candidature de la Turquie à l'Union européenne, c'est lui qui avait émis l'idée de réaliser une série de colloques et de conférences de presse dans d'importants centres européens – et de faire ainsi d'une pierre deux coups : tout en conduisant une propagande destinée à exposer à l'opinion publique occidentale la position et les intentions de la Turquie dans le processus de démocratisation en cours, il se donnait la possibilité de contrôler le travail des services qui lui étaient rattachés dans ces différents pays. « Ou d'imaginer que je contrôle, plutôt », pensa-t-il. Depuis longtemps il avait l'impression que les choses lui filaient entre les doigts, que tout lui glissait des mains comme une savonnette.

Il attendait qu'on effectue les derniers réglages du son avant de pouvoir prendre la parole quand, dans les rangs du fond, sur un siège tout près de la porte, il aperçut Ülkü. Il s'étonna. Ne lui avait-elle pas dit voilà tout juste quelques heures que ce serait quelqu'un d'autre qui couvrirait la conférence pour le journal ?

« Si seulement elle n'était pas venue. » Il s'était préparé à la voir dans la soirée, à l'avoir pour lui seul. Il l'avait imaginée sortant tout droit d'une nuit parisienne datant de vingt-cinq ans ; surgir d'un autre temps, d'un autre monde, se pendre à son cou, avec sa longue et indomptable chevelure se répandant sur son visage, ses épaules – pourtant, la dernière fois qu'il l'avait vue, elle avait les cheveux coupés très court. « Cela fait vingt ans que j'ai les cheveux courts. De toute façon, j'ai perdu ma barrette magique », avait-elle dit. Mais qu'importe, les cheveux de son Ülkü à lui demeuraient toujours longs et indomptables – au moins pour un soir, comme si vingt-cinq ans ne s'étaient pas écoulés.

La femme assise en face de lui dans l'un des rangs du fond près de la porte avait les cheveux courts, elle lui apparaissait maigre et pâle. Peut-être à cause du mauvais éclairage de la salle, ou parce que, désormais, il voyait beaucoup moins bien de loin. Elle était plongée dans la lecture de la traduction française du discours remis aux journalistes par les employés du consulat, elle ne le regardait pas.

La raison pour laquelle sa présence ici le contrariait ne tenait pas seulement au regret de voir s'évanouir sa rêverie romantique. Ce dont il avait peur au fond, il se l'avoua, c'était qu'Ülkü écoute son discours, qu'elle entende ce qu'il allait dire. Il savait qu'elle n'accepterait pas ses propos, si précis et convaincants soient-ils, qu'elle les considérerait comme une version édulcorée du discours officiel, qu'elle les tiendrait sinon pour le clairon du pouvoir, du moins pour du pipeau, qu'elle le regarderait d'un œil accusateur, méprisant et qu'elle s'éloignerait de lui. « Et que répondrai-je si jamais elle pose des questions ! »

La communication qu'il s'apprêtait à faire, les sujets qu'il allait exposer, le public composé essentiellement d'universitaires, d'intellectuels, de diplomates et de journalistes, les micros devant lui, les fonctionnaires et les gardes du corps qui ne le quittaient pas des yeux… tout lui parut soudain incroyablement absurde et effrayant. « Et si je prenais la fuite, et si je me levais et partais en disant : "Je n'ai rien à vous dire, merci d'être venus." »

La personne chargée du réglage des micros l'informa que tout était prêt. Arın Murat rangea soigneusement les papiers posés devant lui et il les mit au bord de la table.

— Vous avez en main un résumé de la conférence, dit-il. Il est valable, naturellement. Mais aujourd'hui, j'aimerais vous faire part de certains points qui ne figurent pas dans le texte que j'avais écrit au préalable.

Il regarda Ülkü. Il la vit remuer doucement sur son siège, lever les yeux de son texte pour les diriger vers l'estrade et le scruter attentivement. Il entendit sa propre voix résonner dans le micro.

— Mesdames et messieurs… Afin de mieux comprendre les difficultés et l'impasse du processus démocratique en Turquie, il nous faut remonter un peu plus loin, au moins vingt-cinq ans en arrière. À condition bien sûr d'oublier notre tradition étatique millénaire qui sacralise l'État… Avec votre permission, j'aimerais sortir pour une fois de l'histoire officielle et du discours politique convenu. Je rappelle que je m'exprime en mon propre nom et que ce discours n'engage que moi…

« C'est une nouvelle tactique, pensa Ülkü. Sous le couvert d'idées personnelles et de critiques qui ne font qu'effleurer la surface, d'autocritiques que les auditeurs penseront dirigées contre l'État et le gouvernement, il va tenter de donner l'image d'une Turquie s'engageant à bride abattue sur le chemin de la démocratie. »

Elle l'écoutait avec, d'un côté, une admiration qu'elle ne pouvait refréner pour la maîtrise que cet homme avait acquise dans le domaine politique et diplomatique et, de l'autre, elle fulminait.

Arın aborda le thème du 12 mars :

— Le coup d'État perpétré le 12 mars 1971 par l'armée à l'intérieur de la chaîne de commandement peut être considéré comme le point de départ du renforcement d'un noyau paramilitaire ayant su préserver jusqu'à nos jours son existence au sein du gouvernement et qui jouera un rôle central dans les interventions ou les coups d'État fascisants ultérieurs, ce qui lui vaudra le qualificatif de gouvernement de l'ombre…

Par réflexe professionnel, Ülkü sortit prestement de son sac son petit enregistreur et pressa le bouton. « Mais qu'est-ce qu'il fait ! Dans quel but ? Comment va-t-il redresser la barre maintenant ? »

12 mars 1971, 12 septembre 1980, putschs, régimes de transition, pendaisons, morts par balles, tortures, disparitions ; l'époque actuelle visqueuse de mensonges à laquelle on donne le nom de « transition démocratique » ; tous ces morts – qu'on leur accole le terme de « martyrs » ou de « dépouilles » ; tous ces crimes aux auteurs connus ou inconnus… Comment Arın Murat peut-il en parler ainsi, comment peut-il relater tout cela en ces termes !

Dans le film *Hiroshima mon amour*, cette phrase inoubliable que prononce l'amant japonais d'une nuit à la Française croyant comprendre ce qui s'est passé à Hiroshima après avoir déambulé au milieu des ruines, des cendres, des monuments et des infirmes : « Tu n'as rien vu à Hiroshima… Tu n'as rien vu à Hiroshima… »

Ülkü s'était enfoncée dans son fauteuil. Elle sentit le froid la gagner d'un seul coup. « Arın Murat, tu n'as rien vu en Turquie, songea-t-elle. Tu étais du côté des dirigeants ; tu occupais les postes à plus haute responsabilité du gouvernement, tu étais à la source. Peut-être que tu joues en ce moment le rôle le plus méprisable de ton existence, peut-être que tu es sincère, mais tu n'as rien vu à Hiroshima. La période du 12 mars, dis-tu ? Je m'en souviens : le matin du 27 avril 1971, j'étais dans un vapeur avec un gros bouquet de mimosas dans les bras. Je fuyais loin de toi et d'Istanbul sous la loi martiale. »

***

Le lodos avait redoublé de violence, le vapeur secouait fortement. La manchette du journal qu'elle avait acheté au kiosque de l'embarcadère s'étalait en deux mots au-dessus de huit colonnes : « Loi martiale. »

Elle s'assit à proximité du bar du bateau et demanda un verre de thé. Elle commanda aussi un toast au fromage pour atténuer sa nausée. Elle demanda si le vapeur passait par Kadıköy. Oui, il passerait également par Kadıköy si le vent ne l'empêchait pas d'accoster. Elle décida que, de là, elle rejoindrait Haydarpaşa et rentrerait sans délai à Ankara par le premier autobus. Pour quelque obscure raison, le gros titre du numéro de la revue *Kıvılcım* paru après le mémorandum du 12 mars lui revint en mémoire : « Le couperet de l'armée s'est abattu. »

Quelques jours plus tôt, alors qu'il critiquait les intellectuels de gauche, les tenants de la révolution nationale démocratique et les partisans de Hikmet Kıvılcım parce qu'ils considéraient le 12 mars comme un coup d'État de gauche et qu'ils en espéraient des réformes, Ömer Ulaş avait dit : « Le couperet de l'armée s'est abattu, c'est vrai. Mais bientôt, c'est toute la gauche qui se prendra la pointe de ce couperet dans le derrière. C'est seulement là qu'ils comprendront. » Il lui avait enjoint de ne pas garder de textes, de livres ou de documents susceptibles de passer pour dangereux, et même de s'éloigner quelque temps de son domicile. D'après Ömer, le régime glissait rapidement du semi-fascisme au fascisme. L'immeuble dans lequel elle résidait se trouvant dans un quartier où l'on soupçonnait Deniz Gezmiş et ses acolytes de se cacher – il avait déjà été fouillé à plusieurs reprises –, ce n'était pas un lieu sûr. Il n'y avait d'ailleurs aucune raison pour qu'Ülkü soit mise hors de cause. Ses écrits, ses traductions paraissaient dans la revue ; elle donnait des cours d'éducation ouvrière dans les syndicats, elle était forcément suivie.

— Je ne suis pas militante d'une organisation secrète, pourquoi seraient-ils à mes trousses ? Nous publions une revue légale qui se vend en kiosque, je suis membre d'un parti légal où je n'ai plus mis les pieds depuis un bail, en plus. Nous ne trempons dans aucune affaire d'armes ou autre, nous n'avons aucune relation avec la junte, avait-elle tenté de protester.

— Il va falloir travailler un peu plus cette question du fascisme, on dirait, avait répondu Ömer. Nous croyons avoir lu Dimitrov. Tu as même traduit une partie de ses articles. Mais nous n'avons toujours pas saisi le fond du sujet. Le fait que le fascisme soit le diktat le plus implacable et le plus sanglant du capitalisme n'est pas une invention de la littérature révolutionnaire. Le fascisme n'a rien à faire des nuances dont tu parles… Il ne fait aucune distinction, c'est une attaque globale du capital contre la gauche.

Elle essaya de réfléchir aux éventuelles choses compromettantes qu'elle pouvait détenir en cas de descente à son domicile. Seulement des livres, quelques affiches, des notes de cours d'éducation ouvrière, et puis des vers inscrits sur les murs. « Je n'ai pas l'intention d'enlever, de camoufler ou de brûler quoi que ce soit, pensa-t-elle. Ce sera ma façon à moi de tenir tête. » Elle se réjouit en se rappelant que, quelque temps auparavant, dans un mouvement instinctif de protection, elle avait remporté à Istanbul, chez sa mère, sa correspondance privée, parmi laquelle se trouvaient également des lettres d'Arın et des photographies – notamment cette magnifique photo prise sur les quais de la Seine à Paris, sous les arbres dont les feuilles avaient revêtu leurs couleurs d'automne.

Le bouquet de mimosas qu'elle avait posé tout près d'elle sur le banc roulait d'un côté puis de l'autre, au gré des mouvements du vapeur secoué par la houle. Elle le prit dans ses bras et y plongea le nez. Ses cheveux se mêlèrent à la masse jaune des fleurs. « J'ai perdu ma barrette, pensa-t-elle. Elle a dû tomber dans la maison de Büyükada. Je l'avais enlevée en me mettant au lit. Arın aimait bien voir mes cheveux se répandre sur mon corps nu. » « Même si tu es toute nue, ta chevelure suffit à t'habiller », disait-il.

Son corps était encore imprégné de la moiteur, de la sueur, de l'odeur, de la frénésie, de la passion de cette nuit d'amour. Elle devinait que la fin était arrivée, que le couperet s'était également abattu sur eux, qu'Arın appartenait désormais à un autre monde, à une autre époque. « Même quand toutes les conditions sont arrivées à maturité, la plupart du temps, il faut l'intervention d'un facteur extérieur pour déclencher les révolutions », disait Ömer.

« Les conditions pour que cette relation touche à sa fin étaient mûres depuis longtemps. Et voilà, le facteur extérieur est intervenu. »

Pendant qu'elle cherchait l'autobus à destination d'Ankara qui démarrait vers midi, elle calcula qu'elle pourrait être rentrée avant le couvre-feu. Au lieu de passer par l'une des compagnies à bon marché avec lesquelles elle voyageait chaque fois, elle choisit une société plus prestigieuse, plus chère, même s'il lui fallait attendre une heure de plus. Elle s'était rappelée les paroles d'Ömer : « En de pareils moments, si tu veux être tranquille ou passer inaperçu, tu t'habilles correctement, tu enfiles un costume-cravate, tu donnes tes rendez-vous non pas dans les bouis-bouis habituels où l'on mange du kebab ou du riz au lait, mais dans les bars en terrasse des hôtels de luxe, tu oublies les Bafra, les Birinci, et tu fumes des cigarettes avec filtre. Les riches ne peuvent pas être communistes, croit-on. »

La nuit était tombée quand le bus arriva à Ankara. Des soldats patrouillaient dans les rues. Elle fut assaillie par le sentiment d'avoir déjà vécu ce moment auparavant ; une impression de déjà-vu de plus en plus agaçante à mesure que le souvenir s'échappait. Puis soudain, elle se rappela. C'était il y a dix ans. Aussitôt après le 27 mai, des soldats armés étaient venus embarquer un de leurs voisins qui habitait juste à l'entrée de la rue. « Quelqu'un l'a dénoncé, à ce qu'il paraît. On dit qu'il inscrivait des gens au Front de la patrie. Et aussi qu'il était le chef régional du Parti démocrate, avait dit sa mère. Tu es très copine avec sa fille. Fais attention en ce moment, garde tes distances », avait-elle ajouté. Elle se souvint qu'elle s'était dès lors rendue plus fréquemment chez son amie et éloignée de sa mère.

Alors qu'elle fouillait dans son sac à la recherche de sa clef, elle croisa Ömer devant la porte de l'immeuble et s'en réjouit. Elle s'avoua qu'elle avait peur de rentrer seule dans l'appartement fermé depuis deux jours, qu'elle éprouvait du moins un peu d'inquiétude.

— Quel heureux hasard ! s'exclama-t-elle.

— Avec les fleurs que tu as dans la main, on dirait que tu reviens d'un pique-nique. Tu t'en vas sans rien dire. On se fait un sang d'encre depuis deux jours. Et avec l'annonce de la loi martiale… Tu es certainement au courant. La loi entrera en vigueur dès cette nuit, à une heure du matin.

— Je suis au courant, c'est pour cela que je suis rentrée par le premier autobus. J'étais à Istanbul. Je me suis décidée subitement. Avant-hier soir, j'ai sauté dans un bus de nuit et je suis partie.

Tandis qu'ils entraient ensemble dans l'appartement, un sentiment de tristesse l'assaillit. « Un clou chasse l'autre, mais l'endroit d'où le clou a été retiré est toujours là. » Elle se dit qu'elle ne reverrait plus Arın. Puis elle comprit qu'elle n'y croyait pas, qu'elle se trompait elle-même. Elle savait très bien que, si elle avait réellement cru que tout était fini et qu'elle ne le reverrait plus, elle n'aurait pas pu rester si calme, elle aurait été incapable de le quitter.

Tandis qu'elle disposait dans un grand vase les mimosas qui commençaient à se flétrir et à se déliter, elle sentit leur parfum entêtant. Elle n'avait pas lâché les fleurs de tout le trajet, elle les avait tenues tellement serrées contre sa poitrine que leur odeur s'était imprégnée en elle, au point de se confondre avec la sienne.

Elle sentit soudain qu'elle commençait peu à peu à s'effondrer ; que les heures qu'elle avait vécues comme un rêve depuis deux jours étaient sur le point de rejoindre la réalité, de s'effriter.

— Il y a du vin dans la cuisine. Ömer, pourrais-tu en ouvrir une bouteille, s'il te plaît ? Je suis très fatiguée. J'ai besoin de me détendre un peu. Ensuite nous discuterons de ce que nous ferons, de la gravité de la situation et des retombées que cela peut avoir sur toi, sur moi et notre entourage.

Si Ömer n'avait pas demandé d'où venaient ces mimosas ; si, en répondant qu'elle les avait cueillis à Büyükada, elle n'avait pas évoqué les mouettes, les poissons, les nouvelles de Sait Faik, le personnage de Panço, d'Hidayet caché dans la poche de l'homme solitaire et qui mangeait les miettes de simit qui en jonchaient le fond ; si elle n'avait pas parlé des jasmins, des camélias des anciens jardins d'Istanbul, de la beauté du clair de lune en septembre, du Çiçek Pasajı, d'Asmalımescit ; et si elle n'avait pas bu aussi vite et immodérément la bouteille de buzbağ, elle n'en aurait pas dit autant, et peut-être que leur existence aurait pris un tout autre chemin.

Ils étaient assis par terre, devant la petite table basse au milieu de la pièce. La nappe blanche était ornée, en noir, de motifs de fleurs, de lapins et de cerfs, tachée d'auréoles rouges laissées par le vin sous le pied des verres. Elle racontait tout bas une histoire sans personnages, sans identité, non rattachée à l'espace-temps, déréalisée, un poème peut-être, comme si elle murmurait dans son sommeil : le désir toujours inassouvi, la solitude infinie, les arbres de Judée, les mimosas, la lune blanche qui se levait derrière les pistachiers, les appels téléphoniques attendus le cœur battant, la douce tombée du soir sur Istanbul, les pièces disposées en enfilade, hautes de plafond et remplies d'antiquités, le lit incrusté de nacre, l'appartement sous les combles à Paris, les rives de la Seine, les bouquinistes, les oiseaux qui chantaient dans leurs cages parmi les plantes dans le marché aux fleurs, l'odeur du pain frais, des baguettes et des croissants le matin, la soupe d'oignon des Halles, ses pulls en laine tricotés main, sa barrette magique, les vers qu'elle avait inscrits sur les murs, ses marches vers les collines quand elle bondissait dans la rue au milieu de la nuit, ses départs impromptus pour Istanbul par le premier autobus qu'elle trouvait en émergeant un peu des vapeurs de l'ivresse, ses cheveux rebelles rappelant leurs ébats débridés et qu'elle ferait couper, les nonnes qui se rasaient la tête et se consacraient à Jésus, ses jupes taillées dans les vieilles robes de sa mère ; comment elle se sentait seule et décalée au milieu des discussions enflammées sur le socialisme, des réunions pour la revue, dans les actions révolutionnaires… Tout ce qui s'était accumulé en elle depuis des années, tout ce dont elle ne supportait plus le poids…

À un moment avancé de la nuit et de la narration qui s'était transformée en une sorte de divagation, incapable de résister davantage à la magie de ce récit halluciné, à l'appel de la femme qui se métamorphosait et embellissait à mesure qu'elle racontait, Ömer avait quitté son coin de table pour s'asseoir près d'elle ; il avait tendrement enlacé la jeune femme et posé un baiser sur son front.

— Tu as de la fièvre, tu es brûlante.

Elle était brûlante de fièvre, en effet. Sous l'action de l'alcool qui se diffusait dans ses veines, les lapins, les cerfs, les fleurs de la nappe, le corps d'Arın et le visage d'Ömer se confondaient. Son corps était comme de la braise et, soit à cause d'une forte fièvre, soit parce que sa conscience se troublait de plus en plus, elle était emplie d'un vague désir sexuel. Tandis qu'elle se serrait contre Ömer en lui murmurant « couche avec moi », ce qu'elle cherchait en réalité, c'était non pas une satisfaction sexuelle, mais de l'espoir pour vivre. Dans les moments où elle était la plus malheureuse, c'était le seul moyen qu'elle connaissait de vaincre sa solitude, de pouvoir s'extraire de la platitude du quotidien.

— Couche avec moi, répéta-t-elle.

Pendant qu'Ömer la transportait au lit, à travers le brouillard dans lequel la plongeaient la fièvre et les vapeurs d'alcool, elle vit le visage doux et calme de cet homme qui lui inspirait confiance. Elle retrouva le sentiment de chaud et infini bonheur qu'elle éprouvait, enfant, dans les bras de son père les soirs où elle se couchait hébétée par une forte température.

Ömer déposa tout doucement sur le lit le joli corps qu'il tenait dans ses bras. Il le couvrit avec soin. Les cheveux de la jeune femme se répandirent sur l'oreiller. Il mouilla un linge et le posa sur son front, il lui passa de l'eau de Cologne sur les poignets.

Il faisait jour quand elle ouvrit les yeux. Elle se sentait vaseuse, elle avait un mauvais goût dans la bouche. Elle remarqua que ses lèvres étaient sèches et gercées. Les veines lui battaient aux tempes et la fièvre n'était pas encore tombée. Tout ce qui s'était passé cette nuit se bousculait, se mélangeait dans sa tête : les mimosas, le vin, les cerfs, les oiseaux, le visage d'Ömer… « Quand j'ai supplié "couche avec moi", à qui est-ce que je m'adressais ? À Arın, à Ömer ? » Elle essaya de se redresser. Elle renversa le verre d'eau posé sur la table de nuit.

— Tu as fini par te réveiller, la fièvre a dû un peu baisser. Tu m'as fait peur hier soir.

Elle perçut dans sa voix une pointe de retenue, d'incertitude. Peut-être à cause de ce qu'elle avait raconté la veille, peut-être parce qu'elle lui avait dit « couche avec moi ».

— Rien d'alarmant. Il faisait très frais à Istanbul, j'ai dû prendre froid. Et j'ai bu ce vin trop vite, je crois. Merci pour tout. Je ne voudrais pas t'embêter davantage. Je vais bien, je vais prendre un médicament pour faire baisser la fièvre et demain, il n'en paraîtra rien.

Ömer s'approcha au bord du lit en tâchant de ne pas trop faire remuer le matelas. Il posa doucement un baiser sur son front, ses joues, ses yeux puis, sautant ses lèvres sèches, sur son menton, son cou…

« Hier soir, je lui ai dit "couche avec moi", se rappela Ülkü. J'ai voulu me servir de lui pour me convaincre que la jouissance sexuelle n'est rien d'autre qu'un contact charnel, qu'un stimulus neuro-cérébral, qu'un ressenti animal, que l'on peut vivre le même émoi avec tout le monde, pour me libérer de mon obsession d'Arın. »

Elle se sentit coupable et redevable. Elle tira la couverture qui glissait pour essayer de s'en couvrir la poitrine.

En un geste plein de douceur et d'affection, Ömer saisit la couverture et la remonta sur la jeune femme. Il caressa ses cheveux collés par la sueur sur son front.

— Je t'aime, dit-il. Sans tout ce que tu m'as raconté hier soir, jamais je ne te l'aurais dit. Je suis quelqu'un de très timide. Chut, ne dis rien, je ne veux rien entendre à ce sujet. Il faut que tu t'accordes encore un peu de temps. La blessure est encore fraîche. Regarde, les mimosas que tu as rapportés n'ont même pas encore fané. Tu as besoin de temps. Nous avons besoin de temps. Tu t'en remettras. On finit toujours par s'en remettre, par oublier ; l'humain passe son temps à recommencer. Nous recommencerons. Repose-toi pour l'instant. Je vais chercher quelque chose que tu pourras avaler. Des oranges, une soupe…

Quand il revint quelques instants plus tard, il avait à la main un gros bouquet de marguerites.

— Marguerites contre mimosas, dit-il. J'ai confiance dans les marguerites. Elles sont humbles mais opiniâtres.

Il rit, de ce sympathique et lumineux sourire de lapin.

***

Ömer Ulaş se rappellerait toujours ce jour-là les années suivantes. Comment il avait essayé de lutter avec des marguerites contre une autre personne, contre des mimosas dont il sentait qu'ils appartenaient à un autre monde ; comment tous deux voulaient sincèrement croire en la puissance des marguerites, comment ils avaient fait semblant d'y croire des années durant et comment ils avaient été vaincus…

Jusqu'à ce jour, il n'avait pas fait remonter à sa conscience que ce qui le perturbait depuis si longtemps, la chose qui le dérangeait, qui le déconcentrait au beau milieu d'une importante réunion, d'un débat, de la préparation d'une action, c'était l'existence d'une femme au passé dont il ne savait presque rien, envers laquelle il avait même quelques préventions. Et puis à un moment où il ne s'y attendait absolument pas, par pur hasard, Ülkü avait surgi toute nue en face de lui. Il avait compris que ce que la jeune femme essayait d'expliquer avec des bribes de phrases, un flot de paroles prononcées comme dans un rêve, des vers tirés de poèmes, des images où rêve et réalité se confondaient, c'était un amour de jeunesse qui était obligé de prendre fin quand bien même il n'était pas totalement consumé, et comme tous ses congénères, avec l'instinct des chats mâles se tenant en embuscade, il avait senti que son jour était venu.

En dehors d'un bref et mauvais mariage dont il avait relégué le souvenir dans ses années de jeunesse, il n'avait pas eu de relation longue et sérieuse. Les intenses activités politiques dont il s'était chargé en sus de son travail de professeur à l'université – activités qu'il se gardait de qualifier d'« action révolutionnaire », considérant ce genre d'expression comme un signe d'immaturité, une sorte de maladie du gauchiste novice – ne laissaient guère de temps pour la vie privée, pour l'amour, pour des sentiments réclamant attentions et efforts. Et il ne s'en plaignait pas, jusqu'à sa rencontre avec Ülkü, jusqu'à ce qu'il soit happé dans son orbite. Les heures qu'Ömer Hodja passait avec les jeunes qui remplissaient la classe dans ses cours d'histoire des idées, qui attendaient toujours de sa part le dernier mot dans les débats qu'il suivait avec une grande tolérance, qui restaient suspendus à ses lèvres quand il expliquait les problèmes du marxisme, du socialisme ; le groupe de l'Opposition ouvrière qu'il avait créé pour constituer un noyau de dirigeants et qui ne faisait que s'élargir ; la revue dont on savait que la plupart des textes étaient écrits par lui-même… tout cela remplissait totalement sa vie. Quant à ce qui le nourrissait spirituellement, il le puisait dans le respect dont il jouissait dans les milieux de gauche, dans son statut de « professeur » dont il paraissait ne faire aucun cas et, surtout, dans l'espoir d'arriver à instaurer une société socialiste, un but qu'il s'était fixé dès sa plus tendre jeunesse, dans sa conviction révolutionnaire dont il disait : « Si nous ne le voyons pas, nos enfants le verront. »

C'était une phrase qu'il tenait de l'ajusteur Müslim Usta de l'atelier de réparation ferroviaire d'Eskişehir. « Moi, je ne le verrai pas. Mes enfants, je ne sais pas, mais mes petits-enfants le verront certainement », disait Müslim Usta qui n'avait pas d'enfants. Ensuite, il jetait un coup d'œil autour de lui et, après s'être assuré que personne ne l'entendait, il chuchotait : « Lui, qui travaille quelque part comme fonctionnaire du registre foncier, un postier, un militaire, un conducteur de tramway ; ici, il est ajusteur, manœuvre sous la terre dans les mines de charbon de Zonguldak, elle est ouvrière dans les dépôts de tabac du monopole à Istanbul… » La liste de Müslim Usta continuait ainsi à s'allonger. Happés par la magie du mystère, quelques jeunes gens dont Ömer faisait partie écoutaient les récits du vieil homme avec des yeux écarquillés et le cœur battant d'excitation, en retenant leur souffle. Il racontait, de même qu'il l'eût fait d'un conte, comment ils avaient collé les prospectus du parti sur les arbres le 1er mai 1933, comment il avait lancé par la fenêtre les paquets de prospectus du parti enfermés dans des journaux en gare d'Eskişehir alors qu'il allait en train à Ankara, comment il avait échappé à la filature de la police secrète, rendu visite à Nâzım Hikmet dans la prison de Çankırı et réussi à ne pas essuyer trop de déboires du fait qu'il passait pour un doux dingue.

Les ouvriers de l'atelier de réparation ferroviaire ne le prenaient guère au sérieux et le considéraient comme inoffensif et un peu fêlé, mais les pères serinaient pourtant à leurs fils de ne pas trop fréquenter celui qu'on appelait Müslim le Communiste. Histoire qu'il n'aille surtout pas leur mettre de mauvaises idées dans la tête qui les dressent contre le peuple et l'État.

Ömer avait seize ans à l'époque où il essayait d'écrire au crayon à papier dans un carnet aux pages jaunes les poèmes de Nâzım que Müslim Usta déclamait par cœur :

Fer, charbon, et sucre,
Et cuivre rouge,
Et textiles,
Et amours, et violence, et vie,
Et toutes les branches de l'industrie,
Et la Petite, et la Grande et la Blanche Russies,
Et le Caucase, la Sibérie, le Turkestan,
Et le cours mélancolique de la Volga
Et les villes eurent leur sort
Changé, en un moment d'aube
En un moment d'aube où, surgis des rives de la nuit,
De leurs bottes neigeuses
Ils foulèrent les escaliers de marbre[1].

— Écoute, il n'y a qu'à toi que je fais écrire cela, avait-il dit. Pour les autres jeunes, les histoires suffisent, mais ne t'y fie pas trop. La toile dont tu es fait est solide, mon fils. C'est vrai que toi tu es fils d'ouvrier. Conserve bien ton cahier, mais ne le garde

1. *Petrograd 1917*, poème extrait du recueil *Il neige dans la nuit et autres poèmes*, de Nâzım Hikmet, éditions Gallimard, 1999 (traduit du turc par Münevver Andaç et Güzin Dino).

pas trop à la main. Apprends les poèmes par cœur, et détruis ton carnet ensuite. Il y a aussi *L'Internationale*. La marche de tous les ouvriers du monde. Mais ne l'écris surtout pas, apprends-la simplement par cœur : « Debout les damnés de la terre, debout les forçats de la faim, la raison tonne en son cratère : c'est l'éruption de la faim ! »

Il y avait quelque chose de triste, de poignant dans la façon qu'avait le vieil homme de chanter *L'Internationale* à voix basse pour que personne n'entende tout en essayant d'y mettre de l'enthousiasme. Plus tard dans sa vie, ses propres expériences lui apprendraient que la tristesse qu'il avait si tôt perçue provenait de l'antagonisme entre la force de cette conviction proche de la foi et l'impuissance que générait l'impossibilité de la proclamer.

— Il paraît que tu vas souvent voir Müslim Usta, avait dit un jour son père. Il est un peu fêlé, mais c'est un homme bon. En plus, dans l'usine, il n'y a pas meilleur ajusteur que lui. Dommage qu'il soit taxé de communiste. Tu vas finir par être fiché si tu es trop cul et chemise avec lui. Regarde, tes frères ont terminé l'école d'apprentissage, ils vont entrer à l'atelier de réparation ferroviaire et commencer à travailler. On a voulu te faire étudier. On aurait très bien pu t'envoyer à l'école d'apprentissage toi aussi en se disant qu'un fils d'ouvrier devient forcément ouvrier. Mais on s'est dit non, qu'il fasse des études, qu'il devienne fonctionnaire d'État, qu'il aille jusqu'aux études supérieures, que sais-je, qu'il devienne sous-préfet ou autre chose du genre. Si maintenant tu es fiché pour les deux, trois histoires que te raconte ce fou de Müslim, tu te grilles.

Comme Müslim Usta, son père était ouvrier à l'atelier ferroviaire depuis des années. Comme toutes les familles ouvrières du site, celle d'Ulaş avait une vie qui paraissait se confondre avec l'entreprise. On se formait dans l'école de l'entreprise ; l'école une fois terminée, on entrait comme apprenti dans l'usine, on s'élevait jusqu'au rang d'ouvrier hautement qualifié, de contremaître, on jouait au football dans le club de sport de l'exploitation, le club Demirspor ; on se débrouillait pour entrer à l'œil aux concerts, aux manifestations artistiques organisés par l'entreprise où affluaient les dirigeants de l'établissement, les directeurs, les ingénieurs et les syndicalistes qui commençaient tout juste à se développer, on habitait dans les logements de l'entreprise ou à proximité, on parlait locomotives et chemin de fer.

Ce qu'Ömer ne comprenait pas, c'est pourquoi son père ne se sentait pas appartenir à cet énorme ensemble que Müslim Usta appelait la « classe ouvrière » et pourquoi les syndicalistes eux-mêmes regardaient Müslim le Communiste avec un peu de suspicion et de compassion.

Ses premiers grands choc et peur, il les avait vécus le jour où Müslim Usta s'était fait tabasser au point d'avoir le nez et la bouche en sang. Ce jour-là, le conseil général du syndicat des ouvriers du chemin de fer d'Eskişehir s'était réuni dans le local de l'établissement. Son père disait constamment que les actions de ce syndicat ne donneraient rien, vu que l'entreprise appartenait à l'État – qu'il s'agisse d'augmentation, de droit ou quoi que ce soit, c'est à l'État qu'il fallait le réclamer –, et que sous prétexte de cotisations, le syndicat plumait les ouvriers. D'après Müslim Usta, le syndicat ne permettait pas la libération de la classe ouvrière, évidemment, mais il apportait quand même aux ouvriers un sentiment de partenariat, la volonté de lutter, la conscience de classe. Toujours est-il que les dirigeants du syndicat de l'atelier ferroviaire étaient non pas de vrais représentants de la classe ouvrière, mais des agents du gouvernement. C'est pour cela qu'ils ne défendaient pas les droits des ouvriers. Il fallait que des ouvriers avec une conscience passent à la tête du syndicat.

Ces idées, il ne cessait de les clamer à l'approche du congrès du syndicat, à l'usine, au café et à qui voulait l'entendre. Il s'était mis à les défendre au conseil général ; ceux qui s'étaient contentés de le huer à ce moment-là lui étaient tombés dessus alors qu'il se promenait seul au bord du fleuve Porsuk.

Quand Ömer l'apprit le lendemain, il hésita un moment : devait-il aller voir Müslim Usta ou pas ? « Et si jamais ils me tapaient dessus aussi ? Et si, comme dit mon père, ma vie ripait à cause d'eux ? » Puis il eut honte de lui-même, et bien que personne ne sache quelles étaient ses pensées et ses craintes, il rougit jusqu'aux oreilles, comme pris sur le fait. C'était un 10 novembre froid et pluvieux. Le matin, à l'école, allait se tenir la cérémonie de commémoration d'Atatürk. Il fallait qu'il apporte à l'école des chrysanthèmes jaunes de leur jardin. Les enseignants qui passaient devant chez eux le matin pour se rendre à l'école avaient comme tout le monde entendu parler de sa mère, célèbre pour les fleurs qu'elle faisait pousser dans leur petit jardin – tulipes, jacinthes, jonquilles selon la saison, et en automne asters et chrysanthèmes de toutes les couleurs. Pour décorer le coin consacré à Atatürk, il fallait des chrysanthèmes blancs et jaunes. Il décida de livrer les fleurs de bonne heure et dès que son professeur et lui les auraient disposées à leur place, il s'éclipserait pour faire un saut chez Müslim Usta. C'était la seule occasion qu'il aurait de s'absenter sans que personne le remarque. Si quelqu'un posait une question, il n'aurait qu'à dire qu'il avait oublié quelque chose à la maison, qu'il retournait le chercher et reviendrait à temps pour les cours.

Dans la maison où il vivait seul, Müslim Usta était allongé sur le canapé. Pour voir qui sonnait à la porte, il passa la tête par la fenêtre de la minuscule maison de plain-pied badigeonnée d'un mélange de chaux et d'indigo. En apercevant le garçon, son visage s'illumina de bonheur.

— Entre, dit-il. N'aie pas peur, je n'ai rien. Juste quelques plaies. Ils me sont méchamment tombés dessus. Ils étaient deux. Dans le noir, je n'ai pas pu voir qui c'était. Je suis allé au commissariat, ils m'ont dit : « Estime-toi heureux de t'en être tiré vivant, et tiens un peu ta langue. » À mon avis, c'étaient des gars de la délégation régionale des démocrates. Avant qu'ils soient au pouvoir, ces ennemis de la classe ouvrière n'avaient que les mots de « liberté syndicale » à la bouche. Depuis qu'ils y sont, ils font regretter le Parti républicain du peuple.

— Je voulais vous souhaiter un prompt rétablissement, Usta, bredouilla-t-il. Et vous demander si vous aviez besoin de quelque chose. Ma mère peut vous faire une soupe.

— Merci. Tu me vois allongé comme ça, mais ne t'inquiète pas. En réalité, je ne suis pas mal au point de rester alité. Mais, comment expliquer, j'ai mal à l'intérieur. Cela fait des années que j'ai mal à l'intérieur, fils. Avec tous les ouvriers qu'il y a dans cette usine. Je parle en leur nom. Je me fais le porte-parole de ce qu'ils devraient dire. Et après, je me fais taper dessus, la nuit, au bord du fleuve. Si par coïncidence quelqu'un n'était pas passé par là, ils m'auraient peut-être jeté dans le Porsuk et je serais mort à l'heure qu'il est. Les ouvriers avec qui nous travaillons depuis tant d'années auraient dit de moi : « Müslim le Fou ou Müslim le

Communiste se promenait au bord du fleuve alors qu'il était ivre, et il est tombé. » Si je suis alité, c'est moins par souffrance physique que morale. Tu sais ce qu'on dit : « Couvre-moi que je meure. » J'ai mal, fils.

Il vit une larme perler dans les yeux du vieil homme. Sa gorge se noua. Il ne sut quoi dire.

— Tu te rappelles ce que tu disais, maître ? « Si nous ne le voyons pas, ni nous ni nos enfants, nos petits-enfants le verront sûrement », bredouilla-t-il. Ne te tourmente pas. Comme disait le poète : « Si je ne brûle pas, si tu ne brûles pas[1]… »

L'homme serra le jeune garçon contre lui.

— Il y a un postier quelque part, quelque part il y a un gardien, quelque part il y a un cheminot, quelque part un tailleur, marmonna-t-il.

— Quelque part, c'est un lycéen, termina Ömer.

Des années plus tard il avait revu une dernière fois le vieil ouvrier qui avait sans doute changé le cours de toute sa vie.

C'était à la fin du mois d'octobre 1961. Il venait de terminer l'université, il avait passé avec succès les examens pour travailler comme assistant et, en attendant sa nomination, il était revenu à Eskişehir, dans la maison paternelle. Son cœur s'était réchauffé à la vue des chrysanthèmes et des asters grenat de sa mère dans le jardinet devant la maison à laquelle on avait rajouté un étage et une pièce à l'arrière. Il y a quelque chose de magique dans les souvenirs qui lient les gens à leur enfance, à leur prime jeunesse.

Le pays de son enfance, de ses années de jeunesse et d'adolescence : Eskişehir… Le Porsuk foisonnant de truites en dehors de la ville, s'écoulant à travers les champs de blé et de gesses où l'on chasse

1. Poème de Nâzım Hikmet.

les grenouilles utiles pour soigner les verrues, léchant les branches de saules pleureurs et les nymphéas ; jaunissant une fois entré en ville, se troublant, avalant les quais lorsqu'il était en crue. Fume-cigarettes, pipes, colliers, bracelets en écume de mer. Le *Istasyon*, le *Fidanlık* où l'on sortait se montrer ; les cinémas d'été où l'on passait « en une fois les vingt-huit épisodes » des films de cow-boys. Et puis un autre monde : le cercle militaire des parachutistes ; l'endroit où l'on achetait de la vieille toile de parachute au kilo pour le trousseau des filles. Et l'atelier ferroviaire ayant pour nom « usine du chemin de fer d'Eskişehir », la fabrique de sucre, les scieries, les moulins, le quartier tatar, les logements militaires, les maisons ouvrières…

« Arif Oruç[1] était-il originaire d'Eskişehir ? Et ces premiers communistes issus de l'université communiste des travailleurs d'Orient qui s'étaient installés dans la bourgade sous prétexte qu'il y avait trois, quatre ouvriers dans l'atelier ferroviaire et "liés" avec des gens comme Müslim Usta, qui étaient-ils ? Avaient-ils réellement existé ou étaient-ils seulement des héros de notre histoire officielle communiste ? »

— Ton père est à l'usine, avait dit sa mère. Aujourd'hui est un grand jour. Tout le monde est là-bas. Ils ont terminé les Devrim[2]. D'après ton frère, il n'y a plus qu'à passer un coup de peinture.

1. Le journaliste Arif Oruç (1893, Elazığ-1956, Istanbul) fut l'un des fondateurs en 1920 à Eskişehir du quotidien *Yeni Dünya* (« Monde Nouveau »), un organe de presse officiel du Parti communiste de Turquie (*Türkiye Komunïst Fırkası*), qui sera fermé une première fois en 1921 après des articles appelant à la grève les ouvriers du chemin de fer.

2. « Révolution », en turc. La Devrim fut la première automobile conçue et fabriquée en Turquie, en 1961, sur ordre du président Cemal Gürsel.

« On a terminé les “révolutions”, il ne manque plus qu’un coup de peinture », avait-il pensé, et cela l’avait fait beaucoup rire. Depuis son enfance, il était habitué à voir chaque nouvelle locomotive fabriquée dans l’atelier se faire attribuer un nom et acquérir aussitôt une personnalité indépendante. Mener un travail sur les « mécanismes de résistance psychologique de la classe ouvrière contre l’aliénation » eût été très intéressant.

— Les Devrim ? Qu’est-ce que c’est, maman ? Le nom d’une nouvelle locomotive ?

— Une locomotive ? Encore plus grand, encore plus grand ! La première automobile turque. Demain, 29 octobre, elle sera à Ankara. Elle passera devant Gürsel Pacha. Ton père, tes frères, ton oncle… ils sont tous à l’usine.

En passant le portail de ce lieu de travail, il s’émut. Il connaissait les gardiens à l’entrée, c’étaient des amis d’enfance.

— Tout le monde est dans l’ancienne fonderie, lui dirent-ils. Les Devrim sont terminées. Ton père, tes frères et tous les autres sont là-bas. Il faut qu’ils finissent à temps pour demain, pour les cérémonies de la République.

Le chiffre un était inscrit à l’entrée de l’ancienne fonderie. On lui expliqua : après la révolution[1], l’usine de chemin de fer d’Eskişehir avait été chargée de la construction de la première automobile turque avec le 29 octobre 1961 comme date butoir. Les ouvriers de l’atelier ferroviaire n’avaient que quatre mois et demi devant eux. Chaque matin, à l’entrée de l’ancienne fonderie qui servait d’atelier, on suspendait un carton indiquant le nombre de jours qu’il restait pour terminer

1. Révolution du 27 mai 1960, suivie par la promulgation d’une nouvelle Constitution le 9 juillet 1961.

le travail. Et ce jour-là, il n'en restait plus qu'un avant de livrer les deux petites automobiles.

Il entra dans l'atelier. Il était bondé au point d'entraver le travail des équipes. Il distingua son père dans un coin. Ils s'embrassèrent.

— Tu es venu au bon moment, c'est un jour faste, dit son père. On s'en est bien sortis, l'honneur est sauf. La Devrim sera prête juste à temps. Les petites retouches de peinture, de mastic et de vernis seront faites en route, pendant le transport en train. Impossible ils ont dit, ils n'y arriveront pas, mais tu vois, on y est arrivés.

Comme il ne voyait pas très bien en quoi consistait leur réussite, il peinait à se joindre à leur enthousiasme.

— C'est bien, dit-il. Je suis content, c'est chouette d'y être parvenu.

À ce moment-là, dans une sorte de hangar à distance de l'atelier, il vit Müslim Usta.

— Müslim Usta aussi est là ! s'exclama-t-il avec joie.

— Sans les piliers habituels, la fête serait incomplète ! Voilà longtemps qu'il est à la retraite, mais il est tout le temps fourré ici.

Il se dirigea vers Müslim Usta. Il sourit à part soi : « Müslim Usta me racontera la "révolution". »

Il s'arrêta devant le vieil homme et lui baisa la main.

— Ils disent que la « révolution » est terminée, maître, qu'est-ce que tu en dis ?

Le vieil homme le considéra avec un regard vide puis, les mains et la mâchoire tremblantes, il serra Ömer dans ses bras.

— Ça viendra, dit-il. Celle-là est faite, la vraie révolution aussi viendra.

— Elle viendra, maître. Tu te rappelles, un jour tu m'avais dit : « J'ai mal au fond de moi. » Tu étais tout seul dans Eskişehir. Mais maintenant, tu n'es plus seul, nous ne sommes plus seuls.

— Sois quand même prudent, fils. Ils sont très malins. Tu vois ces voitures. Je n'y ai pas travaillé, ça me fait pourtant monter les larmes aux yeux. Si la classe ouvrière le veut, elle le fait. Mais sache que la révolution, ce n'est pas ça. Les militaires lui ont ouvert la voie en 1960. Si tu connais la marche à suivre, tu parviendras à la révolution.

Il tomba une nouvelle fois en admiration devant la logique parfaitement limpide de cet homme. Ce doit être ce qu'on appelle l'intelligence du prolétaire, le bon sens du travailleur.

— Pour connaître la marche à suivre, il faut un guide, disait-il à voix basse. Il faut un commandant, il faut une armée. Si courageux soit-il, un franc-tireur ne gagne pas la guerre. Cherche un guide, fils. Cherche-le. Cherche le bon parti. Même s'ils disent qu'il n'existe pas, qu'il est dissous, le Parti existe. Cherche-le.

Il avait cherché le Parti et avait cru l'avoir trouvé. Quant à la question que, des années plus tard, il se poserait en redoutant la réponse, c'était celle-ci : « Connaissions-nous la marche à suivre ? »

***

La première fois qu'il avait vu Ülkü, c'était à l'automne 1970, chez un ami de l'université. Un soir où il n'avait aucune envie de s'enfermer dans sa chambre de vieux garçon, ni d'aller à la section régionale, à la revue ou à l'association des élèves de l'école d'Administration, il était passé chez ce dernier qui lui avait dit : « Entre, assieds-toi, une ancienne amie d'école de ma femme est là pour le dîner. C'est une fille adorable, vous ferez connaissance. »

Ülkü venait de rentrer de France, elle avait commencé à travailler à l'université comme lectrice de français. Elle était hébergée par quelqu'un de sa famille et cherchait un logement à Ankara. Il lui avait indiqué l'immeuble où il avait vu un panneau « à louer » lorsqu'il était passé devant la dernière fois et lui avait conseillé d'aller jeter un coup d'œil.

Ce soir-là, on avait surtout parlé des dernières modifications constitutionnelles et des répercussions qu'elles pourraient avoir sur le mouvement syndical ; de la montée en puissance du mouvement ouvrier qui dépassait autant les factions de gauche que la DISK[1] elle-même, comme l'avaient montré les événements des 15 et 16 juin 1970[2] ; du fait qu'on avait découvert une nouvelle liste d'agents de la CIA en Turquie.

— Nous voilà de nouveau repartis à blablater sur ces histoires sans fin, avait dit Ömer. Ülkü Hanım va s'ennuyer. Pour quelqu'un qui rentre de France et surtout de Paris, ce ne sont pas des sujets très intéressants.

— Arrête ton numéro. Comme si nous avions d'autres sujets de discussion… Les contes avec des ours racontent toujours des histoires de miel. C'est pareil pour nous. En plus, Ömer est le pire de nous tous. Ne t'y laisse surtout pas prendre, sinon il te fera traduire et écrire toute la journée.

— Ne l'écoutez pas. Je suis un simple maître de conférences. Mais si vous nous aidez pour les traductions, nous en serions ravis évidemment. Si vous saviez

1. Confédération des syndicats ouvriers révolutionnaires (cf. note p. 95).

2. Immense mouvement de grève et de manifestation en riposte à un projet de loi visant à limiter les droits syndicaux, qui rassembla des centaines de milliers de personnes et fit des centaines de blessés.

comme les traductions des sources marxistes sont affligeantes…

Ülkü avait souri avec douceur :

— Dès que j'aurai réglé cette question de logement, je me ferai un plaisir de vous aider. Par ailleurs, n'oubliez pas que je reviens de la France de Mai 68. Je ne suis pas si étrangère à ces sujets-là.

Lorsque le téléphone sonna un soir où il travaillait le nez plongé dans un monceau de livres et de revues, il eut du mal à reconnaître la jeune femme en entendant sa voix.

— Nous nous sommes rencontrés il y a quelques jours chez un ami, vous m'aviez indiqué une adresse d'appartement. Je l'ai loué ; je voulais vous remercier, disait la voix au téléphone.

— J'en suis ravi, Ülker Hanım. Trouver un logement à Ankara n'est franchement pas une mince affaire.

— C'est Ülkü, pas Ülker. Ülker, c'est le nom de ma sœur. Et enlevons ce terme d'« hanım » si vous voulez bien.

— D'accord, tout de suite, Ülkü – puis, d'une voix montrant clairement qu'il plaisantait, il ajouta : Je vais donc commencer à préparer les traductions.

— C'est un peu pour cela que j'appelais en réalité. C'étaient peut-être des paroles en l'air ce soir-là, mais j'aimerais vraiment apporter ma contribution. Quand j'étais à Paris, j'ai assisté à certains cours en auditeur libre, en dehors de mon cursus. Je ne suis pas totalement néophyte concernant la littérature marxiste.

La sincérité et la confiance dénuée de toute pédanterie qu'il perçut dans la voix de la jeune femme lui plurent.

— Vous ne vous êtes pas encore installée, et chez moi c'est passablement en désordre. Si vous voulez, retrouvons-nous demain quelque part à l'extérieur ou bien, non, le mieux, c'est dans mon bureau à la faculté. Nous discuterons aussi à propos des traductions.

En raccrochant après avoir convenu de l'heure du rendez-vous, il pensa : « Il faut toujours être prudent. La fille rentre juste de France. Qui est-elle, que fait-elle, était-elle réellement en France ? Pourquoi a-t-elle tout de suite sauté sur cette histoire de traduction ? Il faut au moins que j'essaie de mieux la connaître et d'en apprendre davantage. »

Le lendemain, quand elle se présenta à son bureau de la faculté, il discutait d'un travail de thèse avec deux de ses étudiants. Tandis qu'Ülkü franchissait la porte et se faufilait à l'intérieur, il s'étonna de ne pas avoir remarqué l'autre soir qu'elle était belle. Elle avait rassemblé son épaisse et sombre chevelure en un chignon serré derrière la tête, d'une façon que seules les très jeunes femmes n'ayant pas peur de paraître plus âgées osent arborer. Elle portait un ensemble vieux rose, avec un pantalon à pattes d'éléphant, ce qui était très à la mode à l'époque. Peut-être étaient-ce ses chaussures à talons hauts qui la faisaient paraître plus grande et plus mince qu'elle n'était. Son sourire était tout aussi lumineux et amical que le soir où il l'avait rencontrée.

Il vit les étudiants se regarder et se faire un petit clin d'œil. Entrant dans leur jeu, il gratifia l'un d'eux d'une tape amicale dans le dos et leur dit :

— Allez, vous pouvez ranger vos affaires, nous continuerons une autre fois. Comme vous le voyez, j'ai du travail. Montesquieu peut attendre, pas Ülkü Hanım.

Tout en essayant de ranger l'épouvantable fatras qui régnait sur son bureau, il parlait de l'importance de Montesquieu.

— C'est tellement dur de leur faire aimer les classiques, de leur enseigner les bases de l'histoire des idées. Les bons étudiants sont de gauche pour la plupart. Ils veulent seulement étudier Marx, Engels. Même Hegel, nous le faisons avaler en l'enrobant de sauce marxiste, en le présentant comme « le père de la dialectique que Marx parle de retourner ». Faire un devoir sur Adam Smith passe pour une déchéance. Nous sommes contre le capitalisme, n'est-ce pas ! Quant aux étudiants de droite, des faisceaux ultranationalistes, leur souci, c'est d'obtenir des notes suffisantes et de terminer l'école. Leur passe-temps favori, c'est de faire du grabuge dans les foyers étudiants, dans les rues. En ce moment, ils s'occupent essentiellement à faire la chasse aux gauchistes, à casser du gauchiste dans les universités, dans les campus.

— Dans un des cours que je suivais en France, un professeur disait que, pour comprendre ceux qui critiquaient le marxisme de l'intérieur, Marcuse, l'école de Francfort par exemple, il fallait comprendre Marx ; que pour comprendre Marx il fallait comprendre Hegel ; que pour comprendre Hegel il fallait comprendre les romantiques, et pour comprendre ces derniers, qu'il fallait comprendre les lumières, les positivistes. Il avait raison, je crois. Mais d'après ce que j'ai vu, la situation n'est pas très différente en France. Depuis Mai 68, tout a été bouleversé dans les universités.

Il n'avait pas pensé que cette chargée de cours arrivée de France puisse réfléchir et discourir de la sorte. Dès qu'il se rendit compte qu'il l'écoutait avec plaisir et un agréable étonnement, les doutes l'assaillirent de nouveau. « Il est certain que cette fille n'est pas quelqu'un de creux. Il faut être circonspect. »

— Vous avez préparé les textes à traduire ?

En entendant la question, il fut tenté de s'abriter derrière un prétexte du genre « je n'ai rien pour l'instant ». Mais cela risquait de paraître grossier et de le priver à l'avenir d'une aide précieuse.

— Vous avez une préférence ?

— Je ne sais pas, peu importe. Cela dépend de quoi vous avez besoin…

— Vous avez déjà fait des traductions de ce type, Ülkü ? Textes philosophiques, etc.

« De philosophie marxiste », avait-il failli dire.

— J'ai traduit pas mal de choses. En fait, depuis que j'ai terminé le lycée et commencé l'université en 1965, j'ai soit donné des cours de français, soit fait de la traduction. J'avais besoin de gagner ma vie.

Ömer avait éprouvé un sentiment de soulagement. Il s'en voulut un peu en voyant qu'il n'arrivait pas à se départir de ses idées toutes faites et de ses préjugés. Il s'était dit que c'était une bourgeoise qu'on avait envoyée faire ses études en Europe, à Paris. Il décida soudain de jouer franc-jeu. Le timide sourire de lapin qui s'imprimait sur son visage en de semblables circonstances étira ses lèvres.

— Je crois que j'ai été injuste envers vous, dit-il. Je… Je pensais que…

— Vous pensiez que j'étais une gosse de riche à qui son père a payé des études de philologie et un séjour à Paris, et qui trouve bien de travailler à l'université pour épater la galerie, n'est-ce pas ? Allez, avouez donc.

— Oui, en effet, j'avoue.

— C'est toujours ce qu'on s'imagine. Sans doute à cause de l'image que je renvoie. Dommage qu'il n'en soit pas ainsi, loin s'en faut. Je suis une fille d'instituteurs. Si j'ai pu faire des études, c'est parce que j'étais boursière. Vous savez, les profs ne touchent pas de gros salaires. Et après le décès de mon père, j'ai toujours été obligée de travailler. Et c'est grâce à une bourse du gouvernement français que j'ai pu aller à Paris.

— Veuillez m'excuser, j'ai dû vous paraître grossier. En réalité, quelle différence cela aurait-il fait si vous aviez été une petite-bourgeoise ? Ces dernières années, c'est à la mode d'être socialiste chez les enfants des familles riches. Notamment les groupes maoïstes. De leurs dirigeants aux militants de base, ce sont tous des enfants de bonne famille. Quant à ceux qui n'ont rien d'autre à perdre que leurs chaînes, moi qui suis issu d'un milieu ouvrier, je les connais très bien. Dès l'instant où la seule chose que vous ayez, ce sont vos chaînes, même cela vous avez peur de le perdre.

— À un moment, je traduisais des romans publiés en feuilleton dans un grand journal. Du genre à l'eau de rose, vous voyez… Je ne me rappelle même plus leur auteur, je ne pense pas que c'était quelqu'un de connu. Dans l'un d'eux, on parlait de la vie d'une famille d'ouvriers en Angleterre. La jeune fille de la maison qui travaille à l'usine finit évidemment par épouser son patron au grand cœur. Mais il y avait un chapitre que je n'ai pas oublié. Quand le fils de la famille, qui se réclame de l'anarchisme, accuse son père de trahir les ouvriers et lui demande : « Qu'as-tu d'autre à perdre que tes chaînes ? », le vieux mineur lui répond : « Mon travail et mon quotidien. »

— Il y a une réunion du département qui va bientôt commencer. Je dois y aller. Pour discuter de tout cela et fêter notre rencontre, puis-je vous inviter quelque part à dîner ce soir ? On regardera ensemble les textes à traduire.

— Volontiers. À Ankara, je me sens comme un poisson hors de l'eau. Je ne connais pas d'autre endroit que le *Piknik* et le *Yakamoz*.

Les jours suivants, Ömer constata avec plaisir qu'Ülkü s'intégrait rapidement à son milieu ; qu'elle réussissait à passer outre aux attitudes réticentes que les jeunes de la revue et du groupe de l'Opposition ouvrière semblaient avoir contre cette « bourgeoise sortie d'on ne sait où » ; qu'elle lisait attentivement les livres qu'il lui donnait pour développer ses connaissances théoriques ; qu'elle faisait preuve d'un grand soin et d'une grande discipline dans ses traductions. Mais il y avait dans cette jeune femme un côté insaisissable, quelque chose de trouble, qu'il ne comprenait pas, qui lui échappait et qui le dérangeait au plus haut point. Comme si tout ce qu'elle faisait – traductions, lectures, discussions, préparations à l'éducation ouvrière –, elle le jouait sur une scène de théâtre : sans se donner à fond, mais en donnant l'impression de s'y atteler corps et âme ; sans y croire vraiment, sans y trouver réellement de sens, mais en feignant d'y croire et de trouver cela intelligent ; en se comportant comme si elle était quelqu'un d'entre eux, mais elle semblait venue d'une autre planète…

L'atmosphère qui entourait la jeune femme et qu'il n'arrivait pas à saisir – était-ce un réel mystère ou jouait-elle un rôle ? – ne lui plaisait pas, mais alors vraiment pas. Mais il ne pouvait non plus se résoudre à sacrifier une relation si particulière. Il fallait qu'il connaisse Ülkü et perce le mystère.

C'est pourquoi il avait proposé qu'une de leurs réunions se tienne chez Ülkü, quand bien même il savait qu'il ne fallait pas dévoiler le domicile des militants agissant en toute légalité. Les intérieurs trahissent leurs habitants. D'infimes détails en disent beaucoup.

Son appartement était petit, propre et ordonné. Le kilim coloré Yörük de la pièce qui servait à la fois de bureau et de salle de séjour, la nappe aux motifs de fleurs et d'animaux d'inspiration Kastamonu qui couvrait la large table basse carrée ; les bibelots de toutes sortes disposés devant les livres sur les étagères : petits chats, lapins, une grande effigie de Mickey ; affiches de Mai 68 sur les murs : les célèbres slogans « Il est interdit d'interdire » et « La rue est belle » – des originaux qu'il lui enviait un peu ; les deux affiches de film sur le mur d'en face : *Jules et Jim* et *Casablanca*...

Alors qu'il prenait plaisir à regarder les affiches, il aperçut les vers écrits à la craie de couleur à même le mur : des vers de poèmes de Nâzım Hikmet, d'Edip Cansever, de Cemal Süreya...

— C'est un peu trop décoré, je crois, dit Ülkü avec l'air timide et coupable d'un enfant.

— Pas du tout ! Les affiches ont retenu mon attention, je les regardais. Ces affiches de 68 sont des originaux on dirait, ce sont celles qu'on affichait dans les rues au moment des barricades.

— Je crois que oui. Un ami français m'en a fait cadeau. Quand les barricades ont été érigées, je n'étais pas encore à Paris, mais j'ai quand même été entraînée dans le sillage des événements. C'était très particulier comme ambiance. Les mouvements étudiants étaient très différents de ceux de Turquie. Ils ne se limitaient pas seulement à une révolte contre l'ordre capitaliste, contre l'humain devenu dépendant de la marchandise – résultat de cet ordre – et contre la société de consommation. Contre la théorie sclérosée, contre les partis de la classe ouvrière devenue partie prenante de l'ordre établi... ils se révoltaient contre tout ce qui était institutionnalisé. Ils étaient en quête d'une liberté totale et absolue. Ils rêvaient juste d'une société où l'interdit serait prohibé. Ils croyaient qu'ils pourraient orienter les ouvriers vers la révolution. Mais c'est le mouvement ouvrier organisé qui leur a porté le plus grand coup. Le barrage du Parti communiste et des syndicats s'est avéré encore plus puissant que celui de l'État.

— N'oublie pas que les racines historiques de la gauche européenne et de la gauche turque sont très différentes. Derrière les communistes français et derrière le mouvement étudiant français, quand bien même ils en réfutent la tradition, il y a l'immense 1789 et la légendaire Commune. Si tu regardes l'Allemagne, c'est là que la théorie comme la pratique ont les racines les plus solides. Quant à nous, en Turquie, on est arrivés à l'époque actuelle en se nourrissant d'une pseudo-histoire, tronquée et assujettie, d'une tradition de gauche kémaliste et nationaliste chapeautée par l'État. Si ça n'avait pas explosé les 15 et 16 juin, on en serait encore à débattre non pas du rôle d'avant-garde de la classe ouvrière, mais de sa simple existence.

À l'évidence, les jeunes venus pour la réunion n'aimaient pas l'atmosphère qui régnait chez Ülkü, un peu trop libérale, un peu trop snob à leurs yeux. Il était clair qu'ils considéraient cette maison et son occupante comme insuffisamment révolutionnaires.

« Cela ne tire aucunement à conséquence », pensa Ömer. Les a priori voulant qu'un révolutionnaire soit d'autant plus fervent qu'il reste longtemps en prison, qu'un prolétaire soit d'autant plus authentique qu'il pue des pieds, que plus on est sectaire, plus on est bon communiste, il les avait toujours contestés. Il n'avait jamais considéré le Proletkult comme de l'art. Son sentiment de malaise était dû non pas au domicile et aux goûts d'Ülkü, mais à la sournoise méfiance qui se faisait jour dans leur cercle envers la jeune femme. Il savait que c'est encore à lui qu'il incomberait de la désamorcer.

Ce soir-là, quand ils repartirent une fois la réunion de revue terminée, Ömer prit congé d'Ülkü en lui témoignant une proximité qu'il voulut discrète. Les questions qui se bousculaient dans sa tête s'étaient dissipées. Les vers qu'Ülkü avait inscrits à la craie de couleur sur les murs trahissaient son secret : certainement un problème sentimental, une impasse dans laquelle elle se débattait. Si elle se jetait corps et âme dans un milieu qu'elle ne connaissait pas et proposait ses services avec une attitude missionnaire, c'était peut-être par espoir de commencer une nouvelle vie, de liquider les vieux problèmes dans un environnement totalement nouveau.

Il comprendrait les jours suivants qu'il ne se trompait pas.

***

« Le 27 avril 1971 est une date inoubliable, disait Ömer. C'est ce jour-là qu'a commencé la bataille rangée entre marguerites et mimosas – puis, un peu triste, il ajoutait : Ce jour-là dure encore. Comme la guerre de Cent Ans... »

Leur relation sentimentale, qui avait débuté ce fameux soir où Ülkü s'était couchée avec de la fièvre, n'avait pu durer que vingt jours, dans un jeu de cache-cache excitant et dangereux, en ce mois de mai où les arrestations, les descentes de police dans les partis, les associations, les imprimeries et les domiciles, étaient quotidiennes.

Ils allaient séparément au cinéma, chacun achetait deux billets, puis ils se retrouvaient dans la salle et s'asseyaient à côté. Ils se rendaient comme deux jeunes amoureux au jardin zoologique, au parc de la Jeunesse, dans les vignobles du Seyran et se promenaient main dans la main. Ils mangeaient ensemble dans de petits restaurants loin du centre et de leurs connaissances, ils buvaient du vin et parlaient sans arrêt.

Ülkü avait beau protester de l'inutilité de toutes ces précautions, elle avait beau affirmer que personne ne les recherchait et qu'ils pouvaient tranquillement se retrouver à la maison, Ömer était persuadé qu'on leur laissait la bride sur le cou pour mieux les coincer après, que le régime se durcirait de plus en plus et que le jour venu eux aussi se feraient coffrer. Il avait complètement dissous le groupe de l'Opposition ouvrière, rompu tous ses liens avec eux, quitté son logement, trouvé refuge dans un lieu sûr dont il n'avait donné l'adresse à personne et, sur la foi d'un certificat médical, déserté l'université pour un mois. Il considérait le fait de voir Ülkü comme une faiblesse indigne d'un vrai révolutionnaire, il s'en voulait, se culpabilisait, mais il ne pouvait y renoncer.

Prétextant que son propriétaire faisait des travaux dans l'immeuble, Ülkü avait de son côté commencé à loger chez une parente et ne passait chez elle qu'une fois de temps en temps. Elle ne manquait pas ses cours à l'université et, en dehors de cela, faisait attention à ne pas trop se montrer. Ils vivaient une période tellement bizarre et surréaliste qu'elle n'était pas en état de réfléchir sainement à Arın ni à sa relation avec Ömer. La seule chose qu'elle savait clairement, c'est qu'elle porterait Arın en elle comme une passion morbide, comme une maladie incurable. Elle avait une peur mortelle de consumer, d'oublier l'Arın qui l'habitait. Son inclination pour Ömer visait non pas à effacer son souvenir, mais à le faire perdurer. Non pas à chasser un clou par un autre, mais à consolider sa place.

Dans quelle mesure Ömer se rendait-il compte des sentiments de la jeune femme ?

Il n'était pas naïf au point d'ignorer que de nouvelles affections peuvent naître alors qu'on essaie de se consoler d'un chagrin d'amour. Il avait conscience que la femme qu'il avait en face de lui était plus profondément meurtrie qu'il ne pensait ; que son apparence calme et tranquille masquait un magma de sentiments complexes, passionnés et tumultueux dont il ne connaissait et ne voulait connaître les détails. Défaire ce nœud prendrait du temps, il le savait. Il consentait à attendre. Il avait trente-quatre ans et, sans doute pour la première fois, il était prêt à tomber vraiment amoureux d'une femme, qui plus est de dix ans sa cadette.

Être amoureux en cette année 1971, qui passait comme un bulldozer sur les amours, les amitiés, les gens, les vies, la jeunesse et les espoirs, cela revenait un peu à céder à l'attrait du romantisme révolutionnaire. Le plaisir des rendez-vous secrets ; une jeune femme à qui il était arrivé pas mal de mésaventures et un homme ayant dépassé la trentaine qui se contentent de se tenir par la main comme des jeunes de seize ans et de baisers moins fougueux qu'affectueux ; l'ambiance de mystère que créait l'impossibilité de se rejoindre et peut-être la conscience qu'ils ne se rejoindraient jamais…

Quand le coup de massue s'abattit sur les têtes et que ceux qui en étaient encore à discuter de la couleur du 12 mars furent douloureusement tirés de leur sommeil, Ömer pensa : « Je savais que les choses évolueraient ainsi. Contrairement aux jacobins et nationalistes, je n'ai jamais cru à ce fameux coup d'État du 8 mars censé être mené par l'aile réformiste. Je sentais les jours se profiler. Malgré cela, sachant pertinemment que le plus dur était à venir, que nous serions malmenés par des vents contraires, je n'ai pu m'empêcher de tomber amoureux d'Ülkü. »

C'était le 17 mai. Le consul général d'Israël Ephraim Elrom avait été enlevé, retenu en otage en échange de la libération de Deniz Gezmiş et de ses camarades, puis assassiné. En entendant la nouvelle, Ömer crut que ses jambes allaient se dérober sous lui, qu'il allait se pétrifier sur place. Il lança une bordée de jurons. « Mais ils se croient où, à quel stade de quelle révolution ! Les narodnikis avaient une base sociale, quant à Deniz et ses camarades, ils n'avaient pas de sang sur les mains. C'est quoi cette démonstration de force, c'est quoi cette tradition, c'est quoi cette guérilla ! On se croirait en Amérique latine, avec des types qui se prennent tous pour Che Guevara. Maintenant, on nous a chié dans la bouche. La gauche est en miettes. Si je dis quarante factions, vas-y, tu peux en compter le double. Ça fait combien de têtes en les rassemblant toutes ? Jusqu'à hier encore, la plupart soutenaient le putsch des généraux. Même s'ils reprennent un peu leurs esprits, à quoi bon maintenant. Et quel est le poids de ceux d'entre nous qui ne jurent que par la classe ouvrière. Deux, trois occupations d'usine, quelques grèves illégales, un parti émietté et le souvenir des 15 et 16 juin dont nous nous sommes beaucoup gargarisés, c'est tout. Ils nous cueilleront tous comme des poires. »

Il ne fallut que deux jours pour cueillir « comme des poires » tout ce que le pays comptait d'intellectuels, d'écrivains, de journalistes, d'hommes politiques et d'universitaires, à commencer par ceux qui avaient applaudi le 12 mars dans l'attente d'un putsch nationaliste kémaliste. L'opération *Balyoz*[1] s'était vraiment

1. L'opération *Balyoz* (« massue ») est une vaste offensive de répression menée dès le printemps 1971 contre l'ensemble de la gauche après l'enlèvement et l'assassinat du consul général d'Israël Ephraim Elrom par des militants d'extrême gauche.

abattue comme un coup de massue. On égrenait à la radio de longues listes de noms et les « chers concitoyens dénonciateurs » étaient appelés à faire savoir où se trouvaient les personnes suspectes et recherchées.

Après avoir écouté à la radio le communiqué du 18 mai du commandement de l'état de siège d'Ankara, Ömer se rendit à l'adresse où résidait Ülkü, parfaitement conscient des risques qu'il courait. L'obscurité était tombée ; c'était un doux et beau soir de printemps. Avec un pincement au cœur, il se dit que cela pourrait être la dernière fois qu'il voyait sa petite amie. Un tardif amour, un tardif espoir de bonheur… Alors qu'il expliquait à la vieille dame venue ouvrir la porte qu'il travaillait à l'université avec Ülkü et qu'il passait récupérer un livre, la jeune femme entendit leur conversation et parut. Elle ne l'attendait absolument pas. Elle était stupéfaite et presque apeurée. Elle lui dit de ne pas rester sur le palier et d'entrer. Ils passèrent ensemble dans la petite chambre d'Ülkü.

— Tu as dû écouter la radio, tu es au courant, dit Ömer.

— Oui, mais ton nom n'y était pas.

— Cela ne veut rien dire. Combien y a-t-il de listes encore, quels noms choisissent-ils de divulguer et pourquoi, quels sont leurs calculs à propos des noms qu'ils taisent ?… Nous n'en savons rien. Si tu as fait attention, cette première liste porte essentiellement sur les militants du THKP-C à l'origine de l'enlèvement d'Elrom, et sur les putschistes du 8 mars, c'est-à-dire sur les autres membres de la junte. Parmi eux, il y aurait soi-disant des membres du cabinet du 8 mars. Nous avons aussi entendu parler d'arrestations au sein de l'armée, mais ils n'en font pas publicité. Cette première vague sera suivie par les noms de gens appartenant aux milieux syndicaux, partisans et ouvriers.

— Que penses-tu faire ?

— Je vais partir.

Il avait dit cela sans regarder la jeune femme, en détournant les yeux.

— Je vais partir, répéta-t-il. Je te donnerai un nom et une adresse. Ne les note surtout pas, apprends-les par cœur. Ce n'est pas un vrai nom. Mais si tu y es vraiment contrainte – mais vraiment contrainte, insista-t-il –, tu peux essayer de me faire parvenir un message par le biais de cette adresse. Ne donne surtout pas ton nom, dis que tu es ma belle-sœur. Je retrouverai ta trace, Ülkü, je crois que je trouverai toujours un moyen pour te retrouver. Si tu reçois de quelque part une lettre ou des nouvelles de « ton frère », ne t'étonne pas.

Tandis qu'elle s'employait à mémoriser le nom et l'adresse, elle dit :

— Ne t'inquiète pas, je me débrouillerai. Ne prends surtout pas de risque pour venir me voir. Je pose la question au cas où : si jamais ils m'arrêtent moi aussi et qu'ils m'interrogent à ton sujet, qu'est-ce que je dois dire ?

— Tu diras que tu me connais de la revue. Cela, nous ne pouvons pas le cacher. Tu diras que, comme tu parles français et que tu t'intéresses à la philosophie marxiste, tu faisais des traductions, et que c'est pour cette raison que tu m'as rencontré. Ils ont peut-être surveillé ton domicile. Même si ça ne s'est produit qu'une ou deux fois, c'était une erreur de nous réunir chez toi. Je n'aurais pas dû passer si fréquemment non plus. Il faut être prudent. S'ils connaissent la maison, tu diras que nous sommes venus une ou deux fois pour discuter des textes de la revue, à un moment où tu étais malade. Je ne pense pas qu'ils te cuisinent davantage. Cela ne fait pas longtemps que tu es à Ankara, ils n'en savent pas trop sur toi.

— Oui, tu as raison. Hormis ceux dont le nom est célèbre, il y a quelques personnes que je connais bien dans cette liste ; ils sont tous d'Istanbul. J'avais un copain de fac qui s'appelait Mehmet. Un ouvrier, en fait. Maintenant que j'y pense, je crois que c'est lui qui m'a amenée à me rapprocher du socialisme, du marxisme et même du parti. Dès cette époque, il avait commencé à dire que les choses ne viendraient pas comme ça, que la révolution ne se ferait pas toute seule et que le TIP était opportuniste. Il était l'un des premiers adhérents du Dev-Genç issu des FKF[1]. Son nom figure également sur la liste.

Ömer fut envahi par un sombre sentiment de tristesse. Il se sentit fatigué, abattu. « Or, tout ne fait que commencer, pensa-t-il. Toutes les grosses erreurs, la désorganisation et l'amateurisme, on va en payer les conséquences. Nous avons tous une part de responsabilité là-dedans. Les anciens fusils qui n'arrêtent pas de se tirer dans les pattes au sein du Parti, les seigneurs de la révolution à la remorque de la junte gauchiste qui instrumentalise les jeunes pour ses propres intérêts, nous les maîtres scribouilleurs qui sortons des revues à tout bout de champ et qui nous combattons férocement… Notre carriérisme, notre façon de prendre nos rêves pour la réalité, notre pacifisme que nous tâchons de camoufler derrière un nuage de paroles et nos slogans creux. Que celui d'entre nous qui est sans péché jette la première pierre. »

1. *Devrimci Gençlik* (Jeunesse révolutionnaire), organisation étudiante et activiste fondée en 1969 dans le sillage de la Fédération des clubs de l'idée (*Fikir Kulüpleri Federasyonu*), créée en 1965.

— Tout le monde s'est dispersé, dit-il. Dorénavant, c'est en prison que nous devrons constituer les fronts et les alliances. L'erreur, c'était peut-être de confondre préparation à la révolution et jeu de cow-boys. C'était oublier que nous ne verrions pas la révolution et que nos enfants ne la verraient pas non plus. N'empêche, ici c'est la Turquie. Les conditions peuvent changer de façon totalement inattendue. Je dois partir maintenant. J'ai beaucoup de choses à faire avant le couvre-feu.

Il prit la main d'Ülkü.

— Je te retrouverai. Laissons donc passer cette tempête. Je n'ai pas oublié une seconde de ce que nous avons vécu, toi non plus n'oublie pas la guerre ouverte des marguerites contre les mimosas.

Ébauchant à peine son sourire de lapin, il restait planté là, sans savoir que décider. « Il faut que j'abrège, pensa Ülkü, il faut couper court avant que ça devienne plus difficile et que l'atmosphère se fasse plus lourde. » Elle se pendit à son cou. Elle posa légèrement ses lèvres sur les siennes. Et resta ainsi. Une douce chaleur se diffusa en elle. Un beau sentiment empli d'affection, de confiance et d'amitié. Comme si elle embrassait un frère vivant avec elle une relation interdite…

— Les marguerites sont humbles et résistantes, à coup sûr elles gagneront, dit-il.

***

— Vous pouvez considérer le texte en français que vous avez entre les mains comme un plan, disait Arın Murat. Ce texte reste valable dans ces grandes lignes, j'essaie juste de l'ouvrir et de l'approfondir. Mais je souhaiterais rappeler une fois de plus que je ne m'exprime pas à titre officiel, que l'ensemble de mes propos reflète entièrement mes idées personnelles et que cela n'engage en rien la république de Turquie. S'il nous fallait résumer la période du 12 mars…

« Résumer la période du 12 mars ? pensa Ülkü… Et après, il résumera la période du 12 septembre ? Et l'après-1990 ? Les tués par pendaison, par balles, les morts, les exilés, les démolis, les laminés, les renégats, les héros… comment en faire le résumé ? En combien de mots, en combien de phrases ? Comment résumeras-tu le corps de ton fils déchiqueté par les balles ? L'épuisement d'Ömer resté sous les décombres des murs effondrés du socialisme, le cœur usé et abîmé de Mehmet, notre jeunesse qui ne reviendra plus, la façon dont nous avons perdu nos espoirs, nos convictions… Tu n'as rien vu en Turquie, Arın Murat. Si tu as vu, tu n'as rien dit. Tu as toujours imité les trois singes de la sagesse. Ce que tu n'as perçu et deviné que de loin, quel sens cela a-t-il de venir le raconter ici à présent, comme si tu te confessais à moi ? Il est si tard maintenant ! »

Son attention s'était relâchée. Sa tête était aussi brumeuse que si elle était envahie par des vapeurs d'alcool. Elle s'assura une nouvelle fois du bon fonctionnement de son appareil enregistreur. Écrire son article à partir de la bande serait plus judicieux. Et il fallait absolument que ce soit elle qui l'écrive. « Heureusement que j'ai changé d'avis au dernier moment et que je suis moi-même venue suivre la conférence ! » Elle savait que la raison du malaise, du doute, voire de la peur, qui l'habitait tenait à son envie instinctive de protéger Arın. Elle pensa combien elle l'aimait. Comme jamais elle n'avait aimé aucun homme, d'un amour que les années ne pouvaient entamer, au point même de trahir toutes ses convictions, toutes ses valeurs… Et elle pensa combien il était tard désormais. Si tard que plus rien ne pourrait recommencer ; qu'il leur serait impossible de vivre ce qui n'avait pas été vécu, de goûter à nouveau à la beauté de ce qu'ils avaient vécu.

« Je ne sais pas ce que tu veux faire ni pourquoi tu le fais. Mais, même si l'histoire que tu racontes est vraie, cette histoire n'est pas la nôtre, Arın Murat. Les choses dont tu parles, ce n'est pas ce que nous avons vécu. Toi, tu parles des plans, des stratégies, des complots, des rouages de l'État, des convictions du pouvoir. Tu nous relates une mauvaise pièce, un jeu d'ombres où la vie des gens se réduit à une fiche, à un dossier, à une note, à une croix. Or, nous étions des êtres réels, de chair et d'os, pétris de sentiments, de convictions, d'enthousiasme, d'amour. Des voyageurs engagés sur une longue route, pleins de force, d'espoir et de persévérance au départ, puis fatigués et tristes à la fin. Nous n'avons pas réussi à tous marcher unis dans une seule et même direction. Nous nous sommes divisés, dispersés, nous avons perdu notre chemin. Notre chemin seulement, ou notre but ?

« Toi, tu n'as rien vu à Hiroshima, Arın Murat. »

***

Un train de nuit, un compartiment sombre, une femme, un homme, un bébé. Comme dans son enfance quand la modeste famille d'instituteurs remballait ses affaires et transitait en train d'une ville de province à une autre, elle colle son nez à la vitre. Le train qui part d'Ankara en direction d'Eskişehir passe par de sombres plaines, des villages sous la neige. Il fait froid, les coins de la vitre ont givré. Elle essaie de jouer seule à un jeu auquel elle se livrait avec sa sœur autrefois : « Regarde à l'extérieur du compartiment et dis ce que tu vois. » La gagnante était celle qui décrivait le plus de choses, ou plutôt qui racontait le plus d'histoires. Au débat qui les opposait pour savoir laquelle des deux avait gagné, leurs parents mettaient un point final en disant : « Vous êtes à égalité », puis ils discutaient entre eux du fait que sa sœur avait beaucoup plus d'imagination.

Elle regarde le train de l'extérieur : un train triste traversant des campagnes désertes et enneigées. Le seul bruit, le seul mouvement, le seul espoir dans la nuit froide et solitaire de la campagne. Sans les trains, tout serait mort. Elle sent peser sur elle la solitude des gares abandonnées où les trains ne marquent pas l'arrêt. Elle regarde la voiture de l'extérieur : dans la falote lumière jaune, elle voit une femme triste et fatiguée, au visage blême. Elle doit être jeune, mais difficile de dire son âge. Difficile aussi de dire si elle est belle ou pas. Le bébé est enveloppé dans une épaisse couverture et dort dans les bras de l'homme. Il est tout petit, il n'a que quelques mois. C'est peut-être à cause du bébé que la femme est si fatiguée. Mais pourquoi est-elle si triste ? Les jeunes mamans peuvent être fatiguées, mais pas tristes. L'homme ressemble moins à un père serrant son enfant contre sa poitrine qu'à un objet servant de berceau au bébé endormi. Cependant, il est le seul à sourire dans le compartiment. Avec un drôle de sourire de lapin. Le compartiment est froid. Ça sent la cigarette et le sandwich au fromage. La femme décolle le nez de la vitre et sort une flasque de cognac et du chocolat de son sac. « Prends une gorgée », dit-elle à l'homme. Quand l'homme se penche en avant pour saisir la bouteille, le bébé fronce le visage, il tord la bouche puis replonge dans le sommeil. « Il s'est endormi. Tu peux le poser sur le siège maintenant. On va mettre la grosse valise devant, il ne tombera pas », dit la femme. L'homme s'approche d'elle et lui passe le bras autour des épaules. Il pose sa joue contre la sienne. « Tu as les joues toutes froides, tu as froid. Mais les mains du bébé sont chaudes, ne t'inquiète pas. » Elle ne s'inquiète pas. L'homme témoigne au nouveau-né une attention appuyée, voire un peu artificielle. Comme les nounous qui ne veulent pas perdre leur travail et essaient de se faire bien voir.

L'enfant était né dans une clinique privée où travaillait une sage-femme de « notre bord » qu'Ömer connaissait.

Draps blancs, murs blancs, gens en blanc, blancs visages penchés sur elle. « Encore un petit effort, on y est, soufflez, oui, c'est ça. Courage, encore une fois, encore une fois… » Elle essaie se retenir, mais elle crie à gorge déployée. « Il y a neuf mois, je hurlais de la même façon dans la salle de torture. » La douleur est aussi insupportable, une douleur cuisante. On dirait qu'on lui ouvre le ventre avec un couteau tranchant. Pourtant, tout est complètement différent. Là où il y avait alors la peur, la colère, l'humiliation et la honte, il y a maintenant l'amour, l'espoir, la joie. « Si vous pouvez tenir encore un peu, je tirerai le bébé sans utiliser de ventouse, de cette manière, nous ne ferons courir aucun risque à l'enfant », dit le médecin. « Je tiendrai », murmure-t-elle entre deux gémissements. Ensuite, une douleur d'une densité jamais éprouvée même sous la torture se répand dans tout son corps. Un dernier cri et… un sentiment de soulagement, de sérénité, de bonheur jamais vécu jusqu'à ce jour.

— Vous avez un fils !

« J'ai un fils ! »

Des nuages bleus, des oiseaux blancs la traversent. La mer lèche les galets luisants. De verts épis de blé ondoient sous la brise du printemps. Ce doit être cela, ce qu'on appelle le bonheur. « J'ai un fils ! Umut

Murat ! » Elle s'abandonne aux nuages, aux vagues, aux vents, et sombre dans le sommeil.

« Si l'on tient compte des conditions de votre grossesse, cette naissance est un pur miracle. Ce garçon a même résisté à la torture. Il aura déjà grandi dans l'œuf, dans le ventre maternel », avait dit le sympathique docteur.

Umut était un bébé très petit, très chétif, mais il était normal. Il était de plus incroyablement vorace. Il avait vite appris à téter, et, avant un mois, il avait atteint le poids requis. Ils n'avaient pu rester que deux mois dans l'ancienne loge de gardien en sous-sol qu'Ömer avait louée avec de faux papiers d'identité – un livret de famille très bien fait. L'argent qu'ils arrivaient à trouver à droite et à gauche fondait rapidement. Ankara où il avait dû revenir pour s'occuper d'Ülkü et de l'enfant avait commencé à devenir de plus en plus étroite pour Ömer ; cette ville où chaque fois qu'il sortait dans la rue il tombait sur quelqu'un qu'il connaissait s'était transformée en un véritable panier de crabes. Lorsque Ülkü proposa d'aller à Istanbul et de s'installer dans la petite maison où sa mère vivait seule depuis que sa sœur s'était mariée, il sauta de joie. À Istanbul, ils pourraient travailler tous les deux ; dans cette métropole immense, les gens pouvaient se fondre dans la masse, facilement se cacher et trouver refuge ; il pourrait se construire une nouvelle vie. De surcroît, c'était à Istanbul que se trouvait le centre révolutionnaire, c'est là que le mouvement ouvrier battait son plein.

Dans le compartiment froid du train qui roulait en direction d'Istanbul à travers la campagne éclairée par la neige, elle se réfugia de nouveau dans la chaleur d'Ömer. Elle pensa combien il était fiable, combien il restait optimiste, même dans les pires conditions.

Elle se sentit gagner par une douce sérénité. Tel un chat qui se détend sur les genoux de son maître en croisant les pattes de devant après de longs moments de tension. « Il faut tout de suite prendre un chat en arrivant à Istanbul, pensa-t-elle. Il est synonyme de sérénité et de sédentarité. »

Le train s'arrêta à la gare d'Eskişehir. Les gamins qui vendaient du halva, du salep, des pipes et des fume-cigarettes en écume de mer, des breloques, s'attroupèrent sous les fenêtres.

— Le train va stationner un moment, dit Ömer. On a besoin de quelque chose ? Je vais tout de suite descendre l'acheter.

Elle commença par secouer la tête en signe de dénégation. Ensuite, cela lui vint à l'esprit.

— Tu peux prendre un paquet de Samsun ?

— Je croyais que tu avais arrêté la cigarette ?

— Je ne fume plus, tu sais bien. Mais j'en ai très envie maintenant. Je peux en prendre une de temps en temps. Ne t'inquiète pas, je ne fumerai pas dans la voiture, je sortirai dans le couloir, ça ne nuira pas à l'enfant.

Il caressa la joue de son épouse. « Comme j'aime cette femme, pensa-t-il. Chaque jour un peu plus, un peu plus profondément. »

— Mais juste une, ma chérie. Cette saloperie est aussi toxique pour toi que pour le bébé.

Il eut froid tandis qu'il se dirigeait vers le buffet au coin de la gare. Une fine neige tombait. Ce froid, cette neige à la fin du mois de mars ! C'est comme ça, le temps à Eskişehir. L'hiver tarde et tarde à venir, et juste au moment où l'on se dit que c'est le printemps, il arrive d'un seul coup. Alors que la neige commence tout juste à fondre, le printemps explose. Et quand on parle d'explosion, le mot est faible. D'un côté, le

Porsuk en crue et de l'autre les amandiers, les prunus, puis les cerisiers et les pommiers qui se noient dans une explosion de couleurs, une débauche de rose, de blanc et de vert sur chaque rive du fleuve. Quand vient l'été commence la sécheresse. La terre se craquelle. Et même s'il pleut chaque après-midi quarante jours durant, ces drôles de pluies de quelques minutes ne suffisent pas à la terre qui demeure aussi sèche que si on l'avait aspergée de quelques gouttes d'eau de rose.

Il se rappela la jarre de *tükenmez*[1] avec un robinet en dessous qui se trouvait dans la cour à l'arrière de la petite maison badigeonnée de jaune. On y mettait un étage de fruits, un étage de sucre, de l'eau par-dessus et on la refermait tout l'été. « Il ne faut pas l'ouvrir avant septembre, disait son père. Ce n'est qu'au bout de tout ce temps que les raisins, les pêches, les poires rendent leur eau. » Mais qui aurait pu attendre ! Les nuits chaudes du mois d'août, lorsqu'on sortait dans la cour la table recouverte d'une nappe en plastique à motifs fleuris ou écossais et les chaises en bois branlantes, son père était pourtant le premier à présenter une timbale sous le robinet en disant : « Voyons un peu si le tükenmez est arrivé à bonne consistance. » En août, le goût du raisin muscat et des pêches supplantait celui des autres fruits. En octobre, c'est le goût des nèfles, des mûres, des poires qui prenait le dessus. « Le tükenmez ne doit jamais tarir. On doit toujours l'alimenter en rajoutant quelque chose au-dessus ; et on ne doit pas en boire des verres et des verres comme des goulus. » Premiers entraînements à la discipline et la maîtrise de soi.

« Font-ils toujours un tükenmez dans la cour ? Les œillets multicolores et odoriférants plantés dans des

1. « Qui ne finit pas, qui ne tarit pas », en turc.

pots en métal avec des coquilles d'œuf accrochées à leurs feuilles sont-ils toujours là ? Les fleurs de jasmin blanches, nobles et fragiles qui se fanaient et noircissaient aussitôt au moindre contact avec la main ou le nez ; les roses, les chrysanthèmes, les asters que ma mère cultivait tout au long de l'année… »

Après avoir acheté un paquet de cigarettes et une petite tablette de chocolat, alors qu'il marchait vers le train, il se vit et se reconnut dans les enfants qui circulaient parmi les voyageurs pour essayer de leur vendre quelque chose.

Il court d'une voiture à l'autre derrière son grand frère chargé d'un plateau rempli de macarons à la crème qu'il tient fermement entre ses mains pour ne pas le renverser. Minuit est passé depuis longtemps. Le dernier train postal entrant en gare s'apprête à démarrer. Ils n'ont même pas vendu la moitié de leurs macarons. « Biscuits secs, pogaça, ça partait tout de suite autrefois », dit sa mère. Seconde Guerre mondiale. Le pain, par ticket de rationnement. Pénurie de farine. Chaque mois son père reçoit des provisions de l'usine. Les ouvriers employés par l'État, les militaires n'ont pas trop à se plaindre. On leur donne au moins des victuailles. Mais le peuple, il souffre et geint. On ne peut plus faire de gâteaux avec farine, de brioches, de çiğ börek, de mantı à la tatar. Pas besoin de farine pour les macarons à la crème ; du blanc d'œuf et un peu de sucre, ça suffit. Il y a une raffinerie de sucre à Eskişehir. Son oncle y travaille. « Macarons à la crème !!! Tout frais, tout frais, macarons faits maison ! » crie-t-il dans un dernier espoir. Une tête se penche depuis un wagon. « Ils sont bien petits. Donne-m'en une dizaine. Combien ? D'accord, d'accord, garde la monnaie. » Le cœur de l'enfant bat de joie. « Macarons à la crèèème !! » crie-t-il de nouveau en donnant l'argent à son grand frère. Sa voix se mêle au chuintement de la vapeur sortant de la locomotive qui s'ébranle doucement.

« Les trains de nuit tant attendus dans la chaleur de l'été, dans le froid intense de l'hiver. Les voyageurs de nuit paraissant tous fatigués, ensommeillés et tristes sous les falotes lumières jaunes de la gare. Horribles bibelots en écume de mer, grossiers fume-cigarettes, ayran, citronnades, saleps, macarons à la crème, çiğ börek. L'atelier de réparation ferroviaire, la raffinerie de sucre, le gagne-pain de nos pères ; la pépinière que je prenais pour le jardin du paradis ; le cercle militaire où nous ne pouvions pas entrer parce que nous n'étions pas des enfants de fonctionnaires, les films qui passaient dans sa salle de cinéma – en couleurs – et que les gosses de militaires racontaient avec force détails et exagérations en classe ; l'eau jaunâtre dans laquelle nous apprenions à nager : le Porsuk. La gare : la porte qui ouvrait sur le monde, les espoirs, l'avenir. Le grand amour que j'éprouvais pour Ayla, la fille d'un officier de l'armée de l'air, en première année de collège ; Semra, la fille de l'inspecteur des impôts et meilleure amie d'Ayla, qui avait lu devant toute la classe la lettre que j'avais écrite à Ayla et qui m'avait ridiculisé ainsi : “C'est donc sur toi, Ayla, qu'est tombé ce fils d'ouvrier, ce sans-culotte.” De honte et de colère, je n'avais pas pu retourner à l'école pendant des jours. Eskişehir : mon pays, mon enfance… »

Il se rendit compte qu'il n'éprouvait aucun désir de revenir à cette époque, que rien ni personne, à part sa mère, ne lui manquait. « Je n'aurais même pas envie de revoir Müslim Usta. Peut-être qu'il est mort, d'ailleurs. Serais-je un insensible, un sans-cœur ? D'habitude, les gens ont de la nostalgie pour leur région, pour le passé.

De la mélancolie, comme on dit en psychologie. » Non, la tristesse qui l'habitait ne provenait pas d'un regret du passé, du fait de se retrouver dans la gare de son enfance, de souvenirs qui lui revenaient en mémoire ou qui lui échappaient. Elle était peut-être due à ces lumières jaunes falotes ; ou à la femme à la fois proche et lointaine qui attendait dans un froid compartiment de train avec un bébé tout juste sorti de la période des quarante jours après la naissance ; ou tout simplement à un voyage de nuit sans sommeil.

Lorsqu'il entra dans le compartiment, de l'air chaud lui frappa le visage.

— Ils ont enfin réussi à allumer le chauffage, dit Ülkü en riant.

Ömer sortit un macaron à la crème de son petit sac plastique.

— C'est un gamin de huit ou dix ans qui les vendait, en pleine nuit, par ce froid. Je n'ai pas résisté, je lui en ai acheté plusieurs. Ils sont très bons, comme des gâteaux maison.

Ce gamin passera-t-il aussi par cette gare dans un train de nuit vingt ans plus tard ? Qui sait, pourquoi pas ? Un des vers préférés de Nâzım lui vint à l'esprit : « *Les plus beaux de nos jours / Sont ceux que nous n'avons pas encore vécus.* » « Non, absolument pas. Je ne suis pas un sans-cœur. Comment un sans-cœur pourrait-il devenir révolutionnaire ! Je suis tourné non pas vers le passé, mais vers l'avenir, voilà tout. »

Le bébé s'était réveillé et pleurnichait.

— Sa couche est propre, dit Ülkü. Il doit avoir faim. Si je lui donne le sein, il se rendormira tout de suite.

Elle pressa l'enfant contre sa poitrine. Elle sortit son sein gauche et le mit dans la bouche du bébé. Elle prit plaisir à le regarder téter avec appétit sans même ouvrir les yeux. Elle n'avait pas encore perdu les kilos qu'elle avait pris pendant sa grossesse. Avec son sein nu et opulent, ses cheveux épars et le bébé dans ses bras, elle faisait penser à une image de la Vierge Marie débordant de féminité et de sensualité, comme une invite au péché. Ömer éprouva un grand désir pour sa femme. Il posa la main sur son sein nu. Avec la grossesse, l'accouchement, la période de relevailles, voilà longtemps qu'ils n'avaient plus fait l'amour.

— J'ai envie de toi, nous avons suffisamment attendu, dit-il alors qu'il essayait d'embrasser sa femme sur la bouche sans écraser l'enfant.

Il verrouilla le compartiment de l'intérieur, tira les rideaux. Le bébé s'était de nouveau endormi. Il s'agenouilla devant Ülkü. Il découvrit son sein droit. Il commença à le téter doucement. Sa bouche s'emplit de lait, la tête lui tourna. Il remarqua que, sans bouger de sa place, d'un geste habile et assuré, elle retirait sa culotte et ouvrait les jambes, qu'elle se préparait à l'union sexuelle. « Expérimentée », pensa-t-il. Il se sentit mal d'un seul coup. « Tu parles d'un fervent communiste, d'un fervent révolutionnaire. Espèce d'hypocrite incohérent. Les conférences sur la question de la femme, sur la liberté sexuelle féminine ! Celle que tu as épousée enceinte jusqu'au cou, tu l'as prise pour la Sainte Vierge ou quoi ! » Il grommela une injure entre ses dents. Sa femme caressait sa nuque, ses cheveux. Son désir se raviva. Toutes ses pensées s'effacèrent de sa tête. Après une longue, une très longue période de disette, il se jeta sur elle avec hâte et avidité, sans rien calculer. Et très vite – si vite que plus tard il le déplorerait et en aurait honte –, il jouit.

Alors qu'il remettait son pantalon et se rhabillait, il étouffait sa femme de baisers.

— Excuse-moi, murmura-t-il. J'avais tellement envie de toi que je n'ai pas pu me contrôler. J'aurais préféré que ce ne soit pas ici, pas comme ça. Tu n'es pas fâchée, n'est-ce pas, chérie ?

« Comment pourrait-il savoir, pensa Ülkü. Comment saurait-il que cela me plaît que ce soit "ici, comme ça", que cela me plaît de faire l'amour dans un train comme si on me violait ? »

— Ici, ailleurs, ça ne fait rien. Pour de longues séances d'amour, nous avons tout le temps devant nous. Si les toilettes sont libres, je vais aller me laver.

Elle embrassa son mari tendrement.

Lorsqu'elle regagna le compartiment, elle ouvrit la fenêtre.

— Vu que le chauffage marche, la fenêtre peut rester ouverte quelque temps. J'ai mérité une cigarette, n'est-ce pas ?

Alors qu'elle portait à ses lèvres la cigarette qu'Ömer lui avait allumée, elle rit de son beau et franc sourire qui illuminait son visage.

— À ce rythme-là, je peux faire encore plusieurs enfants. Tu vois, je suis plus proche d'une fille de petite vertu que d'une impassible révolutionnaire. Mais soit dit entre nous, finalement, communiste ou pas, n'importe quel homme bien portant cherche la femme avec qui coucher.

Il ne sut dire si l'inhabituel tremblement dans la voix de sa femme exprimait de l'ironie, de la tristesse, de l'amour ou de la colère. Il frissonna. Les flocons de neige s'engouffraient à l'intérieur. Il referma la fenêtre.

***

Lorsqu'il était enfant, Mehmet ne connaissait pas l'autre rive de la ville. Pour les enfants de Zeytinburnu, celle-ci commençait à Karaköy. Monter dans un train de banlieue et aller à Sirkeci, regarder la mer depuis Eminönü – surtout le ballet des vapeurs qui approchent et s'éloignent de l'embarcadère –, la foule bigarrée et chatoyante devant Yeni Cami, les tourterelles et les pigeons qui viennent jusqu'à vos pieds quand vous leur donnez à manger, les grainetiers, les diseurs de bonne aventure aux lapins enfermés dans de toutes petites cages ; les photographes réalisant des photos-souvenirs à la volée sur fond du fantastique décor stambouliote avec mosquées, tour de Léandre et sirènes, colporteurs, vendeurs de simits, d'eucalyptus, de chewing-gums ; le marché égyptien qui l'avait toujours fasciné et enivré de son odeur ; Sultan Hamamı où se mélangeaient boutiquiers et colporteurs, marchands ambulants et magasins aux enseignes célèbres ; ensuite, Mahmutpaşa où l'on grimpait d'un coup en fendant une foule de gens et de marchandises, et bien sûr la fraîche pénombre du Grand Bazar éclairé par les vitrines dorées des bijoutiers… Cette débauche de couleurs et de bruits, cette accumulation de choses et de personnes était comme la limite du monde pour les enfants des bidonvilles de Kazlıçeşme-Zeytinburnu. La rive en face du pont de Galata : dominé non par des dômes de mosquées et des minarets, mais par la tour de Galata, de magnifiques immeubles début du siècle et qui sait quoi encore, Beyoğlu était le nom de la ville étrangère suscitant un peu de peur, de timidité, beaucoup de curiosité et d'enthousiasme. Là-bas, il y avait de rutilants cinémas, des *gazino* où l'on pouvait boire de l'alcool et voir des femmes sur scène, des restaurants chers, des magasins chics et des gens riches.

Leurs distractions familiales, même rares, c'était d'ameuter quelques voisins au printemps et de partir pique-niquer avec la camionnette d'une connaissance. Surtout dans les environs du lac de Küçük Cekmece, au bord de la mer entre Florya et Menekşe, vers la forêt sur la route de Şenlikköy… On chargeait tout le monde à l'arrière du camion de déménagement de l'oncle Necati, les paniers remplis de légumes farcis, de köfte, de börek, de laitues, de tomates, de concombres, sans oublier la théière et les verres à thé. Une fois, ils étaient allés aux attractions de printemps dans le parc de Gülhane, son père leur avait donné de l'argent, ils avaient regardé un spectacle de marionnettes. Mehmet n'avait pas aimé ; que valaient-elles comparées au cinéma où il accompagnait sa sœur, désormais considérée comme pubère, pour ne pas qu'elle y aille seule et se fasse aborder par des vauriens.

Sa découverte de l'autre rive de la ville se produisit en 1964, l'année où le docteur ouvrit son cabinet à Zeytinburnu et que Mehmet était en terminale. Son père, alerté par la toux chronique de son fils, l'avait emmené au centre médico-social de Samatya, après une longue attente pleine de bousculades, le médecin des assurances avait regardé sa gorge, il l'avait écouté respirer avec un stéthoscope et lui avait prescrit un sirop en lui disant : « Ne fume pas, jeune homme, tu n'as rien du tout. » Mehmet n'avait pourtant jamais touché une cigarette de sa vie. En sortant de l'hôpital, son père avait lancé un juron.

— En voyant ce genre d'endroit, on se dit qu'il y a de quoi devenir communiste. Voilà la valeur qu'on accorde aux ouvriers dans un hôpital censé les soigner.

Par atavisme, son père avait surtout peur de la tuberculose. Elle passait pour une maladie d'ouvrier. Cancer, diphtérie, pneumonie, rougeole, scarlatine, on s'en fichait, mais la tuberculose…

— Allez, on file chez le docteur qui a ouvert boutique là-bas, près de chez nous, avait-il dit sans même repasser par la maison. On raconte qu'il est du Parti des ouvriers, on en raconte sur lui des tombereaux, mais cet homme n'est sûrement pas plus communiste que celui de l'hôpital ! En plus, il paraît qu'il ne demande pas d'argent aux ouvriers. Il n'a qu'à t'ausculter.

Lui aussi avait entendu dire des choses sur ce nouveau docteur qui avaient piqué sa curiosité. On disait qu'il travaillait ici il y a des années et qu'il avait disparu de la circulation pendant un bon moment. Quelques vieilles personnes qui l'avaient connu autrefois disaient : « C'est quelqu'un de modeste, qui aime faire le bien. S'il est communiste, qu'il assume, nous n'avons jamais rien entendu de mal à son sujet. » Mehmet n'avait pas opposé de résistance à son père.

Le petit appartement en rez-de-chaussée d'une ancienne bâtisse de bidonville devenue un immeuble de quatre étages servait à la fois d'habitation et de cabinet au docteur célibataire. C'est lui-même qui leur ouvrit la porte.

— Attendez ici quelque temps, je suis avec un patient, je vous prends tout de suite après.

La pièce dans laquelle ils étaient entrés était meublée d'un vieux canapé et de deux fauteuils, d'une table basse jonchée de revues et de journaux et d'une étagère murale pleine de livres aux sujets divers, romans et ouvrages médicaux ou pédiatriques. Mehmet fouilla dans les revues sans écouter son père qui lui enjoignait de ne pas y toucher et en choisit une : *Justice sociale*.

— Le jeune homme aime lire apparemment, c'est bien ! dit le médecin lorsqu'il s'approcha d'eux après avoir raccompagné son patient.

C'était un homme plus vieux qu'attendu, au moins la cinquantaine, de petite taille, avec un visage rieur.

— Il aime ça. Il est bon à l'école aussi, monsieur le docteur.

Une fierté pleine d'affection affleurait dans la voix de son père.

Quand ils ressortirent du cabinet où le médecin avait diagnostiqué un asthme chronique et conseillé, pour parer à toute éventualité, de faire une radio avec un spécialiste de sa connaissance à Çapa auquel il avait rédigé un courrier, son père avait dit :

— Il est humain. J'ai eu beau insister, il n'a pas pris d'argent, « la prochaine fois », il a dit. Heureusement, ce n'est pas ce que je craignais. Du moment que ce n'est pas la tuberculose, l'asthme, c'est gérable.

Après avoir fait ses radios des poumons, il retourna avec les clichés une seconde fois au cabinet du docteur, qui recevait la visite de plusieurs amis.

— Viens, assieds-toi, ne sois pas timide, dit-il. Nous discuterons et, en même temps, je regarderai tes radios.

Il l'introduisit dans la salle d'attente – ou plutôt de séjour.

— Ce jeune homme s'appelle Mehmet, dit-il. Il étudie au lycée Pertevniyal. Il est studieux. Donne-moi d'abord ces radios, que j'y jette un coup d'œil. Tiens, ce monsieur aussi est médecin. Docteur Esat. Assis à côté, c'est un professeur de philosophie, mais pas dans votre lycée. Quant à ce vieil oncle, il est journaliste, il nous vient d'Ankara.

Il examina les radios à la lumière, devant la vitre, et les tendit à l'autre médecin.

— Regarde aussi, Esat. À mon avis, les poumons sont nickel. Notre jeune homme a de l'asthme. Son père est ouvrier dans la métallurgie. Il a eu peur en voyant son fils tousser. Les ouvriers ont peur de la tuberculose. Il y a trente ans, on en avait peur, et cela continue. Ça fait combien d'années que ton père est ouvrier, Mehmet ?

— Vu qu'il a commencé à travailler après notre arrivée à Istanbul, ça doit faire au moins quatorze ou quinze ans. Ma mère aussi est ouvrière dans le textile.

Ces derniers mots, avec un étrange instinct, il les avait prononcés en pensant que ce serait intéressant pour les personnes présentes.

— Une question, Mehmet : ton père, ta mère, que disent-ils de notre parti, du Parti des ouvriers de Turquie ?

— Je ne sais pas. Je ne les ai pas entendus dire quoi que ce soit. Peut-être qu'ils ne le savent pas, eux, mais j'en ai entendu parler au café, on dit que c'est le parti des communistes.

Il eut honte de ce qu'il venait de dire, il rougit jusqu'aux oreilles.

— Euh, ce n'est pas moi qui le dis ; c'est ce que j'ai entendu.

— Et toi, qu'en penses-tu, Mehmet ?

Cette question, c'est le professeur de philosophie qui l'avait posée.

— Moi… Je ne sais pas quoi dire. Je ne sais pas. Ce qu'est le communisme, même ça je ne le sais pas. Ce doit être une pensée relative aux ouvriers. Mais dans ce cas, pourquoi les ouvriers seraient-ils contre les communistes ?

— C'est justement là tout le problème, Mehmet, dit le docteur. Par exemple, moi, je suis communiste.

— Il n'y a pas de mal, monsieur.

Tout le monde dans la pièce partit d'un rire sincère et affectueux.

Mehmet rougit à nouveau jusqu'aux oreilles. Il était froissé dans son orgueil cette fois.

— J'ai dit quelque chose de drôle ?

— Ne te fâche pas, jeune homme, mais oui, tu as dit quelque chose de drôle. Si par exemple tu venais me voir en disant : « Je suis le premier de la classe » et que je te réponde : « Il n'y a pas de mal », ce serait drôle, non ? Eh bien, ça ressemble un peu à cela. Le communisme n'est pas quelque chose de si mauvais pour qu'on dise « il n'y a pas de mal ». De plus, tu vois ces trois malappris, un peu avant ton arrivée, ils me reprochaient mon communisme, et ça leur a beaucoup plu quand tu as dit « il n'y a pas de mal ».

Mehmet était complètement abasourdi. Il essaya de rire.

— Le mieux, c'est que tu apprennes ce qu'est le communisme. En plus, tu es le seul de nous tous à être issu de la classe ouvrière. C'est ton travail. Si tu veux apprendre, viens les prochains jours, nous discuterons un peu et je te donnerai des livres. Rentre chez toi maintenant, salue ton père et qu'il se rassure : tu n'as pas le microbe de la tuberculose. Mais concernant les microbes que je vais te mettre dans la tête, je ne garantis rien.

Il partit de nouveau de son rire le plus sincère.

— Naturellement, ne répète pas ce que je viens de te dire en dernier, dit-il en clignant de l'œil.

Un an plus tard, à la veille des élections de 1965, Mehmet était devenu le bras droit du docteur et travaillait sans relâche pour le Parti des ouvriers de Turquie. Il avait parfaitement conscience que l'intérêt que lui portaient le docteur et les anciens, de même que sa place dans les groupements de jeunesse, il le devait non pas à son savoir, à son expérience, à son esprit d'initiative, mais au simple fait qu'il était un fils d'ouvrier. C'était ici, dans ce milieu, que pour la première fois son statut social était devenu un avantage, alors qu'il l'avait toujours vécu comme un handicap – à l'école primaire par exemple, même si c'est lui qui déclamait le mieux, dans les fêtes scolaires, c'était toujours à la fille du professeur ou au fils de l'inspecteur des finances qu'on demandait de lire les poèmes, et lorsqu'il était au lycée, quand il avait été question d'aller en Amérique par le biais du Field Service, ils n'avaient pas hésité à lui dire ouvertement qu'il avait été éliminé non pas en raison de son échec personnel, mais de sa situation familiale. La condition d'ouvrier avait cessé d'être quelque chose de déplorable, de honteux, de dégradant, pour devenir une situation dont on pouvait au contraire se prévaloir, une clef pour s'élever dans le mouvement.

Et c'était aussi le docteur Selim qui emmena Mehmet pour la première fois dans les tavernes d'Asmalımecit. C'était encore en cette période enthousiasmante et enflammée de préparatifs électoraux ; il lui avait dit : « Viens et écoute un peu ce qui se raconte. Mais ne crois pas tout ce que tu entendras. Et ne force pas sur l'alcool. »

Dans la taverne où ils entrèrent, tout le monde semblait se connaître. Ils s'étaient assis à la table ronde du fond, près du comptoir ; au bout d'un moment, elle était pleine. Mehmet Iliç n'oublia jamais cette soirée et les discussions de cette tablée.

Le professeur de droit aux cheveux blancs et à la cicatrice de brûlure sur le visage jurait comme un charretier autant contre l'opposition au sein du parti que contre sa direction ; il prétendait qu'ils ne connaissaient pas les concepts fondamentaux du marxisme ; avalant l'un après l'autre des verres de raki, sans eau, il grommelait : « Que se passera-t-il s'ils sortent un député pendant les élections ! Ils s'enfonceront un peu plus dans le marécage du parlementarisme. » Le poète qui parlait en mangeant les *r* croyait aux lendemains qui chantent. L'homme baraqué au visage sympathique – « maître de conférences en droit », avait murmuré le docteur à l'oreille de Mehmet – répétait sans cesse que la direction du parti était sur une très bonne voie, qu'il ne fallait pas jouer la provocation et que les anciens du TKP[1] essayaient de semer la zizanie. Ils parlaient tous en même temps, ils s'en prenaient de temps en temps aux tables voisines, et juste au moment où vous croyiez la confrontation et la bagarre inévitables, ils partaient d'un rire inattendu et passaient à autre chose.

Mehmet était comme fasciné. Les sujets dont parlaient et débattaient ces importants personnages – des sujets auxquels il ne comprenait pratiquement rien – suscitaient en lui un immense intérêt. Il pensa à tout ce qu'il y avait à lire et à apprendre. Il décida que dès le lendemain il irait demander au docteur des livres encore plus pointus. Il avait bu très peu de vin rouge, mais la tête lui tournait. Les pilakis, les moules farcies, le fromage blanc que le docteur avait mis dans l'assiette devant lui étaient restés quasi intacts.

— Mange quelque chose, sinon tu vas avoir l'estomac tout retourné. Ne te fie pas au bruit qu'ils font ; ceux-là, ce sont tous des intellectuels. Quand vous, les ouvriers, vous aurez été formés, le parti et le socialisme seront complètement différents.

— Ce sera merdique, dit le professeur. Il n'y a qu'à voir ce qui se passe en Union soviétique depuis cinquante ans, ce sera pareil.

— Qu'est-ce qui se passe ? Ce n'est pas bien ce qui se passe en Union soviétique ?

— Ne me faites pas parler maintenant devant de chastes oreilles. Les juges des tribunaux staliniens étaient des ouvriers, les bourreaux des milliers de communistes tués dans la Forêt-Noire aussi ! La classe

1. *Türkiye Komünist Partisi/Marksist-Leninist* (TKP/ML) est un parti maoïste fondé en 1972 par Ibrahim Kaypakkaya.

ouvrière est juste bonne pour détruire, mais pour ce qui est de reconstruire, tu peux toujours te gratter. Elle n'en est pas capable. Quant à la conscience apportée de l'extérieur, c'est à peu près aussi utile que la branlette pendant la nuit de noces.

— Mehmet est à peine entré qu'il va sortir, à t'écouter parler ainsi, dit le docteur. Tu n'as aucune charge à assumer. Voilà des années que tu as jeté l'éponge, professeur. Mais tu te fais passer pour communiste ; c'est regrettable, et pour toi, et pour le communisme.

Mehmet s'était beaucoup étonné que ces hommes n'en viennent pas aux mains après s'être parlé aussi durement. Mais l'idée de se retirer, de prendre la fuite avant de s'engager ne l'avait pas effleuré ; au contraire, sa curiosité, son intérêt et son enthousiasme n'avaient fait que croître.

À présent, bien des années plus tard, alors qu'il cherchait une adresse dans une des petites rues de Beyoğlu, il était de nouveau habité par l'appréhension qu'éprouvait l'enfant de Zeytinburnu face à l'autre rive de la ville.

Laissant derrière lui la rue populeuse du cinéma *Emek* et prenant par les petites rues adjacentes, il lança un regard à la ronde. Apparemment, personne ne le suivait. Une femme âgée et à la mise misérable passa, ainsi que deux jeunes enfants. Il tourna dans la rue qu'on lui avait indiquée. « Une impasse », lui avait-on dit. Il entra dans un vieil immeuble délabré de Beyoğlu. L'allée était sombre, il y régnait une odeur d'égouts et d'humidité. Il s'engagea dans l'étroit escalier et sonna à la porte du deuxième étage. Son cœur battait à tout rompre, non de peur, mais d'excitation, à l'idée de rencontrer la personne qu'on disait être le cerveau des opérations secrètes menées parmi les ouvriers. Il éprouvait une profonde fierté qu'on lui ait confié cette mission. « Que cela ne revienne pas aux oreilles du docteur, il me traiterait de carriériste, pensa-t-il. Il n'y a pas de quoi se glorifier. D'ailleurs, tout le monde est en taule ou en cavale. »

Son nom figurait sur l'une des listes des personnes recherchées diffusées au moment de l'opération *Balyoz* ; mais apparemment, ils ne s'étaient pas trop appesantis sur son cas, ils ne l'avaient pas pris au sérieux. Ils étaient venus une fois dans le bidonville de Zeytinburnu et ils s'étaient contentés de la réponse qu'on leur avait faite : « Ça fait longtemps qu'il n'habite plus ici, il a abandonné la maison. » Le docteur Selim, qui s'était volatilisé d'un seul coup, avait envoyé des nouvelles par des intermédiaires, lui faisant passer le message d'être très prudent : « Qu'il fasse gaffe. Ils lui ont peut-être pour un temps laissé la bride sur le cou. » Il était allé pendant une période dans le village de son oncle à Balıkesir. Au retour, il avait sondé ses anciennes relations sans trop se montrer, et toujours sans faire de bruit, il avait de loin en loin maintenu le lien avec les ouvriers qu'il connaissait, essayant du moins d'éviter une coupure rédhibitoire avec ses contacts ou leur dispersion. De temps à autre, il recevait du docteur une petite boussole, une information, un signe ou une instruction comme pour la rencontre d'aujourd'hui.

L'homme qui ouvrit la porte semblait avoir dans les trente-cinq ou quarante ans. Il était bien habillé.

— Vous avez demandé un plombier ? demanda-t-il conformément au mot de passe qu'on lui avait donné.

— Oui, j'attendais quelqu'un, mais j'ai besoin d'un électricien, répondit l'homme.

— Moi, je vais vérifier vos robinets, insista-t-il.

— Viens regarder dans ce cas.

Tout se déroulait comme prévu. Il entra. Ils étaient dans une petite pièce avec une seule fenêtre donnant sur la rue. Le vieux papier peint était auréolé de taches d'humidité et se décollait. Dans un coin se trouvait un divan composé de gros coussins servant aussi de lit et, devant la fenêtre, une petite table avec deux chaises.

— Attends une minute, le thé est prêt, je l'apporte tout de suite, dit l'homme.

Il disparut. Il y avait sur la table des quotidiens et un roman de Pitigrilli : *Dolico Blonde*. On entendait un homme et une femme se disputer à l'étage du dessus. Un chat miaulait devant la porte, il grattait pour entrer.

— La prostituée de l'étage du dessus et son ami n'arrêtent pas de se disputer, dit l'homme qui revenait avec deux verres de thé. Le chat est un héritage des précédents locataires. Je lui donne à manger de temps en temps, je le fais entrer. C'est bien, un chat, ça adoucit l'atmosphère.

Il y eut un long silence que seul rompait le tintement des cuillers dans leur verre de thé. Conformément à la règle qu'il avait apprise, Mehmet attendit que son hôte prenne la parole.

L'homme regarda par la fenêtre, vers l'entrée de la rue. Puis sous prétexte de faire entrer le chat, il ouvrit la porte. Rien de louche dans les parages.

— Il faut être prudent, dit-il en s'asseyant au bout de la table. Je connais ton nom. Ce qui est une erreur naturellement. Mais nous ne sommes pas encore habitués à l'illégalité, la structure n'est pas encore complètement achevée. Appelle-moi Namık. N'exagère pas la chose. On m'a dit que tu étais l'un des rares jeunes qui aient finalement évité de pencher vers le Dev-Genç au moment de la scission de la fédération des clubs de l'idée. Tu te serais intéressé au THKP à un moment, avant l'enlèvement d'Elrom, mais après tu les aurais quittés.

— J'avais beaucoup d'amis du THKO. Ils avaient tous un grand courage et une grande conviction. J'avais rencontré Deniz Gezmiş. Deniz aussi en faisait alors partie. Je n'ai jamais eu de lien avec le mouvement de Mahir Çayan, ni avec le THKP. Mais à dire vrai, j'ai beaucoup de respect pour eux aussi. Que ce soit Deniz, Hüseyin, Yusuf, Mahir, Ulaş et tant d'autres encore, j'ai du respect pour tous, et pour tous ceux d'entre nous qui sont morts. Tous ont combattu pour la révolution, tous sont morts pour elle. Si vous voulez mon avis, sans le pacifisme du TIP d'un côté et, de l'autre, le suivisme des nationalistes de gauche qui comptaient sur l'armée pour mener la révolution, des organismes comme le THKO ou le THKP n'auraient pas eu lieu d'exister.

L'autosatisfaction et la confiance en soi qui pointaient dans sa voix attirèrent l'attention de l'homme.

— Pourquoi n'es-tu pas allé avec eux alors ?

Il allait répondre « à cause du docteur Selim », mais y renonça. Il prononça quand même une phrase du docteur.

— Peut-être à cause de ma position sociale, j'ai toujours préféré travailler parmi les ouvriers. Ces cinq dernières années, partout où il y a eu une action ouvrière à Istanbul, j'y étais. L'occupation de Derby, Gislaved, Demir Döküm et tout ce que vous savez. Les 15 et 16 juin, c'est nous qui avons fait sortir de leurs usines les ouvriers de la rive anatolienne. Je suis fils d'ouvrier, j'ai grandi dans les milieux ouvriers. Je n'ai jamais rien compris à la révolution paysanne. C'est pourquoi, jusqu'au congrès extraordinaire, je ne me suis pas écarté de la ligne du TIP, je n'ai jamais été aybariste[1]. Je n'ai pas perdu ma croyance dans le pouvoir de la classe ouvrière ni dans l'Union soviétique, contrairement à certains.

— Ne le prends pas mal, je ne te soumets pas à un interrogatoire. C'était juste par curiosité. Moi aussi je pense que ces jeunes gens sont de vrais héros. Je ne sais pas comment l'expliquer, mais il y a ce qu'on appelle l'esprit de l'époque. À un certain moment, les idées, les croyances et les aspirations de milliers, de centaines de milliers voire de millions de personnes s'incarnent dans quelques-uns. Deniz, Mahir, les autres, ils étaient l'âme de l'époque, en somme : avec leurs erreurs et leurs vertus… Ils sont morts sur la potence, à Nurhak, encore hier à Kızıltepe… Un bon révolutionnaire est un révolutionnaire mort, se disent les bourreaux bourgeois. L'essentiel est non pas de mourir pour la révolution, mais de vivre pour qu'elle se réalise. Occupons-nous de notre affaire à présent. Tout à l'heure, je t'ai dit de ne pas exagérer la chose. Je tiens à te le répéter. Le zèle et la précipitation sont des obstacles. En ce moment, ce qu'il faut, c'est ne pas laisser se distendre, ne pas perdre les relations tissées au prix de tant d'efforts avec les ouvriers. Mais pas de façon illégale. En travaillant avec un réseau relationnel souple, sur une plateforme légale si possible. Nous nous verrons très rarement, et ici pour l'instant. Toi, commence à tâter le terrain, en surface et très prudemment, auprès de tes anciennes relations les plus fiables dans les secteurs de Merter, Zeytinburnu, Bakırköy. Nous pouvons nous retrouver de temps en temps dans les jardins d'autres quartiers,

1. Mehmet Ali Aybar, figure de proue du mouvement socialiste en Turquie. Ancien leader du TIP, puis secrétaire général du Parti de la révolution socialiste (SDP, *Sosyalist Devrim Partisi*).

dans des cafés populeux, ou sur des aires de pique-niques. Évite les rencontres à domicile tant que tu ne fais pas trop confiance et que tu n'y es pas obligé.

Il sortit une liasse de papiers de sa poche.

— Lis ça maintenant, ici, comprends bien, demande s'il y a un problème et rends-les-moi. Comme tu vois, c'est une brève analyse de la situation dans laquelle nous nous trouvons et des perspectives proches. À quoi cela sert-il, demanderas-tu. Quand les gens savent où ils en sont et où ils vont, ils résistent mieux, ils combattent avec plus de conviction. Et puis, sans aller plus loin, sans essayer à ce stade de mettre un nom précis sur la chose, il faut essayer de gagner de nouveaux ouvriers. Et le premier pas pour cela, c'est de veiller à ce qu'ils posent des questions. C'est ce qui est écrit en résumé dans ce que tu liras.

Tandis que Mehmet regardait la liasse de feuilles qu'il avait dans la main, l'homme caressait tranquillement et avec indifférence le chat qui était monté sur ses genoux et se léchait.

Lorsqu'il eut terminé, il rendit les papiers en disant :

— J'ai lu, j'ai compris, d'accord. Avec votre permission, je voudrais juste demander une chose. Vous travaillez pour l'opposition du TIP ?

— Il serait erroné de le dire ainsi. Le TIP s'est disloqué. Ceux qui sont liés aux dirigeants en prison ont formé des groupes entre eux. À l'avenir, ce sera un parti qui réunira en son sein ceux qui croient en la classe prolétaire et au marxisme-léninisme, et qui conduira la Turquie à la révolution. Un parti qui réunira la tradition et le futur. Un parti qui aura tiré les leçons de toutes nos erreurs passées. Disons que c'est pour un parti de ce genre que nous travaillons. Compris ?

— Compris, répondit-il en riant. Compris Namık Usta.

D'où lui venait ce terme d'« usta », lui-même ne le savait pas. Il lui donna une poignée de main et descendit rapidement l'escalier. Alors qu'il passait devant l'*Emek*, l'envie d'aller au cinéma lui vint subitement. Il s'y engouffra. Le film venait juste de commencer. Il se sentit en sécurité dans l'obscurité. La solution trouvée face à l'éventualité d'être suivi n'était pas si mauvaise. Il fut content de lui.

***

Jusqu'au début de l'année 1974, Ömer avait mené une double vie sous deux identités entre cet immeuble délabré d'une petite rue adjacente de Beyoğlu et la maison de Levent. D'un côté, il faisait des traductions pour la presse, l'édition, la bande dessinée – il avait traduit des *Capitaine Miki*, des *Superman* et des *Lucky Luke* à cette époque ; de l'autre, il essayait d'orienter les relations ouvrières que Mehmet et d'autres jeunes avaient réussi à développer en profitant du relâchement croissant de la pression ambiante, et d'octroyer une direction marxiste à la tête des groupes ouvriers qui se constituaient dans les usines et les quartiers ouvriers sous la houlette du Parti républicain du Peuple. Ülkü s'occupait du petit à la maison et allait comme autrefois donner des cours de français. Elle avait l'air satisfaite de sa vie. Avec son petit garçon, son mari, dont on disait dans l'entourage qu'il partait souvent en voyage d'affaires, et sa mère qui travaillait toujours comme institutrice, ils offraient le tableau d'une famille heureuse.

Le régime avait commencé à s'adoucir. Les prédictions des pessimistes, qui parlaient d'une période fascisante vouée à durer au moins dix ans, ne s'étaient pas vérifiées. Depuis le printemps 1973, on semblait s'acheminer vers un retour aux élections libres et à la démocratie. Le pays était en effervescence. Les paysans, les petits producteurs qui avaient occupé les terres de leurs agas, mis la main sur les ressources en eau, marché avec leurs pioches, leurs fourches et leurs haches ; les ouvriers des occupations d'usines, des longues grèves, des actions, des soulèvements des 15 et 16 juin ; les jeunes, les intellectuels qui n'avaient pas oublié l'enthousiasme des jours de révolte, malgré la torture, les morts, les emprisonnements, les divisions, s'impatientaient de reprendre les choses là où ils les avaient laissées. La période de répression de deux ans avait poussé les masses vers la gauche ; avec des slogans comme « L'eau et la terre aux paysans », « Nous assiégerons les monopoles », « Vers les jours blancs[1] », le CHP conduit par Ecevit, qui arrivait avec des lâchers de colombes, avait entamé sa marche vers le pouvoir sous les clameurs du peuple en quête d'un héros en qui placer ses espoirs et scandant « Ecevit notre espoir », « Karaoğlan Ecevit ».

L'été 1973 fut un bel été, plein d'espoir et de promesse. Même si les prisons étaient bondées, même si les procès menés sous l'état de siège se poursuivaient, la promulgation d'une amnistie générale semblait certaine. Le souvenir douloureux de la potence, des morts, des disparus était encore vif, mais on croyait que le sang versé ne resterait pas impuni. Les organisations avaient été dissoutes, les partis fermés, les militants encore en vie et en liberté complètement dispersés ; mais les graines, les nouvelles relations établies pour en former de nouveaux, avaient déjà commencé à germer.

1. *Ak Günler*, nom donné aux promesses de campagne, au manifeste électoral du CHP pour les élections législatives de 1973.

Umut marchait maintenant : un grand bonhomme d'un an et demi qui ne ressemblait ni à sa mère ni à son père. Un enfant aux yeux couleur miel et au regard toujours triste, malgré les rires et les sourires qui jamais ne désertaient ses traits. « Les enfants du 12 mars s'appellent soit Umut, soit Deniz, disait Ülkü. Nous affublons toujours nos enfants du nom de nos espérances. Les enfants de 1940, c'était Barış, Yıldız, Ülkü[1], comme la fille adoptive d'Atatürk. »

Quand il regardait Ülkü et son fils, Ömer se sentait parfois envahi par une sensation de malaise. Celle de savoir que l'attention et l'affection qu'il témoignait à l'enfant n'avaient pas de résonance réelle dans son cœur, que cette démonstration d'amour paternel était artificielle. Quand il essayait de se justifier et de se consoler en disant : « Si c'était mon vrai fils, je ne lui accorderais pas davantage d'importance, je ne l'aimerais pas davantage ; ce n'est pas dans ma nature de trop m'attacher aux gens », il pensait aussi aux sentiments qu'il avait pour sa femme. Il l'aimait, cela ne faisait aucun doute. C'était la personne qu'il aimait le plus au monde, qu'il avait le plus peur de perdre. Mais… Ce « mais », il en tirait certaine fierté, et pourtant il figurait ce qu'il n'aimait pas en lui, ce qu'il tenait pour un défaut. Si jamais il sentait qu'Ülkü pouvait être un obstacle sur sa route et le freiner pour atteindre son but, il savait qu'il serait capable de la sacrifier elle aussi. Le « pouvoir du prolétariat » et la « révolution » qu'il s'était fixés pour objectifs n'étaient pas quelque chose d'extérieur pour Ömer, c'était en lui, enraciné au plus profond de lui-même. Il avait réussi dans un effort conscient à faire que sa vie et son but ne

1. *Barış* signifie « paix » ; *Yildız*, « étoile » et *Ülkü*, « idéal ».

fassent qu'un, et il avait dès le départ accepté d'en payer le prix.

À l'arrivée de l'automne, les espoirs étaient à leur paroxysme. Quelque chose allait changer, tout le monde le voyait.

Il pensait au plaisir qu'il avait en cette chaude journée d'octobre à marcher côte à côte, main dans la main avec sa femme alors qu'ils descendaient à pied le boulevard Barbaros depuis Levent en direction de Beşiktaş parce que toutes les routes allant à Taksim étaient bouchées et que tous les moyens de transport étaient bondés. Une satisfaction immense à laquelle il ne parvenait pas même dans l'union sexuelle, mais que lui procuraient la camaraderie, l'engagement pour la cause…

Taxis et dolmuş transportaient gratuitement les gens vers le meeting qui se tenait place Taksim, au milieu des cris « Ecevit, Ecevit ». Ils s'engouffrèrent dans un véhicule arrêté devant eux et durent s'y reprendre à plusieurs fois pour trouver une place sur la banquette arrière. Les vagues de gens et de véhicules qui arrivaient de Levent, de Dolmabahçe, de Beşiktaş, de Karaköy, montaient à Taksim par Gümüşsuyu.

— À mon avis, le 12 mars touche vraiment à sa fin aujourd'hui, dit Ülkü. Ce n'est pas seulement un meeting électoral du CHP. C'est plus encore : c'est une vague d'espoir qui enfle. Qui plus est, c'est la première fois que le peuple sort spontanément sur les places publiques.

— Naturellement, il ne faut pas oublier le travail qu'ont mené nos gars au sein du CHP durant toute la période du 12 mars. La gauche socialiste a prêté depuis deux ans une partie de ses cadres au CHP. Dans la liesse du moment, personne n'y pense, mais dans les prochains jours, tout le monde rentrera chez soi.

— N'empêche que l'événement que nous vivons en ce moment est très agréable, Ömer. Un jour à marquer d'une pierre blanche. Pas la peine de jouer au petit boutiquier. Je ne sais pas pourquoi, mais les masses qui recherchent la justice m'émeuvent toujours, j'en ai les larmes aux yeux. Quoi qu'il en soit, nous sommes une génération qui a été élevée entre la littérature turque de la période républicaine, « patrie-nation-Sakarya », et des romans comme *La Mère*, *Le Ciment*, *Tabac*, *Et l'acier fut trempé*[1].

Lorsqu'ils arrivèrent à Taksim, la place était noire de monde. Tous deux s'émurent à la vue d'ouvriers venus en bleu de travail avec les emblèmes de leurs usines. Ils s'arrêtèrent du côté de l'avenue Istiklâl, à l'entrée de l'avenue Sıraselviler. Des flots de gens arrivaient encore du bas de la rue Kazancı. Ülkü eut un petit sursaut. Dans un petit groupe d'ouvriers, elle avait aperçu Mehmet.

— Mehmet ! cria-t-elle. Je suis là, Mehmet !

Elle agitait son écharpe rouge.

Mehmet ne regarda pas immédiatement dans la direction d'où venait la voix. Il s'attarda quelques instants à la conversation de ses voisins, puis, d'un pas lent, il se dirigea vers Ülkü et Ömer.

Ce dernier fut tenté de se fondre dans la foule et de disparaître, mais il n'en fit rien. Il resta là, sans savoir ce qu'il dirait ni quelle conduite adopter. « Depuis un an, tu te démènes comme un beau diable pour rester dans la clandestinité, et puis un jour, tu te pointes comme une fleur au beau milieu d'une place publique ! Qu'Ülkü ne le sache pas, admettons. Mais qu'est-ce qu'il prend à Mehmet d'accourir ainsi ? Il aurait pu

1. Romans de Maxime Gorki, Fedor Gladkov et Nikolaïevitch Ostrovski.

faire semblant de ne pas avoir entendu et s'éclipser. Bon, ça s'est passé autrement, tant pis. De toute façon, l'atmosphère s'est plutôt détendue, on s'apprête même de tous côtés à fonder des partis. Que peut-on nous reprocher en plus ? D'avoir discuté avec deux, trois ouvriers… Au diable l'illégalité. Elle a fait son temps. Le moment est arrivé. »

Ülkü et Mehmet s'étaient déjà jetés dans les bras l'un de l'autre en poussant de petits cris de joie.

— Ma femme, dit Ömer en riant. Vous vous connaissiez donc déjà.

— Bien sûr qu'on se connaît. C'est Mehmet qui m'a poussée sur la mauvaise pente. C'est avec lui que j'ai pris mes premiers cours de socialisme dans les couloirs de l'université.

Voyant qu'Ömer entrait ouvertement dans la conversation sans feindre ne pas le connaître, Mehmet fut soulagé.

— Ah, maître, quelle belle coïncidence ! Jamais je n'aurais osé l'imaginer. Comment vas-tu, ma sœur, qu'es-tu devenue depuis tout ce temps ? Où est-ce qu'on s'était vus la dernière fois ?

Ülkü se rappela. C'était l'été 1969. Elle venait juste d'obtenir son diplôme. Elle réglait ses histoires de bourse et s'apprêtait à rejoindre Arın à Paris. Les étudiants boycottaient les cours, les universités fermaient, rouvraient et refermaient. Les boycotts s'étaient transformés en occupation des facultés, les affrontements avec les idéalistes et la police s'étaient durcis, on avait commencé à jeter les premiers cocktails Molotov. Par une chaude journée de début d'été – en juin peut-être –, alors qu'elle était venue à la faculté de lettres pour récupérer la copie de son diplôme et d'autres documents semblables et que des jeunes qu'elle ne connaissait pas lui interdisaient l'entrée, elle avait insisté pour voir quelqu'un du Comité d'occupation. Tandis que, encadrée par deux gardes affublés d'un brassard rouge, on la conduisait au troisième étage, au département d'histoire, tous ces événements avaient pris aux yeux d'Ülkü l'apparence d'un jeu d'enfants.

La pièce occupée par le Comité d'occupation sentait la fumée de cigarettes, la sueur et une horrible odeur de produit chimique. Le sol était jonché de bouteilles de soda, de boîtes de conserve, de ficelles et de mégots. Elle aperçut Mehmet dans un coin et, à sa vue, elle ressentit de la joie et du soulagement. Elle aurait au moins un interlocuteur à qui expliquer son problème. Mehmet distribuait du thé à qui en voulait en tâchant de montrer l'habileté d'un cafetier avec le plateau qui brimbalait sur sa main. Sa barbe avait poussé, son visage hâlé d'Oriental s'était encore assombri, soit à cause de la barbe, soit à cause du manque de sommeil.

— Un thé pour moi aussi, camarade Mehmet, lança-t-elle sans se soucier des jeunes à brassard à ses côtés.

— Oh, ma sœur ! C'est moi qui ai le pouvoir ici. Même si tu te fâches, je te dirai « ma sœur » !

Tandis qu'il riait en découvrant ses dents blanches, son visage s'éclairait.

— Dis comme tu veux, je m'en fiche. J'ai urgemment besoin de ma copie de diplôme. À cause de vous, il n'y a plus rien qui fonctionne, pas même le secrétariat, tout est fermé.

— Je me disais aussi, quel bon vent amène notre sœur, veut-elle entrer dans le Comité d'occupation ?

— Dis donc, frère, n'est-ce pas toi qui me l'avais appris ? Je ne vais pas me contenter d'un mouvement étudiant petit-bourgeois de ce genre, si je dois m'engager, c'est parmi les ouvriers. Si tu as une occupation d'usine sous la main, j'y vais.

Tout en continuant à fabriquer les cocktails Molotov avec les boîtes de conserve et les bouteilles de soda, les jeunes présents dans la pièce suivaient avec amusement la joute verbale entre les deux amis.

— Commence donc par faire un Molotov, histoire de mettre la main à la pâte. Qu'est-ce que tu voulais ? Ta copie de diplôme ? On va tout de suite te la faire.

Il tendit à l'un des jeunes un papier sur lequel il avait écrit le prénom d'Ülkü, son nom de famille et le département dans lequel elle étudiait.

— Prends les clefs, va au secrétariat, cherche ce diplôme et rapporte-le.

Il parlait d'un ton autoritaire qu'elle n'avait jamais entendu ou remarqué chez lui.

— Je ne l'ai pas cru en le lisant dans les journaux. Mais vous êtes vraiment armés.

— Non, nous ne sommes pas armés, nous avons juste des cocktails Molotov pour l'instant. Mais les fascistes et la police sont armés, eux ; à ce rythme-là, nous aussi nous devrons l'être.

— Et qu'en dit le parti ? murmura Ülkü de sorte que seul Mehmet entende. Tremper dans des affaires d'armes ne correspond pas à la ligne pour autant que je sache.

— La direction du parti s'enfonce dans le marécage du pacifisme. Le parti communiste n'a-t-il pas fait obstacle à la révolution en France ? C'est bien gentil de dire qu'il ne faut pas s'armer, mais l'ennemi est armé, je te dis. Est-ce qu'on doit les laisser nous tuer tous ?

Elle se disait que Mehmet avait bien changé en quelques mois. « Même le timbre de sa voix est différent, c'est étrange ! » Depuis un an, elle suivait attentivement ce qui se passait à gauche, essayant de comprendre le fond des débats sur la stratégie révolutionnaire. Alors que, à peine un an plus tôt, être révolutionnaire et membre du TIP, c'était être radical, cela passait maintenant pour du pacifisme ! En plus, c'était Mehmet qui le disait, lui qui ne supportait pas qu'on touche au parti. Avec dans la main son diplôme dont elle n'avait pas du tout compris comment ils avaient pu le récupérer, elle était confuse et irritée.

— La dernière fois qu'on s'est vus, c'était pendant l'occupation de 1969, Mehmet, dit-elle. Tu te rappelles, dans le bureau du Comité d'occupation, tu distribuais du thé et des ordres à la ronde. Ensuite, je suis partie à l'étranger, et après je me suis installée à Ankara. Le 12 mars, je me suis fait arrêter, et à présent nous sommes à Istanbul.

— Tu as été arrêtée, ma sœur ! Je n'en avais pas entendu parler. On ne peut pas suivre tout le monde – sa voix et son visage étaient tristes. Nous avons eu tant de pertes, tant de martyrs dans nos rangs, parmi ceux que tu connais !

La jeune femme se rappela ce qu'il avait dit ce jour de juin, dans le bureau du Comité d'occupation, d'une voix sèche et éraillée : « C'est bien gentil de dire qu'il ne faut pas s'armer, mais l'ennemi est armé, je te dis. Est-ce qu'on doit les laisser nous tuer tous ? » Ce jour-là, là-bas, tout ressemblait à un jeu d'enfants, ou à une scène tirée d'un mauvais film. Coupé de la vraie vie. Une poignée de gamins se jetaient dans l'action sans savoir où ils allaient ni ce que l'avenir leur réservait, avec, en bandoulière, leur cœur grand comme ça, leur superbe intrépidité, leur impassible courage, et courant à bride abattue vers un but inconnu.

— D'abord Taylan, ensuite Mehmet Cantekin, Mehmet Büyüksevinç, Battal, Necmettin…

Il égrenait les noms comme s'il lisait un annuaire téléphonique.

— Puis, après, le 12 mars, ceux que l'État a tués, sans passer par des hommes de main, mais par le biais de pseudo-tribunaux, en dressant des potences : Deniz, Hüseyin, Yusuf, Mahir, Ulaş, Cihan… Des dizaines voire des centaines de jeunes ; il y a quelques mois encore Ibrahim…

— Aujourd'hui est un beau jour, dit Ömer. N'assombrissons pas notre cœur. Ils n'ont pas perdu la vie pour rien. Une nouvelle époque se profile ; une époque où nous apprendrons même à tirer leçon des erreurs de ceux qui sont tombés. Une époque où les communistes, les ouvriers, le peuple des prolétaires afflueront sur cette place ; où nous ne nous adonnerons pas à de faux espoirs, où nous ne servirons d'étai à personne.

L'âpreté et la rudesse de sa voix firent frémir Ülkü. Elle s'étonna que son mari, qui paraissait si doux, si affectueux, si large d'esprit, puisse parfois devenir si rude, si froid et si sectaire. Dans le silence de Mehmet, elle crut deviner une inexplicable soumission et une sourde colère.

Plus tard, alors qu'ils quittaient la place du meeting et rentraient à la maison, Ömer lui dit :

— Comment aurais-je pu savoir que tu connaissais Mehmet. C'est un bon gars. Je t'en avais parlé, il est de ceux que nous avons envoyés au CHP pour leur prêter main-forte. Il est apprécié par les ouvriers, ils lui font confiance. Mais il n'en a que pour le révolutionnarisme radical. Ceux qui sont morts étaient des héros, d'accord. Mais tout héros qu'ils étaient, ils étaient dans l'erreur. L'héroïsme fait partie de la révolution, il est à la source du romantisme révolutionnaire. Mais ce n'est qu'une petite part seulement, car sans la théorie, le calcul, le sang-froid, l'expérience, une direction centralisée et un mouvement international derrière toi, tu auras beau être héroïque, tu ne parviendras jamais au pouvoir ni à la victoire.

— La plupart des morts étaient des amis de Mehmet. J'en connaissais certains aussi. À force de voir les gens de ton entourage se faire descendre et disparaître un à un, tu ne peux pas garder ton sang-froid. Croire que des gens que tu aimais, qui comptaient pour toi et qui sont morts puissent avoir des torts est plus difficile, je pense, que d'admettre les torts des vivants.

***

— Afin de comprendre les évolutions ultérieures et les obstacles à l'émergence d'une société ouverte[1], il n'est pas inutile de nous pencher sur ce que préfigurait le régime du 12 mars, qui semble de prime abord n'avoir duré que deux ans et demi et s'être terminé avec les élections de 1973, racontait Arın Murat.

« Les années 1970-1980 correspondent à une période d'agitation sociale en Turquie, plus particulièrement des classes ouvrières ; une gauche divisée et inexpérimentée, qui n'était pas implantée dans les masses et qui en était en réalité à ses balbutiements, se croyait en marche vers le pouvoir auquel elle n'était pas prête – vers la révolution, selon son expression. On ne la laisserait pas faire, c'était évident. C'est à cette époque que l'organisation de type Gladio, un réseau secret créé dans presque tous les pays de l'OTAN dès le début de la guerre froide, pacifié et dissous de façon douloureuse ou pas après les années 1990, trouva sa réelle fonction en Turquie. La première apparition au grand jour de ce réseau niché au sein de l'État se

1. Concept développé par Bergson. Société non autoritaire ayant comme fondements la liberté et les droits de l'homme.

fit au cours de la période du 12 mars, sous l'appellation de "contre-guérilla". Coups de filet contre les personnes et les organisations de gauche, arrestations et interrogatoires sous la torture, surtout d'individus soupçonnés d'être favorables à un putsch gauchiste et d'avoir des connexions avec l'armée… À l'endroit où ils étaient amenés les yeux bandés, ces gens – pour la plupart des intellectuels, des écrivains connus ou des officiers – s'entendaient dire : "Ici, c'est le centre de contre-guérilla lié à l'état-major des armées. Il dépend de nous que vous sortiez d'ici mort ou vivant, mais bien sûr aussi un peu de vous, si vous avouez." En réalité, c'était un mauvais calcul. On n'avait pas prévu que le régime du 12 mars durerait si peu, que le contexte turc et international permettrait un retour à la démocratie plus rapide qu'espéré. Par la suite, même si toutes les personnes aux affaires à l'époque niaient son existence, la contre-guérilla de type Gladio ne fut qu'un des nombreux noms donnés à l'organisation.

« Après avoir accédé à la démocratie par la voie des élections de 1973, on ne put, on ne voulut pas toucher à cette structure de l'État. Parce que la gauche était perçue comme un danger sans cesse croissant. Voici en bref le tableau que l'on peut brosser de cette époque : actions sanglantes, terrorisme, anarchie, répétitions générales d'insurrection, syndicats prônant la lutte des classes, mouvement fascisant récupérant les tueurs à gages du Gladio, Parti communiste semi-légal donnant l'impression de contrôler le mouvement ouvrier – ce qui n'était qu'une apparence et une analyse erronée de la part de l'État –, partis et groupes socialistes de taille et d'importance variables dont le nombre s'élevait à plus de quarante, organisations armées d'extrême gauche, dont certaines sous le contrôle du noyau secret au sein de l'État, engagées non seulement dans une guerre idéologique, mais aussi dans la lutte armée, une économie en berne dans un contexte d'insécurité et de profonde instabilité, un secteur capitaliste déboussolé, des pouvoirs impuissants, des gouvernements faibles se succédant les uns aux autres…

« Le résumé n'est pas mauvais », pensa Ülkü. Elle s'était laissé un moment absorber par ce que racontait Arın, écoutant ses propos comme une journaliste étrangère. « Ce n'est vraiment pas mal, une analyse à froid. Tout cela a d'autant plus de valeur que c'est vu à travers le prisme de l'État, relaté par quelqu'un qui a suivi les événements de près, peut-être même d'un point très proche de ce sinistre réseau Gladio. »

Elle n'avait toujours pas réussi à comprendre quelles étaient ses intentions. S'agissait-il d'une tactique audacieuse visant à convaincre l'opinion publique européenne que la Turquie s'était lavée, blanchie, qu'elle ouvrait réellement une page nouvelle et était prête à entrer dans l'Union européenne, ou bien d'un tragique suicide politique alors qu'après toutes ces années passées au service de l'État il était au summum de sa carrière ?

Arın Murat poursuivait :

— En 1976, pour la première fois dans l'histoire de la République, le 1er Mai fut célébré en tant que fête des Travailleurs en présence de centaines de milliers de personnes. Les préparatifs en cours étaient connus de l'État et sous surveillance, mais on ne s'attendait pas à une telle foule et à un tel enthousiasme. De plus, on savait que la force politique dominante sur la place et dans le mouvement ouvrier était le Parti communiste de Turquie, un parti qui avait fonctionné en secret depuis les années 1920, vivoté ainsi jusque dans les années 1930, période à partir de laquelle on l'avait cru dissous et sorti du pays, et qui avait ses racines et son Comité central hors de Turquie. C'était la première fois que le mouvement ouvrier dévoilait vraiment sa propension à être dangereux, et il fallait à tout prix le réprimer, le faire refluer, le pacifier. La réponse de l'État vint un an plus tard, le 1er mai 1977.

« Les balles tirées dans la foule des manifestants par un "groupuscule inconnu", selon l'expression officielle – un groupe qui se préparait en fait depuis des années à cette mission Gladio de contre-terrorisme, de contre-guérilla, peu importe son nom –, firent plus de trente morts et une centaine de blessés. Une attaque inattendue du point de vue de la gauche qui n'avait jamais subi de meurtres de masse de cette ampleur. À peine une semaine plus tard, par une information émanant des services du Premier ministre de l'époque, fut révélé un projet d'attentat contre le dirigeant du principal parti d'opposition lors d'un meeting électoral. À mesure que le mouvement ouvrier s'amplifiait et montrait des signes de glissement à gauche, les actes de terrorisme augmentaient, la lutte contre le terrorisme – ses mécanismes, son systématisme plus exactement – se renforçait, voire s'autonomisait. Du côté des responsables et des forces légales du gouvernement, c'était la consternation, et ils n'avaient ni la force ni l'intention d'intervenir. Arrivé à la fin des années 1970, en 1978-1979, tout était noyé dans le terrorisme, l'anarchie et le chaos ; les crimes politiques sauvages, qui prenaient notamment pour cible les intellectuels démocrates, les figures de proue du mouvement ouvrier et des syndicats, avaient complètement déstabilisé la société sous l'aspect d'un conflit droite-gauche.

Un voyage dans le passé ; et, chose incroyable, avec pour guide Arın Murat ! Ülkü s'enfonça dans son siège.

C'est pour elle un drôle de sentiment, comme celui qu'on éprouve au sortir d'un rêve, un de ces rêves étranges faits à la lisière de l'éveil et dont l'atmosphère nous imprègne encore longtemps après qu'on a ouvert les yeux, nous rendant incapables de dire qui du rêve ou de la réalité est le plus tangible.

***

C'était une chaude journée ensoleillée. Un clair et lumineux jour de mai précocement écrasé de chaleur : un 1er Mai…

Depuis tôt dans la matinée, Istanbul ressemblait à un fleuve impétueux qui s'écoulait en quatre bras sortant de leur lit. Ils arrivaient des quatre coins de la ville, de la rive asiatique, de la rive européenne, des zones industrielles assiégées par une horde d'autobus, des villes d'Anatolie, des usines, des locaux des syndicats, des bidonvilles, des foyers étudiants, des universités, et, en flot ininterrompu, épaule contre épaule, avec leurs drapeaux, leurs pancartes, leurs banderoles, avec tambours et trompettes, photos géantes des morts, les poings serrés ; ils marchaient en direction de la place Taksim.

Ülkü rejoignit les cortèges à Zincirlikuyu. Chacun cherchait à marcher sous la bannière de sa propre organisation, les ouvriers se rassemblaient derrière les banderoles de leurs syndicats, les jeunes essayaient de distinguer le drapeau de leurs groupes, associations, revues, les intellectuels tâchaient de repérer le détachement qui leur correspondrait le mieux.

En descendant le boulevard Barbaros en direction de Beşiktaş, elle fut de nouveau la proie de l'illusion d'optique à laquelle elle cédait – consciemment, volontairement – chaque fois qu'elle passait par là. La mer de Marmara, avec les vapeurs et les bateaux qui la sillonnaient, paraissait suspendue et prête à se déverser sur la côte par-dessus les rives de Beşiktaş. En s'arrêtant sur le boulevard Barbaros au niveau du palais de Yıldız, le flot incessant des gens qui descendait cette pente raide donnait l'impression de marcher à la rencontre de ces eaux bleues qui menaçaient de fondre sur eux et de les engloutir. Lorsqu'elle était enfant, ils sortaient de leur quartier de Levent et venaient ici à pied cueillir des mûres et pique-niquer. « Nous étendions une nappe sous les arbres et nous les secouions. Les mûres étaient de la grosseur du pouce, toutes blanches et sucrées. Ce boulevard, le parc devant le palais et ces hauts immeubles n'existaient pas à l'époque. Il n'y avait pas non plus de flots d'ouvriers venant célébrer le 1er Mai. Il y avait des jardins, de jeunes arbres et des mûriers. »

Tandis qu'ils descendent le boulevard Barbaros, des marches révolutionnaires se mêlent aux chansons, des airs de danse aux slogans : « 1er Mai, 1er Mai ! La fête des travailleurs, des prolétaires, fête du peuple qui marche sur la voie glorieuse de la révolution ! »

Au croisement de Beşiktaş se tient une fête. Des ouvriers, hommes et femmes, dansent le halay accompagnés du davul et du zurna. Elle se rappelle qu'elle n'aime pas le davul, ni le zurna, ni les hommes qui se lèvent pour danser avec ostentation, ni les spectacles bruyants. « "Des idées d'intellectuel élitiste", disait Ömer. C'est vrai, j'ai toujours eu des penchants élitistes. Des penchants qu'il fallait raboter. Mais ici, davul, zurna, halay, chansons, marches, slogans… tout est dans l'ambiance. Comme le disait Mehmet : "Quoi que fasse la classe ouvrière, elle le fait bien." »

Elle est incapable de décider du défilé dans lequel elle doit s'engager. Le mieux est de marcher avec les femmes. Depuis combien de jours d'ailleurs Ülkü travaillait-elle avec elles, les orientant sur les slogans à scander, les textes à écrire sur les pancartes ; sur les marches, les chants à entonner, sur ce qu'il fallait faire en cas d'émeute. « Ne te comporte pas comme un inspecteur du parti, entre dans le rôle de la grande sœur intelligente et bien informée. Laisse les dirigeants de l'association mener les opérations, ou croire qu'ils les mènent. Mais ne laisse rien au hasard, garde l'œil sur tout, propose et oriente », avait dit Ömer. Elle savait que c'est ainsi que procédait son mari. Les bases du travail politique du parti parmi les masses, dans le cadre légal : leçon 1…

Elle renonce à marcher avec les femmes. Elle regarde les jeunes qui défilent juste à côté, avec leurs drapeaux rouges, leurs abrupts slogans révolutionnaires, et le poing gauche en l'air. « Non, pas avec eux. Je ne peux pas me joindre non plus au cortège d'un groupe socialiste. Si jamais on me reconnaissait, cela pourrait nous porter préjudice. Dans ces milieux, tout le monde sait qui est Ömer Ulaş. Et aussi que je suis sa femme. »

Elle s'assombrit à l'idée des animosités partisanes, invincibles même en un tel jour. « Qu'est-ce qui nous oppose, le pouvoir qui n'est pour l'heure rien d'autre qu'un rêve lointain ? » Dans cette marée d'humains et d'enthousiasme, un grand sentiment de tristesse et de solitude l'envahit. Elle entend quelqu'un derrière elle qui l'appelle : Mehmet Iliç. Son cœur s'éclaire. « Ne te perds pas, viens, marche avec nous », dit le jeune homme. Une extrémité de l'immense bannière de son syndicat dans la main, il s'avance en tête des ouvriers. Ülkü se fond dans leurs rangs.

Alors que les groupes – tous rouges, mais portant des drapeaux différents, des noms différents, scandant des marches différentes, des slogans différents – traversent Dolmabahçe et défilent en flot ininterrompu le long de la route ombragée de chaque côté par de vénérables platanes, elle aperçoit le docteur Selim parmi la foule des gens qui regardent passer le défilé sur le trottoir. Ses cheveux ont blanchi, c'est la première fois qu'elle le remarque. Il a l'air tout droit sorti de l'époque où les 1er Mai se célébraient en secret, où quelques fedayin déposaient à la sauvette tracts et manifestes dans les usines et les quartiers ouvriers, où la police opérait la veille des descentes dans les domiciles des activistes qui passaient la nuit dans les commissariats et les antennes de police, où l'on chantait tout bas *L'Internationale* dans les recoins secrets d'une forêt, les coins de campagne où l'on allait pique-niquer à l'occasion de la fête du Printemps. Maintenant, debout sous les platanes séculaires qui bordent la route, il pleure à la vue de ce flot humain qui se détache des collines d'Istanbul, qui sort des usines, des écoles, des habitations, qui déferle depuis les routes d'Anatolie, drapé dans ses bannières, ses drapeaux, ses espoirs, et qui, de Dolmabahçe et d'autres voies encore, monte vers Taksim. Elle voit ses cheveux blancs, les rides profondes sur son visage, la joie fatiguée dans ses yeux et le vague et timide sourire qui s'esquisse sur ses lèvres au moment où leurs regards se croisent. « Au milieu de cette marée humaine, il est aussi seul que je le suis », pense-t-elle. Elle aurait aimé marcher en compagnie de son mari. « Je ne me serais pas sentie ainsi à son côté… »

Voilà des jours qu'Ömer n'était pas repassé à la maison. Il lui passait juste de brefs coups de téléphone pour l'informer que tout allait bien. Avant de partir, il avait dit : « Nous sommes au pied du mur. Soit il s'écroule sur nous, soit nous réussissons à le franchir et à passer de l'autre côté. Célébrer légalement le 1er Mai pour la première fois depuis cinquante ans dans ce pays, les autres savent aussi bien que nous ce que cela signifie. Et en ce moment, les deux camps s'observent et se surveillent. Ce n'est évidemment pas une répétition générale de la révolution, mais c'est d'une grande portée symbolique. Voyons comment nous parviendrons à nous en dépatouiller ! » Il avait ensuite embrassé sa femme de chaque coin de la bouche avec une affection plus appuyée que d'habitude. « Joins-toi au cortège au niveau de Beşiktaş. Emmène Umut si tu veux. Ce serait bien qu'on y voie aussi des enfants – puis, après avoir réfléchi un instant, il revint sur ce qu'il avait dit : « Je proposais ça, mais si jamais il y a un incident, Umut sera plus une entrave qu'autre chose. Il vaut mieux que tu y ailles seule. Je ne pourrai pas te voir sur la place. On se retrouvera le soir à la maison. »

« Tu racontes bien Arın Murat. Mais tu n'as rien vu à Hiroshima. Tu n'as jamais pris part à un défilé du 1er Mai. Sur la place Taksim, que nous espérions pouvoir rebaptiser place du 1er-Mai, tu n'es pas mort le 1er mai 1977.

« Le mur ne s'est pas écroulé sur nous, ça s'est passé comme Ömer avait dit, nous avions franchi le mur et étions passés de l'autre côté ; ou du moins le croyions-nous. Mais comme tu l'expliquais, il fallait d'emblée couper l'herbe sous le pied au mouvement ouvrier qui dévoilait pour la première fois sa propension à être dangereux, il fallait le réprimer coûte que coûte. Même si vous n'avez pas complètement réussi, vous avez essayé. Comment cela s'est fait, avec quelles forces, quelle légitimité, au nom de quelle puissance, de quel pouvoir vous l'avez fait, voilà que vingt ans après tu l'expliques toi-même. Un an plus tard, trente-quatre morts gisaient sur cette fameuse “place du 1er-Mai”. Certains étaient morts par balle, la plupart piétinés. »

***

Quand Mehmet Iliç sortit des vapes et reprit conscience, la première chose qu’il vit, ce fut le sang sur la bordure du trottoir où il était allongé. Il essaya doucement de se redresser. Une douleur insupportable se planta dans son abdomen ; il s’affaissa de nouveau sur un drapeau rouge déchiré. Il se rappelait avoir entendu plusieurs détonations successives et avoir crié aux ouvriers qui étaient autour de lui de se jeter au sol. Puis des interpellations, des hurlements, des déflagrations, des déplacements d’un endroit à l’autre, des insultes, des cris ; des mises en garde du genre : « Ceci est une provocation, ne cédez pas à la panique, protégez les enfants, ne courez pas tous dans la même direction », lancées depuis la tribune en lieu et place des discours, poèmes, marches et chansons révolutionnaires encore audibles quelques secondes auparavant…

Une fois dissipées la stupeur première et la peur, il s’était levé, croyant pouvoir évacuer de la place le groupe d’ouvriers qu’il supervisait par la rue Kazancı comme il l’avait préalablement prévu. Quand il regarda à la ronde, il vit que tout le monde essayait de fuir en se marchant dessus, que plusieurs personnes étaient à terre, que celles encore debout étaient empêtrées dans les mâts des drapeaux, les bâtons des pancartes, des barres de fer arrivées d’on ne sait où. Drapeaux, affiches, tracts, bannières traînaient au sol. La tribune s’était vidée, la place ressemblait à un vrai champ de bataille. Il tituba soudain sous le choc d’un coup à la tête et s’écroula ; il sentit des gens qui couraient, en lui écrasant le dos, les jambes, la tête. Il s’évanouit.

Il se tourna sur le côté et essaya de comprendre où il était. Il devait être juste devant le monument de Taksim. La poitrine et le crâne lui faisaient mal, mais il savait qu'on ne lui avait pas tiré dessus. Le sang au bord du trottoir coulait de sa tête, blessée au moment de sa chute ou du passage de la foule. Il mobilisa toutes ses forces pour essayer de nouveau de se redresser. « Si je reste comme ça, soit je meurs d'hémorragie, soit les policiers me ramassent et m'emmènent. » Il se releva en serrant les dents. Voûtant le dos et se dandinant comme les orangs-outangs dans les films de Tarzan, il réussit à marcher en direction de Harbiye. C'est surtout par là que les femmes, les enfants et les intellectuels s'étaient dirigés. Alors qu'il s'efforçait de résister à la douleur pour ne pas craquer et s'effondrer, il se rappela avoir aperçu Ülkü sur la place du meeting. « Pourvu qu'elle se soit échappée de ce côté et qu'elle soit saine et sauve ! »

Il ne savait pas où aller ni dans quelle direction marcher dans cet état. Malgré la douleur cuisante, il se sentait heureux et allégé ; il était en vie et n'avait pas été arrêté par la police, il était libre. Il palpa son pistolet. Il était en place. Il fut content. Il ne fallait pas se faire prendre. S'il était surpris avec une arme, il savait que cela lui attirerait des ennuis, plus encore de la part du parti que de la police. « C'est facile de dire qu'on ne portera pas d'arme, que notre chemin à ce stade ne passe pas par la lutte armée. Ömer Hodja a beau jeu. Tant que tu restes dans l'illégalité, tu n'as pas trop à te confronter aux idéalistes, aux fascistes, aux gauchistes. Les chiens du patron ne te mordent pas. Mais dès que tu es à découvert, tu es une cible. »

Il se demanda de quel côté étaient venues les premières détonations. Quand on se plaçait devant le monument, le visage tourné vers la tribune face au parc de Taksim, les tirs avaient dû partir de quelque part derrière. Un coup, plusieurs ? Il n'arrivait pas à s'en souvenir. Peut-être depuis l'Administration des Eaux, ou du haut de l'hôtel *Inter-continental*. Les jours suivants, en témoignant auprès de la police, en faisant sa déposition ; en débattant au syndicat, dans la cellule du parti, dans les usines, dans le quartier, il commencerait à douter, en premier lieu de sa propre perception des choses. Tout le monde avait un récit différent et chacun racontait son propre « massacre du 1er mai 1977 ». Dans les centrales syndicales connues pour être sous le contrôle du parti, dans la presse partisane, dans le milieu sympathisant et les organisations parallèles, les premiers jours où les blessures étaient encore fraîches, où l'on demandait des comptes sur la mort de trente-quatre personnes, il était clair que l'événement, dont on essayait de faire porter le chapeau aux maoïstes, était une provocation ; quant à savoir ce qu'espéraient d'une telle provocation les groupes maoïstes eux-mêmes présents sur la place, à l'endroit précis où la foule s'était fait tirer dessus, il n'y avait pas de réponse. Les jours suivants, la réponse qu'il avait eue en rapportant ses réflexions à Ömer Ulaş l'avait agacé : « Si tu prends en compte les dommages qu'ils ont infligés au mouvement, et la façon dont ils s'efforcent d'empêcher le développement du parti, et même de lui couper la route vers la légalisation, jusqu'à ce qu'on prouve le contraire, on a intérêt à dire aux masses que ce sont eux les responsables. Le milieu le plus propice pour que s'implantent les agents provocateurs, c'est le leur. »

— On dit que des professionnels au visage masqué ont tiré depuis la terrasse de l'*Inter-Continental*, avait-il opposé, et il s'était de nouveau fait tacler.

— Tu n'as pas l'impression que cette hypothèse sent un peu trop la théorie du complot ? La CIA aurait envoyé ses agents, comme ceux qu'on voit dans les films, et répandu le sang à Taksim ! Que ce soit des agents de la CIA ou des agents maoïstes, de toute façon, en ce moment, les deux mènent au même résultat.

Des recoins profonds de sa tête où nuages et brouillard avaient commencé à s'amonceler, surgit l'image d'Ülkü buvant le thé un jour d'hiver, assise sur un coussin recouvert d'une couverture de Siirt dans la salle de séjour au plafond bas et aux murs couverts de chaux dans la maison du bidonville de Zeytinburnu. « Quelles drôles de coïncidences ! Un peu avant, elle célébrait le 1er Mai avec joie et enthousiasme. Qui sait où elle est maintenant ! Le véhicule décoré de fleurs, de drapeaux, d'affiches du 1er Mai dans lequel on avait fait monter les femmes et les enfants a-t-il pu sortir de l'esplanade sans encombre ? Quelles drôles de coïncidences ! Ülkü, la femme d'Ömer Hodja. Ömer Ulaş qui mène le mouvement ouvrier. On dit que, même si le centre est un peu inquiet, il a le grand frère derrière lui. S'il n'avait un appui quelque part, il ne pourrait pas être aussi vindicatif ni si audacieux. Ceux du Comité central ont peur de voir les rênes leur échapper. »

Quelque temps auparavant, quand il avait rencontré le docteur qu'il n'avait plus vu depuis qu'il avait fermé son cabinet et quitté le quartier, la discussion s'était portée sur le parti, et pour avoir l'avis de celui en qui il avait toujours une grande confiance, il avait dit :

— Les progressistes s'emparent du mouvement et l'entraînent.

— Oui, ça en a tout l'air, avait répondu le vieil homme. Mais il faut être prudent. Si ceux de l'étranger comprennent qu'ils risquent de ne plus maîtriser le mouvement, ils se débrouilleront pour mettre des bâtons dans les roues par tous les moyens. C'était pareil autrefois. Tu désignes quelques-uns contre des indicateurs de la police, et c'est terminé.

— Cette fois, c'est différent. Le mouvement se massifie de plus en plus. On sort du cadre de l'action conspirative d'une poignée de militants. Les ouvriers affluent, abi[1].

Avec ce sourire entendu qu'il n'avait jamais perdu, le vieil homme avait dit :

— N'exagère pas. Toi aussi tu cèdes à l'emballement à ce que je vois. Mais les ouvriers rejoignent non pas le parti, mais le syndicat qui se mouille pour leurs droits pour la première fois et leur assure des augmentations de salaire. À mon avis, c'est beaucoup de bruit pour pas grand-chose. Tout se répète, tout repose sur la matière humaine, mon garçon. Là-bas non plus ce ne sont pas les saloperies qui manquent à haut niveau. Il y a des pays où les partis communistes sont au pouvoir, mais l'homme communiste n'a pas encore été créé. Qui sait, il faudra peut-être encore attendre un siècle.

— Mais comment l'homme communiste sera-t-il créé, docteur ? Comment créer un homme communiste sans d'abord fonder une société communiste ?

— C'est bien là tout le problème. Si ce nœud avait pu être résolu, l'utopie serait réalité. Je ne sais pas comment sera créé l'homme nouveau, mais je sais comment il en sera empêché. Peut-être vais-je te dire des choses un peu différentes de ce que je disais autrefois. J'ai beaucoup réfléchi ces derniers temps. Tant que tous les gens – pas cette classe ou bien une

1. Abréviation d'Agăbey, terme respectueux pour s'adresser à un homme plus âgé.

autre, mais tous les individus un à un – ne seront pas libres ; tant que leur créativité ne se sera pas développée ; tant que le pouvoir de la classe laborieuse n'aura pas incarné en chair et en os la liberté de la personne, c'est-à-dire la tienne, la mienne, celle d'Ayşe ou de Fatma, l'homme communiste ne pourra pas être créé.

— Mais cela ne signifie-t-il pas le refus de la dictature du prolétariat ? Comment peut-on instaurer le communisme sans fonder la dictature du prolétariat ?

— J'ai suffisamment de bouteille maintenant. J'ai la liberté des fous. Oui, ce que je dis est un refus de la dictature du prolétariat. Comment peut-on parvenir à la liberté sans refuser, du moins en théorie, toutes les dictatures ? Si l'on ne peut assurer la liberté et le bonheur aux hommes qu'en en retranchant et tuant une moitié, ne comptez pas sur moi. Vos dirigeants là-haut n'y pensent pas, ceux d'ici ne le comprennent pas non plus, bref… tout est fait pour le pouvoir. Quant à l'ère civilisationnelle qu'avait prévue papa Marx, nous y parviendrons quand la conception du pouvoir, la lutte pour le pouvoir, la passion du pouvoir toucheront à leur fin dans chaque domaine. Peut-être dans très, très longtemps…

« Est-ce ainsi qu'on pense en vieillissant ? Est-ce que moi aussi je deviendrai un réfutateur quand je serai vieux ? Oui, le docteur a toujours été un peu un opposant, un peu un original, mais qui disait qu'il fallait tout récuser jusqu'à ce qu'on arrive à la dictature du prolétariat ? Une bataille de postes ? Non, le docteur n'a jamais été candidat à rien. Alors quoi ? Ne pas être dans les masses, dans la classe peut-être. Oui, c'est sûrement cela. »

Sa tête saignait, la douleur se répandait à l'intérieur. Alors qu'il était au bord de l'évanouissement, il s'engouffra dans la première pharmacie qu'il trouva sans penser à rien et se laissa tomber sur la chaise qu'il vit à côté de l'entrée.

***

Tandis qu'il regardait la place Taksim, rappelant un champ de bataille abandonné, depuis la grande fenêtre de l'appartement situé dans un immeuble juste à l'entrée du quartier de Talimhane, Ömer Ulaş sirotait le cognac qu'il s'était versé dans un verre à thé pour calmer son émotion. La radio était allumée et il s'en échappait un air de danse. Apparemment, aucune information au sujet des événements n'était encore parvenue jusqu'aux chaînes de radio qui n'en soufflaient mot.

Lorsque avaient retenti les premières détonations, comme prévu, sans perdre de temps et avant que la police intervienne, il avait rapidement quitté les lieux ; il s'était replié dans cet appartement, loué des mois auparavant, et maquillé en cabinet d'avocat, pour parer aux situations de ce genre ou abriter certains entretiens secrets. L'état de la place, les émeutes et le tumulte, dont il n'avait pu voir que la fin depuis la fenêtre, laissaient supposer qu'il y avait beaucoup de morts et de blessés. On ne s'attendait pas à un tel assaut. Il savait que, malgré les accords à l'amiable passés avec les leaders de certaines factions gauchistes auxquelles on ne pouvait interdire de participer au meeting de Taksim, il serait impossible d'empêcher qu'ils aient des armes sur eux. De plus, il avait la certitude que la place grouillait d'agents provocateurs. Pourtant, il n'aurait jamais cru qu'ils puissent se lancer dans une action comme celle-ci, qu'il fallait bien qualifier de carnage.

Il n'arrivait pas à savoir de quel côté avait retenti la première détonation, d'où était parti le premier coup de feu. De devant l'administration des Eaux ou du haut de l'hôtel ? Il y avait là des groupes de maoïstes et de partisans albanais. D'après leurs informations, les entrées de l'*Inter-Continental* avaient été placées depuis des jours sous surveillance, et toutes les chambres côté rue avaient été fermées pour la journée. Cette action, clairement vouée à finir dans un bain de sang, visait à l'évidence à empêcher la montée en puissance du mouvement ouvrier et la massification de la gauche en général autant qu'à dissuader le parti frappé d'illégalité de toute velléité de se renforcer et de retrouver sa légalité. De quelque façon qu'on prenne la chose, tout menait à deux adresses : la contre-guérilla et les groupes gauchistes, maoïstes et antisoviétiques.

Avec sa froide approche de tacticien qui s'était passablement perfectionnée au fil du temps, il se mit à réfléchir aux possibilités de tirer de cet événement sanglant un éventuel bénéfice pouvant servir ses buts. Tout le problème consistait à présenter les syndicats pilotés par le parti, et donc ce dernier, comme des victimes dans cette manifestation pacifiste, et les mouvements gauchistes et maoïstes – les plus importants rivaux et ennemis sur l'aile gauche du parti – comme des provocateurs de mèche avec la contre-guérilla. S'il y parvenait, ces événements serviraient à quelque chose et le sang n'aurait pas été versé en vain. Quant au parti, il y gagnerait de la force et de la sympathie, contrairement à ce que d'autres avaient initialement escompté.

Ce n'est que bien après qu'il se dit qu'Ülkü et peut-être son fils étaient sur le lieu du meeting. Il frémit. Pourvu qu'il ne leur soit rien arrivé ! Alors qu'il allait se saisir du téléphone, il renonça. Il fallait éviter pendant quelque temps d'établir des communications directes avec la maison. Il appellerait plus tard d'une cabine téléphonique.

Il pensa à sa femme comme à une ancienne maîtresse qu'il n'aurait plus vue depuis des années. Leur mariage qui datait de cinq ans ressemblait à une île tranquille. Une île déserte où sa femme avait trouvé refuge après la relation tumultueuse, épuisante et usante de laquelle elle sortait. « Elle est comme un cours d'eau souterrain qui bouillonne doucement. Jusqu'à quand pourra-t-elle supporter cet isolement ? Et moi, que fais-je pour le rompre ? Même dans la guerre des marguerites et des mimosas, n'y a-t-il pas des années que, en oubliant d'acheter un bouquet de marguerites, je cède le terrain aux mimosas ? »

Si la relation homme/femme, surtout dans le mariage, est un partage, ce qu'ils partageaient depuis des années, c'était l'isolement et la solitude de cette île. « Partageons-nous le lit ? Dire que nous dormons dans le même lit serait sans doute plus juste. »

La plupart du temps, il rentrait tard, épuisé, et se couchait à point d'heure. Soit Ülkü dormait, soit elle lisait. Il était clair que désir et sexualité n'étaient pas le moteur de leur union. Après les rares rapports sexuels qu'ils avaient, il se disait que, tout de même, il le fallait aussi de temps en temps, que c'était utile à la continuité et à la santé de la relation. Quant à ce que sa femme en pensait, il n'aurait su le dire.

Sexualité et passion physique n'avaient jamais été prépondérantes dans la vie d'Ömer Ulaş. Dans son adolescence, quand il se rendait avec des camarades au bordel dans les quartiers extérieurs d'Eskişehir, le sentiment qui l'habitait était fait de curiosité et du désir de prouver sa masculinité, autant à ses camarades qu'à lui-même. Près de la femme d'origine tatare à la silhouette imposante, au visage plein et rond, aux yeux légèrement bridés et aux pommettes saillantes qui l'avait reçu, il s'était senti comme un chétif petit garçon, littéralement glacé de la tête aux pieds, et malgré tous les efforts et l'expérience de cette femme, il n'avait pas réussi. « C'est toujours comme ça la première fois », avait-elle dit sur le ton affectueux d'une grande sœur. Elle se tenait nue devant lui et caressait son membre. « Reviens demain, ou bien quand tu voudras. Je te donnerai une toute jeune fille. Elle te plaira davantage. »

Les années suivantes, chaque fois qu'il avait vécu une expérience sexuelle, il s'était rappelé la Tatare du bordel ; la tristesse qui affleurait dans sa voix quand elle lui avait dit : « Je te donnerai une toute jeune fille. Elle te plaira davantage » ; sa proposition faite sans jalousie, tel un marchand de primeurs proposant au client un fruit susceptible de lui plaire ; et surtout, ses encouragements, sans raillerie, sans mépris…

Il aurait pu ne jamais y retourner. Mais quelques jours plus tard, il revint au bordel. Elle avait seize ans. La seule chose qui lui restait des histoires salaces racontées par ses amis, c'est que certains hommes étaient impuissants. Et la seule chose qu'il voulait découvrir, expérimenter et prouver, c'était la puissance. La femme avait tenu parole, elle lui avait fourni une toute jeune fille au teint blanc et rose. « C'est une fleur que je ne fais à personne d'habitude. Ici, tout le monde travaille pour soi, mais tu m'es sympathique », avait-elle dit. Une demi-heure plus tard, il était sorti de la maison de passe le cœur aussi léger qu'un oiseau. Il n'était pas impuissant, et il avait même eu du plaisir.

Il y a exactement six ans, la première fois qu'il avait embrassé Ülkü, qui lui était tombée dans les bras comme surgie d'un autre monde avec son bouquet de mimosas et une ivresse qui tenait moins à l'alcool qu'à la densité de ses émotions, il éprouva quelque chose de bien plus profond qu'un désir charnel : un amour calme et d'une immense douceur.

Il repensa à tout ce qu'il partageait avec sa femme. « Nous avons en commun notre utopie, notre vision du monde, nos réflexions, le socialisme et notre combat révolutionnaire. »

Ces paroles convenues étaient-elles fondées ? Tout cela, le partageaient-ils vraiment ? Et que partageaient-ils d'autre, à quelle hauteur ? La voie dans laquelle Ülkü s'était engagée ces dernières années, tant du point de vue de la théorie que de l'action, n'était pas négligeable. Si elle n'avait pas été la femme d'Ömer Ulaş, elle aurait pu accéder à des places bien plus importantes. Mais Ülkü ne semblait en rien être gênée par cette situation. « J'ai une conviction, mais je n'ai pas la foi. En plus, mon chéri, je n'ai pas l'ambition du pouvoir, qui est la condition préalable pour s'élever dans le mouvement », avait-elle dit un jour.

Il l'avait mal pris, ça l'avait un peu froissé. « Ce qu'elle veut dire, c'est que ceux du Comité central et moi, nous sommes mus par l'ambition du pouvoir. Elle ne comprend pas que cette ambition n'a rien de petit-bourgeois, qu'elle est au contraire nourrie d'idéal, celui de la lutte pour la libération de la classe ouvrière », avait-il pensé.

Pour l'heure, tandis qu'il contemplait le champ de bataille qu'était devenue la place Taksim et qu'il écoutait les premières informations transmises par la radio – « on s'attend à un nombre important de morts et de blessés. L'enquête continue » –, il n'aspirait à rien d'autre qu'à retrouver Ülkü au plus tôt, à savoir si elle était rentrée saine et sauve. Cela faisait des jours qu'il était loin de chez lui, de sa femme, de son enfant ; il était fatigué, inquiet. Il savait que les jours qui se profilaient seraient encore plus durs. Quand il rentrerait à la maison une fois passée la violente tempête à venir, il se jura de tout faire pour rapporter un énorme bouquet de marguerites à sa femme.

***

Arın Murat avait à présent entamé le récit des difficultés inhérentes au coup d'État du 12 septembre 1980, de la période des années 1980-1990 qui avait suivi. Son récit portait moins sur les événements eux-mêmes que sur la façon dont le « noyau caché au sein l'appareil d'État », selon ses termes, avait commencé à gagner en force et en relative autonomie tout au long du processus qui avait débuté avec les cinq généraux putschistes. Dans le flot du discours duquel elle décrochait parfois en peinant à se reconcentrer, Ülkü avait attrapé une phrase au vol qui lui donna l'impression de lui être personnellement adressée.

— Exactement comme le centre illégal au sein des partis de gauche légaux, disait Arın. C'est en réalité ce centre qui domine tout l'appareil et qui dirige le parti. La même chose est valable pour les États. Pas seulement en Turquie, dans les autres pays aussi. Pour vous en donner un exemple, prenez le réseau secret présent dans tous les pays membres de l'OTAN et qui porte un nom différent selon les pays, – dernièrement connu sous l'appellation Gladio en Italie, c'est-à-dire « glaive », et qu'on essaie en ce moment de liquider. Dans les pays à faible tradition démocratique, on constate que ce genre de centres trouve de plus vastes terrains d'action, qu'ils sont encore plus féroces et autonomes, et sont impliqués dans toute une série d'actes illégaux, du meurtre politique aux provocations menaçant la paix internationale. La plupart des États qui essaient de se servir de ces réseaux pour appliquer tranquillement leurs politiques répressives se rendent compte généralement trop tard que c'est eux qui sont instrumentalisés par ces structures illégales. Dans la Turquie engagée dans un processus de candidature d'adhésion à l'Union européenne, je pense que, outre le développement économique, notre problème actuel est de créer un État de droit plus transparent et démocratique qu'il n'est. Ce sera difficile, j'en ai conscience, il faudra compter avec la résistance des structures dont j'ai parlé, et celle-ci risque d'être violente. Mais nous sommes déterminés à construire la Turquie démocratique et laïque à laquelle notre peuple aspire.

« S'en tenir à l'objectif », murmura Ülkü à part soi. En écoutant Arın Murat, elle replongea dans l'époque qu'il retraçait et pensa à Ömer. C'est là que pour la première fois elle mesura combien ces deux hommes étaient différents l'un de l'autre et combien ils se ressemblaient. Tous deux s'en étaient tenus à leur objectif, avec passion, ambition, conviction, prêts à tout lui sacrifier s'il le fallait. Qu'il s'agisse de la révolution ou de la sauvegarde de l'État, cela ne répondait en réalité qu'à un seul et unique objectif : le pouvoir…

Et maintenant, sur le podium en face d'elle, derrière son pupitre recouvert d'un tissu bordeaux, à chaque phrase qu'il entamait, à chaque mot nouveau qu'il prononçait – s'il ne s'y cachait pas en dessous quelque ruse ou calcul –, Arın Murat trahissait son but. Comme l'avait fait Ömer.

L'orateur se tut. Un vent de stupeur empli de questions traversa la salle de conférences. Les membres de l'ambassade et des services de renseignements assis aux premiers rangs étaient hébétés. L'onde qui parcourait les rangs occupés par les représentants des médias français et de la presse étrangère venus encore plus nombreux qu'espéré était visible. Se tournant vers la tribune, ils lui demandaient s'il y aurait un nouveau texte, dans quelle mesure le gouvernement apprécierait la substance de cette communication et s'il comptait ou non livrer d'autres explications.

— Mesdames, messieurs, j'ai entièrement parlé en mon propre nom, je l'avais d'emblée spécifié. Je n'ai pas d'autre document écrit à vous communiquer. Celui qui vous a été distribué au début de mon intervention expose le point de vue officiel de l'État turc. Veuillez, s'il vous plaît, considérer mes propos comme des explications annexes. Si vous le permettez, j'aimerais conclure. Toutes les questions ont leurs réponses dans mon discours. Comme je ne vois pas la nécessité d'en dire davantage, nous ne tiendrons pas de conférence de presse.

Ülkü tâcha de saisir l'expression qu'il y avait dans ses yeux, sur son visage. Pour ne pas attirer l'attention, elle s'était assise dans les rangs du fond, assez loin de la tribune ; c'était mal éclairé et elle ne distinguait pas grand-chose. Mais elle savait qu'Arın la regardait, qu'il cherchait ses yeux pour y lire de l'approbation. Leurs regards se croisèrent. Ils échangèrent un imperceptible sourire.

5

Voyageurs fatigués par une longue route

Leurs regards s'étaient déjà croisés ainsi des années plus tôt. Par une froide journée d'hiver, dans Moscou verglacée, au milieu de la place Rouge. Et le regard qu'ils avaient échangé alors était plus glacial qu'empreint d'affection.

Coiffé d'une élégante chapka en vison semblable à celles portées par les élites de la bureaucratie soviétique, Arın Murat paraissait encore plus grand, plus longiligne ; il était très beau. Il était en compagnie d'une délégation officielle venue visiter, pour raisons protocolaires, le mausolée de Lénine. Un peu à l'écart de la file des visiteurs, ils attendaient le fonctionnaire qui les conduirait à l'intérieur sans qu'ils aient à faire la queue. Arın avait relevé le col de son manteau et s'entretenait avec les personnes qui étaient près de lui.

— Ils sont turcs, je crois, avait dit Ömer. Je les ai entendus parler turc. Éloignons-nous d'ici. On nous répète constamment de ne pas trop nous promener sur la place Rouge, à juste titre semble-t-il.

Elle avait regardé dans la direction qu'Ömer lui indiquait d'un signe de tête, vers le mausolée adossé aux murs du Kremlin, et c'est là qu'elle l'avait vu.

« Allons-nous-en ! » s'était-elle écriée en russe. Elle se rappelle l'avoir crié assez fort pour que ce soit audible à dix pas, pour qu'Arın l'entende, pour qu'il tourne les yeux de son côté. En faisant fi du parti, des règles du secret, des camarades soviétiques...

« Allons-nous-en ! » s'écrie-t-elle, mais elle reste clouée sur place. Il fait très froid. Hormis les visiteurs du mausolée de Lénine, les vieilles éboueuses avec leurs grosses bottes en poil de chèvre et leur manteau en peau qui s'emploient à balayer la neige, la place est presque vide. Dans son manteau à col de fourrure, elle reste figée comme une statue au centre du tableau créé par le blanc gelé, le carmin et le rouge rubis des étoiles du Kremlin, de l'église semblant tout droit sortie d'un recueil de contes avec ses dômes dorés et son décor multicolore, des murs en briques où s'adosse le mausolée de Lénine, des toits couverts de neige et de la façade du GOUM.

Arın tourne la tête vers l'endroit d'où provient la voix. Impossible qu'il ne la voie pas. Leur regard se croise. Juste l'espace d'un instant, un très bref instant... Arın est le premier à détourner les yeux, à faire volte-face et à reprendre le fil de sa conversation. « Peut-être pour ne pas me mettre en mauvaise posture. Peut-être pour se protéger lui-même, qui sait... »

Tandis qu'elle marche au bras d'Ömer vers l'extrémité nord de la place, en direction des quais de la Moskova, elle sent le regard d'Arın dans son dos. Elle résiste à l'insoutenable envie de se retourner, de lui envoyer un petit signe. « Ne regarde pas en arrière, ne regarde jamais derrière toi, Orphée. Si tu te retournes pour regarder, tu perdras Eurydice à jamais. »

Elle se serre contre son mari. Elle enfouit dans la poche du manteau d'Ömer sa main glacée malgré ses épais gants de laine.

— J'ai cru reconnaître l'un d'entre eux, dit-elle.

— Tant mieux si tu les reconnais. Mais il ne fallait pas regarder de leur côté dans ce cas. Chacun des deux bords sait parfaitement que des Turcs vivent ici, qu'il y a une école du Parti et un soutien apporté au mouvement, et chacun fait mine de l'ignorer.

— C'est ce qu'on appelle la politique gouvernementale, je crois. L'autre jour, en cours de relations internationales, au risque de passer pour une « camarade à l'esprit confus », j'ai demandé à Zagladine pour quelle raison l'Union soviétique soutenait les putschistes du 12 septembre en Turquie. Ma question a jeté un froid. Quand Zagladine m'a demandé ce qui me faisait dire cela, j'ai donné un tas d'exemples d'articles sortis dans la *Pravda* ou d'autres publications. Tu sais, ces choses qui nous glacent le sang mais que nous enterrons en nous-mêmes par respect pour la ligne du parti frère… Ces informations du genre « Les généraux reconstruisent la Turquie » ou bien « Le ballet du Bolchoï a conquis Ankara », ou les échanges de visites de courtoisie, l'impossibilité de faire la moindre pétition, la moindre manifestation de soutien pour les communistes et les gauchistes qui s'entassent dans les prisons turques. Tu sais ce qu'il m'a répondu ? Il a dit qu'il ne fallait pas confondre politique gouvernementale et politique du parti. Que le gouvernement de l'URSS était obligé d'avoir une grande politique dans les relations internationales, que le parti était indépendant, qu'il nous offrait asile et soutien par exemple. Comme si le parti et l'État étaient des choses distinctes dans ce pays…

— Cela aussi, tu l'as dit à Zagladine ? Tu vas passer pour quelqu'un à l'engagement totalement vacillant.

— N'aie pas peur, je ne l'ai pas dit. À quoi bon de toute façon, il le sait mieux que moi. Quant au problème de l'engagement, il n'y a pas plus engagés que nous ici, nous autres qui venons de Turquie. Il ne faut pas oublier que nous sommes les enfants d'une nation militaire. Ajoute à cela la force de notre tradition étatique et de notre conviction, et nous faisons notre devoir les yeux fermés. Nous ne posons pas de questions ; pareillement, nous n'aimons pas ceux qui en posent. Notre parti n'a jamais coupé avec la ligne du parti grand frère depuis soixante-cinq ans.

— Il aurait dû, selon toi ?

— Je ne sais pas. Ma tête commence vraiment à s'embrouiller, je crois. Il n'y a qu'à toi que je puisse en parler. Tu es la personne qui m'est la plus proche, tu es mon mari. Mais tu es aussi la dernière personne à qui je devrais m'ouvrir de ces questions-là. Tu occupes une place importante, un poste à responsabilités ; autant dans le Parti allemand que dans le PCUS, on te respecte. Et si tu veux mon avis, tu es même le seul homme de notre parti à être pris au sérieux ici.

— Tu exagères. Et je pense que tu exagères les problèmes aussi. Voir ces Turcs t'a tapé sur les nerfs, ma chérie. Bien sûr que beaucoup de choses ne vont pas. Moi aussi j'ai des questions qui m'obsèdent. Par exemple la stagnation de la pensée, de l'idéologie, des politiques, l'incapacité de la société à faire montre de dynamisme créatif, la lourdeur du fonctionnement bureaucratique ; plus important encore, le constat que, depuis soixante-dix ans, l'homme communiste n'a toujours pas été façonné… À force d'habiter là, au fil des ans, en le vivant de l'intérieur, nous voyons beaucoup de choses que nous ne percevions pas de loin. Nous recherchons la société socialiste idéale de nos pensées, et comme nous ne la trouvons pas, nous passons du rêve à la désillusion. Mais ce n'est encore qu'une utopie. Il nous faudra encore des siècles pour la réaliser. Nous ne sommes qu'au début du chemin. Qu'est-ce que soixante-dix ans dans l'histoire de l'humanité ! Une seconde à peine.

La Moskova coule en charriant des blocs de glace. Les tours du Kremlin, les murs rouges qui s'élèvent le long du fleuve, les dômes dorés, les étoiles rouges, les gratte-ciel staliniens dignes d'une œuvre de science-fiction, l'affiche géante montrant un ouvrier, le poing droit en l'air, la main gauche brandissant vers le ciel la faucille et le marteau comme un flambeau : « Vive le prolétariat, vive la révolution ! », et qui datait sans doute du dernier congrès du PCUS. Nos enthousiasmes, nos espoirs, notre engagement… tout ce qui faisait que nous étions nous, tout ce qui donnait un sens à notre existence…

— Soixante-dix ans, c'est à peine une seconde à l'échelle de l'humanité, c'est vrai. Mais l'espérance de vie est encore d'à peine soixante-dix ans. Combien de générations, combien de générations devront-elles…

Elle ravale le mot qu'elle voulait prononcer. « Est-ce à dire que je me méfie même de mon mari ? Peut-être est-ce surtout à moi-même que j'ai peur de l'avouer. Combien de générations seront-elles sacrifiées ? Voilà ce que je voulais dire en réalité. »

— Combien de générations devront-elles lutter ? complète-t-il.

Elle se fait la réflexion que l'étape moscovite de l'exil qui avait commencé après le 12 septembre dure longtemps, très longtemps.

Moscou, la terre promise où elle avait été envoyée après avoir erré pendant plus d'un an d'une ville à l'autre – Paris, Amsterdam, Hambourg, Berlin, Leipzig –, armée du passeport de réfugiée politique qui lui avait été délivré en France, un passeport inspecté sous toutes les coutures à chaque poste-frontière, et avec un mépris dont elle ne saisissait pas la raison. « Nous te permettons enfin de rejoindre ton mari, camarade », avaient-ils fanfaronné, l'air de lui octroyer une grâce. Elle n'ignorait pas que problèmes personnels et desiderata individuels étaient mal vus. Mais elle s'était risquée à insister pour son enfant. Plus d'un an s'était écoulé depuis que, laissant son fils auprès de sa mère, elle avait quitté Istanbul, sous l'identité d'une femme entrepreneur dans le textile qui se rendait à Paris pour trouver de nouveaux débouchés. « Vous y réfléchirez à Moscou, vous ferez les démarches nécessaires en ce sens. Les camarades soviétiques se montreront compréhensifs », lui avaient-ils répondu.

Tant qu'elle était à l'Ouest, même de façon espacée, elle pouvait au moins téléphoner à la maison, envoyer des lettres, voire de petits cadeaux, à sa mère, à son fils, en se cachant derrière l'identité d'une parente vivant en France. « Mais Moscou est un autre monde, c'est l'autre monde. Une fois que tu as franchi la frontière et que tu es passé de l'autre côté, cela revient à dire que tu as coupé tous les ponts. »

Voilà trois ans qu'elle était arrivée dans ce pays de steppes, de forêts et de fleuves s'étirant à perte de vue, ce pays aux rêves, aux enthousiasmes et aux espoirs infinis. Son fils était toujours en Turquie. Elle ne parvenait pas à savoir dans quelle mesure Ömer souhaitait qu'Umut les rejoigne à Moscou ni si cette démarche le mobilisait autant qu'il le prétendait. La dernière fois qu'elle avait abordé la question, Ömer lui avait dit : « Je me demande si faire venir Umut ici est vraiment bien pour lui. D'abord, nous avons un problème de place. Comment allons-nous nous vivre à trois dans cette unique pièce ? Ensuite, nous ne sommes jamais sûrs du lendemain ni de l'endroit où l'on risque d'être envoyés. Juste au moment où il aura trouvé ses marques, allez hop, un autre pays, une autre langue… J'ai bien peur que ce soit une pure catastrophe. »

Elle se rappelle le jour de son arrivée à Moscou trois ans plus tôt, via l'Allemagne. Il faisait nuit. On lui avait dit qu'Ömer l'attendrait à l'aéroport. Elle avait en main l'étrange passeport qu'on lui avait délivré en Allemagne de l'Est. Elle était émue et fébrile. Depuis que son mari était parti de Turquie pour prendre ses fonctions au siège central du parti ou dans un autre siège à l'étranger, elle ne l'avait pas revu.

Umut et elle avaient accompagné Ömer à l'aéroport de Yeşilköy[1]. « Je trouverai au plus vite un moyen de vous faire venir aussi », avait dit Ömer. Depuis le décollage jusqu'au moment où l'avion avait disparu dans le ciel, Umut avait fait signe à son père. Ensuite, ils étaient rentrés dans leur petite maison, avec un grand vide et une grande tristesse dans leur cœur. Se serrant mutuellement dans les bras, mère et fils étaient restés assis sous les chèvrefeuilles dans la véranda donnant sur le jardin du fond. Umut avait éclaté en sanglots sans raison. La mère d'Ülkü s'était comme toujours emportée contre Ömer :

— C'est facile de partir en laissant sa femme et un gosse haut comme ça. C'est quoi, ce mariage, je ne comprends pas. Chez nous, le mari est le chef de famille. S'il faut partir quelque part, tout le monde y va. Est-ce qu'il n'y a plus d'universités en Turquie ? On lui aurait sûrement trouvé un poste. En plus, l'université n'était pas une obligation. C'était bien son travail dans les syndicats. Mais non, c'était mieux d'aller voir ailleurs.

1. Ancien nom de l'aéroport, rebaptisé aéroport Atatürk d'Istanbul en 1985.

Ülkü n'était pas en état de discuter, elle préféra s'en tenir à ce qu'elle était capable d'énoncer.

— Maman, il va se passer beaucoup de choses dans les prochains jours en Turquie, dit-elle d'un ton las. Tu le vois bien toi aussi. Chaque jour, des gens sont tués, une bombe explose quelque part. On s'est mis à courir les enterrements. Tout le monde y passe ! Rappelle-toi. Cavit Orhan Bey, toi aussi tu le connaissais, tu l'appréciais. Quel homme poli, quel bon professeur, disais-tu de lui. Il n'avait rien à voir avec le socialisme ou le communisme, même lui, ils l'ont abattu. Pense à Abdi Ipekçi. Pour quelle raison l'ont-ils tué ? Il y a deux jours, on a assassiné le président général de la DISK, Kemal Türkler. Des centaines de dénonciations sont envoyées chaque jour aux entreprises où nous travaillons, aux syndicats, aux journaux. Le nom d'Ömer figure en haut de la liste des gens à abattre dressée par les idéalistes. Si nous ne t'en avons pas parlé, c'est pour ne pas t'inquiéter.

La mère d'Ülkü se mit à pleurer en reniflant, comme elle le faisait chaque fois en de tels moments.

— Je t'ai toujours dit de ne pas te fourrer dans ce genre d'histoires. Vous pourriez au moins penser à ce pauvre gosse. Si jamais il vous arrivait quelque chose, cet enfant…

— Nous irons bientôt rejoindre Ömer tous les deux, nous partirons à la première occasion ; ne t'inquiète pas, maman. Écoute, je ne t'ai jamais parlé de tout cela jusqu'à présent. Vu que tu es prompte à te ronger les sangs, j'ai préféré t'en dire le moins possible. Mais la Turquie s'achemine vraiment vers un grand chaos, elle est sur une très mauvaise pente. Rien de comparable avec le 12 mars cette fois. On craint de voir se reproduire ici ce qui s'est passé au Chili, en Argentine ou en Indonésie. Si jamais les choses tournaient mal, si j'étais obligée, je ne sais pas moi, de m'enfuir sans pouvoir emmener Umut par exemple, ou si j'étais arrêtée – elle s'était abstenue de dire « tuée » –, je sais que tu t'occuperas bien de mon fils. N'aie pas peur, ça ne se passera pas ainsi, je te l'ai juste dit pour t'avertir, mais il faut se préparer à toute éventualité.

Dans la chaleur de juillet, l'odeur du chèvrefeuille grimpant qui ornait la véranda à l'arrière de la petite maison se mêlait aux effluves enivrants des giroflées du jardin d'à côté. Umut avait séché ses larmes et s'était mis à jouer avec le chat gris tigré, allongé dans un coin d'ombre, à l'abri de la chaleur. Les abeilles se promenaient entre les chèvrefeuilles et les roses mal entretenues, les moineaux picoraient les baies séchées sur l'arbre.

Ülkü éprouvait une fatigue telle que, en s'y abandonnant, elle aurait pu dormir toute une vie ici, sur la vieille chaise longue de la véranda, sous les chèvrefeuilles. Jamais elle n'aurait pensé que le départ d'Ömer l'affecterait autant, qu'elle éprouverait un tel vide et une telle solitude. Leur relation qui durait depuis plus de huit ans était un havre de paix affectivement parlant, en dépit des bouleversements vécus dans le pays, malgré la tempête qui les poussait et les roulait devant elle, malgré l'angoisse d'être arrêté en pleine nuit ou abattu au coin d'une rue. Dans ce port, les tempêtes restaient sans effet, la houle n'enflait pas, les vents tièdes qui se levaient parfois se dissipaient en ridant à peine la surface des vagues. Sans jamais parler d'eux-mêmes ni de leur vie intime, ils échangeaient beaucoup, ils discutaient des problèmes liés au socialisme et à la révolution, ils débattaient à cœur ouvert, comme seuls peuvent le faire des personnes se vouant mutuellement une entière confiance. La jeune femme avait suffisamment d'expérience pour savoir que le caractère paisible, sans problème, sans tempête de leur vie conjugale tenait à l'absence de passion ; qu'un mariage est d'autant plus serein qu'on attend peu de son partenaire. « Dans le mariage, il faut placer la barre très bas, si bien que tu ne risques pas de t'étaler en tentant de la franchir », disait-elle pour plaisanter. Elle savait que cela vexait Ömer, mais elle le disait quand même. C'était sa façon de se venger, de quelque chose dont elle ne savait pas vraiment ce que c'était. Ömer était un port paisible pour elle et son fils. Mais voilà qu'il était parti, qu'il était retourné à l'endroit auquel il appartenait vraiment, le pays de la révolution et des rêves de pouvoir.

Quand Ülkü atterrit à l'aéroport Cheremetievo, il y avait de la neige et la nuit était tombée. « La ville fascinante de nos rêves révolutionnaires, la Kaaba de trois générations socialistes, le décor d'un romantisme étrange et bien à nous… » C'est toujours ainsi qu'elle s'était imaginé Moscou : enneigée et froide, lumineuse avec ses drapeaux et ses étoiles rouges flottant dans un ciel bleu nuit. Moscou n'avait pas déçu ses attentes. Elle était froide, enneigée, lumineuse et splendide.

Tandis qu'on contrôlait son passeport, on lui dit de patienter un moment. Après de longues minutes d'attente, on la fit passer par une autre porte puis on l'introduisit dans un petit bureau. Elle espérait retrouver Ömer, elle s'y était préparée, mais son mari n'était pas là. Un jeune homme aux traits ouzbeks ou kirghizes lui expliqua dans un turc approximatif qu'il était venu l'accueillir, et il lui souhaita la bienvenue.

Elle s'apprêtait à demander où était Ömer, mais elle ravala sa question. Personne n'utilisait son vrai nom dans le parti, a fortiori à Moscou…

— On m'avait dit que mon mari viendrait me chercher, dit-elle timidement.

— Je suis là pour vous conduire jusqu'à lui, ne vous inquiétez pas.

Alors que la Volga noire dans laquelle ils sont montés file sur une grande route à travers des forêts enneigées, elle essaie de distinguer le paysage. Les forêts de hêtres enneigées de Nâzım Hikmet. Celles où il marchait la nuit en disant : « Je suis triste, je suis triste, donne-moi ta main, où est ta main », où il reprenait espoir en parvenant à la plaine, après avoir dépassé la chaussée, la voie ferrée, en disant : « Moscou est resplendissante à vingt-cinq kilomètres de distance. » Elle pense combien elle connaît cette ville alors même qu'elle n'y a jamais mis les pieds. Laissant les forêts derrière elle, la voiture s'engage sur un boulevard très large et très éclairé.

— Le boulevard Lénine, dit l'homme. De là, nous entrerons dans la rue Gorki…

Arbres, routes, avenues, places, immeubles, statues, affiches… tout est gigantesque ici. Ce qui génère une impression de grande puissance et de pouvoir et, en même temps, un sentiment d'écrasement. Ils passent par de vastes avenues propres et bien éclairées, bordées de chaque côté de magnifiques immeubles à la mine un peu triste et austère – peut-être à cause de leurs façades rectilignes et de leurs rangées de fenêtres bien alignées –, et tournent dans une rue. En descendant de voiture, elle sent l'odeur de neige qui flotte dans l'air. Ils sont en face d'un petit parc entouré de hêtres vénérables. Les arbres, le petit parc, la route, les toits et les trottoirs… tout est d'un blanc immaculé. Ses pieds s'enfoncent jusqu'aux chevilles dans la neige.

— Moscou vous offre son plus beau visage, dit l'homme en sortant sa valise de la voiture. En été, il fait parfois presque aussi chaud qu'en Afrique, mais pour moi, c'est l'hiver qui sied le mieux à cette ville.

Ils pénètrent dans une grande bâtisse faisant penser à une école ou à une caserne par un porche d'une petitesse disproportionnée comparée aux dimensions du bâtiment. Ils débouchent dans une cour intérieure mal éclairée, flanquée de chaque côté d'un escalier en colimaçon menant aux étages. L'homme venu l'accueillir se dirige vers l'escalier de droite.

— Le camarade Şerif vous attend en haut, dit-il.

La porte qui se trouve tout au bout d'un long couloir strié d'autres portes s'ouvre aussitôt, sans même qu'ils aient besoin d'y frapper. Ömer a dû les voir arriver depuis sa fenêtre. D'un geste mesuré, il s'approche de sa femme et l'enlace non pas comme une amante, une femme lui ayant manqué, mais comme une vieille amie qu'il embrasse sur les joues. Ensuite, il débarrasse l'homme de la valise qu'il portait et le remercie sincèrement. Ce dernier lance un joyeux : « Je vous rends votre femme », et se hâte de s'éclipser. Ils sont de nouveau l'un en face de l'autre, trois ans après, en plein cœur de Moscou enneigée, dans une pièce vaste, haute de plafond et mal éclairée. Cette fois, il serre fort Ülkü, avec émotion, et couvre son visage de baisers. La jeune femme pose les yeux sur le bouquet de marguerites blanches qui orne le bureau en bois devant la fenêtre.

— Oui, ma chérie, je n'ai pas oublié tes marguerites. Malheureusement, on n'en trouve pas à Moscou en cette saison. On ne trouve pas d'autres fleurs d'ailleurs. Tu devras de contenter de ces marguerites artificielles jusqu'au printemps.

Il ouvre soigneusement le bouchon métallique d'une bouteille mince et allongée, ornée d'un motif de cigogne.

— J'ai fait la queue pendant des heures dans la file des « boissons alcoolisées » pour acheter du cognac en ton honneur. Évidemment, ce n'est pas le meilleur. Le cognac arménien est très bien, mais ce n'est pas facile d'en trouver. Je sais que tu n'aimes pas la vodka. Mais sache que dénicher même de la bonne vodka n'est pas aussi simple que tu l'imagines. Tu peux en acheter dans les Beriozka, mais ils vendent celle de qualité uniquement aux touristes. Nous n'y avons pas accès. Bienvenue dans ton pays, ma chérie. Allez, santé !

Alors qu'ils boivent leur cognac debout, face à face, comme dans les films, elle se fait la remarque qu'Ömer ne buvait pas si vite autrefois, qu'il ne se jetait pas sur l'alcool avec une telle avidité. Il s'était toujours montré modéré sur la question, et parfois il lui arrivait même de l'exhorter à ne pas trop boire.

Il emplit de nouveau son verre de cognac. Tenant sa femme par la main, il la fait asseoir sur le clic-clac adossé contre le mur.

— Tu es fatiguée, dit-il.

— Oui, un peu… C'est peut-être à cause de l'émotion aussi. Je suis passée par Berlin. Le voyage n'était pas si long.

— Comment vont les nôtres ?

— Je n'ai vu personne de notre connaissance. Tu sais comment ça fonctionne. Tout se fait sous le manteau. Quelqu'un que tu ne connais pas vient te dire : « Camarade, le parti nous a donné des instructions, tu dois faire ceci et cela », tu le fais. En attendant que les problèmes se résolvent, j'ai habité un moment à Berlin-Est, dans un appartement qui ressemblait un peu à celui-là. C'était quelque part derrière le palais de Honecker… C'était pour rire, ne te fâche pas, je voulais dire derrière le siège du parti. Par la fenêtre, je pouvais voir l'un des canaux de la Spree, et les gardes du corps de Honecker. J'ai regardé dans le dictionnaire. Le nom de la rue voulait dire « impasse du Moineau ».

L'homme enlace sa femme avec affection et nostalgie.

— Tu joues toujours un double jeu, toi, dit-il en riant. Tu n'as aucune conviction. Ce n'est rien, tu t'amuseras aussi de ma carrière politique à moi. Bon, la magie de Moscou te remettra dans le droit chemin.

Il vide d'un trait son fond de cognac et se ressert un verre. Dehors, la neige tombe doucement à gros flocons.

***

Cela fait combien d'années ? Voilà l'hiver de nouveau, avec de nouveau la neige qui couvre tout. Mais une neige dure, glissante et verglacée.

« C'est pareil pour moi, pense Ülkü. Ma placide inertie tient non pas au bonheur, mais à ma résignation face à un bloc de chagrin. »

« La magie de Moscou te remettra dans le droit chemin, avait dit Ömer. Elle a davantage fait croître ma tristesse et mes doutes que mes convictions et mon engagement. Et loin de nous rapprocher, la magie de Moscou ne fait que nous éloigner chaque jour un peu plus. »

Son mari marche près d'elle, le cou enfoncé dans le col de son manteau, sa chapka vissée sur la tête jusqu'aux sourcils – une chapka à oreilles, en poil de chèvre, comme celles que portent les ouvriers moscovites. Leurs mains gantées se joignent dans la poche de manteau de son mari. « Il ne me serre pas la main, il ne la repousse pas non plus. De toute façon, c'est moi qui ai pris la sienne et ai tenté de me rapprocher. »

Son cœur se serre en se rappelant que voilà bien longtemps qu'ils n'ont plus fait l'amour, qu'ils ne se sont plus blottis l'un contre l'autre ni même touchés. « La relation homme-femme, la relation amoureuse, c'est se toucher, c'est avant tout l'attirance et le contact charnels. » Elle retire doucement sa main.

— Tiens mon bras, si tu veux. Le sol est très glissant, tu pourrais tomber.

Elle reprend espoir un moment. Peut-être qu'il souhaite lui demander pourquoi elle a retiré sa main. Ce n'est pas quelqu'un qui exprime aisément ses émotions. « Non, je ne crois pas. Il ne s'en rend même pas compte, il se fiche éperdument de la froide indifférence qui s'est installée entre nous, que nous devenions toujours plus étrangers l'un à l'autre. C'est toujours moi qui complique les choses et qui en réclame davantage. »

La Moskova coule en charriant de petits blocs de glace entre ses deux rives enneigées. Ils marchent dans la grande rue arborée qui longe, côté fleuve, les murs de briques rouges du Kremlin. Les arbres, le haut des murs, les clochers à bulbes des églises, les tours, les bastions du palais et les monts Lénine en face, dans le lointain, sont couverts de neige. Dans cette blancheur qui paraît s'étendre à l'infini, les étoiles et le drapeau rouge du Kremlin font comme des gouttes de sang sur une chemise blanche.

« C'est finalement cela la magie, le mystère et la légende de Moscou. Ce mystère et cette légende ne sont-ils pas faits de l'étoffe de nos espoirs, de nos rêves, du pouvoir sans bornes de notre romantisme révolutionnaire, des grands romans russes, des poèmes de Nâzım Hikmet, de la littérature révolutionnaire ? Ne les avons-nous pas enrichis de nos enthousiasmes de jeunesse, de l'engagement aveugle et inconditionnel que nous dictait la pureté naïve de nos cœurs, de notre propension à nous sacrifier pour une grande cause ?

Moscou, c'était la place Rouge, et la place Rouge le centre de la révolte, de l'indépendance, de la libération des opprimés et de notre utopie symbolisée par une étoile rubis. »

Tout à coup, elle éprouve un désir irrépressible de faire marche arrière, de se précipiter sur la place Rouge en déboulant dans la neige, en glissant sur la glace. Peut-être qu'Arın est encore là-bas. Leurs regards pourraient encore se croiser un instant, malgré le maillage de gardes du corps, d'agents de sécurité et d'agents secrets autour d'eux.

Est-ce vers Arın, vers ses vingt ans, l'amour passion, le désir charnel, ses propres territoires, Istanbul, ou son jeune fils qu'elle veut revenir, qu'elle veut retourner ? Elle ne sait pas. Elle se dit qu'elle est fatiguée de cette vie d'exil et d'errance qui se confond avec une longue attente, où les jours se passent à espérer on ne sait quoi. Elle murmure, comme pour elle-même :

— Il faut que je rentre. Je veux rentrer. Je veux partir d'ici. Même si les conditions ne se prêtent pas encore à un retour en Turquie, je pourrais aller dans un pays de l'Ouest, en France par exemple. Oui. La France, ce serait bien. Je connais déjà, j'y ai des amis, je peux travailler. Je peux prendre mon fils avec moi. Je veux partir sans délai, le plus vite possible.

Ses paroles se figent dans l'air glacial, dans la buée blanche qui sort de sa bouche, à l'image du chat d'Evliya Çelebi, qui gèle sur place et reste suspendu dans les airs alors qu'il saute d'un toit à l'autre dans le rude hiver d'Erzurum… Puis, mot par mot, syllabe par syllabe, elles se désagrègent et retombent sur la neige.

— Tu es à cran, tu es à bout de nerfs, ma chérie. L'hiver russe a ce genre d'effet, à ce qu'il paraît. Les Turcs que tu as aperçus tout à l'heure n'y sont pas pour rien non plus. Viens, quittons un peu cette ville si tu veux, allons à Gorki[1] par exemple. C'est un peu loin, mais c'est très beau sous la neige.

Elle est transie de froid. « Il a toujours une réponse et une solution à tout. Il fait mine de ne pas comprendre ce qui ne lui convient pas, il essaie d'esquiver. Il tâche de gagner du temps pour prendre ses dispositions. Ce doit être pour cela qu'on le dit "très bon tacticien". » Elle sent la colère monter.

— Ce n'est pas aussi simple, Ömer, dit-elle. Cette ville superbe, nos récits révolutionnaires, nos camarades soviétiques, les verres levés à la santé de notre parti, les discours, mes cours de russe du matin au soir, mes travaux pour ma thèse de doctorat sur la philosophie marxiste, les parcs, les jardins, les statues, les promenades, les dômes dont je sais qu'ils ne sont pas en or, les étoiles rouges dont je sais qu'elles ne sont pas en rubis, la joie des invitations au Bolchoï, la tristesse des visites sur la tombe de Nâzım Hikmet, notre relation où l'on ne sait pas vraiment si tu es mon mari ou mon camarade… J'étouffe, tu comprends ?

— Je croyais que tu étais heureuse ici. Je… franchement, je ne me suis pas rendu compte que tu en avais assez. Tu m'avais dit que tu aimais cette ville.

La stupeur point dans sa voix. Il considère la neige sous ses pieds, comme si les paroles de sa femme s'étaient effectivement gelées et délitées par terre.

— Je croyais que tu te plaisais ici, répète-t-il.

***

C'est ce qu'il croyait en effet, et il était réellement stupéfait.

1. Nijni Novgorod : la ville porta le nom de Gorki de 1932 à 1991.

Voilà exactement trois ans qu'Ülkü était arrivée à Moscou. C'était un vrai privilège qu'on ait autorisé sa femme à le rejoindre. Il se sentait redevable de cela, envers le parti, et envers les camarades soviétiques. Le projet de faire venir l'enfant de Turquie et de le rapatrier auprès d'eux avait pris du retard, c'est vrai. Mais ce n'était la faute de personne. Il y avait sûrement eu d'autres priorités ; des priorités que ses instincts de mère et de femme empêchaient Ülkü de comprendre et d'accepter.

Il se demanda dans quelle mesure il avait œuvré et pris les choses à bras-le-corps pour faire venir l'enfant. Comme toujours, c'est en lui, et non chez les camarades soviétiques ou dans le parti, qu'il trouva la défaillance. Une fois, il avait présenté une requête par écrit ; une autre fois, il avait timidement glissé quelques mots au passage. En auscultant de nouveau sa conscience, en la passant au crible de l'implacable autocritique qu'il s'était donnée pour principe, il éprouva une honte inavouable : il n'avait pas désiré que l'enfant les rejoigne. Il avait considéré cela comme un souhait auquel Ülkü aurait fini par renoncer ; après avoir procédé à un examen réaliste de la situation, il avait estimé que l'enfant serait à divers points de vue une entrave et avait préféré laisser les choses suivre leur cours.

« Cet enfant n'est pas le tien, Ömer Ulaş. Tu as toujours fait comme si, mais au fond, tu as toujours senti que ce n'était pas le tien. À l'époque où tu voulais conquérir Ülkü à tout prix – une époque si lointaine à présent –, tu avais beau jeu de te montrer chevaleresque et de dire "si c'est ton fils, c'est aussi le mien". Même si personne n'était au courant, même si ce n'était qu'envers toi-même, il y avait de la fanfaronnade dans ce comportement. Et maintenant ? »

Peut-être qu'il suffisait qu'il serre sa femme dans ses bras, que, devant le féerique décor d'une somptueuse blancheur de cette ville des rêves, il lui dise qu'il l'aimait, qu'il ne la laisserait pas partir et qu'il se débrouillerait pour tout de suite faire venir l'enfant… Peut-être n'était-ce pas plus compliqué que cela. Ülkü est quelqu'un d'ouvert et de pragmatique. Elle comprendra, ma proposition la soulagera, elle l'acceptera. Les paroles de sa femme résonnaient dans sa tête : « Notre relation où l'on ne sait pas vraiment si tu es mon mari ou mon camarade ! »

« On ne fait pas l'amour, tu ne couches pas avec moi, nous n'avons pas de vie sexuelle », voilà ce que veut dire Ülkü, en clair. Il est presque en colère contre sa femme. Combien de fois avons-nous fait l'amour en trois ans ? Il préfère esquiver la réponse. Et alors, qu'est-ce que ça aurait changé si nous l'avions fait ? Il frémit. Il sait que chaque relation qu'il aura pour voir si son impuissance se produit uniquement avec sa femme aura pour conséquence de l'accentuer. Il a peur, de son impuissance comme de ses conséquences.

La nuit où il avait couché avec Ingrid pour la première fois, il était saoul. C'était lors de la soirée des pays baltes. On avait bu de la vodka jusque tard dans la nuit, les participants avaient présenté leurs plats, leurs boissons et leurs costumes nationaux. Pour faire passer la salade de pommes de terre aux oignons et aux harengs doux, il avait un peu forcé sur la vodka. Il se rendait compte qu'il buvait beaucoup plus qu'à l'accoutumée ces derniers temps. « Il ne manquerait plus que je devienne alcoolique à mon âge ! »

Ce soir-là, comme chaque fois dans ce genre d'assemblées, ils avaient chanté *L'Internationale*. Dans la grande salle de réunion habituelle, non pas sous la houlette du chef qui se tenait sur scène, mais de façon informelle, comme s'ils entonnaient un air entre eux, depuis leur place, en sirotant leur verre, avec un peu d'autodérision peut-être… Ingrid était assise juste à côté, elle lui avait demandé en quelle langue il chantait. « En turc », avait-il fièrement répondu. Dans la capitale du socialisme, et plus particulièrement dans les réunions internationales rassemblant communistes et membres du parti venus des quatre coins du monde, la peur de l'humiliation et autres sentiments négatifs qu'il avait honte de s'avouer à lui-même – comme la tentation de cacher qu'il était turc ou la gêne de l'être – et qu'il éprouvait quand il lui arrivait de se rendre à l'étranger, en Europe, du temps où il appartenait au corps enseignant universitaire, se muaient ici en fierté et en confiance en soi. Ici, Ömer Ulaş se sentait sûr de lui, serein, à égalité. De plus, même sans le connaître nommément, tout le monde savait que c'était un « camarade » important.

— C'est le fascisme en Turquie, vous avez des difficultés, avait dit Ingrid dans un mauvais russe.

L'envie de corriger le terme de « fascisme », en contradiction avec les vues du parti, lui avait bien traversé l'esprit, mais il s'était abstenu. « Nos difficultés sont très grandes », avait-il simplement répondu. – Dans ce cas, dansons, histoire d'oublier ces difficultés », avait-elle proposé. Proposition qu'il s'était empressé d'accepter, autant par souci de ne pas passer pour un mufle que grâce à la décontraction que lui procurait l'alcool.

Elle était blonde, un peu replète, les pommettes saillantes et les yeux bleus. Elle faisait penser à ces beautés tatares au teint laiteux d'Eskişehir. Pendant qu'ils dansaient, il sentit qu'il la désirait, ce que sa partenaire avait d'emblée saisi. Cela faisait presque deux ans maintenant qu'il était parti de Turquie.

Il n'avait eu de liaison avec aucune femme, il n'y avait même pas pensé. Ce n'était pas quelqu'un doté d'une sexualité impérieuse. Mais ce soir-là, le voilà qui désirait le corps ferme qu'il tenait entre ses bras, les seins généreux posés contre son torse, la chaleur d'une femme.

Ömer Ulaş se rappela souvent cette soirée par la suite. Dès qu'ils eurent rejoint la chambre d'Ingrid après avoir parcouru un dédale de couloirs, la jeune femme avait aussitôt verrouillé la porte ; avec un art consommé, elle s'était prestement délestée de tous ses vêtements et retrouvée complètement nue sous la lumière froide de la pièce, avec ses cheveux blonds, sa peau claire comme les blés et son corps bien en chair semblant tout droit sorti des tableaux des maîtres de la Renaissance. Tandis que, peut-être pour la première fois de sa vie, il connaissait une jouissance répétée et faisait l'amour plusieurs fois d'affilée, il n'avait pensé à rien d'autre qu'au corps qu'il enlaçait, à l'acte sexuel en soi et à son propre plaisir. Au petit matin, alors qu'il déambulait dans les couloirs et tâchait de regagner la sortie sans être vu de personne, il avait réfléchi à ce qui s'était passé cette nuit-là, et il avait trouvé à quoi tenait la sensation de volupté, de sublime satisfaction qui s'éveillait en lui à l'approche de la cinquantaine, le plongeant dans une stupéfaction où se mêlait aussi un peu de peur : faire l'amour avec Ingrid n'avait ni commencement ni fin, ni passé ni avenir, rien qui n'outrepasse l'acte sexuel ou lui fasse ombrage. Deux objets sexuels s'étaient rencontrés dans un vide où seul le plaisir avait droit de cité, proscrivant toute autre émotion, a fortiori la raison, la mémoire, les spéculations, les projections… Ce que l'un ou l'autre pensait ou penserait, dirait ou ferait, n'avait aucune importance. Ils n'avaient ni histoires personnelles, ni identités, ni avenir… et ils n'en auraient pas…

Quand bien plus tard il avait pensé à sa femme, il n'avait même pas eu le sentiment de l'avoir trompée. Comme si ces deux relations n'étaient pas sur le même plan, comme si elles ne relevaient pas de la même catégorie. Pourtant, il s'était avoué avoir connu un plaisir similaire avec Ülkü une fois, une seule fois – la fois où ils avaient fait l'amour dans le train ; et involontairement, il s'était livré à une comparaison. Au bout de quelque temps, face au malaise et au mécontentement de soi générés par la pensée d'avoir couché avec une autre femme, il avait tâché de trouver la parade avec cette autre pensée : « Quand nous nous sommes connus, elle était la femme d'un autre, et quand nous nous sommes mariés, elle était enceinte de cet homme. »

Leur relation se poursuivit, même si ce fut de façon plus espacée, jusqu'à ce que la jeune femme reparte dans son pays. Par un hasard étrange, le départ d'Ingrid avait coïncidé avec l'arrivée d'Ülkü à Moscou, évitant ainsi nombre de problèmes éventuels. Il n'avait absolument rien dit d'Ingrid à Ülkü. Mais le soir de son arrivée à Moscou, quand cette dernière avait refusé de dormir sur le deuxième divan qu'il lui avait préparé et lui avait lancé : « Ouvre donc ce canapé-lit que nous dormions ensemble », il avait passablement paniqué. Il s'était senti comme ces jeunes blancs-becs craignant que leur mère ne devine qu'ils étaient allés au bordel. Et cette nuit-là, sa femme avait eu beau se coller à lui, lui exprimer son désir non pas verbalement, mais par sa chaleur et ses caresses, il s'était arrangé pour éviter un rapport sexuel. Il savait qu'il n'aurait pas d'érection, qu'il n'y arriverait pas.

Les jours suivants, il avait mis cela sur le compte d'une impuissance passagère. Une impuissance sans aucun lien avec sa relation avec Ingrid, uniquement et invariablement charnelle, sexuelle. Cette relation était désormais consommée. Elle avait été belle, elle les avait comblés. Mais aucun des deux n'en attendait ni n'en exigeait davantage.

Au moment de se séparer, ils s'étaient embrassés sur les joues, comme deux vieux amis. Ömer avait pensé offrir à Ingrid un petit cadeau en souvenir de ces jours passés à Moscou, mais il y avait aussitôt renoncé. Cette relation était terminée à présent, s'en souvenir était inutile. La sensation de vide, de froid, de picotement dans la poitrine qui l'avait assailli alors qu'il regardait s'éloigner la voiture officielle chargée de conduire la jeune femme à l'aéroport n'avait pas été longue à se dissiper. De toute façon, il devait se rendre à une réunion des partis frères.

Ülkü était depuis trois ans à Moscou, trois ans qu'ils étaient ensemble. Ils n'avaient pas réussi malgré tous leurs efforts à trouver un logement plus grand. Ils partageaient toujours une seule pièce. Sans doute par souci de ne pas l'accabler, de ne pas le blesser, sa femme évitait de revenir sur son problème d'impuissance ; elle avait beau penser que c'est en parlant que l'on pouvait résoudre les problèmes de couple, toujours est-il qu'elle n'abordait plus ce sujet désormais. Sans rien dire, elle avait commencé à dormir sur son petit canapé. Une fois seulement, sans ambages, avec tout le vocabulaire idoine, elle avait déclaré que faire l'amour ne consistait pas uniquement en la pénétration de la femelle par l'organe mâle en érection ; que, du moment qu'on se désirait, on pouvait s'aimer et s'amener à jouir de tas de façons différentes ; que la sexualité était l'essence de la relation homme-femme. Ömer n'avait rien répondu, il avait gardé le silence, mais depuis lors il était devenu incapable de toucher ou d'enlacer sa femme. À croire qu'il serait foudroyé au moindre contact avec sa peau nue, comme si Ülkü était devenue un être magique et surnaturel, un tabou.

Cependant, Ömer continuait à penser que sa femme se plaisait à Moscou, que les choses qui donnaient du sens à sa propre vie la rendaient heureuse elle aussi. Qu'il suffisait de vivre au sein de cette ville mythique, de ce peuple qui avait réalisé le soulèvement le plus célèbre de l'histoire, avec ces étoiles rubis, la place Rouge, d'avoir à sa disposition tous les outils et le fourniment nécessaires pour, le jour venu, instaurer le pouvoir de la classe ouvrière dans son propre pays.

— Le pouvoir ne m'intéresse pas beaucoup, même celui de la classe ouvrière, avait un jour fulminé Ülkü.

Puis, faisant sans doute allusion à l'impasse de leur vie sexuelle – à moins que la susceptibilité d'Ömer sur la question l'ait amené à l'interpréter ainsi –, elle avait ajouté :

— Que ce soit dans le domaine de la sexualité ou de la politique, le pouvoir est un problème d'hommes. Qu'il s'agisse de le conquérir ou de le perdre, ça les enlaidit de la même façon.

« Elle a peut-être raison. Peut-être que nous, les hommes, nous sommes comme des chats. Comme des matous hargneux et querelleurs, qui marquent leur territoire et en interdisent l'accès aux autres… Une fois qu'on sort de ce territoire, ou qu'on perd notre domaine de pouvoir, on s'effondre. »

N'empêche que les remarques de sa femme l'avaient blessé. « Plus ça va, moins on parle la même langue, on dirait… »

Ömer Ulaş aimait ce pays. Il aimait les valeurs qu'il symbolisait. Croire en ces valeurs, se battre pour qu'elles deviennent souveraines, c'était ce qui donnait un sens à son existence ; il savait que c'était cela qui lui permettait de s'estimer. Et le seul moyen d'atteindre ces valeurs, c'était le pouvoir politique. Le reste n'était qu'un rêve révolutionnaire sans rapport avec la réalité et la vie. Ülkü n'était tenue à aucune responsabilité. Elle était libre d'imaginer une révolution en dehors du phénomène du pouvoir, de critiquer le pouvoir. Mais lui, il ne pouvait pas, cette idée même lui était interdite.

Il regarda sa femme debout face au vent glacial venant du nord, au bord de la Moskova, sous les murs multiséculaires du Kremlin. Au milieu de la neige, la tête enfoncée dans les épaules, les bras croisés contre la poitrine pour tenter de se protéger du froid, sa femme lui apparut soudain totalement seule au monde. Une distance dont il ignorait la cause s'était creusée entre eux de façon telle qu'il savait qu'il ne parviendrait pas à la prendre dans ses bras pour la délivrer de sa solitude, qu'il ne ferait rien pour la réchauffer ni la retenir.

— Je croyais que tu étais heureuse ici, répéta-t-il. Mais si tu y tiens vraiment, je peux faire une demande pour ton retour. Nous trouverons bien une solution. Peut-être que tu as raison, tu seras plus tranquille à l'Ouest avec l'enfant. Réfléchis encore. Évidemment, je ne peux pas te forcer à rester.

Ni chagrin, ni révolte, ni colère en lui, mais une vague tristesse, un sentiment de soulagement et de libération difficilement avouable, ne serait-ce qu'à lui-même. « Le mariage, les enfants, la vie de famille, ce n'est pas pour moi », disait-il dans sa jeunesse. Il pensa que ce n'était pas une pose de jeune révolutionnaire en herbe, mais la pure réalité : « Il y a des choses qui ne se partagent pas et qui ne supportent aucun rival : comme l'amour et le pouvoir… »

À petits pas prudents, tâchant de ne pas se frôler et de ne pas glisser dans les rues verglacées, ils marchèrent vers la station de métro la plus proche.

***

La dernière fois qu'elle avait vu Ömer, c'était à Leipzig. Cette ville grise, triste et embrumée…

Depuis toujours les gares l'emplissaient d'émotions désagréables, d'une tristesse indéfinissable qu'elle n'arrivait pas vraiment à s'expliquer. Peut-être à cause du sentiment de désolation que lui instillaient les petites gares perdues d'Anatolie où ses parents et elle descendaient toujours de nuit dans son enfance. Lors de sa première venue à Leipzig dix ans plus tôt, quand le train arriva dans la ville avec un retard de quatre heures pour des raisons parfaitement incompréhensibles, les stations tristes et isolées d'Anatolie qui avaient marqué sa mémoire dans sa prime jeunesse et son adolescence lui parurent presque aussi animées qu'un champ de foire devant l'aspect quasi désert de celle de Leipzig. La gare était une bâtisse à structure métallique du même type que celle de Francfort, en Allemagne de l'Ouest. Mais était-ce dû à son atmosphère désolée ou au peu de trains en circulation, à l'absence d'une joyeuse foule de consommateurs se pressant dans ses snacks, kiosques et autres magasins, ou au temps pluvieux et brumeux qui régnait le jour de son arrivée dans cette ville, reste que cette gare donnait l'impression d'un bâtiment à l'abandon. Elle avait été happée par la même sensation de désolation dans les campagnes traversées tout au long du trajet, et où le train avait dû stationner des heures durant. « Je suis habituée au tumulte et à l'éclat fallacieux du capitalisme. Quelle que soit ma ligne idéologique, dès que ça touche au quotidien, je suis clairement quelqu'un de “l'autre monde” », avait-elle pensé, un peu honteuse et navrée.

Cette ville, où elle avait séjourné plusieurs mois en attendant que se règlent les problèmes administratifs pour rejoindre Ömer à Moscou, ne lui avait pas du tout plu. « Heureusement qu'Ömer a été nommé à Moscou, sinon nous aurions été obligés de vivre là. »

Quarante ans après, la ville portait encore les stigmates de la guerre. Nombre de vieux immeubles en pierre de taille, aux façades noircies et datant du XIXe siècle ou du début du XXe siècle étaient vides et restés en l'état. Logements sociaux modernes et cités ouvrières de construction récente semblaient quant à eux rivaliser de grisaille et de laideur avec ces bâtisses abandonnées. « Je suis peut-être injuste envers elle ; comment peut-on aimer une ville tant qu'on ne l'habite pas, qu'on n'y a pas de passé, de souvenirs, tant qu'on n'y connaît pas de bons et de mauvais moments, des gens, et qu'on ne découvre pas ses secrètes beautés ! »

Lorsqu'elle déambulait dans les rues de Leipzig, l'air chargé de suie et d'humidité lui donnait une sensation d'écrasement. Elle avait du mal à respirer parfois. Quand Ülkü avait demandé en plaisantant à un camarade installé ici de longue date : « C'est pollué ou quoi ? », elle s'était entendu répondre : « Bien sûr que c'est pollué, qu'est-ce que tu crois ! C'est l'une des villes d'Europe qui connaît le plus fort taux de pollution. Le vent charrie jusqu'ici toute la pollution atmosphérique d'Allemagne de l'Ouest, de la Ruhr. » Or, tout le monde savait pertinemment que la pollution de l'air était la conséquence directe et inévitable du miracle industriel de la RDA…

Elle avait été contente que son aventure dans cette ville à laquelle elle ne s'était jamais faite soit de courte durée. Son respect s'était accru envers le petit milieu des « illégaux » qui vivaient ici depuis des années sous des identités différentes, même dans la patrie du socialisme. Elle s'en voulait de sentir qu'elle-même n'aurait pas supporté… « Et eux, comment font-ils pour supporter, comment font-ils pour y arriver ? »

Combien étaient-ils à Leipzig ? Elle l'ignorait. Quinze ou vingt personnes peut-être. Ce genre de choses ne se demandait pas. Elle supposait que, entre l'ancienne génération dont certains représentants vivaient depuis près de cinquante ans hors de Turquie, ceux qui s'étaient exilés après les années 1970 et ceux arrivés après 1980, un effectif important du siège du parti se trouvait à Leipzig.

Les exilés volontaires à Leipzig – ce qui représentait une poignée d'étrangers – croyaient en la révolution qui ne manquerait pas de se produire un jour dans des pays à plusieurs milliers de kilomètres de là ; avec un romantisme redoublé par la distance et l'exil, ils se plaisaient à penser qu'ils œuvraient pour la révolution et qu'ils sacrifiaient leur vie à cette cause. Tous donnaient l'impression de crouler sous la morne lourdeur de la ville. Tous semblaient s'être uniformisés. Ce gentil couple qu'elle connaissait de Turquie par exemple… Quand ils y étaient encore, avant le 12 septembre, ils étaient enjoués, pleins de vie, voire un peu extravagants. C'est précisément pour cela qu'elle les appréciait. Or, dans cette ville où ils vivaient maintenant à l'écart du monde, ils arboraient un air grave, comme s'ils portaient tout le poids de la révolution mondiale sur leurs épaules. Les sujets dont ils débattaient à cœur ouvert autrefois paraissaient devenus tabous ici. À la liberté et à la sincérité de leurs anciennes discussions s'étaient substitués les silences, les regards lourds de sous-entendus, les mises en garde du genre : « Ne remue pas cet aspect des choses », « Nous n'en savons rien, si les camarades soviétiques disent ainsi, c'est qu'ils ont sûrement une bonne raison »…

Cet endroit avait tout d'un aquarium étroit où s'étaient fait prendre et enfermer des révolutionnaires mus par le rêve de se fondre dans la masse comme des poissons dans l'eau. Dans ces eaux troubles, les poissons étaient condamnés à tourner en rond en frôlant leur queue et leurs nageoires, sans autres perspectives que les fallacieuses réalités de leur univers étriqué, les rêves auxquels ils étaient contraints de croire pour vivre, les convictions fossilisées et leurs propres illusions.

— Tu as raison, avait dit Ömer en riant de cette comparaison. Moi aussi je suis resté un moment à Leipzig. Ce n'est pas la faute de cette ville. Leipzig est terne et repliée sur elle-même, comme toutes les villes de province d'Allemagne de l'Est. En plus, vu qu'elle héberge les comités centraux de partis illégaux et qu'il s'y trame un tas de choses en secret, elle présente un visage encore plus sérieux, plus officiel et bureaucratique. Ça fonctionne vraiment comme un aquarium, en vase clos. Reconnais tout de même que ce n'est pas facile pour ceux qui y vivent. Si jamais ils se mettent à douter, si jamais le germe du soupçon s'immisce en eux et se met à saper leurs convictions, s'ils ne peuvent pas répondre de tout leur cœur à la question « pourquoi suis-je là ? », ils perdent leur raison de vivre. N'empêche, je dois avouer que je me suis senti plus léger, plus heureux en arrivant à Moscou. Pour poursuivre ta comparaison, c'est comme si j'étais passé de mon bocal à la pleine mer.

Dix ans plus tard – comme un pied de nez à tous les mauvais souvenirs –, la gare de Leipzig accueillait en son sein une foule animée, bigarrée, débraillée, indécise et erratique. Avec les jeunes punks en perfecto qui n'attendaient et ne prendraient jamais aucun train, les néonazis arborant tatouages et crâne rasé dans le droit fil de la mouvance skinhead de l'Ouest, les jeunes et blondes prostituées aux longues jambes, les petites boutiques remplies de babioles multicolores et de mauvais goût, les étals où l'on trouvait à peu près tout ce qu'on pouvait imaginer, des jeans aux revues pornos, des anciens drapeaux de la RDA aux étoiles rouges de l'armée soviétique… l'ancienne gare faisait penser au décor d'un film surréaliste.

La ville, dans laquelle elle était venue réaliser un reportage sur « la vie quotidienne dans l'ancienne Allemagne de l'Est après la chute du mur de Berlin », trahit tout autant ses souvenirs personnels que ceux des gens ayant dû passer par là à une époque. Ce lieu ressemble à une forteresse tombée, vaincue, et tâchant d'oublier – ou de célébrer – sa défaite dans une perpétuelle gueule de bois.

En apercevant de loin Ömer qui l'attend en tête de quai, elle est saisie par l'émotion. « Cet homme fatigué, âgé, d'apparence pauvre est mon mari. Voilà des années que nous ne nous sommes plus vus, mais officiellement, je suis toujours son épouse. »

Les jours suivants, chaque fois qu'elle se remémorerait ce moment de retrouvailles, un puits sombre et profond se creuserait en elle.

Elle voit Ömer, et elle pense : « Voici le résumé d'une vie, de nos vies : les flammes sont depuis longtemps éteintes, mais les cendres sont encore chaudes. »

Ömer marche vers sa femme, avec un sourire fatigué et amer qu'elle ne lui connaissait pas. Aucun des deux ne se hâte ni ne presse le pas. Ils ont besoin de prolonger cet instant, besoin de ce temps d'adaptation. L'homme marche légèrement incliné vers l'avant, comme si son dos s'était voûté. Son crâne s'est passablement dégarni, les rares cheveux qui lui restent ont blanchi. Sur lui, un vieux trench-coat qui dut être chic en son temps. Sans doute un Burberry acheté à Londres à l'époque où il enseignait à l'université. Ülkü reconnaît ce trench-coat beige qu'elle lui avait vu à Ankara, depuis le jour de leur première rencontre peut-être. Cela fait combien d'années ? Vingt ans ? Dans sa tête, ces vers âpres qui ne cessent de tourner. Des vers d'Aragon qui clament l'indignation de l'homme envers ce qu'il vit : « *Sa vie / Elle ressemble à ces soldats sans armes / Qu'on avait habillés pour un autre destin... Il n'y a pas d'amour heureux.* »

« Depuis combien de temps est-ce qu'on ne s'est pas vus ? Cinq ans ? Ou plus encore ? » pense Ömer en marchant vers sa femme.

Lorsqu'elle lui avait déclaré qu'elle étouffait à Moscou, qu'elle voulait quitter la ville sacrée des grandes utopies, ce sanctuaire de la révolution, il avait d'abord pris cela pour un mouvement de colère, il n'y avait pas cru. Il avait pensé que son fils lui manquait, qu'elle s'inquiétait pour lui, et il avait tenté de la convaincre qu'il s'occuperait de le faire venir dans les plus brefs délais.

— Ce n'est pas le problème, avait rétorqué la jeune femme. Même si Umut nous rejoint, je ne veux plus rester désormais. Le problème, c'est nous deux, c'est toi et moi. Je ne supporte pas les relations qui se dégradent et se dessèchent de la sorte. Tu ne vois pas qu'il n'y a plus rien entre nous, que tout est terminé ?

— C'est de notre vie sexuelle que tu veux parler ? C'est mon problème d'impuissance que tu me balances à la tête ?

Lui qui ne se départait guère facilement de sa maîtrise de soi, qui mettait un point d'honneur à conserver son calme et son sang-froid, autant dans sa vie privée que dans la sphère politique, il avait été ébranlé, piqué au vif. C'était la première fois qu'ils abordaient de front ce sujet tabou qu'ils traitaient comme s'il n'existait pas, comme s'il s'agissait d'un souci passager qui finirait bien par s'arranger ; la première fois qu'ils passaient outre à l'hypocrisie cachée derrière un masque de compréhension, qu'ils retournaient le couteau dans la plaie que creusait le déni.

— Je ne te balance rien à la tête, mais tu sais aussi bien que moi combien la sexualité est importante dans une relation de couple. Mais l'essentiel n'est pas là, Ömer. Ce dont je veux parler surtout, c'est de la distance qui s'est installée entre nous, du manque de communication… ce qui pèse bien plus lourdement que ta capacité de bander. Puissance, pouvoir… je déteste ces mots. Ça détourne le sens de mes propos. Si ces mots ont pour but de nous blesser mutuellement, peu m'importe que tu sois impuissant dans ce cas. S'il restait encore des sentiments et un lien amoureux entre nous, nous aurions très bien pu nous aimer quand même, et rester proches physiquement. Il y a des tas de façons de faire l'amour, et cela nous aurait peut-être même procuré plus de joie et d'épanouissement qu'un phallus en béton. Ce que je veux te faire entendre, c'est que tu ne manifestes plus aucun besoin de prendre soin de notre relation, de l'embellir ou de l'enrichir. Comme dit le Petit Prince, il faut arroser les fleurs, les amitiés, les amours…

— Ras le bol du Petit Prince et de ses sornettes, avait-il explosé sans lui laisser le temps de terminer. On dirait un livre saint ! Tu sais, ma fille, quel est ton problème ? Ton problème… Ton problème, c'est de baiser ! C'est ce qui compte le plus dans la vie, n'est-ce pas ? Mais pas pour moi. Sinon, il y a longtemps que j'y aurais remédié depuis toutes ces années. En plus, si je suis impuissant, c'est à cause de toi. Pourquoi est-ce que je n'ai pas ce problème avec les autres ? Pourquoi est-ce que tout allait bien avant, et que je me retrouve impuissant avec toi ? J'ai peur de ne pas réussir à te satisfaire, j'ai toujours eu peur de ça. Peur que tu me compares à d'autres hommes, que tu aies moins de plaisir avec moi. Je te rappelle qu'au moment où notre relation a débuté tu sortais juste du lit du type qui t'a mise en cloque…

Soudain pris de panique, il s'était tu et figé sur place.

La première chose que perçut Ülkü, ce fut l'effroi, la peur et le désarroi que suscitaient en lui ses propres paroles. Tel un docteur Jekyll incrédule face à la métamorphose qui s'opérait en lui, incapable de se reconnaître à la vue de son corps qui se couvrait d'une pilosité animale. On eût dit qu'il allait mourir sur place, mais sans succès.

La jeune femme n'éprouvait ni colère, ni jalousie, ni sentiment d'injustice et d'humiliation. Non, rien de cela ; simplement de la douleur et de la honte. « Le respecté Ömer Hodja, le camarade Şerif, qui a consacré sa vie entière à la classe ouvrière et à la révolution, un communiste irréprochable, reconnu pour son expérience et son sang-froid… Est-ce moi qui l'ai mis dans cet état ? Chacun peut être confronté à des choses trop lourdes à porter. Donc, il n'aura pas supporté que sa femme vienne à lui enceinte jusqu'au cou. Cet Ömer Hodja soi-disant partisan de la liberté sexuelle, large d'esprit, fervent défenseur de l'égalité homme-femme, n'était-il donc qu'une image, qu'une figure illusoire ?

Oui, sans doute, mais une illusion à laquelle lui-même croyait dur comme fer, sans tricherie. »

— Calme-toi, s'il te plaît, dit-elle avec douceur. Excuse-moi de t'avoir mis à ce point en colère. Je ne voulais pas te blesser.

Les rôles s'étaient inversés ; celui du conjoint calme, mûr et bienveillant lui incombait à présent. Elle eut honte d'elle-même en pensant à l'hypocrisie qu'il y avait à faire montre de calme et de maturité alors que se jouait la dernière scène d'une relation désormais sans espoir, depuis longtemps terminée en réalité, et qui s'était consumée goutte à goutte à leur propre insu.

— Maintenant qu'on a plongé dans la mocheté, allons-y jusqu'au bout, dit Ömer. Oui, j'ai été avec une autre ; une des Scandinaves qui vivent ici… Elle est retournée dans son pays peu avant que tu arrives à Moscou. Je ne l'ai plus jamais revue. Tu me connais, si je n'ai pas pu t'approcher, c'est peut-être parce que, au fond, je n'ai pas pu assumer cette relation, c'est-à-dire ma propre faiblesse, le fait de t'avoir trompée. Peut-être que j'avais accumulé de la rancœur contre toi, peut-être que je n'ai pas digéré ton passé. Je suis né dans une famille ouvrière d'une petite ville de province. Jusqu'où peut-on s'affranchir des valeurs de son milieu d'origine ? On croit s'être hissé au-dessus de valeurs dépassées, on croit s'être créé une nouvelle identité, et voilà qu'un beau jour on constate avec horreur qu'on n'a absolument pas changé.

Ils avaient commencé à se parler comme deux vieux amis n'ayant rien à se cacher. Tous deux savaient que leur vie maritale était terminée, ce qui les soulageait et les rapprochait. « Depuis combien de temps n'avons-nous plus été si francs et si proches ? » pensa Ülkü. Ils avaient discuté jusque tard dans la nuit, en sirotant leur vodka aromatisée au piment et aux noix, comme s'ils étaient revenus à l'époque d'Ankara, au temps où s'était forgée leur amitié.

Ömer s'avance lentement sur le quai. Il serre sa femme dans ses bras, comme il le ferait d'un vieux frangin, d'un ami cher perdu de vue depuis de longues années et dont l'absence s'était fait sentir.

— Le train a encore du retard. Du temps du socialisme, chaque problème, chaque dysfonctionnement était mis sur le compte du système. Nous voilà maintenant à l'heure du capitalisme, et les trains ont toujours du retard.

Il prend la petite valise des mains de sa femme.

— Ce sont là toutes tes affaires ?

— Je t'avais dit au téléphone que je ne resterais que deux jours. Pour te voir toi, et pour constater les changements survenus à Leipzig. Comme j'ai connu cette ville dans son ancien état, j'ai pensé que je ferais une bonne observatrice. Pour ce qui est de la ville, je ne sais pas, mais la gare a beaucoup changé. Elle était déserte autrefois ; c'est un vrai bazar maintenant.

— La ville aussi a changé. L'aquarium s'est cassé, certains poissons sont morts, d'autres se sont fondus dans le décor.

— Il y en a d'autres de notre camp à part toi ?

— Il ne reste presque plus personne. Ils sont passés à l'Ouest pour la plupart. Je dis l'Ouest par habitude. Car il n'y a plus ni Est ni Ouest depuis la réunification. Mais tu verras que l'Est et l'Ouest existent encore, même à Berlin. Le mur a été détruit, mais les murs dans la tête et la mémoire des gens ne tombent pas si facilement. Il faudra encore des années pour que les souffrances s'estompent. Enfin, nous aurons tout le temps d'en parler. Je vais d'abord te conduire à ton hôtel.

Ils sortent de la gare. Le temps est pluvieux, lourd, d'un gris plombé ; la ville est toujours aussi triste qu'avant.

— Je pense m'en aller, dit-il. De toute façon, voilà longtemps que tous les représentants des partis frères sont partis. Tu as raison, cette ville est invivable. En plus, elle grouille de néonazis. Qui aurait cru que ça tournerait ainsi ?

— Où penses-tu aller ?

— Je n'ai pas beaucoup de points de chute. Je ne suis pas habitué à l'Ouest, moi. Je vais rester un moment à Berlin, régler des trucs administratifs et essayer de me procurer un passeport, et après probablement que je rentrerai en Turquie. Le renard a beau faire, tôt ou tard, il finit chez le fourreur.

Après avoir pris la clef à la réception et monté sa petite valise dans la chambre, ils se retrouvent dans le café en bas de l'hôtel. Tandis qu'elle boit son café accompagné d'un cognac, c'est la première fois qu'elle se sent heureuse dans cette ville cafardeuse. Le fait de revoir Ömer, sûrement.

— Tu m'as manqué, lui dit-elle.

— Toi aussi.

— Tu as vieilli.

— Toi aussi.

Ils rient. Ils sont calmes, décontractés et amicaux. Et c'est tant mieux, après tous les événements, tous les effondrements qu'ils ont vécus.

— Comment va Umut ? Ce doit être un grand jeune homme maintenant. Il a presque vingt ans. Tu ne me croiras peut-être pas, mais il m'a beaucoup manqué lui aussi, j'ai beaucoup pensé à lui.

— Umut est en Turquie. Quand j'ai quitté Moscou pour Paris, je l'ai fait venir dès que j'ai trouvé du boulot. Il avait quinze ans alors. Il n'était pas très heureux. Il avait des difficultés avec la langue, il n'arrivait pas à s'adapter ni à se faire des amis. Tu le sais, déjà petit, ce n'était pas un enfant turbulent, capricieux ou vindicatif. Il était plutôt renfermé. Après ton départ, il s'est complètement isolé et replié sur lui-même. Pourtant, il était très demandeur, il était prêt à tout pour se faire des amis. Ce qui m'a toujours mis le cœur en charpie. Pour se faire accepter et considérer par les autres, il était même capable d'aller jusqu'à donner ses jouets préférés, jusqu'à se soumettre à tout ce que ces sales gosses lui imposaient dans leurs jeux. Mais, je ne sais pour quelle raison, il n'était pas davantage accepté pour autant, il était tout le temps tout seul. C'était du moins mon impression, je ne sais pas. Je crois qu'il n'a pas du tout digéré que je le laisse et parte moi aussi à ta suite. Je t'en ai déjà parlé, c'est un enfant intelligent, qui apprend facilement, presque un surdoué. Le français aussi, il l'a appris en peu de temps. Ça marchait très bien à l'école, mais comme je te l'ai expliqué, il ne se plaisait pas en France. Il ne nous a pas pardonné, et il a raison. Il est resté seulement trois ans à Paris. À la fin du lycée il y a deux ans, il m'a dit qu'il voulait aller à l'université en Turquie. Il m'a demandé si je pouvais l'aider financièrement jusqu'à ce qu'il trouve un travail. J'ai une bonne situation, je ne gagne pas trop mal ma vie, et du moment qu'il pouvait habiter chez sa grand-mère, cela ne posait pas de problème qu'il rentre en Turquie. Je n'ai pas insisté pour l'en dissuader, je lui ai donné l'autorisation, s'il pensait être plus heureux ainsi. Tu vois, dès qu'il est question de mon fils, je suis intarissable.

— Il a posé des questions à mon sujet ? Tu lui as dit ?

— Dit quoi ? Que tu n'es pas son vrai père ? Bien sûr que non. Il te réclamait quand il était petit, tu lui manquais beaucoup. Comme tous les petits garçons, je crois, il avait besoin d'un papa pour avoir confiance en soi et se sentir fort dans la vie. Quand il est venu me rejoindre à Paris, nous en avons parlé une fois. Je lui ai dit que tes obligations te retenaient à Moscou, que nous étions séparés et que, s'il le voulait, même si c'était compliqué, je me débrouillerais pour le mettre en relation avec toi. « Qu'il reste », voilà ce qu'il m'a répondu.

Tout à coup, les larmes perlent dans ses yeux, de façon totalement inattendue, involontaire.

— Mon fils me manque terriblement, dit-elle. Umut est la plus grande culpabilité de ma vie. Je n'ai pas su m'y prendre. Je n'ai pas su m'en occuper. À chaque faute son prix, sa punition ; et même ce prix, je n'ai pu m'en acquitter. Envers mon fils, je me sens à la fois coupable et redevable d'une dette.

« Permanent sentiment de culpabilité, fatalisme obsessionnel digne des tragédies grecques, dilemme, crime et châtiment, morale catholique fondée sur le principe de la victime et du sacrifice, culture familiale centrée sur le devoir, rôle du sauveur de l'idéologie kémaliste, et pour relever le tout une pincée de socialisme… Tu es un formidable mélange de tout cela, toi », disait Ömer, tous deux s'en souviennent.

Ömer commande un autre cognac à la serveuse. Du bout des doigts, comme une caresse, il essaie de sécher les larmes qui coulent doucement sur les joues de sa femme. Il pense qu'il n'était pas sincère tout à l'heure en lui lançant qu'elle aussi avait vieilli, qu'il avait dit cela comme ça. Ülkü avait beaucoup changé, elle avait maigri, elle s'était affinée, ce qui mettait en évidence la longueur et la finesse de son cou dont les sillons tracés par les années faisaient comme un précieux collier. Celle qui était autrefois une vive et charmante jeune fille, au corps bien planté et à la silhouette ordinaire, était devenue une femme belle, élégante et expressive. Une beauté enrichie par son vécu, sculptée par le chagrin… Il a un pincement au cœur. Il est si tard maintenant !

— Tu n'es pas la seule. Moi aussi, d'autres, nous tous, nous avons raté beaucoup de choses.

Ülkü sent trembler les doigts de l'homme qui se promènent sur ses joues, sur ses cils. Pourtant, ni ses mains ni sa voix ne tremblent. Elle observe le visage de son mari. La peau au-dessus de pommettes paraît plus fine, transparente, comme tirée ; d'une teinte maladive. Ses dents ont jauni à cause du tabac et par manque de soin, il a perdu son adorable sourire de lapin ; et quand il veut sourire, les profonds sillons qui encadrent sa bouche se contractent, lui donnant un air triste. Il est à l'image de cette ville. Aussi triste, abattu, résigné, vaincu.

Un silence se fait. L'homme vide son cognac d'un trait, il en commande un autre.

— Tu ne buvais pas autant avant.

— C'est vrai. Je bois beaucoup depuis un moment. C'est à Moscou que j'ai commencé. Comme tu sais, on tourne à la vodka là-bas. J'en avais besoin, j'en avais la possibilité. Boire était quelque chose de normal. Ensuite… quand tout s'est effondré et que je suis arrivé ici, j'ai vu que je ne pouvais plus me passer d'alcool. En plus, je n'ai plus d'argent. Jusqu'à ce que j'arrive à partir de ce foutu bled, je dois me débrouiller avec les quelques sous que je réussis à me faire ici ou là dans des petits boulots. Par chance, on ne m'a pas encore viré de mon petit appartement.

Il pose ses mains sur la table. Comme s'ils considéraient un corps étranger, tous deux regardent ces mains mal soignées, à la peau tavelée et légèrement fripée, aux longs doigts tremblotants.

— Si mes mains tremblent, ce n'est pas seulement à cause de l'alcool, dit-il comme un enfant essayant de camoufler sa faute. Le médecin dit que c'est nerveux. Le tremblement augmente sous le coup de la fatigue, de l'émotion ou de l'énervement.

— Tu vas vraiment t'user si tu restes ici plus longtemps, tu vas y laisser la santé. Viens quelque temps à Paris si tu veux. Tu devrais pouvoir régler les démarches administratives et trouver un passeport légal, j'imagine. Officiellement, nous sommes encore mariés. Ce qui facilite beaucoup les choses pour obtenir un titre de séjour en France.

Elle a le sentiment d'avoir déjà vécu ce moment ; ailleurs, en un autre temps. Nous nous étions retrouvés à l'hôtel après ma remise en liberté. J'étais enceinte de sept mois. Il avait dit : « Comprends-moi bien, qu'on pense que je suis le père de cet enfant et que nous soyons mariés nous facilitera beaucoup la tâche ».

Tous deux s'en souviennent simultanément. L'âpre sourire qui s'est substitué à son ancien sourire de lapin s'étire sur son visage.

— Serait-ce l'heure de nous acquitter de nos dettes ? Mais non, il y a bien longtemps que nous sommes quittes.

S'ils n'avaient pas été dans un café bondé et bruyant, si la serveuse n'avait cessé de tourner autour de leur table dans l'espoir de glaner un pourboire à la hauteur des verres d'alcool qu'ils avaient bus, elle aurait sauté dans les bras d'Ömer et pleuré à gros sanglots.

— Je ne peux pas te suivre à Paris. Je ne pourrai pas. Je suis incapable de vivre là-bas, je m'y perdrais.

Ç'aurait été facile vingt ans plus tôt. Le monde ne m'effrayait pas à cette époque. Avec notre conviction inébranlable, nous croyions que tous les pays du monde nous appartenaient. Nous devant, les prolétaires de la terre entière derrière, on s'était lancés à la conquête du monde. La France en faisait partie, comme le Chili. Mais j'ai peur à présent. Si jamais j'en ai la possibilité, peut-être que je retournerai en Turquie. Mais à dire vrai, je n'en ai pas encore le courage. Que ce soit en Turquie ou dans les pays socialistes, cela fait vingt ans que je vis dans des ghettos. Dans les ghettos de nos rêves, de nos grandes utopies. Désormais, j'ai peur de me confronter à la vraie vie. C'est plus facile pour moi de vivre comme un rat dans cette ville sépulcrale ou dans les ruines de nos paradis socialistes.

« Tu parles de rat, Ömer Ulaş ? C'est toi qui parles du ghetto de notre utopie socialiste ? Tu dis avoir peur ? Est-ce bien toi ? Tout cela n'est sûrement qu'un horrible cauchemar ; nous allons bientôt nous réveiller, et tout sera terminé. Réveillons-nous, par pitié, réveillons-nous de ce cauchemar. Tu n'es pas un rat, un rat fuyant les humains, la lumière, la vie. Malgré tant de décombres, malgré nos désillusions et notre défaite, notre utopie n'était pas creuse et insignifiante. »

Comme s'il avait compris ce qui se passait dans la tête d'Ülkü, il demande :

— Ça te surprend ? Tu ne t'attendais pas à me trouver dans cet état, n'est-ce pas ? Quand bien même tout le monde sombrait et reniait son engagement, le camarade Ömer serait le seul à rester droit dans ses bottes, c'est ça ? Allez, avoue ta déception. Mais cela devrait te réjouir, toi qui me trouvais trop fervent, trop au garde-à-vous, réticent à poser des questions.

— Je savais que tu te questionnais. Peut-être ne t'en souviens-tu pas ; il y avait des vers d'un poème d'amour de Nâzım inscrits sur les murs de mon appartement à Ankara. J'avais été mortifiée quand les fervents révolutionnaires de ton groupe les avaient vus. Mais toi, tu avais critiqué l'engagement révolutionnaire rude et balourd, tu m'avais redonné courage. Tu posais des questions ; et tes questionnements étaient plus profonds, plus pertinents que tous les nôtres. Mais tu devais avoir peur des réponses, je crois.

— Parlons franchement. Est-ce des réponses que j'avais peur, ou de perdre ma position ? Je ne saurais pas vraiment le dire. Dès que tu posais trop de questions ou que tu pensais autrement, on te taxait de confusion, tu le sais bien. À mesure que tu t'élèves – peu importe ce qu'on entend par là –, il faut que tes pensées se clarifient. Plus exactement, tu ne peux pas t'élever si ton esprit est confus. C'est la raison pour laquelle tu gardes le silence quand il te faudrait parler, ou même hurler. Tu mets évidemment ton silence sur le compte de grands objectifs. Tu ne peux pas dire : « Je suis le dernier des carriéristes ; si je suis devenu ce coq sur son tas de fumier, je le dois au fait de ne pas avoir chanté trop tôt. » Non, tu dis : « Au nom des intérêts supérieurs du socialisme, il faut se taire et se faire bien voir. » Tu as beau savoir que des milliers d'héroïques communistes qui refusaient d'appliquer l'ordre de dissoudre les partis des pays environnants pour défendre la patrie soviétique contre l'agression nazie, ou plutôt pour gagner du temps, ont été liquidés en l'espace d'une nuit dans la Forêt-Noire, tu fais mine de ne pas le savoir. Tu ne peux naturellement pas défendre les grands procès staliniens, mais tu peux faire sentir au passage que les autres, les Boukharine ou les Zinoviev, ont consciemment ou non servi l'impérialisme et qu'ils l'ont même reconnu devant les tribunaux. Tu prends le risque de perdre ta cohérence personnelle, le respect des autres. Au nom de quoi ? Au nom des intérêts supérieurs du socialisme et du gouvernement prolétarien, bien sûr.

Elle tient la main de l'homme qui se tend vers le verre de cognac.

— Arrête de boire. Parlons plus calmement. Tu n'es pas le seul à te ronger et à te consumer ainsi. Nous avons tous été atteints, à divers degrés. Moi aussi j'ai besoin de parler, de réfléchir. Tu te rappelles ces vers de Nâzım que nous aimions tant : « *Cela fait cent ans que je n'ai pas vu ton visage... / Cela fait cent ans que je ne pose plus de questions à la lumière de ton esprit...* »

— « ... *que je n'ai pas touché à la chaleur de ton ventre*, poursuit-il là où elle s'était arrêtée. *Cela fait cent ans qu'une femme m'attend dans une ville.* »

Sa voix tremble. Il renonce à dire ce qu'il s'apprêtait à formuler : « Ma femme ne m'a pas attendu. C'est moi qui ne touchais pas à la chaleur de son ventre, j'en étais incapable. Facile ensuite de l'accuser de ne pas m'avoir attendu, de ne pas être resté à mes côtés. »

— Ce n'est pas parce que j'ai bu que je parle ainsi ma chérie – il aurait aimé dire « ma femme ». Au contraire. C'est justement pour ne pas y penser et ne pas parler ainsi que je bois. Je ne me fie plus du tout à la clarté de mon esprit. Peut-être que je n'ai pas confiance dans la raison, de façon générale. La post-modernité est très à la mode en ce moment, en France et ailleurs, tu le sais mieux que moi. C'est un courant né en réaction à l'enlisement et aux désillusions du socialisme, je sais. Mais au milieu d'un fatras d'idées farfelues et superficielles, je les rejoins sur un point, sur la mise en doute de la raison que nous avons absolutisée. Tiens, je vais te raconter quelque chose. En ce moment, il vient des tas de journalistes, de gens de télévision et de chercheurs. On m'a inventé un prétendu travail, histoire de gagner quelques sous. Je les accompagne, je les informe, nous discutons. En fait, ce qu'ils veulent voir, ce sont les décombres et la défaite. Où nous en sommes arrivés à force de perdre et de capituler, c'est ça qu'ils étudient. Ne le prends pas pour toi, s'il te plaît, mais il y a autre chose que je voudrais dire. Nous étions partis avec l'idée d'être des sujets de l'histoire. Nous devions construire l'histoire. Et nous voilà réduits à n'être qu'un objet, du matériau pour la presse magazine ou les recherches historiques – ce qui ne fait aucune différence. En résumé, c'est très simple : tu te prends pour un sujet de l'histoire, et puis un jour, tu te rends compte que tu es devenu un simple objet, un matériau, un document.

— Encore une fois, arrête de boire, Ömer. Tiens, allume une cigarette. Je n'ai pas beaucoup de temps ici, je ne te verrai pas du tout si tu es abruti d'alcool. Je ne suis pas venue contempler les ruines. Tu sais bien que je viens de ces ruines, et que les murs sous lesquels tu es resté se sont aussi effondrés sur moi. Cesse de t'apitoyer sur ton sort. Il faut que tu sortes au plus vite de ce maudit environnement. Tu ne pourras pas tenir.

— Qui parle de tenir !

Elle sursaute intérieurement. Sentiment de culpabilité de nouveau : « Je n'aurais pas dû le laisser seul. Il s'est mis trop de choses sur les épaules, il y croyait vraiment, il a assumé de grosses responsabilités. Normal qu'il procède à un examen de conscience si sévère. Il est clair qu'à l'issue de ce règlement de compte il sera débiteur. Il n'est pas de ceux qui peuvent longtemps se mentir à eux-mêmes. »

Elle ausculte ses sentiments, cherchant en elle des bribes de respect, d'affection, d'amour envers son mari. Voyant qu'elle n'éprouve plus pour lui que de la pitié, elle est profondément peinée. La pitié revient à inférioriser quelqu'un, c'est l'ennemi de l'amour. Elle sent qu'elle n'en supportera pas davantage. Alors que, peu avant, elle craignait qu'il ne boive trop et s'enivre, à présent elle souhaiterait presque qu'il s'en aille ou qu'il pique du nez.

« La dernière fois que je l'ai vu, c'était à Leipzig. Dans cette ville triste, plombée et vaincue. Lui aussi était exactement comme cette ville. Il attendait en tête de quai. Quoi ? Si c'est moi qu'il attendait, il se serait débrouillé pour avoir des marguerites dans les mains – surtout après tant d'années –, il aurait eu un sourire espiègle sur les lèvres. Or, ses mains étaient vides, de même que son regard et son visage. Les marguerites avaient perdu la bataille contre les mimosas, nous avions perdu. Il avait perdu toutes les guerres. Désormais, que ce soit dans telle ou telle gare, dans tel ou tel pays, dans tel ou tel aéroport, il n'attendait plus rien ; ou même s'il avait attendu toute une vie, personne ne serait venu. J'ai tout d'abord cru qu'il avait vieilli. Mais ensuite, j'ai constaté qu'il n'avait même pas l'espoir de vieillir. »

***

« La dernière fois que je l'ai vue, c'était à Leipzig. Elle était descendue de la dernière voiture et marchait dans ma direction. Ma bien-aimée qui sautait toujours dans le train au dernier moment, dans les voitures du fond ; qui voulait toujours partir, mais qui avait toujours du mal à quitter ce qu'elle laissait derrière elle ! J'étais empli de beaucoup de choses, il y avait tant à dire. Elle avait vieilli évidemment, mais elle était belle ; plus belle qu'avant, expressive, et sûre d'elle. En la voyant ainsi, j'ai eu honte de mon aspect débraillé, négligé, de mon laisser-aller. J'ai pensé que je l'aimais. J'aurais aimé lui dire : "Je suis amoureux de toi", mais je n'en ai rien fait.

« Tout cela n'a plus d'importance, c'est sans retour désormais. L'important, c'est de pouvoir sortir au plus vite de Leipzig, de cette ville aquarium. Pour aller où ? »

Le camarade Şerif ne connaissait pas la réponse à cette question – s'entendre appeler Ömer par Ülkü ne lui avait pas semblé incongru. Il y a un an, lorsqu'ils lui avaient demandé de rentrer, il aurait pu ne pas quitter Moscou, se construire une nouvelle vie dans cette ville que secouaient les vents du changement insufflé par Gorbatchev. Même si beaucoup de choses étaient en train de bouger, c'était un endroit qu'il connaissait. Il avait compris que cette demande émanait en réalité des camarades soviétiques, et qu'ils avaient comme toujours manœuvré en sous-main pour la faire émettre par ceux de Leipzig. Malgré tout, il aurait pu négocier et rester à Moscou, à un autre poste, avec un autre statut. Il n'en avait pas eu le courage. Dans ce monde en proie aux convulsions, s'il ne pouvait trouver refuge dans la patrie du socialisme alors que les murs s'effondraient, que la contre-révolution s'armait d'une masse et brisait les statues de Marx, Engels et de Lénine qui trônaient sur les places en symbole de la victoire du prolétariat, que les prêtres en soutane noire faisaient des signes de croix devant les statues renversées comme pour chasser le diable, eh bien, que la corde se rompe là où elle était usée !

Il sentait que les vagues qui balayaient soixante-dix années sur leur passage ne s'en tiendraient pas là, qu'elles frapperaient également l'Union soviétique – l'endroit d'où elles émanaient en réalité – et que, dès lors, plus rien ne résisterait à la tempête à venir.

« Nous pensions que la roue de l'histoire ne ferait pas marche arrière. Maintenant, certains ont surgi et proclament la fin de l'histoire en poussant des cris de victoire. » La seule personne capable de parler ouvertement et avec courage des événements en cours, ce serait Falin, du bureau des relations internationales. Il s'était tout de suite bien entendu avec cet homme qui avait obtenu très jeune le grade de docteur en histoire et qui, habile au jeu des équilibres internes du parti, avait réussi à se hisser à des postes importants. Il ne leur avait pas fallu beaucoup de temps pour passer d'une conversation sur la meilleure façon de faire la vodka aux noix à un débat de fond sur les problèmes du socialisme. Alors qu'Ömer lui racontait la fameuse blague des deux Turcs qui se retrouvent en train de boire du raki et qui aussitôt se lamentent : « Où va donc le pays ? », Falin avait posé sur la table une bouteille de vodka maison et lui avait demandé : « Où va donc le socialisme, camarade turc ? » C'est ainsi que leur relation officielle avait commencé à se muer en amitié. Il se rappelait avec reconnaissance comment Falin avait tâché de l'aider, notamment après le départ d'Ülkü de Moscou, tout en veillant soigneusement à ne pas se mêler de la vie privée de son ami, le nombre de fois où il l'avait invité chez lui, chose qui n'était guère d'usage et encore moins recommandée.

— Le problème, c'est que les fondements n'étaient pas aussi solides qu'on le pensait, avait dit Falin. On œuvrait d'un côté à ériger le bâtiment, à construire les étages supérieurs de la façon la plus superbe qui soit et, de l'autre, on s'employait à creuser et à consolider les fondations. Bref, on a mis la charrue avant les bœufs. Naturellement, ça n'a pas fonctionné.

— Vous ne vous en rendiez pas compte ? Vous ne pensiez pas que sans fondations, ou du moins sans fondations solides, l'immeuble risquait de s'effondrer ?

L'homme éclata d'un rire tonitruant, à la russe, et qui jurait avec son élégance ukrainienne et son apparente froideur.

— On a poussé les gars dans les étages du haut avec des baffes et des coups de latte ; on les a fourrés là-dedans et on a refermé les portes sur eux. On ne va pas aller dire à des centaines de millions de gens : « *Sorry*, messieurs, mais le bâtiment n'a pas de fondations » – puis soudain sérieux, il avait ajouté tristement : La roue de l'histoire, je ne sais pas, mais pour ce qui est de la roue du temps, tu ne peux pas la faire tourner à l'envers. Tu ne peux pas remonter en 1917 ou au début du siècle pour creuser sans précipitation des fondations assez larges pour s'étendre au monde entier, et suffisamment profondes pour que la bâtisse érigée ne s'écroule pas.

— C'est-à-dire ?

— J'ai appris que dans l'histoire il n'y a pas de place pour le volontarisme. Marx a démontré la putréfaction du capitalisme, son aspect injuste et inhumain. Il a expliqué l'exploitation capitaliste, qui n'est qu'une forme d'exploitation parmi d'autres, avec une clarté qu'à mon avis aucun économiste bourgeois ne pourrait réfuter. Il a dit : « Détruisez cet ordre, libérez-vous. » La génération Lénine a procédé à la destruction et à la prise du pouvoir, en théorie comme en pratique. La destruction, c'était facile, les conditions s'y prêtaient. Pour la construction, on pensait que détenir le pouvoir suffisait. Les dysfonctionnements, les ratés, on les a mis sur le compte des faiblesses du pouvoir. On a couru derrière toujours plus de pouvoir, plus de fermeté. Quand on s'est aperçu qu'il ne suffisait pas que la classe ouvrière détienne le pouvoir, c'était déjà trop tard.

— C'est la classe ouvrière qui détenait le pouvoir ?

— Justement, c'est là une deuxième question clef. Le pouvoir était aux mains non pas de la classe ouvrière, mais des libérateurs, des pionniers. Au début du moins… Au fur et à mesure, il est passé à celles de carriéristes incompétents, de partisans du statu quo, nul ne l'ignore ici en Occident. Si l'on retire le prolétariat de la dictature du prolétariat, qu'est-ce qu'il reste ? La dictature. Le pouvoir sous sa forme la plus simple, la plus élémentaire.

— La question fondamentale à se poser, à mon avis, c'est de savoir si nous serions parvenus à un point différent que celui où nous en sommes actuellement si le pouvoir avait réellement été aux mains de la classe ouvrière. Je sais que ma question va loin et est dangereuse, mais je ne peux m'empêcher de la poser. Comment la frange la plus pauvre, la plus à la traîne de la société, aurait-elle pu construire le socialisme ?

— Sans même parler de répondre à cette question, mais juste pour trouver le courage de la poser, j'ai besoin d'un peu de vodka, avait dit Falin – posant la bouteille de vodka au milieu, il avait répété la blague habituelle : Où va donc le socialisme, camarade turc ?

Les jours suivants, alors que les mauvaises nouvelles en provenance des pays socialistes se succédaient et que Moscou entrait doucement en ébullition, Ömer s'était souvent rappelé ses conversations avec Falin et, en pensant à ces châteaux de cartes qui s'effondrent au moindre frôlement, il avait été envahi par la tristesse.

Il sentait confusément que le raz de marée se rapprochait et que lui non plus ne pourrait en réchapper. Un autre jour, il avait dit à Falin :

— Vous ne le saviez pas que tout cela arriverait, que les choses prenaient une mauvaise tournure, qu'il y avait dans la société une bizarre inertie, quelque chose qui se préparait ? Tous ces gens du Comité central, tous ces théoriciens, tous ces communistes expérimentés, les meilleurs, ils ne se rendaient pas compte de ce qui se passait ?

— Tu ne vas peut-être pas y croire, mais la plupart n'en avaient pas conscience. Et ceux qui s'en rendaient compte cherchaient surtout à préserver le statu quo, à éviter de faire des vagues. Quant aux jeunes subordonnés comme nous, tel le détenteur du secret du roi Midas, nous soufflions nos questions aux roseaux des marécages, nous les chuchotions à nos femmes dans nos chambres à coucher. Et après, ce qui devait arriver arriva. Tous les roseaux du marécage s'étaient mis à clamer : « Midas a des oreilles d'âne. » Comme tu vois, aucun de nous n'est sans tache, ni toi ni moi, aucun de nous n'est exempt d'erreurs. Le simple fait de nous être tus nous rend coupables.

— Gorbatchev n'est-il pas partie prenante du même mécanisme, ne vient-il pas de la même structure ? Comment cela se fait-il que…

— Eh bien, tiens, justement, il est en mesure d'endosser la véritable mission de la classe ouvrière : la mission de démolition. Je suis certain qu'il y parviendra. Ce qui s'effondrera cette fois, c'est le socialisme.

— Et ça ne te plonge pas dans l'effroi, Falin ?

— L'effroi ? Non, ça m'attriste seulement. Ça ne me plonge pas dans l'effroi parce que cet endroit n'a rien du paradis que vous imaginez, vous autres communistes des pays capitalistes. Ce paradis, c'est vous qui l'avez créé dans votre tête. Le seul paradis réel et que nous ayons en commun, c'est notre utopie. Et ça, ce ne sera pas facile à détruire. Je sens que nous allons traverser des jours difficiles. D'une difficulté dont nous n'avons même pas idée. C'est cela dont j'ai peur. Mais, qu'y pouvons-nous, le destin du peuple russe a toujours été tragique. Si tu demandes à quel peuple la tragédie sied le mieux, je répondrai d'abord aux Russes, ensuite aux Allemands. Vous, les Méditerranéens, vous êtes différents. Même si l'Égée est le berceau de la tragédie, l'histoire s'abat sur vous comme une grosse ondée et, sitôt que le soleil se remet à briller, vous séchez. Évidemment, je ne parle pas des gens pris individuellement. Il peut y avoir des destins individuels tragiques ; par exemple le tien, mon ami… Même si je ne sais pas grand-chose de ta vie privée, je peux le deviner. Non, ce dont je parle concerne le destin des peuples, des sociétés.

La dernière fois qu'ils s'étaient revus pour se faire leurs adieux avant qu'Ömer quitte Moscou pour Leipzig, Falin avait apporté une bouteille de vodka aux noix et un livre en cadeau d'adieu.

— Jette un œil sur ce bouquin, je l'ai écrit il y a cinq ans. Ils ont accepté par je ne sais quel miracle de l'imprimer, il a ensuite disparu de la circulation et il n'y a pas eu de nouvelle édition. À l'époque, le comité concerné avait déclaré qu'il s'agissait d'un ouvrage brillant, mais qu'il était encore trop tôt pour les questions qu'il posait. Eh bien, maintenant, c'est beaucoup trop tard, je crois.

Il prit le livre et lut le titre : *Les Limites du pouvoir de classe au cours de l'histoire*.

— Très intéressant, je ne manquerai pas de le lire, Falin. Mon russe a beaucoup progressé.

— Tu verras, ce dont je veux débattre c'est non pas de l'histoire ou autre, mais du sens du pouvoir de la classe ouvrière, de sa légitimité éthique. La question qui m'intéresse, c'est de savoir si ce qui est légitime politiquement parlant l'est aussi du point de vue de l'humain, de l'histoire et de l'éthique. Tu trouveras bien sûr beaucoup de choses énoncées à mots couverts dans ce livre. Mais si tu repenses à nos conversations, tu comprendras ce que je veux dire.

— Je connaissais quelqu'un. Ma femme pour être précis. Tu sais, tu nous avais aidés à accélérer son départ de Moscou. Elle disait que le pouvoir était un fléau, un vice essentiellement masculin. Elle établissait un lien entre pouvoir politique, puissance sexuelle et instinct de domination.

— Ce en quoi elle n'a peut-être pas complètement tort. Je me souviens d'elle, de ses conférences à l'université. C'est une femme belle et intelligente. Avec un esprit critique et indépendant. Où est-elle en ce moment ?

— Je crois qu'elle travaille comme journaliste en France. Nous n'avons pas beaucoup de contacts.

— Ne penses-tu pas aller la rejoindre en France ? À ta place, je saisirais l'occasion.

— Je dois d'abord aller voir les nôtres en RDA. Ils m'ont convoqué. Voyons un peu ce qu'ils ont en tête, quels sont leurs plans. Je suis habitué à la RDA, à Leipzig, je veux dire. Je ne pense pas vraiment rejoindre ma femme, Falin. Notre séparation remonte à cette époque en réalité. Qui plus est, la France n'est pas un pays pour moi. Je n'ai jamais aimé le côté coq et arrogant des Français. Peut-être que je rentrerai en Turquie si les circonstances s'y prêtent. Sinon, je pourrais aussi envisager la Norvège.

— Je crois que moi, je vais mettre à profit une proposition qu'on m'a faite et me tirer en France à la première occasion. J'ai la possibilité de donner des cours à Nanterre ou dans une université à Paris. Je veux partir d'ici, prendre un peu l'air et élargir mon horizon. Tu veux que je te fasse un aveu ? Malgré toutes les questions que je me pose et que nous nous posons, malgré tous nos manquements, malgré toutes nos erreurs, je crois encore en notre utopie. Pas seulement en une utopie, mais je crois qu'à l'avenir, quelles que soient les voies empruntées, l'humanité s'acheminera vers quelque chose de compatible avec les principes et les conceptions du communisme. Tout le problème consiste à penser cette voie, à se mettre en état de la découvrir. Et la France m'apparaît en ce moment comme l'un des pays les mieux à même de permettre la poursuite d'une telle réflexion. Ce n'est pas au beau milieu de la tempête que tu peux réfléchir à la façon dont il faut fabriquer la barque, mieux vaut être tranquillement au port pour cela.

— Je t'appellerai, camarade Şerif, avait-il dit tandis qu'ils se disaient au revoir en s'embrassant à la russe. Qui sait ? Peut-être qu'un jour on se retrouvera quelque part.

L'idée d'aller en Norvège n'avait jamais effleuré Ömer auparavant. À peine en avait-il fait part à Falin que cette idée avait étrangement gagné en réalité et commencé à l'obséder. Ingrid lui avait écrit plusieurs fois après son départ de Moscou, et même si les lettres mettaient des semaines à parvenir, ils avaient échangé des nouvelles de temps en temps. Il s'agissait de lettres amicales, ne faisant aucune allusion à leur relation passée. Dans sa dernière lettre, écrite au début de l'année 1990, Ingrid disait : « Ma fille vient d'avoir sept ans, elle est entrée à l'école ; tu l'aimerais beaucoup si tu la voyais. Elle s'appelle Turkina, en souvenir de toi. » Lorsqu'elle était à Moscou, elle lui avait dit qu'elle avait un enfant de son précédent mariage. « Je l'ai élevé seule, disait-elle. Je l'ai laissé chez son père en venant. »

« Elle a dû se remarier dès son retour au pays, avait pensé Ömer. Les femmes scandinaves ont vraiment de drôles de relations avec les hommes et les enfants. »

Après chacun de leurs rapports, Ingrid disait, mi sérieusement, mi par plaisanterie, qu'un jour elle renoncerait à se protéger et aurait un enfant de lui.

— Imagine un peu ! disait-elle. Une fille métissée nordique, tatare et méditerranéenne !

Cette question d'enfant l'insupportait, il ne tolérait même pas qu'on en plaisante. Cela le ramenait chaque fois à Umut, il était envahi par un malaise, un sentiment de défaillance que lui-même ne parvenait pas à s'expliquer.

— Avoir un enfant est une affaire sérieuse, Ingrid.

— Je sais, j'en ai élevé un.

— Mais il avait un père.

— Il y a toujours un père, Şerif.

Il aimait bien la façon dont elle prononçait son nom, en étirant le *e*, en transformant le *f* en *v*.

— Mais je ne pourrai pas tenir mon rôle de père auprès de ton enfant.

— Qui voudrait d'un autre père que d'un père biologique ! En Occident, la dernière mode est d'élever seule ses enfants.

— Mais je suis un Oriental. Chez nous, ça ne marche pas comme ça. Renier nos fils n'est pas écrit dans notre livre.

Comme, par manque de maîtrise du russe, il traduisait cette expression turque mot à mot, il en ressortait quelque chose de comique.

— Quel livre ?

— Notre sacro-saint livre noir.

Ils avaient ri.

« Ma fille vient d'avoir sept ans », racontait-elle dans sa lettre. Avait-elle écrit « ma fille » ou « la petite » ? Il savait bien pourquoi il s'arrêtait sur ce détail, mais il faisait mine de l'ignorer. En ce moment, il n'était pas en état de supporter le doute qui s'était immiscé en lui. Ingrid ne lui avait d'ailleurs plus jamais écrit, leur relation était définitivement rompue.

Était-ce ce doute qui entraînait Ömer vers le pays d'Ingrid, ou bien l'espoir de se trouver une nouvelle patrie dans un monde où il se sentait totalement étranger, de commencer une nouvelle vie ?

Le projet de partir à Bergen avait commencé à prendre forme dans son esprit après qu'Ülkü eut quitté Leipzig, en laissant dans son sillage son parfum, sa chaleur, l'atmosphère qui lui était propre et quelque chose s'apparentant au bonheur, même si cette impression qu'il n'avait plus éprouvée depuis longtemps n'avait duré que deux jours. Peut-être que l'idée d'aller voir Ingrid en Norvège ne l'aurait pas effleuré si, quelques heures avant son départ, sa femme ne lui avait demandé, en veillant à ne pas se montrer brutale ou blessante, comme s'il s'agissait d'une chose aussi banale que d'aller acheter des cigarettes chez le buraliste du coin : « Maintenant que ta situation va être régularisée, pouvons-nous entamer la procédure de divorce dès que les démarches administratives seront réglées ? » Lui qui avait toujours soutenu que les liens du mariage étaient sans importance, que c'était une institution bourgeoise vouée à disparaître, il était surpris de se dire que, maintenant que sa femme lui avait fait part de son désir de divorcer, le lien qui l'attachait encore à celle qu'il ne voyait déjà plus depuis des années allait se rompre pour de bon. Tandis qu'il lui répondait que cela pourrait se résoudre dans les plus brefs délais, qu'il connaissait à Berlin un avocat spécialisé dans ce domaine et que, du moment qu'Ülkü lui donnait une procuration, il n'y aurait aucun problème, il n'avait pu empêcher le mot « fin » de l'emplir de tristesse. Quant à la question qui se formait dans son esprit, il n'avait pas osé la poser : « Ülkü est de ces femmes qui trouvent leur complétude avec les hommes, qui est heureuse en couple. Peut-être qu'elle pense se remarier… »

Il arrive au pays des fjords, dans cette belle et froide ville du Nord, un jour d'hiver enneigé. Il s'attendait à une ville majestueuse ; il s'agit en fait d'une petite bourgade scandinave, jolie, bien ordonnée, rappelant ces charmantes représentations de ports de pêche. Ce qui le frappe en premier, c'est la blancheur des mouettes, la façon dont la ville et la mer sont intriquées, le calme des routes, la dimension humaine des édifices, des parcs, des marchés, des commerces, des rues, des ponts, cet aspect ville Lego. Loin du gigantisme écrasant des bâtiments, des sculptures, des monuments et des places de Moscou et de Berlin, avec leurs avenues aussi larges que des pistes aéroportuaires, leurs marchés aussi vastes que des champs de foire – un gigantisme précisément prévu pour susciter cette impression d'écrasement peut-être ; loin de l'atmosphère pesante et poisseuse de Leipzig, ou du fatigant tumulte d'Istanbul qui, avec son mystère sans pareil et addictif, attire les gens autant qu'il les broie… Il n'y avait rien de tel dans cette ville, rien d'éprouvant, de bouleversant, d'écrasant ou susceptible de générer du malaise. Rien, sauf cette petite fille…

Il l'aperçoit en train de jouer avec ses camarades dans la cour verglacée où il est entré sur les talons d'Ingrid.

— Voyons si tu trouveras laquelle est Turkina, dit Ingrid. Je ne pense pas que tu te trompes.

Parmi les cinq ou six fillettes occupées à construire des châteaux de glace en creusant la neige gelée, il cherche celle qui ressemble à Ingrid. Et il la voit…

Il voit sa sœur surgir du fond de l'enfance et courir vers eux. De grands yeux bleu-vert dans un visage encadré par une chevelure presque noire… Ils sont maintenant dans la cour de leur maison d'Eskişehir. Il faisait aussi froid qu'ici en hiver, la cour arrière se couvrait de neige. Sa petite sœur – qu'on appelait « la petite dernière » et à qui on passait tous ses caprices – voulait tout le temps jouer avec la neige. Après, ses amygdales enflaient, elle avait de la fièvre et tombait malade. « Je m'en occupais beaucoup ; quand elle se couchait avec de la fièvre, je la veillais toute la nuit jusqu'au matin. » Quand elle est morte… elle s'apprêtait à se marier. Elle est morte dans un stupide accident d'autobus, alors qu'elle se rendait à Inegöl pour choisir une chambre à coucher. Son cercueil avait été posé dans la cour du fond, avec son voile de mariée par-dessus. Il était resté incrédule face à la nouvelle. Il se rappelle être rentré en deux heures d'Ankara à Eskişehir.

La petite sœur trotte dans la cour verglacée, et la voilà qui dérape et qui tombe. Il bondit vers elle avant Ingrid. Il essaie de la relever en veillant à ne pas lui faire mal. Avec une grimace, la petite fille dit quelque chose en norvégien. Aux larmes qui perlent dans ses yeux bleu-vert et au signe qu'elle fait en direction de sa jambe, il comprend que c'est là qu'elle a mal. Ingrid qui est arrivée près d'eux lui enlève sa petite botte en fourrure. « Elle s'est fait mal à la cheville », dit-elle en anglais. « Pourquoi en anglais ? Nous parlions toujours en russe à Moscou », pense-t-il. Il prend sa petite sœur dans ses bras.

Elle s'appelait Rahimé. Elle était légère comme une plume. En été, lorsqu'ils revenaient fatigués des vignes où ils allaient se promener en famille le dimanche, Rahimé refusait de marcher, elle s'accroupissait au bord de la route et faisait sa tête de mule, comme disait son père. N'y tenant pas, il prenait alors sa petite sœur sur ses épaules et la portait ainsi jusqu'à la maison. « Laisse-la donc marcher, arrêtez d'en faire une enfant gâtée », disait son père. Mais elle était si petite, si fragile et sans défense qu'il n'avait pas le cœur à la laisser ainsi.

La petite fille dans ses bras, il emboîte le pas à Ingrid et ils rentrent par l'une des portes donnant sur la cour. Turkina pleure sans bruit. « Ça va passer. On va mettre de la pommade, un bandage, et ça va passer », dit-il en anglais, comme si elle pouvait comprendre cette langue. Toujours est-il que la douceur et la gentillesse de sa voix apaisent la fillette. Ingrid met sa clef dans la serrure de la porte qui se trouve au bout de l'escalier à deux volées.

— Voilà, c'est chez nous.

L'intérieur est chaleureux, calme et serein, avec peu de meubles, selon le goût nordique. Il n'est que 3 heures de l'après-midi, mais il fait déjà sombre. Il dépose doucement la petite fille sur le canapé. Il lui retire son manteau. Se rappelant le jouet qu'il lui a apporté – une poupée Barbie –, il pense à sa valise restée dans la petite Volvo d'Ingrid. Cette dernière arrive avec un tube de crème et un rouleau de gaze dans les mains. Tandis qu'elle enserre la cheville de sa fille d'un bandage, elle lui dit quelque chose où il perçoit le nom « Şerif » à un moment.

— Peux-tu me passer la clef de la voiture, je vais chercher ma valise. Il y a aussi un cadeau pour Turkina, dit Ömer.

Tandis qu'il descend les marches avec la clef de voiture dans la main, il comprend qu'il ne pourra pas reporter plus longtemps le moment de se confronter à la réalité qui se fait jour dans sa conscience depuis qu'il a vu l'enfant. « Les filles ressemblent à leurs tantes, et les garçons à leurs oncles, disait leur mère. Vos filles seront très belles, les garçons. » On louait la beauté de la petite dernière. « Je voudrais un enfant de toi, une fille », insistait Ingrid. « Elle s'appelle Turkina, avait-elle écrit dans sa lettre. En souvenir de toi. » Quand Ingrid avait-elle quitté Moscou ? C'était juste avant l'arrivée d'Ülkü. Ce devait être en novembre ou en décembre 1982. « Elle vient d'avoir sept ans », disait-elle dans la lettre qu'elle lui avait envoyée l'été 1990.

« Que voulais-tu qu'elle dise de plus ! Tu aurais préféré qu'elle crie, qu'elle te hurle : "Tu m'as mise enceinte, mec !", qu'elle te fasse un procès en reconnaissance de paternité ? Comme si je ne l'avais pas vu venir. Il m'était plus simple de ne pas comprendre. Je n'avais pas l'intention d'endosser la moindre obligation, même si personne ne me demandait rien, même si personne ne cherchait à me mettre un joug sur les épaules. C'est que nous étions l'homme des grandes causes, des grandes responsabilités. Femme, enfant, maîtresse… la belle affaire ! Un révolutionnaire digne de ce nom se laisse-t-il happer par de mesquines valeurs petites-bourgeoises ! »

La tête lui tourne. Il se retient à la rampe d'escalier. « J'ai une petite fille. Elle habite là-haut. Elle s'est fait bobo, elle a mal au pied. » Son cœur se serre au souvenir des larmes dans ses yeux bleu-vert. Il croyait aimer Umut aussi. Il disait l'aimer comme son propre fils, mais il ne se rappelle pas avoir éprouvé de tels pincements au cœur quand Umut pleurait ou se faisait mal quelque part. « Peut-être parce qu'elle ressemble à Rahimé, peut-être parce que les petites filles paraissent plus touchantes. »

Il sort, en prenant garde de ne pas glisser dans la cour. Le silence de la rue enneigée plongeant peu à peu dans la nuit, la démarche calme et tranquille des passants, les fenêtres ornées de fleurs et de rideaux en dentelle qui s'allument progressivement, les vestiges de décorations de Noël sur les portes, l'impression de modeste opulence renforcent encore la sérénité qui l'habite depuis qu'il est arrivé dans ce pays. « Chez nous, on ne vit pas à cent à l'heure, disait Ingrid. Même Oslo peut passer pour une ville de province comparée à d'autres métropoles européennes. Dans les petites bourgades, surtout, il n'y a plus rien à faire après 6 heures du soir. L'alcool aussi est limité, il ne s'en vend pas partout. C'est aussi rare que cher. Est-ce que nous sommes heureux, je ne sais pas, mais nous sommes posés et sereins. »

Calme et sérénité l'attendent en haut, au bout de l'escalier à deux volées. Pendant le trajet de la gare à la maison, la jeune femme avait déclaré qu'elle vivait seule depuis plusieurs années. « La maison est assez grande, j'ai de la place pour t'accueillir », avait-elle proposé. Il avait juste à sortir sa valise de la voiture et à gravir deux volées de marches. Ensuite, il prendra la petite dans ses bras et lui offrira son cadeau. Il parlera avec elle. En quelle langue ? Après, ils s'installeront autour de la table, à côté du sapin qu'on n'avait pas eu le cœur de défaire depuis Noël et qui trônait encore là, avec toutes ses décorations et ses guirlandes électriques. Il y aura forcément des bougies rouges au centre de la table. Ils dîneront. Filets de hareng doux fumé ? Pendant le repas, ils discuteront. En quelle langue ? Bien des années se sont écoulées, ils auront sûrement beaucoup à se raconter. Leur restait-il encore des choses à se dire ? « Déjà au bon vieux temps, nous ne comprenions pas le socialisme de la même manière. » Après le repas, la petite aura sommeil, mais elle fera de la résistance pour se coucher, tant elle trouvera amusant d'essayer de parler par signes avec cet étranger n'ayant pas la même langue. Toujours par signes, il lui expliquera qu'elle doit aller dormir. « Comment mimer le sommeil et le coucher, par les mêmes gestes que chez nous ? » Ensuite, Ingrid et lui se retrouveront seuls. La question de l'enfant sera abordée. « Que lui dirai-je ? » Elle lui proposera de rester, de s'installer, peut-être qu'elle insistera. « Puis-je lui répondre qu'on ne peut pas vivre ensemble, qu'on ne peut pas avoir de relation de couple, parce que je suis impuissant ? » Et si tout cela n'était que psychologique ? Et si, avec Ingrid, tout rentrait dans l'ordre et redevenait comme avant ? Admettons qu'un tel problème n'existe pas ; est-ce que je supporterai toute une vie durant cet ordre absurde, cette mortelle inertie, cette effrayante retraite – ce retrait de la révolution, de la lutte, de la vie ?

Il ouvre la voiture et récupère sa valise. Il sort avec précaution le paquet cadeau aux motifs de Noël, avec étoiles multicolores, branches de sapin et bonhommes de neige. Il griffonne quelques mots en russe sur le bout de papier trouvé dans sa poche : « Remets ce petit présent à ma fille. Merci pour tout. Ne m'en veux pas, j'ai compris que je ne pouvais pas rester ici. Moscou restera toujours gravée dans ma mémoire. » Il pose la clef et la boussole sur la boîte de jouet. « Elle descendra bientôt me chercher de toute façon. » Il prend sa valise et referme la portière. Se fondant dans l'obscurité du soir qui se fait de plus en plus dense, il marche sur la route enneigée et paisible en direction de la mer.

Il était encore à Moscou quand il avait dit à Falin qu'il essaierait peut-être la Norvège. C'était une phrase lancée comme ça, sans grandes intentions. De retour à Leipzig, il avait constaté que, hormis quelques personnes déterminées à rentrer coûte que coûte en Turquie pour faire pression sur le régime et ouvrir des voies démocratiques, tout le monde cherchait un moyen de s'en sortir. « Exactement ce à quoi je m'attendais, avait-il pensé. C'était cela notre cadre, notre échelle. Comme disait Ülkü, nous nagions non pas dans l'océan de la lutte révolutionnaire, mais dans l'aquarium du socialisme. Nous n'étions pas préparés à un tel chambardement, à une telle débâcle. Qui donc pouvait l'être, d'ailleurs, alors que tout le monde tombait comme des mouches jusque dans la patrie du socialisme… »

Même s'il ne s'en était pas rendu compte d'emblée, la visite d'Ülkü à Leipzig avait eu pour effet de le secouer. Il avait compris après coup qu'il lui fallait sortir du désœuvrement qui nourrissait son alcoolisme et son apathie, qu'il fallait prendre une décision. Ömer Ulaş avait cinquante-cinq ans et, à l'âge où les gens commencent à penser à leur retraite, il devait se construire une nouvelle vie. Mais que ce soient la Turquie qu'il avait quittée des années plus tôt ou un autre pays, tous lui paraissaient pareillement lointains, étrangers et inquiétants depuis que le monde était sorti de son axe. C'est pourquoi il s'en était tenu à ce qu'il avait dit à Falin et qu'il s'était rendu en Norvège. Un endroit rappelant un peu les pays socialistes, calme, organisé, qui n'agresse pas les gens et qui est en plus resté en dehors des bouleversements de ces dernières années. S'il n'y avait pas eu Ingrid et la fillette – et si trouver de l'alcool n'avait pas été si compliqué –, peut-être qu'il aurait pu s'installer en Norvège. Mais voilà, il était venu, il avait vu, et il était reparti.

Maintenant qu'il essayait de rassembler quelques affaires à Leipzig, de boucler ses démarches administratives et de passer à Berlin, puis de là on ne sait où, il se disait que c'était une erreur d'avoir quitté Moscou. « J'aurais dû rester. C'est là-bas que j'aurais dû vivre l'effondrement dans toutes ses dimensions. Nous, les soldats de la libération et de l'édification, les pionniers et les sauveurs, c'est dans notre Kaaba que nous aurions dû jouer la scène de clôture. Je n'aurais pas dû laisser seuls les camarades dans ce superbe et splendide finale où des héros d'opérette comme Eltsine montaient sur des blindés et se drapaient dans le rôle de défenseurs de la liberté face à la tentative de coup d'État menée par l'Armée rouge, où les travailleurs soviétiques, le valeureux peuple de la patrie socialiste, étrillaient et crachaient au visage des communistes boutés hors du Kremlin, où Gorby, "notre espoir", fut victime du coup de force qu'il avait lui-même fomenté. Notre équipe aurait fait bel effet dans le décor ; nous aurions parachevé le tableau ! »

Il prenait un malin plaisir à se fustiger ces derniers temps. Tous les événements qui se produisaient sous ses yeux depuis trois ans, l'acquis d'un siècle qui s'effondrait comme un château de sable ou un échafaudage de cartes à jouer ; les maigres consolations du genre « c'était un maillon faible de toute façon, inutile de désespérer du socialisme réel tant que le pays de Lénine reste debout » chaque fois que tombait une citadelle ; l'espoir que le système socialiste débouche sur la démocratie dont il manquait ; toutes ces pertes, ces dévastations… tout était cauchemardesque.

Depuis l'époque où, le cœur rempli de joie, de fierté et d'enthousiasme, il s'appliquait à apprendre par cœur les poèmes de Nâzım Hikmet recopiés à la main dans des carnets que le vieux maître d'œuvre

Deli Müslim de l'atelier Cer d'Eskişehir lui donnait en secret quarante ans plus tôt, Ömer avait cru que les révolutionnaires tenaient le monde dans leurs mains. Comme sur cette célèbre affiche du 1er mai 1976… Mais à présent, voilà que le monde leur avait filé entre les doigts. Désormais, il ne leur restait pas plus de monde nouveau en vue que de force pour en supporter le poids.

Le jour où il devait quitter Moscou pour Leipzig, il avait fait un dernier tour dans la ville. Une austère et silencieuse cérémonie d'adieu, un peu amère, organisée à sa seule intention. En descendant la rue Gorki en direction de la place Rouge, l'artère était bordée de chaque côté de tout récents et luxueux magasins, de boutiques chics, de vitrines attrayantes tenant la dragée haute à leurs pendants des rues européennes, un McDonald's avec une grande figurine de Mickey à l'entrée, restaurants haut de gamme, boîtes de nuit ; Mercedes dernier cri et voitures de luxe sillonnaient la chaussée… Des femmes très élégantes, très maquillées, très belles surgies de hauts lieux de la mode, des hommes portant des bagues en or, des chaînes en or sous leurs chemises de soie, mais dont l'aspect mafieux transpirait sous l'élégance du costume. Et puis la foule habituelle des rues de Moscou : vieilles femmes chaussées de bottes en feutre, couvertes d'un épais manteau noir et la tête serrée dans une écharpe sombre vendant les aromates cueillis dans leur jardin, des pirojkis, de vieux livres disposés sur de petits présentoirs portés avec une sangle autour du cou ou dépliés devant elles ; des retraités à l'air las et au teint cireux coiffés de vieux chapeaux en feutre et de pardessus tout élimés ; des mendiants indifférents, des jeunes en jeans et bizarrement accoutrés, qui ne ressemblaient ni aux jeunes Occidentaux de leur génération ni à l'ancienne jeunesse soviétique…

Les bâtiments sont debout ; il n'y a qu'eux qui n'aient pas changé. Les gratte-ciel évoquant les villes des films de science-fiction, les superbes immeubles en pierre de taille bordant les rues de chaque côté, le Kremlin qui donne son caractère unique à la place Rouge – les fascinantes étoiles rouges au sommet des tours sont toujours en place –, la cathédrale Saint-Basile aux façades multicolores, ce joyau d'architecture qu'Ülkü aimait tant et qu'elle appelait « l'église de conte de fées », les grands hôtels, les quais blancs de la Moskova, les ponts, les parcs, les forêts… Les gens se sont délités, mais la ville résiste.

« Et plus ça va, plus elle embellit, pense-t-il avec un léger pincement au cœur. Elle devient plus vivante, plus animée, plus colorée, avec une ambiance différente à chaque coin de rue. J'ai du mal à accepter cet état de fait. Comme un homme qui devient dingue de jalousie en voyant que la maîtresse qui l'a quitté pour un autre homme est plus belle et plus épanouie qu'autrefois. Moi, je voulais que ce soit le socialisme qui embellisse Moscou, que ce soit la Moscou socialiste qui resplendisse, et non le faux éclat et les bonheurs artificiels du capitalisme. C'est le socialisme qui devait rendre ces gens heureux, et non les valeurs barbares et les illusions du capitalisme, ni les rêves écornés qui se sont retournés pour participer à l'exploitation au lieu d'y rester opposés. »

Où était la défaillance, où était l'erreur ? Ömer Ulaş n'avait pas la réponse à cette question, il ne pensait pas que quiconque la connaisse. Bien que Gorbatchev reçoive les louanges et les applaudissements de l'Occident, bien qu'il soit considéré comme un nouvel espoir pour la paix mondiale, c'était une mauvaise nouvelle pour l'avenir du système socialiste. Nul n'ignorait cette réalité hormis Gorby et son entourage. L'Occident n'applaudissait à aucun pas supposé rapprocher du communisme. Ce jugement ne tenait pas du sectarisme de gauche ou d'une vision étriquée, c'était une réalité éprouvée, un papier de tournesol. Les optimistes avaient beau y voir une confirmation du principe de la convergence économique, le capitalisme n'avait pas avancé d'un iota vers le socialisme. L'évidente vérité, c'était que le socialisme perdait rapidement du terrain et que le capitalisme faisait progressivement main basse sur le monde socialiste.

C'est toujours sur la place Rouge qu'a lieu le premier contact, la première vraie rencontre avec Moscou, surtout pour les communistes rejoignant leur terre promise. Ömer se rappelait avoir été touché jusqu'au fond du cœur la première fois qu'il avait vu la place Rouge, un soir de juin. Tous les lieux sacrés, toutes les idoles, tous les sanctuaires, toutes les tombes sacrées se trouvaient là ; et au milieu de tout cela brillaient les étoiles rouges dressées vers le ciel comme le symbole d'un infini espoir de libération pour l'humanité.

« Me voilà de nouveau sur la place Rouge et je fais mes adieux à Moscou. Mes adieux à ma jeunesse, à mes années de maturité, à toutes mes convictions, à moi-même. C'est sur cette place qu'Ülkü et moi nous étions séparés. Elle avait dit : "Je veux partir." Des mots que j'avais crus prononcés sous le coup d'une crise passagère. Nos convictions, nos espoirs… tout ce qui nous constituait tenait encore. Ou du moins le pensions-nous. C'était un glacial jour d'hiver. Les rues, les places, la Moskova et ma moustache étaient prises par le givre. Je ne savais pas que nos cœurs aussi étaient devenus glacés. "Allons-nous-en !" s'était-elle écriée brusquement. Pourquoi avait-elle crié ? Pourquoi en russe ? Une délégation officielle venue de Turquie attendait pour visiter le mausolée de Lénine. C'est eux qui avaient dû l'effrayer. À quoi avait-elle compris qu'ils étaient turcs ? Les avaient-elles entendus parler ? Moi non. »

Ömer sentait qu'il y avait un lien presque magique, pour ainsi dire mystique, entre ce qui s'était passé ce jour-là sur la place Rouge et la décision d'Ülkü de partir et de les quitter, lui et Moscou. C'est là que la goutte qui ferait déborder le vase était tombée tel un cristal de glace et avait mis le point final. Là-bas, il y avait un mystère dont Ömer percevait l'existence sans saisir pour autant de quoi il était fait, un non-dit, une vibration imperceptible, un signe secret indiscernable. Et c'est peut-être dans l'espoir de résoudre cette énigme qu'il avait voulu venir sur la place Rouge pour faire ses adieux à Moscou.

***

Quand il croisa le regard d'Ülkü sur la place Rouge, la première réaction d'Arın Murat fut de détourner les yeux et de reprendre sa conversation où il l'avait laissée afin de ne surtout pas se laisser surprendre dans un moment de faiblesse par les personnes qui étaient à ses côtés. Celle qui disait – qui criait plus exactement – quelque chose en russe à l'homme qui l'accompagnait était à vingt ou trente mètres. Elle portait un manteau couleur tabac avec une capuche en fourrure, et elle en avait remonté le col pour se protéger du froid brûlant. Il avait quand même vu ses yeux ; c'étaient ceux d'Ülkü. Elle avait crié plus fort que nécessaire pour attirer leur attention, il en était certain. Même s'il éprouvait un vif désir de se retourner pour la regarder de nouveau, de courir derrière elle, il savait bien que c'était la dernière chose à faire.

Il était déjà venu plusieurs fois à Moscou pour des missions spéciales. Mais lors de ces venues, il se rendait tout droit à l'ambassade et il n'en bougeait plus ; il sortait parfois dîner avec des membres de l'ambassade dans l'un des restaurants les plus réputés de la ville, à une table qui leur était spécialement réservée dans un recoin privé, à l'écart de la salle. Tous les célèbres restaurants traditionnels de Moscou, exception faite des grands hôtels de luxe récents, disposaient de ces petits espaces secrets tels que romans et vieux films russes en véhiculent l'image. Ces loges tendues de velours qui abritaient dîners privés et maints secrets d'alcôve, du temps où les aristocrates d'avant la révolution y vivaient des amours interdites, arrosées de vodka et des notes du fameux *Otchi Tchornye*, ces loges servaient désormais de paravents aux membres de missions étrangères tenant à se montrer discrets, à des hauts responsables de parti et aux agents de tout poil.

C'était la première fois qu'il venait dans cette ville avec une délégation officielle, dans le cadre d'une mission ouvertement reconnue. Il lui fallait prendre part à la visite de la tombe du Soldat inconnu et du mausolée de Lénine, étapes obligées pour toute délégation officielle. Il n'était que 10 heures du matin. Une longue file s'était formée devant le mausolée. À peine étaient-ils arrivés sur le site que, dans l'attente qu'on les fasse entrer en priorité, le type balourd qui était à côté de lui – le président de la délégation du Commerce turc, semblait-il – s'employait à expliquer que cette foule avait été rassemblée là dans le seul but d'impressionner les étrangers, mais que, en réalité, personne ne venait voir Lénine. Arın Murat avait toujours éprouvé de la répugnance envers ce genre d'inepties, de creuse propagande anticommuniste évaluant aussi mal la taille de l'adversaire que le point d'impact.

— Ne soyez pas mauvaise langue, répondit-il froidement. Les jours où le mausolée de Lénine est ouvert au public, il y a toujours de très longues files d'attente. C'est parce qu'il fait très froid aujourd'hui qu'il y a peu de monde. Lénine est aux Russes ce qu'Atatürk est aux Turcs. Si nous voulons lutter contre le communisme, nous devons tenir compte des réalités et choisir les bonnes cibles.

C'est précisément à cet instant-là qu'il avait entendu celle qui ressemblait à Ülkü. Il avait tourné la tête dans la direction de la voix, et il l'avait vue. Elle était avec un homme de grande taille coiffé d'un colback noir. Ils paraissaient être sortis pour une promenade matinale. Il supposait qu'Ülkü avait fui à l'étranger peu après le coup d'État du 12 septembre, mais il la croyait dans un pays occidental, et plus probablement en France. « Comment n'y ai-je pas pensé ? La position dans le parti de l'homme qu'elle a épousé est cohérente avec leur présence ici. »

À son retour en Turquie, au début des années 1980, le poste auquel on l'avait nommé était intimement lié aux unités de renseignements. Après le coup d'État, il avait épluché, non sans trembler, les dossiers d'Ülkü, de l'homme qui était devenu son mari et de l'organisation à laquelle ils appartenaient, tâchant de découvrir jusqu'aux moindres détails quelle était l'identité privée et politique de celle qu'il aimait à une époque. Arın Murat avait parfaitement conscience que son intérêt pour les données contenues dans le dossier d'Ülkü était surtout motivé par un réflexe d'autoprotection. Il avait un passé avec cette femme ; par ses fonctions, il n'était pas sans savoir que rien dans ce domaine n'était considéré comme anodin par les renseignements, que tout était au contraire soigneusement décortiqué. Il avait éprouvé quelque soulagement en voyant qu'il n'y avait pas le moindre indice le concernant dans ces dossiers ; ce qu'il s'expliquait par le fait que leur relation datait d'avant 1971. « C'était la pagaille à cette époque, tout était à l'avenant. Il n'existait pas de système correct de gestion et de classement des données. Que ce soit le MIT, le ministère des Affaires étrangères ou le ministère de l'Intérieur, tous travaillaient à l'aveuglette. Heureusement, les choses s'améliorent peu à peu. C'est indispensable, au moins pour ne pas mettre l'innocent et le coupable dans le même panier. » Ce qu'il ne savait pas encore, c'est que les dossiers dans les archives étaient triés en fonction de celui qui souhaitait les consulter, que certains rangeaient à leur guise les dossiers, même les plus secrets, que ces gens-là n'avaient aucune confiance en leurs supérieurs les plus haut placés et qu'ils les surveillaient eux aussi.

Son regard se posa sur les soldats en faction devant le mausolée. « Pourquoi Lénine est-il gardé par des soldats ? N'était-il pas le leader de la révolution des ouvriers-paysans-soldats ? Un bon indicateur que la révolution s'est progressivement coupée des masses. L'indice évident de la confiscation de la pensée et de la politique par la triade armée-KGB-parti ; le ventre mou que doit assumer le régime… Autant de points sur lesquels il conviendrait de réfléchir en réalité. Au lieu de faire de l'anticommunisme primaire comme ce balourd qui se trouve près de moi. »

Il aurait aimé en parler avec Ülkü. « Était-ce vraiment Ülkü, cette femme que j'ai vue ? Pourquoi ne suis-je pas allé vers elle ? C'est que je ne peux pas ! Elle non plus. Ni elle ni moi ; aucun de nous deux n'est libre.

Nous sommes de part et d'autre d'une frontière tracée par des barbelés et de profonds précipices. »

Toute la journée passa en rencontres officielles, en séances de signatures d'accords commerciaux dérisoires après lesquelles, entre bruyants éclats de rire et longs discours protocolaires, on levait son verre en disant : « *Nazdrovia.* » Il avait oublié Ülkü, ou plus précisément la femme aperçue sur la place Rouge. Tard dans la soirée, après un repas somptueux et bien arrosé, il prit congé de la délégation officielle descendue à l'hôtel *Cosmos* et, tandis qu'il rentrait à l'ambassade à bord d'une voiture officielle, il pensa aux femmes qu'il avait vues à la réception de l'hôtel et aux alentours ; de très belles femmes, très jeunes pour la plupart, venues vendre leur corps pour quelques dollars… De nouveau, il repensa à Ülkü. « Le socialisme va libérer la femme, elle ne sera plus traitée comme une marchandise, avait-elle dit un jour. Il n'y a plus de prostitution dans les pays socialistes, on assiste à la montée de nouvelles valeurs morales, à une révolution sexuelle. » Pauvre Ülkü ! Si elle vit là, et si elle est aussi réaliste et impavide qu'autrefois, elle doit bien voir que le paradis sur terre n'a pas été instauré.

Alors qu'il sortait de l'hôtel avant la fin du repas, les personnes encore attablées avaient ri d'un air entendu et plaisanté : « Vous devez avoir vos adresses. C'est vrai que les Natacha sont très belles. » Il était resté imperturbable. « Mieux vaut qu'ils pensent ainsi. Ils ne savent pas dans quelle case me mettre. Ils me prennent pour un responsable de haut rang dépêché par les Affaires étrangères pour les superviser. Tant mieux, qu'ils en restent là. »

Il prit sa décision : sans attendre le matin, il demanderait au fonctionnaire en charge de ces affaires la liste des Turcs répertoriés à Moscou, et au besoin leurs dossiers. Cela relevait de sa compétence ; c'était directement lié à sa mission. Passant par la ligne téléphonique interne, il appela le fonctionnaire et lui fit savoir ce qu'il voulait. Il enleva sa veste et sa cravate. Il ne faisait pas très chaud dans la chambre. De toute évidence, elle n'avait pas été occupée depuis longtemps. Il frissonna et, tout en cherchant un gros pull, il se rappela combien il s'était gelé toute la journée. « Le grand hiver russe ; blanc, froid, sauvage et romantique… » Il avait déjà beaucoup bu, mais il avait besoin d'encore un peu d'alcool pour se réchauffer. Il n'avait jamais aimé la vodka. « Cette boisson convient peut-être à ces climats, mais ça n'est rien d'autre en fin de compte qu'un tord-boyaux pour moujiks. » Il se servit un verre de bon cognac Hennessy acheté à l'aéroport. Il remercia poliment le fonctionnaire aux yeux ensommeillés qui lui rapporta les dossiers et les documents demandés. Il s'allongea sur le canapé et se mit à examiner les papiers qui semblaient en désordre. La liste qu'il avait demandée comprenait les personnes qui avaient séjourné quelque temps à Moscou et en étaient ensuite reparties, les communistes de la première heure – figurait même le nom de Nâzım Hikmet ! –, ceux dont l'identité avait pu être établie du fait que le Parti communiste de Turquie les avait envoyés en formation à l'institut, ceux qui allaient et venaient périodiquement ; et vers la fin, les personnes venues après 1980, avec diverses annotations en vrac à côté de leur nom. Après avoir lancé un rapide coup d'œil sur les autres, il se concentra sur les noms des personnes arrivées après 1980. Celui d'Ömer Ulaş, avec ses différents noms de code, Şerif, Kâzım Amasyalı, Namık, était au premier rang. À côté, un signe indiquant qu'il existait un dossier détaillé sur lui. Le nom d'Ülkü avait quant à lui été inscrit en fin de liste. En face, d'une écriture manuscrite, avec un paraphe qu'il ne connaissait pas, il avait été ajouté qu'elle était l'épouse d'Ömer Ulaş et que sa date d'entrée en Russie n'était pas connue. Vu qu'il ne figurait aucun signe à côté, il n'existait donc pas de dossier détaillé à son sujet. Ou bien celui-ci n'était pas encore prêt, ou alors il avait été jugé inutile.

Prenant une grande gorgée de son cognac, il pensa ajouter une remarque à côté du nom d'Ülkü, du genre « ressortie du pays » ou « aperçue à Paris », une idée qu'il jugea puérile et à laquelle il renonça aussitôt. Outre que ce n'était d'aucune utilité pour Ülkü, cela pourrait en plus être repris contre lui à l'avenir. Ce qui ressortait du dossier, c'est qu'ils la suivaient peu et ne lui accordaient pas beaucoup d'importance, mais focalisaient toute leur attention sur son mari. Il avait l'esprit confus. Il avait trop bu, il était fatigué. Il était certain à présent que c'était Ülkü qu'il avait vue sur la place Rouge. Peut-être avait-elle voulu lui envoyer un signal en criant de la sorte pour essayer d'attirer son attention. Peut-être qu'elle était en danger. Était-ce son mari qui était près d'elle, ou quelqu'un d'autre ? Il rit de lui-même. « Je divague ! Nous voilà en plein dans les romans d'espionnage de John Le Carré. »

Un profond chagrin l'envahit soudain. Ülkü était là, dans cette ville. Peut-être qu'elle ne dormait pas encore, qu'elle pensait à lui, qu'elle avait peur, qu'elle était effrayée. Ülkü était quelque part près d'ici ; juste à côté peut-être. Il s'étonna en constatant qu'elle lui manquait, qu'il la désirait avec autant de passion qu'avant. « J'ai un peu forcé sur l'alcool, pensa-t-il. C'était une dure journée. L'hiver russe, ça vous achève un homme. N'a-t-il pas eu raison de Napoléon ? Cette ville provoque toujours des sentiments extrêmes. Elle paraît figée dans la glace, inerte, statique, mais elle remue et bouillonne de l'intérieur. Comme si tout n'était qu'un décor, avec un monde tout autre derrière... Ici, on peut perdre le sens de la réalité et entrer dans un monde d'illusions.

Il n'aimait pas Moscou, pensa-t-il. « Venir visiter la ville et y passer quelques jours, ça va, mais pas davantage. Comme Yahya Kemal Beyatlı, je ne prends aucun plaisir aux tourments de l'âme slave. »

Il renonça à se coucher comme il s'y apprêtait. Maintenant qu'il avait les listes à disposition, il avait quelques menues tâches à effectuer. Il passa toutes les listes au peigne fin et nota trois noms dans son carnet, en les transcrivant selon son propre chiffrement. Il rappela le fonctionnaire et lui rendit listes et documents. « Demain, je passerai dans votre département et jetterai un œil sur certains dossiers », dit-il. Sans plus de précisions sur les dossiers en question.

***

Ülkü se hâta de partir avant qu'Arın Murat quitte la tribune et que les auditeurs sortent de la salle de conférences. Elle voulait regagner le journal au plus vite pour y rédiger son papier. Elle savait que tant qu'il ne s'agissait pas d'un sujet touchant directement aux intérêts de la France, comme une grosse commande de chars ou d'hélicoptères passée aux monopoles de l'armement français, les informations concernant des pays tels que la Turquie n'avaient aucune chance d'être publiées en première page. Mais du moins pouvait-elle espérer voir son article figurer en bonne place à la rubrique « International ».

Elle sauta dans un taxi, l'esprit occupé à réfléchir à la façon dont elle le construirait. Les choses énoncées par Arın Murat n'avaient rien de nouveau ni de surprenant pour Ülkü. L'important, et ce qui avait créé la surprise dans la salle de conférences, c'était que ces propos soient tenus par un fonctionnaire d'État de haut rang, dépositaire de la confiance et des secrets du gouvernement turc, connu et respecté en Europe, et plus particulièrement en France. Dans le tableau brossé par Arın Murat, chaque chose était à sa place ; les allégations constamment actualisées par diverses organisations, d'Amnesty International aux associations de défense des droits de l'homme, et toujours catégoriquement démenties par la Turquie ; les massacres de masse, les assassinats politiques se trouvaient corroborés. « Mon fils n'est-il pas victime de l'un de ces meurtres ? Qui s'est inquiété de savoir si l'appartement supposé abriter une cellule servait réellement à cela ? Mehmet n'avait-il pas dit que ce n'était probablement pas le cas, qu'il s'agissait juste d'un appartement dont plusieurs étudiants se partageaient le loyer à Beşiktaş ? Les logements de l'organisation étaient loués, voire achetés, dans de belles résidences, dans les quartiers les plus chics de la ville. C'était déjà ainsi à notre époque. »

Elle n'avait pas très bien saisi les intentions d'Arın. À en croire le début et la fin de sa communication, ses propos n'engageaient que sa propre personne. Mais dans quel but ? Lui qui était depuis si longtemps aux Affaires, associé aux secrets du pouvoir et qui croyait finalement en la raison d'État – mais sans aveuglement ni naïveté –, qui avait fondé sa carrière et sa ligne politique sur cela, avait-il soudain reçu la révélation, l'inspiration divine était-elle descendue sur lui pour lui dessiller les yeux ? Un ras-le-bol peut-être ; une explosion provoquée par l'accumulation de tout ce qu'il avait vu et vécu ces dernières années, de toutes les opérations auxquelles il avait assisté et participé, qu'il avait peut-être lui-même conçues – voire menées, qui sait – ; la loi de la transformation de la quantité en qualité… Peut-être une tactique du nouveau gouvernement de Turquie ? Rien n'interdisait de l'envisager.

Autant de questions qu'elle pourrait lui poser directement quand Arın et elle se retrouveraient dans quelques heures. Même vingt-cinq ans après, elle ne pouvait réprimer l'émotion qui l'assaillait encore, comme dans sa jeunesse, à l'idée de dîner en tête à tête avec Arın à Paris.

Même si c'était rarement, ils allaient parfois dîner dans un restaurant chic d'Istanbul : au *Parc Hôtel*, au *Hilton* ou au *Divan*. Or, ce qu'elle aimait, c'étaient les modestes tavernes de Beyoğlu, de Kumkapı et des villages du Bosphore. Dans ces lieux chers et luxueux, elle sentait sur elle les regards hautains, les silencieuses critiques des serveurs présomptueux ayant depuis longtemps oublié d'où ils venaient et s'identifiant aux classes supérieures qu'ils servaient. Cela la gênait que ce soit Arın qui paie. Quand elle allait quelque part avec Mehmet et les autres, ils partageaient l'addition, ou si l'un d'entre eux était argenté ce jour-là, c'est lui qui la réglait. Ils buvaient du güzel marmara ; en dégustant du buzbağ, ils se réjouissaient en disant : « C'est la débauche aujourd'hui. » Ils essayaient de s'en tenir aux mezzés, mais lançant un coup d'œil aux sympathiques et compréhensifs serveurs grecs qui les regardaient dans le blanc des yeux pour qu'ils prennent quand même du poisson, ils lançaient : « Apporte quelques sardines qu'on mettra au milieu. Nous, c'est budget étudiant. » Elle avait le sentiment que c'était pour lui inculquer les règles du savoir-vivre qu'Arın la traînait dans ces endroits chics et guindés où la majorité des clients avait plus de cinquante ans, et elle en concevait de l'humiliation. Quelle fourchette utiliser en premier, comment tenir un couteau à poisson, comment empêcher ces fichues serviettes blanches amidonnées de sans cesse glisser par terre, pourquoi était-il honteux de piquer sa fourchette dans la salade servie en entrée ? Pourquoi fallait-il absolument manger du filet mignon aux champignons alors qu'elle avait envie de köfte grillés ?

Arın était parfaitement dans son élément, il s'y mouvait le plus naturellement du monde. Il ne se souciait guère du protocole, il mangeait avec appétit, il plaisantait de temps à autre sur des gens de sa connaissance installés à l'une des autres tables, et faisait la gazette : « Cette femme à l'air absent et fringuée comme une poupée fait partie des riches veuves stambouliotes. On dit qu'elle a une passion pour les hommes jeunes. » Ou bien : « Ne te retourne pas tout de suite, tu regarderas après ; la jeune et jolie jeune femme de la table d'à côté est mariée avec l'homme qui a l'âge d'être son père assis en face d'elle. L'homme est très riche, naturellement… » Ou encore : « Aujourd'hui, toutes les copines snobs de ma mère sont là. Elles vont s'empresser de lui rapporter qu'elles ont vu Arın manger avec une jolie femme. » Elle n'aurait su dire s'il prenait plaisir à ce que la nouvelle qu'ils étaient ensemble remonte aux oreilles de sa mère, ou s'il en était au contraire agacé. Elle sentait sur elle le regard inquisiteur et les jugements de ces gens qu'il disait connaître, et cela la mettait mal à l'aise.

Peut-être qu'elle se faisait des idées, que personne ne se préoccupait d'elle. Reste que l'entourage d'Arın, son milieu naturel lui faisait peur. Elle s'y sentait étrangère, comme un cheveu sur la soupe, exactement comme dans l'immeuble de Teşvikiye où elle allait donner des cours à Erim. Elle comprendrait plus tard qu'orgueil et humiliation sont des sentiments jumeaux, bien des années plus tard, à l'heure où elle n'aurait plus besoin d'aucun d'eux.

Elle sentait aussi qu'il n'était guère enclin à l'introduire dans son monde, dans son cercle amical. « J'ai d'abord cru que c'était parce que nous vivions notre relation à fond, que je lui suffisais ; j'ai ensuite découvert sa capacité – ou son habitude – de compartimenter sa vie. Sa mère et ses valeurs familiales dans un compartiment, l'école et le travail dans un autre ; un autre pour moi ; encore un autre pour ses amis… Il avait mis des murs et des portes, il les avait soigneusement séparés entre eux. Moi j'étais reléguée tout au bout, complètement isolée derrière ces murs invisibles ; c'est peut-être ce qui explique que, malgré l'intensité de la passion, je me sois toujours sentie seule dans cette relation. »

Le seul de ses amis qu'il lui avait présentés, c'était Cem.

— Laisse tomber ces endroits barbants, on ne va pas s'enfermer là-bas par ce temps, allons quelque part sur le Bosphore, avait dit Cem.

À son insistance, ils étaient allés dans un petit café sans prétention, en face de l'embarcadère de Rumeli Hisarı. L'étroit jardin parallèle à la route côtière était couvert d'une pergola ornée de vigne vierge et de branches de pruniers. Les fleurs de pruniers tombaient sur les tables en bois protégées par une nappe en plastique, dans les assiettes, dans les verres… Un prodigieux clair de lune scintillait à la surface de la mer.

— Aussi tape-à-l'œil que les posters qu'on voit dans les boucheries, avait dit Arın.

— Arrête un peu de ne pas trouver beau ce qui l'est, prétentieux ! Tu n'es pas obligé de jouer les snobs et les blasés, avait lancé Cem en riant.

Ülkü l'avait tout de suite pris en sympathie. « Cem et Arın sont du même milieu ; leurs structures familiales, leurs racines sociales, les écoles qu'ils ont fréquentées sont les mêmes, ils étaient dans le même lycée. Ce n'est pas un étranger, il ne vient pas de l'extérieur comme moi. Par certains côtés pourtant, il m'est plus proche », avait-elle pensé.

Ils avaient passé une belle soirée. Elle avait remarqué qu'Arın s'était détendu en compagnie de Cem, qu'il était plus décontracté, qu'il était sorti de sa coquille, qu'il était plus proche d'elle aussi, comme lorsqu'ils étaient seuls et qu'ils faisaient l'amour. Ils formaient une joyeuse tablée. En fin de soirée, ils étaient pompettes et avaient même chanté. « Quel dommage qu'Arın ne soit pas toujours ainsi », avait-elle pensé. Le fait que Cem trouve les mouvements ouvriers, les grèves, les occupations d'usines justifiés, et même qu'il dise soutenir le Parti des ouvriers, n'avait pas suscité chez Arın de trop vives réactions. Il s'était contenté d'en plaisanter avec ces mots : « Ah, toi et ton envie d'être original, espèce d'anarchiste ! » Il semblait content que son ami et sa petite copine s'entendent bien.

Tard dans la soirée, en déposant Ülkü chez elle, il avait dit :

— En ce moment, tous les gosses de riches se piquent d'être gauchistes, d'être des révolutionnaires. Cem a toujours été d'une nature enthousiaste et prompte à s'emballer. Mais ce ne sont que des paroles en l'air. Il n'est pas du genre à passer à l'action. N'empêche que récemment sa mère s'est plainte en parlant avec la mienne des aides financières qu'il apporte aux gauchistes, des dons qu'il fait au TIP. Elle disait : « Si jamais il arrivait malheur à son père, ce gamin passerait toute notre fortune à nourrir cette bande de racailles qui se prétend gauchiste. » Mais il faut reconnaître que c'est un chouette gars. Il a la tête bien faite. Au lycée, il était le seul de nous tous à s'intéresser à la littérature et à la philo. On l'avait même surnommé Aristote pour se moquer.

Après le 12 septembre, époque où elle avait laissé Umut à sa mère et commencé à vivre dans la clandestinité, elle avait besoin d'argent, il lui fallait travailler. Dès lors qu'elle avait une fausse identité, elle était en sécurité. Le Parti avait acquis pas mal d'habileté dans ces choses-là. Ils n'avaient pas de stratégie antifasciste très établie, ni de bons plans de boulots clandestins, mais ils se débrouillaient plutôt bien dans les solutions aussi biscornues que farfelues. Ces jours-ci, une annonce lue dans le journal avait attiré son attention. « Grande entreprise de textile réputée recherche secrétaire de direction. Bon niveau de français indispensable pour assurer correspondance commerciale et déplacements extérieurs. Maîtrise de l'anglais également appréciée. Bonne rémunération. Les horaires de travail… »

Lorsqu'elle se rend au rendez-vous qu'on lui a préalablement fixé par téléphone, vêtue comme il convient à une secrétaire de direction – tenue ni trop sévère ni trop excentrique, simple mais chic –, on l'informe que le directeur général est en rendez-vous et qu'il la recevra dans quelques instants.

La pièce dans laquelle on lui demande de patienter est harmonieuse et joliment décorée. En lieu et place des pompeux fauteuils en maroquin habituels, il y a des sièges légers et confortables, d'une chaleureuse teinte orangée, des plantes vertes dans de grands pots en terre cuite : philodendrons, langues de belle-mère, ficus, caoutchoucs, et d'autres plantes dont elle ne connaît pas le nom… Les tableaux aux murs attirent son attention. Ce sont des reproductions de qualité d'œuvres soigneusement choisies parmi celles de Gauguin et du Douanier Rousseau. « La bourgeoisie turque se transforme elle aussi, pense-t-elle. À côté du modèle des nouveaux riches d'Adana ou de Kayseri, une nouvelle génération de bourgeois apparaît. Il y a un processus de passage du capitalisme sauvage à la bourgeoisie moderne. La véritable fonction du putsch devrait être de faciliter ce passage. Mais il est clair que nous aurons la tâche plus difficile avec eux ; ils sont plus intelligents, mieux éduqués, et leur conscience de classe est plus forte. »

Quand on l'appelle par son nom pour lui dire que le directeur général l'attend – est-ce parce que ce nom qui figure sur ses faux papiers d'identité lui paraît encore bien lointain –, elle éprouve un moment de gêne. « Münevver Hanım arrive, monsieur », annonce de nouveau par la ligne interne le jeune homme chargé de l'accueil et, tendant la main droite, d'un geste ample, il lui indique la pièce où se diriger. Après avoir ouvert la porte et être entrée, elle voit le jeune homme de petite taille assis au vaste bureau derrière lequel il disparaît presque et se retient de ne pas pousser un cri. Ils se regardent. L'homme se fige un instant et se met à la fixer, l'air de chercher à savoir si la jeune postulante au poste de secrétaire qui vient d'entrer est bien Ülkü.

Impossible de reculer à présent, il est trop tard.

— Oui, c'est bien moi, tu ne te trompes pas.

— Ülkü !

Elle hoche la tête en souriant :

— Juste un hasard incroyable, Cem, une mauvaise coïncidence.

Il se lève et vient serrer la jeune femme contre lui, avec une joie non feinte.

— C'est pour moi une très belle coïncidence, au contraire.

— Excuse-moi malgré tout. Jamais ça ne me serait venu à l'esprit. Dans la petite annonce qui proposait ce poste de secrétaire de direction, on ne mentionnait pas le nom du directeur général.

— Des excuses ! Crois-moi, je suis très content. J'espère que tu ne vas pas renoncer parce que ce mystérieux directeur général n'est autre que moi.

« Voilà plus de dix ans qu'il n'a plus rien entendu à mon sujet. Il avait des sympathies gauchistes à un moment. Mais cela remonte à bien longtemps. C'était à la mode d'être de gauche il y a dix ans, ça donnait un genre. Et maintenant ? »

Comme s'il avait lu dans ses pensées :

— Même si je n'ai pas suivi de très près ce qui t'arrivait, j'ai eu quelques nouvelles de temps en temps. Je sais qu'on t'a arrêtée à l'époque du 12 mars, qu'on t'a torturée et tout… J'ai failli avoir des ennuis moi aussi. Heureusement que ton petit Erim m'a informé que j'étais suivi. C'est son oncle qui le lui avait dit. L'oncle côté paternel ou maternel ? C'est loin, je ne m'en souviens plus. Tu connais les Murat, du MIT aux Affaires étrangères, ils ont de la famille partout. Leur mère surtout ! C'est une médisance, mais quelle sorcière celle-là !

— Il y a aussi des choses que tu ne sais pas, je crois. Tu n'as pas regardé mon dossier de candidature ? Tu ne te demandes pas pourquoi j'ai changé de nom ?

— À vrai dire, je n'y ai pas fait très attention. Mais tu vis probablement sous une autre identité. Et tu fais bien, à mon avis. C'est mieux que de risquer la torture. Le 12 mars, on a poussé des cris d'orfraie, on a crié au fascisme. Mais il apparaît que le 12 mars n'était qu'une répétition générale ; ceux-là se sont avérés être encore pires.

— Cem, je ne veux pas abuser de ta confiance et de ton bon cœur. Je suis recherchée ; à cause de mon mari, mais aussi à cause des publications du parti où je suis impliquée, des organisations de femmes, etc. La place que j'occupe dans le mouvement est minime, mais eux ils ne le savent pas. Mon mari, lui, est vraiment important, mais il est à l'étranger.

Se rendant compte qu'elle en a trop dit, elle se tait. On lui a bien appris pourtant à ne se fier à personne, à ne pas trop parler, à ne pas divulguer d'informations. « Si ce n'est quelqu'un de ta cellule, tout le monde, même la personne qui t'est la plus proche, est un étranger », disait Ömer.

— Donc, tu t'es mariée ! Je suis très content. Avec qui ? Raconte un peu…

Raconter comment ? Elle aimerait bien raconter cependant. « Aux yeux de Cem, je suis la petite amie qu'Arın Murat a quittée, celle qu'il n'a pas voulu épouser. C'est pour cela qu'il s'est dit très content en entendant que je m'étais mariée. »

— Tu ne le connais pas, c'est un ancien professeur. Et puis, j'ai un petit garçon.

— C'est difficile en ce moment avec des enfants.

— Heureusement, il est chez ma mère. D'ailleurs, c'est elle qui s'est le plus occupée d'Umut depuis qu'il est bébé.

Se rappelant une nouvelle fois qu'il ne faut pas en dire trop, et surtout ne pas donner de nom, elle se tait.

— Moi aussi j'ai des enfants, un garçon et une fille, dit Cem. Le garçon a quatre ans ; la fille est née une semaine après le 12 septembre. Tu ne me croiras pas, mais le nom de ma fille, c'est Ümit. Tant qu'il y aura des coups d'État une fois tous les dix ans, Umut ou

Ümit sont les prénoms qu'on donnera le plus à nos enfants. Qu'est-ce que tu bois ?

— Un café noir si possible. Tes affaires marchent bien, on dirait.

— Oui, grâce à l'industrie textile fondée par mon père, je suis devenu un millionnaire rouge. Et quand je dis millionnaire, c'est par habitude langagière, on ne s'exprime plus qu'en milliards dans le monde des affaires. Du moment que tu es milliardaire, personne ne te demande ta couleur. L'argent rend aveugle.

— C'est quoi ton travail exactement ?

— J'ai repris l'activité de mon père : exportation de textile et de prêt-à-porter. Un secteur moteur à haut rendement. Depuis que les ouvriers, que les syndicats et que la gauche ont été réduits au silence grâce à nos cinq généraux putschistes[1], les profits du capital n'ont fait qu'augmenter. Il devrait bientôt y avoir des incitations à l'exportation à ce qu'il paraît. Tu verras comment les gens vont se débrouiller pour toucher ces aides incitatives, qu'ils fassent de l'export ou pas, et quels jolis profits ils vont réaliser sur le dos de l'État. Et moi là-dedans ? Bien sûr, je prendrai part comme tout le monde au pillage organisé. De toute façon, si tu veux mon avis, il ne reste rien à sauver dans ce pays. S'il touche le fond, peut-être qu'on pourra encore tenter quelque chose. Naturellement, pendant que le pays sera en train de couler, certains verront leurs intérêts et leur fortune monter en flèche.

Tout en buvant son café à petites gorgées, elle prend la décision de ne pas accepter ce travail, même si Cem insiste. « Ce serait dangereux pour nous deux.

1. Les cinq généraux putschistes du 12 septembre 1980 : Kenan Evren, Nurettin Ersin, Tahsin Şahinkaya, Nejat Tümer et Sedat Celasun.

Il voudra payer sa dette, se disculper du fait d'être riche et d'être à la tête d'une entreprise prospère, il cherchera à se réconcilier avec lui-même, à ressentir la fraîcheur du vent de la jeunesse… Le besoin de réparation qu'éprouvent ceux qui n'arrivent pas à mettre en accord leur idéologie et leur classe sociale, leur tête et leur cœur… c'est compréhensible. Mais le jeu n'en vaut pas la chandelle. »

— Tu aurais voulu commencer quand ? Si cela te pose problème de travailler avec moi, nous pouvons toujours te trouver un autre emploi dans la société. Nous sommes de vieux amis, parlons ouvertement. Je sais que tu as besoin de ce travail. Je ne suis pas comme ces lourdauds qui s'imaginent que les Russes font pleuvoir des roubles du ciel sur les communistes.

— J'ai besoin de travailler, effectivement. Sinon je ne serais pas là ! Mais puisqu'on parle franchement, cette entreprise est le dernier endroit où je pourrais travailler. C'est un risque que ni toi ni moi ne pouvons prendre, un risque que nous paierions au prix fort. Et je ne veux absolument pas te mettre en danger.

— Même si je te le demande ? Même si je te dis que, pour moi, ce serait un moyen de m'épargner de temps en temps le sentiment d'être un sale capitaliste, de me sentir plus en paix avec moi-même ?

Elle rit, histoire de tourner la chose en plaisanterie, de détendre l'atmosphère.

— Ce n'est pas si simple de faire la paix avec soi-même ou de s'extraire de la peau du sale capitaliste, Cem Bey – puis redevenant sérieuse : Il m'est impossible de travailler ici. Même si voulais, je ne pourrais pas. Ce serait contraire à toutes les règles. Si tu veux vraiment avoir un geste de bonté pour moi, oublie que je suis venue. Et considère que cette entrevue n'a jamais eu lieu.

— Je comprends, dit-il d'un ton triste et amer. J'ai plusieurs connaissances qui ont constamment besoin de traductions techniques et commerciales. Avec ta permission, je pourrais leur recommander la traductrice Münevver Hanım. Il faut aller chercher ou faire prendre les traductions à leurs bureaux, puis les rendre ou les faire déposer par quelqu'un. Comme ça, personne ne sera en danger.

— Merci beaucoup. Ce n'est pas une mauvaise idée. Je crois que je vais devoir accepter.

— Tiens, leur adresse et leur téléphone. Je les appellerai dans la journée. Tu n'auras qu'à les contacter de ma part.

Il écrit les numéros de téléphone sur la petite feuille de papier qu'il a détachée de son bloc-note.

— Le numéro qui est souligné est celui de mon domicile, dit-il. Si tu as besoin de quelque chose, appelle, s'il te plaît, n'hésite pas. Je ne sais pas pourquoi, mais quelque chose m'a fait penser à Arın. Voilà plusieurs années qu'il était à l'étranger. Il va regagner les bureaux du ministère, je crois. J'ai entendu dire que les généraux putschistes souhaitaient faire appel à ses services. Il semble promis à un brillant avenir. Arın est un type bien, intelligent, il n'est pas sectaire, il a le sens de l'honneur, il se plaît à servir son pays. Seulement, il n'aime pas se mouiller. Il est un peu, un peu… – il cherche ses mots ou hésite à les prononcer : Il est un peu comme la merde de lapin, sec et inodore…

Ülkü ne comprend pas quelle association d'idées lui a fait penser à Arın, mais Cem, lui, le sait très bien : à l'époque du 12 mars, au moment où Erim lui avait rapporté les propos de son frère aîné l'avertissant que tous deux étaient suivis de loin, celui-ci lui avait dit : « Mon frère Arın est comme la merde de lapin. Ils ont arrêté Ülkü, sa mère a téléphoné pour l'implorer d'intervenir. Les nôtres auraient au moins pu faire en sorte qu'elle soit moins torturée. Mais il n'a même pas levé le petit doigt. À mon avis, ce n'est pas à cause de ma mère où je ne sais quoi que mon frère a quitté Ülkü ; il a eu peur qu'elle soit un obstacle et lui attire des ennuis. »

Cem a un pincement au cœur à l'évocation de ces souvenirs. Il regarde la femme seule et désemparée qui est en face de lui. Elle va maintenant prendre congé et s'en aller. Pourtant, en venant ici, elle espérait décrocher un bon travail. Une fois dehors, elle ne sait pas ce qui l'attend au coin de la rue. Elle n'a même pas de vrai nom, de vraie adresse. Cela fait mal de la voir si démunie, et pourtant si courageuse, si confiante en même temps. « Il faut que je la retienne, je ne peux pas la laisser partir ainsi, il faut que je la prenne sous mon aile, pense-t-il. Je pourrais la faire venir à la maison, la prendre comme professeur particulier des enfants… – il pense à sa femme : elle est gentille, compréhensive, mais accepterait-elle d'aller jusque-là ? Peut-être qu'elle cédera à la peur, ou même à la jalousie. Et sous le coup de pareilles émotions, qui sait si elle n'irait pas la dénoncer ? La peur et la jalousie poussent les gens à la trahison. De plus, comment Ülkü pourrait-elle accepter de travailler sous mon toit alors qu'elle refuse déjà de le faire au sein de l'entreprise ! Tout ça, ce sont des rêves, des nostalgies de jeunesse, une tentative de se disculper aussi… »

Il serre amicalement la jeune femme dans ses bras, comme s'il voulait par ce geste s'excuser, demander pardon pour Arın, pour tous ces gens bien nantis et de l'autre côté de la barrière, et surtout se faire pardonner lui-même.

— Bonne chance, sois prudente. N'oublie pas, si tu as besoin de quoi que ce soit, tu m'appelles.

***

« Il y avait un endroit où nous allions sur l'île Saint-Louis, avait dit Arın au téléphone.

« À Paris, il y a un tas d'endroits où nous allions tout le temps : cafés, librairies, restaurants universitaires, ponts de la Seine, parcs d'une beauté différente à chaque saison, musées, expositions auxquelles la passion d'Arın pour la peinture tâchait de nous rendre assidus.

« Nous n'allions pas souvent dans ce lieu de l'île Saint-Louis. C'était un peu cher pour notre budget d'étudiants. Nous y allions essentiellement quand nous avions quelque chose à fêter. Nous y étions le soir où je m'apprêtais à quitter Paris. En écho au film *Casablanca*, un pianiste noir jouait pour les couples qui s'aimaient et se séparaient. « Joue-le encore, Sam », avait lancé Arın. La lumière tamisée de la salle de restaurant, les bougies fleuries posées sur notre table, nos verres de vin rouge, nos crêpes aux champignons si joliment disposées dans nos assiettes… tout était imprégné d'une douce et romantique tristesse. Juste ce qu'il fallait, dans les proportions requises, dans les limites tracées par Arın. Prenant le contre-pied du schéma habituel, j'avais saisi sa main posée sur son verre. Or, ce sont toujours les hommes qui prennent la main des femmes dans les films. Le pianiste, obligé comme tous les autres pianistes noirs de s'appeler Sam depuis *Casablanca*, s'était lancé dans une longue déambulation musicale qui commençait par *Les Feuilles mortes* et se poursuivait par *Ne me quitte pas*. On se serait cru dans un tableau représentant

Le Dernier Repas. Un tableau d'une beauté à faire pâlir de jalousie tous les maîtres de la Renaissance, tirant ses ombres de la tristesse qui m'habitait ; sa lumière, de mon amour passionné et de ma révolte face à la séparation ; et ses teintes, du piano de Sam et des beautés de Paris… »

Cet endroit de l'île Saint-Louis n'existe plus. Le joli petit restaurant qui porte le nom de *L'Île* et qui a ouvert récemment ne s'inscrit nullement dans son prolongement. « Je ne sais si c'est là ou pas », avait-elle dit à Arın. Elle avait pensé que leur relation, qui ne pourrait plus s'alimenter que de souvenirs et d'illusions désormais, ne résisterait pas à la confrontation avec la réalité. Mais elle aussi avait tenu à se persuader que ce pourrait être là.

Durant son trajet en taxi, elle mesura combien ses sentiments à l'égard d'Arın étaient confus et enchevêtrés. Colère, passion, doute, émotion, haine, amour, manque, peur… ce à quoi venait maintenant s'ajouter cet instinct typiquement féminin de vouloir épargner et protéger l'homme aimé. Même si c'était à titre purement personnel, même si c'était au nom d'une frange du gouvernement partisane d'une société ouverte et transparente, Arın Murat avait pris un risque, il s'était mis en danger. Il avait mis un coup de pied dans la ruche et avait tourné les talons. Tandis qu'elle construisait dans sa tête l'article qu'elle allait écrire, elle décida que cette fois, contrairement à sa façon habituelle de procéder dans tous ses papiers relatifs à la Turquie, elle ne mettrait pas l'accent sur les méthodes oppressives et illégales de l'État. Si jamais les autres organes de presse décidaient de relayer cette information, elle était certaine qu'ils ne manqueraient pas de mettre en avant certaines phrases d'Arın Murat et de balancer des titres du genre « La Turquie reconnaît l'existence du Gladio » ou encore « Un responsable gouvernemental turc avoue : l'État est impliqué dans des meurtres ». Ce n'est pas ainsi qu'elle s'y prendrait. Elle ferait en sorte qu'Arın ne soit pas une cible, elle rapporterait les déclarations importantes de sa communication sur un mode atténué et s'appuierait sur le texte qu'il avait distribué au début. « Profondes aspirations démocratiques en Turquie » pourrait faire un bon titre. Oui, c'est exactement ce qu'il fallait faire ; dans l'analyse, il fallait souligner que, dans cette dynamique, une aile progressiste du gouvernement visait à éliminer le noyau dur de réfractaires au sein de l'appareil d'État, et que cette tâche s'annonçait difficile.

Elle regarda sa montre. Il lui restait encore quatre heures avant leur rendez-vous. Quatre heures qui lui parurent une éternité.

6

Un dîner sur l'île et du vieillissement

Il n'y a plus ni piano, ni Sam, ni bougies fleuries sur les tables, ni même notre jeunesse. L'endroit est agréable, mais ce n'est pas ici. Des aquariums où nagent des poissons multicolores séparent les tables et donnent à chacune d'elles des airs de coin secret. D'autres sont également encastrés dans les murs. On se sent moins sur une île que dans les fonds sous-marins. « En descendant de Kurtuluş vers Dolapdere, il y avait aussi un restaurant avec des aquariums que nous fréquentions dans nos années estudiantines. Arın et moi y étions allés une fois. Il m'avait demandé si je ne trouvais pas ça trop artificiel. Mais moi, j'aimais bien cet endroit. Dans mes moments de tristesse ou de déprime, je m'amusais à regarder le ballet des poissons variés et multicolores derrière leurs vitres. »

L'hôtesse du restaurant – collants noirs, minijupe noire, cheveux courts, le type parfait de la Parisienne tel que le véhiculent les brochures touristiques et les images publicitaires de Paris – la conduit à la table de deux personnes préalablement réservée par téléphone. En lieu et place des bougies et des chandelles qui décorent classiquement les tables dans ce genre d'endroit, il y a des lampes à huile d'aspect ancien. Elle s'installe sur la banquette juste à côté de l'aquarium où nagent lentement des poissons japonais bleus aux longues nageoires soyeuses. L'hôtesse lui demande si elle désire boire quelque chose en attendant. Oui. « Un scotch, s'il vous plaît, avec de la glace. » Elle a besoin d'alcool. Depuis l'appel téléphonique d'Arın, qui remonte à une dizaine d'heures environ, elle est dans un état de tension, voire de crispation, qu'elle perçoit mieux maintenant qu'elle est assise et qu'elle se détend.

C'est encore moi qui arrive la première, comme d'habitude. « Ma prompte bien-aimée », disait Arın. Il avait beau être parfaitement ponctuel et ne jamais être en retard à leurs rendez-vous, il était gêné, il se sentait pris en faute en voyant qu'Ülkü était là avant lui.

— Cela me plaît, répondait Ülkü. Comme le renard du Petit Prince. La douce émotion de l'attente de l'être aimé. Avant même qu'il vienne, ton cœur se met à battre plus vite, tes joues à rosir, tu prolonges ainsi les moments de bonheur.

— Il en connaît des choses, ton renard philosophe.

— Oui, il en sait beaucoup sur l'affection, l'amour et l'amitié. C'est lui qui a enseigné au Petit Prince que, parmi des millions de fleurs, sa rose était unique ; que le désert était beau parce qu'il s'y cachait un puits quelque part ; qu'aimer quelqu'un nous enrichissait de sentiments et de souvenirs, et ce, même s'il fallait se séparer.

— Il lui a appris des choses tristes qui ne collent pas avec la vie.

— « On ne voit bien qu'avec le cœur, l'essentiel est invisible pour les yeux. » Voilà le secret que le renard a confié au Petit Prince.

Tout en sirotant son whisky, elle se perd dans la contemplation des poissons de l'aquarium. « Quel dommage qu'il ne vienne pas plus tard, histoire de faire durer les heureux souvenirs… Et s'il ne venait pas ! Il m'a dit qu'il avait une réunion en fin de journée. Peut-être qu'elle s'est prolongée. Avait-il vraiment une réunion ? Il a toujours des réunions, des gens à voir, des choses importantes à faire. Mais il viendra. Dans quelques instants, il va arriver et s'asseoir sur ce siège en face. Après… Après, ils s'examineront à la dérobée, en faisant mine de regarder les poissons dans les aquariums. Tout ce qui aura été épargné par le passage des ans, tout ce qui aura résisté au temps dans leur visage, dans leur corps et dans leur cœur, ils le collecteront et le garderont en eux, avec un soin minutieux et jaloux. Que reste-t-il ? Si tant est qu'il reste quoi que ce soit. C'est peut-être cela qui leur fait peur à tous deux : qu'il ne soit rien resté, ou que ce qui reste n'ait plus aucun sens. Il est huit heures et demie passées. Il est en retard. À cette heure, on ne peut jurer de rien avec la circulation à Paris. Et s'il ne venait pas ? Non, il viendra. Même pour dire qu'il ne pourra pas être là, il viendra. »

De sa place, l'entrée du restaurant est visible derrière l'aquarium. Il n'y a pas grand monde encore. Ici, on ne dîne pas avant neuf heures, neuf heures et demie. Elle aperçoit Arın au côté de l'hôtesse, il avance vers la table. Elle a un sursaut d'émotion, un frisson lui parcourt l'échine. « Je ne me suis pas assez couverte, nous sommes en septembre tout de même. » Elle essaie de garder les yeux rivés sur les poissons qui ne cessent de tourner dans leur aquarium. « Quelle existence horrible. Passer sa vie entière à nager dans un bocal… Et moi alors, et nous ? » Elle entend Arın Murat remercier l'hôtesse. Elle lève les yeux. Ça y est, le voici.

Sa main tremble légèrement autour de son verre de whisky. Alors qu'il s'assied, Arın tend le bras par-dessus la table pour lui prendre la main et renverse le verre.

— Je suis d'une maladresse aujourd'hui, dit-il en souriant.

« Il n'est jamais maladroit pourtant. Il pense chacun de ses pas en fonction du mouvement suivant. C'est toujours moi qui ai été gauche, d'une spontanéité brusque et malhabile, susceptible d'engouement et d'accident », pense-t-elle.

Le serveur nettoie rapidement la table, il dit que ce n'est pas grave. Un autre whisky ? Non. Elle boira, ils boiront du vin pendant le repas. Arın lui saisit la main de nouveau, il la serre dans sa paume.

— Tu as les mains gelées, tu as froid.

Elle attend, curieuse de voir s'il se rappellera les petites colombes blanches. Elle regarde discrètement ses mains. Elles sont encore blanches, mais elles font au moins dix ans de plus qu'elle. Plus dépouilles de colombes que blancs oisillons. Elle s'efforce de sourire. Est-ce que mon visage est à l'image de mes mains ? Aussi vieux, aussi éteint ? Elle examine attentivement le visage de l'homme. Lui aussi a vieilli. Pas à cause des rides accentuées qui marquent ses traits, des poches qui sont peu à peu apparues sous ses yeux, des deux profonds sillons qui se sont creusés autour de sa bouche, ou encore de ses cheveux châtains grisonnants, non, mais à cause surtout de la tristesse et de la douleur inhabituelles qui habitent son regard. « Que reste-t-il de nous deux ? Qu'essayons-nous de nous remémorer, de retrouver ici ce soir ? »

— Tu étais à la conférence. Je t'ai vue. Tu m'avais dit que tu ne viendrais pas, mais tu es venue quand même.

— Tu sais, cette intuition dont tu te moquais autrefois. Eh bien, j'ai senti que tu dirais des choses différentes aujourd'hui, qu'il se passerait quelque chose, c'est pour cela que je suis venue – après une pause de quelques secondes, elle ajoute : Je plaisantais. Évidemment que je n'ai rien senti. Si tu veux la vérité, tu me manquais. Je n'ai pas pu attendre jusqu'au soir.

Planté devant eux, le serveur attend que l'homme veuille bien goûter le vin. Arın lâche la main d'Ülkü qu'il tenait encore dans sa paume. D'un geste bien rodé, il fait tourner le vin dans son verre qu'il porte à son nez, puis à sa bouche.

— Oui, très bien.

Il attend que le serveur finisse de prendre leur commande et s'éloigne.

— Toi aussi tu me manques.

Il plonge sa main dans la poche intérieure de son élégante veste en tweed. Il en ressort un petit paquet enveloppé dans du papier ordinaire.

— J'ai trouvé ça, dit-il.

Il ouvre délicatement ce minuscule paquet. L'objet qu'il recèle est très vieux, très familier : une pince à cheveux en forme de peigne.

— Ta barrette était restée chez moi.

« Ma barrette à cheveux vieille de trente ans, une part indissociable de nos ébats, un objet devenu un fétiche sexuel ! »

« Tant que tes cheveux ne sont pas détachés, tu n'es pas totalement déshabillée », disait-il. Il enlevait la barrette de ses cheveux ramassés sur la nuque. Son épaisse et indomptable chevelure enveloppait sa nudité. « C'est cela que je mettais dans mes cheveux ? Un méchant peigne tout ce qu'il y a de plus banal et sans doute acheté à l'étal d'un vendeur ambulant ! Avec mes cheveux épais relevés sur le bas ou le sommet du crâne, mes vêtements mal coupés et sans tenue, mes chaussures à talons, mon corps bien en chair, j'avais tout de la fille turque traditionnelle. Les filles révolutionnaires, elles, étaient en pantalon et en parka, elles avaient de gros godillots aux pieds. Quant à moi, j'étais toujours pomponnée, même en partant mener une action… La mère d'Arın n'avait pas tort. Avec ces cheveux, cette tête et ces tenues de minette de banlieue éduquée on ne sait par quel miracle, comment aurais-je pu paraître dans les salons des ambassades, les cocktails et les réceptions ! »

— Je ne me souviens pas quand je l'ai perdue, dit-elle.

— Tu l'as laissée à Büyükada. Le jour où tu t'es sauvée de bonne heure, avec un bouquet de mimosas.

Elle se rappelle. C'était il y a vingt-cinq ans, le 27 avril. Quand elle s'était rendu compte qu'elle avait perdu sa barrette, elle était dans le bateau que le lodos secouait comme une coquille de noix ; elle s'était servie du foulard qu'elle portait autour du cou pour nouer en queue-de-cheval ses cheveux qui lui tombaient sur le visage, sur les épaules, et qui la gênaient.

— Tu l'as donc gardée depuis tout ce temps. C'est vraiment de la pacotille.

« C'est vraiment de la pacotille ! – Arın éprouve une amertume et un remords qu'il n'arrive pas à s'expliquer. Je n'aurais pas dû ou quoi ? » Il observe attentivement la femme de presque cinquante ans qui est en face de lui. Elle a un visage fin, distingué, un peu pâle, qui fait ressortir ses grands yeux noisette. Elle a les cheveux très courts. Et sur le cou, autour des lèvres, des rides qui trahissent son âge. On eût dit qu'elle n'avait jamais mis cette banale pince à cheveux, qu'elle n'avait jamais eu les cheveux longs. « Quand tu enlaçais son corps plein et ferme dont la mystérieuse séduction te happait, allez, avoue-le, ce n'est pas une jeune fille de bonne famille que tu serrais contre toi, mais une prostituée. » C'est son corps qui la rendait incomparable. Un corps toujours prêt à faire l'amour, toujours désirant et suscitant de nouveau le désir à chaque moment d'intense satisfaction. Cette femme mince, élégante et respirant l'intelligence est toujours belle et attirante, mais ce n'est pas Ülkü.

Le jour où il avait trouvé la barrette dans le lit, il l'avait glissée dans la poche de sa veste et l'y avait ensuite complètement oubliée. Les premières années de leur mariage, alors qu'Ipek, qui s'employait à jouer les bonnes maîtresses de maison, triait les vêtements depuis longtemps remisés dans le placard pour les envoyer chez le teinturier, elle lui avait rendu tout ce qui était sorti de ses poches – un stylo-plume Parker, un mouchoir en coton, une boîte de pastilles pour la gorge et cette fameuse barrette à cheveux – et, avec un sourire soupçonneux, elle lui avait dit :

— Tout le reste, je comprends, mais que fait donc là cette pince à cheveux ?

— Qui t'a dit qu'avant de te connaître je vivais comme un moine reclus dans un monastère, mon amour ? Je ne sais pas depuis combien d'années je n'ai pas remis cette veste.

Sa femme avait tourné et retourné la barrette dans sa main puis, sans se départir de sa placidité habituelle, elle avait lancé :

— C'est vraiment de la pacotille.

Exactement les mêmes termes que ceux employés par celle qui était maintenant assise en face de lui.

— Je l'ai gardée pendant tout ce temps. Pour quelle raison, je l'ignore, mais bon, je l'ai gardée. Les gens ont parfois envie de conserver des liens avec leur passé, même à travers de tout petits riens. J'avais peut-être pensé que, un beau jour, sait-on jamais, on se croiserait et que je pourrais te la rendre.

Ülkü regarde la barrette en la faisant tourner dans sa main.

— Mes cheveux étaient longs et épais. Mais comme tu vois, je n'ai plus besoin de barrette maintenant. Après le décès d'Umut, quand je suis venue te voir à Ankara, j'avais déjà les cheveux courts.

— Je m'en souviens.

— Je les ai coupés au moment de mon incarcération à l'époque du 12 mars. C'est difficile de s'occuper de cheveux longs en prison. Quand j'étais dans la prison pour femmes de Yıldırım Bölge, on nous emmenait une fois tous les quinze jours dans un hammam militaire. Serviette et savon sous le bras, nous traversions entièrement la cour de la caserne, encadrées de gardiennes, de policières et de soldats, reluquées par les hommes qui dévoraient des yeux cette cohorte de jeunes filles et de jeunes femmes. Vu qu'on n'avait droit qu'à cinq minutes d'eau chaude, on se dépêchait de se mettre en tenue d'Ève et de se laver, en se poussant et se marchant dessus. Les petits soldats se pressaient derrière tous les interstices qu'ils trouvaient pour nous observer.

Un silence se fait. Ils boivent leur vin à petites gorgées. Mal à l'aise. Les paroles qui sortent de leur bouche semblent incapables de franchir les quatre-vingt-dix centimètres de la table et de parvenir jusqu'à l'autre. Que faisons-nous là ? Pourquoi nous être donné rendez-vous ? Il va falloir que l'un de nous deux fasse preuve d'audace et de courage. « Dans notre relation, c'est toujours moi qui ai été plus impulsive, plus téméraire qu'Arın. Je vais l'être de nouveau. »

— À vrai dire, ce n'est pas parce qu'il était difficile de s'en occuper que je les ai coupés. Mes cheveux étaient à toi, ils étaient la couverture qui abritait l'union de nos corps. Je les ai coupés parce que nous avions désormais désuni nos corps, parce que tu n'étais plus là. Je voulais qu'ils n'échoient à personne d'autre en partage. Les femmes sont de drôles de créatures. Chaque amour, chaque relation a son symbole. La vraie trahison, c'est non pas d'avoir une nouvelle relation, mais de livrer ce symbole à un autre homme. C'était les tout premiers jours où j'avais regagné le dortoir, une fois les séances de torture terminées. Avec les ciseaux qu'une fille avait réussi à garder en cachette, je me suis coupé les cheveux à ras. Il y avait une jeune policière qui aimait beaucoup les parures, elle nous traitait bien. Par la suite, nous avons entendu dire qu'elle avait quitté la police, et qu'elle avait même commencé à avoir des sympathies gauchisantes. Elle m'avait demandé mes cheveux pour en faire des perruques, je les lui ai donnés. Les révolutionnaires pures et dures du dortoir n'ont pas digéré que je donne mes cheveux à la femme flic, je crois. Elles ne se sont pas appesanties sur l'affaire, mais elles l'ont considérée comme une trahison à la cause.

Pas de retour possible désormais. Les mots clefs ont été dits. Tous deux piquent leur fourchette dans la salade de fruits de mer que le serveur a déposée devant eux avec un silence respectueux. Ils boivent une gorgée de vin et attendent.

Ils n'ont rien de deux vieux amis se retrouvant au bout de nombreuses années, après un amour dont la flamme s'était éteinte et devenu cendres. Furent-ils jamais amis ? Ils semblent s'être réunis pour régler leurs comptes à une relation – une vie – restée en suspens, à laquelle on avait eu peur de mettre un point final, où l'on avait évité la confrontation.

— Cet endroit, ce n'est pas là, dit Arın.

Elle ne peut s'empêcher de citer une phrase du *Petit Prince* :

— « Si, si ! C'est bien le jour, mais ce n'est pas ici l'endroit… »

C'est ce que répond le serpent au Petit Prince venu au rendez-vous, le jour où ce dernier devait quitter le monde avec l'aide du serpent et retourner sur sa propre planète.

— Tu te souviens de Sam ? Du « Joue-le encore, Sam » ?

Elle sourit et hoche la tête. « Je me souviens de tant de choses. On dirait que toute ma vie consiste à me souvenir. » Un sentiment de désespoir l'envahit. C'est peut-être ça, vieillir. Se rappeler le passé au lieu de penser à l'avenir… Pourtant, je n'ai que quarante-neuf ans, pas encore cinquante. Arın a trois ou quatre ans de plus que moi. Il est bien loin le temps où l'âge de trente-cinq ans marquait la moitié du chemin. L'âge moyen maintenant, c'est cinquante ans. N'empêche, nous avons vieilli.

— Sam, si je m'en souviens ! Quand il jouait, tous les hommes se prenaient pour Humphrey Bogart, et les femmes pour Ingrid Bergman. Tu sais ce que j'ai fait ? Quand je suis allée à Casablanca, j'ai cherché le bar où il jouait. Tu ne vas pas le croire, mais je l'ai trouvé. Naturellement, c'est la parfaite boîte à touristes. Quand j'ai découvert que le succédané de Sam qui jouait sans arrêt le fameux *As Time Goes By* était un Noir émigré d'Adana et sachant y faire, j'ai failli avaler ma langue.

Elle fredonne tout bas cette inoubliable et mélancolique mélodie.

— Nous avons tous un peu vieilli, dit-elle tristement. Même nos chansons ont vieilli.

— Nous avons vieilli, et nous avons changé. Tu ne peux plus mettre ta barrette magique désormais. Non, pas parce que tu t'es coupé les cheveux. Même s'ils étaient aussi longs qu'avant, tu ne pourrais plus la porter. Quant à moi… quant à moi, je ne parlais pas comme ça autrefois, pas comme je l'ai fait il y a quelques heures ; d'ailleurs, je ne pensais pas ainsi.

***

— Nous avons vieilli, et nous avons changé, dit Ömer Ulaş.

Assis l'un en face de l'autre dans le bar de l'hôtel *Rossiya*, avec vue sur la Moskova, whisky glace dans la main, Ömer et Cem contemplent la clarté étrange des nuits blanches baignées par une diffuse lumière bleu pâle. C'est le mois de juin. C'est toujours vers la mi-juin et aux alentours du jour de l'An que viennent les délégations. Pour voir les nuits blanches et le grand hiver russe ; pour des raisons à la fois touristiques et commerciales…

Lorsqu'on lui avait proposé de faire visiter Moscou et de présenter aux interlocuteurs concernés les directeurs de l'Association des industriels du textile et de l'habillement venus prospecter le marché russe en vue de nouveaux débouchés, jamais Ömer n'aurait imaginé tomber sur une ancienne connaissance. Même si ce travail de guide-interprète incluait de nouer des relations avec des gens et des institutions qu'il taxait de « proxénétisme commercial », cela rapportait pas mal. De l'argent frais en dollars…

Quand Ömer parcourut la liste des participants, le nom de Cem Örener ne lui évoqua rien. Quand il se rendit à l'aéroport pour accueillir la délégation et vit un groupe d'hommes se diriger vers lui avant même qu'il ait eu à brandir le carton où était écrit « industriels du textile et de l'habillement » en turc, avec un petit drapeau de la Turquie dessiné dans un coin, il n'en revint pas. « Comment ont-ils deviné que c'était moi ? Je fais si turc que ça ? Je me suis donc coupé la moustache pour rien ! Ülkü me disait qu'elle aimait bien en sentir le picotement sur ses lèvres, elle ne voulait pas que je la rase. Je devais être son premier moustachu. »

Il ne reconnut pas immédiatement l'homme de petite taille et d'âge moyen qui se détachait du groupe de six personnes et avançait en souriant dans sa direction.

— Cem Örener. Vous devez être Ömer Ulaş, si je ne me trompe.

— Vous ne vous trompez pas, rétorqua-t-il d'un ton morne et blasé.

Il posa sur l'homme un regard interrogateur.

Les tours que lui jouait sa mémoire l'irritaient horriblement ces derniers temps. Cette mémoire qui avait toujours été son point fort commençait à avoir des ratés. Parfois, lorsqu'il voulait se remémorer quelque chose, il y avait de grands blancs dans sa tête, et plus il forçait, plus le blanc se transformait en un véritable trou noir, et il prenait peur. « Ralentissez un peu votre consommation d'alcool », lui avait dit la vieille doctoresse de l'hôpital où il avait l'habitude de consulter.

— Nous nous sommes connus en Turquie, Ömer Ağabey. Mais vous ne vous en souvenez peut-être pas. J'étais un tout jeune révolutionnaire à l'époque, quant à vous, vous étiez l'inaccessible Ömer Hodja.

Il fouille dans sa mémoire. Il se rappelle ou croit vaguement se rappeler quelque chose. À son arrivée à Istanbul juste après les événements des 15 et 16 juin, un groupe de jeunes et un ami assistant issu de l'aile dissidente du Parti des ouvriers de Turquie étaient venus le voir, ils lui avaient dit qu'ils voulaient nouer des relations avec les cercles de l'Opposition ouvrière. Les événements des 15 et 16 juin avaient mis un terme au débat sur l'existence d'une classe ouvrière et marqué une recrudescence des organisations et des mouvements affirmant la prééminence du prolétariat. Cependant, l'attitude calme et posée d'Ömer Hodja, sa méthode de travail, l'importance qu'il accordait à l'appareil théorique ainsi qu'à l'assimilation idéologique n'avaient pas dû emballer les jeunes et fougueux révolutionnaires, car ces derniers n'étaient plus jamais reparus. Plus tard, il avait entendu dire qu'ils s'étaient engagés dans les mouvements préconisant la lutte armée, la guérilla urbaine ou rurale, allant ensuite jusqu'au terrorisme. Et des jeunes comme ça, il y en avait pléthore à l'époque… Des gamins parmi lesquels bon nombre y laissèrent leur peau, s'évaporèrent dans la nature ou rentrèrent dans le rang pour la plupart, mais qui, des années plus tard, quelles que soient leur position et leur situation, gardèrent comme un précieux trésor enfoui au fond d'eux le souvenir de ces beaux jours, de ces années d'espoir, de ferveur et d'enthousiasme. L'homme qui se tenait en face de lui était peut-être l'un deux. Ni ses yeux ni sa voix ne lui étaient étrangers.

Après une journée épuisante passée à courir en tous sens, à parlementer avec la nouvelle administration russe qui n'avait rien à envier à l'ancienne bureaucratie soviétique, à essayer d'entrouvrir des portes dans des relations commerciales infiltrées par la mafia, ils sirotaient tranquillement leur whisky, avec les étoiles rouges du Kremlin et la Moskova teintée d'un bleu laiteux sous les yeux.

— J'ai vieilli, et j'ai changé, avait dit Cem. C'est tout à fait normal que vous ne m'ayez pas reconnu. En fait, nous ne nous sommes vus que deux fois. J'étais venu chercher des recettes révolutionnaires auprès de vous. Nous étions jeunes et ardents, nous aspirions à une révolution rapide et immédiate ; aujourd'hui, je suis un exportateur en textile et en habillement qui vient faire du commerce à Moscou. Je suis propriétaire d'une petite holding, je suis un capitaliste à la fortune non négligeable.

— Nous avons tous vieilli et changé. Le monde a vieilli et changé. Prenez cette ville de Moscou, par exemple. Ce n'est plus celle d'il y a dix, vingt ou cinquante ans, encore moins celle d'il y a cent ans. Révolution, contre-révolution, à nouveau révolution et à nouveau effondrement. Les gens croient en quelque chose, ils se battent, ils donnent leur vie. Et après, au final, ce à quoi ils ont consacré leur existence disparaît et s'évanouit devant leurs yeux. C'est un peu comme si l'on voyait de jeunes arbres qu'on a plantés et soignés de ses propres mains se faire déraciner, juste au moment où ils sont en fleurs et sur le point de donner des fruits. Tu te révoltes, tu veux recommencer, replanter tes arbres, les voir bourgeonner, se développer, tu veux prouver que tu as raison. Et là, tu constates que tu n'en as plus la force. Alors, tu perds espoir et tu comprends que tu as vieilli.

— Il s'est passé presque vingt-cinq ans depuis notre première rencontre, dit Cem. J'étais venu avec un camarade qui était un de vos assistants. Les années suivantes, il a atteint des postes importants dans le mouvement. Aujourd'hui, il tient encore sa petite boutique de gauche, avec l'allure et l'obstination d'un dinosaure. Enfin, peu importe. Ce jour-là, vous nous aviez dit que la route à parcourir serait longue. Les événements des 15 et 16 juin étaient encore tout frais. Istanbul était sous couvre-feu. Tout le monde pensait que la révolution était imminente. Les gens ne tenaient pas en place dans l'entourage de mes parents. Je me souviens qu'ils avaient même commencé à envisager de placer leur argent à l'étranger. Mon père n'arrêtait pas de jurer toute la journée contre les ouvriers, les communistes, contre ceux qui excitaient les travailleurs, contre ceux qui laissaient grandir cette agitation, sans jamais inquiéter les fauteurs de troubles, et contre la faiblesse des hommes politiques. Même moi, il avait commencé à me voir comme un ennemi. C'était une période bizarre. Par la suite, j'ai beaucoup repensé à ce que nous nous étions dit ce jour-là. À un moment, je me suis embarqué dans l'action armée ; avec le THKO, puis le mouvement de Mahir. Le 12 mars, j'ai compris que ça pouvait coûter très cher. On mourait et on tuait. Certains dans les montagnes, d'autres sur la potence, d'autres en prison, d'autres encore sous la torture. J'étais déjà prêt à prendre la poudre d'escampette ; j'ai accepté l'ultimatum de mon père, avec joie en fait, et je suis parti étudier à l'étranger. Si tu es le fils des Örener ou des Murat et que tu ne t'es pas aventuré trop loin, tu peux toujours t'en tirer.

— Vous avez réussi à vous en tirer au moins ?

— Tout dépend de ce qu'on entend par là. Je disais un peu avant que j'ai souvent repensé à vous et à ce dont nous avions parlé. Vous êtes resté fidèle à vos idées, à vos convictions, à vos propres vérités. À tort ou à raison, vous avez voué votre existence à une cause, à une conviction. Regardez, vous êtes encore ici. Comme vous l'avez dit aujourd'hui, pendant que vous nous faisiez visiter la ville, vous êtes sur la terre sacrée de votre utopie – qui fut aussi la mienne à un moment –, même si cette terre a été assiégée et réduite à merci. Pourtant, vous auriez pu tourner casaque, renier vos engagements et être accueilli à bras ouverts, croyez-moi. En Turquie, aujourd'hui, la moitié des gens qui travaillent dans le secteur de la presse, de la télévision et de la publicité sont d'anciens gauchistes. En tournant casaque, ils ont fait du fric, ou bien c'est pour se faire du fric qu'ils ont tourné casaque, cela revient au même… Vous m'avez demandé si je m'en étais tiré ou pas… Si j'analyse les choses du point de vue de ma cohérence interne, non, je ne m'en suis pas tiré. Je ne pense pas être en paix avec moi-même. Le travail que je fais… comment dire… ça va paraître un peu littéraire, mais si le travail que je fais remplit mon portefeuille, il ne remplit pas mon cœur.

Ömer sourit tristement. Son ancien sourire de lapin d'il y a tant d'années semble avoir reparu sur son visage.

— Un portefeuille bien garni vaut peut-être mieux qu'un cœur plein.

— Avec un portefeuille bien plein, vous avez le luxe de ne pas être de cet avis. Du coup, le vide qui habite votre cœur se met à vous faire souffrir. Plus rien de ce que vous possédez n'a de sens. Un jour, il y a des années, un jeune homme enthousiaste et naïf était venu vous demander une prescription pour une révolution qui libérerait la société. En plus, il avait eu le toupet de dédaigner le traitement que vous préconisiez parce qu'il le jugeait trop léger. Et le voilà maintenant qui demande une autre ordonnance, relative à la libération individuelle cette fois.

« Tu es vraiment tombé sur la bonne personne, mon petit, pense Ömer. Ce que je vais te prescrire pour ton bonheur individuel vaut autant que ma première ordonnance pour la révolution. Mais qu'est-ce qu'il s'imagine celui-là ? Que je vais lui dire : “Je tiens toujours debout, nous avons perdu une bataille, mais nous gagnerons la guerre ?” Croit-il vraiment que les modalités de libération individuelle soient compatibles avec les exigences d'une libération collective ? Ne sait-il pas que plus personne ne connaît la bonne recette, qu'aucun médecin n'est en mesure de prescrire quoi que ce soit ? »

La nuit est blanche, la nuit est d'un bleu laiteux. Les étoiles rouges brillent comme autrefois sur les tours du Kremlin, comme l'étoile au bout de la baguette magique d'une fée. « Fais un vœu devant l'étoile rouge, disait Ülkü. – Et c'est qui la fée ? – La fée, c'est le parti », répondait alors Ülkü, avec un sourire taquin et malicieux. La nuit bleu pâle est grosse de rêve, de tristesse, d'insolite. Toutes ces choses qu'on n'oserait jamais faire, qu'on serait incapable de dire avec l'esprit clair, toutes ces choses dont on ne parlerait surtout pas avec un étranger… eh bien, les voilà qui se pressent et se bousculent au seuil de cette nuit-là. Est-ce dû à l'extraordinaire clarté du ciel nocturne, aux verres de whisky qui ne désemplissent pas, aux souvenirs du temps perdu que cet étranger, ce revenant, fait resurgir du fin fond de sa mémoire, ou au chagrin qui enfle tellement qu'Ömer a peur de devenir fou s'il ne parle pas, s'il ne le dit pas… Pourquoi, il ne sait pas, mais il lâche :

— Il y a une femme que j'aimais ; c'était ma femme. Et j'avais un fils ; il s'appelait Umut. Je ne sais pas si c'est mon vrai fils. Et peu importe. Vous parliez de libération individuelle, ça m'y a fait penser. La magie de cette ville, l'étoile qui pâlit chaque jour un peu plus au bout de la baguette magique de la fée, mes convictions, ma constance, les valeurs auxquelles je tiens… Rien, rien de cela n'aura suffi à retenir auprès de moi la femme que j'aimais.

Cem se rappelle le jour où, dans son bureau du siège de la holding, il avait rencontré Ülkü venue postuler après l'annonce parue dans le journal. « J'ai un fils, il s'appelle Umut », avait-elle dit. « Tu ne le connais pas, c'est un ancien professeur. » « Je ne compte pas beaucoup dans le mouvement, mais mon mari, lui, est vraiment important »... Les morceaux s'assemblent... « "Rien n'est plus surprenant que la vie", c'est de qui déjà ? Peu importe celui qui l'a dit, mais il a dit vrai. "Le nom de ma fille, c'est Ümit", lui avais-je répondu. »

« Ülkü », murmure-t-il de façon presque imperceptible.

— Vous dites ?

— J'ai une vieille amie dont le fils s'appelait Umut. La dernière fois que je l'ai vue, c'était en 1981. J'ai repensé à elle tout à coup.

Il voit soudain le trouble se peindre sur les traits de son interlocuteur, ses lèvres se crisper comme sous l'effet d'une vive souffrance. Par une étrange intuition, il se remémore qu'il a dit : « Je ne sais pas si c'est mon vrai fils. »

— En réalité, elle était la... – il cherche le mot et renonce à dire « la maîtresse ». C'était la copine d'un ami proche. On s'est baladés plusieurs fois tous les trois, on est allés au restaurant. Si elle n'était pas venue, sous une fausse identité, répondre à l'annonce que j'avais passée à l'époque du 12 septembre, je ne me serais peut-être jamais souvenu d'elle. Elle s'appelait Ülkü Öztürk de son vrai nom.

Le visage d'Ömer se détend.

— Ülkü était ma femme, dit-il.

Il n'a qu'une envie, c'est de demander le nom de cet ami que fréquentait Ülkü. Question qu'il n'avait jamais posée à sa femme des années durant, qu'il ne s'était jamais résolu à lui poser... Il s'interroge : pourquoi lui était-il si douloureux d'imaginer que Cem ait pu être le père d'Umut ? Que ce dernier s'en rende compte et éclaircisse aussitôt les choses était franchement gênant. « Cem ou un autre, qu'est-ce que ça change ! J'ai été le jouet d'une illusion, j'ai fait d'Ülkü une sorte de Sainte Vierge. Et j'ai considéré Umut comme le fils du Saint-Esprit révolutionnaire. Voilà pourquoi l'idée d'un père de chair et d'os est si dérangeante, même des années après. »

Dans sa tête, un point d'interrogation associé à la couleur jaune et aux effluves persistants du mimosa. Une question dont il souhaite connaître la réponse, même si cela n'a plus de sens à présent. Et par une de ces étranges coïncidences de la vie, voilà qu'une occasion lui est livrée sur un plateau au moment où il s'y attend le moins. Il n'a qu'à demander pour l'apprendre. Qui était cet homme à cause duquel la femme qu'il aimait lui paraissait toujours un peu tendue, un peu lointaine, un peu étrangère ? Qui donc alimentait sa constante inquiétude, qui la poussait à se fuir elle-même et à fuir d'ici ?

Minuit est passé depuis longtemps. Le bleu laiteux de la Moskova commence peu à peu à se transformer en un lumineux bleu nuit. Ömer Ulaş a la tête qui tourne. Il a beaucoup bu ; à vrai dire, il est complètement saoul. Mais non, il ne posera pas la fameuse question. « Je dois garder un minimum de respect pour moi-même ! D'ailleurs, à quoi bon maintenant ? »

— Ce que tu cherches, au fond, c'est un révolutionnaire resté fidèle à ses convictions, à ses idées, à la cause ; quelqu'un ayant conservé, à tort ou à raison, ses propres valeurs ; en paix avec lui-même, intègre, et donc parvenu au secret du bonheur.

Il vide son fond de whisky d'un trait.

— Eh bien, ce preux chevalier se tient en personne devant toi. Solitaire, le cœur pur, l'épée nue à la main, seul au monde… Tu voulais connaître la recette de la libération individuelle ? Tu es tombé sur la bonne personne, l'ami. Donne-moi un papier que je te prescrive le traitement : de la merde, de la merde, de la merde…

Il se déteste de s'être livré ainsi, de s'être montré dans cet état, d'avoir dit la vérité et parlé d'Ülkü. « Je devrais préserver mon honneur au moins dans les souvenirs. Je n'aurais pas dû décevoir les attentes de cet homme bien intentionné et venu à moi en toute confiance. »

Ce n'est qu'à cet instant-là que Cem remarque l'état d'effondrement d'Ömer. Lui aussi a beaucoup bu, il a l'esprit confus et obscurci par l'alcool. Il a envie de rire à gorge déployée, ou de pleurer à gros sanglots. « Ce que je viens de faire revient un peu à demander un élixir d'immortalité à un cadavre ou le secret d'une longue vie à un bourreau, pense Cem. C'est du parfait humour noir. La voilà l'ordonnance du médecin magicien que je suis allé chercher jusqu'à Moscou : de la merde, de la merde, de la merde…

Récemment, un soir où il était en compagnie d'un ancien ami de jeunesse avec qui il rêvait de prendre le maquis et de s'engager dans la lutte armée, ils parlaient du passé, du chemin parcouru, des changements de cap, des rangs qui s'étaient clairsemés parmi les révolutionnaires de la génération des années 1970, à commencer par leur propre défection, de ce qu'untel ou untel était devenu, quand, à un moment la conversation s'était portée sur Ömer Hodja.

— À cette époque, nous n'étions pas d'accord avec la ligne qui était la sienne ; on le jugeait révisionniste, pacifiste, etc. Mais tu vois, alors même que les plus virulents ont pris place dans la file de ceux qui renient leur passé, lui, il résiste face à la débâcle, avait dit son ami journaliste.

— Comment le sais-tu ? Voilà des années qu'il n'est plus dans le coin. Personnellement du moins, j'ignore où il peut être.

— Nos correspondants étrangers l'ont vu à Moscou dernièrement. Ils disent que, même après l'effondrement, il est toujours aussi convaincu et droit dans ses bottes. Voilà une constance et une conviction qui font plaisir à voir. Admettons que c'est une illusion, n'empêche qu'il reste debout, le type ! Tout à l'heure, tu disais que tu avais tout pour être heureux, mais que tu ne l'étais pas, que tu n'étais pas en paix avec toi-même. C'est en ça que doit résider le secret. Tiens, prends mon exemple : je travaille dans un grand journal, il s'avère que je suis un journaliste connu. Chaque jour, des centaines de fax, de lettres et de coups de téléphone parviennent au journal. On mentionne mon nom, on discute de ce que je dis dans tel ou tel article. Même si certains n'aiment pas ce que j'écris et m'insultent, la belle affaire ! Je suis célèbre et puissant. Je n'ai pas de problème d'argent. Je n'ai pas vraiment de problèmes dans mon second mariage. Eh bien, crois-moi si tu veux, mais je crève d'ennui, je ne trouve de sens à rien. Si je n'avais pas honte de moi, si je n'avais pas peur du qu'en-dira-t-on, j'irais consulter un psychologue pour voir si je ne suis pas en dépression et me faire soigner.

— Eh, c'est pareil pour moi. J'ai essayé de le camoufler sous d'autres raisons, mais c'est à cause de cela que j'ai divorcé. Ma femme a raison en réalité. Pourquoi devrait-elle vivre avec un homme qui fait la gueule toute la journée ? Oui, elle avait de l'argent, elle a les moyens, elle vit comme elle l'entend, tout semble aller bien, mais elle doit supporter à ses côtés un type malheureux, qui ne s'intéresse à rien. Ni à elle, ni aux autres femmes, ni aux gens en général, pas même à ses amis. « C'est sûrement l'andropause », disait-elle. Peut-être qu'elle avait raison, j'ai la cinquantaine de toute façon.

— Je ne crois pas que ce soit aussi simple. Dommage, si seulement on pouvait tout réduire à notre activité hormonale. Il suffirait d'avaler quelques compléments hormonaux pour être heureux. Au moment de la guerre du Golfe, notre journal applaudissait sans retenue l'intervention des États-Unis en Irak et l'empressement d'Özal à s'engager dans le conflit ; bref, il soutenait la guerre. Il y a un journaliste allemand connu et respecté, un reporter de guerre ; mais un grand, attention, de la trempe d'un Hemingway. Il s'est suicidé juste à cette période, en laissant un petit mot : « Il ne me reste plus une seule ligne à écrire… » Tu vas peut-être trouver que j'exagère, mais à ce moment-là, je me suis beaucoup demandé pourquoi je n'en faisais pas autant. Il faut savoir en finir quand ce qui te maintient en vie n'existe plus, quand il ne te reste plus une ligne à écrire, plus rien à dire. Il faut surtout arrêter d'écrire des choses auxquelles tu ne crois pas, comme c'est mon cas.

— Ou bien, dans le mien, il faut refuser d'être l'un des membres privilégiés de l'ordre que tu voulais abattre à une époque, l'un des barons de l'exploitation et de l'empire du profit. Des années plus tôt, j'ai connu un vieux militant. Un éternel opposant, qui a toujours su se remettre en cause, se questionner, mais qui est néanmoins resté fidèle à son engagement jusqu'à sa mort. L'ancienne génération était très différente, tu sais. Le docteur Selim disait : « Dès lors que le ver s'est immiscé en toi, tu ne peux plus t'en défaire. L'entrée dans le socialisme est gratuite, en sortir coûte très cher. » Pour retirer ce ver, soit tu te renies toi-même et toutes tes valeurs, tu te racles tout l'intérieur comme font certains. Soit tu prends le risque d'en porter les séquelles toute ta vie et de faire une rechute à tout instant, et ce quel que soit l'endroit où tu seras et le virage que tu auras pris.

— Ou alors, tu fais comme ton docteur, ou comme Ömer Hodja. Tu t'occupes du ver, tu en prends soin, et tu vis pour lui. Comme nous étions prompts à juger les autres dans notre jeunesse. Les gens étaient noirs ou blancs, révolutionnaires ou collabos, fidèles ou traîtres. Maintenant que nous sommes passés de l'autre côté, je comprends que les choses n'étaient pas si simples. Peut-être aussi que les périodes par lesquelles nous sommes passés, que ce pays, que ce monde est très complexe et agité, et que nous sommes ballottés d'un côté à l'autre.

Avec une netteté qui l'étonne, Cem se rappelle cette discussion jusqu'aux moindres détails. C'est peut-être ce soir-là que l'envie de voir Ömer Ulaş et de lui parler avait point en lui. Ils sont l'un en face de l'autre à présent. Qui plus est au bon endroit, devant le bon décor, comme dans une bonne pièce de théâtre. Il est saisi par la colère tout à coup, il se sent victime d'une injustice. Toi aussi tu t'es écroulé ! De quel droit ? Toi, le phare dans la nuit de notre conversation de renégats, toi en qui nous cherchions consolation, nous disant : « Eh, nous sommes comme ça, mais il y en a qui ne le sont pas », toi le sage auprès de qui je venais chercher la recette du bonheur et de la réconciliation avec soi-même… Et l'ordonnance, la voilà : de la merde, de la merde, de la merde… Je devrais pourtant me réjouir. Je devrais être content de voir que je ne suis pas le seul dans cet état, que tout le monde est déglingué, que tout le monde a baissé les bras et perdu espoir. La saleté des autres nous disculpe de notre propre crasse. Dans un dernier sursaut d'espoir, il demande :

— Pourquoi êtes-vous encore là ?

— Parce que je n'ai pas d'autre endroit où aller. Partout je me sens étranger. J'ai essayé de quitter Moscou à un moment. J'y avais été contraint, plus exactement. J'ai navigué à droite et à gauche pendant quelque temps, sans savoir où me fixer. Puis je suis revenu à Moscou. Malgré tout ce qui s'est passé, malgré l'effondrement de tout le système, ça reste quand même l'endroit que je connais le mieux.

— N'avez-vous pas pensé à rentrer en Turquie ? À moins qu'il y ait encore des obstacles ?

— Il n'y a aucun obstacle, non. Je peux prendre mon passeport et rentrer immédiatement si je veux. Depuis la chute du communisme, plus personne n'a peur de nous. Si je rentrais, ils pourraient même se frotter les mains en disant : « Tiens, en voilà encore un qui abdique et qui rentre dans le giron. » C'est peut-être ça qui me retient de rentrer. Si je le faisais, je devrais reprendre les choses au point où je les ai laissées et m'engager de nouveau sur le même chemin. Je n'ai plus ni l'espoir ni la force pour cela. Or, ici, je n'ai de comptes à rendre à personne, et encore moins à moi-même. Dans cette ville, je suis aussi libre qu'un mort. En plus, je peux travailler. Les relations commerciales avec la Turquie se développent chaque jour davantage, ce qui me donne du boulot.

— Si jamais vous étiez amené un jour à changer d'avis, s'il vous plaît, appelez-moi. Nous avons des bureaux et des entreprises en divers endroits de Turquie. Nous essayons de nous ouvrir à la Russie. Ce que je veux dire, c'est que travailler avec vous, bénéficier de votre expérience dans ce pays serait pour moi une grande opportunité, Ömer Hodja.

Il se rend compte qu'il a prononcé ce nom d'Ömer Hodja en martelant chacune des syllabes.

— Merci, je ne l'oublierai pas. De même que la délicatesse avec laquelle vous m'avez fait cette proposition. D'après ce que j'ai entendu dire, la mode parmi les intellectuels serait aujourd'hui de s'installer dans des coins comme Bodrum, Datça ou Marmaris, sur les côtes égéennes. Tiens, je ne dirais pas non à une offre de travail par là-bas.

— Pourquoi pas, j'ai des sociétés à Muğla, à Denizli. Le mieux encore, c'est Bozcaada. J'y ai acheté de grands vignobles, je m'apprête à m'occuper de viticulture.

— Je plaisantais. Ces endroits ne sont pas pour moi. Je suis un enfant d'ouvrier d'Eskişehir, j'aime l'Anatolie centrale. N'empêche que, si un retour en Turquie était un jour d'actualité, je vous contacterai.

Ils se taisent face au ciel nocturne qui passe d'un bleu laiteux au bleu marine. Les éternelles étoiles rouge rubis du Kremlin, des étoiles censées ne jamais devoir s'éteindre, ne brillent plus. Peut-être qu'ils ont arrêté de les allumer, pense Ömer. Un profond chagrin l'envahit, une douleur comparable à celle infligée par un coup de couteau : « Il faut vraiment être stupide. À l'heure de l'effondrement, de la capitulation, du reniement, moi, je reste assis là, à pleurer sur le sort des étoiles rouges. »

— Nous avons vieilli, marmonne-t-il. Nous avons perdu notre éclat. Tout doucement, l'un après l'autre, nous nous éteignons comme ces étoiles rouges qui avaient ébranlé le monde sur son axe.

***

C'était seulement quelques mois plus tard. En contemplant le coucher de soleil derrière les hauteurs de Kandilli, Arın avait dit :

— Nous avons vieilli.

Dans la voix de son ami d'enfance affleurait non pas la confiance en soi du quinquagénaire en pleine forme, fier de son âge, de sa réussite et bravant les années, mais de la tristesse et de la lassitude.

Il regarde son ami avec étonnement et inquiétude.

— Tu as l'air fatigué, dit-il en lui tendant un havane dont il a coupé l'extrémité avec le coupe-cigare plaqué or offert par son épouse, de laquelle il est séparé.

Depuis qu'ils étaient entrés ensemble à l'école primaire, Arın avait toujours été présomptueux, déterminé, sûr de lui, brillant, tout sauf sentimental, voire dur parfois. « Je le connais depuis plus de quarante ans, pense Cem. Personne ne me croirait si je le disais, mais depuis tout ce temps, il n'a pas changé d'un iota. Y a-t-il d'autres personnes dans le monde dont le caractère se soit formé si tôt et ait bougé si peu ? »

C'était la particularité de son ami de quarante ans envers lequel il éprouvait et respect et colère. Quand il pensait à sa propre versatilité, à sa sentimentalité, à son inquiétude et à ses doutes permanents, il enviait Arın et parfois il lui en voulait.

Dans la véranda donnant sur un jardin bien entretenu face au Bosphore, les deux amis d'enfance sont en tête à tête. On est fin octobre, mais il fait chaud, l'une de ces extraordinaires journées d'automne à Istanbul.

Le serveur au visage basané et en veste blanche apporte deux Martini et demande si Monsieur a d'autres ordres à donner.

— Pourrais-tu cueillir une ou deux grappes de raisin de ma vigne et nous les apporter, Apo ?

Apo, en veste blanche de serveur, et Monsieur se regardent et se sourient comme deux amis complices et taquins.

— Une vigne en plein cœur d'Istanbul ? Je t'ai toujours connu porté sur des trucs alternatifs.

— La vigne, c'est mon nouveau hobby. En me promenant en Espagne, au Portugal par exemple, j'ai vu que sous des climats très ressemblants à celui du Bosphore, on cultivait la vigne. D'ailleurs, tu n'es pas sans savoir qu'Istanbul était à moitié recouverte de vignes autrefois. En fait, j'ai acheté pas mal de terrain à Bozcaada, j'ai fait venir des spécialistes ; nous testons les variétés les mieux adaptées. Et dans le jardin du fond, j'ai fait planter une dizaine de ceps pour le plaisir. On ne s'en est pas encore vraiment rendu compte, mais le vin a de l'avenir en Turquie. La culture du raki et du kebab vivent leur période la plus brillante en ce moment, mais la boisson des nouvelles élites, des jeunes intellectuels et de la société qui aime les fréquenter, c'est le bon vin. Je pense sérieusement à me lancer dans la production viticole.

— Tu vas partir t'installer à Bozcaada. En Europe, en Amérique, ça existe ce genre de riches excentriques ou ces héros de roman qui abandonnent tout, qui se retirent sur une île pour s'occuper d'une vigne et d'un potager.

— Je ne suis pas sans y penser, j'y réfléchis sérieusement. Après ma séparation d'avec ma femme, je suis passé par une sale période. Quand j'étais marié, au moins, ma vie était organisée. Ça tournait rond, même si le foyer, les enfants paraissaient parfois étouffants… Même cet Apo, avec sa veste blanche, sa tenue de serveur et les « Monsieur » dont il me gratifie chaque fois sur le ton de la plaisanterie, est un vestige du temps de ma femme. Après, le cercle vicieux auquel tu veux échapper se rompt subitement. Ça y est, tu es libre, savoure donc ta liberté. Tu parles ! Tu passes une soirée dans tel bar, un autre soir dans tel autre, et ainsi va la vie. Tu te dis : « Je suis à un tournant important de mon existence », tu décides de prendre quelques jours de vacances à Göçek, tu sautes dans un bateau, tu prends le large ; ou alors, tu vas à Bozcaada. Mais rien n'y fait, rien ne trompe ton vide intérieur, ton ennui… Tu commences alors à te demander à quoi rime tout ça. Tu te dis à quoi bon cette course perpétuelle, ces milliards, ces trillions, ces opérations à plusieurs chiffres, ces ouvriers, ces usines, ces appels d'offres, ces honteuses manigances ; à quoi bon tout ça ? Pour faire du fric. Est-ce que j'aime ce que je fais ? Non. Pourquoi suis-je là dans ce cas ? La question reste sans réponse.

Le serveur apporte dans une assiette vert pâle en cristal de Murano deux grappes de raisin – qui prennent la teinte du cristal ou lui transmettent la leur – et il les pose devant eux.

— Des grappes merveilleuses, dit Arın. Un vrai tableau. Ton projet de vigne et de viticulture est sérieux apparemment – puis, de cette voix fatiguée qui plonge de nouveau Cem dans la perplexité, il ajoute : Les questions n'ont pas de réponses. Dès l'instant où tu te poses des questions, c'est fichu. L'aspect insoluble réside non pas dans l'incapacité à trouver la réponse mais dans le simple fait d'avoir posé la question. La question est le signe révélateur d'une perte de conviction, de confiance et de sérénité.

— Il y a quelqu'un que je connaissais dans ma jeunesse. Quelqu'un qui avait répondu à toutes les questions, qui ne discutait pas la justesse de ses réponses, une vraie forteresse ! Je me disais que, si tout le monde renonçait à ses convictions, il serait le seul à rester debout. Je l'ai rencontré dernièrement. Il ne faisait que poser des questions et n'avait aucune réponse. Ou bien il ne posait même plus de question. La forteresse était tombée.

Arın prend un grain de raisin et, tandis que sa saveur se répand dans sa bouche, il dit :

— Cette ancienne connaissance que tu as rencontrée dernièrement, c'est moi, j'imagine.

— D'où sors-tu cela ? Tu crois que je faisais des sous-entendus ? C'est la personne au monde qui te ressemble le moins. Aucun rapport avec toi ! Quelqu'un que je connaissais dans ma jeunesse, à l'époque où j'avais des aspirations gauchistes. Qu'est-ce que tu penses du raisin ? Il est bon, non ? Il a un goût différent, n'est-ce pas ?

Il essaie de gagner du temps pour réfléchir à ce que veut dire Arın. « Cet homme est comme ça, aussi fermé qu'un coffre-fort. Il est incapable d'exprimer clairement ce qui lui pose problème, ce qui l'oppresse. Je ne suis pas pareil, moi ; je parle, je partage, je m'allège un peu. Les gens comme lui ont plus de mal. Pourquoi est-ce que plus je regarde Arın, plus je pense à Ömer Ulaş ? Certainement à cause de ce secret qu'Ömer m'a confié alors qu'il était saoul. Il avait dit : "J'ai un fils ; est-ce que c'est le mien ? Je ne sais pas, mais peu importe." J'ai peut-être mal compris ou, comme il était saoul, il a lancé cette phrase comme ça, par colère contre sa femme qui l'avait quitté. »

— Le raisin est vraiment bon. Ça rappelle un peu ces raisins violets à l'odeur de fraise de notre enfance… Et si on arrêtait un peu de s'abriter derrière cette discussion, ça fait un moment que je me sens pris au piège. Il y a longtemps que nous n'avons pas parlé. Je ne sais pas comment m'y prendre. Il se passe des choses dans mon entourage. Moi qui croyais tenir les rênes, je me rends compte que j'ai perdu le contrôle ou pire… que je parais tirer les ficelles, mais ce n'est qu'une illusion.

— Cela nous arrive à tous dans la vie professionnelle. Tu dramatises à mon avis. L'État ressemble sous plusieurs aspects à une holding. Du point de vue des problèmes des dirigeants notamment. Moi aussi j'ai parfois le sentiment que le contrôle m'échappe. Les doutes de cette espèce augmentent de façon proportionnelle à la taille de l'affaire.

— C'est d'autre chose que je veux parler. Il m'est impossible d'être plus explicite. Mais je peux dire au moins ceci : voilà des années que je suis au cœur de ces rouages. J'ai été directement ou indirectement en contact avec chaque échelon, chaque strate de l'État. Quand il fallait administrer une médecine amère pour guérir le malade, je parle de certaines opérations nécessaires, d'un type d'affaire que tout le monde devine, mais que personne n'évente… j'ai rédigé l'ordonnance sans hésiter, ma main n'a pas tremblé. C'est une structure pourrie de l'intérieur, cernée de tous côtés, qui essaie d'avoir raison de problèmes hors du commun. Pour traiter la blessure, il arrive qu'il faille donner un coup de bistouri, avec des opérations concluantes. Il n'est pas toujours possible de rester jusqu'au bout dans les limites de la transparence, de la clarté et de la légitimité. Mais j'ai toujours veillé à respecter certaines limites juridiques et morales. « La raison d'État », disaient les anciens. Ce qu'il faut faire pour l'intérêt supérieur de l'État… Quelles sont les limites éthiques ? Jusqu'où gardes-tu les mains propres, à partir d'où te salis-tu ? Ces limites ne sont-elles pas franchies quand tu te retrouves obligé de serrer la main ou même de donner l'accolade à ceux dont tu t'es servi pour débarrasser l'État d'une saloperie qu'il fallait enterrer ?

— Ce que tu dis est important.

— J'en ai conscience. Je sens un très grand malaise en moi. Pas seulement un malaise, mais un mauvais pressentiment. Je n'arrive pas vraiment à me l'expliquer. Quand je recoupe les informations, je devine certaines choses, et ce que je perçois intuitivement m'effraie. Vu ma position, mes relations et les postes que j'occupe depuis des années, tu peux te douter que je suis au courant de beaucoup de choses ; je sens aussi celles qui n'entrent pas directement dans mon domaine de compétence. Pourquoi est-ce que je te raconte tout cela ? Peut-être pour t'en faire le dépositaire, pour qu'il y ait un témoin si jamais je n'étais plus en mesure de parler. Il y a eu un événement récemment. Je ne sais pas si tu as suivi. Ça a tourné plusieurs jours sur les chaînes de télé et dans les journaux sous le nom d'« exécution sommaire ». Tu sais, cette affaire des trois terroristes qui ont trouvé la mort dans une maison à Aksaray ou Laleli.

— Je n'ai pas suivi. C'est tellement fréquent ces derniers temps. Les médias montent un peu les faits en épingle, ça m'insupporte. Même les journaux, je ne les lis pas beaucoup en ce moment…

— L'une des personnes tuées était le fils d'Ülkü. Ülkü, tu te rappelles, c'était…

— Oui, c'était ta petite amie.

Il se crispe. Il mord le cigare qu'il a dans la bouche. Un mauvais goût, un goût amer se répand dans sa bouche.

— Oui, c'était le fils d'Ülkü.

Une nuit blanche à Moscou au mois de juin. Un homme âgé et effondré. Les étoiles rouges qui pâlissent de plus en plus… « Nous avons vieilli, et nous avons changé », « Ülkü était ma femme », « J'avais un fils :

Umut », « Et l'ordonnance la voilà : de la merde, merde et merde ».

— Umut Murat Ulaş…

Il considère son ami d'un regard vide. Il se souvient : Ülkü s'était assise sur le siège en face de lui. « J'ai un fils, il s'appelle Umut », dit-elle. « Tu ne me croiras pas, mais le nom de ma fille, c'est Ümit. Tant qu'il y aura des coups d'État une fois tous les dix ans, Umut ou Ümit sont les prénoms qu'on donnera le plus à nos enfants. »

— Tu veux dire que le fils d'Ülkü a été tué ? C'est affreux ! Et quel rapport cela a-t-il avec tes soucis ?

— Il n'y a aucun rapport direct, naturellement. Je n'ai jamais été directement impliqué dans les affaires du ministère de l'Intérieur, des services de sécurité ou des forces spéciales. Les gens comme moi mènent à bien leurs tâches en gants blancs, sans avoir à mettre les mains dans le cambouis. Et nous croyons sincèrement en la justesse de ce que nous faisons. C'est pourquoi nous restons propres. Je me suis intéressé à l'événement pour des motifs particuliers. J'ai demandé les dossiers, les détails, j'ai un peu mené mon enquête. C'était une politique visant à éliminer, en une fois et à bref délai, les courants extrémistes, les dirigeants des organisations terroristes sans faire de détail ni se préoccuper de la méthode.

— Comme dans l'affaire Baader-Meinhof en Allemagne ?

— En quelque sorte, oui. Quand on donne des exemples concrets, ça file la nausée. Bref, quand je me suis renseigné sur l'affaire des jeunes assassinés en même temps qu'Umut Ulaş, j'en suis venu à la conclusion que l'appartement où ils ont été abattus n'était pas une cellule politique, qu'ils n'avaient pas répliqué par des tirs aux injonctions de se rendre des équipes spéciales, comme prétendu dans les déclarations et les rapports officiels, et qu'ils n'étaient pas armés.

— Un pur assassinat, quoi !

— C'est vrai que les jeunes étaient des sympathisants de gauche, et peut-être même adhérents d'organisations. Mais ce jour-là, ils s'étaient très probablement réunis dans cette maison pour réviser leurs cours ou pour une autre raison. C'était vraiment un appartement d'étudiants, deux jeunes en étaient colocataires. Il y a eu une dénonciation. Une dénonciation selon laquelle le chef d'une organisation terroriste d'extrême gauche séjournait quelque part dans le quartier. Apparemment, la police s'est trompée d'appartement et, conformément à la politique d'éradication, elle a nettoyé les lieux. J'ai constaté que les explications officielles ne correspondaient pas aux données concrètes, ni aux rapports d'autopsie, ni aux déclarations des témoins, que « l'inconnu » qui avait quitté l'appartement cinq ou dix minutes avant l'assaut et les premiers coups de feu était un homme de la police. Quand j'ai voulu faire remonter tout cela en bonne et due forme aux instances concernées dans l'idée que mettre en lumière la vérité laverait l'État de ce genre de fautes, je me suis pris le mur. Les personnes avec qui je collaborais dans les affaires les plus secrètes ont soudain commencé à faire comme si elles ne me connaissaient pas, ou à prétendre que j'étais surmené et que j'avais besoin de repos. Même la plus amicale et la plus franche d'entre elles s'est contentée de me suggérer de considérer tout cela comme nul et non avenu, pour ma tranquillité. Elle m'a conseillé de réfléchir froidement et à tête reposée à ce que pouvait signifier le fait qu'on ne me confie plus de missions délicates depuis quelque temps et que je me pose autant de questions. Ce qui revenait à me dire ouvertement de me tenir à carreau.

Cet événement n'en est qu'un parmi d'autres ; il est assez anodin pour que je puisse t'en parler.

Anodin ? Si l'un des jeunes assassinés n'avait été le fils d'Ülkü, l'événement aurait peut-être eu moins d'importance. Arın Murat ne s'en serait peut-être jamais préoccupé. Des nouvelles de ce genre paraissent chaque jour dans les journaux, qui s'en soucie ! Si cela était sans importance, que devaient être les choses dont il ne pouvait lui parler !

— Ce qui veut dire qu'Umut a été assassiné, dit Cem d'une voix caverneuse et nullement amicale. Le malheureux fils d'Ülkü a donc rejoint le bataillon des victimes nécessaires à la pérennité de l'État.

Il a le cœur serré. Il pense à son fils. Il a eu seize ans la semaine dernière. Sa fille vient juste d'en avoir douze. Les week-ends, pendant les vacances ou quand leur mère part en voyage, ils viennent chez lui. De typiques gosses de riches dont les parents sont séparés, avec des problèmes, des caprices, des insatisfactions par milliers… « Mais comme je les aime malgré tout ! » Une corde sensible vibre en lui, son cœur brûle comme sous la blessure d'un couteau. « Que ferais-je s'ils mouraient bêtement comme ça, s'ils se faisaient tuer ! J'ai un fils de neuf ans », avait dit Ülkü. « Ce qui veut dire qu'il avait dix-neuf ou vingt ans quand il s'est fait assassiner. Que devient quelqu'un dont le fils de vingt ans s'est fait tuer ? »

L'espace d'un instant, il a envie de foncer sur Arın, de l'injurier, de lui sauter à la gorge en le traitant de fils de pute, de souteneur et de meurtrier. Il regarde le visage de son ami aux rides profondes et aux traits crispés comme sous l'effet de la souffrance. Il se ressaisit. « Pourquoi suis-je en colère contre lui ? Quelle est sa faute ? Regarde comme il se ronge les sangs. » Une phrase qu'Erim avait prononcée il y a des années resurgit d'un recoin de sa mémoire. « Mon frère, il est un peu comme la merde de lapin, sec et inodore », avait-il dit en racontant que lorsque Ülkü était en prison sa mère avait téléphoné en pleurs et qu'Arın n'avait pas bronché.

— Je comprends ton malaise, dit-il. Mais le feu brûle tout ce qu'il touche. Si l'un des jeunes gens tués n'avait pas été le fils d'Ülkü, tu ne te serais pas intéressé à cette affaire. Pas un jour ne se passe sans qu'il y ait des gens qui meurent d'une balle dans la nuque dans ce pays. Le sang n'arrête pas de couler au Sud-Est, ça s'amplifie même. Et ça ne fera qu'augmenter, si tu veux mon avis. Après le 12 septembre, on ne compte plus le nombre de gens abattus sous prétexte qu'ils n'ont pas obtempéré à l'ordre de s'arrêter. Quant à ceux qui meurent en prison et sous la torture... Et maintenant, la politique de la terreur pour lutter contre le terrorisme. On s'est accoutumé à la mort dans ce pays. Mais dis-moi, Ülkü a-t-elle été informée de la mort de son fils ?

— Oui, elle était là, elle l'a vu.

Le soleil se couche derrière la pile anatolienne du pont du Bosphore et le ciel prend une teinte lilas. Cem lève son verre de Martini dont il a vidé le fond vers les nuages. Le verre en cristal s'emplit de teintes lilas, roses et bleues. Si seulement il pouvait se fondre dans les jeux de lumière arc-en-ciel de son verre vide, dans le soleil en train de se coucher derrière la pile anatolienne du pont, disparaître... Non, l'angoisse qui le tenaille ne provient pas de ce qu'Arın a raconté, de l'assassinat d'Umut ou autre. L'angoisse est en lui. Tu resteras toute une vie ici, à contempler les couchers de soleil sur la rive d'en face qui doucement s'assombrit, passant du rose au lilas, à l'orangé, puis au violet et au bleu nuit. Ou tu cultiveras la vigne et feras du vin à Bozcaada. Tu trouveras une femme jeune, puis tu t'ennuieras de nouveau, tu réfléchiras à la façon de t'en débarrasser. Tu fumeras des cigares, tu vérifieras tes comptes, tu feras mine de t'intéresser à tes enfants, tu calculeras ta fortune pour voir si elle a augmenté ou pas. Constamment… On pourrait rester toute une vie ici…

— Quand et où dois-je servir le repas ? demande Apo en tenue de serveur.

— Je ne resterai pas dîner, dit Arın. J'ai une réunion demain matin. Je dois rentrer par un avion de nuit.

« Ton fils est mort ! a-t-il envie de lui crier. Tu as sacrifié ton fils à l'intérêt supérieur de l'État ! Et ce ne sera ni le premier ni le dernier en plus ! »

À Moscou, au milieu d'une nuit très longue et très claire, un homme vaincu lui avait prescrit : de la merde, de la merde, de la merde…

— Inutile de te torturer mon ami, lança-t-il sèchement. Au fond, nous sommes tous les rejetons de la même merde. Personne n'est blanc. Qu'il soit économique ou politique, le pouvoir salit. Fais gaffe à toi. Ce système n'aime pas que ceux qui en sont issus et qui y ont eu des responsabilités posent des questions. J'ai compris ce que tu as dit ; ça restera entre nous. N'oublie pas les vignobles de Bozcaada. C'est un endroit où nous pourrions nous réfugier. Le dernier refuge… Nous vieillissons, c'est ce genre d'espoir dont nous avons besoin désormais.

Il pose les mains sur les épaules de son ami qui s'est levé et s'apprête à partir. Il remarque que sa colère est retombée, qu'elle a cédé la place à la tristesse. « Personne n'est innocent, aucun de nous n'a les mains propres. » Pour la première fois, il scrute Arın avec attention. Il se voit lui-même dans le miroir que lui tend ce visage éclairé par les dernières lueurs du jour d'un rose pourpre semblable à celui des arbres de Judée.

— C'est peut-être un peu tôt, mais tu as raison, nous vieillissons.

***

— Tu as vieilli, tu n'es plus dans le coup, papa. Ce n'est pas en se gargarisant de grands mots que les choses se font. C'est fini le temps où vous disiez : « Nous n'avons qu'à claquer des doigts pour mettre cent mille ouvriers en grève. » Cette page fait désormais partie de l'histoire. Où sont-ils maintenant tes ouvriers ? Et que fait ton syndicat qui n'en a que le nom ?

« Ce gamin me tuera, pense Mehmet Iliç. Ce n'est pas une façon de traiter son père qui, l'année passée, est resté pendant des jours en soins intensifs après une crise cardiaque. En plus, il connaît mon point faible. Il frappe en dessous de la ceinture. »

— Sans ces ouvriers, sans ce syndicat, maintenant, tu…

— Maintenant quoi, papa ? Quel héritage nous a laissé cette période ? Je sais, je sais. Ne recommence pas avec la tradition interrompue, le coup d'État du 12 septembre et tout le reste. Vous chantiez *L'Internationale* à tue-tête en prenant le risque d'être jetés en prison, mais qu'était donc la fraternité des peuples pour vous sinon un slogan creux ?

— C'était beaucoup de choses, dit-il avec un calme qui l'étonne lui-même. C'était l'espoir d'un monde sans guerre, sans exploitation, et que nous construirions de nos mains calleuses.

— Vous vous êtes bercés d'illusions, vous et le peuple, avec cette littérature des mains calleuses, ce verbiage révolutionnaire, vos rêves d'un monde sans guerre et sans exploitation. Vous avez pris ça pour du communisme. Quand vos aînés, vos pères, ont fait faillite et que le système socialiste s'est effondré, vous êtes restés hébétés.

Deniz se rend compte qu'il cherche à blesser son père ; de même qu'il voit très bien le désarroi de ce dernier, son impuissance, le jaune maladif de son teint... Mais c'est plus fort que lui, il ne peut s'en empêcher. « Cette génération qui veut tout bouffer dès qu'on prononce le mot "révolution", qui noie le poisson dès qu'on parle de lutte armée et qui habille ça d'oripeaux idéologiques me tape sur les nerfs. Ils ont vraiment lutté, d'accord ; ils ont été torturés, incarcérés, condamnés à mort ; certains sont morts, c'est indéniable ; cependant, même quand ils croient être dans l'opposition et dans le refus, ils font partie intégrante de l'ordre, de l'autorité, de l'État. Et maintenant, il essaie de me faire obstacle. Il croit pouvoir me détourner de mon chemin. »

— On dirait que ce pays est divisé en deux. L'est de Sivas reste hors de vos frontières gauchistes et révolutionnaires. Là-bas, on tue les gens, on brûle les villages kurdes. On te tire une balle dans la nuque et on abandonne ton cadavre sous un pont. Ceux qui kidnappent, qui assassinent, tout le monde les connaît. Mais ces crimes, on les qualifie quand même de « non élucidés ». Ton syndicat a-t-il sorti le moindre communiqué à ce sujet, les syndicalistes qui ont leurs entrées à Ankara ont-ils poussé jusque là-bas ? Ce qui se passe à Batman, à Diyarbakir, à Cizre, ou à Şirnak, tout le monde s'en fout... « L'internationalisme de la classe ouvrière », « Travaillcurs de tous les pays, unissez-vous ! »... Et alors, ce ne sont pas des travailleurs, ce ne sont pas des prolétaires, ces gens de là-bas, et est-ce que « là-bas », ce n'est pas votre pays ? Tes ouvriers, ton syndicat, ton mouvement de la paix, tu parles… Ils sont où ? Tout le monde se tait. Si c'était par peur encore, je comprendrais, mais là, ce n'est pas le cas… C'est par pur nationalisme, par culte de l'État. Ça ne marchera pas cette fois ; je pars, papa. J'aurais dû partir plus tôt, en fait. Tu m'as dit « d'abord l'école », tu m'as dit « d'abord l'université ». Vous m'avez fait du chantage affectif, maman et toi, en me rabâchant en chœur combien vous en aviez bavé pour m'élever. J'ai suivi des cours dans des instituts privés pour préparer les examens d'entrée à l'université. J'ai perdu deux ans de ma vie à cause de vous. Résultat ? Après avoir travaillé jour et nuit pendant deux ans, le meilleur département que j'aie pu obtenir à l'université, c'est turcologie. On dirait une farce.

Il n'a pas la force de se lever pour coller une gifle à son fils. « Mon garçon a raison, j'ai vieilli, je suis devenu un vieillard. J'ai cinquante ans, mais ces opérations du cœur provoquent chez certains un vieillissement, une sénilité prématurés. »

— Va en enfer, dit-il. Si ça pouvait se régler en prenant les armes et le maquis, toute l'Amérique latine serait libérée à cette heure.

— N'est-ce pas toi, papa, qui as pris le maquis à une époque avec Deniz Gezmiş ? Quand tu es devenu un homme lige de l'État ? Je ne suis jamais allé dans la montagne, mais quel dommage que je ne l'aie pas fait ! Cela m'épargnerait peut-être la honte de rester assis les bras croisés à contempler les événements.

« Ai-je raconté aux enfants que j'ai pris le maquis avec Deniz Gezmiş pour les impressionner ? J'avais glissé vers le THKO, puis vers le Parti-Front à un moment. Avec Deniz, j'ai participé aux actions étudiantes, aux occupations de rectorats, mais prendre les armes, prendre le maquis, c'est de l'affabulation. Se vanter comme ça... Tu n'as pas honte ! Un vieux bonhomme comme toi. »

Il a honte. Ses pommettes rougissent légèrement. Ce n'est pas le moment de jouer les champions de la vérité. Un poids dans sa poitrine, un léger élancement dans le bras. « Ce garçon me tuera. Le mieux, c'est de garder son calme. S'il s'est mis en tête de partir, il partira. »

— Je connais mieux l'Est et le Sud-Est que toi, dit-il en prenant soin de paraître calme. Rien que ton nom de famille en atteste. Mais moi, je suis issu du mouvement ouvrier, mon fils. L'idéologie de la classe ouvrière s'oppose à toute forme de chauvinisme. Être opprimé autorise à se révolter, ça ne donne pas le droit d'être chauvin.

— C'est dingue ! Franchement c'est dingue, papa ! À croire que tu ne vis pas dans ce pays. Je ne veux pas te blesser ni t'attrister, mais tu ne vois pas comment le système t'a assimilé toi aussi ? Ne sommes-nous pas d'origine kurde ? Tu parles de notre nom de famille. À cause de ce nom, à cause du « lieu d'enregistrement » mentionné sur mes papiers d'identité, je m'en prends trois fois plus qu'un camarade originaire d'Istanbul, de Bursa ou d'Izmir. Il y a un an ou deux, quand des amis et moi étions allés à Ankara pour les obsèques du député de l'Est victime d'un crime « non élucidé », ils ont fait un contrôle d'identité, ils ont interdit l'accès à la cérémonie à ceux qui étaient enregistrés dans des départements de l'Est qu'ils considéraient comme kurdes, tu le sais. Nous en avions discuté alors. Tu avais dit que cet événement était honteux. Se taire, rester les bras croisés n'est-il pas tout aussi honteux ? Pourquoi vos syndicats qui passent pour gauchistes et révolutionnaires gardent-ils le silence eux aussi, comme si on avait jeté une poignée de terre sur leur cercueil ? « *Si je ne brûle pas, si tu ne brûles pas, si nous ne brûlons pas, comment les ténèbres deviendront-elles clarté ?* », n'est-ce pas toi qui m'as appris ces vers ?

« C'est moi qui te les ai appris, c'est vrai. Mon fils se révolte contre l'injustice. Exactement comme moi, comme notre génération, il essaie de rejoindre le camp des opprimés. Et les travailleurs ? Où est la classe laborieuse ? Est-ce à tort qu'il dit "comme si on avait jeté une poignée de terre sur leur cercueil" ? Nous avons été vaincus. Je ne peux pas lui dire "nous avions raison, nous étions justes, mais nous avons quand même été vaincus". Il a vingt ans et envie de se battre. La guerre est là-bas, dans les montagnes… Laisse-le donc partir… Que se passera-t-il si tu ne le laisses pas ? Il partira de toute façon. »

Tout à coup, il comprend que la seule raison qui motive son opposition n'est ni politique ni idéologique, mais que c'est simplement la peur de perdre son fils ; un élan instinctif de protection… Il est de nouveau saisi par un souvenir qui, chaque fois qu'il lui vient à l'esprit, l'oppresse et l'emplit d'un sentiment de culpabilité envers son fils. Ce dernier avait alors huit, neuf ans. Était-ce la fête de la République, ou la fête du Sucre, en tout cas c'était une fête. Les syndicalistes, les leaders ouvriers, les intellectuels dévoués à la cause de la paix, tous avaient obtenu une permission de visite ; sa femme était venue avec leurs deux fils qu'il n'avait pas vus depuis trois ans. C'étaient des enfants maigres, le crâne rasé et pauvrement vêtus. Le bas de leurs blue-jeans était plié plusieurs fois – chez nous aussi on ne coupait pas les jambes de pantalon, on y faisait seulement des revers. Nos chaussures neuves avaient aussi une pointure ou deux de plus. Les enfants poussent vite, leurs chaussures aussi deviennent rapidement trop petites. Leurs blue-jeans étaient neufs, ça se voyait, mais au lieu d'atténuer l'impression de pauvreté, cela ne faisait que la renforcer. Petits garçons au regard effarouché, qui ne savaient pas où mettre leurs mains ; conversations banales et décousues parce que le temps imparti était trop court pour les pensées et les vrais sentiments…

« Deniz est passé en classe supérieure avec les félicitations », avait dit sa femme. Il avait voulu donner une poignée de main à son fils pour paraître joyeux et bonhomme, c'est alors qu'il avait vu la montre dessinée au stylo bille à son poignet droit : une montre où les aiguilles et les chiffres étaient tracés en rouge, le cadran et le bracelet au stylo bille bleu. Mehmet Iliç s'était retenu avec peine pour ne pas s'effondrer en sanglots sur la table qui était entre eux et, en caressant le poignet du garçon, il lui avait demandé d'une voix vacillante : "Tu veux une montre ?" Il se rappelle que Deniz avait hoché légèrement la tête et que son petit frère avait ajouté : « Moi aussi, je veux une montre, une grande voiture et un vélo. » Pourquoi cette montre dessinée au poignet maigre de son fils lui avait-elle fait si mal ? Parce qu'elle symbolisait les souhaits d'un petit et innocent enfant qu'il n'arrivait pas à combler en tant que père ? « Je suis obligé de rester encore un peu là, je t'achèterai une belle montre en sortant », avait-il dit. Ensuite, il avait retiré sa grosse montre au bracelet métallique et l'avait passée au poignet de son fils. « Utilise celle-ci en attendant. Elle est un peu grande, mais c'est une bonne montre. Ta mère en raccourcira le bracelet. Mais ne la perds pas, hein ! »

Il regarde le poignet de son fils comme s'il allait y voir la montre dessinée au stylo bille. Il se sent aussi écrasé que le jour de cette visite.

— Tu n'as pas de montre ?

— Bien sûr que si. Quel rapport avec ce qui nous occupe.

— Je ne sais pas, j'y ai pensé tout à coup. Quand tu étais petit, tu étais venu me voir une fois en prison. C'était à l'époque où ta mère avait elle aussi été licenciée sous prétexte qu'elle était ma femme. Elle ne me l'avait pas dit, mais elle allait faire des ménages, je crois. C'était la misère à l'époque. Tu devais avoir envie d'une montre car tu en avais dessiné une au stylo bille sur ton poignet. Et moi, je t'avais…

— Oui, papa, je sais. Tu me l'as déjà raconté. Tu m'avais donné la tienne. Un gros truc massif.

Son cœur se serre encore plus douloureusement. Tu ne peux même pas partager tes émotions, pas même avec ton fils. Il est face au jeune homme, comme s'il attendait la réponse à une question non posée. S'il pouvait lui dire combien il l'aime, combien il a mal, combien il a peur de le perdre, peut-être qu'il comprendrait, peut-être qu'il renoncerait à partir. Pour quelque étrange raison, il se rappelle Ülkü.

— J'avais une amie, dit-il. Elle est partie à l'étranger après le 12 septembre. Elle avait un fils ; il est mort lors d'un assaut contre une prétendue cellule. J'ai fait quelques recherches ; le garçon n'était même pas militant, il venait tout juste de faire connaissance avec l'organisation. Cela a tout de ce qu'on appelle une exécution sommaire. Peut-être une dénonciation fautive, peut-être la présence d'un agent provocateur parmi eux… Toujours est-il qu'il est mort pour des prunes.

— Tiens, tu vois. Contre le terrorisme, il n'y a pas d'autre arme que le terrorisme. Comment peux-tu lutter contre ça ? N'aie pas peur, je ne mourrai pas pour rien. Si on se bat pour un but auquel on croit, on ne meurt pas pour rien. Toi au moins, tu es bien placé pour le comprendre. En tout cas… en tout cas, toi, tu es un vétéran.

Il serre soudain son père avec enthousiasme contre lui.

Cet enfant est comme ça. Il passe d'une humeur à l'autre, on se demande toujours où il en est.

— Toi aussi tu as lutté toute ta vie pour le but auquel tu croyais, non ? Votre génération… D'accord, vous avez perdu ; vous avez cru que ce serait possible avec des méthodes pacifiques. N'empêche, vous vous êtes quand même battus.

Il secoue son père avec force.

— Arrête, doucement ! doucement ! Les vétérans, fils. Si tu avais connu les authentiques vétérans, tu aurais vu. Ils étaient tous monumentaux. Mais bon, j'ai compris. Je n'ai jamais entendu qu'il fallait demander la permission pour prendre le maquis. Ce que je sais, c'est que ces affaires se font en cachette, sous le manteau. Ces vétérans que tu n'apprécies guère livraient leur tête, mais pas les secrets.

— Tu n'as pas encore compris, président ? Nous avons confiance en toi. Et puis, je ne voulais pas laisser maman dans l'inquiétude. N'exagérons pas le problème non plus. Je n'ai pas l'intention de partir dans les montagnes. Je veux juste me battre avec la méthode dans laquelle je crois, et sur le front dans lequel je crois, voilà tout. Oublie ce dont nous avons parlé. Explique la chose de la meilleure façon à maman. Si quelqu'un pose des questions dans l'entourage, tu diras que je n'ai pas réussi à entrer à l'université et que je suis parti à l'armée, ct puis voilà. Tu n'es pas en colère contre moi, n'est-ce pas ?

Il presse son fils contre sa poitrine.

— Je préférerais malgré tout que tu ne partes pas. Partout il y a des choses à réaliser et des guerres à mener.

— Mais chacun doit mener sa propre guerre sur le front qu'il aura lui-même choisi, papa. Pardonne-moi d'avoir été brutal à propos de la montre dont tu m'avais fait cadeau. Je me rappelle très bien cette journée. La foule, le bruit, le gardien posté devant nous, cette table tout en longueur, les bancs en bois, les murs nus… Je m'étais dit que la prison était un meilleur endroit que je ne l'imaginais. J'avais en tête les cachots dans lesquels on enfermait les Dalton dans *Lucky Luke*, les costumes jaunes rayés de noir des prisonniers, les chaînes avec d'énormes boulets à leur extrémité. Ce parloir rappelant le réfectoire de l'usine ou la cantine de l'école ne m'avait pas du tout inspiré. J'étais surtout déçu à dire vrai. Il n'y avait absolument rien d'intéressant à raconter aux enfants du quartier. Bien sûr que je m'en souviens. Comment aurais-je oublié, à l'école, tous les gamins scandaient en chœur : « Ton père sera pendu, ton père sera pendu ! Les pachas pendront tous les communistes ! » Il y a longtemps que la montre ne marche plus, mais, tu ne vas pas le croire, je la garde encore. Tu vois, ton fils n'est pas le dernier des ânes contrairement à ce que tu penses.

Son cœur s'ouvre et s'illumine.

— Bien sûr que non. Ce n'est pas avec les ânes qu'on fait les révolutionnaires de toute façon.

De nouveau ce poids dans sa poitrine, cette douleur qui lui enserre le bras comme un bracelet.

— Tout à l'heure, tu m'as dit que j'avais vieilli, Deniz. C'est sûrement vrai. Le conseil général approche. Ils insistent, mais je ne me porterai pas candidat. Je prétexterai mon état de santé. D'ailleurs, ils insistent seulement du bout des lèvres. Le syndicalisme tel que nous l'entendions est passé de mode, ce modèle n'est plus valable… Les travailleurs aussi sont différents, tu sais ? Tu ne le croiras pas, mais quatre-vingts pour cent de nos adhérents n'ont jamais fait grève de leur vie ni pris part à un mouvement ouvrier. Même les plus alertes pensent que j'exagère quand je leur raconte les actions ouvrières d'autrefois, les grèves, les occupations d'usines, les marches, les meetings… ils écoutent avec étonnement. En 1976, lors de la première célébration du 1er Mai, des centaines de milliers de gens s'étaient rassemblés sur la place Taksim. Les journaux avaient parlé de cinq cent mille personnes. Au moment du coup d'État du 12 septembre 1980, au moins cent mille travailleurs étaient en grève, les usines étaient occupées. Tu vois… Ce n'était pas de la rigolade. Le 12 septembre, ils ont vraiment tranché dans le vif. Une génération de travailleurs pionniers ont d'une manière ou d'une autre quitté le mouvement. Nous avons fait des erreurs nous aussi ; je ne dis pas qu'il n'y en a pas eu. La gauche était en miettes, la division s'était propagée au mouvement syndical. Nous lisions et relisions les écrits de Lénine, nous faisions des analyses de la situation révolutionnaire. Pendant ce temps, des dizaines de meurtres politiques étaient commis chaque jour, des tas de gens mouraient. Ce que je veux dire, c'est qu'il ne suffit pas de prendre les armes. Nous avions sous-estimé la force et les projets de ceux qui leur fournissaient des armes, qui les obligeaient à appuyer sur la détente.

— Encore les théories du complot, papa ! D'accord, je sais : tu vas parler des organisations du type Gladio. Votre génération est très portée sur les théories du complot. À raison peut-être, je ne sais pas. Mais j'ai l'esprit clair, je vois ce qu'il faut faire. Je ne crois pas que ce soit si compliqué que cela, à l'Est notamment. Il y a une guerre à mener. Il faut donc la livrer.

« Il n'imagine même pas que cette guerre puisse ne pas être gagnée. Y avions-nous pensé, nous ? Nous croyions que si nous-mêmes ne voyions pas la révolution, nos enfants la vivraient sûrement. Nous étions pleins d'espoir. L'espoir rend courageux et déterminé. Peut-être que vieillir, c'est la perte de l'espoir. »

— Tu ne penses pas partir tout de suite, j'espère.

— Je suis encore là. Ne t'inquiète pas pour moi. N'aie pas peur, je ne ferai rien de mal. Prends surtout soin de mon frère. Ses relations ne me plaisent pas du tout. Il paraît qu'il fréquente les idéalistes dans le secteur de Yeşilköy. Ils ont constitué une sorte de bande ; ils se baladent avec des dollars et des deutsche Marks plein les poches. La dernière fois, nos amis les ont rencontrés quelque part, je ne sais plus si c'était après un match ou pendant qu'ils fêtaient un départ au service militaire à la gare routière. Ils avaient des drapeaux turcs et des drapeaux aux trois croissants de lune. Ils criaient : « Chiens de Kurdes, voyez les loups gris. » Il y a eu échange d'insultes, de coups de poing ; il y a même eu plusieurs coups de feu. D'après ce qu'ils ont dit, Barış aussi était parmi eux. Il essayait maladroitement de faire le signe des loups gris, et dès qu'il y a eu du grabuge, il s'est tiré. Tu connais Barış et son penchant pour l'argent. Je l'ai un peu secoué dernièrement, il n'a rien dit. Je suis de toute façon son plus grand ennemi. Il suffit que je dise blanc pour qu'il dise noir. Surveille-le un peu mine de rien.

« Il ne manquait plus que ça ! » Mehmet Iliç allume une cigarette. « La cigarette, c'est la mort », lui a dit le médecin. Soit, mais il va mourir sur place s'il ne fume pas. Il est si fatigué que la mort sera pour lui un soulagement. Qu'est-ce que ça fera de plus que je le surveille en douce ! S'il s'est embarqué dans ce merdier, il ne reculera pas. Surtout s'il a goûté à l'argent… Est-ce que j'arrive à faire renoncer son aîné à ce qu'il s'est mis dans la tête ? J'en ai un qui prend les armes et qui s'apprête à s'engager dans la guérilla, et l'autre qui fait le signe des loups gris en braillant : « Mort au PKK. » Et les deux ont les mêmes parents et viennent du même foyer.

« Je préfère encore que mon fils meure dans les montagnes plutôt que de le voir s'acoquiner avec ces chiens de fascistes », se surprend-il à penser. Il se rappelle les attaques des fascistes qu'il avait subies quand il œuvrait à l'organisation des travailleurs dans les sociétés *Seydişehir Alüminyum* ou *Iskederun Demir Çelik*, plusieurs fois il avait réchappé à la mort. « Et voilà que maintenant, mon propre fils… Non, nous n'avons peut-être pas pu nous occuper beaucoup de ces enfants, mais impossible qu'il sorte un fasciste de cette maison. Même le nom qu'il porte ne va pas avec ces chiens : Barış… »

— Concernant ton frère, j'ai réfléchi, peut-être que ceux de votre groupe se sont trompés et l'ont confondu avec quelqu'un d'autre. C'est encore un enfant. Il n'a même pas dix-huit ans. Débrouille-toi pour ne pas qu'il devine que tu vas partir. Patiente encore quelques semaines, le temps qu'on puisse faire croire à tout le monde, ta mère comprise, que tu es parti au service militaire. Ne relâche pas ta vigilance. Espérons que cela ne soit pas vrai, mais s'il s'est vraiment frotté à ces merdes, on peut s'attendre à tout. Le mieux est que Barış ne se doute de rien.

Sa fatigue se fait de plus en plus grande. Sa tête, ses bras lui paraissent engourdis. « Quand cela se produit, prends une gélule et laisse-la fondre sous la langue, avait dit docteur Erim. Même si ça ne fait pas de miracle, ça maintiendra ton moral. »

— Je vais m'allonger, je me sens épuisé d'un seul coup. Reste quelque temps avec nous avant de partir. Raconte que tu t'occupes des démarches administratives pour ton service militaire. Que ta mère et ton frère en entendent parler. Laisse-moi à présent, je vais essayer de dormir un peu.

Ce gamin est d'humeur changeante. Tu verras qu'au bout d'un moment il finira par renoncer à partir. La jeunesse, quoi ! Est-ce que j'étais très différent ? N'ai-je pas arrêté l'université pour sauter à pieds joints dans la guerre ? Chaque génération a sa propre guerre, ses propres espoirs, ses propres vérités, ses propres erreurs.

— Tu as besoin de quelque chose, papa ? Ne t'en fais pas pour Barış. Tu as raison, ce n'est encore qu'un gamin ; il changera, ça s'arrangera. Ne te ronge pas trop les sangs. Tu veux de l'eau ou autre chose ?

— Non, je vais dormir. Allez, va t'occuper de tes affaires.

Depuis le divan sur lequel il s'est allongé, il regarde sortir son fils. Il sent que le jeune garçon avance à reculons, qu'il s'arrête un instant sur le seuil et regarde derrière lui. « Cet enfant est loin d'être un âne. Même s'il prend le mauvais, ce chemin mène quand même à notre village. L'important, c'est vers où il veut aller et quel est son but. Ce garçon est de la même trempe que ceux de notre génération. » Il se réjouit, son cœur malade s'emplit de joie. À la pensée de son cadet, il s'assombrit de nouveau. « Si jamais il se met du côté des fascistes, je le tue. Personne ne dira que le fils de Mehmet Iliç est devenu un fasciste, un loup gris. On dit que les chiens ont été apprivoisés quand le communisme a été vaincu. C'est un mensonge. Autrefois, ils aboyaient dans les usines, dans les quartiers ouvriers ; maintenant, ils ont commencé à hurler ailleurs. Ils se sont tout simplement déplacés. »

Devant ses yeux, deux cadavres baignant dans leur sang. Devant lui, leurs chemises blanches souillées et sur lesquelles est écrit « piquet de grève ». Où était-ce ? Était-ce à Iskederun, à Aliağa, ou juste là, à Kartal ? « Combien d'hommes ai-je vus ainsi, allongés dans leur sang ! »

Les gendarmes tenaient la porte principale de l'usine. Partout des soldats armés, des responsables officiels, des « civils » à la mine patibulaire, des fascistes en tenue d'ouvrier… Chaos, précipitation ; slogans lancés de loin en loin par on ne sait qui : « Mort aux fascistes ! », « Nous vengerons le sang de nos martyrs », « Les usines sont nos forteresses ! » Et puis le retentissement de deux coups de feu.

Il passe le cordon de gendarmerie et tente d'entrer.

— Je suis syndicaliste, je suis le président de section. Vous ne pouvez pas m'empêcher d'entrer.

— C'est justement vous qui les excitez. C'est surtout vous qu'il faut arrêter.

— Vous n'avez pas à tenir de tels propos, il y a la loi. Je suis syndicaliste et vous n'avez pas le droit de m'empêcher d'entrer sur mon lieu de travail.

— Il n'y a ni loi ni quoi que ce soit. La loi ici, c'est nous.

Il aperçoit un procureur de sa connaissance au milieu de la foule. Ce n'est pas un mauvais type. Au moins, il ne fait pas partie des loups gris.

— Monsieur le procureur, l'appelle-t-il de toutes ses forces. Monsieur le procureur, je suis le syndicaliste Mehmet Iliç. On dit qu'il y a des morts à l'intérieur, je dois entrer. Aidez-moi, s'il vous plaît.

Je peux amener les travailleurs à quitter les lieux, je peux les convaincre, aidez-moi !

« Il faut que les ouvriers quittent l'usine, sinon la situation ne va faire qu'empirer », pense-t-il.

Ils savaient que, depuis des jours, on faisait venir des militants d'extrême droite des régions avoisinantes et qu'on les installait dans le département. Au nom du syndicat, il avait saisi la police, le tribunal et le préfet, et demandé que des dispositions soient prises. La région était extrêmement sensible. Les ouvriers étaient contraints de passer au syndicat jaune constitué sous la pression soit des hommes du patron, soit de la police, de la gendarmerie et, ces derniers temps, des militants idéalistes armés. Le seul moyen était de se mettre en grève, et c'est ce qu'ils avaient fait. Soixante-dix pour cent des ouvriers avaient voté pour la grève, et sans attendre, ils avaient débrayé. La procédure légale n'avait évidemment pas été respectée, elle n'avait pas pu l'être. L'intervention de l'armée, de la police sur les lieux pour en déloger les ouvriers, la remise en marche de l'usine par les non-grévistes et les militants fascistes infiltrés n'étaient qu'une question de jours. La centrale syndicale avait donné l'instruction de poursuivre la grève et, si nécessaire, d'occuper et de défendre le lieu de production.

« J'étais contre l'occupation. Je savais que ce n'était plus comme avant, que les occupations d'usines étaient impitoyablement brisées, que beaucoup d'ouvriers pouvaient être arrêtés, que les idéalistes trouveraient le terrain de provocation qu'ils attendaient, que le sang pouvait être versé. Les personnes de la centrale syndicale étaient bien tranquilles ; de plus, tant à leur niveau que sur les lieux de travail, l'influence des groupes gauchistes partisans de l'action armée n'était pas négligeable. Il fallait que je me débrouille pour convaincre les ouvriers de partir avant de passer à l'étape de l'occupation, avant que coule le sang. »

Dans un dernier sursaut d'espoir, il hurle à l'adresse du procureur :

— Pour l'instant, je suis le seul qui puisse faire entendre raison aux ouvriers qui sont à l'intérieur. Laissez-moi donc entrer, que je parle avec le comité gréviste. Je peux veiller à faire lever l'occupation.

Quelques minutes plus tard, il se retrouve dans la cour de l'usine avec l'officier à la tête de la patrouille militaire.

— Il y a deux morts, dit l'officier. Deux ouvriers.

« Deux ouvriers de notre camp ou deux fascistes déguisés en ouvriers ? » s'empêche-t-il à temps de demander.

— Qu'est-ce qui vous fait dire que ce sont des ouvriers ?

— Ils avaient des chemises marquées « piquet de grève ».

Encadré par plusieurs soldats armés, il marche en direction du bâtiment principal aux mains des ouvriers.

— Retire tes hommes, dit-il. Les ouvriers sont déjà à cran, des soldats armés ne feraient qu'augmenter la tension.

Le commandant marque un temps d'arrêt, puis il demande à ses hommes d'attendre à l'extérieur. Il est clair qu'il ne sait pas jusqu'où cela peut aller et ne souhaite pas faire monter la pression.

Les deux morts gisent à l'entrée du long corridor sur lequel donnent les ateliers. Leur blouse blanche de piquet de grève est ensanglantée. On distingue dans la pénombre leurs visages aux sourcils froncés et au teint jauni. « Pourquoi ces deux-là ? pense Mehmet Iliç. Ce n'étaient pas des militants, ils venaient d'adhérer tout récemment au mouvement. Peut-être même que c'était leur première grève, leur première action d'occupation. Tu mettras en première ligne des sympathisants sans expérience et pleins de bonne volonté, et tu appelleras ça "conscientisation" – il se met en colère. Combien de fois leur ai-je expliqué, combien de fois leur ai-je dit que l'intransigeance et le courage aveugle n'étaient pas la solution. Mais à l'intérieur, c'est rempli de gauchos qui croient que la révolution consiste à planer, à idolâtrer les armes, à mourir et à tuer. Les agents provocateurs, ce ne sont pas seulement ceux qui touchent de l'argent de la CIA, du MIT, il y a aussi les volontaires comme ces deux nigauds. »

Ils se tiennent en silence devant les dépouilles. Il frémit intérieurement. « Moi aussi je peux me retrouver par terre demain. » Il voit les ouvriers sortir des ateliers, lentement se masser dans le couloir et faire cercle autour des morts. Ils sont silencieux. Un silence qui exprime moins la tristesse envers les morts qu'il n'annonce la tempête à venir.

Il sait qu'il faut parler, qu'il faut dire quelque chose. Leur dire de lever l'occupation, de quitter les lieux, d'attendre les pourparlers entre le syndicat et les employeurs, de reprendre le travail au besoin, que c'est ce qu'il convient de faire. En sera-t-il capable ? Il ne sait pas. Il promène ses yeux sur le visage des ouvriers, il y cherche un regard amical, mais ne le trouve pas. « Ils m'ont vite catalogué comme traître en me voyant arriver avec le commandant ; ils pensent que j'ai négocié. »

— Je suis venu récupérer nos morts, dit-il d'une voix blanche et pesante. Je vous en fais la promesse, au nom de la classe ouvrière : le sang versé ne restera pas impuni.

« Quel cliché, pense-t-il. Mais c'est ce qu'ils veulent pour l'instant. Voilà des années qu'on leur enseigne des slogans creux, l'héroïsme révolutionnaire et l'hostilité entre les classes sociales. Science, politique, tactique, patience, vrai sacrifice… ça, on ne le leur a pas appris. Nous-mêmes ne savions pas de toute façon. Maintenant que le conflit est à son point d'incandescence, que le sang commence à couler et que l'ennemi attaque pour de bon, nous ne savons plus quoi faire. »

— L'offensive que vous avez subie hier soir n'est qu'une scène de la pièce qui se joue depuis quelque temps à l'échelle de toute la Turquie. Ils voulaient nous pousser à répondre à la provocation et nous montrer comme des tueurs armés. Mais le scénario s'est inversé. Nos morts gisant au sol sont la preuve douloureuse de notre bon droit. Le bandit armé s'est introduit sur notre lieu de travail et a assassiné deux de nos ouvriers dont le seul tort était d'avoir dit non au syndicat jaune. Et demain, à qui le tour ? Si je suis venu ici avec cet officier, c'est pour faire en sorte qu'il vous connaisse et qu'il voie la réalité.

Il avale sa salive et reprend à toute vitesse, pour éviter que le militaire n'intervienne.

— Ce que je vous demande à présent, c'est de quitter l'entreprise de façon disciplinée en transportant nos morts devant vous. Le commandant empêchera toute intervention extérieure ou toute nouvelle provocation contre le cortège. Par ailleurs, j'attends qu'il promette ici, devant nous, que personne ne sera ni emmené au poste ni retenu en garde à vue.

Il se tait et regarde le commandant. Il lit dans ses yeux son hésitation, sa peur, son impuissance.

— Tu nous as vendus ! crie quelqu'un tout au fond dans la foule des ouvriers. Tu nous as vendus, président ! C'est le syndicat qui a conduit les ouvriers à la grève. Et maintenant, tu dis de lever l'occupation.

Dès qu'on l'aura fait et plié l'échine, plus jamais ils ne nous laisseront passer cette porte.

Moment critique où tout peut s'arrêter et se briser en mille morceaux. Il suffit d'un mot, d'un geste, d'un regard…

— Oui, j'ai vendu vos âmes en échange de la mise en sûreté de la vie de vos femmes, de vos enfants. Ce n'est pas en perdant tous la vie dans une usine, dans une seule forteresse, que nous gagnerons cette guerre. Il ne viendra aucun renfort, la classe ouvrière n'est pas encore prête et nous sommes totalement seuls ici, sachez-le. Si nous mourons, si vous mourez, si vous perdez votre lieu de travail, cette forteresse tombera ; si nous réussissons à préserver notre cœur, notre tête et notre conscience, demain, nous serons prêts pour les vraies guerres.

Il se rend compte avec étonnement que le commandant aussi est pris par son discours. « Il ne dira rien qui me mettra en mauvaise posture », pense-t-il.

— Nous perdrons à cause de ton pacifisme. T'es un collaborateur, toi. Où étais-tu pendant que nous faisions face à la mort, la poitrine offerte aux balles des fascistes ?

Il connaît très bien cette voix. C'est quelqu'un du comité de grève. Un type en qui il n'a aucune confiance. Comment est-il entré dans l'usine, qui l'a embauché, où travaillait-il auparavant ? Rien de clair là-dedans. Il se revendique de l'un des groupuscules de gauche flirtant avec l'Agitprop et dont même le nom lui échappe à présent. Il n'y a pas plus mordant que lui, et il a de l'influence sur les ouvriers. La colère le prend tout à coup. L'instant est crucial. Il faut tenter un coup de poker. S'il réussit à faire reculer le type, il se mettra les ouvriers dans la poche ; s'il n'y arrive pas, il n'aura plus qu'à repartir la queue entre les jambes, à quitter et les lieux et le syndicat.

— Ne dis pas de mensonges ! s'écrie-t-il. Vous n'avez pas offert vos poitrines aux balles des fascistes. Vous vous êtes abrités derrière ces deux jeunes gens qui gisent par terre, vous les avez utilisés comme des boucliers. Hier, vous saviez très bien que la nuit serait critique. Pourquoi n'as-tu pas fait le piquet de grève devant la porte ? Pourquoi avez-vous posté ces deux nouveaux venus sans expérience ? Que personne ne me taxe, moi ou le syndicat, de pacifisme, de collaboration et autres sornettes avant de répondre à cette question. Je le redis pour la dernière fois, mes frères ouvriers, mes camarades, n'accueillez pas les provocateurs parmi vous. Votre syndicat vous demande de lever l'occupation et de libérer les lieux. Conformez-vous aux instructions du syndicat.

Sans attendre, il se dirige vers la porte. Les ouvriers s'écartent et le laissent passer. Il sent intuitivement qu'ils sont fatigués et effrayés, qu'ils le suivront et sortiront des ateliers. Et après ? Que se passera-t-il ? Qui les protégera ? Cette question est sans réponse. Il ne se fie à personne, il ne croit en rien d'autre qu'en la bonne foi et le sang-froid du commandant.

Allongé sur son canapé, Mehmet Iliç repense à cette époque. Il s'est écoulé beaucoup de temps depuis. Dix-sept ans. Les fascistes n'ont pas tenu longtemps dans les syndicats, ce n'était pas leur domaine de toute façon. Eux, ils arrivaient en troupes motorisées et ils repartaient après avoir nettoyé le secteur. Dans cette entreprise, il y a maintenant la pieuse confédération syndicale Hak-Iş. Le 12 septembre est passé comme un bulldozer sur le mouvement ouvrier. Certains ouvriers ont été licenciés, d'autres emprisonnés, d'autres encore sont partis à la retraite ; une poignée d'entre eux a adhéré au syndicat religieux. À quoi bon ces deux morts baignant dans leur sang ? Ce jour-là, cela avait un sens, mais aujourd'hui, après tant d'années ?

Il pense de nouveau à son fils. « S'il meurt ou s'il tue au nom de la révolution, au nom de la libération des peuples opprimés, quel sens aura sa mort ? Et si moi je mourais maintenant, couché sur ce divan, quel sens aurait ma mort ? "Ne t'abîme pas dans la philosophie, Mehmet Iliç ; la philosophie n'apporte rien de bon à la classe ouvrière." » Une phrase qui faisait bondir le docteur. « Typique du point de vue de l'intellectuel qui perçoit la classe ouvrière comme une bande de casseurs. Pour fonder le monde nouveau, c'est essentiellement à la classe ouvrière que la philosophie est utile et nécessaire », disait-il. Quelle belle époque, notre jeunesse était si pleine d'espoir, si engagée et si avide de connaissances !

Il se rappelle l'époque où il essayait de rallier Ülkü à la cause révolutionnaire. Quand elle descendait de l'étage du dessus avec ses minijupes et sa fougueuse chevelure ramassée en queue-de-cheval, elle suscitait les soupirs des jeunes gens qui traînaient habituellement dans les couloirs de la faculté de sociologie et de philosophie. Avant qu'elle ne commence à manifester de l'intérêt pour le socialisme, le parti et la classe ouvrière, elle ne s'éternisait guère dans les couloirs ; elle descendait les escaliers en courant et filait vers une destination inconnue. Elle était toujours pressée, toujours pleine de vie. La joie de vivre et la fraîcheur fusaient de son corps tonique et vigoureux. « Inutile de se pourlécher, elle n'est pas pour nous, elle a déjà son prince charmant », plaisantaient les jeunes gens.

« N'ai-je jamais eu de visées sur Ülkü ? Cette appellation de "sœur" qu'elle n'aimait pas du tout masquait-elle un désir, une attirance sexuelle ? » Si tel était le cas, ce désir était tellement refoulé qu'il ne s'en souvenait même pas. Au tout début de leur amitié, à la lecture d'un poème de Nâzım Hikmet, la conversation en était venue sur ceux qui étaient morts pour la révolution. « À quoi peut se mesurer la valeur d'une vie humaine, avait demandé Ülkü. Quelle révolution peut remplacer la vie de ceux qui sont morts en son nom ? » Il se rappelle qu'il s'était mis en colère contre les paroles de la jeune fille ce jour-là, qu'il l'avait intérieurement traitée de petite-bourgeoise intello et velléitaire. « Ce jour-là, elle posait la question que je me pose aujourd'hui, à cinquante ans, après tant de désastres. Quel sens avait la mort des deux jeunes ouvriers gisant dans leur sang ? Quel sens a la mort du fils d'Ülkü ? S'il arrive quelque chose à Deniz, pourrais-je encore parler du sens suprême de sa mort au nom de ses convictions, au nom de la révolution ? »

Autant de choses auxquelles il avait déjà réfléchi quand il était au chevet d'Ülkü dans sa chambre d'hôpital et qu'il attendait qu'elle sorte du lourd sommeil de mort dans lequel elle était plongée. « À force de côtoyer la mort, on finit par ne plus trop y penser », avait dit le jeune médecin sympathisant de gauche – il ne s'en trouvait plus beaucoup à présent. « L'attachement d'Ülkü Hanım à la vie a supplanté son désir de mourir. La quantité de médicaments qu'elle a avalés n'était pas mortelle », avait-il ajouté. Lorsqu'elle avait émergé de son profond sommeil et assuré ne pas avoir pensé au suicide, cette affirmation, et sa tentative d'en convaincre le docteur Erim surtout, tenait sans doute à ce qu'elle considérait moins le suicide comme une honteuse faiblesse que comme un crime contre la vie. Elle avait toujours été du côté de la vie. Militante de la vie avant de l'être de la révolution, de la classe ouvrière, du socialisme et de tout le reste. Sa propension à souvent répéter

« l'essentiel, c'est la vie », sa façon, quand on parlait de la révolution russe, de s'insurger à l'idée que toute la famille du tsar ait été assassinée, de soutenir qu'aucun motif ne justifiait qu'on tue qui que soit et de s'opposer à toute forme de terrorisme, sa proximité avec la nature et tous les êtres vivants, des fleurs aux oiseaux et des arbres aux chats, la chaleureuse et naturelle vivacité qui émanait de son corps – au-delà de la féminité, de la sexualité ou du désir charnel – provenaient de son attachement viscéral à la vie. C'était cela qui la rendait singulière, belle et attirante…

Lorsqu'il lui avait demandé comment il connaissait Ülkü, le docteur Erim lui avait répondu : « Il y a de longues années de cela, elle venait me donner des cours quand j'étais au collège. » C'est possible, pourquoi pas ? Ülkü ne disait-elle pas : « Je ne suis pas la petite-bourgeoise friquée que tu crois. J'ai été boursière toute ma scolarité et je gagne mon argent de poche en donnant des cours » ? Reste que la réponse du docteur Erim avait malgré tout semblé évasive à Mehmet. Était-ce le mystérieux amoureux d'Ülkü pendant ses années universitaires ? « Je divague, je deviens de plus en plus soupçonneux. Ils ont au moins six ou sept ans d'écart ; et il a bien dit qu'elle lui donnait des cours. » Pourtant… Quand il avait demandé qui avait apporté ce beau bouquet de roses jaunes dans la chambre d'hôpital, elle avait répondu : « C'est le docteur Erim ; c'est formidable qu'il se rappelle que j'aime ces fleurs, non ? » Les adolescents boutonneux sont très attirés par les filles plus âgées. À coup sûr, il était amoureux d'elle. Ülkü aussi est bien du genre à être amoureuse. « Et alors, qu'est-ce que ça peut bien me faire, surtout au bout de tant d'années ! »

Il aurait aimé avoir une femme comme Ülkü à cette époque. Mais il fallait qu'elle soit issue de la classe ouvrière, des chaînes de production, des tentes de grève, des défilés de manifestants… Une femme avec qui il puisse partager sa vie, la révolution, le travail ouvrier.

« Nous en rêvions tous à ce moment-là. C'était même la mode parmi les jeunes socialistes issus de familles bourgeoises d'épouser des filles de la classe ouvrière. On chantait des marches, des chansons qui disaient : "Le vent a tourné, souffle le vent des ouvriers !" Si tu en parles aujourd'hui, personne ne te croit. C'était le mouvement ouvrier et les syndicats qui déterminaient l'actualité politique. Un milieu, une culture spécifique, quoi. Nous étions toujours sur le qui-vive, toujours en danger, mais nous étions heureux. Nous nous sentions en vie, nous nous sentions humains. »

Sa femme venait des chaînes de production ; c'était une parente éloignée, issue du même village que son père. Ni belle ni laide, mais capable, forte et résistante. En plus, sa conscience politique s'était vite forgée ; avec cet air placide, humble et sans prétention, elle eut tôt fait de prendre sa place à ses côtés. À l'époque où l'on commençait à mettre sur pied l'Organisation des femmes ouvrières, elle avait travaillé de façon extrêmement efficace dans les quartiers ouvriers et à l'entrée des usines de Merter, Zeytinburnu et Gaziosmanpaşa. Quand il avait été incarcéré après le 12 septembre et condamné à la peine de mort, elle avait réussi à faire face, toute seule avec deux enfants en bas âge, et à garder la tête haute. Le beau et tendre sentiment qui l'emplit quand il songe à sa femme cède de nouveau la place au malaise et à l'inquiétude quand il pense à ses enfants. « L'un aspire à prendre les armes et le chemin de la montagne, l'autre se met à la remorque de ccs chiens de fascistes. Si cette pauvre femme l'apprend, elle mourra de chagrin. Le mieux est de ne rien dire. »

Il a mal au bras. Devant ses yeux, le visage jaune et crispé dans un douloureux rictus des deux jeunes morts allongés dans leur sang. « C'est moi qui avais décidé la grève. Quand la centrale syndicale a donné l'instruction de ne pas évacuer l'usine, je l'ai appliquée, même si j'étais contre. Je savais que c'était dangereux, que les idéalistes pouvaient attaquer la nuit ; je n'ai pourtant pas évacué les ouvriers. N'ai-je pas aussi une part de responsabilité dans la mort de ces deux jeunes ? » Aujourd'hui aussi on envoie de tout jeunes gens à la mort. Armée ou guérilla, Turc ou Kurde, quelle différence ? La mort n'est-elle pas la même pour tous ? Quelqu'un vous montre un but que vous ne partagez peut-être pas complètement, il vous envoie sur la ligne de front, il vous demande de mourir et de tuer pour la cause. Il vous fait croire que c'est pour vous-même que vous mourez et tuez. La cause prend le pas sur la vie humaine. Nous les chefs, les petits chefs, nous les emmenons au combat. Nous les convainquons que cette guerre est la leur. Et puis un jour, quand son propre fils se rend au front, quand il s'apprête à tuer et à mourir pour la cause, on commence alors à réfléchir et à se demander si on est propre ou non.

Il a mal au bras. « Dis-toi que c'est la mort » ; il se lève et allume une autre cigarette. « *Si je ne brûle pas, si tu ne brûles pas, si nous ne brûlons pas, comment les ténèbres deviendront-elles clarté* ? » Ces vers étaient-ils un mensonge, une tromperie, de la vaine littérature ? Allongé sur son divan, alors qu'il essaie d'attraper les ronds de fumée, Mehmet Iliç ne trouve pas la réponse à sa question.

***

Quand il dit : « Nous avons vieilli, et nous avons changé », la voix d'Arın est différente de toutes les tonalités et de tous les timbres qu'elle lui connaît. Une voix qui interroge, qui hésite. Quand il dit : « Nous avons changé », cela veut dire en fait : « J'ai changé », comme s'il cherchait d'abord à s'en convaincre lui-même.

« Oui, même si j'avais encore les cheveux longs, je ne pourrais plus mettre cette barrette ; j'ai changé. Ce qui est bien normal, je n'ai plus vingt ans. Les choses qu'une femme aime dans sa jeunesse et celles qu'elle aime après quarante ans ne sont pas les mêmes. Entre la fille issue d'une famille d'instituteurs modestes, voire pauvres, et aux yeux non dessillés, et la femme mûre à qui aucune épreuve n'a été épargnée, qui vit depuis des années à l'étranger et qui est devenue journaliste à Paris, il n'y a plus grand-chose de commun, surtout dans la façon de s'habiller… Or, ce qu'évoque Arın en disant : "J'ai changé, je ne parlais pas ainsi autrefois, je ne pensais pas de la sorte de toute façon", c'est un changement bien différent. »

— J'ai fait un papier très mesuré, je peux même dire que j'ai censuré tes propos. Il est possible que d'autres journaux balancent des titres du genre « Un responsable turc avoue l'existence d'un réseau type Gladio ». S'ils relaient l'info, naturellement. Moi je n'ai pas pu. Si ça n'avait pas été toi, si l'orateur avait été quelqu'un d'autre, je ne me serais pas gênée pour en faire autant, mais bizarrement, j'ai voulu te protéger, t'épargner.

— Protéger de quoi ?

— Tu te souviens, il y a trois ou quatre ans, à la mort d'Umut, j'étais venue te voir. C'est très difficile à expliquer, mais il y avait une atmosphère étrange là-bas. Tu sais que j'ai beaucoup d'intuition. Les personnes autour de toi, cet homme, là, est-ce qu'il était secrétaire, ou bien chef de cabinet, peu importe, il m'a donné l'impression non pas de te protéger, mais de te surveiller. Peut-être que j'ai un peu exagéré la chose parce que j'étais à cran. Mais aujourd'hui, pendant que tu donnais cette conférence, j'ai ressenti en moi le même malaise. Pourtant, ce que tu disais était vrai, c'étaient des choses que tu n'avais jamais exprimées, auxquelles tu n'avais peut-être jamais pensé auparavant, mais c'était juste. Tes propos sonnaient comme un aveu au nom de l'État. Même si c'était enrobé dans une langue diplomatique, tu dévoilais cet effroyable mécanisme, le pouvoir souillé de sang. J'ai eu peur pour toi parce que je sais que ce mécanisme ne tolère pas ce genre de confession. Si des personnes extérieures le disent, ils s'en fichent. Voilà des années que nous en parlons, que nous l'écrivons ; peu leur importe. Mais si toi, si quelqu'un du sérail le dit, ça change tout ; ils ne supportent pas. Je n'ai pas encore tout à fait compris le pourquoi de ce comportement ni les calculs qui sont derrière. S'il s'agit de – elle ne trouve pas le bon terme : S'il s'agit d'un aveu, d'une confession, d'un règlement de compte interne, c'est que tu as pris le risque d'un suicide politique. Pourquoi ? Pourquoi maintenant ?

— La réponse est tellement simple que tu ne la croiras pas, d'une simplicité frisant la naïveté : c'est parce que je viens de l'apprendre, que je viens juste de le découvrir. Pas là, aujourd'hui, en entrant dans cette salle de conférences, naturellement. Les choses se sont accumulées au fil des années. De minuscules indices, un silence l'espace d'un clin d'œil, un mutisme, un regard, la superposition de certains visages, des noms, des noms de code, un dossier disparu, une information non communiquée, des zones d'ombre, des secrets d'État détenus par on ne sait qui… Non, ça ne s'est pas fait à travers un événement important, un développement ayant eu l'effet d'une bombe, un document précis qui me serait passé entre les mains… C'est juste une accumulation. En vertu de la loi du passage de la quantité à la qualité, pour reprendre cette formule que tu affectionnes. Quand je suis arrivé à la tribune et que j'ai regardé la salle, en voyant les employés et les membres de l'ambassade assis au premier rang, en t'apercevant dans les rangs du fond, avec, juste devant toi, un… un de mes agents qui n'aurait pas dû être là – tu ne l'auras sûrement pas remarqué –, la communication que j'avais préparée m'est soudain apparue complètement absurde, stupide et mensongère.

Embarrassé d'avoir employé les mots « un de mes agents », il se tait.

— J'essaie de comprendre, mais tout cela me paraît trop naïf pour être réel, et même un peu artificiel. Tu n'as jamais été naïf, Arın, je ne t'ai jamais vu céder à tes émotions. Tu as toujours calculé chacun de tes pas en fonction du suivant pour atteindre les buts que tu t'étais assignés.

— C'est vrai. Mais quels étaient mes buts ?

Quels étaient ses buts, en effet ? Quels étaient ces buts passant avant la vie, l'amour et le bonheur ?

Tout à coup, une grande colère monte en elle. Quel était ce fichu but qui a causé la perte de toutes les belles choses qui ne reviendront jamais ? A-t-elle posé cette question tout haut ou en elle-même ? Elle ne sait pas.

— Ton but, c'était le pouvoir, dit-elle en s'étonnant de sa hardiesse et de sa dureté. C'était aussi celui d'un autre homme que j'ai connu, et peut-être aimé. Toi, tu croyais en l'État, lui en la révolution. Si tu mets les deux choses ensemble, ça donne le livre de Lénine, *L'État et la révolution*. Mais si je vous rassemble toi et lui, ça ne fait pas un homme à vous deux. C'est une mauvaise plaisanterie, un affreux jeu de mots, excuse-moi. Ce que je veux dire, c'est que le moteur principal, le pouvoir autrement dit, se cachait derrière de grandes convictions. Ce doit être quelque chose de spécifique aux hommes et aux femmes masculines. Le pouvoir sexuel aussi… Enfin, je ne sais pas ce qui s'est passé, mais j'ai l'impression que tu ne crois plus en ton but.

— Le pouvoir était nécessaire pour rectifier ce qui devait l'être, pas pour moi.

Elle se rappelle avoir déjà entendu quelque chose de semblable. Pour la contrer lorsqu'elle lui reprochait de faire de sa quête du pouvoir un absolu et d'être carriériste, Ömer avait répondu : « On recherche le pouvoir parce qu'il mène au but. Ceux qui exercent ce pouvoir au nom des classes laborieuses lui impriment leur marque, et même leur sceau. Le pouvoir de la classe ouvrière nous conduira à la fondation de la société socialiste qui est notre proche objectif. Quelles que soient les personnes au pouvoir au nom du prolétariat et du parti, elles donneront leur teinte autant à la route qui mène à la révolution qu'à la construction socialiste. C'est la raison pour laquelle ce sont les meilleurs, les plus conscients, les plus héroïques, les plus expérimentés qui doivent accéder à la direction. Et cela s'appelle non pas du carriérisme, mais de l'abnégation. »

Voilà ce qu'il avait rétorqué, et Ülkü en avait eu des frissons dans le dos.

« C'est toujours ce qu'on dit », pense-t-elle en se retenant toutefois de l'exprimer.

— On confond souvent la fin et les moyens, réplique-t-elle. Et voilà comment ce qui devait être un moyen finit par devenir un but en soi.

À Leipzig, dans un café toujours aussi triste malgré toute la pompe et le kitsch de sa décoration, un homme vaincu descend l'un après l'autre des verres avec l'avidité d'un ivrogne ayant trouvé à boire gratis. Alors qu'hier encore il pensait partir à la conquête de l'histoire et de l'avenir, aujourd'hui, dans les climats de ce monde qu'il croyait connaître comme la paume de sa main, il a perdu sa route et sa conviction.

À Paris, dans un restaurant où des poissons aux nageoires soyeuses tournent en rond dans des aquariums, un homme vaincu, aux traits portant l'empreinte de son ascendance balkanique, sirote lentement son verre, faisant honneur au vin de prix qu'il contient. Tout ce en quoi il croyait, tout ce en quoi il se fiait jusqu'à aujourd'hui s'est effondré ; peut-être que ce sont les palais de cristal qu'il a lui-même édifiés qui se sont effondrés, les citadelles de son propre orgueil. Assis en face d'elle à présent, il contemple avec un peu de stupeur les décombres qui ne font que croître à chaque phrase, à chaque mot.

Elle frémit devant l'ironie de la ressemblance qu'il y a dans la défaite entre ces deux hommes que tout oppose – dans la vie, le combat, la révolution, les objectifs et l'amour –, entre ces deux rivaux muets et implacables désormais pareils au valet de trèfle d'un jeu de cartes. Elle comprend que si leur défaite en fait presque la duplication l'un de l'autre, c'est qu'ils ont le même sentiment d'avoir été trahis par cette force à laquelle ils n'avaient pas donné de nom, à laquelle ils avaient consacré leur vie, accordé leur foi, à laquelle ils s'étaient attachés et identifiés avec passion. Des années plus tard, les chemins d'Arın et d'Ömer, les deux hommes de sa vie, se croisent, se réunissent, se ressemblent d'une étrange façon. Et eux, ils l'ignorent.

— Pour le dire sans détour et sans fioritures, j'ai l'impression d'être dans une fosse à purin ces derniers temps. Le trou dans lequel je me débats a-t-il toujours été plein de cette saleté que moi je ne voyais pas, ou est-ce récemment qu'il s'est rempli ? Je ne sais pas. Quant à savoir quelle est ma part dans ce purin, je préfère ne pas y penser. Je m'étais convaincu qu'il serait possible de nettoyer cette fosse de l'intérieur et de rester propre au milieu de toute cette crasse. Et puis, un jour…

Il marque une pause, comme s'il se demandait : « Quel jour ? » Ils regardent les poissons se faufiler entre les algues et les plantes aquatiques en faisant onduler leurs longues nageoires multicolores. Elle comprend qu'il réfléchit tout haut, qu'il se parle à lui-même ; qu'il ne faut rien demander, mais écouter en silence, être le témoin muet des comptes rendus d'une vie ; elle attend en buvant son vin à petites gorgées.

— Je n'en suis pas sûr, mais j'ai l'impression que ça remonte au début des années 1990. Cela faisait presque vingt ans que j'étais aux Affaires étrangères, à l'Intérieur, aux renseignements… au sein du mécanisme gouvernemental. De plus en plus au centre, au cœur… Je m'élevais rapidement dans la hiérarchie, tout le monde le voyait. Surtout après les années 1980. Dans la deuxième moitié des années 1980 – tu t'en souviens peut-être ? –, le terrorisme qui visait plus particulièrement les membres du corps diplomatique turc à l'étranger a cessé d'un seul coup. Les terroristes et leurs leaders ont été réduits au silence.

— Ils ont péri dans des attentats, on les a tués.

— Pas toujours. Mais quand les autres moyens ne donnaient rien, cela pouvait se passer ainsi en effet. Ce sont des décisions difficiles et compliquées. Pour obtenir des résultats, tu es parfois contraint de prendre des décisions en contradiction avec la morale ordinaire.

Tu sacrifies quelques personnes pour en épargner des centaines, voire des milliers, d'autres. Ne dis rien, s'il te plaît, écoute. Le choix d'user de la terreur contre le terrorisme n'a pas été simple, mais il a porté ses fruits. Les gens utilisés dans ce type d'opérations et ceux qui les utilisent s'entre-tuent, ils se tiennent en embuscade et se guettent. Sauver l'État est l'intérêt commun affiché, mais chacun poursuit aussi des buts particuliers. Au début des années 1990, j'occupais d'importantes fonctions. Ça flambait au Sud-Est, le terrorisme de gauche se répandait dans les grandes villes. On n'avait pas le temps de passer les choses au peigne fin ni d'attendre la justice qui avance à pas de tortue. Il fallait des méthodes qui donnent des résultats immédiats. On essayait d'atteindre les objectifs par le biais d'opérations rapides, en faisant pour un temps la sourde oreille aux réactions.

Tout à coup, elle saisit parfaitement ce qu'il veut dire. Elle se demande avec étonnement comment elle avait fait alors pour ne pas comprendre à travers toutes ses émotions quelque chose qu'elle avait toujours su. « Tant que le cœur ne cède pas la place, le cerveau reste impuissant et inefficace, pense-t-elle avec une amère tristesse qui se mue peu à peu en un sentiment confus et désagréable. C'est vrai que je lui en ai voulu, que j'ai eu de la colère, de la rancœur contre lui et que j'ai désiré mettre de la distance, mais je n'en ai jamais fait un ennemi, jamais je n'ai pu m'en éloigner. »

L'homme assis en face d'elle qui s'interroge non seulement sur son passé, mais sur toutes ses valeurs, qui comprend soudain qu'il nage dans une fosse remplie de merde, alors qu'il avait toujours cru être sans tache et irréprochable, cet homme vaincu qui se livre à elle en attend aide et amitié. Mais pour la première fois, son cœur envers lui reste sec, lointain, désabusé, voire hostile. Pourvu qu'elle se contente de l'écouter et réussisse à se taire… « Chaque fois qu'il a renoncé à moi, à chacune de nos séparations, j'ai su me taire. » Mais, elle n'en fera rien, elle le sait. En réalité, elle a envie de pousser un hurlement qui fasse éclater ces stupides aquariums.

— Vous avez atteint votre but, dit-elle. Vos opérations ont été un succès ; mon fils est mort. L'appartement qui a été pris d'assaut et mitraillé n'était pas une cellule politique, pas un coup de feu n'avait été tiré de l'intérieur, il n'a pas été prouvé que les armes trouvées sur les personnes abattues leur appartenaient. D'où je le sais ? Mes anciens amis ont mené leur enquête. Il n'y a plus d'inconvénient à le dire à présent, peut-être que tu es au courant, Erim aussi s'est employé à établir la réalité des faits. Après l'assassinat de mon fils, j'ai séjourné à l'hôpital dans son service. Les méthodes aux résultats immédiats ont coûté la vie à combien de personnes d'après toi ? Tu as fait le compte ? Les exécutions sommaires, les crimes aux auteurs non identifiés, les gens abattus d'une balle dans la nuque à l'Est comme à l'Ouest, les morts sous la torture… Ça continue encore, et ça continuera. Votre sale guerre ne finira pas, parce que les vampires qui se nourrissent du sang versé se sont emparés des endroits clefs.

Remarquant qu'elle s'est mise à hausser la voix et même à crier, elle se tait.

— Ce n'était pas ma guerre, ne sois pas injuste envers moi. C'est précisément ce que j'essayais d'expliquer. Reste calme et amicale, s'il te plaît. Qu'il s'agisse d'une tentative de me laver les mains, d'un règlement de compte intérieur, d'un besoin de vider mon sac pour me soulager, ou même d'une présentation d'excuses… pense ce que tu veux et nomme ça comme tu voudras, mais j'ai besoin d'en parler, et même au-delà, je suis obligé d'en parler, il faut que j'en parle. Ce n'était pas ma guerre. Ma guerre était tout autre. Il y avait des valeurs auxquelles je croyais, des principes que je tenais à défendre, tu le sais. Nous étions sur des fronts opposés toi et moi, c'est vrai ; mais nos buts ne différaient pas tellement, au fond. Pour le dire simplement, nous voulions un pays meilleur, plus structuré, plus ordonné, plus sain et vertueux. Le moyen pour cela, c'était d'être au pouvoir. N'est-ce pas ce que vous cherchiez vous aussi ?

— Ce n'est pas aussi simple, Arın Murat. Pas du tout aussi simple. Même si tel était ton but, celui de la machine à laquelle tu appartiens, le but de l'État disons, sa philosophie, ses méthodes… tout est en parfaite contradiction avec les nôtres. Tu as raison quand tu mets l'accent sur le « pouvoir », c'est peut-être le seul élément en commun, en effet. C'est d'ailleurs cela qui nous a détruits. Le pouvoir a abîmé, pourri, sali ; exactement comme tu le dis. Enfin, peu importe… La question que je me pose, c'est pourquoi tu as mis tant de temps à le comprendre, à en concevoir du malaise, pourquoi est-ce seulement maintenant que tu commences à voir la réalité comme si tu avais été touché par une révélation divine.

Arın Murat regarde la femme en face de lui. Elle n'a jamais été si distante, si froide, si étrangère. « Ni quand je l'ai abandonnée, ni quand j'ai permis à ce fichu milieu de la mépriser, ni quand je l'ai sacrifiée au nom de ma carrière et du pouvoir dont il me fallait rapidement gravir les échelons, jamais elle n'a été si lointaine et à ce point hostile. » La réelle distance – ou la rupture – qui se fait jour maintenant alors qu'il pensait que les obstacles entre eux seraient levés, que leur tête, leurs valeurs, leur cœur seraient aussi proches que le furent un jour leur corps, le fait frémir.

« Peut-être aurais-je mieux fait de ne pas du tout me confier à elle, de ne pas du tout m'ouvrir de ce sujet. J'aurais simplement dû dire "j'ai changé, je me suis purifié et je suis venu vers toi", c'est tout. Mais il est trop tard maintenant, il n'y a pas d'autre solution que d'aller jusqu'au bout, de parler, de se lacérer et de retourner le couteau dans la plaie. »

— La révélation n'est pas descendue du ciel, assurément. Pas plus qu'elle n'était descendue en une nuit sur le Prophète. Peut-être que la mort d'Umut a été la goutte qui a fait déborder le vase. J'étais inquiet de ce qui se passait à ce moment-là. Je sentais que les événements, les informations, les personnes qui auraient dû être sous mon contrôle m'échappaient et me filaient entre les doigts. Les structures, les pions, bon, disons-le ouvertement, les tueurs à gages que nous utilisions dans les années 1980 et auxquels nous n'avions pas fait attention n'étaient plus sous contrôle, on aurait dit qu'ils avaient commencé à travailler au service d'un autre centre. Je devinais quel était ce centre, je le savais même, mais je ne pouvais en parler à personne. Difficile de savoir si les personnes avec qui je partagerais mes soupçons appartenaient ou non à cette organisation, à cette bande secrète. Tu ne peux pas savoir ; c'est une organisation telle que tu n'as même pas la possibilité de partager tes doutes, tu es complètement seul et sans défense.

— Jusqu'où es-tu impliqué ? Puisque c'est la première fois que nous parlons si ouvertement, fais-moi l'aumône de me le dire s'il te plaît : quelle était ta responsabilité dans l'assassinat d'Umut ? C'était mon fils, comment pourrais-je oublier.

Si elle disait « c'était ton fils », elle sait que la discussion s'arrêterait là, que ça changerait tout, mais elle n'en a pas le courage.

— En toute tranquillité d'esprit, je pourrais jurer de mon innocence et dire que je n'ai pas la moindre responsabilité, et je ne mentirais pas. Le problème, c'est que même si je le proclamais haut et fort, à toi et au monde entier, je n'arriverais pas à m'en convaincre. Dès l'instant où l'on s'engage dans une autocritique honnête et sans concession, on ne peut se dédouaner de ce genre de question en répondant : « Je n'y suis pour rien, je n'ai rien à voir là-dedans. » Tu n'as ordonné ni l'assaut ni l'exécution. Tu as suivi les événements à ton corps défendant, tu les as déplorés et, allons même plus loin, tu as eu le courage d'user de ton influence, si tant est que tu en aies, pour diligenter une enquête sur les responsabilités. Mais dans la mesure où tu as contribué à l'élaboration du plan global, où tu es impliqué dans l'engrenage, autrement dit – par exemple, si tu as pris part à la décision de réaliser certaines opérations afin de régler radicalement le problème en peu de temps et de réduire au minimum les souffrances et l'effusion de sang –, dans la mise en place d'une politique de terreur pour lutter contre le terrorisme – il n'est pas nécessaire d'ailleurs d'y avoir pris part, il suffit de ne pas s'y être opposé –, peux-tu encore prétendre n'avoir aucune responsabilité ? Même si c'est le discours que tu tiens à tout le monde, même si c'est l'image que tu donnes, n'es-tu pas défait dans le face-à-face avec toi-même ? Ne suis-je pas défait face à toi, Ülkü ?

L'homme que depuis des années elle souhaitait voir à ce stade, avec qui elle s'était imaginé que tout pourrait recommencer s'il y parvenait, lui inspire à présent le même désarroi qu'elle avait éprouvé face à un autre homme dans le café d'un hôtel proche de la gare de Leipzig, alors qu'il descendait l'un après l'autre des verres de cognac en posant les mêmes questions, en une langue, en des termes qui lui étaient propres. Un désarroi, et une distance triste et désespérante.

Il est temps de sortir d'ici, d'aller vers les ponts, les quais, les rives du fleuve, et de remonter vingt-cinq ans plus tôt. De tout reprendre depuis vingt-cinq. Entrer avec Arın, main dans la main et enlacés, dans le restaurant où un pianiste noir joue encore et encore cette envoûtante chanson. Les voyant, Sam entonnera de nouveau du début : « *As time goes by…* »

Il faut revenir à ce jour où ils allaient se séparer, à l'instant où il avait dit : « Malgré tout, c'est moi qui gagne dans cette relation. » Il faut réécrire l'histoire. Avec un tout autre scénario. Un scénario dans lequel les personnages ne sacrifient pas vie et amour à autre chose ; où personne n'essuie de défaite, ni face à soi-même ni face à l'autre ; une histoire sans doute ordinaire mais belle, remplie d'espoir et d'amour, où les amants se retrouvent vingt-cinq ans plus tard au même endroit pour ne plus jamais se quitter.

— Il nous faut un happy end, il nous faut une histoire qui finisse bien, dit-elle tout haut.

Arın la regarde avec des yeux tout ronds d'étonnement. Le sens de l'humour lui a toujours fait défaut, même dans sa jeunesse. Il n'aimait ni *Lucky Luke*, ni *Astérix*, ni *Tintin*, ni *Gırgır*. Il se fâchait contre Erim en lui reprochant de perdre son temps à ça. Pourtant, nous lisions souvent *Astérix*, Erim et moi, pour lui faire travailler son français.

— Tu n'aimais pas *Mickey* ni *Lucky Luke* quand tu étais enfant, n'est-ce pas Arın ? lance-t-elle soudain, l'air de passer du coq à l'âne.

— Quel rapport ?

— Je ne sais pas, cela m'est venu comme ça. Peut-être que la vie n'est pas quelque chose d'important, de sérieux au point qu'il faille rester assis ici et en parler pendant des heures. Je me disais qu'un peu d'humour ne ferait pas de mal.

— Tu n'es pas amicale, Ülkü. J'ai besoin de toi et tu n'es pas là. Ne va surtout pas me répondre que voilà des années toi aussi tu as eu besoin de moi et que je n'ai pas été présent. Je sais, et je n'y peux rien désormais, c'est irrattrapable. Je voudrais que tu m'écoutes, que tu essayes de me comprendre, que tu passes ce que je te raconte au crible de ta raison en mettant ta colère de côté, je voudrais que tu m'aides.

Elle se pose une question qu'elle ne s'était jamais posée depuis l'instant où elle l'avait vu, trente ans plus tôt, dans le salon imposant d'un vieil immeuble de Teşvikiye, tandis qu'une femme froide et élégamment vêtue examinait d'un regard critique la jeune candidate professeur qui se tenait devant elle, tout en servant le thé que la domestique en tablier blanc avait apporté dans une théière en argent, sur un plateau en argent : pourquoi l'ai-je aimé des années durant d'un amour si obstiné, opiniâtre, passionné et patient ? Pourquoi bondissais-je de ma place chaque fois que le téléphone sonnait dans l'espoir que c'était peut-être lui ? Pourquoi suis-je venue chaque fois qu'il me le demandait et suis-je partie sans rien dire chaque fois qu'il m'abandonnait ? Pourquoi me suis-je donnée sans en attendre de contrepartie, sans condition ? Pourquoi l'ai-je aimé au risque de trahir mes idées, mes convictions, mes valeurs ?

Quelqu'un – Ömer peut-être – disait que, dès l'instant où tu commences à questionner ton amour ou ton engagement, la magie se dissipe. Le croyant ne pose pas de question, l'amoureux non plus, pas plus que le militant. Ils croient, et comme ils croient, ils sont sereins.

Elle observe le visage aux traits durs mais fins de l'homme en face d'elle, son corps resté svelte malgré la cinquantaine, sa tenue vestimentaire simple mais stylée, ses mains grandes mais élégantes. « Chaque fois que je le touchais, que je sentais sa chaleur, son odeur, que je regardais ses yeux, j'étais complètement électrisée, envahie par une onde qui n'était pas uniquement sexuelle ; j'étais prise dans un déluge d'émotions et de désirs. »

Tout à coup, avec un étonnement qui se mue rapidement en tristesse puis en effroi, elle se rend compte que l'homme qui lui fait face ne suscite plus en elle le moindre désir sexuel, qu'elle n'éprouve plus pour lui la moindre attirance. Questionner dissipe la magie, ou alors, c'est parce que la magie s'est dissipée que tu t'interroges. Après cette attente longue de vingt-cinq ans, le seul homme auquel elle se donnait, ou elle pensait chaque fois qu'elle faisait l'amour avec un autre, ou qu'elle essayait de remplir de rêves d'amour la solitude de son lit, son seul amour se tient maintenant devant elle. À quelques centimètres, derrière deux assiettes, deux verres, un bougeoir, proche comme jamais il ne l'avait été, faible comme jamais elle ne l'aurait imaginé, exprimant son besoin d'elle, sans aucune honte ni retenue. « Et je reste assise là, le cœur aussi sec, aussi aride qu'un désert. À l'examiner comme un étranger. Je fais semblant de m'intéresser à ce qu'il dit, mais en réalité, ça ne m'intéresse pas, ça ne me touche pas. »

Pourtant, il y a tout juste quelques heures, elle avait attendu leur rencontre avec une émotion folle, comme naguère ; comme naguère, son cœur avait battu la chamade en entendant sa voix au téléphone.

Sa désolation intérieure lui fait peur. Elle a peur de voir se consumer cette belle chose, cette folle passion qui porte le nom d'amour et qui fait partie de sa personnalité, qu'elle cache, qu'elle protège et à laquelle elle s'accroche depuis des années. Elle comprend que c'est à travers son amour pour Arın – et non son engagement révolutionnaire, le socialisme, l'image de la femme forte et indépendante ni aucune des étiquettes susceptibles de lui être accolées – qu'elle construit et définit depuis trente ans sa réelle et profonde identité. Elle sait que pour ne pas se perdre en chemin, pour ne pas se retrouver seule et sans identité au milieu d'un monde brutal, avec le fardeau de tant de souvenirs et de souffrances, il lui faut accepter les dernières miettes de sentiments qui se délitent, les cendres chaudes des grands incendies. « L'essentiel, c'est la vie. » Même au risque de s'illusionner, il faut se raccrocher aux miettes d'espoir avant que les cendres ne refroidissent…

— Peut-être qu'il n'est pas trop tard, peut-être qu'il y a encore de l'espoir, qui sait !

— Dans cette conférence, aujourd'hui, tu dois être celle qui s'est le mieux rendu compte que j'avais bouclé une partie de ma vie ; toi et les agents dépêchés sur place pour me suivre bien sûr. Leurs rapports ont dû parvenir à l'ambassade, puis de là au centre, avant même que j'aie le temps d'arriver ici, aucun doute là-dessus.

— Il y a vraiment du souci à se faire si Arın Murat lui-même commence à être suivi, c'est que vraiment, rien ne va plus.

— Tout le monde l'est constamment. Voilà des années que je l'ai remarqué. Dans mon cas, la surveillance se fait encore plus sérieuse et plus étroite. Si tu te mets à avoir des soupçons, sache que, de leur côté, ils en ont depuis longtemps. Peu importe désormais. Maintenant que j'ai mis un point final, je ne vais pas commencer une nouvelle phrase, un nouveau paragraphe. Je referme ce livre.

— Tu as déjà lu Pitigrilli ? Je ne crois pas, tu n'étais pas un grand lecteur de romans. Pitigrilli est un écrivain d'une valeur méconnue. En Turquie, les lecteurs ne le prennent guère au sérieux, sans doute à cause des titres et des couvertures de ses bouquins qui font penser à une littérature de seconde zone. *Dolico Blonde*, *Cocaïne*, *L'Homme qui cherche l'amour*… ce sont tous de formidables romans. Dans chacun d'eux il est question d'un homme qui réussit à mettre un point final, à totalement changer de vie. Par exemple, un vénérable professeur se fait clown dans un cirque par amour. Un autre, très riche et très puissant, laisse tout derrière lui et part dans un endroit retiré du monde. Ou encore, un homme respectable sombre dans la cocaïne… J'aime bien les personnages de roman qui partent en laissant tout derrière eux.

— Ce sont des personnages de romans, mais est-ce qu'au moins ils réussissent, est-ce qu'ils sont heureux ?

— Non, pour la plupart. Parce que partout la ville les suivra.

Elle s'étonne d'entendre Arın murmurer : « *Tu ne trouveras pas d'autres pays, tu ne trouveras pas d'autres mers / La ville te suivra. Tu erreras dans les mêmes rues.* »

— Ne sois pas surprise, moi aussi je lis de la poésie parfois. C'est un ami diplomate égyptien qui m'a fait connaître ce poème de Cavafy. « Il est la voix de l'histoire individuelle des gens », m'a-t-il dit. Effectivement. C'est non seulement la ville, mais sûrement d'autres choses aussi, d'autres forces que j'aurai sur les talons. J'ai quand même réussi quelque chose de taille pendant cette conférence. J'ai empêché, et de façon irrévocable, que l'ambiguïté, la méfiance, les conflits intérieurs ne s'étirent comme du chewing-gum et ne s'éternisent. J'ai mis un terme aux atermoiements.

— Et maintenant, que penses-tu faire ? Demain par exemple ?

— Rentrer en Turquie, donner ma démission, et me libérer des affaires en cours, partir sans attendre mon remplacement… et t'enlever, me sauver quelque part avec toi… Tu veux savoir ? Non, je ne deviendrai pas clown dans un cirque ou dresseur de fauves comme les personnages de Pitigrilli. Mais je pourrai faire de la peinture… devenir peintre sur le tard ; je planterais mon chevalet dans un coin du monde, dans les bourgades touristiques du bord de mer, et je ferais des portraits, des caricatures de touristes. Ou que sais-je encore, j'achèterais un vignoble dans une île et me lancerais dans la viticulture. Tu connais Cem, c'est à cela qu'il se destine en ce moment.

L'ambiance lourde, tendue et triste qui pesait jusqu'à présent se dissipe. C'est un tout autre homme, un autre Arın ; bien différent de celui qu'elle connaissait et qui lui est presque étranger.

« Un homme qui, des années plus tôt, ne voulait de moi nulle part sauf au lit… Pourrions-nous de nouveau faire l'amour avec une passion folle et sans aucune retenue, cet étranger et moi ? Cela vaut-il la peine d'essayer ? Pourquoi est-ce que je ne l'embrasse pas par-dessus la table ? Pourquoi ne nous dépêchons-nous pas de régler l'addition et de rentrer à la maison, en marchant enlacés dans les rues de Paris, empreintes de la poésie des soirs de septembre ? Pourquoi me posé-je des tas de questions sans réponses ? Cet amour de trente ans se résume-t-il simplement au proverbe : "Le poisson échappé est toujours grand" ? Ou moi, qui éprouvais quasiment du dégoût pour ce fléau nommé pouvoir, aurais-je cédé à la fascination de la passion d'Arın pour le pouvoir, à la force qu'il octroie, à la magie de l'assurance, de la confiance en soi ? N'était-ce pas l'impuissance sexuelle d'Ömer qui m'a poussée à m'éloigner de lui ? Tout au moins au début. La dernière fois que nous nous sommes vus à Leipzig, quand j'ai constaté qu'il avait complètement perdu sa passion pour le pouvoir politique que j'avais tant critiquée à une période, cela ne m'a pas rapproché de lui, au contraire. Sa défaite m'a fait pitié. Suis-je donc une passionnée du pouvoir qui s'ignore ?

— Tu retournes quand en Turquie ? demande-t-elle pour gagner du temps et changer de sujet.

— Pas avant après-demain. J'ai réservé ma journée de demain pour Derin. Derin, c'est ma fille. Elle fait ses études en Suisse. Elle vient à Paris exprès pour me voir. J'ai plus que jamais besoin de lui parler. Derin est une enfant très sensible et d'une grande maturité pour son âge. Je crois que je pourrai, en termes choisis, lui expliquer certaines choses et qu'elle me comprendra. Si, en dehors de toi, je ne devais conserver qu'une chose de mon passé pour l'emporter vers l'avenir, ce serait ma fille.

— J'avais entendu que tu avais une fille. C'est peut-être toi qui me l'avais dit quand j'étais venue te voir à Ankara après la mort d'Umut. Quel âge a-t-elle ?

— Dix-neuf ans.

— Umut aurait eu vingt-quatre ans en février dernier.

Elle regrette ces mots qui lui ont involontairement échappé. Elle tente de passer précipitamment à un autre sujet, sans succès.

— Vingt-quatre, tu dis ? J'aurais cru vingt-trois. Plus exactement, la date de naissance qui figure dans son dossier est février 1972, mais toi, tu m'avais dit février 1973, non ?

Elle sent tout son sang lui monter à la tête, son visage devenir rouge comme une pivoine. Il faut vite inventer un mensonge crédible. Il ne faut pas qu'il apprenne, pas qu'il sache…

— Ce que je voulais dire, c'est qu'il aurait terminé ses vingt-quatre ans en février prochain. Umut est né en 1973. La mieux placée pour le savoir, c'est bien la mère, non ?

Pour échapper au regard songeur de l'homme, elle détourne les yeux vers les poissons qui nagent dans leur aquarium. Les poissons sont vraiment d'un grand secours ce soir. Ils tournent sans but, sans raison dans leur cellule de verre. « Si, en dehors de toi, je ne devais conserver qu'une chose de mon passé pour l'emporter vers l'avenir, ce serait ma fille », a dit Arın. C'est le bon moment. Le moment de lui faire payer son investigation sur l'âge d'Umut.

— Et ta femme ? Peut-être que ta fille comprendra, peut-être que ça n'aura pas trop d'effet sur elle, sa vie ne s'en trouvera pas changée de toute façon. Mais tout cela sera-t-il acceptable pour ta femme ? J'ai l'impression qu'il n'y a pas de place pour elle dans tes rêves d'avenir.

— Mes liens avec elle sont inexistants depuis des années. Nous menons chacun notre vie en essayant de nous montrer respectueux l'un envers l'autre. J'ai toujours été très pris par mon travail, je ne lui ai pas consacré beaucoup de temps. De son côté, elle a tâché de combler le vide avec d'autres choses, avec l'alcool par exemple. D'ailleurs, je ne pense pas qu'elle aurait voulu vivre avec un Arın Murat clown de cirque ou peintre de rue.

— Malgré tout, aucune femme n'aime voir son homme lui échapper. Même si jusque-là elle a fait comme s'il n'existait pas, dès l'instant où il veut la quitter, elle fera tout pour l'empêcher de partir. La gent féminine est ainsi faite, on court après celui qui nous fuit. Je ne veux pas me mêler de tes affaires, mais je crois que ta séparation risque d'être douloureuse.

— La rupture dont j'essaie de te parler est quelque chose de bien différent, de bien plus profond que de quitter ma femme, mon foyer, mon métier. Bon, employons le mot : c'est un règlement de compte avec mon passé – non, le mot passé n'est pas assez fort –, avec mon identité, ma personnalité, un changement de cap… Une rupture que je n'aurais jamais réussi à opérer sans toi. Tu as été le ver dans le fruit qui n'a cessé de me ronger pendant des années. Il était évident que je m'effondrerais sur place comme une vieille chaise vermoulue. En réalité, la seule personne à s'en être aperçue, c'était ma mère. Elle savait très bien que, si je m'étais consacré à toi, j'aurais été complètement différent, que ma vie aurait été tout autre. Si elle s'est évertuée à t'éloigner de moi, ce n'est pas parce qu'elle ne t'aimait pas. Tu ne vas peut-être pas le croire, mais je peux même aller jusqu'à dire qu'elle éprouvait une admiration mêlée de jalousie pour ton intrépidité, ta vivacité et l'emprise que tu exerçais sur moi.

— Tu es en train de me dire que ce que cette pauvre femme redoutait est arrivé. Que devient-elle au fait ? Je ne pense pas qu'elle appréciera ta décision.

— J'ai perdu ma mère il y a deux ans. Elle est morte d'un cancer. La maladie l'a terrassée beaucoup plus vite que ne l'avaient prévu les médecins, elle l'a emportée en quelques mois.

— Je ne savais pas. Je suis désolée. Erim moins, mais toi, tu étais très attaché à ta mère.

Avec un sentiment désagréable, elle se rappelle l'élégance froide, la courtoisie hautaine et affectée de cette femme qui cherchait – et réussissait – à étancher sa soif de pouvoir à travers son fils. Un bon exemple de ces mères effrayantes qui voient leurs enfants comme un prolongement, une extension d'elles-mêmes, qui pensent que leur avoir donné naissance leur octroie automatiquement des droits sur eux. Quand elle était jeune fille, un jour où sa mère recevait des invités, une vieille bonne femme cancanière qu'elle n'aimait pas du tout avait lancé : « Il faut faire des enfants pour qu'ils s'occupent de toi dans ta vieillesse et en profiter à fond », et entendre cela l'avait plongée dans l'effroi. Elle se demande pourquoi cette femme lui revient en mémoire. « Je ne me suis jamais accordé un tel droit. Je ne me suis même pas autorisée à forcer mon fils à rester auprès de moi. J'ai peut-être eu tort ; s'il n'était pas revenu en Turquie, s'il était resté près de moi, il serait en vie à présent. »

Le serveur se faufile comme une anguille entre les aquariums jusqu'à leur table. Il demande s'ils prendront un dessert et quelque chose à boire. Ils commandent du café et du cognac. La soirée s'achemine vers sa fin. Bientôt ils se lèveront, bientôt…

— Peut-être que je me fais des idées. Je sais que je suis à cran ces derniers temps, dit Arın. Mais je ne pense pas que mon expérience me trompe. J'ai en moi le sentiment d'être suivi, même en ce moment. Tu sais, comme si dans ton dos quelqu'un t'observait attentivement, tu sursautes tout à coup, tu te retournes et tu surprends des regards sur toi. Une impression de ce genre, tu vois.

— Autour de nous, je ne vois personne d'autre que le serveur et les poissons dans leurs aquariums.

— Tu as raison. Ça va prendre du temps avant que je me débarrasse de ce genre d'idées paranoïaques. Nous devons malgré tout rester prudents. Ne sortons pas ensemble d'ici. J'étais impatient d'aller chez toi ce soir, mais je crois qu'il serait plus sûr que je reste à l'ambassade. De toute façon, nous avons non pas des heures, mais des années devant nous. Nous pouvons supporter un retard d'une nuit, n'est-ce pas, chérie ?

« Il n'a rien perdu de cette assurance qui met les gens en rogne. Du moins envers moi… Il ne m'a pas demandé si je voulais ou non être avec lui, il n'imagine même pas qu'il puisse en aller autrement. Il se fiche de savoir où j'habite, si j'ai un logement personnel, si je suis avec un autre homme et, plus important, si j'ai envie ou pas d'être avec lui et de recommencer. Pour lui, j'ai toujours été quelque part dans le monde et je le serai toujours. Prête à obéir, prête à m'allonger, prête à coucher, prête à vivre et à l'attendre pour l'éternité. Il n'a pas le moindre doute là-dessus, il n'en a jamais douté. À raison d'ailleurs. Mais après cette soirée, je ne sais plus. »

Elle a l'esprit confus, alourdi par le vin et le cognac. « Pour moi aussi, mieux vaut qu'il reste à l'ambassade cette nuit, pense-t-elle. Ce soir, j'ai besoin de me reposer, de reprendre mes esprits, de comprendre ce qui s'est passé. »

Pendant qu'il règle l'addition d'un geste d'une discrète élégance, il inspecte du regard les tables disposées de l'autre côté des aquariums. Il ne remarque rien ni personne de suspect.

— Je t'appellerai demain au journal, tu as aussi un numéro de domicile, dit Arın avant de se lever. Retrouvons-nous demain, il faut que nous parlions à tête reposée.

Il approche d'elle et la prend dans ses bras comme une vieille amie, non pas voluptueusement mais tendrement. Il dépose un baiser à gauche de sa bouche.

— Reste encore dix minutes, tu sortiras après. Prends un taxi pour rentrer, s'il te plaît, murmure-t-il. On se voit demain. À demain…

7

Première aube de la liberté

— Madame Ozturk, avez-vous une idée de l'endroit où se trouvait M. Murat hier soir avant le meurtre ?

« Ce type n'arrivera décidément jamais à dire "Mourate" ou "Euzturk". Il tient mordicus à prononcer "Mura" et "Ozeturk" ! S'attacher à de tels détails en un pareil moment est un pur réflexe de fuite de la part du cerveau humain, pense-t-elle. Je n'ai aucune raison de paniquer ! Vu que ce n'est pas moi qui l'ai tué et que je n'ai rien à voir avec ce meurtre, pourquoi ne pas tout raconter à cet homme ? Il en connaît à l'évidence beaucoup plus qu'il ne laisse paraître. »

— Hier soir, entre 20 h 30 et 23 heures, Arın Murat et moi avons dîné dans un restaurant de l'île Saint-Louis, je suppose que vous le savez.

— Juste vous deux, en tête à tête ?

« Et s'il n'en savait rien ? Sous le coup de la panique, peut-être que je lui livre des informations inutilement. Il l'aurait bien appris de toute façon. »

— Oui, juste nous deux, en tête à tête. Hier après-midi, lors de la conférence officielle organisée par le gouvernement de Turquie à destination, plus particulièrement, des médias étrangers, M. Murat s'est un peu écarté du texte qu'il avait préalablement préparé et distribué aux journalistes, pour se lancer dans un discours inattendu, essentiellement fondé sur des analyses et des commentaires personnels. Il voulait savoir quels échos cela avait suscités en moi et quelle était la teneur de l'article que je destinais au journal.

— Très intéressant… Y avait-il dans le discours de Murat quelque chose qui puisse l'inquiéter ?

— Oui, en effet. Il a exprimé certaines thèses non officiellement admises. Certaines choses susceptibles de déplaire aux milieux officiels. Mais je ne crois pas que cela constitue un motif suffisant pour l'assassiner.

— Vous a-t-il fait part d'autres soupçons ?

Elle hésite de nouveau sur ce qu'il faut dire. Doit-elle parler ?

— Il a dit qu'il passerait la nuit à l'ambassade.

— Êtes-vous sortis ensemble du restaurant ?

— Non. Il est parti en premier. Vous savez, les personnes de ce rang ne tiennent pas à être vues en compagnie d'une femme, a fortiori d'une journaliste. Ils ont peur que ça donne lieu à de fausses interprétations. J'ai quitté *L'Île* dix ou quinze minutes après lui, et je suis directement rentrée chez moi en taxi.

— Vu qu'il a déclaré qu'il rentrerait à l'ambassade, il n'avait aucune raison de passer par la rue des Écoles. Au regard des importantes fonctions de la victime, peut-on supposer qu'il avait un rendez-vous secret avec quelqu'un ?

— Je ne saurais absolument pas vous répondre. La seule chose qui me vient à l'esprit, c'est qu'il a pu avoir envie de faire une promenade nostalgique dans le Paris de sa jeunesse. Au détour de la conversation pendant le repas, il a dit qu'à l'époque où il préparait son doctorat il logeait dans un studio rue des Écoles.

— Mais ce n'est pas une raison suffisante pour se faire tuer.

— Bien sûr que non. Le plus probable, c'est qu'on l'ait suivi.

— Mais qui ?

— Moi aussi j'aimerais le savoir. C'est un sujet qui m'intéresse beaucoup, en tant que journaliste du moins.

— La police française ne suivait pas Murat. J'ai posé la question et on m'a répondu qu'il n'était pas suivi par nos services. Les Turcs, je ne sais pas, mais s'ils exerçaient une surveillance, elle était secrète de toute façon. L'ambassade aussi mène une enquête. Si vous leur transmettez ce que vous savez sur le sujet, ce que vous m'avez raconté, voire ce que vous avez tu, cela pourra se révéler utile.

— Si on me pose des questions, je répondrai, mais je ne crois pas que je pourrai être d'une grande aide. Les preuves concrètes que vous détenez, je ne sais pas moi, comment et avec quoi il a été tué par exemple, comptent probablement davantage que mes suppositions et mes bribes d'informations.

— Oui, des analyses sont en cours. Nous savons qu'on ne lui a rien volé, que même sa montre de grande valeur est restée à son poignet. Autrement dit, ça n'a pas l'air de relever du vol ou du crime crapuleux. Cependant, mieux vaut rester prudent. L'identité politique et officielle de la victime vous oriente vers d'autres mobiles, et au final vous vous rendez compte que l'affaire est plus banale qu'il n'y paraissait de prime abord. Merci pour les informations que vous nous avez communiquées, madame Ozturk. Je ferai à nouveau appel à vos lumières si besoin.

— Avec plaisir, répond-elle en franchissant la porte.

Tout à coup, elle sent que physiquement, nerveusement, elle est à bout de forces. Une sensation qu'elle connaît pour l'avoir déjà éprouvée au sortir des séances de torture et de la morgue où elle avait vu le cadavre de son fils. Elle est en sueur, et, dans un dernier effort, elle demande tout bas :

— J'ai quelque chose de personnel à demander. S'il vous plaît, auriez-vous la gentillesse de m'appeler un taxi ? Je me sens mal.

***

Quand Arın sortit dans la rue et aspira l'air de cette nuit de septembre chargée de pluie, il se sentit soulagé, allégé et heureux. Cela lui ferait du bien de marcher un peu le long des rives de la Seine, de humer la nuit, de se fondre dans le flot animé et ininterrompu de la foule. Il regarda sa montre ; une montre très élégante et très originale, numérotée, produite à vingt ou trente exemplaires tout au plus. Cadeau de sa femme pour ses cinquante ans…

Il était 23 h 10. Il se laissa porter par ses pas. Voilà bien longtemps qu'il ne s'était senti aussi libre. Il pouvait rester dehors autant qu'il le souhaitait, il pouvait aller où bon lui semblait, s'installer dans un café de son choix et boire encore un cognac, il pouvait arpenter les rues jusqu'au matin s'il le voulait. « Mes premières heures de liberté, pensa-t-il. Quelque chose m'interdisait-il de le faire auparavant ? Qui m'en empêchait ? Qui avait tissé le cercle qui m'enserrait ? Ma mère, ma femme, la bureaucratie à laquelle j'appartiens ? »

Il pensa à Ülkü, son cœur s'éclaira. « Elle était un peu dans le reproche, elle était un peu chagrine ce soir, et à raison… Mais ça passera, ça s'arrangera. J'ai la force de tout corriger, de tout recommencer sans un regard en arrière. » Il avait l'impression de renaître. Il faisait un pas, et ce pas semblait ne pas lui appartenir. Il sifflait une marche : *Dağ Başını duman almış* (« Les cimes sont prises dans la brume »), alors même qu'il ne savait pas siffler. Se mettant dans le rythme des notes de musique qui s'échappaient d'un club de jazz, il esquissa quelques pas de danse en s'étonnant de parvenir à un tel exploit.

Il pensait marcher en direction de l'ambassade quand il se rendit compte, aux odeurs mêlées de friture, de produits de la mer, de crêpes, de kebab et de charcuterie qui lui sautaient au nez, qu'il allait complètement à l'opposé. Il en éprouva un bien-être qu'il ne s'expliquait pas. Même si l'ambiance n'était plus celle de ses années estudiantines, la rue était malgré tout chatoyante, vivante et animée. Les petits restaurants français de naguère avaient cédé la place aux restaurants grecs aux vitrines toutes semblables avec leurs crevettes alignées comme des soldats, leurs feuilles de salade verte et leurs brochettes de viande rouge. Il acheta une crêpe à la confiture d'abricots et au Grand-Marnier au vendeur ambulant du coin. L'homme qui pliait habilement la crêpe et la saupoudrait de sucre glace devait être turc, pensa-t-il, et il lui demanda dans sa langue combien il lui devait. Sans manifester le moindre étonnement, l'homme répondit en turc. Arın mordit avec appétit dans sa crêpe, en faisant attention de ne pas faire couler de confiture sur lui. « On ne mange pas dans la rue, disait sa mère. Les gens bien éduqués ne mangent rien dans les lieux publics. » Il lécha ses doigts tachés de confiture d'abricots. Une image surgit des tréfonds de sa mémoire, franchissant les méandres du temps et de son subconscient.

Il était enfant. Dans le bateau pour les îles des Princes, il était assis avec sa mère et son oncle en première classe, avec fauteuils bleus et tables blanches. Des cerneaux de noix fraîches présentés sur un lit de glaçons, dans des corbeilles en osier décorées de feuilles d'un vert tendre, étaient proposés à la vente. Alléché, il en avait réclamé à sa mère. « Achetons-en si tu veux, mais tu ne peux pas les manger ici, avait-elle répliqué. On ne mange pas dans le bateau, le train ou dans la rue, c'est honteux. » Avec sa décontraction habituelle, son oncle était intervenu en disant : « Laisse-le en manger, ma belle-sœur », et appelant le vendeur, il avait acheté une quinzaine de noix. Il sentait bien, tout gosse qu'il était, que son oncle n'aimait pas trop sa mère et, de peur que n'éclate un incident, il n'avait pas touché aux noix. « Quel dommage pour ce gamin, avait continué son oncle. Laisse-le donc un peu. La vraie politesse est dans le cœur, pas seulement dans la façon de se tenir à table. Le petit prend sur lui et se tient à carreau, mais ne t'étonne pas un jour de le voir exploser. » Sur ce, il avait entendu sa mère répondre de cette voix glaciale qu'il craignait tant : « Ne vous en mêlez pas, monsieur, et permettez que j'élève mon fils comme je l'entends », puis, avec effroi, il avait observé son oncle éplucher et manger une à une toutes les noix, en faisant par défi des bruits avec sa bouche.

Le parfum vert et amer des noix qu'il n'avait pas pu manger dans le bateau pour les îles se mêla à l'odeur de la crêpe dans laquelle Ülkü mordait avec appétit tandis qu'il se promenait avec elle dans cette même rue des années plus tôt. « On aurait dû la faire emballer pour l'emporter à la maison, ça t'aurait évité de te promener dans la rue en la léchouillant de la sorte. – Et pourquoi donc ? avait demandé Ülkü avec étonnement. Nous ne sommes pas à un gala ou à une grande réception de l'ambassade. En quel honneur devrais-je ne pas la manger ici ? »

« En quel honneur ne devait-elle pas la manger, en effet ? Pour quelle raison ai-je voulu l'en empêcher ?

Parce que je la regardais avec les yeux de ma mère, que je n'ai pas su me libérer de ses jugements et appréciations ? Freud aura-t-il une nouvelle fois raison ? »

Ce soir, à cause de doutes stupides, d'absurdes soupçons, il avait quitté Ülkü au lieu d'aller marcher à son côté dans le quartier, de rentrer et de passer la nuit avec elle. « C'est avec Ülkü que j'aurais dû partager les premières heures de ma liberté. En proposant de ne pas se retrouver cette nuit, de sortir séparément du restaurant, est-ce moi ou elle que je protégeais ? »

L'idée qu'il pourrait être suivi s'imposant de nouveau à lui, il lança un coup d'œil à la ronde. Il n'y avait pourtant plus du tout pensé depuis qu'il était sorti du restaurant. Qui suivrait un type un peu éméché, qui marche une crêpe à la main, en se léchant les doigts, en sifflotant et en dansant ? Et si certains avaient réellement eu de telles intentions, ils auraient depuis longtemps renoncé dans cette foule de touristes. Peut-être qu'il avait bien fait de venir de ce côté-là, finalement.

D'un pas léger et enjoué, il prit la direction de Saint-Germain. Il avait un peu trop bu, la tête lui tournait. Il se rappela sa femme. Alors que lui-même avait du mal à tenir au-delà de quelques verres, qui aurait pu croire que cette femme au visage de Sainte Vierge, à l'apparence calme et innocente buvait comme un trou ! Il aurait à coup sûr la gueule de bois le lendemain. Il fouilla ses poches en quête d'aspirine. Il en trouva un cachet et essaya de l'avaler sans eau. Le mauvais goût du médicament se répandit dans sa bouche. « Quand tu bois de l'alcool, si tu prends une aspirine le soir avant de te coucher, le lendemain, tu te réveilles sans problème », conseillait son oncle. « J'espère que les enfants ne tiennent pas de leur oncle, parce que, de la soûlerie à la débauche, cet homme a tous les vices », disait sa mère. Quand et comment annoncer à Ipek qu'il rompait totalement avec le passé, qu'il partait ? Il était certain que son absence ne serait pas un grand sujet d'inquiétude pour sa femme. Il savait qu'il n'occupait pas une place notable dans son univers partagé entre le jeu et l'alcool.

Tandis qu'il marchait au hasard des rues, il bifurqua dans des ruelles encore plus sombres et désertes. Il se retrouva devant les bâtiments de la Sorbonne, lugubre et majestueuse dans l'obscurité. Il comprit soudain quelle était la force secrète qui conduisait ses pas vers ces lieux. Maintenant, il ne lui restait plus qu'à traverser, à tourner à l'angle sur le trottoir d'en face pour se retrouver rue des Écoles. Peut-être que, depuis qu'il était sorti de ce restaurant aux aquariums, c'est constamment vers cet endroit, vers le passé, vers les années d'avant, vers un temps où tout aurait pu être vécu autrement qu'il avait marché. Il avait voulu retourner là-bas, à l'époque de l'innocence où il ne s'était pas encore sali, où il ne doutait ni de lui-même ni de l'avenir.

Ülkü et lui entrent enlacés dans la petite boulangerie-pâtisserie au début de la rue. Il sent l'odeur du pain frais et des croissants. Tout à coup, il se rend compte que la femme qu'il enlace est non pas Ülkü mais Ipek. « Mais je n'ai jamais enlacé Ipek ainsi, avec désir et passion. » Ülkü et Ipek se mélangent dans sa mémoire. « Quand j'étais venu par la suite à Paris avec ma femme, je l'avais emmenée dans cette rue. Je lui avais dit que, à l'époque où je préparais mon doctorat, j'habitais un studio sous les toits, ici, au numéro 28. »

— Donc, la première fois qu'on s'est vus, quand vous étiez venus prendre le thé dans notre résidence, toi et ta mère, c'est là que tu habitais ?

« Elle avait commencé à me tromper à cette époque, mais je ne le savais pas. Sans doute pour alléger son cœur et son sentiment de culpabilité, elle avait parlé d'Ülkü. C'était la première fois durant nos dix ans de mariage que nous abordions un tel sujet. »

— Ta mère a dit que, à l'époque où tu préparais ton doctorat, tu étais avec une femme d'expérience.

Il reste interloqué.

— Je n'ai jamais eu de telle relation, répond-il du tac au tac.

— Si, c'est ta mère qui me l'a dit des années après. Ce qu'elle cherchait en nous présentant l'un à l'autre, c'était à te sortir des griffes de cette femme.

Il comprend et marque une pause, ne sachant s'il doit se fâcher contre sa mère, contre sa femme, ou contre lui-même. Il est assailli par un immense sentiment de honte, comme si cette conversation avait été surprise par Ülkü.

— J'avais en effet une amoureuse à cette période. Mais soit ma mère s'est mal exprimée, soit c'est toi qui as mal compris ; il s'agissait non pas d'une femme d'expérience, mais d'une toute jeune fille. Elle était étudiante, elle aussi. Et nous avons habité un moment ensemble dans cet appartement, c'est vrai.

— Peu importe ! Ce que je sais, c'est que ta mère ne l'aimait vraiment pas. Elle ne la trouvait pas digne de toi, elle disait d'elle que c'était une petite effrontée, une fille de pauvres qui avait réussi à étudier par on ne sait quel miracle. Elle venait chez vous donner des cours à Erim et elle a essayé de te mettre le grappin dessus. Évidemment, ta mère m'a raconté ça après que nous nous sommes mariés.

Au fur et à mesure, il sent la colère qui monte et menace de déborder.

— Elle n'a pas cherché à me mettre le grappin dessus. C'était une fille très intelligente et très impressionnante. Je l'ai aimée, mais elle ne s'est jamais agrippée à moi. C'était une personnalité forte, libre et indépendante. Dès qu'elle a compris que, dans mon imbécile de milieu, elle serait la cible de propos d'une telle stupidité, elle est discrètement sortie de ma vie, sans faire de bruit. C'est triste de t'entendre relayer les inepties de ma mère, je te croyais moins bête que ça.

— Tu me traites d'idiote ?

— Ce n'est pas ce que je dis. Inutile de se disputer en pleine rue. J'aurais mieux fait de ne pas t'emmener ici. Je dis juste qu'on n'a pas le droit d'insulter qui que ce soit, et que les propos que tient ma mère n'ont absolument rien à voir avec la réalité. Cette fille, je l'ai aimée, et elle le méritait. Je ne vivais pas dans un monastère avant de te connaître. Et je ne comprends pas pourquoi un tel sujet est mis sur le tapis après tant d'années.

Il se fait la remarque que c'est la première fois que sa femme et lui se parlent sur ce ton, que, pour la première fois, la toujours douce, passive et placide Ipek se montre piquante, agressive, exigeant des comptes et devenant presque hostile.

— Ne te fâche pas, dit Ipek en reprenant un ton plus bas. J'en ai parlé comme ça ; je ne savais pas que c'était si important pour toi. Oublions.

— C'était important, oui, répète-t-il, comme par vengeance.

À cette époque, Ipek venait sans doute tout juste de commencer à coucher avec le jeune et bel employé du ministère des Affaires étrangères. « Migraines » et « fatigue » s'étaient multipliées dans leur vie sexuelle de toute façon peu fougueuse et passionnée ; missions à l'étranger, longues réunions et travail de nuit avaient eu raison de leur intimité conjugale. C'est vers cette période qu'avait commencé la dépendance de sa femme à l'alcool, mais Arın ne s'en rendait pas vraiment compte. Un jour, à contrecœur, Mecbure Hanım, qui idolâtrait Ipek et que cette dernière avait amenée dans son trousseau, s'était vue contrainte de révéler que « la pauvre femme trouvait consolation dans l'alcool ces derniers temps » – dans quelle chanson, dans quel film l'avait-elle entendu, toujours est-il que c'est exactement en ces termes qu'elle l'avait dit –, qu'elle buvait comme on abuserait des médicaments et qu'elle dormait le lendemain jusqu'à midi. Il s'était dit que l'expression accusatrice voire hostile qui affleurait dans la voix et sur les traits de Mecbure Hanım tandis qu'elle demandait à Monsieur de bien vouloir s'en occuper était totalement injustifiée. Quelqu'un avait dû la monter contre lui. Était-ce Ipek ? Non, Ipek était une femme suffisamment bien élevée pour ne pas désigner son mari à la vindicte des domestiques. L'attitude de Mecbure Hanım était surtout celle d'une belle-mère aux petits soins pour sa fille. Une belle-mère qui se refusait à chercher en Ipek les raisons intrinsèques de son triste état, qui ne tolérait pas qu'on en dise du mal et qui tâchait d'alléger son cœur en tenant les autres pour responsables de tous les problèmes dont elle ne trouvait pas la solution…

« Je me demande comment était Ipek au lit avec son bel amant. Aussi douce, passive, silencieuse et timide qu'avec moi, ou bien enflammée, passionnée et impudique comme Ülkü ? »

Il eut honte de la comparaison qu'il établissait entre sa femme dont il ne comprenait pas ce qu'elle ressentait en faisant l'amour et son amante qui exprimait sans retenue chacun de ses désirs et les mettait en pratique pour un plaisir plus intense, une plus grande jouissance. À l'idée que chacune d'elles couchait avec un autre, il remarqua avec étonnement que celle qui provoquait en lui le plus de jalousie, c'était non pas sa femme, mais Ülkü. Une nouvelle fois, il regretta de ne pas avoir passé la nuit avec elle ; une nouvelle fois il s'en voulut de ses stupides appréhensions.

La rue était déserte, et un peu sombre. La petite boulangerie-pâtisserie, la résidence étudiante et l'épicière ronchonne n'étaient plus, mais l'immeuble, lui, était bien là. La plaque en faïence bleue portant le numéro 28 et entourée d'un liséré de petites fleurs blanches avait été retirée, et une porte banale avait remplacé l'ancienne en fer forgé. Il eut un instant d'hésitation. Est-ce vraiment dans cet immeuble que se trouvait son studio sous les toits ? Est-ce dans cette maison qu'Ülkü était venue un jour de septembre, vingt-cinq ans plus tôt ?

Le gardien algérien presse la sonnette tout en l'appelant : « Monsieur Murat, visite. » Il entend la voix d'Ülkü en bas. Il se sent fautif : « J'aurais dû aller la chercher à l'aéroport. Le rendez-vous que j'avais avec mon professeur à l'heure précise où l'avion atterrissait n'était pas une excuse, j'aurais pu déplacer le rendez-vous. » Puis l'enthousiasme supplante le malaise. Il dévale les marches deux par deux. Il prend son amoureuse dans ses bras sous les yeux curieux et attendris du gardien. Cet extraordinaire courant émotionnel qu'il n'a jamais vécu avec aucune autre femme se diffuse de son cerveau jusqu'à l'aine.

« Je l'aimais, mais je n'ai pas su montrer suffisamment mon amour. Je n'ai pas pu vivre pleinement cet amour, même au risque de le voir s'éteindre. J'ai dressé autour de moi un mur de règles, de devoirs, de souci de l'avenir, de passion carriériste, d'ambition, de soif de pouvoir, et je me suis débattu à l'intérieur.

Maintenant, alors qu'il est si tard, vais-je réussir à briser mes chaînes, à être libre ? »

Il comprit pourquoi il avait tant besoin d'Ülkü. Elle, c'était une femme libre, une personne qui vivait sa liberté sans ostentation, sans artifice. Il s'avoua que ce qui lui faisait peur chez Ülkü, c'était essentiellement ce sentiment de liberté. Mais à présent, c'était justement ce sentiment-là qu'il lui fallait : le courage de vivre la liberté sans peur et jusqu'au bout.

« Demain, il faut que je partage tout cela avec Derin, pensa-t-il. Il faut que je prenne mon courage à deux mains et que je sois le plus ouvert et transparent possible. Derin n'émettra pas d'objection, elle comprendra. Elle a en elle quelque chose du naturel et de la liberté d'Ülkü. On dirait plus la fille d'Ülkü que d'Ipek. »

La mère de son épouse lui vint à l'esprit. « Est-ce vrai que la mère d'Ipek était alcoolique et qu'elle est morte d'une cirrhose ? Certaines mauvaises langues prétendent même qu'on l'avait traitée pour schizophrénie dans une clinique psychiatrique. »

Il avait eu vent de ces rumeurs, mais ne s'y était jamais arrêté. Sa mère tenait ses ragots pour un tissu de mensonges ; mais même s'ils s'étaient révélés justifiés, elle ne le lui aurait pas dit. Pour la simple et bonne raison qu'elle considérait le mariage de son fils avec Ipek comme le fruit de sa propre ingéniosité. Sa fille, Derin, développerait-elle plus tard un penchant pour l'alcool elle aussi ? Il trembla en pensant à elle. « Peu importe comment je me débrouille et la façon dont j'organiserai ma vie, mais je dois veiller à ce qu'il ne lui arrive rien de mal. » Tandis qu'il se représentait le beau et fin visage de sa fille, une photo s'imposa tout à coup à lui : une photo d'identité… Une photo d'identité de Derin ? Non, celle d'un garçon. Qui avait le même regard que Derin. « Derin a le même regard que toi », disait Ipek. Où avait-il vu cette photo ?

Il se souvint. Pour ne pas tomber, il s'appuya contre la porte devant laquelle il était posté. Sous la photo d'identité du dossier qualifié « top secret », il était écrit « Umut Murat Ulaş, né en février 1972 ». Sa main avait tremblé, il avait renversé du café sur le dossier. Il revit la tache de café doucement s'étaler sur la photo comme une tache de sang. Son esprit s'arrêta sur l'empressement et l'insistance avec lesquels Ülkü affirmait que son fils était né en 1973 chaque fois qu'il était question de l'âge d'Umut. Sans même se dire que ce qu'il faisait était absurde et bizarre, il se mit à compter à rebours depuis le mois de février 1972.

Au matin de notre dernière nuit, dans la maison de Büyükada, elle était depuis longtemps partie quand je me suis réveillé. « La demoiselle a eu une obligation, elle est partie avec le vapeur de 9 h 30, elle m'a demandé de vous en informer, avait dit le vieux jardinier. J'ai cueilli une brassée de mimosas, les mimosas lui allaient bien », avait-il ajouté ensuite. C'était un jour important, il s'était passé quelque chose. Il fouilla dans sa mémoire. « Quelle nouvelle Salih Efendi m'avait-il communiquée d'un ton un peu inquiet ? Loi martiale… Oui, il avait dit loi martiale. » C'était le 27 avril. Le lodos soufflait violemment. Tandis qu'il essayait, par décence envers la femme qui rangerait bientôt la chambre, de remettre de l'ordre dans le lit où ils avaient passé la nuit, il avait trouvé la barrette à cheveux d'Ülkü entre les draps. C'était la fin du mois d'avril. « D'avril à février, ça fait neuf mois… »

Les yeux d'Umut, ceux de Derin et son propre regard se superposèrent dans la mémoire et le cœur d'Arın Murat, et ils coïncidèrent. Comment se fait-il qu'il n'ait pas compris plus tôt ? Il s'en étonna. Peut-être que, dans les profondeurs de son inconscient où lui-même n'avait pas accès, il le savait depuis longtemps et que son instinct de protection avait pris le dessus.

Il s'écarta de la porte contre laquelle il était appuyé et fit quelques pas vers les profondeurs de la rue sombre et déserte. Quand bien même il ne voyait ni n'entendait rien, et n'était d'ailleurs pas en état de comprendre quoi que ce soit à ce moment-là, il perçut la présence de l'homme qui marchait derrière lui ; et il comprit que sa fin était venue… Il n'accéléra pas le pas, il ne se retourna pas, il ne regarda même pas autour de lui pour chercher un coin où se réfugier. Il avança tout doucement, au milieu de la rue, tel un condamné marchant devant son bourreau.

Il n'entendit pas la détonation ; l'arme devait être équipée d'un silencieux. Rien ne vint troubler le calme ordinaire de la nuit et la pénombre déserte. Le tireur avait du sang-froid, il était bien équipé, c'était à l'évidence un professionnel. Tandis qu'il s'écroulait avec une douleur indescriptible à la nuque, il crut voir poindre l'aube dans la lumière du réverbère qui lui éclaboussait les yeux. « La première aube de ma liberté », pensa-t-il.

***

Ülkü se laissa presque tomber dans le taxi que l'inspecteur de police lui avait appelé. Le violent mal de tête qui ne la lâchait pas dans ce genre de situation l'empêchait de réfléchir, d'analyser les faits et de prendre des décisions. La seule chose qu'elle désirait, c'était trouver un coin pour s'allonger, prendre un puissant antalgique et dormir. Elle s'apprêtait à donner son adresse au chauffeur qui lui demandait où elle allait, mais au dernier moment, elle changea d'avis. Elle se rendit compte qu'elle avait peur, et sa peur s'accrut. Le seul endroit où elle se sentirait en sûreté, c'était au journal. Là-bas, elle pourrait prendre un médicament et réfléchir à tête reposée. Au moment où elle donnait l'adresse du journal au chauffeur, elle se demanda s'il ne valait pas mieux aller tout droit à l'ambassade raconter ce qu'elle savait, mais elle chassa aussitôt cette idée de son esprit.

Elle se laissa aller contre le dossier. Elle souhaitait que les problèmes de circulation qui l'agaçaient tellement le soir à Paris se fassent encore plus denses, que son trajet se prolonge et s'éternise. Descendre du taxi, monter jusqu'à la rédaction du journal, trouver un coin tranquille, s'allonger sur l'une des banquettes de la salle de repos, tout cela lui paraissait le bout du monde. La seule chose nette et claire dans sa conscience troublée par cette affreuse migraine, c'était l'image de la souris prise au piège. Elle ne saisissait pas vraiment de quoi elle avait peur, mais elle se sentait sous le coup d'un danger dont elle ne savait pas d'où ni de qui il viendrait.

Arrivée devant le journal, elle demanda au chauffeur d'attendre quelques minutes en laissant tourner le compteur. Par la vitre arrière, elle jeta un coup d'œil sur l'avenue, sur le trottoir et autour de la porte d'entrée principale du bâtiment. Il n'y avait rien de suspect. « Ce doit être ainsi que commence la paranoïa », pensa-t-elle. Elle régla le prix du taxi et, en descendant de voiture, elle vacilla. Le chauffeur lui demanda si ça allait. « Ça va, ça va, merci », éluda-t-elle et, dans un dernier effort, elle s'engouffra dans le bâtiment.

— Ah, vous voilà enfin, madame Öztürk, dit la femme au visage amical qui était à l'accueil.

Elle était représentante syndicale dans l'entreprise, elle était communiste, elle se vantait d'avoir eu un père pendu par les nazis durant la Seconde Guerre mondiale, elle passait ses vacances d'été à Assos, en Turquie ; chaque fois qu'elle y allait, elle demandait à Ülkü si elle souhaitait transmettre des nouvelles, et, au retour, elle ne manquait jamais de lui rapporter un petit cadeau. Elle l'informa que l'ambassade de Turquie avait cherché à la joindre, que c'était urgent, et qu'il fallait absolument qu'elle rappelle. Puis, plus bas, elle avait ajouté : « Rien de grave, j'espère. » Au lieu de discuter comme elle le faisait habituellement, Ülkü la remercia brièvement et se dirigea vers l'ascenseur. « Ils ne perdent pas de temps », pensa-t-elle. Tant que cet horrible mal de tête ne l'aurait pas quittée, elle n'irait nulle part et ne parlerait à personne. En attendant que l'ascenseur arrive au rez-de-chaussée, elle lança en direction de l'accueil :

— S'il vous plaît, dites au standard de ne me passer aucun appel pour l'instant.

Elle stoppa l'ascenseur avant d'arriver à l'étage où se trouvait la salle de rédaction dans laquelle elle disposait d'un petit espace. Elle entra dans une des salles de réunion toujours vides à cette heure. Elle avala d'un coup deux comprimés qu'elle fit passer avec l'eau d'une carafe encore à moitié pleine restée sur la table. Elle rassembla deux des confortables fauteuils dans l'angle de la pièce et s'y allongea. Elle laissa ses jambes dépasser des fauteuils. Les longues nuits d'hiver, pour ne pas aller dans la chambre glaciale qu'elle partageait avec sa sœur, elle prétextait qu'elle avait mal à la gorge et ne se sentait pas bien, elle réunissait les deux vieux fauteuils de la salle de séjour et se couchait près du poêle. En écoutant la discussion entre ses parents, les babillages de sa sœur et la musique qui s'élevait de la radio, ses paupières s'alourdissaient, elle lâchait prise et s'endormait. Dehors, le vent froid des bourgades anatoliennes, la pluie battant les vitres ou la neige tombant à gros flocons ; à l'intérieur, la douce chaleur de la pièce, le sentiment de sécurité que créaient la chaleur douce de la pièce et la présence de ses parents : les meilleurs et les plus sereins sommeils de son existence… Elle était toute petite, ses jambes ne dépassaient pas du fauteuil. Avec le bonheur d'un chat endormi devant un bon feu, elle étirait ses membres et remplissait à peine les deux fauteuils.

Elle ramassa ses jambes et se recroquevilla. Pour la première fois de sa vie, la grandeur de son corps, la longueur de ses jambes lui causèrent du désagrément. Pourtant, quand Arın remontait vers son sexe en embrassant et en caressant ses jambes longues et bien faites, il disait dans un souffle : « Les plus belles routes menant au plus bel endroit du monde. » « Mais Arın n'est plus. Il est mort, je suis même allé identifier son cadavre. Mes jambes sont trop longues, d'une longueur insupportable ; elles pendent en dehors des fauteuils. » Avant de s'assoupir sous l'effet des comprimés, elle pensa : « Je suis en sécurité ici. Personne ne passera dans cette pièce jusqu'à demain. »

Lorsqu'elle s'éveilla, il faisait jour, c'était le matin. Sa migraine était passée, mais elle avait la tête comme un tambour. Sachant que les femmes de ménage passeraient bientôt pour leur tournée matinale, elle se dépêcha de rassembler ses esprits. Elle remit de l'ordre dans ses cheveux et sa tenue. Elle entra dans les toilettes où une douche avait été prévue pour les équipes de nuit, elle se lava le visage, les bras et les pieds ; elle arrangea sa coiffure et procéda à son léger maquillage habituel. Et elle se dit que, si elle prenait un bon café noir accompagné d'un croissant à la cafétéria, elle retrouverait toute sa lucidité. Elle s'étonna que tout soit si banal et naturel. Comme si, après une nuit de travail ordinaire, elle rafraîchissait un peu sa mise avant de sortir du journal. En sortant des toilettes, elle ne sut comment interpréter le regard scrutateur de l'un des jeunes reporters qu'elle croisa devant la porte, ni le « désolé » qu'il lui adressa d'un ton bizarre. C'est donc qu'elle avait l'air défaite. Elle pensa bien à un moment dire qu'elle était malade et rentrer chez elle, mais elle y renonça aussitôt. Une petite voix intérieure lui susurrait de ne pas regagner rapidement son domicile, et de ne pas y retourner seule surtout. Elle savait que les quotidiens étaient livrés de bonne heure. Elle pouvait monter dans la rédaction et jeter un coup d'œil sur les journaux. Elle pourrait ainsi voir comment la nouvelle de l'assassinat d'Arın Murat était présentée dans la presse, découvrir les détails de l'événement et les explications qu'en donnait la police. Elle se dit que, en de telles circonstances, il serait judicieux qu'elle soit présente au journal, que son absence susciterait les soupçons, et que c'est ici qu'elle disposerait des informations les plus fraîches et les plus fiables. Mais d'abord, il lui fallait absolument boire un café. Elle se dirigea vers la cafétéria.

L'odeur du café et des croissants… Cette odeur familière qui, depuis sa jeunesse, lui montait aux narines dès qu'on prononçait le mot « Europe » et surtout « Paris » en entraînant des souvenirs dans son sillage ; cette odeur qui lui procurait un sentiment de bonheur, de sérénité et de liberté. Elle prit son café et son croissant et les posa sur la table. Elle choisit plusieurs journaux parmi les quotidiens soigneusement disposés sur l'étagère près de l'entrée. La cafétéria était quasi déserte. Elle serait à son aise pour consulter la presse et tranquillement décider de la marche à suivre. Elle alluma une cigarette et but une gorgée de son café noir. Tout au-dessus de la pile, dans son propre journal, il était écrit qu'un haut fonctionnaire et homme d'État de Turquie était mort, à Paris, dans un attentat dont on ignorait encore le mobile, qu'une enquête, menée d'un côté par la police française et, de l'autre, par l'ambassade de Turquie, était actuellement en cours, et que, pour l'heure, on ne savait encore rien de l'identité des assassins. En bas de cet article sur deux colonnes placé en cinquième page – page dédiée à ce type d'informations –, il était fait référence à l'article de fond qu'elle-même avait écrit l'avant-veille et rappelé que, dans une conférence de presse internationale, Arın Murat avait surpris son auditoire en tenant un discours courageux qui s'écartait des thèses et du discours officiels de l'État turc.

« Heureusement qu'hier c'était mon jour de congé, pensa-t-elle. Et s'ils ont essayé de me joindre, je n'étais pas chez moi ; sinon, c'est à moi qu'il aurait incombé d'écrire l'article sur la mort d'Arın. » Elle ouvrit un de ces journaux à grand tirage friands de sensationnel. Un gros titre en une attira aussitôt son attention : « Le diplomate turc, victime d'un crime passionnel ? » Sous le titre, une photographie d'Arın prise l'avant-veille à la conférence et, juste à côté, une ancienne photo d'elle, floue, extraite d'un portrait de groupe, recadrée et agrandie. Sous la photo, cette légende : « La journaliste turque de nationalité française est la dernière personne à avoir vu vivant l'homme d'État assassiné. »

Elle plaça le journal tout en dessous de la pile des autres titres posés sur la table. Elle sentit ses doigts trembler, la chaleur lui monter au visage, la sueur perler sur son dos. La panique de l'élève surprise en train de copier… Le professeur avance tout doucement, avec un sourire de triomphe mauvais sur le visage. Vous n'avez pas d'endroit où cacher votre antisèche. Vous restez assise là, avec des regards de souris prise au piège, sidérée par la peur, terrorisée, et vous attendez la fin inéluctable.

Elle se sentait vraiment prise au piège. Elle savait que tout ce qu'elle ferait, que chaque faux pas, chaque mot qu'elle prononcerait, chaque ligne qu'elle écrirait provoquerait le resserrement du piège sur elle. Ülkü Öztürk ne s'était jamais sentie aussi seule de sa vie, aussi vulnérable et désemparée ; même à la mort d'Umut… Elle pensa à Ömer et désira sa présence. Elle aurait pu se réfugier sous son aile, demander conseil, s'appuyer sur lui, être en confiance. Puis sa mère lui vint à l'esprit. « Cette fille attire les malheurs comme un paratonnerre attire la foudre, disait-elle avant d'ajouter : Mais elle ne peut s'en prendre qu'à elle-même ; les malheurs, c'est elle qui les cherche, et elle les trouve. » Elle alluma une autre cigarette et se mit à consulter les journaux un à un, en tâchant de se concentrer et de conserver son calme. L'information selon laquelle un haut fonctionnaire turc – un diplomate sous la plume de certains – avait été victime d'un meurtre à Paris figurait dans tous les journaux. Un journal de gauche réputé pour son sérieux livrait l'information factuelle accompagnée d'une biographie d'Arın Murat et précisait que, dans sa conférence de la veille sur les perspectives de développement de la démocratie en Turquie, le diplomate s'était écarté du discours officiel du gouvernement turc et avait fait d'importantes déclarations. Le journal s'arrêtait sur le probable aspect politique de ce meurtre et mentionnait au passage le fait que la Turquie, membre de l'OTAN, puisse ne pas avoir démantelé l'organisation de contre-guérilla, le Gladio turc.

Seulement deux quotidiens populaires à grand tirage et de même tendance relayaient l'information, avec des titres semblables et les mêmes photographies. Dans l'un d'eux, la photo d'Ülkü était en plus grand format ; on distinguait vaguement le foulard qu'elle portait autour du cou et les doigts de sa main posée sur son épaule. La photo de la jeune femme souriant à l'objectif devait dater de dix ou quinze ans. Les photos d'Arın et d'Ülkü comportaient la même légende : « Ils ont dîné ensemble hier soir. » Les photos et l'information selon laquelle ils étaient ensemble la veille étaient parvenues aux deux journaux par le même canal, c'était évident. D'où sortait donc ce cliché dont elle-même n'avait aucun souvenir, alors qu'il aurait été tellement plus simple de trouver une photo d'identité ? Elle se demanda comment, par qui, et dans quel but cette photo avait été dénichée et utilisée ; et pour quelle raison elle avait uniquement été transmise à ces journaux à sensation, et non pas à de respectables journaux politiques. Puis elle comprit que la réponse à cette question était, en réalité, la même que celle portant sur l'identité et les mobiles du ou des meurtriers d'Arın, que c'était du moins un indice menant à la solution.

Elle saisissait intuitivement que le seul moyen de sortir du piège dans lequel elle était tombée, c'était la franchise absolue. Le mieux serait de faire preuve de transparence et d'une parfaite honnêteté, autant avec l'ambassade qu'avec l'inspecteur de police français. Elle n'avait rien à craindre et nul intérêt à cacher quoi que ce soit. D'autant plus qu'ils savaient apparemment déjà beaucoup de choses. Elle ouvrit devant elle les deux journaux qui avaient publié l'info avec sa photo et, l'observant attentivement, elle crut retrouver un vague souvenir.

Devant le mur, il y avait des arbres remplis d'oiseaux. Des centaines, des milliers d'étourneaux qui vous lâchaient leurs fientes sur les épaules et sur la tête quand vous passiez sous les branches et qui vous assourdissaient de leurs cris… Elle allait à un rendez-vous secret au cours duquel elle espérait obtenir des nouvelles d'Ömer, et apprendre quand et comment elle pourrait enfin partir à l'étranger. C'était la fin de l'été ; le temps était chaud à Ankara. Les soldats armés qui surgissaient devant vous à chaque pas ne manquaient pas de vous rappeler l'ambiance pesante que vous cherchiez – et parveniez parfois un bref instant – à oublier. Elle ne savait pas encore où cette rencontre aurait lieu. Elle devait d'abord se rendre dans une librairie de Kızılay, demander à la jeune caissière où se trouvait le rayon des romans étrangers, et quand la fille lui demanderait quel roman elle cherchait, elle dirait qu'elle voulait *Crime et Châtiment*, de Dostoïevski, et ensuite, elle s'orienterait en fonction de la réponse qui lui serait donnée. Pour se protéger des fientes d'oiseaux, elle s'était rapprochée du mur, et c'est là qu'elle avait vu les affiches pour la première fois. Les affiches des personnes recherchées par l'autorité militaire de l'état de siège. Elle avait de nouveau jeté un coup d'œil à la ronde pour vérifier si elle était suivie. Il y avait du monde alentour. Une foule en sueur et fatiguée, alanguie par la chaleur de cette fin août s'écoulait le long du boulevard. Nul ne s'occupait de personne. Une grosse dame au tee-shirt moite et lui collant au corps, avec des auréoles de sueur sous les aisselles, examinait les affiches. Sous le masque d'une simple et curieuse citoyenne, elle s'approcha de la femme et se mit à regarder les affiches. Il y en avait deux différentes, avec huit photos sur l'une et six sur l'autre. « Ce sont des ennemis de la patrie ces gens-là, avait dit la grosse dame sentant la transpiration. Il n'y a qu'à en pendre quelques-uns, et on verra si ces fichus communistes osent encore venir détruire l'État ! » Juste au moment où, n'y tenant plus, elle allait lui répondre vertement, son regard était tombé sur sa propre photo sur l'une des deux affiches et elle s'était figée sur place, comme un lapin hypnotisé par les yeux d'un serpent. Ülkü, dans un portrait agrandi et tiré d'une vieille photo oubliée, dont elle ne comprenait pas où ni comment ils l'avaient trouvée, la regardait en souriant depuis le mur. À côté se trouvait une photo d'Ömer, sombre et sérieux, absolument pas ressemblante. Sans même prendre le temps de lire le nom des autres ni de voir de qui il s'agissait, elle répondit : « Vous avez raison, ce sont des traîtres à la patrie », en essayant de s'éloigner rapidement. Elle avait eu peur que la femme se retourne et la reconnaisse.

C'était bien cette photo-là avec le nom d'Ülkü Ulaş figurant parmi les personnes recherchées qu'on placardait sur les murs d'Ankara en 1981. Et voilà que des années plus tard, avec le nom d'Ülkü Ozturk orthographié à la française, cette même photo trônait en première page de journaux à sensation, accolée à la nouvelle d'un crime.

Elle avait besoin de quelqu'un de sensé, d'un ami fiable à qui demander conseil. Par exemple, devait-elle rester travailler au journal aujourd'hui ? On lui avait dit que l'ambassade avait cherché à la joindre, devait-elle y aller et leur raconter ce qu'elle savait ? Fallait-il porter plainte contre les journaux ayant publié cette photo et utilisé des titres créant la suspicion ? Devait-elle rentrer à son domicile ou bien ne plus y mettre les pieds pendant un moment ?

Elle décida de commencer par parler avec l'arrogant André, le chef de la rubrique internationale. Il avait au moins l'avantage d'être intelligent, compétent et conscient des enjeux. De plus, en tant que chef du service dans lequel elle travaillait, elle se devait de le voir et de l'informer de la situation. Une personne complètement extérieure aux événements serait mieux à même de garder son sang-froid. Elle savait qu'elle se tirerait plus facilement de ce mauvais pas si elle s'appuyait sur le journal, si elle avait derrière elle et le journal et le syndicat et toute la presse.

Puis elle pensa à Falin. Cela faisait longtemps qu'elle n'avait pas revu le professeur russe et qu'ils ne s'étaient pas rappelés. Que Falin soit la seule personne qu'elle puisse appeler dans cette immense ville de Paris quand elle avait des ennuis ou besoin d'un ami la surprit et l'attrista un peu aussi. Elle se sentait proche de lui, peut-être parce qu'il connaissait Ömer, peut-être en raison de leur passé commun, peut-être en raison du respect qu'elle éprouvait pour sa façon d'essayer de comprendre les événements sans cracher sur le communisme. Elle sortit son répertoire téléphonique de son sac et y trouva le numéro de Falin. Elle l'appellerait une fois qu'elle aurait parlé à André.

Il y a près de trois ans, elle avait retrouvé Falin à Paris, un peu par hasard. Elle avait lu dans *L'Humanité* qu'il serait l'un des intervenants d'une conférence organisée par le Parti communiste français sur l'effondrement du système soviétique, et elle avait décidé d'y assister. À Moscou, comparé à toute une ribambelle de têtes en béton et assoupies, Falin laissait tout de suite deviner qu'il était d'une autre trempe avec son air d'opposant, son regard critique, sa manière de refuser le copier-coller et l'exégèse du livre saint, son sens de l'humour et sa souplesse. Contrairement aux idéologues du parti qui ne se posaient pas de questions et n'aimaient pas qu'on leur en pose, lui, il questionnait constamment, creusait, approfondissait ses interrogations et ses réponses, et il encourageait ceux qui suivaient ses cours et ses conférences à poser des questions. C'était l'un des rares professeurs aux conférences duquel elle assistait, avec qui elle avait plaisir à débattre et pour qui elle avait de la sympathie. Ömer aussi chantait toujours les louanges de Falin, il avait peur que son regard critique, allié à un léger humour, ne lui attire des problèmes. Il semblait malheureux dans sa vie privée. Il était séparé de sa femme, et ses enfants, restés à Leningrad avec leur mère, lui manquaient.

Il n'y avait pas foule au colloque. Autrefois, ce genre de réunions était pris d'assaut, surtout si un scientifique soviétique au nom un peu connu dans les milieux de gauche faisait partie des orateurs. Elle s'était assise au niveau des premiers rangs pour être vue, elle attendait que Falin se tourne de son côté et que leurs regards se croisent. Les orateurs étaient au nombre de trois : une femme du Parti communiste français reconnue comme une grande spécialiste de l'Union soviétique, un professeur allemand de la RDA, et Falin. Ülkü s'étonna de ne pas avoir remarqué auparavant combien il était bel homme. Avec son visage fin et osseux, ses tempes grisonnantes, ses cheveux châtains toujours abondants, il avait quelque chose de ces Ukrainiens à la beauté un peu froide. Elle calcula qu'ils ne s'étaient plus vus depuis huit ans. Il était donc de ces hommes qui gagnent en charisme avec l'âge. Puis tout à coup, elle comprit que Falin avait beaucoup maigri, que l'expressivité de ses traits, la profondeur de son regard, la séduction qu'elle n'avait jamais remarquée chez lui provenaient de sa perte de poids.

Pendant qu'on réglait les micros et présentait les orateurs, Falin promenait les yeux sur le public présent dans la salle, et lorsqu'il croisa le regard d'Ülkü, il se figea un instant. Il paraissait s'efforcer de se remémorer qui était cette personne dont les traits ne lui étaient pas inconnus. Puis, une étincelle se mit à pétiller dans ses yeux, tout son visage s'illumina, et il lui adressa un sourire amical. Il l'avait reconnue. Ülkü hocha la tête pour le saluer et lui retourna son sourire. Elle s'étonna d'avoir autant d'émotion à retrouver des années plus tard cet homme qui ne lui était pas vraiment très proche, et avec qui elle avait seulement parlé une ou deux fois en dehors des cours. Peut-être parce qu'il véhiculait le souvenir d'Ömer, de Moscou, ou peut-être parce qu'elle avait besoin de découvrir de nouveaux visages, de nouvelles personnes, mais aussi parce qu'elle se sentait timide envers les personnes qu'elle ne connaissait pas intimement.

Falin était en forme, comme toujours. Il expliquait de façon convaincante que l'effondrement de l'Union soviétique et du bloc communiste ne signifiait pas la fin du projet socialiste et du communisme ; que c'est ainsi qu'on le concevrait pendant quelque temps ; que ce serait le principal cheval de bataille du capitalisme, mais que, ensuite, cela déboucherait sur de nouvelles quêtes ; il amenait le débat sur l'aspect multidimensionnel de l'effondrement, depuis les dimensions économique, politique et sociale jusqu'à la dimension humaine. En l'écoutant, elle avait compris qu'elle était venue ici moins pour écouter des débats et s'informer sur un sujet relevant de ses centres d'intérêt que pour voir Falin. Avec sa forte intuition, elle avait senti que cet homme entrerait dans sa vie, même pour une brève période.

Elle se rappelle comment, après la fin de la conférence, Falin avait pris congé des autres intervenants et était venu vers elle, comment il l'avait enlacée et embrassée trois fois à la russe avant de lancer, d'abord en russe, puis en français : « Voyez un peu l'ironie de la vie ! Quel hasard extraordinaire ! – et sans lâcher son bras qu'il tenait fermement, il l'avait entraînée hors de la salle de réunion en disant : Même si vous avez du travail, ça peut attendre. Allons nous asseoir quelque part ! », et dans un agréable et modeste bistrot parisien d'une petite rue, ils avaient bu du beaujolais nouveau. Les petites affiches annonçant joyeusement « Le beaujolais nouveau est arrivé » sur les larges baies vitrées occultées à mi-hauteur par de simples voilages – ce devait donc être la première semaine de novembre –, la fraîcheur du vin, tendre en bouche, les échanges en russe entre Falin et le serveur, la femme qui fredonnait dans cette même langue une émouvante chanson d'amour…

— Je savais que vous étiez à Paris. Le camarade Şerif me l'avait dit, mais je n'avais pas la moindre idée de l'endroit où je pouvais vous trouver.

Son français était correct, mais lisse et littéraire au point de faire bizarre dans le langage parlé.

— Quant à moi, je n'aurais jamais imaginé vous voir ici. Je suis tombée par hasard sur l'annonce de la conférence dans *L'Humanité*. En voyant votre nom, je ne voulais surtout pas la rater, je suis venue. Vous allez rester quelque temps à Paris ?

— Jusqu'à ce que le communisme soit réinstauré en Russie, dit-il avec cet humour caustique qui lui seyait tant. C'est-à-dire encore quelques siècles.

— Vous pensez que ça prendra autant de temps ?

— Dans le monde, je ne sais pas, mais en Russie, ça risque d'être long, oui. Je vis à Paris désormais, dit-il, sérieux. Je suis à l'université. J'ai pas mal de possibilités de travail. J'aime bien l'atmosphère de Paris. C'est encore une ville libre, indocile, de petite vertu et impertinente. Qui fait vibrer la corde sensible de mon âme et de mon palais.

La traduction mot à mot de l'expression russe « faire vibrer la corde sensible de l'âme et du palais » et le qualificatif « de petite vertu » parurent cocasses à Ülkü.

— Chez moi aussi elle fait vibrer la corde sensible de mon âme et de mon palais, reprend-elle en riant. J'aime beaucoup aussi le « de petite vertu ». Moscou était sérieuse et tragique ; Berlin, blessée mais péremptoire ; Leipzig froide, morne et déprimante ; Istanbul, chaotique et assoupie.

— Votre poète… pourquoi dis-je « votre », puisque même sa tombe est chez nous. Notre poète Nâzım, donc, pose la question dans un de ses poèmes : « Dans quelle ville voudrais-tu mourir ? » Et il répond d'abord Istanbul, puis Moscou, et enfin Paris. Mourir, je ne sais pas, mais pour vivre, ma préférence va à Paris.

— Pour mourir, mon choix se porterait peut-être sur Istanbul, Falin. J'avais un fils, il est mort à Istanbul, on l'a tué.

D'étonnement, Falin se penche sur la table et renverse son verre de vin. Le serveur russe accourt en riant, une serviette à la main.

— Ça porte bonheur, ne vous inquiétez pas, je vous en ressers tout de suite un autre.

— Je savais que vous aviez un fils. Oui, je m'en souviens. Şerif reliait votre envie de quitter Moscou au fait que votre fils vous manquait. Avec leur indolence habituelle, les nôtres n'ont pas réussi à faire venir votre fils à temps, je crois. Peut-être qu'ils ne s'en sont même pas occupés. Je suis vraiment désolé. Quand l'avez-vous perdu ?

S'abritant derrière l'aspect artificiel des phrases toutes faites qu'il emploie, il masque ses vrais sentiments.

— Il y a deux ans. Il avait vingt ans quand ils l'ont tué. Ils l'ont exécuté sans procès. C'était le moyen le plus direct de lutter contre les organisations terroristes de gauche d'après eux. Par la suite, il s'est avéré que mon fils n'appartenait à aucune organisation.

— Şerif a-t-il su pour la mort de son fils ? Vous vivez séparément, il me semble.

— Oui, nous sommes séparés. Cela fait longtemps que je ne l'ai pas vu. La dernière fois, c'était à Leipzig ; nous ne nous sommes plus donné de nouvelles par la suite. Peut-être qu'il n'a pas entendu parler de l'assassinat d'Umut, peut-être qu'il est au courant, qui sait !

— Quelle tempête ! s'exclame Falin en faisant référence au roman d'Ehrenbourg. Et quand je dis tempête, le mot est faible ! Il vaudrait mieux parler d'ouragan. Un ouragan qui nous pousse tous devant lui. Il en a toujours été ainsi. Pas seulement notre génération, mais au fil des siècles, ceux qui ont osé ouvrir la porte de leur bicoque et mettre le nez dehors ont tous été emportés, balayés par cet ouragan.

Sa voix est incroyablement triste, son visage pâle. La profondeur du chagrin qui se lit dans les yeux de cet homme lui fait mal ; son visage est plus que mince, d'une maigreur à faire peur, presque transparent. « Quelle idée de lui parler de la mort d'Umut, nous aurions pu discuter de choses joyeuses. » Elle se rend compte que ce qui l'attire chez Falin, c'est que leurs chagrins se ressemblent comme des jumeaux. Peut-être à cause du poids de leur vécu et de leur solitude si semblables, peut-être parce qu'ils avaient commencé à égrener le nom des villes où mourir, et non où vivre.

Ils se taisent ; ils ont pourtant beaucoup de choses à se raconter. Ils se taisent non parce que la parole est tarie, mais parce qu'ils redoutent ce qu'ils diront. Puis, ils sortent du bistrot et entrent sans raison dans un cinéma. Ils traînent sur les rives de la Seine pour retarder le moment où ils uniront leurs corps, où ils feront l'amour. Chacun d'eux plonge dans les souvenirs de son propre fleuve, dans sa propre tristesse ; tous deux craignent de rompre le silence.

— Allons chez moi, je suis fatiguée, dit Ülkü. J'ai du vin et du fromage à la maison.

Elle essaie de donner un ton banal et naturel à sa voix. Tous deux savent bien vers quoi mène cette invitation.

— Nous avons beaucoup tardé, dit Falin. Nous n'avons guère de temps à perdre. Surtout moi.

Qu'avait-il voulu dire ? Parlait-il de l'avancée de sa maladie à l'origine de la perte de poids qui le rendait plus beau et charismatique, ou de celle de l'âge ? « Je n'avais pas du tout pensé qu'il pouvait avoir un cancer. Et les jours suivants non plus il n'avait rien laissé deviner. Quand je l'ai appris, beaucoup plus tard et de façon indirecte, il avait dit : "C'est le mieux qui puisse arriver, ne t'en fais pas. D'ailleurs, la progression de la maladie est stoppée." Et nous n'avons plus jamais abordé le sujet.

« Ce jour-là, nous sommes allés chez moi et nous avons fait l'amour. De manière ni enflammée ni timide ; un rapport sexuel banal, ne laissant pas trop d'empreintes. Plus que le plaisir sexuel, nous cherchions à tromper notre solitude, à sentir en profondeur de la chaleur humaine. Peut-être espérions-nous que faire l'amour pourrait prolonger notre relation, que nous pourrions vivre une vraie relation de couple. Mais je crois que nous portions tous deux un trop lourd fardeau, nous étions sans avenir, nous prenions de l'âge ; nous n'avons pas réussi. »

Au fur et à mesure, leurs rencontres s'étaient faites plus ternes, plus banales, plus espacées. La joie, l'espoir et la foi se partagent, mais qu'en est-il du chagrin ? Non, le chagrin et la souffrance ne sont pas partageables. Elle le savait depuis longtemps.

Elle décida d'appeler Falin, de rentrer chez elle avec lui s'il acceptait de la raccompagner et de lui demander conseil. Puis elle sortit de la cafétéria pour voir André. Avant de franchir la porte, elle remit soigneusement les journaux qu'elle avait consultés à leur place – en prenant soin de poser les deux quotidiens avec sa photo tout en haut, bien en évidence. Sa panique d'il y a quelques instants s'était dissipée, elle avait retrouvé son calme. Elle pensa qu'être prise dans ses propres problèmes lui faisait oublier la mort d'Arın, que l'effort déployé pour sortir de ce pétrin prenait le pas sur la souffrance de sa disparition ; elle eut un petit sursaut intérieur.

Quand elle entra dans le bureau d'André, un peu timide, elle s'étonna de le voir si proche et amical. « Il sait que je suis dans une situation compliquée, et il va profiter de l'occasion et faire mine de m'aider », pensa-t-elle.

— Vous avez bien fait de venir. Je passe mon temps depuis ce matin à essayer d'éviter les appels en provenance de votre ambassade. Ils veulent vous voir. Mais comme je ne sais pas quel est votre avis sur la question, j'ai répondu que vous étiez en congé, hier et aujourd'hui, et que je vous transmettrais le message dès votre retour.

— Vous avez bien fait, je vous en remercie. J'ai dû vous créer des ennuis, à vous aussi.

— Non, ne croyez pas cela. J'ai appris la chose hier, en fin d'après-midi. J'ai essayé de vous joindre, en vain. Vous n'étiez pas chez vous apparemment. J'ai laissé un message sur votre répondeur, vous demandant de rappeler. Pour empêcher toute situation délicate, j'ai parlé avec les patrons. Tout le monde sait que ce n'est pas vous qui avez tué M. Mura. Si vous intentez un procès contre ces journaux, l'avocat de notre établissement se chargera de la procédure.

— Je vous remercie, répéta-t-elle – puis, pour bien montrer qu'elle acceptait le calumet de la paix qui lui était tendu, elle ajouta en souriant : Mais on prononce « Mourate », pas « Mura », vous savez bien, André.

Elle essayait de comprendre dans quelles dispositions était André, la raison de son brusque changement d'attitude.

— Oui, je ferai attention désormais. À vous aussi je dirai non pas madame Ozturk, mais Öztürk. Il y a une seule chose que j'aimerais savoir. Pardonnez ma curiosité. La curiosité est un péché, mais qui pourrait prétendre être sans péché ? D'autant plus que c'est une condition intrinsèque de notre métier. Vous connaissiez M. Murat, n'est-ce pas, Ülkü ?

« C'est donc cela qu'il voulait savoir », pensa-t-elle, et cela la fit rire intérieurement. André était rusé comme un renard. Il avait apparemment perçu, à l'attitude et au comportement d'Ülkü, qu'il y avait une relation particulière entre elle et Arın.

— Oui, je le connaissais. Nous étions ensemble il y a vingt-cinq ans. Arın Murat était mon premier amour. Nous avons vécu un moment sous le même toit à Paris, quand nous étions étudiants. Ensuite, nous nous sommes séparés. Nous nous sommes croisés une fois il y a trois ou quatre ans au sujet de mon fils, au moment où il a été assassiné, mais en dehors de cela, nous ne nous sommes pas revus.

Elle ne sait pas pourquoi elle raconte tout cela à cet homme prétentieux et arrogant. Peut-être parce que tout cela n'a plus d'importance à présent, peut-être parce que cela lui plaît de voir le côté humain de cet homme.

— C'est pour cela que vous ne vouliez pas vous rendre à cette conférence.

— Oui, mais finalement, j'y suis allée. Il avait téléphoné au journal, exprimé le souhait qu'on se voie. Après la conférence, je suis revenue au journal rédiger mon article. Le soir, nous avons dîné ensemble dans ce restaurant aux aquariums de l'île Saint-Louis. Ensuite, Arın est parti un peu après 23 heures. Il m'a dit qu'il valait mieux que je reste encore un instant et qu'on ne nous voie pas sortir ensemble. J'ai pris un taxi et il était près de minuit quand je suis rentrée chez moi. Le lendemain, c'est-à-dire hier, il devait m'appeler. À midi, je n'avais toujours pas de nouvelles. Cela m'a paru très bizarre, car il aurait dû m'appeler sans faute, c'était convenu ainsi. Ensuite, je ne sais pas quelle heure il était, j'ai été contactée par la police. On m'a informée qu'Arın Murat avait été assassiné et qu'il fallait que j'aille à la morgue pour l'identifier.

— Pour quelle raison, à votre avis, vous ont-ils demandé cela à vous ?

— Ils m'ont dit que c'était une simple formalité. J'étais si perturbée que je n'ai pas pu vraiment réfléchir à tout ça. Mais je pense qu'ils voulaient voir quelle serait ma réaction. L'inspecteur de police savait que nous avions dîné ensemble.

— Pourquoi l'a-t-on tué d'après vous, Ülkü ?

— Je ne sais pas, mais il pensait être suivi. Ils savent que nous avons dîné ensemble, c'est donc qu'ils l'ont suivi ce soir-là.

— Si jamais ils vous cherchent des noises pour cette soirée, vous n'avez qu'à dire que c'est moi qui ai organisé ce repas pour que vous réalisiez une interview de lui. Les propos tenus par M. Murat dans cette conférence étaient franchement très intéressants, toutes les saletés du pouvoir étaient mises sur le tapis par la bouche de quelqu'un d'influent. Il est parfaitement normal que, en tant que directeur du département des infos internationales, je vous demande de l'interviewer, non ?

— Une nouvelle fois merci. L'aide que vous m'apportez est vraiment réconfortante, André.

— Vous allez vous rendre à l'ambassade ?

— Je voudrais d'abord passer chez moi avec un ami vérifier l'état de mon appartement. Je ne suis pas rentrée depuis hier midi. J'ai un drôle de pressentiment. Peut-être une vieille habitude de Turquie. Nos appartements étaient fréquemment fouillés ; ils s'y installaient en notre absence, transformaient les lieux en une sorte de poste de garde et ils arrêtaient tous ceux qui allaient et venaient.

— Vous voulez que je vous accompagne ?

— Je vais appeler un ami. Si jamais je ne le trouve pas, je vous le demanderai, oui. Merci beaucoup.

Elle s'avança vers André et ils échangèrent une amicale poignée de main. « Les gens sont vraiment imprévisibles », pensa-t-elle.

***

Elle réussit à joindre Falin sur son numéro à l'université. Elle lui dit d'une traite qu'il fallait qu'ils se voient d'urgence et qu'elle ne pouvait pas lui expliquer au téléphone. Ils convinrent de se retrouver une heure plus tard, dans un café près de chez elle. La voix du professeur lui sembla triste et sans entrain. « Ai-je fait une erreur en l'appelant ? » Elle essaya de calculer depuis combien de temps ils ne s'étaient pas vus. Au moins quatre ou cinq mois…

La dernière fois, ils étaient allés voir Milva en concert à Paris. Tandis que la chanteuse interprétait de magnifiques morceaux de Piazzolla où la passion et la tristesse latines se faisaient musique, Ülkü s'était dit : « C'est tellement différent du sentimentalisme slave, et pourtant si proche. » En écoutant *Cent Ans de solitude*, ses yeux s'étaient embués de larmes ; au même moment, Falin lui avait légèrement pressé le bras et murmuré : « C'est comme nous. » Ils avaient été heureux de se trouver un goût commun, une sentimentalité commune capable de redonner des couleurs à leur relation de plus en plus terne. En sortant du concert, ils avaient dîné ensemble et bu du vin. Tous deux savaient très bien que leur relation refroidissait jour après jour, qu'elle se consumait doucement et sans bruit. Et ils n'avaient ni la force ni l'intention de l'éviter.

— Un grand amour passionné, une vraie relation homme-femme, cela ne se vit que lorsqu'on est jeune, avait dit un jour Falin. C'est seulement dans sa jeunesse qu'on croit en l'éternité de l'amour. Dès lors qu'il n'y a plus d'espoir, l'amour-passion ne peut plus être.

Les jours d'après, ils s'étaient téléphoné plusieurs fois, mais ils ne s'étaient pas vus. Tous deux avaient du travail par-dessus la tête et cela comptait davantage que leur relation.

Ülkü avait une voix si affolée et altérée au téléphone que, sur le chemin du café où ils avaient rendez-vous, Falin ne put s'empêcher de s'inquiéter et d'émettre certaines hypothèses. Il se dit qu'elle avait peut-être eu des nouvelles du camarade Şerif. De mauvaises nouvelles sûrement. Ou une nouvelle en provenance de Turquie.

À cette heure de la matinée, il n'y avait personne d'autre dans le café qu'une vieille dame sirotant son chocolat chaud et un noceur attardé buvant une bière de bon matin, sans doute en vertu de l'adage qui veut qu'un clou chasse l'autre. Ülkü était plongée dans la lecture du journal étalé devant elle. Falin se fit la remarque qu'elle avait beaucoup changé depuis le jour où il l'avait rencontrée à Moscou et qu'elle était vraiment devenue belle dans sa maturité. Malgré tout, se remémorant la jeune femme bien en chair et pleine de vie connue à Moscou, il regretta de n'avoir pu être avec elle à l'époque. On réagit toujours trop tard, quel dommage !

Quand Ülkü releva la tête de son journal et aperçut Falin, elle faillit pousser un cri. Ses cheveux grisonnants qui lui donnaient des airs d'aristocrate russe étaient tombés. Son visage était plus éteint que jamais et son apparence faisait penser aux zombies des films d'épouvante. Avec son intelligence aiguisée qui laissait parfois Ülkü admirative, il saisit d'emblée la raison de sa stupéfaction.

— J'ai dû oublier de te le dire, expliqua-t-il. Les médecins n'ont pas trouvé mes tests sanguins très brillants, ils m'ont prescrit cinq, six séances de chimiothérapie. Mais ça va maintenant. Les dernières IRM montrent une nette rémission de la maladie.

— Nous ne nous sommes pas vus depuis longtemps, dit Ülkü, l'air contrit. Tu aurais dû m'appeler. J'aurais été auprès de toi. On a toujours besoin d'un ami dans de tels moments.

— À mon avis, c'est précisément dans ces moments-là qu'il faut rester seul. On ne doit pas oublier qu'amis et êtres chers ne sont pas des gardes-malades.

La maladie est laide, et la laideur tue l'amour et l'intérêt. Enfin, bref, raconte-moi ce qui t'arrive. Rien de grave, j'espère.

— J'ai besoin de ton aide, Sacha.

C'était la première fois qu'elle appelait Falin par son petit nom.

— J'ai besoin de ton intelligence, de ton amitié et de ton expérience.

Elle se rappela avoir dit quelque chose du même ordre à Ömer au début de leur relation. « Est-ce la conséquence d'une nostalgie qui prend le pas sur ma relation avec Falin, de mon désir de retourner à Ömer ? Ce que je cherchais en Ömer et ce que je pense avoir trouvé en lui à un moment, c'était un mur solide contre lequel m'appuyer, un port où me réfugier en toute sécurité, une intelligence qui s'ajoute à la mienne, un résumé tout prêt de toutes les vies que je n'ai pas vécues. Ce que j'attends de Falin n'est sans doute guère différent. »

— C'est un peu long à raconter, dit-elle – elle glissa devant lui le journal avec sa photo en première page qu'elle avait déplié sur la table. Tu n'as apparemment pas lu le journal ce matin. Toute la presse donne l'information : un diplomate turc en mission spéciale à Paris a été victime d'un meurtre dont l'auteur est inconnu – voyant la surprise et l'affolement se peindre sur le visage de son interlocuteur, elle ajouta : Ne t'en fais pas, ce n'est pas moi l'assassin. Seulement, nous avons dîné ensemble le soir où on l'a tué. C'est pour cela qu'ils ont inventé ces sornettes.

C'est alors qu'elle se rendit compte que, en dehors de son identité et de son vécu politique, elle n'avait jamais rien raconté de son passé à Falin. Aucun des deux ne s'était intéressé à ce qu'avait été autrefois la vie privée de l'autre, ils n'en avaient jamais parlé.

Falin attendait, curieux de ce qu'elle allait lui raconter. Elle lui fit un court résumé de sa relation avec Arın et, au fil de son récit, elle s'étonna de la simplicité et de la banalité de leur histoire. « L'ennuyeuse histoire d'un amour interminable comme il peut en arriver à n'importe quelle jeune fille » ou bien « une histoire ordinaire de trahison et d'abandon »... Elle lui parla de la position d'Arın Murat dans le gouvernement – de ce qu'elle en savait et en supposait –, des missions secrètes qui devaient probablement lui incomber, des indices qu'il avait distillés dans sa conférence de presse deux jours plus tôt, conférence dans laquelle il s'était passablement éloigné de son texte officiel et avait évoqué le terrorisme d'État, les organisations de type Gladio et autres sujets tabous.

Le professeur avait lu les articles à propos de cette conférence dans les journaux de la veille, et il avait trouvé cela intéressant. Il demanda si Arın Murat avait parlé d'autre chose pendant leur dîner ce soir-là.

— Nous avons beaucoup discuté, naturellement. Il était très tendu. Voilà quelque temps qu'il se croyait suivi. Il projetait de donner sa démission et de quitter ses fonctions dès le lendemain, de se laver des saloperies dans lesquelles il pensait tremper et de commencer une nouvelle vie.

Elle ne dit pas que c'est avec elle qu'il rêvait de commencer cette nouvelle vie, que ce soir-là marquait le retour d'Arın vers elle. Elle ne dit pas non plus qu'Umut était le fils d'Arın. C'étaient des choses qu'elle ne voulait pas partager, ce n'était d'aucune utilité de toute façon.

— Les crimes de ce genre sont fréquents en Turquie et les meurtriers restent introuvables, n'est-ce pas ? demanda Falin. Il y a quelques années de cela, un journaliste connu a été tué, ses funérailles ont même été retransmises à la télévision française. La presse européenne, et surtout les Français, exagèrent un peu, je sais, n'empêche que des crimes semblables sont très fréquents dans l'est de la Turquie.

Ülkü hocha affirmativement la tête.

— Si tu veux mon avis, ce crime commis en plein Paris restera lui aussi irrésolu. Cependant, l'affaire ne me semble pas très compliquée. Vu les missions qu'il endossait, ton ami savait beaucoup de choses. Disons que c'était un agent de l'État haut placé.

Ülkü frissonna et se sentit gagner par un froid glacial. Elle allait réagir, mais elle se contint. « Peut-être a-t-il employé le mot “agent” dans une autre acception. Son français n'est pas parfait, il fait souvent des fautes. »

L'expression qui se peignit sur le visage d'Ülkü n'échappa pas à Falin, qui était doué d'une perspicacité et d'une intuition rare chez un homme.

— Quand je dis « agent », je voulais parler d'employé du gouvernement. Il devait être au courant de certaines pratiques de l'État, de la structure illégale camouflée sous un vernis de légalité. Il était informé des crimes et des assassinats commis au nom de l'État. Eux, ils se sont rendu compte avant lui que ce savoir commençait à lui peser, qu'il avait perdu confiance dans son action et dans les objectifs qu'il défendait. Tout cela n'a rien d'insolite. Nous le connaissons, nous l'avons vécu. Ne crois pas que cela n'arrive qu'en Turquie. Chez vous, c'est peut-être un peu plus brutal, comme chez nous.

— C'est qui, eux ?

— Par exemple, le type en veste sombre avec un porte-documents qui vient de s'asseoir à la table près de la porte, ce pourrait être l'un d'eux. Mais aucune importance, n'aie pas peur. Même si tu retrouves ici un ancien communiste russe, ils savent pertinemment que tu n'as rien à voir avec ce meurtre et ce genre d'affaires secrètes. Ce sont eux les vrais détenteurs du pouvoir de l'État, et ce sont eux les vrais tireurs. Ils ont de formidables réflexes de protection et, sans même aller jusqu'à parler de trahison, si jamais l'un d'entre eux se met à douter de ce qu'il fait, ils ne le lui pardonneront pas. Ce sont des choses que tu n'ignores pas. Quand nous étions à Moscou, nous avions débattu au sujet du pouvoir dans une conférence. Tu avais posé une question épineuse. De mon côté, j'avais essayé de l'éluder avec tout l'art du compromis dont j'étais capable. Tu t'en souviens ?

Oui, elle se souvient. Elle se posait alors beaucoup de questions sur la notion et le concept de pouvoir. En plein débat, elle avait demandé à Falin : « Le pouvoir n'est-il pas une trahison de l'utopie ? » Remarquant que Falin se tortillait et ne pouvait exprimer le fond de sa pensée, elle avait jubilé intérieurement. « Le pouvoir socialiste est une voie qui conduit à l'utopie, un moyen, avait répondu le professeur. Et comme forme de pouvoir, la dictature du prolétariat l'est aussi. Nous avons besoin d'outils pour atteindre nos objectifs. – Comment peut-on espérer parvenir à une société où toutes les formes de gouvernement et de pouvoir politique seront abolies, comment parvenir à l'utopie, donc, en passant par un gouvernement autoritaire et les mécanismes de pouvoir habituels ? Quand le moyen n'est pas adapté à la fin, on perd de vue l'objectif, la fin se subordonne aux moyens », avait-elle insisté.

— Je m'en souviens. Je m'en étais voulu après coup de t'avoir mis dans l'embarras en te posant une telle question. Mais je pense que j'avais raison. L'effondrement du système m'aura donné raison, je crois. Enfin, peu importe. Hier, j'ai été appelée par l'inspecteur de police, ils m'ont emmenée à la morgue pour identifier le corps et m'interroger. Après, je me suis sentie si mal et si désemparée que je n'ai pas réussi à rentrer chez moi. Plus exactement, j'ai été saisie par une peur dont je ne m'explique pas la raison. J'ai passé la nuit au journal. Au matin, j'ai découvert la nouvelle dans les journaux. Je ne veux pas aller seule chez moi. Je voulais savoir si cela ne te posait pas de problème de m'accompagner.

— Cela m'attriste que tu n'aies pas pensé à moi plus tôt. Dommage que tu ne m'aies pas appelé et que tu ne sois pas venue chez moi dès hier. Nous irons ensemble chez toi.

« En effet, pourquoi n'ai-je pas tout de suite pensé à Falin ? Pourquoi n'ai-je absolument pas pensé à lui durant ces deux étranges journées ? Même si cela fait longtemps que nous ne nous sommes pas vus, n'est-il pas la personne qui m'est la plus proche dans cette ville ? »

Tandis qu'elle gravissait derrière lui les marches de l'étroit et obscur escalier de l'immeuble érigé sur une ancienne maison, elle constata que la démarche de Falin s'était alourdie et qu'il paraissait boiter d'un côté. Son cœur se serra. Les IRM et les tests sanguins étaient-ils aussi bons que cela ?

Lorsqu'elle mit sa clef dans la serrure, ses mains tremblèrent, malgré la présence protectrice et rassurante de Falin. « Je n'étais pas si peureuse autrefois, pensa-t-elle. J'avais alors en moi une conviction et un espoir qui me permettaient de vaincre la peur. »

En cette grise journée de septembre, le petit appartement qui ne voyait pas le soleil jusqu'à midi était si sombre qu'il fallait allumer. Elle appuya sur l'interrupteur de l'entrée. La porte de la salle de séjour était ouverte. Sous le halo de lumière diffusé par l'abat-jour en verre orné de fins motifs fleuris sur fond vert qu'elle avait déniché au marché aux puces et qu'elle aimait tant, elle remarqua aussitôt que son bureau et les étagères de sa bibliothèque étaient sens dessus dessous.

— Ils sont venus, murmura-t-elle.

— Mais ça fait longtemps qu'ils sont repartis, dit Falin à voix haute.

Ils se turent et tendirent l'oreille un instant. On n'entendait rien d'autre que le ronronnement du réfrigérateur devenu bruyant avec le temps. Une lourde odeur leur sauta au nez. Un étrange mélange de naphtaline, de tabac et de pollen.

— Ils ont dû fumer quelque chose, dit Falin.

— Comment cela ?

— Quelque chose comme de la drogue. La drogue sent comme ça. Ou une drôle d'odeur de brûlé. Tu es sûre de ne rien avoir laissé sur le feu ?

— Si c'était le cas, la maison aurait déjà brûlé depuis deux jours.

Tous les tiroirs de son bureau avaient été ouverts. Papiers, coupures de journaux, photographies étaient éparpillés.

— Si ce désordre n'est pas de ton fait, c'est qu'ils ont eu un peu de travail ici.

— Évidemment que ce n'est pas moi qui ai mis les choses dans cet état. Mon bureau est toujours rangé. Je ne peux pas travailler dans le désordre. Ce qui veut dire que j'avais raison d'avoir peur. Qu'est-ce qu'ils cherchaient d'après toi ?

— Comment veux-tu que je le sache ? Il se peut qu'ils aient cherché une photo, une lettre ou n'importe quoi pouvant attester du degré de relation entre toi et la victime. Je ne crois pas que leur curiosité soit directement orientée vers toi. Si tel était le cas, tu t'en serais aperçue jusqu'à aujourd'hui. Au vu du désordre qu'ils ont laissé, ils ont clairement voulu montrer qu'ils étaient passés, et jouer un peu l'intimidation.

— Ça ne peut pas être les Français, n'est-ce pas ?

— La police française s'intéresse à cette affaire dans des limites légales, à ce que je sache. Elle ne recourt pas à ce genre de procédés. À présent, il nous faut avertir la police sans perdre de temps. Tu dois appeler l'inspecteur de police qui t'a vue hier – il n'avait pas dit « interrogée ». Inutile de donner des informations détaillées sur le passé d'après moi. De toute façon, la victime et toi ne vous étiez pas revues depuis des années. Mais tu dois raconter par le menu ce dont vous avez discuté au cours de ce fameux dîner, tes impressions et autre… Si tu veux mon avis, seule la police française pourra résoudre ce crime, à condition qu'elle le veuille, évidemment. Côté turc, on n'a pas besoin de l'élucider. L'ambassade, les employés officiels avec une identité légale, les diplomates… je ne dis pas, mais ceux des renseignements le savent de toute façon ; ils le supposent du moins. Le tireur est soit un de leurs hommes, soit un homme d'un service de renseignements avec lequel ils travaillent.

— Il paraît que l'ambassade n'arrête pas de m'appeler depuis hier ; ils me l'ont dit au journal. Je ne sais pas si je dois aller les voir. En réalité, je n'ai aucune obligation légale. Je suis citoyenne française. Mais quand même…

— Quel inconvénient y a-t-il à ce que tu y ailles. À condition bien sûr de ne pas te soumettre aux interrogations des services secrets…

***

Sentant sur elle les regards curieux du diplomate qui officie à la place de l'ambassadeur rappelé en Turquie, elle imagine qu'il essaie de comprendre avec quel genre de femme le charismatique et respecté Arın Murat avait passé sa dernière nuit. Elle avait lu la même expression sur le visage de l'employé qui l'avait reçue et conduite dans ce bureau quelques minutes auparavant.

Le diplomate se lève de son bureau, il lui enjoint très poliment de prendre place dans le coin salon à l'angle de la pièce, lui-même s'assoit dans l'un des confortables fauteuils et cherche par quel bout commencer.

— C'est triste, c'est affligeant. Arın Murat était non seulement un élément important de notre communauté, mais également un irremplaçable homme d'État. C'est vraiment désolant. C'est incroyable.

Ülkü demande par politesse la permission de fumer, mais sans attendre la réponse, elle tire une cigarette du paquet de gauloises light qu'elle a sorti de son sac et l'allume.

— À mon arrivée au journal, on m'a informée que l'ambassade avait essayé de nombreuses fois de me joindre, dit-elle d'une voix qu'elle s'efforce de rendre le plus naturelle possible, presque indifférente. J'imagine que vous avez des questions. Je suis là pour y répondre. Comme vous venez de l'exprimer vous-même, la mort d'Arın Murat dans cet attentat est vraiment triste et regrettable.

— L'enquête est menée avec toute la diligence requise. Nous collaborons étroitement avec les autorités françaises. Vous avez employé le terme d'attentat, mais il semblerait que l'hypothèse d'un meurtre crapuleux, d'une « erreur de cible » ou d'une balle perdue fasse son chemin et pèse davantage que l'aspect politique du crime.

« Cet homme parle ainsi pour me tirer les vers du nez, pense-t-elle. Ou alors sa réelle intention est vraiment d'étouffer l'affaire au plus vite. »

— Le gouvernement turc fera tout son possible pour retrouver les meurtriers d'Arın Murat, je n'en doute pas un seul instant, dit-elle d'un ton dont elle ne parvient pas à contenir l'ironie. J'aimerais savoir en quoi je puis vous être utile.

— D'après les informations dont nous disposons, vous avez dîné ensemble le soir où il a été tué. Nous avons pensé que vous auriez peut-être des choses à raconter. Naturellement, votre qualité de citoyenne française ne nous permet pas de faire appel à vos lumières contre votre gré. Mais je reste persuadé que vous ne nous refuserez pas votre aide.

— C'est précisément la raison de ma présence ici. Si j'ai dîné avec Arın Murat ce soir-là, c'est que j'étais chargée par mon journal de réaliser une interview avec lui. Vous n'êtes pas sans savoir qu'il avait donné une conférence à destination de la presse étrangère. Il s'est livré à d'intéressants commentaires, à des constats sortant du texte officiel, et ce qui n'était jusque-là qu'une simple intervention a soudainement attiré l'attention de la presse. Mon chef de section m'a demandé de décrocher un entretien exclusif pour notre journal.

— Ah oui, vous parlez de cette malheureuse communication si mal interprétée et relayée dans la presse française.

Elle sent que son interlocuteur est incommodé par le rappel de cette conférence d'Arın Murat et qu'il essaie de clore le sujet.

— Je ne pense pas que cela ait été mal compris. Moi aussi j'y étais et j'ai écouté sa communication de bout en bout. Comme je suis turque et que je l'avais déjà rencontré plusieurs fois auparavant, j'étais effectivement avantagée par rapport à d'autres reporters. M. Murat avait peu de temps. J'ai été offensive et je lui ai proposé que nous dînions ensemble. Ce qu'il a accepté.

— Vous avez dit que vous l'aviez déjà rencontré plusieurs fois auparavant. En Turquie ou à l'étranger ?

— Cette question fleure un peu l'interrogatoire, mais je n'y vois pas d'inconvénient. Je l'ai vu en 1992 en Turquie, dans son bureau. Nous avions évoqué l'ouverture démocratique de la Turquie. Vous savez, l'opinion publique européenne, surtout la presse française, se montre sensible à la question. Des années plus tôt, nous nous étions croisés une fois en Turquie, dans une réunion. Nous l'avions tous deux oublié. C'est ressorti pendant le dîner, au détour de la conversation.

— Avez-vous enregistré l'interview ou bien avez-vous pris des notes ? Il y a peut-être dans les propos de M. Murat des indices susceptibles d'aider à faire avancer l'enquête.

— Je l'ai enregistrée. J'ai donné la bande au journal, au chef de service. C'est ainsi que ça fonctionne chez nous.

Elle mentait, confiante dans le soutien d'André.

— Nous pouvons récupérer la bande, je suppose.

— Cela ne pose aucun souci, à mon avis. S'ils vous la donnent, vous pourrez la prendre.

Elle s'amuse intérieurement de le voir chercher à récupérer un enregistrement qui n'existe pas.

— Pardonnez-moi, mais j'aimerais vous poser une question qui n'est absolument pas diplomatique, Ülkü Hanım. Une question très indiscrète. Par curiosité tout à fait personnelle, je vous assure. Aviez-vous une relation intime avec Arın Murat, en avez-vous eu une par le passé ?

— C'est vraiment une question très peu diplomatique, en effet. Vous suivez bien la presse à sensation à ce que je vois. J'ai moi aussi un sujet qui m'intrigue beaucoup ; une curiosité également tout à fait personnelle. Je me demande bien ce qu'on cherche dans mes papiers, mes enregistrements et mes photos en s'introduisant secrètement chez moi ; ah, et puis cette ancienne photo de moi dont j'avais complètement oublié l'existence, je serais curieuse de savoir où et par qui elle a été dénichée puis envoyée aux journaux.

Tombe un lourd silence.

— Je comprends votre susceptibilité, dit l'homme. Si vous le souhaitez, faisons comme si ces questions n'avaient pas été posées. Y a-t-il quelque chose que vous souhaiteriez ajouter ?

— Oui, en effet. Quand nous nous sommes quittés, le repas et l'interview une fois terminés, M. Murat a dit qu'il serait plus judicieux que nous ne sortions pas ensemble du restaurant et que, à moins de devenir paranoïaque, il avait depuis quelque temps le sentiment d'être suivi.

— Suivi par qui ?

— Il ne l'a pas dit. Peut-être qu'il ne le savait pas, peut-être ne voulait-il pas m'en faire part. Ah, une chose encore : il devait passer la nuit à l'ambassade et, le lendemain, aller chercher sa fille à l'aéroport.

— D'accord. Je l'ai noté. Sa fille et son épouse sont arrivées hier à Paris. Toutes deux sont en état de choc. C'est essentiellement pour cela que nous vous avions appelée. Je sais que ce sera difficile pour vous, mais elles voudraient vous rencontrer ; vous, la dernière personne à l'avoir vu.

— Est-ce réellement une volonté de leur part ou un souhait officiel ?

— Je vous assure que c'est vraiment elles qui l'ont demandé, son épouse surtout. Les raisons sont essentiellement sentimentales, mais ça peut se comprendre.

Tandis qu'elle tâche de réfléchir à ce qu'elle va faire, elle allume une autre cigarette pour gagner du temps. « J'espère que ce n'est pas une technique d'enquête indirecte ! Si jamais c'est un piège des renseignements… Ne sont-ils pas les mieux placés pour savoir que ce n'est pas moi qui ai commis ce meurtre ? Ce qu'ils cherchent à savoir, en réalité, c'est si Arın m'a dit quelque chose, et quoi. Il faut que je parle à André. Demain, il faut que je fasse parvenir au journal la prétendue interview que j'ai réalisée pendant ce fameux dîner. Il faut que ces types acquièrent la conviction que je ne suis au courant de rien. André serait-il prêt à faire ça ? Il faut essayer. L'éthique du journalisme ? Dans un tel bourbier, convoquer l'éthique n'a pas grande signification ! »

Plusieurs fois dans sa vie elle avait pensé que plus rien ne parviendrait à la perturber. Une fois, c'était avec des mimosas au parfum entêtant dans les bras, sur un vapeur pour les îles ballotté par une mer très agitée ; une autre fois, en identifiant le cadavre de son fils, tremblante de froid et de douleur dans cet endroit à l'odeur bizarre et affreuse. Et puis maintenant, tandis que la mort d'Arın cessait de n'être qu'un mauvais rêve, un cauchemar, pour s'installer peu à peu comme une réalité dans sa conscience…

— Elles n'ont pas beaucoup de temps, dit l'homme. Elles rentreront demain en Turquie, avec la dépouille. Si vous n'y voyez pas d'inconvénient, naturellement, vous serait-il possible de les rencontrer dès à présent ?

Elle fait un vague signe affirmatif de la tête. « Même cela finira par passer, tout a une fin, pensa-t-elle. Comme dans la légende de Sisyphe, cela aussi je le vivrai et le consommerai pour repartir de zéro, et cela m'enrichira. Qui parlait de s'enrichir par les souffrances et les défaites ? Ömer ? Non, ce n'était pas lui. Ömer est un homme que les défaites ont abattu et appauvri. Peut-être est-ce le vieux docteur qui disait cela. Ces propos lui correspondent mieux du moins. Quel personnage ! Il doit être mort depuis longtemps. À quoi bon rendre l'âme enrichie ? »

Elle a l'esprit aussi embrumé que si elle avait bu. Tout se mélange. La tête chauve de Falin avec son visage fin à la peau collée sur les pommettes s'impose. Lui aussi ne tarderait pas à mourir, dans quelques mois, dans quelques années. Il porte sa mort en lui, sous la forme de cellules cancéreuses. « J'ai vu tant de morts ! C'est trop pour une seule vie. Les morts n'ont rien d'enrichissant. » Son méchant mal de crâne menace de reprendre. Les signes précurseurs de la douleur pulsent dans ses tempes. « Il faut que je résiste, il faut que je tienne encore quelques heures. J'ai une dette à régler avec la femme et la fille d'Arın. La dette d'une soirée – d'une vie entière ? – qu'elles m'imaginent leur avoir volée. »

À l'arrivée des deux femmes dans la pièce, l'une très jeune et l'autre d'âge mûr, à la fois très différentes et se ressemblant beaucoup, elle se lève. En proie à un malaise manifeste et apparemment pressé d'en finir, le diplomate la présente :

— Madame Öztürk.

Elle serre la main qu'Ipek lui tend et ressent un pincement au cœur en voyant que la jeune fille de son côté n'en fait rien.

— Avec votre permission, je vais vous laisser seules, dit le diplomate.

Il ordonne au serveur à la mise élégante et en veste blanche de s'enquérir de ce que prendront ces dames. Ülkü a l'impression de reconnaître le serveur. Elle est certaine de l'avoir déjà vu quelque part, mais où ?

Toutes trois commandent un café. Le serveur une fois sorti de la pièce, un inévitable silence se fait. Les trois femmes essaient de s'évaluer sans se regarder directement. Chacune cherche la meilleure contenance et se demande par quel bout commencer.

Avec la franchise et l'intrépidité de la jeunesse, Derin prend la parole en premier.

— Ma mère souhaitait vous connaître.

Le ton de sa voix n'est nullement amical. Elle a les traits tirés, signe évident d'une nuit blanche. Elle n'arrête pas de jouer avec le fin bracelet en or qu'elle porte au poignet. Elle garde les yeux rivés sur ses doigts, détourne le regard.

Alors qu'elle était disposée à se montrer aussi transparente, franche et amicale que possible, Ülkü renonce soudain. Peut-être que quelqu'un les utilise. Peut-être qu'un appareil enregistreur a été posé quelque part dans la pièce. L'homme en tenue de serveur est peut-être posté juste derrière la porte.

— Je comprends, dit-elle. Vous avez lu la presse vous aussi et, à juste titre, vous avez voulu rencontrer la femme qui dînait avec votre père, ou votre époux, quelques heures avant le meurtre. Cette femme, c'est moi, mais je ne faisais que mon travail. Mon journal m'avait demandé de réaliser une interview exclusive avec M. Arın Murat. J'étais avantagée car je suis d'origine turque et j'avais déjà rencontré M. Arın Murat à plusieurs reprises lors de précédentes réunions. Ce soir-là, nous avons parlé des problèmes de la Turquie et des points de vue percutants qu'il avait avancés au cours de la conférence qu'il venait de donner à la presse étrangère.

— Quels sont ces points de vue percutants ?

— Arın Bey a exprimé quelques vérités concernant certaines pratiques et politiques d'État. Des choses que jusqu'à ce jour on n'avait absolument pas eu coutume d'apprendre de la bouche d'un personnage officiel, et surtout d'un haut fonctionnaire tel qu'Arın Bey. Il y a sûrement un enregistrement de son discours à l'ambassade, vous pouvez le demander. Sinon, j'en ai un au journal ; je peux vous donner une copie. En résumé, en tant que personnage influent chargé d'affaires, il disait qu'à une époque, en Turquie, certaines voies illégales auxquelles chaque gouvernement recourt de temps en temps ont été utilisées de façon massive, sans retenue et sans hésiter à recourir à l'assassinat. Pendant notre dîner de travail, je voulais qu'il s'explique sur ces assertions. Je lui ai demandé ce qui le poussait, en tant que haut responsable impliqué dans ces affaires, à livrer de telles déclarations.

— Vous avez obtenu une réponse ?

Celle qui pose la question est Ipek, restée jusque-là silencieuse et indifférente. Peut-être pour faire mine de s'intéresser, peut-être parce qu'il y a autre chose qu'elle voudrait apprendre.

— Si vous voulez la vérité, autant vous dire que, professionnellement parlant, je me suis pris un râteau. Je n'ai pas pu avoir de réponse allant au-delà de ce qu'il avait dit pendant la conférence. Je ne sais si mon impression est justifiée, mais il m'a donné le sentiment d'être sur le point d'abandonner toutes ses fonctions officielles. Il y a aussi un point susceptible de faire progresser l'enquête ; je vous en fais également part : M. Murat craignait d'être suivi.

— Qui donc suivrait mon père, et pourquoi ?

— Nous recevions d'étranges appels téléphoniques ces dernières années, intervient Ipek, de son air détaché et candide. Nous étions tout le temps inquiets. Il essayait de ne pas me le montrer, mais je le sentais perturbé.

— Il ne m'en a absolument pas parlé. Il n'a rien dit de particulier d'ailleurs. La seule chose qu'il ait dite, c'est qu'il valait mieux que nous sortions séparément de l'endroit où nous avions dîné et qu'il se sentait suivi, c'est tout. J'aurais aimé pouvoir vous donner davantage de détails, madame. Je comprends très bien votre douleur. La vôtre aussi, Derin.

À peine a-t-elle prononcé le prénom de la jeune fille qu'elle se rend compte qu'elle a commis une erreur. « Il ne fallait pas qu'elle sache que je connais son nom. » Elle s'empresse de rectifier le tir.

— Vous manquiez beaucoup à votre père. Il a dit que vous deviez arriver à Paris le lendemain et qu'il devait aller vous chercher à l'aéroport. Je lui ai demandé quel âge vous aviez. Et par simple curiosité de femme, de mère, j'ai voulu connaître votre prénom. Moi aussi, j'avais un fils.

La jeune fille lève la tête et la regarde dans les yeux. C'est la première fois que leurs regards se croisent. « Umut aussi avait le même regard quand il était petit, pense-t-elle. Pas les mêmes yeux, mais le même regard. » Puis, la réalité à laquelle elle n'avait pas pensé jusque-là et qui ne lui avait jamais traversé l'esprit s'impose à elle tout à coup, avec la même fulgurance que la blessure causée par une lame de couteau : ils sont frère et sœur.

— Moi aussi j'avais un fils, répète-t-elle et, avec un étrange sentiment de vengeance, elle ajoute : Il est mort, on l'a tué.

Le serveur aux traits familiers sert le café avec des gestes lents et le même visage inexpressif. Les trois femmes gardent le silence, ravalant en elles toutes leurs paroles, déjà proférées ou non. Ipek laisse vagabonder son regard sur le tailleur deux pièces Chanel bleu marine qu'elle a soigneusement choisi pour parfaire son apparence de veuve respectable et éplorée, sa chemise gris-bleu en soie, sa bague en diamant. « Cette femme n'a qu'une envie, en finir au plus vite avec tous ces trucs barbants, clore le plus rapidement possible le dossier du meurtre d'Arın Murat et retourner à son existence insignifiante et à son alcoolisme ! »

Ülkü sait pertinemment qu'Ipek ne croit rien de ce qu'elle lui raconte, que, par intuition féminine, elle a parfaitement saisi qu'il existait une relation intime entre elle et Arın, et que c'est pour cela qu'elle voulait la voir.

— Depuis combien de temps êtes-vous à Paris ? demande Ipek.

Cela ressemble à une question lancée au hasard, pour rompre le silence et faire passer le temps.

— Cela fait presque dix ans. La première fois que je suis venue, ce devait être en 1987, madame.

Ülkü détourne les yeux pour échapper au regard ironique de celle qui lui fait face. « 2-1 pour l'instant, pense-t-elle. C'est moi qui suis obligée de mentir et de détourner les yeux. » De son côté, elle n'a rien à cacher. Le deuil sied bien à son visage de madone au teint pâle de fatigue, presque translucide, à ses manières élégantes et mesurées. Même le tremblement de ses doigts, typique des alcooliques, quand elle tend la main vers sa tasse de café pourrait passer pour le signe de sa profonde douleur. Comment faisait-elle l'amour, comment était-elle au lit ? Les femmes de son genre sont très chaudes à ce qu'il paraît. Quand le lien entre elle et Arın s'est-il rompu ? Y a-t-il jamais eu de relation passionnelle, de véritable amour entre eux ? Elle s'en veut de penser à cela en un tel moment. C'est peut-être encore un mécanisme de protection, un moyen de s'extraire de la réalité.

— Revenez-vous souvent en Turquie ?

Elle cherche à savoir si ma relation avec Arın continuait, si nous nous voyions également en Turquie.

— Non. Après le 12 septembre, j'ai longtemps vécu dans différentes villes d'Europe comme réfugiée politique. En 1991, avec la levée de certains articles du Code pénal, il y a eu une forme d'amnistie. Je suis revenue en Turquie en 1992, après nombre d'années. Pour enterrer mon fils.

— Pour l'enterrer ?

— Oui, je vous l'ai dit tout à l'heure. Mon fils est mort.

— C'est étrange, moi aussi je viens des années plus tard à Paris pour récupérer la dépouille de mon mari. Nous avons des destins tragiquement entrecroisés.

Elle regarde attentivement le visage de la femme, tâchant de deviner si elle a utilisé le terme « entrecroisés » intentionnellement, ou seulement comme un cliché emprunté à de mauvais romans à l'eau de rose. Cette femme est beaucoup plus maligne que je ne pensais. Elle marque des buts en douce. Mais elle ne fera pas de remue-ménage, elle ne souhaitera pas approfondir l'enquête. Elle a peur de découvrir des choses qu'elle ne veut pas savoir. Elle veut se libérer au plus tôt de tous ces tracas et retourner à sa bouteille, se réfugier dans son confort mortel.

Elle sursaute en entendant la voix de Derin qui depuis un moment ne disait rien et buvait son café en silence. C'est la voix d'Umut lorsqu'il était enfant. Elle se demande comment elle a fait pour ne pas le remarquer de prime abord.

— Pourquoi votre fils est-il mort ?

Si elle répondait : « Il a été pris dans les rouages du pouvoir dont ton père est partie prenante », est-ce qu'elle comprendrait ? Ou si elle disait plus simplement encore : « Même si c'est de façon indirecte, ton père a une part dans son assassinat, Arın Murat aussi a été éclaboussé de sang ; quand il a commencé à sentir lui-même cette odeur de sang et à éprouver du dégoût, il a essayé de s'extraire des rouages, de s'enfuir, et il a préparé sa propre fin », si elle lui expliquait que le sang appelle le sang…

— C'était un accident, finit-elle par dire. À cause d'une fausse dénonciation ou d'une fausse adresse, je crois. Pensant prendre d'assaut une cellule terroriste, ils ont ouvert le feu sur un logement où vivaient des étudiants et dans lequel mon fils était également présent. Dans les journaux, il a été dit que les occupants du logement étaient armés et qu'il y a eu un affrontement. Or, pas une seule balle n'a été tirée de l'intérieur, il n'y avait pas d'armes non plus.

— Je n'arrive pas à y croire.

— C'est incroyable, en effet. Mais, c'est malheureusement la réalité. Dans le procès que nous avons intenté par la suite, il est apparu qu'il y avait eu erreur de cible ou fausse dénonciation. Mais les victimes sont bel et bien mortes. Personne n'a été condamné et, faute de preuves, les hommes chargés de l'opération ont été relaxés. Au bout de quelque temps, les instigateurs se sont volatilisés dans la nature. Moi, j'étais revenue ici, à Paris, c'est pour cela qu'ils n'ont pas pu m'atteindre, mais les familles des deux autres jeunes gens assassinés ont reçu des menaces pendant un moment, comme quoi cela finirait mal si elles ne lâchaient pas l'affaire.

Elle perçoit dans les pupilles agrandies de la jeune fille une expression où se mêlent le doute, la stupéfaction et la révolte. « Si Umut était vivant, lui aussi me regarderait de la sorte. Peut-être avec moins de stupéfaction et de révolte, mais avec le même regard de velours humide. »

— Je comprends que vous ayez du mal à le croire, Derin. Votre père a en quelque sorte raconté tout cela dans ses déclarations quelques jours plus tôt à la presse étrangère et en direction de l'opinion publique française. Il a parlé de l'obligation pour la Turquie de surmonter le mécanisme qui génère ces horribles événements afin de devenir un pays civilisé et de parvenir à une véritable démocratie.

— C'est donc pour cela ?

— Oui, peut-être… Peut-être que derrière ce meurtre il y a des forces plus sombres encore que nous ne le pensons, ou que nous ne pouvons l'imaginer. Si le ou les vrais meurtriers ne sont pas retrouvés, cette théorie s'en verra renforcée. Et si les personnes qui enquêtent sur ce meurtre et les auteurs sont du même bord, les meurtriers resteront introuvables.

— Je ne saisis pas très bien, dit Ipek. Qui pourrait donc en vouloir à Arın au point de le tuer ? Tout le monde l'aimait et le respectait.

— Les affaires d'État n'ont malheureusement aucun rapport avec le respect et l'affection. Les rouages du pouvoir sont sans pitié, madame. Énoncer une telle chose en un moment si douloureux pour vous m'est parfaitement désagréable, mais je crois que si vous vouliez me voir, c'était dans l'espoir d'obtenir des indices à propos du meurtre de M. Arın Murat. Comme vous pouvez le constater, je n'ai pas d'information, seulement des intuitions. Et il me semblait logique de les partager avec vous.

« Je me fiche éperdument des indices à propos du meurtre de M. Arın Murat, pense Ipek. Il est mort. Désormais, il n'est plus. Et je me fous du reste. Je voulais juste connaître la femme – la seule femme – que mon mari ait aimée pendant vingt-cinq ans. Voilà tout. Elle aussi en a conscience. L'expression moqueuse et perfide qui affleure sur son visage et dans sa voix quand elle dit “monsieur” Arın Murat la trahit. Nous voilà face à face pour jouer une étrange comédie avec Arın en décor. »

— En mon nom et celui de ma fille, je vous remercie de la confiance et de l’intérêt que vous avez bien voulu nous témoigner. La journée que nous avons passée fut triste et très éprouvante. Avec votre permission, j’aimerais me retirer.

Ülkü se lève et serre la main qu’Ipek lui tend. Elle remarque le tremblement de ses mains. Tandis qu’elle échange une poignée de main avec Derin, leur regard se croise. Elle voit les yeux humides de la jeune fille. « Umut aussi avait les mêmes yeux embués de larmes quand quelque chose l’attristait. Un jour, dans son enfance, il m’avait regardée de la même façon quand il avait compris que j’allais partir et le laisser. » Alors qu’elle essaie de réprimer le sanglot qui monte des profondeurs de son cœur, elle serre la jeune fille dans ses bras. Les deux femmes mêlent leurs larmes, ces larmes qui s’étaient timidement accumulées au bord des cils.

— J’aurais aimé parler plus longuement avec vous, peut-être que nous nous reverrons un jour, dit Derin.

— Moi aussi je le souhaite. Je vous donne ma carte, vous pouvez m’appeler quand vous voulez.

8

Fils et frères

Cette année-là, il fit encore plus chaud en septembre qu'au mois d'août. Le bus avançait au milieu des terres craquelées par la sécheresse, des champs brûlés par le soleil, des villages, des hameaux sans eau, des campagnes désespérées, à travers des étendues désolées de landes, des montagnes escarpées, entre des cours d'eau indomptables, des précipices effrayants, et quand le bus fut arrêté pour la troisième fois de la matinée par les gendarmes et une équipe spéciale, Mehmet Iliç était sur le point de s'évanouir de chaleur. Il avait la poitrine oppressée, le souffle court, la sueur lui coulait le long du dos. Le chauffeur qui était juste devant lui marmonna une injure entre ses dents et, tout en tirant le frein à main, il grommela :

— Si tu as un traitement ou des médicaments, c'est le moment de les prendre, abi, cette équipe spéciale n'a pas l'air d'une brigade de gendarmerie, il y a même des salauds de protecteurs de village avec eux ; ils vont nous en faire baver.

À force d'aller et venir à Diyarbakır avec les autobus de la même compagnie, il était devenu assez ami avec les chauffeurs.

— Ce vieil homme est malade du cœur, il a été bloqué tout le long de la route. Ne dites pas ensuite qu'on ne vous aura pas avertis, lança le chauffeur, d'une voix lasse et rompue par l'habitude, aux hommes des forces spéciales, cagoulés pour certains, qui avaient investi l'autobus en braquant leurs armes sur les passagers.

En tendant sa pièce d'identité humide de sueur, il plaça sous sa langue l'une des petites pilules qu'il avait rangées dans sa poche de chemise. À l'époque du parti, de sa période syndicaliste, quand ils œuvraient à structurer l'organisation à Batman, Iskenderun et Elazığ, il passait déjà par ces routes avec les autobus anatoliens de la société *Allah Selamet Versin*[1]. En ce temps-là aussi il arrivait que de jeunes gendarmes, la plupart très bruns et basanés, arrêtent les véhicules et procèdent à des contrôles d'identité. Il flottait bien sûr un malaise dans l'autobus, mais il n'éprouvait pas ce sentiment de terreur en lui. À présent, même s'il avait honte de se l'avouer, son cœur souffrait moins de la chaleur que de la peur sournoisement terrée sous chaque pierre, derrière chaque arbre, chaque rocher, tout au long de la route, des centaines de kilomètres durant.

« Je n'avais pas peur autrefois, pensa-t-il. Notre révolte, notre espoir, notre conviction vainquait la peur. Est-ce que j'ai vieilli ? "Ce vieil homme", a dit le chauffeur. Il a raison, c'est clairement l'apparence que je donne ; c'est d'ailleurs ainsi que je me sens. Je n'ai pourtant que cinquante ans. Qu'est-ce que c'est cinquante ans ? Avant, à cinquante ans, on était vieux. Aujourd'hui, les gens se remarient, entament une nouvelle vie, une nouvelle carrière. L'espérance de vie s'est vraiment allongée. »

Le docteur Erim, à qui il confiait ses problèmes, lui avait dit que, chez les patients subissant ce genre

1. « Qu'Allah donne le salut » : phrase adressée à ceux qui prennent la route pour les protéger des accidents.

d'opération, on constatait parfois certaines conséquences psychologiques comme un syndrome de vieillissement ou des troubles de la personnalité. « Le remède ? Le remède habituel : ne pas s'en faire, ne pas s'inquiéter, se reposer et prendre du bon temps… Aller-retour Diyarbakır-Istanbul en quarante-huit heures… file d'attente des visiteurs devant la porte d'une prison, bousculade, crosse des gendarmes pour aligner les gens, "le traitement que méritent les séparatistes traîtres à la patrie, les proches de ces raclures d'Arméniens !"… Voilà quoi, je me repose et je prends du bon temps. »

— Qu'est-ce que tu fiches à Diyarbakır si tu es malade du cœur ? demanda brutalement un homme cagoulé.

— Je suis allé rendre visite à un proche.

— C'est qui ce proche ?

— Mon fils.

« En prison », faillit-il préciser, mais il ravala ses mots. Ne supportant sans doute pas la chaleur ou ne voyant pas l'utilité de son masque, l'homme le retira ; Mehmet Iliç vit les gouttes de sueur qui perlaient sur son front et les ailes de son nez. Lorsque l'homme lui rendit sa pièce d'identité et se dirigea vers les rangs du fond, il prit une profonde inspiration. Il se sentait mieux. Quand ils firent descendre du bus les deux jeunes gens qui étaient assis à l'arrière et qu'ils les emmenèrent, il observa la scène sinon avec indifférence, du moins sans réaction. Il s'étonna de son inertie. Ce qui semblait dire que notre capacité d'intérêt et d'indignation est à la mesure de nos forces. Son fils s'imposa de nouveau à son esprit. Tout à coup, il comprit pourquoi il ne s'était pas intéressé aux jeunes gens qu'ils avaient débarqués du bus et emmenés, pourquoi il n'avait pas bondi au-devant des hommes armés et fait barrage de son corps pour les protéger. « Je n'arrive même pas à sauver mon fils, je suis impuissant. Là-bas, dans ce dortoir sombre, sale et bondé, il s'est alité pour mourir. Sa seule arme, c'est la mort ; il résiste avec cette arme fatale. »

Il ne croyait ni dans la cause derrière laquelle Deniz courait ni dans les organisations nées du désarroi et du désespoir qui avaient troqué le socialisme contre les armes et le terrorisme. Mais il aimait son fils, ce qu'il éprouvait pour lui était non seulement de l'amour, mais une fierté qu'il ne saurait expliquer à personne. La révolte, la conviction, l'espoir de son fils lui rappelaient une période qu'il ne revivrait plus, une époque à jamais révolue. Un désir nostalgique ; la tentation de se retrouver, de se répéter, de se reproduire dans son fils… « Il fait la grève de la faim dans la prison de Diyarbakır, il résiste. Une résistance absurde et sans espoir, je sais. C'est quand même beau. Dommage que je n'aie pu rester un peu plus à Diyarbakır. Même s'ils ne l'avaient pas autorisé à venir au parloir, j'aurais peut-être eu des informations à l'intérieur. Mais je n'ai pas pu rester. Cette ville me balance à la figure mon impuissance, ma défaite, elle me tue. »

Cette sécheresse, cette chaleur épouvantable – il semble que ce n'était pas si étouffant autrefois – ; les remparts jaunes en ruine, foisonnants de figuiers, dont on dit qu'ils sont encore plus longs que la muraille de Chine, où la misère suinte de chaque cavité – il sait que les vestiges des remparts ne sont pas jaunes, mais chaque fois qu'il pense à cette ville, soit à cause de la poussière, soit à cause de la chaleur, la terre sèche et un nuage jaune sable envahissent sa mémoire ; les odeurs fortes où se mêlent la puanteur des ordures, les effluves d'huile de friture, le parfum entêtant du jasmin – était-ce vraiment des odeurs de jasmin ou de chèvrefeuille ? – ; les cadavres de personnes abattues d'une balle dans la nuque gisant au milieu de la rue, la peur qui n'attend même plus l'obscurité de la nuit pour se tenir en embuscade dans les coins sombres et isolés…

Avec ses migrants affamés, nus et désespérés qui avaient fui les villages et les hameaux brûlés, et trouvé refuge dans le lit des cours d'eau asséchés où se jetaient les eaux usées, Diyarbakır tuait Mehmet Iliç, physiquement, moralement et intellectuellement. Cette ville était la négation de tout ce pour quoi il s'était battu depuis tant d'années, de toutes ses révoltes, de toutes ses convictions. Un puits noir du fond duquel tu aurais beau crier, personne ne t'entendrait, un puits sans fond duquel, malgré tous tes efforts, tu ne pourrais t'échapper.

« Je me sauve de cette ville comme un poltron, en laissant mon fils s'abandonner à la mort ! »

Il se rappela les jérémiades de sa femme, qui s'étouffait dans ses larmes en le suppliant de le sauver, de l'empêcher au moins de faire la grève de la faim. « Aurait-il mieux valu que ce soit un repenti ? Aurais-je préféré que mon fils soit un repenti, qu'il trahisse ? Ou bien qu'il soit vendu aux fascistes comme ce bâtard de Barış ? »

Il demanda une bouteille d'eau au commis du chauffeur. L'eau n'était pas fraîche, voilà longtemps qu'elle ne l'était plus. Il vida la bouteille sur sa tête, sa nuque, sa poitrine. Cela le rafraîchit l'espace d'un instant. « J'aurais dû prendre l'avion », pensa-t-il. Les quelques sous d'indemnités de départ qu'il avait perçus en quittant le syndicat étaient sur le point de s'épuiser. « Une prime d'ouvrier supporte-t-elle le prix d'un billet d'avion ? S'ils pouvaient mettre un terme à cette grève de la faim… Si la direction de la prison faisait un pas, les détenus en feraient dix. »

Ce que réclamaient les détenus, c'était la fin de la répression, des mauvais traitements et de la torture. Constitués en collectif, leurs proches avaient frappé à la porte du préfet en charge de la région en état d'urgence, du commissariat central, de l'armée et de tous les représentants du gouvernement, mais ils n'avaient rencontré personne. La section de l'association des droits de l'homme de Diyarbakır essayait de leur apporter son aide, mais c'était essentiellement à eux de s'occuper de la protection de leurs droits et de leurs vies. Le dernier espoir était à Ankara, chez le ministre. Mehmet Iliç savait d'expérience que, dans les régions en proie à la guerre et soumises à l'état d'urgence, aucun ministre, aucun responsable officiel ne lèverait le petit doigt, que tout pouvoir, toute compétence prenait fin à la frontière immatérielle séparant l'Ouest du Sud-Est. Au moment de l'arrestation de son fils, capturé blessé dans les montagnes, il était revenu à Diyarbakır où il n'avait plus mis les pieds depuis des années pour y chercher quelques anciens amis qu'il avait connus par le biais du parti et du syndicat. Il avait également voulu faire un saut à Iliç, le berceau paternel, et même caressé l'espoir de pousser jusqu'à Batman où, dans les années 1970, au risque de leur vie, ils avaient travaillé à mettre en place l'organisation. Il n'y avait plus d'anciens amis. Certains avaient été incarcérés, d'autres tués, d'autres encore s'étaient engagés dans la guérilla – ce n'était pas dit ouvertement, bien sûr, mais on le faisait sentir subtilement –, d'autres en étaient revenus et, une fois rentrés chez eux, ils étaient devenus protecteurs de village, indicateurs ou repentis, certains autres avaient émigré à l'Ouest. Une ancienne connaissance de Batman, rencontrée par hasard chez le tripier du marché où il prenait une soupe, lui avait dit, en regardant nerveusement à droite et à gauche pour surveiller les environs : « Ne cherche pas inutilement dans le passé. Le passé est mort et enterré. Tu ne trouveras personne, et si tu trouves quelqu'un, ce ne sera plus celui que tu cherchais. Mais ici, Diyarbakır reste quand même une grande ville. Si tu voyais Batman, tu pleurerais. Batman est devenu un immense cimetière. En lieu et place des pierres tombales, il y a des Mercedes dernier cri, de hauts immeubles et des minarets. Ne t'avise pas d'aller à Batman, à Tunceli ou à Erzincan. Si tu échappes au PKK, tu tomberas aux mains des protecteurs de village et des forces spéciales. "Coincé entre ciel et terre", comme on dit ; PKK d'un côté, TC[1] de l'autre, c'est toi qui vois… »

Il faut quand même aller à Ankara, essayer de rencontrer les ministres. Là-bas, dans la prison de Diyarbakır, des gamins meurent à petit feu. Il faut faire quelque chose… Qu'avait dit Deniz le jour où il avait déclaré qu'il quitterait la maison et se rendrait à l'Est ? « On dirait que ce pays est divisé en deux. L'est de Sivas reste hors de vos frontières gauchistes et révolutionnaires » – et il avait fait mouche. « Oui, on dirait vraiment que ce pays est divisé en deux par le milieu. Il suffit d'aller en bus d'Istanbul à Diyarbakır et de se promener dans les alentours des villes orientales. Pas la peine d'aller jusqu'à Cizre, Şırnak ou Hakkâri ; de toute façon, même si vous le vouliez, vous ne pourriez pas y aller. Ici, les frontières ne sont pas tracées par des fils barbelés, mais par la souffrance, la peur et la mort. Je m'étais fâché contre lui à ce moment-là, mais c'est lui qui avait raison. »

1. *Türkiye Cumhuriyeti* (république de Turquie).

« Ton fils est un séparatiste, un traître à la patrie, avait dit le juge de l'application des peines. Il devait s'ennuyer à Istanbul, alors il est venu faire la guerre dans les montagnes. Est-ce qu'il est kurde ? Même pas. Arménien ? Pas plus. Mais attends que je regarde un peu, peut-être que vous êtes kurdes, vous. Votre nom de famille est bizarre… Ilıç, Iliç, quelque chose comme ça… »

Ils firent une pause dans une station-service à côté d'une zone industrielle.

— Je ne vais pas rester longtemps, abi, mais le moteur se détraque à cause de la chaleur, je vais le faire vérifier, expliqua le chauffeur, avant de lancer à la cantonade : Pause d'une demi-heure, le thé est offert par la maison.

L'offre invariable des voyages avec les compagnies d'autobus de seconde classe sur les routes d'Anatolie qui vous ramène des années en arrière, cette joyeuse exclamation pleine de nostalgie pour le passé : « Le thé est offert par la maison ! »

Mehmet Iliç s'émut, ses yeux s'embuèrent légèrement. Quand il entendait jouer *La Marche de l'indépendance* ou *L'Internationale*, il sentait sa gorge se nouer, les larmes lui monter aux yeux. « Notre génération était romantique et sentimentale, pensa-t-il en lui-même. Sans romantisme, comment être révolutionnaire ! Quand nous allions occuper des terres à Göllüce, à Atalan ; quand nous passions la nuit jusqu'au matin sous les tentes de grève, dans les usines occupées ; quand nous remplissions les places de drapeaux rouges et que nous chantions "*Sans dire là c'est l'Est, ici c'est l'Ouest / Bientôt nous lâcherons des colombes*[1]", il y avait de la poésie en nous.

1. *Bir Islıkta Sen Cal*, paroles d'Aşik Ihsani.

“Le thé offert par la maison”, clamaient les commis des chauffeurs des vieux autobus jaunes à nez plat, à l’aspect délabré et peu rassurant. “Le thé est offert par la maison, et la conscience par le parti”, répondions-nous. Nous étions convaincus que nous changerions le destin des usines, des champs et des cours d’eau. Nous n’avons pas pu lancer des colombes aux quatre coins du monde. Et à l’Est encore moins. Et si nous en avons lancé, elles n’ont pu atteindre leur destination, elles ont peut-être été abattues. Il y a eu des ratés, quelque chose d’inachevé. »

Il descendit de l’autobus. La grande cafétéria de la station-service était fraîche. Cela le soulagea, il se détendit. « Ce cœur finira par me lâcher, mais je m’en suis encore tiré aujourd’hui, on dirait. Ces médicaments pour le cœur font des miracles. » Il acheta deux journaux au petit kiosque attenant à la cafétéria. La route serait longue jusqu’à Ankara, il fallait quelque chose à lire. Le thé était mauvais, alors il se commanda un café peu sucré. Il joua un instant avec le sucrier en plastique sur la table. Même si tout changeait, la seule chose qui ne changerait pas, ce serait ce sucrier, cette merveille de design, qui laissait s’écouler l’équivalent d’une cuillerée de sucre en poudre chaque fois que vous le penchiez vers votre tasse : un objet immuable trônant depuis des années dans tous les cafés, les cafétérias de stations-service et les lieux d’hébergement nocturne sur les routes d’Anatolie, tel le symbole, le mot de passe d’une communauté ou d’une organisation secrète…

Son intérêt croissant pour les objets le surprenait lui-même. Parfois, il tombait en arrêt devant un stylo, une montre, une affiche, une boîte de médicaments, une ancienne photographie, un fauteuil, un sucrier en plastique ; sa mémoire, son esprit, son attention se laissaient totalement happer, captiver. « Il faudrait que j'en parle au docteur Erim, que je lui demande si, ça aussi, c'est une conséquence de l'opération du cœur. »

En buvant son café à petites gorgées, il se mit à parcourir son journal. En première page, un titre s'étalait en gros caractères : « L'odieux assassinat d'un diplomate turc à Paris. » Ça ne va pas recommencer ? Je croyais que le terrorisme arménien avait été éradiqué ? Les idéalistes n'ont-ils pas été transformés en bandes de taurillons au service de la patrie afin de combattre le terrorisme arménien ? Il continua sa lecture de l'article : « Le diplomate turc Arın Murat, qui se trouvait en mission spéciale à Paris, a été retrouvé mort à Paris, abattu d'une balle dans la nuque. La dernière personne ayant vu Arın Murat avant qu'il soit tué est une journaliste d'origine turque. Elle prétend que le meurtre a pu être commis par les services secrets. »

La nouvelle le glaça – un comble en cette journée de septembre oppressante de chaleur. « Arın Murat, c'est le frère aîné du docteur Erim, non ? "Cela fait longtemps que nous ne nous voyons plus, lui avait confié Erim la dernière fois qu'il était allé à l'hôpital. Du vivant de ma mère, pour lui faire plaisir, nous nous réunissions pour les fêtes. Quand elle est morte, nous avons presque cessé de nous voir. Mon frère, Arın, est quelqu'un de digne, mais il croit en la raison d'État. C'est génétique, il porte en lui l'héritage des aïeux pachas de notre lignée maternelle. Chez nous, les portraits de pachas dans des cadres en or sont tous véritables, pas comme ces tableaux trouvés au marché aux puces et accrochés aux murs par nos petits-bourgeois parvenus qui les font passer pour les portraits de leurs ancêtres."

« Les crimes aux auteurs non identifiés se sont donc étendus jusqu'à Paris ! Que disait cette journaliste d'origine turque ? Que le crime pouvait avoir été commis par les services secrets ? C'est-à-dire ? Quels services secrets ? Combien y a-t-il de femmes journalistes d'origine turque à Paris en dehors d'Ülkü ? Pourvu qu'elle n'ait pas d'ennuis ! »

Il se plongea dans les détails de l'article. Il se mit à examiner les photos montrant la femme et la fille de la victime à l'aéroport, à Paris, tandis qu'elles accompagnaient le cercueil vers l'avion. Une femme mince, fantomatique et en tenue de deuil ; une jeune fille, fine comme une brindille, et qui avait un air de ressemblance avec le docteur Erim. Dans sa jeunesse, quand on lui demandait : « Pourquoi les bourgeoises sont-elles belles ? », il répondait : « Parce que leurs mères le sont. » Il s'en souvint à l'instant, un peu honteux. Il pensa de nouveau à Ülkü. S'il pouvait lui envoyer des nouvelles, un salut au moins. Elle lui avait laissé une adresse, un numéro de téléphone quatre ans plus tôt. Peut-être étaient-ils toujours valables. Il pouvait aussi demander au docteur Erim ; il était sûrement au courant. Il décida de contacter Erim dès qu'il rentrerait à Istanbul. Il lui fallait présenter ses condoléances. Arın Murat était quand même son frère aîné.

— Le moteur a un peu chauffé. Rien de grave, abi. Allons, en route, dit le chauffeur avant de lancer aux autres passagers : Notre autobus s'apprête à repartir pour Ankara, nos aimables passagers sont priés de regagner leur place !

En attendant que tout le monde rassemble ses affaires et retourne s'installer, il se laissa tomber sur la chaise à côté de Mehmet et son regard s'arrêta sur le journal ouvert sur la table.

— Qui ont-ils descendu encore ?

Sa voix était indifférente et lasse. « Lassé même de la mort, pensa Mehmet. Ce peuple ne s'étonne plus de rien, il ne croit plus en rien, il a peur seulement. »

— Un haut fonctionnaire. Il était à Paris, pour expliquer le changement et l'ouverture démocratique en Turquie.

Le chauffeur eut un sourire triste qui s'étira sur son visage basané, marqué du sceau du Sud-Est. « C'est bizarre, on dirait que cet homme rit avec sa moustache », songea Mehmet Iliç.

— Ses trucs démocratiques, il n'avait qu'à oser venir les raconter ici.

— Apparemment, même là-bas, à Paris, ce n'est pas facile d'en parler. Rends-toi compte, ils l'ont liquidé.

— Peut-être qu'il s'était attiré les malédictions de certains. Parce qu'enfin… l'État n'envoie pas là-bas quelqu'un qui n'est pas de son côté ! Comment va ton fils, au fait ? Il paraît que les prisons sont pleines à craquer ces temps-ci. J'ai aussi un neveu à l'intérieur. Il a à peine dix-sept ans. Il s'est fait choper alors qu'il apportait des vivres dans les montagnes. Que Dieu les sauve tous – puis baissant le plus possible la voix, il glissa à l'oreille de Mehmet : Apo[1] se la coule douce en Syrie, alors que les nôtres se font tuer dans les montagnes et crèvent en prison ! Mais c'est quoi cette vie, abi ! On est pris sous les feux croisés de la guérilla et de l'État. On est foutus, on est morts. Allez, prépare-toi, on y va. Qu'on se tape ces fichues routes avant la tombée de la nuit.

« Ça fait des années que je me tape ces fichues routes pour lesquelles on meurt, pensa Mehmet. Ça fait des années que je les arpente d'ouest en est, du nord au sud ; en bus, la plupart du temps, parfois en train, parfois en voiture… Il m'est aussi arrivé de les faire à pied. Ces longues marches sont passées dans l'histoire de la classe ouvrière. J'ai été obligé de faire une pause, une

1. Autre nom donné à Abdullah Öcalan.

fois, quand j'ai été emprisonné après le 12 septembre, et quand je suis resté alité après mon opération. Comme dit le chauffeur, "pause pour besoins naturels…" À part ça, j'ai passé ma vie sur ces fichues routes. Est-ce que j'ai des regrets ? Non, pas le moindre…

« Nous allions ramasser le riz dans la Çukurova, le coton dans le Hatay, le tabac à Söke, pêcher le poisson au lac Bafa, cueillir les noisettes à Ordu, à Giresun ; nous allions dans les champs desséchés, vers les sources dont s'emparaient de cruels propriétaires terriens, nous courions jusqu'à un lopin de terre de dix ares dans les fermes agricoles de l'Est, nous allions à Hakkâri construire un pont sur le Zap ; nous allions éveiller le paysan, l'ouvrier agricole, le fermier, le peuple. »

Dans sa mémoire, une image tirée d'on ne sait quelle occupation de terre, de quelle résistance paysanne : paysans et étudiants, brandissant leurs râteaux, leurs haches, leurs pelles, avancent épaule contre épaule. En tête, fort de ses vingt-neuf ans, le poing droit levé, Mehmet Iliç marche vers une révolution dont nul ne doute. « Ensuite, nous avons découvert les usines, les travailleurs, les quartiers ouvriers, nous nous sommes découverts nous-mêmes. Les 15 et 16 juin 1970, quand le pont de Galata a été relevé et les vapeurs arrêtés pour éviter que les travailleurs des deux rives d'Istanbul ne se rassemblent et ne se déversent en cascade dans les rues, nous avons failli être jetés à l'eau. C'était bien de rester jusqu'au matin dans les usines occupées, sur les places de grève, au sein des résistances qui devenaient chaque jour plus nombreuses, sur les barricades dressées dans les quartiers ouvriers libérés. Ensuite, sur les routes allant d'Aliağa à Iskenderun, de Batman à Seydişehir, de Bursa à Karabük et Zonguldak, l'existence fut un voyage très dense, plein d'espoir et de joie. Dans sa tête, une autre photographie : un défilé d'ouvriers avec des pancartes à la main, des marteaux et des drapeaux rouges. En tête, Mehmet Iliç tend le bras. Une autre photo encore : ce doit être une session d'éducation ouvrière. Devant un tableau noir où le mot « plus-value » est écrit à la craie, Mehmet Iliç explique ce qu'est l'exploitation.

Étais-je vraiment carriériste comme certains le disaient dans mon dos ? Il est clair que j'aimais aller de l'avant, jouer les leaders – pourquoi jouer, c'était clairement du commandement. Les comédiens et les syndicalistes sont des carriéristes, disait quelqu'un de ma connaissance. Et alors ! je n'ai jamais été un sale type. Nous avons emprunté des routes qui nous semblaient bonnes, nous avons marché vers des objectifs sur lesquels nous pensions qu'il fallait mettre le cap pour devenir humain, pour sauver l'humanité. Même si nous ne parvenions pas au but, l'indicible plénitude de marcher sur ces routes nous suffisait. Comparée à la génération actuelle, la nôtre, avec ses fascistes et ses gauchistes, était étrange : une génération passionnée, engagée, qui croyait en la libération et qui s'était donné une mission… Qu'en est-il aujourd'hui ?

En s'installant dans l'autobus qui, après la fraîcheur de la cafétéria, lui paraît pire encore que l'étuve d'un hammam, il pense à ses deux fils avec une douleur différente pour chacun d'eux. L'un fait la grève de la faim ; heureusement, il y a encore de l'espoir, ils boivent toujours de l'eau. Si demain ou après-demain il ne se passe rien au niveau d'Ankara et des ministères et que toutes les portes leur claquent au nez, la grève de la faim se muera en jeûne mortel. Il y en a qui sont déjà partis comme ça. Istanbul a même une longueur d'avance ; chaînes de télévision, journaux, membres du barreau, organisations de la société civile… tous se sont précipités dans les prisons, ce qui n'a pas empêché de très jeunes gens de s'éteindre à petit feu sous les yeux de tout le monde. Pour l'instant, les seuls à savoir qu'il y a une grève de la faim à Diyarbakır, ce sont les détenus et leurs proches. Dans ce pays, tant que ça ne passe pas à la télévision, tout le monde se fiche que tu sois mort ou vivant. Il faut trouver un moyen. Il faut mobiliser les anciens amis, le réseau des connaissances. Les médias sont pleins d'anciens gauchistes, même chose dans les partis de gauche comme de droite. Qu'ils aient retourné leur veste ou pas, ils doivent bien avoir conservé un petit quelque chose au fond d'eux. Deniz doit vivre ; il restera enfermé cinq ou dix ans, et après il sortira et reviendra à la vie ; la roue du destin tourne vite en Turquie. Une pression de l'Union européenne ou une volonté de l'Amérique et, plus tôt qu'espéré, tu vois un fléchissement, une amnistie. Quel que soit le prix à payer pour faire vivre son fils, il ira jusqu'au bout.

« Ferai-je de même pour Barış ? » pensa-t-il. Quand son fils lui avait dit qu'il rejoignait l'armée, qu'il voulait se battre contre les séparatistes et les traîtres à la patrie et qu'il ne reviendrait pas avant d'avoir descendu quelques types du PKK, il n'avait pas trop réagi. Il s'était contenté de répondre : « Le chemin que tu prends n'est pas le bon, mon fils. Fais donc comme tu voudras ! » Mais peut-être que s'engager dans l'armée quelque temps lui remettrait les idées en place avant qu'il baigne de trop avec les fascistes, les bandes d'Istanbul, et ne s'engouffre dans des voies sans retour. Ce serait pas mal qu'il apprenne que tout ça ne consistait pas juste à jouer les fiers-à-bras de loin, que la mort réelle n'avait rien à voir avec la littérature héroïque, et qu'il sache ce qu'était la peur qui vous saisit jusqu'à la moelle.

Mehmet Iliç se rappela le soir où Barış avait fêté son départ pour le service militaire à la gare routière. Il n'avait pas voulu y aller. Il devinait comment ça se passerait. Il savait combien il serait pénible et effrayant pour lui de voir cette foule de jeunes, filles et garçons confondus, investir rues et avenues jusqu'au matin comme chaque fois qu'une nouvelle recrue intégrait l'armée, penchés en grappes à l'arrière de camionnettes à ridelles, de taxis, de voitures, brandissant des drapeaux à trois croissants de lune, tirant de tous côtés, hurlant à tue-tête « Notre armée est la plus grande ! », « Mort aux traîtres du PKK ! », « En garde, les séparatistes, les loups gris arrivent ! », « L'appel à la prière ne s'arrête jamais, le drapeau ne s'abaisse jamais, la patrie est indivisible ». Ces dernières années, les fêtes de départ au service militaire florissaient un peu partout, non seulement dans les banlieues, les anciens quartiers de bidonvilles, mais aussi en centre-ville, de la place Taksim aux rives de Boğaziçi, de Nişantaşı à Bağdad Caddesi, et se transformaient en manifestations fascisantes, comme une façon de s'affirmer pour une jeunesse en quête d'identité, déscolarisée, sans travail, sans espoir et sans lendemain. Il les comprenait, et du fait qu'il les comprenait, il avait peur. Ils étaient la tardive réplique turque du modèle de la jeunesse nazie de l'Allemagne des années 1930, qui prenait d'assaut les brasseries de Munich, mettait tout le monde debout pour entonner des marches et brailler des « *Heil Hitler* ». Ils se nourrissaient de l'effrayant chauvinisme turc décuplé par la guerre à l'Est, de la colère, de la réaction provoquée par l'éclat artificiel, rance et dégénéré des grandes villes et leur richesse d'origine douteuse et entachée de sang. Avec l'expérience et la conscience qu'il avait acquises depuis des années, Mehmet Iliç les comprenait, mais, peut-être parce qu'il était désemparé face à eux, incapable de leur opposer une autre voie ou une croyance aussi forte, ils lui inspiraient du dégoût. La montée de la tendance fascisante était l'indice du recul de la gauche, de sa génération et de lui-même. Il n'aimait pas qu'on lui jette sa défaite à la figure. Et sa plus grande défaite, c'était Barış : le fils idéaliste de Mehmet Iliç.

— Barış est encore très jeune, avait dit sa femme. Ne le prends pas trop au sérieux, il changera avec le temps.

Plusieurs fois il avait essayé de parler avec son fils. Dans ce genre de situations, Deniz débattait avec son père, il s'opposait, devenait même insolent, il parlait sans savoir et lui échauffait les oreilles. Mais tous deux sentaient qu'ils foulaient un sol commun, qu'ils discutaient de la même chose et partageaient le même but. Quand il avait voulu parler avec Barış, ce dernier s'était tu. Il s'était muré dans un silence hypocrite, impertinent, méprisant.

— Tu n'as donc rien à dire ? avait finalement demandé Mehmet.

— Si, avait répondu Barış avec la même arrogante froideur. Je ne serai pas un traître à la patrie, un imbécile et un fauché comme vous. Laisse-moi suivre mon propre chemin.

Sans les larmes de sa femme – qui avaient toujours raison de lui –, jamais il ne serait allé assister au départ de son fils à l'armée.

— C'est ton fils lui aussi, avait dit sa femme en sanglotant. Comment peux-tu faire une telle différence ? Quand bien même ce serait un meurtrier, on se doit d'être aux côtés de son fils en un jour pareil. Quelle différence entre Deniz et Barış ? L'un croit en quelque chose, l'autre ne croit en rien. Qui peut dire où se trouve le vrai ! Les convictions que tu pensais des années durant être justes et vraies ne t'ont-elles pas induit en erreur ?

Où était le vrai, en effet ? Craignant que sa voix ne soit pas suffisamment puissante, Mehmet Iliç avait gardé le silence et s'était dirigé vers la gare routière. Ensuite… Ensuite, il ne voulait même pas s'en souvenir. Claquements d'armes à feu ; drapeaux avec le croissant de lune et l'étoile, avec trois croissants de lune, avec tête de loup… ; mains levant haut le signe des loups gris avec un air de victoire ; tout jeunes gens emportés sans s'en rendre compte par les eaux boueuses et furieuses d'une époque d'effondrement… « Certains d'entre eux vont mourir, avait-il pensé. On se recueillera sur les cercueils des martyrs recouverts de drapeaux dans des cérémonies stéréotypées, dépourvues d'âme et de sens. L'un d'eux sera peut-être mon fils. Si ce n'est pas mon fils, ce sera celui d'un autre père, d'une autre mère… » Tout à coup, sans réfléchir à ce qu'il faisait ni pourquoi il le faisait, il avait collé une gifle bien sentie à son fils et, avant que ce dernier ait eu le temps de comprendre ce qui lui arrivait, il l'avait étreint avec force et s'était mis à pleurer.

Il se souvint que, pris d'effroi, Barış s'était débattu, qu'il l'avait repoussé, qu'il s'était écarté et lui avait dit : « Papa, c'est franchement la honte, reprends-toi » et que, peinant à réprimer ses sanglots, il avait réellement éprouvé de la haine pour son fils. Mehmet Iliç n'avait jamais pleuré jusqu'à ce jour. Ni dans sa jeunesse quand ses amis étaient abattus, ni quand Deniz Gezmiş et ses camarades furent pendus, ni au décès de ses parents, ni sous la torture, ni en prison… Il ne comprenait pas pourquoi il pleurait à présent, pourquoi il se ridiculisait devant tout le monde. Or, sa femme, et pas seulement elle, toutes les mères de soldats pleuraient tout leur saoul. À mesure qu'elles pleuraient, elles s'humanisaient, elles embellissaient.

Barış avait obtenu ce qu'il voulait, il avait été envoyé à l'Est. C'était un gamin faible et naïf. Son gabarit ne lui avait pas permis d'être affecté dans les commandos, mais vu qu'il savait conduire, il avait été intégré comme chauffeur dans la division blindée. La dernière fois qu'ils avaient eu de ses nouvelles, il était à Şırnak : il était vivant et en bonne santé. Leurs unités allaient passer de l'autre côté de la frontière, il ne fallait pas qu'ils s'inquiètent s'ils n'avaient pas de nouvelles pendant un moment. Il était tout excité d'aller enfin à l'affrontement. La maison lui manquait. Il embrassait sa mère. Il transmettait un salut timide et contrit à son père. « Pardonne-moi si je t'ai fait de la peine, papa », disait-il.

« J'ai deux fils, pensa-t-il tristement. Deux enfants dont les routes se croisent dans cet Est dont nous sommes issus et que nous avons oublié. Ils sont frères, et sur des fronts ennemis. Heureusement, Deniz n'est pas dans les montagnes, mais en prison. On ne peut jurer de rien, tout peut arriver dans ce pays ; même mourir sous les balles de son frère. »

Par une journée de septembre chaude et étouffante, la poitrine oppressée par l'atmosphère chargée d'odeurs de sueur, de mauvaise haleine, de poussière, de sommeil d'un autobus d'Anatolie roulant pourtant toutes vitres ouvertes, plongé dans la contemplation de la solitude désolée de la campagne défilant de chaque côté de la route, Mehmet Iliç pensait combien la vie regorgeait de coïncidences étranges et cruelles.

***

Erim se rendit à Ankara avec Cem pour accueillir la dépouille de son frère aîné.

— Oublie l'avion, dit Cem. Par la nouvelle autoroute, c'est plus confortable et plus rapide en voiture.

Avec sa climatisation silencieuse, son minibar, sa sono d'une qualité n'ayant rien à envier à une salle de concert, sa télévision et son chauffeur courtois et austère comme on en voit dans les films, la Mercedes bleue de Cem était réellement confortable.

La nouvelle du décès d'Arın était tellement inattendue qu'elle avait provoqué plus de surprise encore que de tristesse dans son cercle amical. Qu'il ait été victime d'un sombre meurtre paraissait à peine croyable. Le meurtre n'avait été revendiqué par aucune organisation. L'hypothèse d'un sursaut du terrorisme arménien, d'un acte de représailles de la part d'organisations terroristes de gauche ou du PKK était restée sans suite. Aux yeux de ceux qui le connaissaient et l'aimaient, Arın Murat était la dernière personne à mériter une telle fin. On voyait en lui un homme d'État honnête, intègre, imperméable à toute forme de corruption et d'illégalité dans le cloaque du pouvoir, au milieu de la salissure généralisée et du pillage de l'État qui désormais n'échappait plus à personne, même au simple citoyen. L'annonce de sa mort avait choqué tout le monde – « comme quoi, nul n'est en sécurité » – et suscité un sentiment de révolte mêlé de peur.

— Je ne crois pas que ce meurtre repose sur des motifs privés et personnels, avait dit Cem. Tenter d'établir un lien avec Ülkü est un parfait non-sens. À mon avis, des forces obscures dont je tairai le nom sont impliquées dans cette affaire. Je crois que les unités liées au gouvernement savent très bien qui sont les meurtriers.

— Mon frère était un élément de valeur, fiable et respecté du gouvernement. Tu le sais, les gouvernements, les partis, les putschs se sont succédé, mais il n'a été l'homme de personne, il a fait son travail et s'est constamment élevé dans la hiérarchie. Qui pouvait bien avoir intérêt à le faire disparaître ! Il y a une tradition du MIT dans notre famille, tu te rappelles mon oncle, mais je ne pense vraiment pas qu'Arın était lié au MIT ou à qui que ce soit.

— Je ne sais pas. L'État est toujours resté un mystère pour moi. Quand on parlait de services secrets, nous pensions CIA, MIT et contre-guérilla. Mais je pressens qu'il y a quelque chose qui va au-delà, quelque chose de plus profond. Arın aussi l'avait peut-être senti, peut-être qu'il en savait trop, qu'il avait appris des choses qu'il n'aurait pas dû savoir. La dernière fois que nous nous étions vus à Istanbul, il était inquiet, il ne s'en est pas vraiment ouvert, mais il m'a fait part de certains soupçons. Sur le moment, j'ai pensé qu'il exagérait. Ülkü détient peut-être certains indices. D'après ce que disent les journaux, elle aurait vu Arın à Paris ; elle aurait tenu des propos laissant penser que le meurtre pourrait être imputé à des puissances obscures, aux services secrets. Naturellement, la possibilité que cette affaire soit montée de toutes pièces n'est pas à écarter, Ülkü n'a peut-être rien dit du tout. Va savoir comment et par qui sont orientés les médias. Si nous pouvions trouver Ülkü, elle nous le dirait.

— J'ai essayé de l'appeler au journal où elle travaille à Paris. On m'a répondu qu'elle était en congé et qu'on ne savait pas où elle était. Après la mort de son fils, elle avait été hospitalisée quelque temps dans mon service. Elle m'avait donné son numéro de téléphone fixe, mais chez elle non plus ça ne répond pas.

— J'espère qu'elle n'a pas d'ennuis. Elle a raison, je crois, de ne pas trop se montrer en ce moment.

Tandis que la Mercedes filait à cent quatre-vingts kilomètres à l'heure sur l'autoroute, tous deux pensaient à Ülkü.

— Mon frère l'a beaucoup aimée, dit Erim. Tu le connais, entre son sens du devoir et son ambition, il a passé sa vie à refréner ses émotions. Il s'est abrité derrière sa volonté pour se forger une carapace. Il serait plus juste de dire « la volonté de notre mère », mais c'était aussi dans sa propre nature. Ülkü représentait à mon avis son côté doux et sentimental qu'il essayait de fuir. Avec son naturel, sa vivacité, sa passion pour la vie, Ülkü attirait autant mon frère qu'elle lui faisait peur, mais il l'a beaucoup aimée.

Cem hésita un instant à livrer le secret qui le taraudait et qui ne demandait qu'à sortir, qui l'enjoignait de le laisser s'exprimer. Plusieurs fois il avait eu l'intention de parler avec Erim, mais pensant que cela ne servirait à rien et passerait seulement pour du commérage, il s'était tu. Il avait beau être certain de ce qu'il ressentait et de ses intuitions, ce grand secret n'était en somme qu'un soupçon jamais vérifié, non prouvé. Mais aujourd'hui, était-ce dû au chagrin, à la fatigue, au désir d'échanger des confidences, de soulager son cœur, il éprouvait le besoin de le dire et de s'alléger.

Il contrôla que la vitre à isolation phonique entre le chauffeur et la banquette arrière était bien fermée. Pour plus de sécurité encore, il appuya sur le bouton du lecteur de cassettes. Il se demanda un instant par quel bout il allait commencer.

— Arın est le père d'Umut, dit-il à voix basse. Vu que ni l'un ni l'autre n'est plus en vie, je crois qu'il n'y a plus d'inconvénient à ce que tu le saches et à ce que je le dise.

Ne comprenant pas qui était Umut sur l'instant, Erim le regarda sans comprendre.

— Le fils d'Ülkü était d'Arın, continua Cem. J'ai commencé à y penser quand plusieurs détails infimes mais significatifs se sont mis à faire écho à la petite phrase qu'Ömer Ulaş m'avait lancée comme ça, dans un moment de désespoir et sous l'effet de l'alcool, lorsque nous nous étions vus à Moscou. Ensuite, mes soupçons n'ont fait que se renforcer.

— Est-ce que mon frère le savait ? demanda Erim en posant sur lui les mêmes yeux vides et interrogateurs, comme s'ils parlaient de quelqu'un qu'ils ne connaissaient pas.

— Je ne crois pas. Si Arın l'avait su, un homme à principes comme lui se serait occupé de son fils. D'après moi, Ülkü ne le lui a jamais dit. Arın est mort sans connaître la vérité.

— Est-ce qu'Ömer Ulaş le savait, d'après toi ?

— Il savait que l'enfant n'était pas de lui, bien sûr, mais il ne connaissait pas du tout Arın. Il a aimé Ülkü, elle avait trouvé un refuge en lui. La vision du monde d'Ömer Hodja, sa personnalité, sa confiance en soi et qu'il adopte cet enfant comme le sien ont dû attiser l'amour chez Ülkü. Même s'il devait se demander de qui était cet enfant, je crois qu'il ne lui a jamais posé la question. Tout cela n'a plus aucune importance maintenant.

— Quel dommage que cela n'ait plus aucune importance. De toute façon, il n'y a pas de preuve… et tant qu'Ülkü ne parlera pas, tout cela est condamné à rester à l'état de suppositions de ta part.

Ils se turent. Ils avaient le cœur tout retourné. Ils avaient beau être dans une voiture climatisée, la fraîcheur et la verdure du mont Bolu leur firent du bien.

— Il nous reste deux heures ou deux heures et demie de route, dit Cem. Nous avons le temps, faisons une petite pause au *Koru*. Le chauffeur aussi se reposera un peu.

Voilà bien longtemps qu'Erim n'était plus passé par cette route. Il n'allait pas souvent à Ankara, et s'il avait quelque chose à y faire, il s'y rendait en avion. Le *Koru Motel* faisait partie des bons souvenirs qu'il avait de cette route Istanbul-Ankara dans sa jeunesse. L'autoroute n'existait pas à l'époque. Après Düzce et les cafés de province disséminés tout le long de la route et dont sa mère disait en plissant la bouche de dégoût : « Mon Dieu, c'est très bas de gamme, on ne peut pas boire de thé ou quoi que ce soit ici, on va être malades », le *Koru Motel*, sur les hauteurs du mont Bolu, était le seul établissement où ils s'arrêtaient. Les jours d'hiver enneigés, ou les nuits fraîches de printemps, flambait un feu de cheminée sur lequel on mettait à griller des saucisses artisanales. Le goût des fraises des bois à la crème et celui du fromage tcherkesse aux graines de nigelle avait pris une place immuable parmi les goûts inoubliables de son enfance. Les années d'après, il s'était arrêté plusieurs fois ici avec sa femme et ses enfants en allant à Ankara, mais jamais il n'avait pu retrouver la saveur d'antan du fromage tcherkesse ni l'odeur des fraises des bois. La cheminée où ne brûlait pas de feu – parce que c'était l'été –, les bûches empilées à côté, les murs en lambris lui parurent parfaitement banals. Mais cela n'en demeurait pas moins un souvenir marquant. Les gens sont attachés aux souvenirs et aux saveurs de leur enfance.

Même si le jardin ombragé d'arbres à l'avant avait beaucoup perdu de sa verdure et de son naturel, il procurait un sentiment de fraîcheur et de réconfort. Ils s'installèrent à l'une des tables à l'écart sous les grands pins. Ils étaient partis d'Istanbul très tôt dans la matinée, et il était à peine 10 heures. L'air embaumait la résine, les aiguilles de pin, le feu de bois et le pain frais ; une odeur familière, amicale, pourvoyeuse de bonheur…

— Quand j'étais petit, nous allions parfois à Ankara en voiture. Ma mère n'aimait pas le train. « C'est bondé de riches parvenus de province, même dans la voiture-restaurant. Il ne nous reste plus un endroit où vivre dans ce pays », disait-elle. En route, nous faisions halte ici, au *Koru Motel*. Une fois, je m'en souviens, il y avait mon frère. J'étais très petit, je devais avoir cinq ou six ans. C'était le printemps, nous avions mangé des fraises des bois à la crème. Mon frère dessinait à l'époque. Quand on devait partir pour un long voyage, il emportait son carnet de croquis et ses couleurs. Là-bas, il m'avait fait un dessin. Je m'en souviens encore : des sapins verts avec, à leur pied, des fraises des bois roses et des violettes... Il dessinait et peignait bien, tu sais.

Ils ne prêtèrent pas attention au groupe de trois personnes dont une femme sur le point de s'asseoir à la table juste à côté d'eux, dans cet endroit du jardin plus calme et ombragé.

— L'enterrement aura lieu demain ? demanda Cem.

— Oui, c'est ce qui est écrit sur les faire-part de décès. C'était trop juste pour aujourd'hui. Si tu penses que tous les personnages haut placés et de renom voudront y assister...

— Ipek et Derin arrivent avec le même avion que la dépouille ?

— Oui.

— Elles doivent être dans un état, les pauvres... Je n'arrive pas à m'imaginer Ipek dans ce genre de situation. Derin est très jeune encore, elle résistera mieux. Arın aimait tellement sa fille.

— Oui, il l'aimait vraiment beaucoup. En route, tu as dit quelque chose ; ça mc tarabuste. Oui, cela n'a plus de sens ni d'importance, mais ça fait quand même bizarre de penser que le fils d'Ülkü Abla était en fait celui de mon frère, Arın. Je n'arrive pas à me le sortir de l'esprit. Je sais que c'est complètement absurde, mais si Ülkü Abla le lui avait dit, mon frère se serait marié avec elle sans tenir compte de l'avis de ma mère. Du coup, la vie aurait été tout autre, les choses se seraient déroulées autrement. Peut-être que ni lui ni Umut ne seraient morts… – une profonde tristesse l'envahit. Je n'étais pas proche de mon frère ; nous ne nous voyions pas souvent ces dernières années. Mais il était mon grand frère. Nous avons partagé toute notre enfance, notre adolescence, notre jeunesse. Quand la relation entre Ülkü et lui a commencé, j'ai dû raconter beaucoup de mensonges à leur propos pour que ma mère n'en sache rien. Bien sûr, Arın ne me l'avait pas demandé. Tu sais comme il est fier, jamais il n'aurait consenti à une chose pareille. Je l'ai fait de ma propre initiative. On éprouve parfois, de loin en loin, de la nostalgie pour son enfance, c'est de cette façon que mon frère me manquera. Sa mort est indigne d'Arın Murat. Une mort obscure, douteuse, sournoise.

Ses yeux s'embuèrent légèrement, il pencha la tête en avant et fit mine de mélanger du lait dans son café. Voilà pourquoi il ne remarqua pas immédiatement l'homme qui s'était levé de la table d'à côté et planté devant lui.

— Je ne dérange pas, j'espère, dit Mehmet Iliç. Je suis vraiment désolé pour votre frère, docteur. C'est fou de se croiser ainsi. J'étais justement en train de parler de ça avec des amis. Quant aux amis en question, l'un fait partie de l'association des droits de l'homme, et l'autre du barreau.

— Je t'en prie, assieds-toi, président, dit Erim d'une voix lasse en lui indiquant la chaise qui était en face – il le présenta à Cem : Mehmet Iliç est syndicaliste. Cem Örener, un ami d'enfance de mon grand frère.

Peut-être que tu le connais. Quand les vôtres allaient faire la grève dans les entreprises des Örener, nous y étions aussi, lui et moi. On jouait tranquillement à la révolution, aussi à l'aise qu'à la maison. On y donnait des cours d'éducation ouvrière. Cem était un traître à sa classe sociale à l'époque.

— Je n'ai jamais mis en place d'organisation dans le textile, mais je connais les Örener, évidemment. C'était le bon temps, quand même les gens issus de la bourgeoisie – il n'avait pas dit les « gosses de riches » – trahissaient leur classe. Enchanté de faire votre connaissance, même tardivement. Je comptais vous appeler dès mon retour à Istanbul, docteur. Mais j'imagine que vous devez aller à Ankara. La dépouille devait être rapatriée aujourd'hui, selon les journaux.

— Oui, en effet. La cérémonie aura lieu demain. Je rentrerai immédiatement après. Et toi, où vas-tu comme ça, président ?

— J'étais à Diyarbakır. Mon fils aîné est en prison là-bas. La répression s'est encore durcie ces derniers jours. La situation est très difficile, ils ont entamé une grève de la faim. Pour l'instant, ce n'est pas un jeûne mortel, mais si cette indifférence continue, il y aura beaucoup de pertes. Je suis allé jusqu'à Ankara. En tant que collectif des familles de détenus, nous avons essayé d'être reçus par les ministres à Ankara, de faire un minimum bouger l'opinion publique. Le barreau d'Istanbul, les journalistes s'y intéressent, heureusement. C'est pourquoi ces deux personnes sont venues avec moi.

— Vous avez réussi ?

— On n'a pas pu parler avec le ministre. Ces gens-là ne donnent pas de rendez-vous. Avec toutes les peines du monde, on a tout juste réussi à rencontrer le sous-secrétaire. Il a promis qu'il s'en occuperait.

En réalité, que ce soit le ministre, le sous-secrétaire ou qui que ce soit d'autre, personne n'a la moindre influence dans une région sous état d'urgence. On dirait que ce n'est pas en Turquie. Ils parlent sans arrêt des séparatistes, mais eux, ça fait longtemps qu'ils ont divisé le pays. Nous en parlions encore tout à l'heure. À force de dire ne divisons pas, ne disloquons pas, ce pays est de plus en plus divisé… Les choses ne se passent pas comme on l'imagine depuis Istanbul ou Ankara, je vous assure. Il suffit d'aller à Diyarbakır, pas la peine de pousser plus loin.

Se rendant compte qu'il parlait beaucoup, il se tut, gêné.

— Je suis venu m'enquérir de tes soucis et te présenter mes condoléances, et je déverse mes propres problèmes, pardonnez-moi, docteur, mais j'ai si mal, comprenez-moi. C'est le seul fils qui me reste.

— Tu n'en avais pas deux ? Qu'est-il arrivé à l'autre ?

— Laissez tomber ! Il s'est acoquiné avec les idéalistes ; il est parti à l'armée casser du Kurde et en découdre avec le PKK. Peut-être qu'une fois là-bas il va prendre peur et revenir à la raison. Un bourgeois qui trahit sa classe, c'est bien, c'est honorable. L'ouvrier qui trahit la sienne, c'est une saloperie, Cem Bey. C'est ainsi que je vois les choses.

— J'ai des connaissances dans les ministères, dit Cem. Vous dites vrai, leur pouvoir ne suffit pas dans ces régions. Les lois sont différentes là-bas ; j'essaierai quand même de leur parler. Votre fils est incarcéré à Diyarbakır, n'est-ce pas ?

— Oui, c'est ça. Merci de votre intérêt. Il faut tout essayer naturellement, mais l'essentiel, c'est de mobiliser les médias. Personne n'est informé que des gens meurent là-bas.

« Comme la mort est banale et quotidienne dans ce pays, pensa Cem. Elle a même perdu son aspect tragique. Voilà des heures que nous parlons de la mort, que nous l'avons à l'esprit. » Le meurtre d'Arın, celui d'Umut, les actions de résistance menées en prison par le fils du syndicaliste et tant d'autres, avec pour toute arme leur propre mort… Crimes non élucidés, exécutions sommaires, les morts d'une balle dans la nuque, les martyrs et les personnes tuées en cours d'arrestation : les nouveaux habits de la mort, une immense littérature de la mort… En réaction à cette idée, le rêve de bonheur qui le taraudait depuis si longtemps, son humble espoir de libération se fit jour de nouveau. « Il ne faut pas que je tarde trop à réaliser mon projet de Bozcaada. J'ai déjà fait plus de la moitié du chemin. Je dois me dépêcher de cultiver mes vignes, de saisir dans mes paumes les grappes de raisin gorgées de sucre et de soleil, de goûter à l'ivresse de mon propre vin d'un capiteux rouge rubis. Au diable l'entreprise, la holding ; ça peut fonctionner sans moi ; sinon, eh bien, tant pis. »

— On va devoir y aller maintenant, ne tardons pas. L'avion qui transporte le corps d'Arın atterrit à 14 heures à l'aéroport d'Esenboğa. Je suis encore à Ankara demain, Mehmet Bey. Je ne manquerai pas de contacter mes connaissances. Si je parviens à un résultat, je vous en tiendrai informé par l'intermédiaire d'Erim. J'espère que ça s'arrangera – il eut un sourire mi triste, mi taquin. Comme le disait Erim, j'ai trahi ma classe à un moment. Je n'en éprouve aucun regret. Par la suite, je l'ai retrouvée. Je n'ai pas trop à m'en plaindre non plus. Au moins, je suis devenu riche. À présent, je suis probablement à nouveau sur le point de commettre une trahison.

Alors qu'ils marchaient d'un pas rapide en direction de la voiture, Erim demanda :

— Que voulais-tu dire tout à l'heure ?

— Cette fois, je crois que je vais trahir en désertant. J'ai acheté de vastes vignobles à Bozcaada. Il m'a pris la fantaisie de faire du vin. La mort d'Arın m'a rappelé que notre temps est compté et qu'il nous en reste d'ailleurs très peu. La dernière fois que nous nous étions vus, j'avais raconté à Arın mes rêves de vigne et de viticulture. Et c'est un rêve que je vais concrétiser au plus tôt.

***

Les funérailles d'Arın Murat furent célébrées en grande pompe lors d'une magnifique cérémonie officielle où l'on condamna comme toujours le terrorisme séparatiste, les assassins arméniens et le fondamentalisme. Les hauts officiels civils et militaires étaient là au grand complet, en uniforme – même les civils semblaient le porter –, la mine triste et sévère, l'air grave et sombre. La seule différence avec d'autres cérémonies funèbres semblables, c'était la présence extraordinairement massive de personnages officiels et de représentants de missions étrangères face à un cercle familial et amical très réduit.

La question de savoir devant quel ministère se tiendrait la première cérémonie autour du cercueil couvert d'un drapeau et à quel département d'État dédier les vingt-cinq ans de la brillante carrière d'Arın Murat avait même été la cause d'un petit désaccord entre ministère des Affaires étrangères et ministère de l'Intérieur. Finalement, compte tenu de la dernière charge officielle du défunt et du lieu où se trouvaient ses équipes, on avait opté pour le ministère des

Affaires étrangères. Tandis que les discours prononcés en ces hauts lieux de l'État condamnaient fermement ce « meurtre atroce », tandis que l'on clamait, par la bouche des personnalités les plus influentes du gouvernement, que les assassins seraient retrouvés au plus vite, que ce crime ne resterait pas impuni et qu'il en allait de l'honneur de l'État d'arrêter les terroristes traîtres à la nation, les meurtriers séparatistes, et de les traduire devant la justice, Erim se rappela l'impressionnante scène finale d'un film italien qu'il avait vu des années auparavant : après l'assassinat du juge courageux et intègre – qui l'interprétait ? était-ce Robert De Niro ou Gian Maria Volonte ? – chargé d'enquêter sur un crime perpétré par la mafia infiltrée jusque dans les profondeurs de l'État, enquête qui l'avait peu à peu amené à remonter jusqu'au ministre de l'Intérieur et au service des renseignements militaires, les hauts officiels, parmi lesquels se trouvaient le ministre et le général, présentaient leurs condoléances avec une expression de grand chagrin à sa jeune et jolie épouse en tenue de deuil et à son jeune fils, en descendant lentement le majestueux perron de la cathédrale.

« Ils savent parfaitement pour quels mobiles et par qui ce crime a été commis, pensa Erim. Pas tous, sûrement, mais certains d'entre eux, les autres le devinent. Le simple fait qu'ils soient tous là à resserrer les rangs en est un indice. Ils cherchent à se blanchir. »

Les scénarios que Cem et lui avaient imaginés et discutés la veille tout au long du trajet jusqu'à Ankara tournaient dans sa tête. Cem lui avait raconté que, l'une des dernières fois où Arın et lui s'étaient vus, il l'avait trouvé soucieux et à cran, préoccupé par des questions sans réponses, troublé par les décisions illégales et les méthodes appliquées par l'État, tourmenté aussi d'être impliqué dans ce genre d'affaires, mais également en proie à des craintes dont il ne savait dire si c'était de la paranoïa ou si elles avaient de réels fondements.

— Tu connais Arın, il ne parle pas facilement de ce genre de choses. Il l'a d'ailleurs fait à mi-mot. Mais il voulait me transmettre un message : si jamais il lui arrivait quelque chose, ce ne serait pas un accident, mais une attaque dirigée contre sa personne, nettement ciblée.

— Si on regarde ce qui est écrit dans les journaux et ce qu'en dit Ülkü, on le comprend entre les lignes. Ceux qui versent des larmes de crocodile sur sa dépouille sont probablement ceux qui sont derrière sa mort… Ce que je ne comprends pas, c'est pour quelle raison. À qui Arın mettait-il des bâtons dans les roues ?

— Si je te réponds « au système », est-ce une réponse trop politique ? Je me suis procuré les journaux français d'avant-hier. Il y a des articles sur la conférence qu'Arın a donnée à Paris. Il aurait exprimé des choses différentes que celles attendues. Que ce soit dans la critique, ou l'autocritique… Comme ce ne sont pas leurs problèmes, les Français ne sont pas entrés dans les détails, mais ce qui en ressort, c'est qu'Arın a publiquement exposé les dessous sales d'un fonctionnement dont il connaît bien les rouages.

Lorsqu'ils étaient allés récupérer le corps à l'aéroport d'Esenboğa, ils y avaient retrouvé Ipek, le visage marqué par la douleur, peinant à tenir debout, et Derin qui s'efforçait de paraître stoïque. Ils étaient rentrés ensemble.

— Il ne s'est même pas écoulé cinq jours depuis qu'Arın est sorti de cette maison, avait dit Ipek. Il devait juste rester deux jours à Paris.

Elle s'était pendue au cou de Mecbure Hanım accourue ouvrir le portail et elle s'était mise à pleurer comme une enfant. Ensuite, elle s'était retirée dans sa chambre et n'avait plus reparu.

— Je m'occuperai de ces dames, avait dit la vieille domestique. Elles ont besoin de rester seules pour l'instant. Mettez-vous à l'aise, Erim Bey. Cem Bey aussi restera pour la nuit, j'espère. Si la maison se retrouve vide d'un seul coup, ce serait très dur et pour Madame et pour Mademoiselle.

Erim et Cem savaient pertinemment que ce dont Ipek avait besoin, c'était de retrouver son whisky et que Mecbure Hanım essayait de sauver la situation. Derin aussi le savait, mais elle semblait ne pas s'en soucier.

Ils demandèrent au factotum, un homme d'âge mûr qui cumulait les fonctions d'intendant, de serveur, de jardinier et de chambellan, de ne pas passer les communications, sauf si elles provenaient du cabinet du Premier ministre ou d'une autre instance de même importance. Le téléphone sonnait sans cesse, ce n'était pas tenable.

— À vos ordres, répondit l'homme. Si vous permettez, je vais débrancher les postes téléphoniques autres que la ligne privée.

Le thé à 5 heures, rituel qui faisait immuablement partie de l'organisation quotidienne de la maisonnée, était maintenu sans rien changer aux habitudes, comme s'il n'y avait rien d'exceptionnel. Cem demanda du café à la place du thé.

— Autrefois, chez nous, ces petits gâteaux étaient fraîchement préparés chaque jour, dit Erim en mangeant avec appétit les petits sablés si fondants achetés dans une pâtisserie de choix. Mon frère Arın n'était pas un gros mangeur ; il en prenait seulement un ou deux. C'est moi qui vidais le plateau. « Si je ne l'avais pas mis moi-même au monde, j'aurais du mal à croire que cet enfant est issu de notre famille », réagissait ma mère.

Cem aussi se remémora cette époque : ils étaient en culottes courtes ; ils étaient en première ou en deuxième année de l'école élémentaire. Sous prétexte de faire leurs devoirs ensemble, ils se retrouvaient souvent chez Arın. Sans même attendre que les sablés ronds et bombés surmontés d'une amande ou d'un clou de girofle à peine sortis du four soient posés dans un plat en cristal, ils plongeaient les mains dans le plateau en se brûlant les doigts. « Les chats de la cuisine, les chats affamés d'une maison où l'on a le ventre plein », les grondait Sultan Hanım. Erim n'était pas encore né, il était peut-être dans le ventre de sa mère. Un jour, la mère d'Arın était arrivée dans la cuisine en s'exclamant : « Oh, comme ça sent bon, Sultan Hanım », et la domestique lui avait aussitôt répondu : « Madame, prenez-en un tout de suite, sinon ça fera du mal à l'enfant. Quand la mère a envie de quelque chose, en réalité, ce n'est pas la maman, mais l'enfant qui éprouve cette envie. »

Quarante-cinq ans plus tard, l'enfant qui avait ces envies est assis en train de manger des petits-fours. Le corps de l'un des deux garçons en culottes courtes qui accouraient dans la cuisine repose dans une boîte métallique à la morgue, en attendant l'enterrement du lendemain. Une jeune fille triste et épuisée est assise en face d'eux, sans toucher au thé ni aux gâteaux qui se trouvent devant elle. Elle pose simultanément les yeux sur Erim et sur Cem ; elle a le même regard qu'Arın. « Il s'est presque écoulé un demi-siècle depuis. Dans cinquante ans, Derin se rappellera peut-être à son tour. Nos visages fatigués et vieux selon elle, notre conversation sur les gâteaux d'autrefois tout en buvant du thé et du café, pendant que son père gît sans vie à la morgue ; la tristesse sourde en suspension dans l'air et maints autres détails… C'est étrange que l'on s'attache surtout à des détails en de tels instants. Peut-être pour fuir le sujet essentiel, qui pèse d'un poids insoutenable ! »

Sans détacher les yeux de la tasse de thé restée intacte devant elle, d'une voix feutrée et fatiguée, comme si elle confiait un secret, Derin laissa doucement tomber :

— Hier, j'ai rencontré la journaliste dont la presse dit qu'elle est la dernière personne à avoir vu mon père – elle attendit un instant afin de mesurer l'impact de ses paroles sur les deux hommes assis en face. En fait, c'est ma mère qui voulait la voir. Elle était probablement curieuse de savoir qui était cette femme. Elle s'appelle Ülkü Öztürk. C'est quelqu'un qui vit depuis des années à l'étranger, en Europe. L'ambassade a pensé qu'elle pourrait donner des détails sur le meurtre.

— Elle l'a fait ?

— À mon avis, elle en sait plus qu'elle n'en dit, oncle Erim. Mais elle a quand même laissé entendre certaines choses. C'est un sujet qui me dépasse, dommage que ce ne soit pas vous qui avez parlé avec elle.

— Qu'est-ce qu'elle a laissé entendre ? Tu te rappelles ce qu'elle a dit exactement ?

— Elle a dit que mon père avait l'impression d'être suivi ce soir-là. Et puis elle a expliqué que, pendant la conférence de presse du même jour, il a relaté des choses très étonnantes dans la bouche d'un responsable officiel, par exemple que l'État recourait à des méthodes illégales.

— Est-ce qu'elle possède le texte exact de ce discours, par hasard ?

— Oui, si je me rappelle bien, je crois qu'elle a dit que, si nous voulions le texte complet du discours que mon père a fait ce jour-là, nous pourrions le trouver par le biais de l'ambassade, et que le journal où elle travaille en avait un enregistrement.

— Vous avez pu le trouver ?

— Je l'ai demandé à l'un des deux secrétaires qui s'occupaient de nous à l'ambassade, il m'a promis de faire le nécessaire. Mais l'équipe spéciale qui mènera l'enquête devra de toute façon analyser la totalité des preuves de ce genre. Ils le feront sans doute mieux que nous.

— Rien n'est moins sûr, intervint Cem. L'expression disant que le feu brûle l'endroit où il tombe est parfaitement appropriée. La famille, les amis peuvent avoir une approche plus intime, plus juste et plus fine du sujet que les instances officielles.

— C'est ce que j'ai dit à ma mère, moi aussi, oncle Cem. J'ai eu l'impression que les officiels à Paris ne tenaient pas tellement à ce que nous nous en mêlions, nous, c'est-à-dire la famille Murat. Ma mère n'en a d'ailleurs pas l'intention. Vous la connaissez, des événements et des souffrances de ce genre ne sont pas pour elle.

— Il faut absolument que nous parlions à Ülkü, dit Cem. Ne serait-ce que pour savoir ce qu'elle en pense, c'est important. Nous devons nous procurer l'enregistrement du discours d'Arın. Ülkü en a forcément une copie.

— Vous connaissez la journaliste ? demanda Derin avec curiosité et étonnement.

— Elle venait me faire du soutien scolaire quand j'étais au collège, s'empressa de lancer Erim.

— Moi aussi je la voyais à l'époque, quand je venais chez tes grands-parents, dit Cem.

— Mon père connaissait donc Ülkü Öztürk avant, quand elle était en Turquie ?

— Même si ce n'était pas de près, il la connaissait comme quelqu'un qui passait de temps en temps chez eux il y a près de trente ans. Elle s'est sans doute appuyée sur le fait qu'ils se connaissaient autrefois pour demander, au nom de son journal, un rendez-vous à ton père, et Arın l'a accepté.

— Dans ce cas, pourquoi n'a-t-elle pas dit qu'ils se connaissaient avant ?

— Elle a probablement voulu se protéger. Elle a suffisamment d'ennuis comme ça. C'est compréhensible.

— C'est absurde, je sais, mais avant de voir et de connaître cette femme, je la détestais. J'ai demandé à ma mère de ne pas me traîner à ses côtés, mais elle m'a répondu que je devais la soutenir en de pareils instants. Je n'ai pas compris pourquoi elle insistait pour voir cette femme. J'y suis allée contre mon gré, et au moment des présentations, je ne lui ai même pas serré la main. Et puis, à mesure qu'on parlait, j'ai commencé à éprouver de la sympathie. Il est clair qu'elle n'est en rien coupable de ce qui s'est passé. Elle a dit au détour de la conversation que son fils était mort assassiné. Elle a parlé de la cruauté des rouages du pouvoir. Mais je ne me souviens pas exactement de la discussion ; j'avais tellement mal, j'étais tellement fatiguée que je n'étais pas moi-même. N'empêche qu'Ülkü Öztürk est une femme très intéressante. Elle m'a donné sa carte de visite, elle m'a dit : « Peut-être qu'on se reverra. » J'aimerais bien la revoir en effet. J'ai l'impression qu'elle a des choses à me dire. Je pense l'appeler quand je rentrerai en Suisse. Cela pose-t-il problème, d'après vous ?

— Non, quel problème ?

— C'est vrai qu'elle était communiste et qu'elle a fui la Turquie il y a des années ?

— Qui t'a dit ça, Derin ?

— Je ne sais plus qui c'était. Je crois que c'était le fonctionnaire chargé d'organiser notre entrevue avec Ülkü Öztürk quand ma mère en a fait la demande. Oui, je m'en souviens maintenant. Ils avaient donné à quelqu'un de très jeune la mission de s'occuper de nous. Ils ont dit qu'il était chargé également de l'enquête concernant mon père. C'est cet homme qui a dit qu'elle était communiste. Qu'elle était partie de Turquie en 1980, après le coup d'État militaire. Qu'elle menait à l'étranger des activités contre la Turquie… des choses comme ça.

— Contre la junte militaire plutôt, c'est sûrement ça que voulait dire ce fonctionnaire. Et il y a une sacrée différence entre les deux, dit Cem. Ça fait du moins autant de points positifs à mettre à l'actif d'Ülkü.

Derin déclara qu'elle était épuisée, qu'elle allait prendre une douche et se coucher, et elle se retira dans sa chambre. Le lendemain serait une journée rude et éprouvante, tous le savaient. Ipek n'était pas ressortie de son appartement où elle s'était enfermée avec Mecbure Hanım depuis leur arrivée. Si cela ne tenait qu'à elle, elle ne serait même pas allée à l'enterrement.

Mais voilà qu'elle était là, entre sa fille et son beau-frère, devant le cercueil recouvert du drapeau. Avec son visage aminci par la fatigue et le chagrin, inexpressif, pâle et presque translucide, sa longue et fine silhouette tout de noir vêtue, l'image qu'elle offrait à l'objectif des caméras de télévision et des photographes de presse était belle et parlante.

Cem observait d'un peu plus loin cet étrange et distingué trio, réfléchissant aux différences qu'il y avait d'une personne à l'autre, d'une société à l'autre, dans la façon de vivre la douleur et de l'exprimer.

« La douleur est peut-être une émotion identique pour tout le monde ; la même souffrance, le même désarroi, la même blessure fulgurante… Mais son expression est tellement diverse ! Il se rappela les images d'enterrements de martyrs qui se déversaient à chaque bulletin d'information, chaque soir, sur toutes les chaînes de télévision, qui débordaient des écrans et emplissaient les pièces, les cœurs, avec ces mères, ces sœurs, ces épouses qui se jetaient par terre et se lacéraient la poitrine à grands cris, des images qui ne généraient même pas un sentiment de solidarité et de compassion, seulement de la terreur. Des images auxquelles on s'était presque habitué et qu'on zappait en appuyant sur les boutons de la télécommande pour ne plus voir ces mères et ces épouses de martyrs quasiment toutes voilées se déchirer la poitrine avec des vociférations et des hurlements incroyables, se jeter ensuite au sol, dans les bras de leurs proches et s'évanouir…

— En luttant contre le séparatisme, le terrorisme et le fondamentalisme pour préserver la république de Turquie qui vivra éternellement et l'État turc des menaces venant de l'intérieur et de l'extérieur, pour protéger et promouvoir l'unité indivisible de la patrie, les principes et les réformes d'Atatürk, Arın Murat est mort en martyr. Il était comme un glaive, symbole de notre tradition étatique héritée de nos ancêtres et de notre attachement à la nation. Les traîtres séparatistes n'obtiendront pas ce qu'ils espèrent. L'État turc est en mesure de trouver rapidement les meurtriers et de leur infliger la peine qu'ils méritent.

Cem frémit. « Il était comme un glaive », avait dit l'homme qui prononçait ce classique éloge funèbre alignant les formules creuses. Était-ce une simple comparaison, une figure de style, avec laquelle l'orateur, emporté par son éloquence héroïque, pensait ajouter un peu de poésie à sa rhétorique, ou un message à destination de ceux capables de le comprendre ? « Mais non ! Arın était un homme à principes, probe et cultivé. De plus, il savait très bien se protéger. Il n'avait pas de relation avec Gladio ou d'autres organisations semblables. »

Puis il se demanda où finissaient les limites légales de l'État et où commençaient les structures secrètes. « Impossible de le savoir. Nous ne tenons d'ailleurs pas tellement à creuser ni à l'apprendre. Personne n'a intérêt à remuer la merde. De ses chefs à ses hommes de main, ce noyau secret est la garantie de la perpétuation de notre système. La logique du « ne faites surtout pas de vagues, que nous n'avalions pas de merde et continuions à nager tranquillement dans ce merdier ». Même moi j'ai besoin de la stagnation de cette fosse à purin pour continuer mon commerce et développer la holding. Tout cela est écœurant, scandaleux. »

Les discours et le garde-à-vous étaient terminés, le cercueil était porté à l'extérieur par la garde d'honneur pour être conduit à la mosquée. Cem vit les cameramen, les reporters et les membres de la presse tendre leurs micros vers Erim, Ipek et Derin. En s'approchant d'eux, il entendit Ipek répondre qu'elle n'était pas en état de parler. En revanche, il saisit les dernières phrases de Derin. D'une voix fébrile, la jeune fille disait : « Je pense que mon père a été tué par ceux que gênaient ses idées et ce qu'il savait. Les assassins sont peut-être parmi nous. Si, en dépit de toutes les promesses, ce meurtre reste irrésolu comme ce fut le cas pour d'autres auparavant, à ce moment-là, nous penserons que les responsables en connaissent les auteurs et les couvrent. »

« Où cette fille a-t-elle appris ces mots-là ! s'étonna Cem. Ce qu'elle dit est la pure vérité. Pourvu qu'elle arrête là. Elle nage dans des eaux dangereuses. »

Puis Erim et lui marchèrent ensemble vers le cortège funèbre. La garde d'honneur s'ébranla doucement aux notes d'une marche funèbre jouée par la fanfare militaire.

***

Ülkü suivit les obsèques d'Arın chez Falin, sur les chaînes françaises d'informations internationales. Le crime ayant été commis à Paris, il lui avait été accordé plus de place qu'espéré dans les journaux télévisés. « Un ancien diplomate et célèbre homme d'État turc est mort, victime d'un meurtre sombre et douteux », était-il annoncé tandis que, dans le flot d'images retransmises par les caméras, celles montrant les officiels alignés en rang d'oignons et saluant le cercueil repassaient en boucle. Sur certaines chaînes, l'événement était commenté en des termes où l'hypothèse d'une implication des services secrets dans cette affaire prenait le pas sur les assertions des autorités turques désignant les terroristes kurdes ou arméniens comme les auteurs de cet assassinat.

Erim, Ipek et Derin se tenant côte à côte devant le cercueil couvert du drapeau offrait une image non pas froide et douloureuse, mais chargée d'émotion et de chaleur telle une photo sortie d'un album de famille. En entendant la phrase que Derin prononça dans le micro qui lui était tendu : « Si, en dépit de toutes les promesses, ce meurtre reste irrésolu, à ce moment-là, nous penserons que les responsables en connaissent les auteurs et les couvrent », son cœur s'emplit d'affection pour la jeune fille. « C'est moi qui le lui avais dit ; elle n'a donc pas oublié, elle y a réfléchi. Et elle est assez courageuse pour exprimer ouvertement des idées dangereuses. Il faut absolument que je l'appelle. »

Elle se dit qu'elle voyait Derin comme le dernier lien qui l'unissait à Arın, la vie qui défiait la mort, le seul coin encore solide du carré Arın-Ülkü-Umut-Derin. Les yeux de la jeune fille filmés en gros plan qui la regardaient à travers l'écran étaient ceux d'Arın, c'étaient les yeux d'Umut. Elle fut emplie d'une tristesse ténue, sournoise et insupportable en pensant à ses rêves de bonheur inaccessibles, insaisissables et irrémédiablement brisés, qui s'étaient évanouis au fil des jours.

Seul André savait qu'elle logeait chez Falin. Il lui téléphonait plusieurs fois par jour, il lui demandait si elle acceptait de parler aux chaînes de télévision qui cherchaient à obtenir une interview exclusive.

— À quoi bon paraître à la télévision, avait décliné Ülkü. Je n'ai pas d'information que je pourrais étayer avec des preuves et des documents. Seulement des indices et des soupçons. Cela ne servirait à rien d'autre qu'à attirer l'attention sur moi et à alerter les auteurs du meurtre.

André et Falin lui avaient donné raison, ils étaient d'avis qu'il valait mieux qu'elle se fasse discrète ces jours-ci. C'est Falin qui lui avait proposé de ne pas rester chez elle, de ne pas s'éloigner de Paris et de s'installer chez lui quelque temps.

— Plus l'idée que ce meurtre s'enracine dans les profondeurs de l'État gagne du terrain, plus ils vont chercher à découvrir ce que tu sais, avait-il dit. Tu pourrais recevoir de désagréables visites. Le mieux c'est de disparaître un moment et de te faire oublier. Viens chez moi, j'ai une chambre supplémentaire et je passe le plus clair de ma journée à l'université, je ne te dérangerai pas.

Elle avait accepté avec joie, et après avoir rassemblé des choses essentielles – livres, documents, bandes magnétiques, ordinateur portable, photographies, papiers importants, bricoles ayant valeur de souvenirs et qu'elle ne souhaitait pas voir passer entre d'autres mains, quelques vêtements –, elle s'était installée chez Falin.

André lui avait conseillé de ne pas revenir tout de suite, de se concentrer sur des articles de fond. Ce genre de papiers pouvait se préparer en dehors du journal et être envoyés par fax ou un autre moyen.

Cette formule l'avait arrangée, elle se sentait soulagée. Surtout, elle s'était réjouie car André lui avait proposé de partir, quand elle se sentirait prête, pour une mission à Sarajevo et, de là, de passer en Serbie, en Croatie et au Kosovo. Elle avait sincèrement remercié cet homme qu'elle n'appréciait guère jusqu'à il y a peu et qui avait compris que plonger dans les souffrances humaines, qu'être les yeux, les oreilles et la langue d'un pays en miettes et au bord du chaos panserait ses propres souffrances.

Elle souhaitait ne pas trop traîner. Elle partirait d'ici quelques jours.

— Te voilà reporter de guerre maintenant ! avait dit Falin.

— Je suis déjà allée en Irak auparavant. Je ne suis pas complètement néophyte. Il y a peu, je devais me rendre avec Reporters sans frontières en Turquie, dans le Sud-Est. Et de là, je pensais passer dans le nord de l'Irak, me rendre dans les camps du PKK. Je n'ai évidemment pas obtenu l'autorisation. Je n'ai pas forcé les choses. En fait, reporter de guerre, c'est un métier fascinant. Cela fait penser à Hemingway et

John Reed. Les guerres changent, mais les passions, les souffrances, les bassesses et l'héroïsme des humains ne changent pas. Il faudrait seulement que je sois un peu plus jeune. Je sens bien mes quarante-huit ans désormais, pas au bureau, mais dans ce genre de missions.

En suivant la cérémonie funèbre à la télévision, elle calcula que six jours s'étaient écoulés depuis le soir de l'assassinat d'Arın. Des jours qui avaient changé une fois de plus le cours de son existence, et perturbé l'équilibre intérieur qu'elle avait eu tant de mal à construire ou qu'elle croyait avoir construit. Bien qu'il n'ait nullement sa place dans le tableau, Ömer se rappela à son souvenir. Pour la première fois, elle se demanda si Ömer avait eu connaissance de l'existence d'Arın. Où peut-il bien être, que devient-il ? pensa-t-elle. Depuis le jour où ils s'étaient revus à Leipzig, elle ne s'était plus du tout souciée de son sort, elle n'avait pas cherché à s'en informer. Pour leur divorce, ils avaient pris le même avocat à Berlin et la procédure avait été rapide. Pensant que l'avocat saurait où Ömer se trouvait, elle l'avait appelé, à la fois pour régler ses honoraires et lui demander où était son ex-mari. « Je ne sais pas où est Herr Ulaş, avait-il répondu. Moi aussi je le cherche pour lui envoyer l'acte de divorce, mais il n'est joignable à aucune des adresses et des numéros de téléphone qu'il m'a laissés. D'ailleurs, lors de notre dernière conversation, avait-il ajouté, il avait dit qu'il n'avait pas besoin de l'acte de divorce, que vous l'envoyer à vous suffirait. N'empêche que je souhaiterais quand même le lui faire parvenir, c'est une obligation juridique. »

Son sentiment de désolation intérieure, de désintérêt, d'indifférence lui fit peur. Elle se rendit compte qu'elle n'avait pas la moindre velléité envers l'homme avec lequel elle avait partagé tant d'années, tant d'événements, tant d'émotions ; l'espoir de libération de l'humanité, l'engagement socialiste, l'enthousiasme révolutionnaire ; et qu'elle suivait l'enterrement d'Arın comme s'il s'agissait de n'importe quel autre événement dans n'importe quel pays au monde. Ce n'est ni de la fatigue ni de l'indifférence, et encore moins de l'inertie. Un trop-plein peut-être, l'habitude ; le cœur devenu insensible, le fait de s'attendre à tout, de ne s'étonner de rien… À moins qu'il ne s'agisse carrément d'une pathologie mentale, d'un puits noir semblable à celui dans lequel j'ai sombré à la mort de mon fils. La sanglante Yougoslavie me fera du bien. Il faut que je m'y rende.

Dans sa tête et dans son cœur, un vers dont l'auteure savait qu'elle allait vers la mort : « D'où qu'on revienne de la vie, c'est tout bénéfice[1]. »

« On pourrait aussi dire : "D'où qu'on se lance dans la vie, c'est tout bénéfice", murmura-t-elle à part soi. Même tardivement, Arın avait l'intention de recommencer ; ils ne l'ont pas laissé faire. Ömer a peut-être depuis longtemps commencé une nouvelle vie. Et moi ? Plus tu tardes, plus c'est difficile, voire impossible, de recommencer. »

Elle passa sa main dans ses cheveux aussi courts que ceux d'un petit garçon. Elle repensa à sa barrette. Elle prit la décision de se laisser repousser les cheveux.

Son regard s'arrêta sur Falin, confortablement enfoncé dans le fauteuil à côté d'elle, sirotant son verre devant la télévision. Comment interpréter son refus absolu d'arrêter l'alcool à ce stade avancé de son cancer ?

— Tu aurais aimé commencer une nouvelle vie, Sacha ? demande-t-elle.

1. Nilgün Marmara, poétesse turque née en 1958 à Istanbul et qui s'est suicidée en 1987 à l'âge de 29 ans.

À peine ces mots ont-ils franchi ses lèvres qu'elle se rend compte de l'incongruité de sa question et de son manque de tact.

— De toute façon, que je le veuille ou non, je vais bientôt commencer une nouvelle vie, répondit-il sur un ton indifférent. Tôt ou tard, tout le monde commencera une nouvelle vie.

9

En quête d'îles désertes

« Suis-je revenue ici pour me trouver une île déserte ? De même que les animaux retournent dans leur terrier pour mourir ? Seuls les chats recherchent un endroit éloigné de leur maison pour disparaître, pour soustraire leur cadavre aux regards. »

Elle avait passé l'hiver en Yougoslavie alors en plein éclatement, et plus particulièrement à Sarajevo. C'est là que se jouait, sous les yeux du monde, la dernière scène sanglante du grand effondrement. Ce qui suscitait davantage un sentiment de révolte et de honte que de douleur. Elle était là-bas quand le journaliste allemand avait été abattu. La veille encore, ils discutaient ensemble en buvant de l'alcool de prune, avec un petit groupe de journalistes désormais indifférents au bruit des balles tirées en rafales à l'extérieur. Ici, tout ce qu'elle avait appris dans les livres, par l'histoire ou comme acteur et témoin, tout ce qu'elle savait de façon théorique – ou croyait savoir plus exactement – se trouvait testé, vérifié et renforcé ; tout devenait sang, mort, douleur. Elle essayait de comprendre comment les gens pouvaient transformer leurs différences – qu'elles soient religieuses, ethniques, politiques, de classes ou autres – en une hostilité et une haine si implacables ; comment ils pouvaient tuer ceux qui la veille encore étaient leurs voisins de palier, sans faire de distinction entre jeunes, vieux, femmes et enfants ; violer sans retenue – non seulement par plaisir, par désir d'humilier et de torturer, mais pour accroître leur race.

La guerre en Irak était comme un jeu, une guerre des étoiles sur écrans de télévision, un spectacle pyrotechnique, un big bang virtuel. Et puis, le visage de Saddam et les communiqués officiels… Même si on n'en voyait pas le vrai visage et qu'elle se passait sur un plan virtuel, cette guerre était terrifiante du fait qu'elle plongeait tout un pays, tout un malheureux peuple dans la souffrance. Quant à celle qui sévissait à Sarajevo, elle était d'une inconcevable brutalité, d'une atrocité à vous faire perdre tout espoir en l'humanité. Dix ans plus tôt, voire cinq peut-être, avant le décès d'Umut, celui d'Arın et la dégringolade d'Ömer, quand son cœur n'était pas encore si calleux ni son être si dévasté, elle n'aurait pas supporté ce qu'elle voyait là-bas. Maintenant, elle supportait. Jusqu'au jour où elle avait vu cette petite fille qui pleurait en silence avec un chaton dans les bras, devant le cadavre de sa mère baignant dans son sang. Au moment où, avec un foutu et vil réflexe professionnel, elle avait pressé le déclencheur de son appareil photo, elle avait senti la cuirasse de son cœur craquer sous le poids de la souffrance et de la révolte, et sa désolation intérieure se disperser en un tumulte encore plus tonitruant que le pire coup de tonnerre. « Je vais mieux, pensa-t-elle. Je redeviens humaine. »

— La photo était superbe, extraordinaire, elle pourrait être élue photo de l'année, avait dit André au téléphone.

— S'il te plaît, envoie quelqu'un pour me remplacer, donne-moi tout de suite la permission de rentrer ! s'était-elle exclamée dans un sanglot.

— Pas de problème, il y en a beaucoup qui rêvent d'y aller pour jouer les fanfarons. Mais je pensais que tu étais contente, tu m'avais dit que tu voulais y rester le plus longtemps possible.

— Oui, mais je ne tiens plus. Je ne supporte plus de voir et de prendre cette même photo des dizaines de fois dans la même journée.

À un moment, elle avait pensé ramener avec elle la petite fille de la photo de l'année et l'adopter. Mais elle n'en avait pas trouvé la force. « Un nouvel enfant, cela signifie une nouvelle vie, un nouvel espoir, un nouveau départ. Je n'en ai pas le courage ! » L'action humanitaire de l'Unicef pour sauver les enfants de Sarajevo se poursuivait en dépit de tous les obstacles et de toutes les difficultés. Elle avait décidé de prendre contact avec le comité national de l'agence, elle avait contribué à retrouver la fillette, mais elle n'avait pas voulu la revoir. Elle craignait de craquer si elle apercevait son visage.

Ce n'est qu'au tout début du printemps qu'elle réussit à rentrer à Paris. Falin de son côté s'apprêtait à retourner à Moscou.

— Je pensais que tu avais l'intention de rester définitivement à Paris, Sacha.

— Moi aussi je le croyais, mais le temps de partir est venu. Tout le monde veut retourner sur ses terres pour mourir. Même ceux qui chantaient à tue-tête et de tout leur cœur : « L'Internationale sera le genre humain »…

« Ce jour est-il arrivé, Sacha ? Toi qui disais que ta maladie était en rémission ! »

Elle se rappelle le jour où elle avait vu Falin pour la première fois dans une conférence à Moscou. Son air fier revendiquant : « Je ne suis pas comme les autres ; je réfléchis, je débats, je critique… » Cette attitude l'avait d'abord agacée. « N'es-tu pas toi non plus qu'un simple rouage du mécanisme ? Jusqu'où peuvent aller tes critiques, tes remises en cause, à quelles limites se heurtent-elles ? » Les jours suivants, ses premières impressions négatives s'étaient effacées ; elle avait compris que les questions que posait cet homme étaient d'une réelle profondeur. Elle avait compris la difficulté et le mérite qu'il y avait à devenir marxiste et à rester communiste avec toutes ces questions.

Elle se rappelle ensuite la façon dont elle avait remarqué qu'il était bel homme quand elle était venue l'écouter – le voir en réalité – à sa conférence à Paris. Il avait maigri. Elle n'avait pas compris alors que ce qui octroyait cette expression profonde et cette secrète lumière à son visage, à son regard, c'était le germe de la mort sous la forme d'une tumeur.

Enlacés, ils marchent dans les rues de Paris. Un soir, dans Paris illuminé. Les bancs installés sur la petite esplanade devant Notre-Dame ne sont pas encore occupés. Était-ce Pâques ou Noël ? Étant donné qu'on attendait que les fidèles s'asseyent à l'extérieur, ce devait être Pâques plutôt. Prenant place sur l'un des bancs, ils contemplent la cathédrale illuminée brillant dans la nuit.

— On dirait qu'elle va s'écrouler sur les gens qui sont en dessous, dit Falin. Le fait de regarder vers le haut crée un sentiment d'infériorité. De même que penser à Dieu, ou lever les yeux au ciel pour supplier Dieu…

— Je ne savais pas que tu étais croyant.

— Et pour cause, je ne le suis pas. Je suis un véritable athée de naissance, moi ; je ne le suis pas devenu par contrainte. Même si je n'avais pas été un enfant du communisme, j'ai l'esprit fait de telle sorte que je n'aurais pas pu croire en Dieu. Ce que je veux dire, c'est que la hauteur, la grandeur, la splendeur écrasent les gens. C'est pour cela que tous les empires, qu'ils soient terrestres ou spirituels, tous les États, toutes les dictatures éprouvent le besoin de fastueux monuments, de sanctuaires qui se dressent jusqu'aux cieux, de couronnes d'une valeur inestimable, de magiciens, d'ecclésiastiques, de chefs, d'empereurs arborant des vêtements et des bijoux éblouissants.

— Et notre empire à nous, Falin ?

— Le nôtre aussi était pareil. Nos monuments étaient encore plus grandioses que tous les autres, nos sanctuaires dédiés à des dieux inconnus, aux membres de notre sacro-saint Politburo qui jamais ne s'abaissaient au rang des simples mortels, et même à notre inquisition…

— Mais pourquoi ? N'est-ce pas pour changer tout ça qu'on a fait la révolution ?

— C'était le but, assurément ; mais le problème, c'est que même les personnes qui ont pris part à cette révolution avaient besoin de regarder vers le haut, de créer de nouveaux dieux et de les vénérer.

— Manques-tu à ce point de conviction ?

— Faux. C'est pile l'inverse. J'y crois à fond. Même quand je formule les critiques les plus sévères contre le système, et même quand je tiens de pareils propos, je n'ai jamais douté que l'utopie deviendrait un jour réalité et cesserait alors d'être une utopie, qu'il naîtrait d'autres utopies ; bref, je n'ai jamais douté de l'essence du marxisme, je ne l'ai jamais renié – il enlace étroitement la femme qui est assise près de lui. Regarde cette magnifique cathédrale. Devant Notre-Dame, beaucoup de personnes furent brûlées et pendues sur les ordres de dictateurs, de papes, de rois, d'empereurs terrestres et spirituels – une expression qu'il aime à répéter, apparemment. À présent, toi et moi, tous deux assis ici, nous la contemplons comme si nous regardions la lumière s'élever du fond des ténèbres vers le ciel. Cela nous plaît. Même si nous ne croyons pas au dieu auquel elle est consacrée, nous goûtons un plaisir esthétique. Les dieux aussi vieillissent, ma chère. Quand ils auront tous vieilli et qu'il ne sera plus nécessaire d'en avoir de nouveaux, l'humanité vivra sans dieux, sans sanctuaires, heureuse et en paix, et lorsqu'elle aura atteint son plein développement, notre utopie deviendra réalité. Dès lors naîtront de nouvelles utopies.

En sentant combien le corps qui touche le sien est amaigri, elle prend peur. Falin semble ne pas être affecté par sa maladie. Il avait dit que c'était une des formes de cancer qui progressaient le plus lentement. Est-ce vrai ?

— Allez, marchons encore un peu, allons jusqu'au fleuve. Tu trouveras ça banal, mais l'endroit que je préfère dans cette ville, ce sont les rives de la Seine. Les francophiles qui ont comme moi étudié dans les écoles françaises et qui ont grandi avec cette culture connaissent Paris presque mieux que leur propre ville sans même l'avoir vue ; les cafés, les ponts, les rues, les monuments, les statues, les parcs, et bien sûr la tour Eiffel et les rives de la Seine… Les Français savent aimer et faire aimer leur pays.

Ils marchent en direction de la Seine. Ils aspirent en eux la ville qu'ils aiment tant. Tous deux savent bien qu'un jour ils la quitteront et s'en iront.

« “*Où aimerais-tu mourir, poète ? À Istanbul, à Moscou et à Paris.*” Qui s'en était souvenu en premier ? Probablement moi, pense Ülkü. C'est un vers que je répète souvent. C'est donc que ce fameux jour approche. »

Puis vint le jour de la séparation.

— J'ai arrêté mes cours à l'université, dit Falin. J'avais quelques étudiants en doctorat, je les ai confiés à un ami. Je n'ai plus de raison de rester ici maintenant – il poursuivit la conversation en russe. Les mots d'amour, il les disait dans sa propre langue, ses émotions aussi. J'ai vécu de belles choses avec toi, Ülkü, dommage que nous ayons tant tardé. Même tard, c'était mieux que de ne pas les vivre du tout. L'amour, la vie, la mort… C'est bien de vivre tout. C'est peut-être le seul but de notre venue au monde : vivre un tas d'expériences, nous enrichir de tout ce que nous avons vécu et mourir après. En d'autres termes, la vie n'a d'autre but, d'autre sens qu'elle-même. Tu sais, je t'aime. Je me suis enrichi avec toi.

Le baiser qu'il posa sur ses lèvres était non pas passionné, mais amical. Elle frémit, comme si Falin avait une maladie contagieuse. « Le cancer n'est pas contagieux. Je le savais naturellement. C'est la mort en lui qui m'avait fait frémir. La mort est-elle contagieuse ? »

Elle eut peur qu'il se soit rendu compte de sa réaction, elle en eut honte. Elle prit Falin dans ses bras et le serra très fort, elle colla ses lèvres contre les siennes.

— Oui, c'était beau, Falin. Moi aussi j'y ai beaucoup gagné. Merci.

Maintenant, tandis que le petit bateau sur lequel elle est montée accoste à Bozcaada, elle se remémore ces mots que Falin avait prononcés : « Tout le monde veut retourner sur ses terres pour y mourir. »

***

« Quand suis-je venue sur cette île pour la dernière fois ? Ce devait être en 1976. »

Elle s'en souvient très bien. C'était un ou deux ans après les événements à Chypre. Une importante partie des Grecs restés dans les îles après le débarquement de Chypre avaient vendu leurs biens pour une bouchée de pain et quitté le pays.

C'est à cette époque qu'Ömer et elle étaient venus à Bozcaada. Pour une petite escapade de quelques jours, sans rien dire à personne… C'était en été. L'ivresse de la victoire du 1er Mai fêté pour la première fois après tant et tant d'années sur la place, avec la participation de centaines de milliers de personnes, ouvriers, intellectuels, jeunes et peuple dans son ensemble, ne s'était pas encore dissipée. Pour reprendre la comparaison d'Ömer, le mur n'était pas encore tombé et ils n'étaient pas restés sous les décombres, ils avaient sauté de l'autre côté. Ils étaient pleins d'espoir, fervents et fiers. Ömer lui-même était d'avis que ces petites vacances étaient bien méritées.

L'île les avait déçus. Les tavernes grecques sur lesquelles les anciens ne tarissaient pas d'éloge étaient ouvertes aux quatre vents. Et l'expression est à peine imagée, avait pensé Ülkü. L'île semblait aussi battue et secouée par les vents que le petit bateau à bord duquel ils étaient arrivés. Ils s'étaient assis dans l'un des quelques restaurants de poisson encore existants sur le quai et qui tenaient plus du café que du *meyhane*, et, au serveur à la physionomie plus orientale qu'insulaire, ils avaient commandé du poisson et du raki. En se promenant dans les rues pavées aux nombreux escaliers, bordées de chaque côté de belles maisons grecques mal entretenues mais encore préservées avec leurs marches en marbre devant les portes, ils avaient été frappés par le contraste entre les femmes insulaires tranquillement assises sur leur seuil, occupées à bavarder et à faire de la dentelle, et les femmes en voile noir qui tournaient le dos et se sauvaient dès qu'elles les apercevaient. « Les Grecs ont quitté l'île après le débarquement à Chypre, et des populations originaires de Siirt, ou de Bitlis, enfin, de ces régions-là, se sont installées à leur place. Il y avait un cheikh de confrérie, du nom de Pilavoğlu, ses adeptes aussi ont afflué dans l'île. Bozcaada n'est plus ce qu'elle était. Ils arrachent même les vignes », avait dit un professeur insulaire que connaissait Ömer. L'île était quand même belle. Elle avait de beaux restes, comme on dit.

Vingt et un ans étaient passés depuis. Alors que le ferry-boat sur lequel elle était montée accostait l'embarcadère, à la vue de la forteresse à la pointe de l'île, des maisons qui semblaient rafistolées et entassées les unes sur les autres, le village qui avait embelli et reverdi, elle se dit que Cem avait peut-être effectivement fait le bon choix.

Il n'avait pas été facile pour elle de décider si elle quitterait ou non Paris – ville où elle se sentait complètement seule maintenant que Falin était retourné à Moscou –, ni de l'endroit où elle pourrait – ou non – poursuivre sa vie. Ai-je réussi à prendre une décision ? Ne suis-je pas encore dans l'expectative ? Si je viens ici, n'est-ce pas pour trouver une réponse à cette question ?

Un jour, elle était allée au journal et, entrant dans le bureau d'André, qui était désormais devenu un ami, elle avait déclaré :

— Je voudrais arrêter de travailler, André. Plus exactement, j'aime mon travail, mais je voudrais quitter Paris et la France.

À peine ces mots avaient-ils franchi ses lèvres qu'elle comprit qu'elle ne savait pas ce qu'elle voulait ; que c'était l'expression de son malaise, de son indécision, de sa solitude. Paris lui était devenu difficile à supporter. Après la douleur qui l'avait totalement anesthésiée les jours qui avaient suivi l'assassinat d'Arın, après l'horreur quotidienne de Sarajevo qui refoulait tous ses sentiments et ses problèmes personnels au second plan, elle avait pris conscience à son retour que cette ville se confondait pour elle avec Arın, que son amour de Paris provenait en réalité de la passion obsessionnelle qu'elle éprouvait pour Arın. Désormais, il n'était plus là, Falin non plus, et Paris n'avait plus de raison d'être.

— Utilise d'abord tes congés annuels, lui avait rétorqué André, avec son réalisme habituel. Par ailleurs, compte tenu de la qualité du travail que tu as réalisé à Sarajevo, et du succès que tu as remporté avec ta photographie, élue meilleure photo de presse de l'année, je peux même t'accorder davantage de congés payés.

Ensuite, il lui avait demandé où elle prévoyait d'aller.

— Peut-être en Turquie, avait-elle répondu, timide – puis, éprouvant le besoin d'affermir ses propos à ses propres yeux, elle avait ajouté : Oui, remonter une piste en Turquie…

— Remonter une piste ?

— Je t'en avais brièvement parlé la dernière fois. Durant mon absence, il y a eu une importante évolution en Turquie. Je ne l'ai su qu'après coup, à mon retour. J'ai alors épluché toute la presse turque de cette période, j'ai parallèlement essayé d'en apprendre davantage auprès de journalistes turcs vivant ici et de gens de ma connaissance. A priori, ça ressemble à un banal accident de la route. Un accident à proximité d'une petite bourgade que traverse l'une des routes qui mènent vers les côtes égéennes et méditerranéennes. Une collision entre un camion et une Mercedes. Les trois passagers de la voiture meurent sur le coup. L'une des trois victimes est celui que les idéalistes appellent le « reis », un militant d'extrême droite de mèche avec l'État, dont l'appartenance au Gladio turc ne fait aucun doute, impliqué dans les réseaux mafieux et le trafic de drogue, ici, en France, et qui aurait des liens avec la CIA. La seconde victime est un chef de la police. Le type s'en est tiré avec des blessures, c'est un chef de tribu kurde, qui s'est rangé du côté de l'État et qui est devenu protecteur de village, c'est-à-dire le reis de paysans à qui l'on fournit des armes pour qu'ils se battent aux côtés de l'armée contre la guérilla. Le troisième mort est une femme. Y avait-il d'autres individus ? Une deuxième voiture est-elle arrivée après ? D'où venaient-ils et où allaient-ils ? Les armes retrouvées dans la voiture avaient été préparées pour qui, dans quel but ? Quel est le rôle dans cet événement du ministre dont on dit qu'il était en relation avec eux et qu'il se trouvait même en leur compagnie la veille ? Tout cela est connu et pourtant très flou. Pour faire bref, c'est un événement compliqué. Mais pour autant que j'ai pu l'observer dans la presse, la Turquie, en tant que corps social, s'est levée pour la première fois, elle s'est pour la première fois dégagée du culte et du tabou de l'État.

— J'ai un peu suivi cette affaire moi aussi. L'affaire Susurluk, je crois.

Ülkü ne put s'empêcher de rire. C'était comme le Arın Mura, il ne pouvait pas s'en empêcher.

— Sousourlouk, pas Süsürlük. Ah, André, tant que je ne m'en irai pas d'ici, tu seras toujours embêté avec le turc !

— C'est pas important, ça ! Ce qui m'intéresse surtout, c'est l'éveil de la société civile et les vastes mouvements de protestation qui ont débuté en réaction à cet événement. Pour en revenir aux sales affaires qui se trament au sein de l'État, le Gladio en Italie en est le meilleur exemple, et avec le limogeage de plusieurs centaines de personnes dans le civil et de plus de mille dans l'armée, les condamnations prononcées contre les dirigeants qu'ils ont pu retrouver, et surtout le nettoyage de ce noyau caché dans l'État profond, ils en sont partiellement venus à bout. Il reste sûrement des reliquats. Tout cela, c'est le leg de la guerre froide, des États-Unis, de la CIA. Ce que je ne comprends pas, c'est ce que tu cherches. Si le journalisme te plaît, pour quelle raison vouloir quitter ton travail dans ce cas ?

— Tu dis souvent que l'intuition est très importante dans le journalisme, eh bien, c'est quelque chose de ce type. J'ai l'étrange intuition qu'il y a un lien sinon direct, du moins indirect, entre l'événement de Susurluk et le meurtre d'Arın.

— Mura était dans un domaine très différent, il me semble. L'événement dont tu parles paraît plus lié à des bandes infiltrées dans l'État ou, autrement dit, utilisées par le noyau secret caché dans l'État profond.

Alors qu'elle s'apprêtait à corriger la façon dont André avait prononcé Murat, Ülkü renonça, jugeant que c'était là une obstination absurde.

— Quelles étaient les réelles fonctions d'Arın Murat dans l'État, quel était son domaine pour reprendre ton expression, je ne sais pas exactement. Il était entré dans l'appareil d'État par le biais des Affaires étrangères. Ensuite, il a dit avoir été nommé à d'autres fonctions ; lors de cette soirée terrible où nous avons dîné ensemble, notre ultime soirée, il a raconté à mi-mot qu'il était au courant des actions illégales de l'État profond et qu'il lui était arrivé de temps en temps d'en assumer la responsabilité, du moins au niveau des processus de planification et de décision. Tu sais, André, il est peu probable que quelqu'un arrivé au plus haut niveau de la bureaucratie et du gouvernement ne soit pas impliqué. Et si un jour cette personne cherche à sortir du bourbier, ils ne la lâchent pas facilement, parce que cette personne sait beaucoup de choses. Je crois qu'Arın avait désiré m'en parler. Mon intuition me dit qu'on peut remonter la piste des assassins jusqu'à Susurluk.

— Je ne vais pas essayer de te retenir, rétorqua André. Cependant, fais comme je te l'ai proposé, sers-toi d'un congé longue durée au lieu de démissionner. Et fais attention à toi. Si les choses sont aussi complexes et sérieuses que tu le dis, n'oublie pas que certains imaginent que tu es en possession des informations dont Mura était dépositaire. Y a-t-il eu de la visite dernièrement pour fouiller ton domicile ?

— Non, pas que je sache. Soit ils ne me prennent pas au sérieux, soit ils sont en possession de suffisamment d'éléments sur mon compte. Tu vas prendre cela pour de la paranoïa, mais, à un moment, j'ai pensé que toute notre conversation pendant le dîner ce soir-là a peut-être été enregistrée, et je le pense encore. C'est très facile, tu sais. Un petit appareil enregistreur sous la table, et le tour est joué.

C'est seulement en juillet 1997 qu'elle avait pu retourner en Turquie. Remonter une piste ? Peut-être oui, peut-être non. Maintenant qu'Arın était mort, à quoi bon ? De plus, à mesure qu'elle creusait le sujet, en voyant combien attentats et meurtres politiques étaient répandus en Turquie, elle avait compris que, dans un pays où chaque jour des dizaines de personnes étaient assassinées, mouraient en martyrs, tombaient lors d'affrontements, victimes de meurtres non résolus, la mort avait perdu son sens et son importance d'antan, et elle s'était retrouvée submergée par le désespoir. Malgré tout, elle avait appelé Erim et Cem dès son arrivée.

Erim et elle s'étaient retrouvés à Istanbul. Elle lui avait raconté tout ce qu'elle savait – sauf les aspects privés. N'ayant pu décliner l'invitation insistante d'Erim et de sa femme dont elle venait de faire la connaissance, elle était même restée plusieurs jours chez eux. Cem n'était pas à Istanbul. « Il est parti à Bozcaada pour y réaliser ses rêves de viticulture. Désormais, il passe le plus clair de l'année là-bas », avait dit Erim.

Lorsqu'ils avaient téléphoné à Cem, ce dernier avait insisté pour qu'ils viennent tous ensemble à Bozcaada, elle au moins ; il avait tellement insisté qu'Ülkü n'avait pu le décevoir. Elle avait fait de Bozcaada la dernière étape de son périple en Turquie.

***

C'était en juillet 1997.

À la descente de l'avion, elle n'éprouva ni inquiétude, ni émotion, ni joie, ni tristesse particulière. Elle ne savait même pas pourquoi elle venait ni ce qu'elle espérait. C'est comme si elle arrivait pour affaire dans un pays familier. En passant le guichet de contrôle, elle répondit par la négative au fonctionnaire qui lui demandait si elle était en possession d'un passeport turc. Elle suivit avec indifférence l'opération de recherche de son nom sur l'ordinateur. Elle savait que, lorsqu'elle était venue en Turquie au moment du décès d'Umut, Arın avait fait retirer des fichiers informatiques toutes les restrictions au droit d'entrée, de séjour et de sortie du pays, tous les indices particuliers la concernant, que son casier judiciaire avait été effacé.

Elle prit le passeport que lui tendait le fonctionnaire du guichet de contrôle en le remerciant. Elle attendit assez longtemps avant de pouvoir récupérer sa valise. C'était le mois de congé de ceux qui travaillaient à l'étranger, et la pleine saison touristique. L'aéroport était noir de monde. Il y avait des dysfonctionnements dans les services. Juste au moment où elle s'était décidée à laisser son bagage et à revenir le chercher plus tard, elle vit sa vieille valise marron arriver sur le tapis roulant. Dès qu'elle s'en fut saisie, elle se dirigea vers la sortie et sauta dans le premier taxi de la file des véhicules garés devant les portes. Elle lui donna l'adresse de l'hôtel milieu de gamme où séjournaient ses collègues du journal quand ils venaient en Turquie. C'étaient les heures où la circulation était la plus dense. Des deux côtés de la route qui reliait l'aéroport à la ville se dressaient des immeubles aux murs en briques, sans enduit, sans revêtement, surplombés pour la plupart de tiges de coffrage métalliques au lieu d'un toit, à l'aspect inachevé et perpétuellement en chantier. Au milieu de quartiers laids et incohérents aux rues boueuses, poussiéreuses, sans ordre, sans verdure, et rappelant les anciens bidonvilles, entre des immeubles cafardeux criblés de petites fenêtres, aux murs presque attenants à l'autoroute et aux étages empilés les uns sur les autres, ils roulaient dans un flot de voitures aussi serrées que des autotamponneuses dans une fête foraine. Le chauffeur se plaignait de la circulation d'Istanbul, et il s'étonnait que les vacances scolaires d'été n'aient pas apporté d'amélioration cette année. « À ce rythme-là, nous finirons par ne plus bouger, plus aucun véhicule ne pourra rouler. » Lui-même était arrivé ici quinze ans plus tôt. Il regrettait l'Istanbul d'il y a quinze ans.

« Moi aussi je suis en quête du passé, pense-t-elle en écoutant parler le chauffeur. Je cherche à remonter vingt ans, trente ans, quarante ans plus tôt. La piste sur laquelle je me suis lancée n'est en réalité ni celle des assassins d'Arın ni celle d'un autre meurtre. J'essaie de retrouver des traces perdues, je suis sur les traces de mon propre passé. »

— Peut-on prendre par Levent pour aller à Taksim ? demande-t-elle au chauffeur.

— Comme vous voulez. Mais ça rallonge pas mal la route, ça fera plus au compteur. Ne dites pas ensuite que je ne vous ai pas avertie.

— Cela ne fait rien. J'ai habité là-bas il y a des années. J'y ai d'ailleurs passé toute mon enfance.

— Quel secteur de Levent ?

— Le premier.

— Très bien. À vos ordres.

Prenant une bretelle de sortie de la rocade, ils tournent ensuite dans une voie bordée de hauts et beaux immeubles tous devenus des locaux professionnels. Elle ne reconnaît pas les lieux. Elle n'était pas passée par là lors de sa dernière venue à la mort d'Umut. Le chauffeur lui explique qu'ils sont à Esentepe et que, pour l'instant, la route a été déviée à cause des travaux du métro. Elle se souvient des champs de mûriers. Il y avait des mûriers, des prés, un groupe de maisons connu sous le nom de Cité des journalistes, l'école des métiers du bâtiment juste à côté, avec le cimetière de Zincirlikuyu à proximité ; dans le coin en face, une petite fabrique dont elle ne se rappelait pas l'activité, et plus loin le siège du groupe pharmaceutique Eczacıbaşı. Après la mosquée de Şişli, depuis le garage de Şişli jusqu'à l'ancienne usine de liqueurs, il n'y avait naguère pas d'autres constructions qu'une poignée de petites villas. On allait à Levent en traversant les champs de mûriers le long de l'avenue Büyükdere.

Ces lieux avaient déjà changé quatre ans auparavant, mais lorsqu'elle était venue, elle n'avait rien vu, elle était restée dans la petite maison et n'était allée nulle part.

Elle regarde autour d'elle avec étonnement. « Si je n'étais pas venue en taxi, j'aurais été incapable de retrouver mon chemin. »

— Nous voilà arrivés à Levent, dit le chauffeur. J'avance un peu ?

— Oui, s'il vous plaît. Entrez jusqu'au marché. De là, on descend tout droit… Je vous indiquerai précisément la direction. Du moment qu'on trouve le marché, après je sais.

Ils traversent la rue commerçante centrale bordée de chaque côté de modestes immeubles de deux étages accolés les uns aux autres, avec des boutiques en rez-de-chaussée, et débouchent sur une petite place.

— Au niveau des fleuristes, on descend tout droit. Tout doucement, si possible.

Elle regarde avec hébétude autour d'elle. « Était-ce là le pays de mon enfance et de ma jeunesse ; le refuge de mon fils, le dernier asile de ma mère que je n'ai pas su aimer, que je n'ai pas réussi à contenter ? »

Les maisons sont toujours à la même place ; de même que les rues et les jardins. Il n'y a que les gens qui ont changé, et tout a changé avec eux. Les maisons sont toujours à la même place. Mais complètement différentes par leurs couleurs, leurs formes, leur atmosphère. Devenues soit studio de télévision, concessionnaire automobile, institut de cours privés, kebab ou boîte de nuit. Personne n'y habite désormais. Fini les relations de voisinage. Les sucuks grillés les dimanches matin et le thé pris tous ensemble le soir en mangeant des gâteaux. Dans les ruelles étroites et verdoyantes, les enfants ne jouent plus au ballon, à un, deux, trois soleil, à saute-mouton ou au volley-ball avec des filets tendus entre les arbres.

— Ici, c'est à droite, dit-elle au chauffeur. Ensuite, à gauche, encore à gauche… Attendez ici un instant, s'il vous plaît, je reviens tout de suite.

Telle l'unique rescapée d'une catastrophe naturelle, la petite maison est restée identique à ce qu'elle était il y a quarante ans, bravant le temps et le changement. La peinture des volets en bois avec leur découpe en forme de cœur est tout écaillée. Dans le jardin, les roses pompon, le chèvrefeuille, la vigne vierge, les lys blancs, le jasmin des poètes et le buis, les lauriers, les sorbiers des oiseaux, les glycines qui font office de haie s'enchevêtrent en un écheveau de verdure. C'est vide, à l'abandon… Il est clair que plus personne ne vit ici ; nulle petite fille n'est assise dans la véranda donnant sur le jardin de derrière et ne contemple les étoiles. Pas de chaton allongé sur les marches au soleil ; personne ne travaille à la lueur d'une lampe jusqu'au milieu de la nuit pour entoiler des cols de vêtements et appliquer des motifs de Mickey ou de canard sur des manteaux d'enfants. Désormais, nulle jeune fille n'attend plus devant le téléphone, des heures durant, l'appel – qui ne vient jamais – de son amoureux. Nul petit garçon ne s'exerce à ses premiers pas qui le conduiront vingt ans plus tard à la mort. Et nulle vieille dame ne pleure plus de douleur à cause de ses enfants qui l'ont abandonnée et de son petit-fils qui est décédé.

En un geste intuitif, sans le chercher, elle trouve le portail en bois, aux planches rafistolées, cassées, à la peinture écaillée, et caché par les feuillages. Elle se dirige directement vers le fond du jardin sans passer par la porte d'entrée de la maison.

« Ici, mon père avait soigneusement planté des radis roses, des oignons, du cresson, du persil, de la batavia et de jeunes arbres fruitiers : pommier, cognassier, pêcher, cerisier, prunier… Il n'a pas vu ces plants grandir et devenir des arbres. C'est nous qui en avons cueilli les fruits. »

La pergola où s'enroulait le chèvrefeuille qui avait commencé à sécher par vieillesse et manque d'entretien menaçait de s'effondrer. Écartant de la main branches et feuilles, elle gravit quelques marches et monte sur la véranda. L'ancienne chaise longue à rayures rouge et blanc a été poussée là, dans un coin de la véranda. Le jour où, se pliant aux ordres de son organisation et de son engagement, Ömer nous avait laissés ici pour partir à l'étranger, Umut et moi nous étions assis sur cette chaise longue en rentrant de l'aéroport, et nous y avions cuvé notre chagrin. L'un des volets en bois de la porte-fenêtre qui donne sur la véranda a échappé à son loquet et s'est ouvert. Collant son nez contre la vitre, elle regarde à l'intérieur en mettant ses mains en visière : quelques objets familiers – un lampadaire, un ancien fauteuil cubique, un guéridon ayant l'un de ses trois pieds cassé, un vieux kilim usé aux teintes défraîchies… C'est donc qu'ils n'ont pas vendu la maison !

Elle ne comprend pas pourquoi elle se réjouit, pour quelle raison son cœur s'illumine. Malgré son état de délabrement, de solitude et d'abandon, la lumière qui émane de cette maison – la lueur secrète d'un lointain et beau passé qui ne reviendra plus – lui procure un chaleureux sentiment de bonheur. Des vers que citait souvent son père lui reviennent en mémoire. Se souriant à elle-même, elle les répète avec une légère modification : « *Là-bas, il y a une maison, cette maison est la nôtre / Que nous y habitions ou pas, cette maison est notre maison.* »

Elle cueille une branche de chèvrefeuille merveilleusement odoriférante. Elle referme soigneusement le volet en bois de la porte de la véranda, elle range la chaise longue contre le mur. Tout doucement, elle se dirige vers le taxi qui attend devant la porte.

— Je vous ai fait attendre. J'ai vécu dans cette maison voilà de longues années. Vous comprenez.

Le chauffeur montre qu'il comprend en hochant la tête dans un silence respectueux.

***

Elle avait eu par sa sœur l'adresse de la maison de retraite où vivait sa mère.

« Allons-y ensemble si tu veux, ce n'est pas très commode d'accès, je t'y emmènerai en voiture », avait dit Ülker. Elles s'étaient retrouvées dans un de ces nombreux cafés qui fleurissent à Nişantaşı. Autrefois, elle aurait été froissée, elle se serait vexée qu'elle ne l'invite pas chez elle, qu'elle ne lui présente pas ses enfants et ne lui propose pas, ne serait-ce que du bout des lèvres, de loger chez eux. Mais elle s'en fichait à présent. Elle savait que le mari d'Ülker, directeur de la publicité ou chef du département marketing dans une grande holding, ne l'aimait pas du tout, qu'il la craignait plus exactement. Elle était à ses yeux la communiste qui avait abandonné sa patrie, son foyer, son mari, son enfant. Elle avait appris par les commérages de sa mère que, à cause d'elle, sa sœur se sentait toujours inférieure et honteuse face à son mari ; chaque fois qu'il était question de ses escapades et de ses libertinages, il disait : « N'oublie pas la situation de ta sœur aînée, je savais tout au moment où nous nous sommes mariés, mais j'ai supporté sans rien dire. Le mariage est l'art des compromis et des accommodements mutuels. »

Ülker était bien apprêtée, bien habillée. Elle conduisait une BMW nouveau modèle. Avec sa sœur ou au téléphone – qui n'arrêtait pas de sonner –, elle utilisait un langage surfait plein de « Oh mon Dieu ! », « Ah, j'y crois pas ! », « Comment vas-tu ? », « Bisous », « Prends soin de toi » ; lorsqu'elle parlait d'Ebru et d'Elvan, ses jumelles qui faisaient leurs études dans une université privée, elle disait, sur un ton qui tapait sur les nerfs d'Ülkü : « Mes deux canaris. » Elle aurait naturellement aimé présenter ses filles à leur tante, mais ses deux canaris étaient en Angleterre, à la fois pour améliorer leur anglais, pour y passer des vacances et faire un peu de shopping.

Tandis que sa sœur lui expliquait qu'elle avait hérité du même type de peau que leur mère, que c'était pour cela qu'elle était précocement ridée et qu'elle s'était fait faire un lifting, sans bistouri, selon une nouvelle méthode qui venait tout juste d'arriver en Turquie, Ülkü avait pensé : « Autrefois non plus nous n'avions pas grand-chose en commun. Nous nous disputions souvent pour des bêtises. Elle mettait et usait avant moi mes chaussures neuves ; elle s'emparait de mes plus beaux habits, de ceux que j'aimais le plus ; je n'arrivais même pas à garder mes sous-vêtements. Quand je lui disais de ne pas toucher à ce qui m'appartenait, ou de demander au moins la permission, c'était le drame ; et c'est moi qui passais pour l'injuste et la méchante. »

Ülker était la préférée, celle que leur mère appelait « ma fille de soie » ou « ma princesse ». Elles se ressemblaient d'ailleurs, autant par leur caractère que par leur physique. C'est pourquoi, même au plus fort de leurs disputes, sa sœur et sa mère ne nourrissaient pas longtemps d'animosité, elles se réconciliaient aussitôt. Toutes deux étaient en réalité d'un tempérament à monter rapidement sur leurs grands chevaux, à exprimer leur mécontentement et leurs réactions en hurlant, en pleurant et en écumant de rage ; des personnes plutôt faciles sous certains aspects. Un jour où sa mère était en colère contre elle, Ülkü l'avait entendue dire à une amie institutrice : « Quelle tête de mule, cette Ülkü. Aussi insensible qu'une pierre, avec ça. À la mort de son père, elle n'a pas versé une larme. Petite, elle s'est cassé le bras et la jambe, elle a serré les dents et n'a pas pleuré. Nous sommes tous des cœurs d'artichaut, des grands sensibles chez nous. Franchement, je ne sais pas d'où elle sort, cette gamine ! » Elle avait encore pensé être victime d'une injustice, mais elle n'en avait rien laissé paraître. C'est essentiellement à cause de ce sentiment d'injustice qu'elle en voulait à Ülker. À présent qu'elle sirotait son café assise en face d'elle et qu'elles parlaient de tout un tas de choses essentielles allant des méthodes de lifting aux centres de fitness, de la piscine du *Hilton*, devenue infréquentable à cause de la foule et des mannequins de bas étage, au fait qu'une revue people l'avait élue femme la plus chic de la dernière réception où elle était invitée, Ülkü pensa qu'elle n'était plus du tout fâchée contre sa sœur, et qu'elle la trouvait même sympathique. « Ce qui veut dire que je suis devenue parfaitement indifférente. »

— Ce serait mieux que j'aille voir maman toute seule. Toi, tu y vas souvent déjà. Je trouverai facilement, ne t'inquiète pas. Tous les taxis connaissent l'endroit de toute façon – elle marqua une pause, ne sachant si elle le dirait ou pas, puis elle lança : Je suis passée voir la petite maison, vous ne l'avez pas vendue.

— Non, maman a renoncé au dernier moment. Le coin a pris beaucoup de valeur maintenant. Les gens réparent, restaurent, et ils ouvrent des galeries, des restaurants, des sièges sociaux d'entreprises. On nous a proposé des milliards de livres pour la maison. Mais juste le jour où on allait conclure la vente, maman s'est mise à dire : « Ne vendez pas, tant que je serai là, ne vendez pas. » Mon mari m'a dit : « Oh, laissons tomber. De toute façon, pour le peu d'années qui lui restent à vivre, inutile de la chagriner. » Cet homme a bon fond, en fait. Si tu veux mon avis, ce que maman avait en tête, c'est qu'un jour tu reviendrais et que tu habiterais là-bas. Elle le pense toujours d'ailleurs.

— La dernière fois que je suis venue, je vous avais bien dit que vous pouviez faire ce que vous vouliez de cette maison, et que je ne revendiquerais aucun droit.

— Je sais, mais c'est que, de son côté, elle envisage les choses tout autrement. Bon, peu importe. Nous, nous n'en avons pas besoin, cette maison trouvera toujours preneur. Que je te le dise avant d'oublier, maman a beaucoup changé ces derniers temps, cette année surtout ; son état s'est beaucoup dégradé. Tu sais, la fameuse maladie dont souffre Reagan, Alzheimer ; la maladie ne s'est pas encore complètement déclarée, mais elle en montre des signes. Je l'ai emmenée chez des neurologues, des psychologues. Ils ont diagnostiqué une artériosclérose avancée et lui ont prescrit un traitement. Mais je ne vois pas d'amélioration. Ne t'inquiète pas, elle ne s'en rend pas tellement compte, elle est contente de son sort. Si elle ne te reconnaît pas d'emblée, n'aie pas peur, ne lui en veux pas, je te le dis pour que tu t'y prépares.

— Voilà, c'est ici, annonce le chauffeur de taxi en s'arrêtant devant l'immeuble de cinq étages aux allures d'hôtel milieu de gamme qui surplombe la mer.

La boule d'anxiété qui l'oppressait et lui nouait la gorge disparaît aussitôt. Elle ignore pourquoi, mais le mot « maison de retraite » lui évoque systématiquement une sorte d'hospice de pauvres tel celui de

Darülaceze. Les maisons de retraite et autres résidences pour personnes âgées qu'elle avait vues en Europe étaient des lieux propres, spacieux et confortables. Le sentiment de tristesse, d'étouffement, d'abandon qui émane de ces endroits réside dans les cœurs, pas dans les bâtiments.

Le cœur battant, à petits pas timides, elle se présente à l'accueil situé au rez-de-chaussée du bâtiment et dit qu'elle voudrait voir sa mère. Il fait une chaleur étouffante. Assise les jambes grandes ouvertes sur une chaise en bois, l'air négligé sous sa blouse bleu clair et s'éventant avec un vieux journal, l'employée du guichet lui répond nonchalamment, sans même lui accorder un regard :

— Si elle n'est pas dans le lobby qui se trouve tout de suite là, c'est qu'elle est dans le salon de thé à l'étage du dessus. Sinon, dans sa chambre.

Elle lui indique l'emplacement de la chambre.

« Glisse quelque chose aux infirmières, aux auxiliaires et aux femmes de ménage. Plus le pourboire est élevé, plus le service est de qualité », lui avait dit Ülker. Elle se demande si cette femme peu aimable fait partie de ceux à qui elle doit donner un bakchich.

Ülkü jette un coup d'œil à l'endroit que l'hôtesse d'accueil a nommé « lobby », en étirant chaque syllabe. Plusieurs hommes et femmes âgés installés dans des fauteuils d'apparence confortable discutent avec des personnes plus jeunes venues leur rendre visite – plus exactement, ils alimentent mutuellement le silence. Non, sa mère n'est pas là.

Elle monte à l'étage du dessus. La pièce désignée comme le salon de thé est une grande salle tout en longueur avec de vieux fauteuils et canapés assortis distribués aux trois angles, quelques tables basses, des pots de fleurs qui mériteraient davantage d'entretien sur les rebords des fenêtres et, au milieu, plusieurs petites tables entourées de quatre chaises. Ce ne serait pas si mal s'il y faisait moins chaud et si c'était mieux aéré.

Les rideaux imprimés de joyeux motifs apportent plus d'intimité à la pièce, donnant davantage l'impression d'être chez soi qu'à l'hôtel. Il n'y a pas beaucoup de gens. Apparemment, les pensionnaires ont préféré fuir la chaleur et se reposer dans leur chambre.

Elle repère immédiatement la femme assoupie dans l'un des fauteuils les plus à l'écart. Totalement isolée, sans nulle compagnie. Ülkü l'observe à distance, sans approcher. Les lèvres entrouvertes, les yeux clos, la tête penchée vers l'avant, elle paraît presque cent ans. « Elle n'en a pourtant que soixante-quatorze d'après son état civil. Elle s'est toujours flattée d'être du même âge que la République. »

Ülkü se dirige lentement vers elle. Assis à l'une des tables du milieu, ne semblant nullement indisposés par la chaleur, un vieil homme et une vieille femme jouant au bésigue relèvent la tête pour regarder la nouvelle venue.

— Vous cherchez qui ? demande le vieil homme.

— Je suis venue voir ma mère.

— Son autre fille dont elle parle tout le temps, c'est vous ?

— Oui, c'est moi.

— C'est bien que vous soyez venue. Elle avait peur de ne plus jamais vous revoir. Pourvu qu'elle vous reconnaisse et puisse se réjouir. Sa mémoire s'affaiblit de jour en jour ces derniers temps.

Elle avance jusqu'au fauteuil dans lequel sa mère est assoupie et s'agenouille devant elle. Elle constate alors que la vieille femme ne dort pas, mais qu'elle reste assise là, absente.

— Me voilà, maman, c'est Ülkü.

La vieille femme ouvre les yeux et pose un regard vide sur le visage qui est en face d'elle.

— Je suis venue, maman, c'est Ülkü.

Une vague lueur point dans ses yeux. Peu à peu, le masque inexpressif qui figeait ses traits en un air idiot cède la place à une étincelle d'intelligence et de malice.

— Tu leur as donc de nouveau faussé compagnie ! Tu es indomptable, c'est ce que je disais tout le temps quand tu étais petite.

— J'ai faussé compagnie à qui, maman ?

— Tu étais morte, à ce qu'il paraît. Nous te pensions tous morte. Ces militaires, ces policiers aussi te croyaient morte. Mais moi, je n'y ai jamais cru.

Elle enlace la jeune femme agenouillée devant elle comme si elle avait réellement retrouvé l'enfant qu'elle pensait mort. Elle ne pleure pas ; ses yeux sont secs. Comme si elle berçait un bébé dans ses bras, elle serre sa fille contre elle et se balance lentement d'un côté puis de l'autre.

« La mort d'Umut, celle d'Arın – si elle est au courant –, la période du 12 septembre, mon absence, des années de souffrances accumulées et ses peurs se sont mélangées dans sa tête, et ont généré le fantasme que j'étais morte », pense Ülkü.

— Je ne suis pas morte, ma petite maman. Regarde, je suis là, en chair et en os. Tu m'as manqué, je suis venue te voir.

Elle se dit que, depuis son enfance, elle ne l'avait plus appelée « ma petite maman », elle ne lui avait plus parlé aussi gentiment. « C'est bizarre, je n'arrive à être proche d'elle que lorsque j'éprouve de la pitié. »

— Qui est mort alors ? Ülker ?

— D'où sors-tu ça ! Ülker était ici il y a tout juste quelques jours, non ? Aujourd'hui aussi elle voulait venir ; mais je ne l'ai pas emmenée, je voulais avoir ma maman rien que pour moi. Personne n'est mort, maman. Tranquillise-toi, s'il te plaît.

— Ne vous inquiétez pas, votre mère n'est pas toujours ainsi, lui dit une femme qui ne paraissait pas si âgée, bien habillée et bien coiffée. La chaleur et le fait de vous voir lui troublent un peu l'esprit. Mais ça fait un moment qu'elle est obsédée par cette histoire de décès. Vous avez perdu un proche dernièrement ?

— Ce n'est pas très récent, mais mon fils est mort il y a quatre, cinq ans. Il vivait auprès de sa grand-mère. Comme j'étais constamment à l'étranger, c'est essentiellement elle qui l'a élevé.

— Umut est mort, dit la mère d'Ülkü qui a entendu et compris de quoi elles parlaient. C'est lui qui est mort. Ils l'ont tué. Quelqu'un d'autre est mort après…

Comme si « Umut » était le mot magique, sa mère retrouve soudain ses esprits.

— Bienvenue, ma fille. Je savais qu'un jour tu finirais par venir. Et sachant que tu viendrais, j'ai même refusé de vendre la maison. Cette peste d'Ülker disait que tu ne reviendrais plus, mais je ne l'ai pas crue.

Puis elle se met à pleurer sans bruit.

La tension, le désarroi et la tristesse de plomb qui l'étreignent se dissolvent : « Voilà, je retrouve ma mère ! Exactement comme elle était avant… »

— Sèche tes larmes, maman. Il fait très chaud aujourd'hui, et l'atmosphère est vraiment étouffante ici. Allez, viens, descendons faire quelques pas au bord de la mer. Il fera plus frais qu'ici, et il y a de jolis cafés et des restaurants. On s'installera où tu voudras.

Sa mère accepte aussitôt, sans faire de manières, ce qui fait grand plaisir à Ülkü. Naguère, elle aurait commencé par dire non, elle se serait fait prier et il aurait fallu beaucoup insister pour que, finalement, elle fasse mine de céder.

— Dans ce cas, accompagne-moi dans ma chambre, que je m'habille.

Au moment où elle allait s'exclamer que c'était inutile, elle se tait. « Même dans nos périodes de vaches maigres, ma mère prenait soin de son apparence et de sa tenue vestimentaire. À peine arrivée à Istanbul, elle s'était débrouillée pour se dégoter un manteau de loutre. Elle ne manquait jamais d'ajouter des morceaux de fourrure sur le col et le revers de nos manteaux d'enfants ; pour faire riche et élégant… »

Elle passe son bras sous celui de sa mère, qui lance alors à la cantonade :

— Ma fille m'emmène me promener ; il fait trop chaud ici, aujourd'hui. Nous allons prendre un peu le frais au bord de la mer.

Elles se dirigent ensuite vers les ascenseurs.

La chambre de sa mère est une chambre individuelle, ordonnée et propre. Il y a des quotidiens sur la table de nuit. Lire le journal est une habitude indéfectible chez elle, elle lit toujours le même depuis quarante ans.

— Les journaux sont très chers, surtout le *Cumhuriyet*. Je me suis arrangée avec deux autres personnes, on n'en achète qu'un et on le lit à tour de rôle. Ils me l'apportent en dernier, comme ça, je le lis tranquillement. Je découpe les articles importants et je les conserve. Pendant que je m'habille, ouvre ce tiroir et regarde. Qu'est-ce que je mets, à ton avis ? J'aime bien cette robe d'été en soie, mais les manches sont un peu courtes.

— Ne t'inquiète pas maman. Est-ce que c'est le Refah qui te fait peur ?

— Ils nous ont fait peur, mais l'armée les a envoyés au tapis. Je vous l'avais bien dit, mais vous n'y faisiez pas attention, vous vous moquiez de moi. Je le disais bien qu'ils allaient instaurer la charia dans ce pays. Tu vois, pour un peu, nous serions devenus comme l'Iran s'il n'y avait pas eu l'armée. Heureusement qu'il y a eu le 28 février, ils leur ont coupé l'herbe sous le pied. D'ailleurs, c'est vous qui avez apporté de l'eau à leur moulin.

Ülkü se sent de plus en plus soulagée. « Ma mère a toujours adoré parler politique. Ce qui veut dire qu'elle se sent bien, que tout va pour le mieux. » Ülkü prolonge le jeu consistant à faire comme au bon vieux temps.

— Tu sais tout mieux que nous, maman. Et nous, qu'avons-nous fait ?

— Au nom de la démocratie, des droits de l'homme et de la liberté, vous avez fait des concessions au fondamentalisme. Ce peuple n'est pas encore prêt à la démocratie. Les droits de l'homme résident dans les gens. Eux, ce sont des ignorants, des êtres primaires ; ils réclament la charia. Tu as vu les rues ? On ne peut plus circuler tant il y a de femmes en tchador, en niqab, en hidjab. Ce n'était pas comme ça il y a quarante ans. Ce n'est pas à mon âge qu'on me fera mettre un voile sur la tête, personne ne me fera enfiler un tcharchaf. Atatürk doit se retourner dans sa tombe. Ce sont des ennemis d'Atatürk, comme vous d'ailleurs…

Ülkü constate qu'elle ne s'emporte plus comme avant, qu'elle ne répond plus en hurlant, et qu'elle trouve même ce que dit sa mère amusant.

— Hop hop hop ! Attends un peu, maman. D'où sors-tu que nous sommes des ennemis d'Atatürk maintenant ?

— C'est ce que sont les communistes !

Elle serre sa mère dans ses bras en riant.

— Tu es en grande forme, ma petite maman ! Tu n'as pas changé, nous n'avons pas changé, on dirait.

Elle voit alors la vieille femme sortir son manteau de fourrure de l'armoire. Elle se rappelle les paroles de sa sœur : « C'est une drôle de maladie ce qu'a maman. Parfois, tu vas la trouver plus intelligente, plus éveillée que toi et moi. Surtout si elle parle politique, accroche-toi. Et puis, à un autre moment, ça devient n'importe quoi. En particulier, elle confond les choses entre elles : elle va chercher son journal et revient avec une savonnette. Alors qu'elle veut aller aux toilettes, elle se retrouve dans le salon de thé ou ailleurs encore. J'en ai parlé avec les médecins ; ce sont des symptômes typiques de cette maladie. Encore heureux qu'elle progresse doucement chez maman. »

— Trouvons quelque chose qui fasse plus été, si tu veux bien. Tu sais, la robe à manches courtes dont tu parlais tout à l'heure.

Sa mère regarde avec surprise la fourrure qu'elle a dans les mains.

— Tiens, tu vois, c'est la vieillesse. J'ai ça qui m'est tombé sous la main, et j'allais le mettre. C'est l'émotion.

Pendant que sa mère s'habille, elle jette un coup d'œil sur les coupures de journaux rangées dans le tiroir. Tout au-dessus, les articles sur l'accident de Susurluk signés par certains des chroniqueurs dont la vieille femme a toujours été une admiratrice ; le texte complet du mémorandum du 28 février 1997, une copie très effacée de la photo d'Atatürk dansant avec une toute jeune femme en toilette décolletée, un entrefilet des pages économiques sur l'entreprise où travaille le mari d'Ülker, quelques caricatures, l'interview d'une très vieille femme faisant partie des premiers professeurs de la République à l'occasion de la journée des enseignants, une satire politique de Şair

Eşref et des pages illustrées de photos des obsèques d'Arın Murat…

Elle remet les coupures à leur place et ferme le tiroir.

La vieille femme a enfilé sa robe en soie à manches courtes imprimée de petites roses et s'occupe à rectifier sa coiffure devant le miroir au-dessus du lavabo.

— Tu as regardé les pages de journaux que j'ai découpés ? C'est un peu pour toi aussi que je les ai gardées, au cas où tu ne les aurais pas vues… J'ai eu beaucoup de peine pour Arın Bey. Les gens d'ici te le diront, j'ai pleuré des jours durant. Quelles funérailles, mon Dieu ! Ils en ont parlé pendant des jours à la télévision. J'aurais aimé présenter mes condoléances à sa femme, à son frère, mais je ne savais où ni comment les joindre.

Elle pense que sa mère cherche de nouveau à lui faire mal. Ce qui veut dire que les gens ne changent pas. Le plus étrange, c'est que tout ce que je déteste chez elle, son mauvais caractère, son intolérance, son conservatisme, sa confiance absolue en ses propres vérités, son refus catégorique que les autres puissent eux aussi avoir des convictions, son élitisme… tout ça, je suis heureuse de le retrouver intact en elle.

Tel un gladiateur de cinéma s'apprêtant à assener son dernier coup, sa mère s'approche tout doucement. Elle lève les bras et les pose sur les épaules de sa fille. Avec un sourire espiègle et taquin, sur le ton de la confidence, elle dit :

— Umut était le fils d'Arın Bey, n'est-ce pas ?

Ce n'est pas une question, juste l'envie de partager un secret qu'elle gardait en elle depuis des années.

— Allez, allez, ne le cache pas. Les mères sentent ce genre de choses. Il n'y a que moi dans l'entourage qui connaissais et Umut et Arın Bey. Ses yeux, son regard ressemblait tellement à celui de son père !

Tandis que la vieille femme fourre maladroitement dans son sac sa brosse à dents au lieu de ses mouchoirs, elle fredonne ce triste tango resurgi du fond des ans, du fin fond d'un lointain village enfoui sous la neige, se faufilant entre les montagnes enneigées, les nuits sombres et froides, les champs de blé ondulant sous les vents, les prunus au printemps : « Si j'avais pu te donner une voix avec mon violon… la mer est vaste, les horizons fauchés. Chaque jour je souffre mille tourments…[1] »

***

Avant que le bateau ait accosté, elle aperçoit Cem qui attend sur le quai et lui fait signe de la main.

— Tu as été beaucoup ballottée ?

— Nous avons été secoués comme d'habitude. Y a-t-il des jours où cette mer est calme ?

— En fait, septembre est l'un des plus beaux mois, le moins venteux, mais aujourd'hui il fait exception à la règle.

Ils se dirigent vers la jeep garée un peu plus loin.

— Toi aussi tu t'es mis à la mode de la jeep ?

— Oui, mais moi, je ne m'en sers pas pour aller dans les bars d'Etiler ou de Nişantaşı. Tu verras, je suis devenu un homme de la terre maintenant ; je possède des vignes et des jardins.

Il tourne la clef de contact et appuie sur l'accélérateur.

— Nous descendrons au village après. Pour l'instant, je suis impatient de te montrer mes raisins et ma maison dans les vignes.

Ülkü comprend qu'ils roulent en direction d'Ayazma.

1. Paroles d'un célèbre tango turc intitulé *Sevdim bir genç kadını.*

— Il y a vingt et un ans de cela, Ömer et moi étions venus à Bozcaada. Je m'en souviens un peu. Ömer était mon mari, tu ne le connais pas.

Sachant qu'ils auront longuement le temps de parler de tout cela, Cem renonce à la détromper.

— Comparé à d'autres endroits, à Bodrum par exemple, Bozcaada n'a pas tellement changé finalement. Si elle a changé, c'est en mieux, du moins dans le sens de son ancienne atmosphère.

— Quand Ömer et moi étions venus, on faisait tout pour effacer les traces des Grecs qui avaient émigré, de cette belle culture égéenne avec son vin, ses tavernes, ses maisons et ses rues.

— D'autres gens sont venus s'implanter, une confrérie en provenance de quelque part à l'Est ou des populations de la région de Bitlis, quelque chose du genre. Depuis six, sept ans, un processus contraire s'est enclenché. L'île a été redécouverte. Parmi la nouvelle génération d'intellectuels et de jeunes, on dirait que la culture du vin va se substituer à celle du raki. Les terres ici sont très favorables aux cépages de vignes. Les amateurs dans mon genre, nous essayons des variétés que nous avons fait venir d'Europe. Dans quelques années, il peut vraiment y avoir une explosion de la culture viticole. Tu vois, tout ne va pas mal en Turquie, il y a aussi de bonnes choses parfois.

Ils roulent à travers des vignes bien soignées au milieu desquelles se nichent des maisons en pierre de deux étages.

— Tu fais ton propre vin ?

— Pour l'instant, celui que nous faisons est surtout destiné aux amis, à seule fin d'expérimenter. J'ai un rouge et un blanc qui me permettent d'avoir quelques ambitions. Tu me diras ce que tu en penses quand tu les auras goûtés. En réalité, nous avons la ferme intention de nous réunir et de nous lancer à plusieurs. Tu aimes le vin, toi ?

— J'aime, oui. Je crois même que c'est mon alcool préféré.

Ülkü pense combien Cem et elle se connaissent peu. Leur lien se résume finalement à un homme mort.

— Quand tu dis « nous », de qui parles-tu ? Pardonne ma curiosité, est-ce ta femme, tes amis ou tes associés ?

— Voilà longtemps que je suis séparé de ma femme. Les enfants ne viennent pas beaucoup ici en dehors de quelques semaines de vacances. Ils vont à Bodrum, en Europe. Je n'ai pas remarqué que je disais « nous ». Je voulais probablement parler des hommes qui sont dans les vignes. Quand on travaille la terre, on tisse des relations différentes avec son entourage. J'ai un métayer par exemple, il vit avec sa femme et ses enfants dans l'une des maisons du vignoble. Il est salarié, mais c'est davantage un associé, c'est du moins ainsi que je le considère. En dehors de ça, je vis seul, Ülkü. En été, les amis, les copains viennent souvent sur l'île. Certains y ont même une maison. En hiver, je ne reste pas beaucoup, je rentre à Istanbul. Si je n'étais pas tenu par les affaires, si ça ne tenait qu'à moi, je ne quitterais jamais cet endroit.

— Que sont devenues tes sociétés ? Tu te rappelles, après le 12 septembre, j'étais dans la clandestinité et j'avais postulé à un poste de secrétaire sans savoir que je tomberais sur toi, et nous n'avions pas su quoi faire tous les deux.

— Cela ne m'avait nullement perturbé. J'aurais été content si tu avais accepté le poste – il part d'un rire sympathique. Sache que ma proposition de travail est toujours valable. Enfin, c'est de l'histoire ancienne… Sinon pour les sociétés : les affaires marchent comme avant. Nous avons évidemment un peu souffert de la crise, nous avons même envisagé de réduire l'activité pour quelque temps. Je crois qu'on commence à s'en sortir tout doucement. Mais moi, même si ce n'est pas pour tout de suite, je pense petit à petit clore ce chapitre. Je ne sais pas comment je vais procéder. Peut-être que je céderai mes parts à mes associés, ou si j'arrive à tenir encore un peu, je placerai mon fils à la tête des affaires. Il n'est pas comme moi, ce travail, ça l'intéresse ; il étudie le management aux États-Unis. Dans le monde des années 2000, dans le bourbier de Susurluk qu'on appelle la Turquie, les gens comme nous ont besoin d'îles désertes où se cacher.

— D'après ce que j'ai compris, beaucoup de tes anciens amis se sont réfugiés à Bodrum, à Ayvalik, sur les côtes de l'Égée ou de la Méditerranée. Voilà deux mois que je suis à Istanbul. Je donne raison à ceux qui la fuient. Istanbul est encore magnifique, mais c'est une ville harassante, à tous points de vue.

— Moi aussi j'ai parmi mes connaissances pas mal d'anciens amis gauchistes qui ont fui la ville ; même ici, il y en a. Certains sont en paix avec eux-mêmes et heureux de leur nouvelle vie. Mais dans les îlots virtuels où ils se sont réfugiés, la plupart s'intéressent davantage aux chats et aux chiens qu'aux gens, ils passent leur temps à injurier l'humanité et à embrasser la cause animale, à pleurer leur passé et à bouder le monde. Nous voilà arrivés. À partir de ce bosquet commence ma république indépendante. Si tu me permets un brin de philosophie, tout dépend de ce qu'on vient faire dans cette île : y mourir à petit feu ou y planter de la verdure. Moi, je suis venu la reverdir.

La voiture avance sur une route plantée de vignes de chaque côté. Ils franchissent un grand portail fait de bric et de broc et se prolongeant de part et d'autre par une clôture, puis s'engagent sur un chemin de terre courant encore entre des rangs de vignes.

— Je ne vois pas de raisins, dit Ülkü.

— Parce que tu n'as pas pu arriver à temps pour les vendanges, le plus gros a déjà été cueilli. Nous avons laissé quelques pieds de raisin de table derrière la maison, le reste est parti fermenter dans les cuveries.

Il stoppe la jeep dans une grande cour au sol en terre battue. Deux grands chiens de berger accourent vers la jeep en remuant la queue.

— Je te présente Moruş et Faraş, dit Cem. C'est eux qui surveillent nos vignes et nos vergers. Mes chiens ne sont pas comme ceux dont nous parlions tout à l'heure, à savoir des animaux qui servent de substituts affectifs pour guérir leur maître de ses remords et de ses désillusions. Non, ce sont de vrais chiens, à leur place de chien.

Il se penche vers les chiens qui n'arrêtent pas de sauter autour de lui et, d'un geste parfaitement naturel, il caresse leur museau long et à la truffe humide.

Tandis qu'ils se dirigent vers la maison en pierre construite dans le style insulaire, avec de petites fenêtres, un auvent et une porte bleue, elle se rappelle une autre maison dans une autre île, et un autre chien.

Cela datait d'un mois. N'y tenant plus, elle avait pris un vapeur pour les îles et était allée voir la grande demeure de Büyükada.

Ce n'était pas la saison des mimosas. L'air n'était pas chargé d'effluves de jasmin. Mais les roses étaient écloses. Roses pompon jaunes ravivant le souvenir des étés d'antan, odorantes roses à confiture, rosiers floribundas roses, roses orange, roses rouge passion…

C'était la mi-août, il faisait chaud. Elle avait cependant tenu à parcourir à pied la côte qui menait à la propriété. Elle avait tout son temps, comme elle ne l'avait peut-être jamais eu dans sa vie. Elle n'avait à répondre à aucune demande, elle n'avait à courir nulle part. En quittant le journal, elle avait dit qu'elle partait remonter une piste. « Je n'ai pas vraiment menti. Je suis sur les traces de mon passé, si ce n'est sur celles des meurtriers d'Arın. »

Elle ne connaissait pas très bien Büyükada. Elle se souvenait de la route qui menait à la maison, mais était incapable d'évaluer combien de temps il lui faudrait marcher. À un moment, elle s'arrêta et examina les demeures, les jardins environnants. Elle avait l'impression qu'il ne fallait pas aller si loin. Elle chercha un objet ou un indice qui fasse écho à sa mémoire. Des mimosas débordant sur la rue, par exemple, une porte en fer forgé ouvragée, une maison en bois blanche, un mur de jardin couvert de glycine… Elle ne vit rien qui lui évoque quoi que ce fût. Sur le côté mer de la rue en pente se trouvait un grand et bel immeuble de trois étages. Le portail du jardin était ouvert sur la rue. Et dans le jardin, une jeune femme, la tête voilée et portant une longue jupe imprimée par-dessus son chalvar, essayait de faire rentrer à la maison en le disputant un petit garçon à moitié nu et le corps presque entièrement couvert de boutons de chaleur. « Ce doit être la gardienne », pensa-t-elle. Elle se dépêcha d'entrer dans le jardin et rattrapa la femme. Elle voulait lui demander où se trouvait la demeure qu'elle cherchait, mais elle ne savait pas comment le lui demander.

— Je cherche la maison d'un ami, dit-elle. Peut-être le connaissez-vous. Leur nom de famille, c'est Murat ; le gardien s'appelait Salih Efendi. Ils avaient de grands chiens. Une maison blanche entourée d'un jardin.

La femme posa sur elle un regard vide.

— Nous sommes nouveaux ici. Cet immeuble a été construit il y a trois ans. Je n'ai pas vu de maison comme tu dis dans les environs. Je vais aller demander à mon père, il est là depuis plus longtemps.

« Papa, viens donc voir, lança-t-elle en direction de la loge de gardien située en contrebas de l'escalier de l'entrée principale. Il y a une femme qui veut des renseignements sur quelqu'un.

Ülkü regretta d'avoir demandé. À l'évidence, ils n'en savaient rien. Il serait malpoli de s'en aller avant que l'homme montre son nez. Pendant qu'elle poireautait à la porte, dans un coin reculé du jardin, côté route, elle aperçut deux grands palmiers plantés à proximité l'un de l'autre. C'étaient de hauts et vieux arbres. L'écorce de leur stipe trahissait leur âge. Le pin parasol planté côté mer s'était courbé vers l'ouest, à force sans doute de subir les assauts du vent. Elle se rappela : lorsqu'elle était descendue dans le jardin ce matin-là, Salih Efendi se tenait sous le pin parasol, un bouquet de mimosas dans les bras. Puis, il était venu dans le coin un peu à l'écart où se dressaient les deux palmiers pour se protéger des bourrasques du lodos et de la pluie qui commençait à tomber, et il avait dit : « La loi martiale a été déclarée. »

La demeure était ici, juste à l'endroit où avait été érigé cet immeuble de trois étages.

Elle reculait en direction de la porte du jardin quand l'homme portant la barbe et un pantalon large arriva en tâchant de nouer sa ceinture.

— Vous demandiez une adresse, madame ?

— Oui, oui, mais ça m'est revenu. Ce n'était pas ici, j'ai dû me tromper de rue. Excusez-moi de vous avoir dérangés.

— Ce n'est pas ici, non ! s'exclama l'homme derrière elle. Avant, ici, il y avait une grande maison, qui appartenait à un pacha ou une riche famille. Elle a brûlé, et après…

Ülkü n'entendit pas la suite.

— Il fait frais dans la maison, viens te reposer un peu, et après je te ferai faire le tour du propriétaire, dit Cem.

L'intérieur est comme elle s'y attendait : architecture et décoration locales, tout en simplicité, avec des tas d'objets ayant trait au vin : livres, outils, verres, bouteilles, collections d'étiquettes, des choses dont elle ignore à quoi elles servent, des images et de précieuses toiles originales, des amphores avec des bas-reliefs représentant des grappes de raisin…

— Je suis très fier de mes amphores, dit Cem. Deux des rares amphores décorées de bas-reliefs datant de l'époque romaine sont chez moi.

Sur les murs, des photographies dans leurs fins cadres en bois donnant l'impression d'avoir été placées au hasard et de façon si désordonnée qu'on ne peut que sentir la main d'un ami décorateur ; toutes prises sur l'île et dans les vignes, avec presque toujours le visage souriant et heureux de Cem au milieu. Les photos sont trompeuses. Les gens regardent toujours l'objectif en souriant, ils se serrent dans les bras et ont l'air heureux.

— C'est mon album de famille. Regarde, lui, c'est mon fils. Là, c'est ma fille. Les autres, ce sont des amis venus en visite sur l'île ; c'est cela dont on a le plus besoin ici.

— Tu sembles vraiment heureux ici, Cem.

— Oui, je suis vraiment heureux. Aujourd'hui je prends énormément plaisir à des choses qui ne m'auraient absolument rien dit vingt ou trente ans plus tôt. Je ne peux pas prétendre que chaque partie, chaque période de ma vie ait été une brillante réussite.

Surtout ma vie sentimentale, mon mariage, etc. Mais mes attentes ont changé, et mes bonheurs aussi.

Alors qu'elle passe distraitement les photos en revue histoire de ne pas sembler indifférente, elle tombe soudain en arrêt. Elle éprouve le besoin de chausser ses lunettes pour voir de près, mais elle ne les a pas sous la main. Elle approche son visage : ce n'est pas possible ! Voyant quelle photo Ülkü regarde, Cem comprend aussitôt. Il se lance intérieurement toutes les insultes de son répertoire. « Comment n'y ai-je pas pensé, pourquoi n'ai-je pas retiré cette photo d'ici ! »

— C'est Ömer, dit Ülkü dans un murmure. L'homme sur cette photo… Qui est-ce ? C'est Ömer ?

— Oui, Ömer Ulaş. Ton ex-mari. Je ne sais si tu me pardonneras d'avoir oublié cette photo ici ? Je ne sais pas pourquoi, mais chaque fois qu'on se voit, il se produit toujours d'étranges coïncidences de ce genre.

— Qu'y a-t-il à pardonner ! Je suis juste extrêmement surprise. Je ne savais pas que vous vous connaissiez. Je le croyais à Moscou, à Berlin…

— C'est quelqu'un que je connais depuis ma jeunesse, depuis ma période gauchiste. À l'époque où nous nous demandions à quelle organisation adhérer, quelle était la meilleure stratégie révolutionnaire, quel genre de gauchistes devenir, nous avions rencontré Ömer Hodja une ou deux fois. Ensuite, toujours par le jeu d'un de ces surprenants hasards, nous nous sommes croisés à Moscou. Je m'étais rendu avec une délégation d'industriels du textile en Russie. Et Ömer nous servait à la fois d'interprète et d'intermédiaire. Nous avons un peu discuté. Je l'ai trouvé plutôt déprimé. Il avait l'air à bout. Bref… J'ai essayé de lui dire de ne pas rester là-bas, de revenir. Nous n'avions pas l'esprit à la plaisanterie, mais, comme une boutade, il a dit : « Si je retourne en Turquie, il faut que je dégote un boulot au bord de la Méditerranée ou sur les côtes de la mer Égée. » Je lui ai répondu quelque chose du genre : « Venez donc sur l'île, il y a beaucoup de travail dans les vignes, nous aurons besoin de vous. » Sur ce, les années ont passé, et un jour, j'ai reçu un coup de fil à la société, à Istanbul. C'était Ömer Ulaş. Ensuite, au printemps de cette année-là, nous sommes venus ensemble à Bozcaada. C'est là qu'a été prise la photo.

— C'est étrange ! Il a le même timide sourire de lapin que lorsque je l'ai connu. Ce sourire qu'il avait perdu les années suivantes.

Elle ne sait si elle a dit cela tout haut ou en aparté.

— Il boit un peu trop je crois, dit Cem. Ici, en fait, c'est un endroit idéal pour Ömer Hodja. J'ai dit qu'il boit trop, mais comprends-moi bien, il n'est pas alcoolique.

— Il y a réellement du travail pour Ömer ici ou c'est toi qui lui fais une fleur ?

— Il y a réellement du travail. Et si je fais une fleur à quelqu'un, c'est non pas à lui, mais à moi-même. C'est difficile à expliquer. Quand j'insistais pour que tu acceptes de devenir ma secrétaire personnelle, c'est-à-dire mon assistante, acceptant les risques et la peur que cela impliquait, c'était non pas à toi, mais à moi-même que je rendais service. Peu importe, voilà comment les choses se sont décidées avec Ömer : il a dit qu'il avait certaines choses à faire, j'ignore quoi. Il allait les régler. Revenir ici fin septembre, début octobre, s'installer dans la petite maison qui se trouve dans l'autre vignoble. L'hiver, je suis obligé de rester à Istanbul, pour l'instant du moins. Il serait mon homme de confiance pour veiller à ma place sur les vignes et les hommes.

Ülkü a de nouveau les vers d'Aragon qui lui reviennent en mémoire : « *Sa vie / Elle ressemble à ces soldats sans armes / Qu'on avait habillés pour un autre destin... Il n'y a pas d'amour heureux.* »

Sans quitter des yeux la photo où figure Ömer, elle ausculte son cœur. « Ai-je envie de le voir ? » Un peu honteuse et mortifiée, force lui est de constater que non.

— Je suis contente qu'Ömer soit revenu, dit-elle. Et plus encore qu'il ait voulu venir ici. Je ne sais pas dans quel état il était quand tu l'as rencontré à Moscou, mais la dernière fois que je l'ai vu, c'était à Leipzig. Il se consumait, franchement. J'ai un ami qui dit : « Tout le monde veut revenir sur ses propres terres pour mourir. »

— Quelquefois, c'est exactement le contraire, c'est pour vivre qu'on retourne sur ses terres. On sent qu'on ne pourra pas survivre en terre étrangère.

— Tu as peut-être raison. De belles choses peuvent se produire dans la vie.

Ils parlèrent pour la première fois d'Arın alors qu'ils mangeaient dans le restaurant de poisson du village. C'est Cem qui avait dû aborder le sujet.

— Erim et moi avons essayé de te joindre. Nous pensions que tu détenais peut-être certaines informations. Tu n'étais pas joignable aux adresses et aux numéros que tu nous avais donnés. Nous nous sommes inquiétés, mais nous avons pensé que tu avais dû préférer ne pas te montrer pendant quelque temps par sécurité.

— Vous n'aviez pas tort. Par sécurité, et parce que je me sentais très mal, je suis allée me promener sous d'autres cieux pendant un moment.

— Presqu'un an s'est écoulé depuis le décès… enfin, depuis l'assassinat d'Arın. Qu'en penses-tu à présent, Ülkü ? Y avait-il vraiment des choses que tu savais ? Des choses que tu savais mais que tu ne pouvais pas expliquer. Excuse-moi, comprends-moi bien. Arın était mon plus vieil ami, tu le sais. Je ne m'en suis toujours pas remis. Après, il y a eu ce fameux accident de Susurluk. La boîte de Pandore a été ouverte et tous les maux s'en sont déversés. J'ai pensé qu'il pouvait y avoir un lien entre le meurtre d'Arın et toute cette crasse. Du coup, ma colère s'est transformée en révolte ; j'ai essayé de soutenir des actions de protestation et de mobilisation populaire comme « Une minute d'obscurité pour la clarté permanente », « Pour une société propre ». Mais aucune de ces actions n'allait au-delà du soulagement qu'elle nous procurait. Le soir, à 21 heures, dans une luxueuse villa sur les hauteurs de Kandilli, j'allumais et j'éteignais les lumières. Évidemment, dans notre cité de luxe, j'étais le seul fêlé à le faire. Par la suite, j'ai vraiment cédé au découragement.

— Nous en avons longuement parlé Erim et moi. Je n'en sais pas tellement plus que toi. Alors qu'il croyait protéger la patrie et l'État, Arın s'était rendu compte que, même de façon involontaire et indirecte, il était impliqué dans de sombres affaires pouvant aller jusqu'au meurtre. Les autres aussi s'étaient rendu compte qu'il en avait pris conscience. La goutte qui a fait déborder le vase, c'est ce qu'il a dit dans sa conférence de presse à Paris. La seule chose que vous ignorez et que je suis la seule à savoir, c'est qu'il était déterminé à rentrer en Turquie dès le lendemain pour donner sa démission et changer radicalement de vie. Il avait par exemple le fantasme de partir dans un pays lointain et de planter son chevalet dans les rues… Voilà ce dont il m'a parlé ce soir-là pendant le dîner. Il avait peur d'être suivi. Mais il nc pensait pas, me semble-t-il, qu'ils pousseraient la chose jusqu'à l'assassinat.

— Peintre de rue dans un pays lointain… C'est tellement étranger à Arın comme projet de vie !

— Nous avons tous un moment dans la vie où nous désirons payer notre dette, racheter notre liberté pour nous affranchir de nos maîtres. Arın a payé cher sa liberté.

Cem posa finalement la question qui lui brûlait les lèvres et qu'il tâchait depuis si longtemps de refouler :

— Ton fils était d'Arın, Ülkü ?

— C'est bizarre ! Tu es la deuxième personne à me poser la question ces derniers jours. La première, c'était ma mère. Tu me croiras si je dis non ?

Il n'y croirait pas. Ils se turent et se concentrèrent sur leur verre de vin.

— Avoue que les vins de mes vignobles que je t'ai fait goûter à la maison étaient bien meilleurs, dit Cem.

— Ils étaient magnifiques, mais celui-là n'est pas mal non plus.

Cem expliqua les détails nécessaires et les astuces pour obtenir du vin de qualité.

Elle regarda les bateaux qui accostaient l'embarcadère, la forteresse que le clair de lune faisait paraître plus imposante qu'elle n'était, le jeune couple de la table d'à côté. « Le prix de ma liberté est-il aussi élevé que celui d'Arın, puis-je m'en acquitter ? » se demanda-t-elle.

***

Cela faisait une semaine qu'elle était arrivée sur l'île.

Cem se pliait en quatre pour la lui faire aimer. Parfois, ils se promenaient dans les vignes, parfois ils prenaient la jeep et partaient jusque dans les coins les plus reculés, les plus oubliés de l'île, ils allaient

MIXTE
Papier issu de sources responsables
FSC® C003309
www.fsc.org

10/18, une marque d'Univers Poche,
est un éditeur qui s'engage pour
la préservation de son environnement
et qui utilise du papier fabriqué à partir
de bois provenant de forêts gérées
de manière responsable.

Imprimé en France par CPI

N° d'impression : 3025177
X06891/01

TABLE DES MATIÈRES

envers la vieille femme de la maison de retraite : la prendre avec moi et m'installer dans la petite maison. »

Une voix familière ne cessait de lui sermonner au creux de l'oreille :

Tes devoirs envers ton pays, envers ton peuple, Atatürk, la République ; tes devoirs envers ta famille, ton époux, tes enfants ; tes devoirs envers la classe ouvrière, le parti, la révolution…

« Est-ce la voix de mon père, de ma mère, de la mère supérieure de l'école ? De l'un des camarades ? »

Elle ramassa ses cheveux sur sa nuque et les attacha avec sa barrette.

« Concernant la première option, il faut savoir voler, pensa-t-elle. Mais comme je n'ai jamais été libre pendant les cinquante ans de mon existence, je n'ai pas appris à voler. »

L'oiseau roux qui portait sur ses ailes toutes les couleurs du soleil couchant traça un cercle et revint sur les rochers. Le soleil s'était éclipsé, le rougeoiement fuchsia à l'horizon commençait à se teinter de gris. Elle remarqua que le temps s'était rafraîchi tout à coup. Elle eut un léger frisson. « Il faut que je parte de cette île, demain, ou après-demain. »

Le vent dans le dos, elle prit le chemin des vignes.

qu'elle marchait vers les rochers escarpés en bord de mer, face au vent qui se renforçait de plus en plus, les cheveux lui balayant le visage, le cou et les épaules, elle se demanda quel genre de vœu elle pourrait faire. Elle constata avec tristesse que rien ne lui venait à l'esprit, qu'elle n'avait aucun souhait.

Les graines de chardons jaunes devenues de petites boules à picots voletaient autour d'elle et s'accrochaient à sa chevelure. Le soleil se couchait. Les rochers avaient pris une teinte rougeoyante. La mer d'un rose fuchsia, les roches empourprées, le soleil d'un rouge ardent qui semblait incendier l'horizon ; derrière, les rangées de vignes, les grappes et le vent ; le vent, le vent…

Puis vint cet oiseau : un oiseau au bec crochu, au regard sauvage. Pas un aigle, pas un vautour, un oiseau de proie cependant. Il se posa en haut des rochers et poussa un cri. Leurs regards se croisèrent. Dans une lumière rouge-mauve, au-dessus de la lande rocheuse et de la mer écumante, la femme à la chevelure virant au fauve ardent et l'oiseau au plumage tirant sur le rouge se tinrent immobiles un moment, et se jaugèrent. Ensuite, l'oiseau s'envola en direction du soleil couchant, il s'éleva, s'éleva, et telle une balle rouge devenant de plus en plus petite, il devint invisible.

« Je peux murmurer tous les souhaits possibles à ma barrette magique, les choix qui s'offrent à moi sont assez clairs, pensa-t-elle. De même que l'a fait l'oiseau rouge, ainsi je peux m'élancer dans le vide comme une flèche par-dessus les rochers. Ou bien trouver refuge auprès des vignes, des vents, de la beauté de cette île. Je peux aussi retourner comme si de rien n'était à mon ancienne vie, à mon travail, au journalisme. Un autre choix encore : m'acquitter d'une ancienne dette se baigner dans les petites criques nichées entre les rochers et couvertes de fin sable blond, ou sur de vastes plages. La haute saison était terminée, l'île était déserte. On n'entendait généralement rien d'autre que le bruit du vent agitant les feuilles et les herbes sèches. Parfois aussi, Cem la laissait seule. Pour qu'elle se promène et se repose à sa guise, pour qu'elle panse ses plaies et goûte au bonheur.

Ce jour-là, elle était seule. Laissant derrière elle les vignes légèrement jaunies, les vergers revêtus de leurs couleurs d'automne, elle prit le chemin de terre en direction de la mer. Le vent soufflait. Ce vent qui est intrinsèquement lié aux îles, qui donne l'impression que quelque chose d'extraordinaire va survenir s'il ne souffle pas, qui agite tous azimuts ronces et chardons jaunis, qui course les feuilles mortes, qui repousse au loin les nuages et disperse la pluie.

Elle marcha contre le vent, en aspirant en elle l'odeur marine chargée d'iode. Elle retira sa barrette qui retenait sur la nuque ses cheveux qui commençaient à pousser et les livra au vent. « "Tes cheveux se répandent comme des eaux tumultueuses", "Ils se répandent comme un panier de châtaignes", c'est de qui déjà ? Peu importe ! Quand mes cheveux s'allongent et se déploient, je deviens belle, je deviens moi-même. » Depuis le soir où Arın lui avait rapporté la barrette qu'elle avait oubliée dans le lit de la maison aux mimosas et qui était comme un résumé de sa vie, elle se laissait pousser les cheveux.

Elle serra sa barrette à cheveux dans sa paume. « L'objet magique qui résistera au temps une fois que nous serons tous morts… » L'espace d'un instant, elle se surprit à croire que sa barrette était réellement magique, et que, si elle faisait un vœu en la serrant très fort dans sa main, celui-ci se réaliserait. Tandis